ZERSTÖRT

KARIN SLAUGHTER

ZERSTÖRT

Thriller

Aus dem Amerikanischen
von Klaus Berr

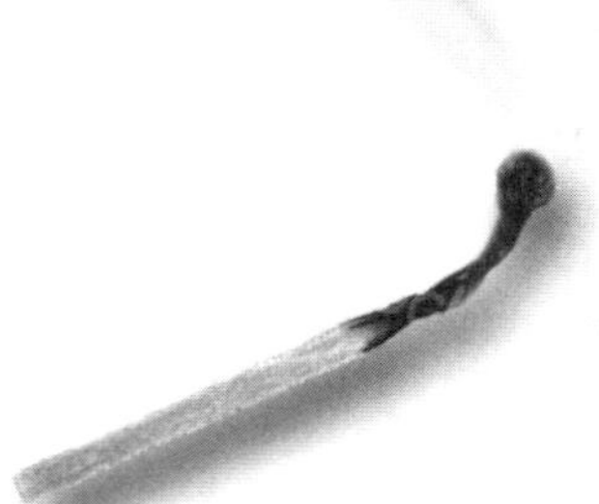

Weltbild

Die amerikanische Originalausgabe erschien 2007 unter dem Titel
Beyond Reach bei Bantam Dell, Random House, Inc., New York.

Besuchen Sie uns im Internet:
www.weltbild.de

Genehmigte Lizenzausgabe für Verlagsgruppe Weltbild GmbH,
Steinerne Furt, 86167 Augsburg

Übersetzung: Klaus Berr
Umschlaggestaltung: JARZINA kommunikations-design, Holzkirchen
Umschlagmotiv: JARZINA kommunikations-design (Fotos © Thomas Jarzina)
Gesamtherstellung: CPI – Clausen & Bosse, Leck
Printed in the EU
ISBN 978-3-8289-9580-2

2013 2012 2011 2010
Die letzte Jahreszahl gibt die aktuelle Lizenzausgabe an.

Barb, Sharon und Susan –
danke für alles

Prolog

Was hatten sie ihr gegeben? Was hatten sie ihr mit dieser Nadel in die Venen gejagt? Die Augen konnte sie kaum offen halten, die Ohren waren dagegen überempfindlich. Durch ein lautes, durchdringendes Klingeln hindurch konnte sie einen Aussetzer des Automotors hören, das *Parump-parump* der Reifen auf unebenem Gelände. Der Mann, der neben ihr auf dem Rücksitz saß, sprach leise, fast als würde er einem Kind ein Schlaflied singen. Sein Tonfall hatte etwas Beruhigendes, und sie merkte, wie ihr der Kopf auf die Brust sank, während er redete, und sie ihn dann, bei Lenas knappen, schneidenden Erwiderungen, wieder hochriss.

Ihre Schultern schmerzten, weil sie die Arme verkrampft auf dem Rücken hielt. Es war ein dumpfes Pochen, das dem Hämmern ihres Herzens entsprach. Sie versuchte, sich auf andere Dinge zu konzentrieren, auf das Gespräch zum Beispiel, das im Auto geführt wurde, oder wohin Lena das Auto steuerte. Stattdessen registrierte sie jedoch, dass sie sich fast wie eine Spirale in den eigenen Körper zurückzog, sich in jede neu aufkeimende Empfindung einhüllte wie ein kleines Kind in eine Kuscheldecke.

Die Rückseiten ihrer Schenkel brannten vom Leder des Autositzes, aber sie wusste nicht, warum. Draußen war es kühl. Im Nacken spürte sie sogar einen Zug. Sie erinnerte sich noch, wie sie einmal während einer langen Fahrt nach Florida in der Chevette ihres Vaters saß. Das Auto hatte keine Klimaanlage, und es war Mitte August. Alle vier Fenster waren geöffnet, doch die Hitze blieb unerträglich. Das Radio knisterte. Es lief keine Musik, denn es gab keinen Sender, auf den sie sich alle hätten einigen können. Vorne stritten sich die Eltern über die Fahrtroute, die Benzinkosten, ob sie zu schnell fuhren oder auch nicht. Hinter Opelika sagte dann ihre Mutter zu ihrem Vater, er solle an einem Laden anhalten, damit sie sich eisgekühltes Coke und Orangenkekse kaufen konnten. Dann erschraken alle, als sie aussteigen wollten, denn die Haut ihrer Arme und Beine klebte an den Sitzen, als hätte die Hitze ihre Körper mit dem Vinyl verschmolzen.

Jetzt spürte sie, wie das Auto ruckelte, als Lena die Automatikschaltung auf Parken stellte. Der Motor lief noch, und das leise Surren vibrierte in ihren Ohren.

Da war noch etwas – nicht im Auto, sondern weiter entfernt. Der Wagen stand auf einem Sportplatz. Sie erkannte die Anzeigentafel, riesige Buchstaben schrien: »GO, MUSTANGS!«

Lena hatte sich umgedreht und starrte sie beide an. Der Mann neben ihr bewegte sich. Er steckte seine Waffe in den Bund seiner Hose. Er trug eine Skimaske, wie man sie aus Horrorfilmen kennt, nur die Augen und der Mund waren zu sehen. Doch das reichte aus. Sie kannte ihn, könnte seinen Namen sagen, wenn nur ihr Mund sich bewegen würde.

Der Mann sagte, dass er Durst habe, und Lena reichte ihm einen großen Styroporbecher. Das Weiß des Bechers war intensiv, fast blendend. Plötzlich verspürte auch sie Durst wie noch nie in ihrem Leben. Allein der Gedanke an Wasser trieb ihr die Tränen in die Augen.

Lena versuchte ihr etwas zu mitzuteilen, ohne die Stimme zu benutzen.

Plötzlich rutschte der Mann über den Rücksitz, kam ihr so nahe, das sie die Hitze seines Körpers spüren, den herben

Geruch seines Rasierwassers riechen konnte. Sie fühlte, wie seine Hand sich um ihren Nacken legte, seine Finger dort verweilten. Die Berührung war weich und sanft. Sie konzentrierte sich auf seine Stimme, wusste, dass wichtig war, was gesagt wurde, dass sie unbedingt zuhören musste.

»Haust du jetzt ab?«, fragte der Mann Lena. »Oder willst du lieber hierbleiben und dir anhören, was ich zu sagen habe?«

Lena hatte sich von ihnen abgewandt, vielleicht hatte sie die Hand am Türgriff. Jetzt drehte sie sich wieder um und sagte: »Reden Sie.«

»Wenn ich dich hätte umbringen wollen«, sagte er, »wärst du schon tot. Das weißt du.«

»Ja.«

»Deine Freundin hier …« Er sagte noch etwas, aber seine Wörter verschmolzen irgendwie miteinander, und als sie ihre Ohren erreichten, hatten sie keine Bedeutung mehr. Sie konnte nur Lena ansehen und an der Reaktion der anderen Frau abschätzen, wie ihre eigene sein sollte.

Angst. Sie sollte sich fürchten.

»Tun Sie ihr nichts«, flehte Lena. »Sie hat Kinder. Ihr Mann …«

»Ja, es ist traurig. Aber man muss seine Wahl treffen.«

»Sie nennen das eine Wahl?«, zischte Lena. Es kam noch mehr, aber alles, was sie erreichte, war Entsetzen. Der Wortwechsel ging noch weiter, dann spürte sie plötzlich Kälte auf ihrem Körper. Ein vertrauter Geruch erfüllte das Auto – schwer und stechend. Sie wusste, was es war. Sie hatte es schon einmal gerochen, aber ihr Verstand konnte ihr nicht sagen, wo und wann.

Die Tür ging auf. Der Mann stieg aus, stand dann da und sah sie an. Er wirkte weder traurig noch aufgeregt, sondern einfach resigniert. Sie hatte diesen Blick schon einmal gesehen. Sie kannte ihn – kannte die kalten Augen hinter der

Maske, die feuchten Lippen. Sie kannte ihn schon ihr ganzes Leben lang.

Was war das nur für ein Geruch? Sie konnte sich an diesen Geruch genau erinnern.

Er murmelte ein paar Worte. Etwas blitzte in seiner Hand auf – ein silberfarbenes Feuerzeug.

Jetzt begriff sie. Die Panik jagte Adrenalin durch ihren Körper, das den Nebel durchschnitt und ihr direkt ins Herz stach.

Feuerzeugbenzin. Der Becher hatte Feuerzeugbenzin enthalten. Er hatte es über ihren Körper gegossen. Sie war damit durchtränkt – sie triefte.

»Nein!«, schrie Lena und versuchte mit gespreizten Fingern über die Rückenlehne hinweg dazwischenzugehen.

Das Feuerzeug fiel ihr in den Schoß, die Flamme entzündete die Flüssigkeit, die Flüssigkeit verbrannte ihre Kleidung. Ein entsetzliches Kreischen war zu hören – es kam aus ihrer eigenen Kehle, während sie hilflos dasaß und zusah, wie die Flammen an ihrem Körper emporleckten. Ihre Arme schnellten in die Höhe, Zehen und Füße krümmten sich nach innen wie bei einem Baby. Noch einmal dachte sie an diese längst vergangene Fahrt nach Florida, die erschöpfende Hitze, den scharfen, unerträglichen Biss des Schmerzes, als ihr Fleisch mit dem Sitz verschmolz.

Montagnachmittag

1 Sara Linton blickte auf ihre Armbanduhr. Die Seiko war ein Geschenk ihrer Großmutter zu ihrer bestandenen Abschlussprüfung an der Highschool gewesen. Als Granny Emma selbst die Schule abgeschlossen hatte, lagen noch vier Monate bis zu ihrer Hochzeit vor ihr, eineinhalb Jahre bis zur Geburt ihres ersten von sechs Kindern und achtunddreißig Jahre bis zum Verlust ihres Mannes an den Krebs. Höhere Bildung war etwas, das Emmas Vater als Geld- und Zeitverschwendung betrachtet hatte, vor allem bei einer Frau. Emma hatte deswegen nicht gestritten – sie war in einer Zeit aufgewachsen, in der Kinder nicht einmal daran dachten, ihren Eltern zu widersprechen –, aber sie hatte dafür gesorgt, dass die vier ihrer Kinder, die überlebten, aufs College gingen.

»Trag sie, und denk an mich«, hatte Granny Emma gesagt, während sie das silberfarbene Uhrenarmband an Saras Handgelenk befestigte. »Du wirst alles schaffen, wovon du träumst, und du sollst wissen, dass ich immer bei dir sein werde.«

Als Studentin an der Emory University hatte Sara ständig auf die Uhr geschaut, vor allem in den Vorlesungen über Biochemie, angewandte Genetik und menschliche Anatomie, die anscheinend per Gesetz von den langweiligsten und einsilbigsten Professoren, die es gab, gehalten werden mussten. Während des Medizinstudiums dann hatte sie ungeduldig auf diese Uhr geblickt, wenn sie am Samstagvormittag vor dem Labor stand und wartete, dass der Professor kam und die Tür aufschloss, damit sie ihr Experiment abschließen konnte. In ihrer Zeit als Assistenzärztin am Grady Hospital hatte sie das weiße Zifferblatt mit verquollenen Augen angestarrt und versucht, die Zeigerstellung zu erkennen, damit sie wusste, wie viel von ihrer Sechsunddreißig-Stunden-Schicht noch vor ihr lag. In der Heartsdale Children's Clinic hatte sie den Sekundenzeiger nicht aus den Augen gelassen, während sie die Finger aufs dünne Handgelenk eines Kindes drückte, die Herzschläge zählte, die unter der Haut pochten, und herauszufinden versuchte, ob ein »Mir tut alles weh« eine ernsthafte Krankheit bedeutete oder nur, dass das Kind an diesem Tag nicht in die Schule gehen wollte.

Seit fast zwanzig Jahren trug Sara nun diese Uhr. Das Glas war zweimal ausgetauscht worden, die Batterie noch öfter, und einmal sogar das Armband, weil Sara den Gedanken nicht ertragen konnte, das getrocknete Blut einer Frau, die in ihren Armen gestorben war, nicht vollständig entfernen zu können. Auch bei Granny Emmas Begräbnis hatte Sara sich dabei ertappt, wie sie das glatte Gehäuse um das Glas herum berührte, während ihr die Tränen übers Gesicht liefen und ihr bewusst wurde, dass sie nun nie mehr das schnelle, offene Lächeln und den funkelnden Blick ihrer Großmutter sehen würde, wenn sie von den neuesten Großtaten ihrer ältesten Enkelin erfuhr.

Als sie nun auf die Uhr schaute, war Sara zum ersten Mal in ihrem Leben froh, dass ihre Großmutter nicht bei ihr war, nicht den Zorn in Saras Augen sehen und die Demütigung spüren konnte, die in ihrer Brust brannte wie ein unkontrollierbares Feuer, während sie in einem Gerichtssaal saß und unter Eid in einem Kunstfehlerprozess aussagen musste, den die Eltern eines toten Patienten gegen sie angestrengt hatten. Alles, wofür Sara je gearbeitet hatte, jeder Schritt, der ihrer Großmutter noch unmöglich gewesen war, den sie aber getan hatte, jede Leistung, jedes Diplom wurde bedeutungslos gemacht von einer Frau, die Sara als Kindsmörderin bezeichnete.

Die gegnerische Anwältin beugte sich über den Tisch und starrte mit erhobenen Augenbrauen und gespitzten Lippen herüber, als Sara auf die Uhr schaute. »Dr. Linton, haben Sie eine dringendere Verpflichtung?«

»Nein.« Sara versuchte, mit ruhiger Stimme zu sprechen, die Wut zu unterdrücken, die die Anwältin in den letzten vier Stunden ganz offensichtlich in ihr zu schüren versucht hatte. Sara wusste, dass sie manipuliert werden sollte, dass die Frau versuchte, sie zu ködern, sie zu einer unbedachten Aussage zu verleiten, die dann von dem kleinen Protokollführer, der sich in der Ecke über seinen Laptop beugte, für alle Ewigkeit aufgezeichnet werden würde.

»Ich habe Sie jetzt die ganze Zeit Dr. Linton genannt.« Die Anwältin las in der Akte, die aufgeschlagen vor ihr lag. »Sollte es nicht Dr. Tolliver heißen? Ich sehe, dass Sie vor sechs Monaten Ihren Exgatten, Jeffrey Tolliver, ein zweites Mal geheiratet haben.«

»Linton ist schon richtig.« Unter dem Tisch schlenkerte Sara den Fuß so heftig, dass sie beinahe ihren Schuh verloren hätte. Sie verschränkte die Arme vor der Brust. Ihr Unterkiefer schmerzte, weil sie die Zähne so fest zusammenbiss. Eigentlich sollte sie gar nicht hier sein. Sie sollte jetzt zu Hause sein und ein Buch lesen oder mit ihrer Schwester telefonieren. Sie sollte Patientenakten studieren oder alte medizinische Fachzeitschriften sortieren, zu deren Lektüre sie nie ausreichend Zeit fand.

Sie sollte vertrauenswürdig sein.

»Nun gut«, fuhr die Anwältin fort. Die Frau hatte zu Beginn der Anhörung ihren Namen genannt, aber Sara hatte ihn vergessen. Das Einzige, worauf sie sich zu der Zeit hatte konzentrieren können, war der Ausdruck auf Beckey Powells

Gesicht gewesen. Jimmys Mutter. Die Frau, deren Hand Sara so oft gehalten hatte, die Freundin, die sie getröstet hatte, die Person, mit der sie unzählige Stunden telefoniert und dabei versucht hatte, in allgemein verständliche Sprache zu übersetzen, was die Onkologen in Atlanta der Mutter in Fachchinesisch an den Kopf warfen, um ihr zu erklären, warum ihr zwölfjähriger Sohn würde sterben müssen.

Von dem Augenblick an, als sie den Saal betreten hatten, hatte Beckey Sara angestarrt, als sei sie eine Mörderin. Der Vater des Jungen, ein Mann, mit dem Sara zur Schule gegangen war, hatte es nicht geschafft, ihr in die Augen zu schauen.

»Dr. Tolliver?«, fragte die Anwältin noch einmal.

»Linton«, korrigierte Sara, und die Frau lächelte, wie immer, wenn sie gegen Sara einen Punkt gemacht hatte. Das passierte so oft, dass Sara schon versucht war, die Anwältin zu fragen, ob sie an einer ungewöhnlich lächerlichen Form des Tourette-Syndroms leide.

»Am Morgen des Siebzehnten – das war der Tag nach Ostern – erhielten Sie die Laborergebnisse der Blastzellenanalyse, die Sie für James Powell in Auftrag gegeben hatten. Ist das korrekt?«

James. Sie ließ ihn so erwachsen klingen. Für Sara würde er immer der Sechsjährige bleiben, den sie vor so vielen Jahren kennengelernt hatte, der kleine Junge, der gerne mit seinen Plastikdinosauriern spielte und hin und wieder mal eine Malkreide verschluckte. Er war so stolz gewesen, als er ihr erzählte, er heiße Jimmy, so wie sein Dad.

»Dr. Tolliver?«

Buddy Conford, einer von Saras Anwälten, ergriff endlich das Wort. »Lassen wir doch den Blödsinn, Honey.«

»Honey?«, wiederholte die Anwältin. Sie hatte eine dieser heiseren, tiefen Stimmen, die die meisten Männer unwiderstehlich finden. Sara merkte, dass Buddy zu dieser Sorte gehörte, sie merkte aber auch, wie die Tatsache, dass der Mann seine Gegnerin begehrenswert fand, seine Streitlust verstärkte.

Buddy lächelte, weil nun er einen Punkt gemacht hatte.

»Bitte weisen Sie Ihre Mandantin an, die Frage zu beantworten, Mr. Conford.«

»Ja«, antwortete Sara, bevor die beiden noch weitere Sticheleien austauschen konnten. Sie hatte festgestellt, dass Anwälte bei dreihundertfünfzig Dollar pro Stunde ziemlich wortreich sein konnten. Wenn die Uhr tickte, würden sie sogar die Definition des Wortes »Definition« hinterfragen. Und Sara hatte zwei Anwälte: Melinda Stiles war die rechtliche Vertreterin der Global Medical Indemnity, einer Versicherungsgesellschaft, an die Sara im Verlauf ihrer medizinischen Karriere fast dreieinhalb Millionen Dollar gezahlt hatte. Buddy Conford war Saras persönlicher Anwalt, den sie engagiert hatte, damit er sie vor der Versicherungsgesellschaft beschützte. Das Kleingedruckte in den Kunstfehlerpolicen der Versicherung schränkte die Haftbarkeit der Gesellschaft ein, wenn die Schädigung eines Patienten die direkte Folge einer bewussten Leichtfertigkeit des Arztes war. Buddy war hier, um dafür zu sorgen, dass es dazu nicht kam.

»Dr. Linton? Der Morgen des Siebzehnten?«

»Ja«, antwortete Sara. »Nach meinen Unterlagen erhielt ich an diesem Morgen die Laborergebnisse.«

Sharon, fiel Sara jetzt wieder ein. Die Anwältin hieß Sharon Connor. So ein harmloser Name für eine so grässliche Person.

»Und was haben die Laborergebnisse Ihnen gezeigt?«

»Dass Jimmy mit großer Wahrscheinlichkeit an akuter lymphatischer Leukämie litt.«

»Und die Prognose?«

»Das fällt nicht in mein Gebiet. Ich bin keine Onkologin.«

»Nein. Sie überwiesen die Powells an einen Onkologen, einen Freund von Ihnen aus dem College, einen Dr. William Harris in Atlanta?«

»Ja.« Der arme Bill. Auch sein Name tauchte in dem Verfahren auf, auch er hatte einen Anwalt engagieren müssen und stritt sich jetzt mit seiner Versicherungsgesellschaft.

»Aber Sie *sind* Ärztin?«

Sara atmete einmal tief durch. Buddy hatte ihr eingeschärft, nur auf Fragen zu reagieren, nicht auf spitze Kommentare. Sie bezahlte ihm bei Gott genug für seinen Rat. Da konnte sie ja jetzt anfangen, ihn zu befolgen.

»Und als Ärztin wissen Sie doch sicher, was eine akute Myelodysplasie ist?«

»Darunter versteht man eine Gruppe maligner Erkrankungen, für die es charakteristisch ist, dass normales Knochenmark durch abnormale Zellen ersetzt wird.«

Connor lächelte und rasselte die Fachterminologie herunter. »Und es beginnt mit einer einzelnen, somatischen, hämatopoetischen Progenitorzelle, die sich in eine Zelle verwandelt, die zu normaler Differenzierung nicht mehr in der Lage ist?«

»Die Zelle verliert die Fähigkeit zur Apoptose.«

Noch ein Lächeln, wieder ein Punkt für die Anwältin. »Und bei dieser Krankheit gibt es eine fünfzigprozentige Überlebenschance.«

Sara schwieg, wartete, dass die Axt heruntersauste.

»Und das Timing ist von grundlegender Bedeutung für die Behandlung, ist das korrekt? Bei einer solchen Krankheit – einer Krankheit, bei der die Zellen des Körpers sich buchstäblich gegen sich selber wenden, die Apoptose abschalten, wie Sie es nennen, was der normale genetische Prozess des Zelltodes ist – ist das Timing von grundlegender Bedeutung.«

Achtundvierzig Stunden hätten dem Jungen das Leben

nicht gerettet, aber Sara hatte nicht vor, das laut auszusprechen, wollte nicht, dass es in einem juristischen Dokument protokolliert wurde, nur damit Sharon Connor es ihr später mit all der Gefühllosigkeit, die sie aufbringen konnte, ins Gesicht schleuderte.

Die Anwältin blätterte in einigen Papieren, als suche sie ihre Notizen. »Und Sie studierten an der Emory Medical School. Und wie Sie mich zuvor so freundlich korrigierten, gehörten Sie nicht nur zu den besten zehn Prozent Ihres Jahrgangs, sondern schlossen Ihr Studium als Sechstbeste Ihrer Klasse ab.«

Buddy klang, als würden ihn die Mätzchen der Frau langweilen. »Dr. Lintons Qualifikationen und Referenzen haben wir doch bereits hinreichend diskutiert.«

»Ich versuche mir nur ein Bild zu machen«, entgegnete die Frau. Sie hielt eins der Blätter in die Höhe und überflog die Zeilen. Schließlich legte sie es wieder weg. »Und, Dr. Linton, Sie bekamen diese Information – diese Laborergebnisse, die so gut wie sicher einem Todesurteil gleichkamen – am Morgen des Siebzehnten, und dennoch hielten Sie es nicht für nötig, den Eltern die Information sofort mitzuteilen, sondern erst zwei Tage später. Und zwar weil …?«

Sara hatte noch nie so viele Sätze gehört, die mit dem Wörtchen »und« anfingen. Sie nahm an, dass Grammatik im Lehrplan der Fakultät, die diese fiese Anwältin hervorgebracht hatte, keinen sehr großen Stellenwert eingenommen hatte.

Dennoch antwortete sie: »Sie waren in Disney World, um Jimmys Geburtstag zu feiern. Ich wollte, dass sie diesen Ausflug genossen, weil ich glaubte, dass es für eine ziemlich lange Zeit der letzte gemeinsame Familienausflug sein würde. Ich traf deshalb die Entscheidung, es ihnen erst bei ihrer Rückkehr zu sagen.«

»Sie kamen am Abend des Siebzehnten zurück, aber Sie

sagten es ihnen erst am Morgen des Neunzehnten, zwei Tage später.«

Sara öffnete den Mund, um etwas zu erwidern, aber die Frau schnitt ihr das Wort ab.

»Und Ihnen kam nie der Gedanke, dass sie für eine sofortige Behandlung zurückkehren und so vielleicht das Leben ihres Kindes retten könnten?« Es war klar, dass sie keine Antwort erwartete. »Ich könnte mir vorstellen, dass die Powells, wenn sie die Wahl hätten, heute ihren lebendigen Sohn den Fotos von ihm, wie er im Magic Kingdom herumsteht, vorziehen würden.« Sie schob das fragliche Foto über den Tisch. Es glitt an Beckey und Jim Powell und an Saras beiden Anwälten vorbei und blieb wenige Zentimeter vor Sara liegen.

Sie hätte nicht hinschauen sollen, aber sie tat es.

Der kleine Jimmy drückte sich an seinen Vater, beide trugen Mickey-Mouse-Ohren und hielten Wunderkerzen in der Hand. Hinter ihnen marschierte eine Parade von Schneewittchens Zwergen. Sogar auf dem Foto sah man, dass der Junge krank war. Seine Augen waren dunkel umrandet, und er war so dünn, dass sein zartes Ärmchen aussah wie ein Stück Seil.

Sie waren einen Tag früher von dem Ausflug zurückgekehrt, weil Jimmy lieber zu Hause sein wollte. Sara wusste nicht, warum die Powells sie nicht angerufen oder Jimmy noch am selben Tag in die Klinik gebracht hatten, damit sie ihn untersuchen konnte. Vielleicht hatten seine Eltern auch ohne die Testergebnisse, auch ohne die endgültige Diagnose gewusst, dass die Zeit, in der sie ein normales, gesundes Kind hatten, vorüber war. Vielleicht hatten sie ihn nur noch für einen letzten Tag bei sich behalten wollen. Er war so ein wunderbarer Junge gewesen: liebenswürdig, intelligent, fröhlich – alles, was Eltern sich erhoffen konnten. Und jetzt war er nicht mehr da.

Sara spürte, wie ihr Tränen in die Augen stiegen, und sie

biss sich auf die Lippe, damit die Tränen vor Schmerz und nicht vor Kummer rollten.

Buddy schnappte sich verärgert das Foto. Er schob es Sharon Connor wieder zurück. »Sie können Ihr nächstes Eröffnungsplädoyer auch zu Hause vor dem Spiegel einstudieren, Sweatheart.«

Connors Mund verzerrte sich zu einem Grinsen, als sie das Foto wieder an sich nahm. Sie war der lebende Beweis dafür, dass die Theorie, nach der Frauen fürsorgliche Brutpflegerinnen waren, absoluter Blödsinn war. Sara erwartete beinahe, verfaulendes Fleisch zwischen ihren Zähnen zu sehen.

Die Frau sagte: »Dr. Linton, an diesem speziellen Tag, dem Tag, an dem Sie James' Laborergebnisse erhielten, passierte da sonst noch etwas, das Sie besonders beschäftigte?«

Sara spürte ein Prickeln am Rückgrat, ein warnendes Kribbeln, das sie nicht unterdrücken konnte. »Ja.«

»Und können Sie uns sagen, worum es sich dabei handelte?«

»In der Toilette unseres örtlichen Diners fand ich eine Frau, die ermordet worden war.«

»Vergewaltigt und ermordet. Ist das korrekt?«

»Ja.«

»Das bringt uns zu Ihrer Nebenbeschäftigung als Coroner für unser County. Ich glaube, Ihr Ehemann – zum Zeitpunkt dieser Vergewaltigung und Ermordung noch Ihr Exehemann – ist der Polizeichef dieses Bezirks. Bei derartigen Fällen arbeiten Sie beide eng zusammen.«

Sara wartete auf mehr, aber die Frau hatte das offensichtlich nur gesagt, damit es ins Protokoll kam.

»Frau Kollegin?«, fragte Buddy.

»Einen Augenblick, bitte«, murmelte die Anwältin, nahm einen dicken Ordner zur Hand und blätterte ihn durch.

Sara schaute auf ihre Hände hinunter, um sich zu beschäftigen. Os pisiforme, Erbsenbein. Os triquetrum, Dreiecksbein. Os hamatum, Hakenbein. Os capitatum, Kopfbein. Os trapezoideum, kleines Vieleckbein. Os trapezium, großes Vieleckbein. Os lunatum, Mondbein. Os scaphoideum, Kahnbein … Sie zählte alle Knochen in ihrer Hand auf, damit sie nicht in die Falle tappte, die ihr die Anwältin so geschickt stellte.

Während Saras Assistenzzeit am Grady hatten Headhunter sie so gnadenlos verfolgt, dass sie nicht mehr ans Telefon gegangen war. Partnerschaften. Sechsstellige Gehälter mit Boni am Jahresende. Chirurgische Privilegien an jedem Krankenhaus ihrer Wahl. Persönliche Assistenten, Laborkapazitäten, voll ausgestattetes Sekretariat, sogar ein eigener Parkplatz. Sie hatten ihr alles angeboten, und doch hatte sie sich am Ende entschieden, nach Grant zurückzukehren, um für beträchtlich weniger Geld und noch weniger Achtung als Ärztin zu praktizieren, weil sie es wichtig fand, dass auch ländliche Gegenden medizinisch versorgt wurden.

War ein Teil davon auch Eitelkeit? Sara hatte sich selbst als Rollenmodell für die Mädchen der Stadt gesehen. Die meisten von ihnen kannten nur männliche Ärzte. Die einzigen Frauen, die etwas zu sagen hatten, waren Krankenschwestern, Lehrerinnen und Mütter. In ihren ersten fünf Jahren in der Heartsdale Childrens Clinic hatte sie fast die halbe Zeit damit zugebracht, junge Patienten – und oft auch ihre Mütter – davon zu überzeugen, dass sie tatsächlich eine voll ausgebildete Ärztin war. Kein Mensch glaubte, dass eine Frau intelligent genug und *gut* genug sein konnte, um eine solche Position zu erreichen. Auch als Sara ihrem älteren Partner die Klinik abkaufte, als der in den Ruhestand ging, blieben die Leute skeptisch. Sie hatte Jahre gebraucht, um sich am Ort Respekt zu verschaffen.

Und jetzt das hier.

Sharon Connor schaute endlich von ihren Papieren hoch.

Sie runzelte die Stirn. »Dr. Linton, Sie wurden selbst auch Opfer einer Vergewaltigung. Oder etwa nicht?«

Sarah spürte, wie ihr der Mund trocken wurde. Die Kehle wurde ihr eng, und die Haut brannte, während sie mit einer unangenehmen Scham kämpfte, die sie nicht mehr empfunden hatte, seit sie das letzte Mal von einem Anwalt nach ihrer Vergewaltigung befragt worden war. So wie damals bekam sie erst einen Tunnelblick, und dann verschwamm ihr alles vor Augen, sodass sie nichts mehr sah, nur noch die Wörter hörte, die ihr in den Ohren schrillten.

Buddy sprang auf, protestierte wütend und deutete mit dem Finger auf die Anwältin, die Powells. Melinda Stiles von Global Medical Indemnity, die neben ihm saß, sagte nichts. Buddy hatte Sara vorhergesagt, dass dies passieren würde, dass Stiles nur stumm dabeisitzen und zulassen würde, dass die Gegenseite Sara zerfleischte, dass sie nur den Mund aufmachen würde, wenn Global eine Gefahr drohte. Noch eine Frau, noch ein misslungenes Rollenmodell.

»Und das will ich in dem gottverdammten Protokoll sehen!«, rief Buddy zum Abschluss und setzte sich so heftig, dass sein Stuhl vom Tisch wegrutschte.

»Notiert«, sagte Connor. »Dr. Linton?«

Saras Sicht wurde wieder klar. Es rauschte in ihren Ohren, als wäre sie unter Wasser geschwommen und plötzlich wieder aufgetaucht.

»Dr. Linton?«, wiederholte Connor. Sie benutzte weiterhin den Titel, doch bei ihr klang es wie etwas Böses, nicht wie etwas, wofür Sara ihr Leben lang gearbeitet hatte.

Sara schaute Buddy an, doch der zuckte nur die Achseln und schüttelte den Kopf. Er hatte prophezeit, dass diese Anhörung nichts als ein Fischen im Trüben sein würde, mit Saras Leben als Köder.

Connor sagte: »Doktor, brauchen Sie ein paar Minuten, um

mit Ihren Gefühlen ins Reine zu kommen? Ich weiß, dass es Ihnen schwerfällt, über diese Vergewaltigung zu sprechen.« Sie deutete auf eine dicke Akte vor ihr auf dem Tisch. Es musste das Gerichtsprotokoll von Saras Fall sein. Die Frau hatte alles gelesen, kannte jedes widerliche Detail. »Wie ich gelesen habe, war der Angriff auf Sie äußerst brutal.«

Sara räusperte sich und zwang sich, nicht nur mit verständlicher, sondern auch starker und furchtloser Stimme zu sprechen. »Ja, das war er.«

Connors Ton wurde nun fast versöhnlich. »Ich habe früher im Büro des Bezirksstaatsanwalts in Baton Rouge gearbeitet. Ich kann ehrlich sagen, dass ich in meinen zwölf Jahren als Staatsanwältin noch nie etwas so Brutales und Sadistisches mitbekommen habe wie das, was Sie erlebt haben.«

Buddy blaffte: »Sweetheart, können Sie sich die Krokodilstränen abwischen und zu der Frage kommen?«

Die Anwältin zögerte einen Augenblick und fuhr dann fort: »Nur fürs Protokoll: Dr. Linton wurde in der Toilette des Grady Hospitals, wo sie als Assistentin in der Notaufnahme arbeitete, vergewaltigt. Offensichtlich drang der Täter über die Zwischendecke in die Damentoilette ein. Dr. Linton befand sich in einer der Kabinen, als er sich buchstäblich auf sie herabstürzte.«

»Notiert«, sagte Buddy. »Führt das zu einer Frage, oder halten Sie nur gerne Ansprachen?«

»Dr. Linton, die Tatsache, dass Sie brutal vergewaltigt wurden, hatte großen Einfluss auf Ihre Entscheidung, ins Grant County zurückzukehren, oder etwa nicht?«

»Es gab auch andere Gründe.«

»Aber würden Sie sagen, dass die Vergewaltigung der Hauptgrund war?«

»Ich würde sagen, das war einer von vielen Gründen für meine Entscheidung zur Rückkehr.«

»Führt das irgendwohin?«, fragte Buddy. Die Anwälte diskutierten wieder, und Sara versuchte, nicht zu zittern, als sie nach dem Wasserkrug auf dem Tisch griff und sich ein Glas einschenkte.

Sie spürte eher als dass sie sah, wie Beckey Powell sich bewegte, und fragte sich, ob die Frau ein schlechtes Gewissen hatte, weil sie Sara nun als menschliches Wesen sah und nicht als Monster. Sara hoffte es. Sie hoffte, dass Beckey sich an diesem Abend in ihrem Bett herumwerfen würde und erkannte, dass, gleichgültig wie schlecht sie und ihre Anwältin Sara auch machten, nichts ihren Sohn zurückbringen würde. An der Tatsache, dass Sara alles für Jimmy getan hatte, was sie hatte tun können, war nicht zu rütteln.

»Dr. Linton?«, fuhr Connor fort. »Ich kann mir vorstellen, dass es angesichts der brutalen Vergewaltigung, die Sie selbst durchlitten haben, für Sie emotional eine ziemliche Qual gewesen sein muss, in diese Toilette zu gehen und eine Frau zu finden, die ebenfalls sexuell angegriffen worden war. Vor allem, da es fast auf den Tag genau zehn Jahre her war, dass Sie vergewaltigt wurden.«

»Ist das eine Frage?«, blaffte Buddy.

»Dr. Linton, Sie und ihr Exehemann – verzeihen Sie, *Ehemann* – versuchen jetzt, ein Kind zu adoptieren, nicht wahr? Weil Sie als Folge dieser brutalen Vergewaltigung keine eigenen Kinder mehr bekommen können?«

Beckeys Reaktion war unmissverständlich. Zum ersten Mal seit Beginn dieser Anhörung konnte Sara die Frau in ihr sehen. Sie sah Beckeys Blick sanfter werden, ein Aufwallen des Mitgefühls für eine Freundin, aber diese Empfindung verschwand ebenso schnell, wie sie gekommen war, und Sara konnte den Vorwurf, der sie wieder auslöschte, beinahe lesen: Du hast kein Recht, Mutter eines Kindes zu sein, wo du meinen Sohn umgebracht hast.

Connor hielt ein vertraut aussehendes Dokument in die Höhe und sagte: »Doktor, Sie und Ihr Mann, Jeffrey Tolliver, haben vor drei Monaten beim Staat Georgia eine Adoption beantragt. Ist das korrekt?«

Sara versuchte sich zu erinnern, wann sie das Antragsformular ausgefüllt hatten, was sie gesagt hatten bei diesen staatlich verordneten Elternkursen, die in den letzten Monaten fast jede freie Minute ihrer Zeit beansprucht hatten. Was für Belastungsmaterial würde die Anwältin aus diesem endlosen, scheinbar harmlosen Prozedere herauspressen? Jeffreys hohen Blutdruck? Dass Sara eine Lesebrille brauchte? »Ja.«

Connor blätterte in einigen Papieren und sagte: »Einen Augenblick, bitte.«

Der Raum wurde winzig, luftlos. Es gab keine Fenster, keine Bilder an der Wand, die man hätte anstarren können. In einer Ecke stand eine sterbende Palme mit hängenden, traurigen Blättern. Dieses ganze Verfahren würde keinem etwas bringen. Kein Schuldspruch würde ein Kind zurückbringen. Und kein Freispruch würde einen ruinierten Ruf wiederherstellen.

Sara beschäftigte sich erneut mit der Anatomie ihrer Hand und betrachtete ihr Gelenk: Ligamenta metacarpalia dorsalia, stützende Bänder der Metakarpalgelenke. Ligamenta carpometacarpalia dorsalia, Verstärkungsbänder der Karpometakarpalgelenke. Ligamenta intercarpalia dorsalia, Flächenbänder an den dorsalen Flächen der Handwurzelknochen …

Sara hatte Jimmy in der Woche, bevor er starb, besucht, hatte stundenlang seine schwache, kleine Hand gehalten, während er stockend von Football und Skateboarding und all den Dingen erzählte, die er vermisste. Sara hatte ihn damals schon sehen können, den Blick des Todes in seinen Augen. Der Blick war das genaue Gegenteil dessen, was sie in den Augen seiner Mutter gelesen hatte, der Hoffung, die Beckey

Powell hatte, obwohl sie die Prognose kannte und zugestimmt hatte, die Behandlung abzubrechen, um Jimmys Leiden nicht zu verlängern. Diese Hoffnung war es, die Jimmy davon abgehalten hatte loszulassen, die Angst, die jedes Kind hatte, seine Mutter zu enttäuschen.

Sara war mit Beckey in die Cafeteria gegangen, hatte sich mit der verwirrten Frau in eine stille Ecke gesetzt und ihre Hand gehalten, wie wenige Augenblicke zuvor Jimmys. Sie hatte Beckey erläutert, wie es passieren, wie der Tod ihren Sohn holen würde. Seine Füße würden kalt werden, dann seine Hände, wenn der Kreislauf langsam herunterfuhr. Seine Lippen würden blau werden. Die Atmung würde unregelmäßig werden, aber das sollte man nicht als Zeichen des Leidens sehen. Er würde Schwierigkeiten beim Schlucken haben. Vielleicht würde er auch die Kontrolle über seine Blase verlieren. Seine Gedanken würden schweifen, aber Beckey dürfte nicht aufhören, mit ihm zu reden, ihn zu beschäftigen, weil er noch immer da sein würde. Er würde ihr Jimmy sein, bis zur allerletzten Sekunde. Es wäre ihre Aufgabe, ihm bei jedem Schritt zur Seite zu stehen und dann – das Schwierigste von allem – ihn ohne sie gehen zu lassen.

Sie müsste stark genug sein, um Jimmy gehen zu lassen.

Connor räusperte sich, um Saras Aufmerksamkeit wieder auf sich zu ziehen. »Sie haben den Powells nach Stellung der Diagnose weder die Labortests noch die Beratungsgespräche in Rechnung gestellt«, sagte sie. »Warum nicht, Dr. Linton?«

»Ich habe, um genau zu sein, keine eindeutige Diagnose gestellt«, korrigierte Sara und versuchte dabei, sich wieder zu konzentrieren. »Ich konnte ihnen nur sagen, was ich befürchtete, und sie an einen Onkologen verweisen.«

»Ihren Freund aus dem College, Dr. William Harris«, ergänzte die Anwältin. »Und auch die Labortests und die

Gespräche, die auf diese Überweisung folgten, haben Sie den Powells nicht in Rechnung gestellt.«

»Um Abrechnungen kümmere ich mich nicht.«

»Aber Sie geben Ihrem Büro doch Anweisungen, oder etwa nicht?« Connor hielt einen Augenblick inne. »Muss ich Sie daran erinnern, dass Sie unter Eid stehen?«

Sara verkniff sich die scharfe Erwiderung, die ihr auf der Zunge lag.

»Nach Aussage Ihrer Büroleiterin Nelly Morgan gaben Sie ihr den Auftrag, die knapp zweitausend Dollar, die die Powells Ihnen schuldeten, als Verlust abzuschreiben. Stimmt das?«

»Ja.«

»Warum, Dr. Linton?«

»Weil ich wusste, dass sie mit existenzbedrohenden Kosten für Jimmys Behandlung zu rechnen hatten. Ich wollte mich nicht in die Schlange der Gläubiger einreihen, von denen ich wusste, dass sie Forderungen stellen würden.« Sara sah Beckey an, doch die Frau wich ihrem Blick aus. »Darum geht es hier doch, oder? Laborrechnungen. Krankenhausrechnungen. Radiologen. Apotheker. Man schuldet den Leuten doch ein Vermögen, nicht?«

Connor sagte: »Dr. Linton, Sie sind hier, um meine Fragen zu beantworten, nicht, um eigene zu stellen.«

Sara beugte sich zu den Powells, versuchte, eine Verbindung zu ihnen herzustellen, sie zur Einsicht zu bringen. »Wisst ihr denn nicht, dass ihn das nicht zurückbringt? Nichts von all dem hier wird Jimmy je zurückbringen.«

»Mr. Conford, bitte weisen Sie Ihre Mandantin an …«

»Wisst ihr, was ich aufgegeben habe, um hier zu praktizieren? Wisst ihr, wie viele Jahre ich …«

»Dr. Linton, sprechen Sie meine Mandanten nicht direkt an.«

»Das ist der Grund, warum ihr nach Atlanta gehen und einen Spezialisten aufsuchen musstet«, fuhr Sara fort. »Diese Prozesse sind der Grund, warum das Krankenhaus geschlossen wurde, warum es im Umkreis von hundert Meilen nur fünf Ärzte gibt, die es sich leisten können, zu praktizieren.«

Sie schauten sie nicht an, reagierten nicht.

Sara lehnte sich erschöpft zurück. Es konnte hier nicht nur um Geld gehen. Beckey und Jimmy wollten mehr, eine Erklärung dafür, warum ihr Sohn gestorben war. Die traurige Tatsache aber war, dass es keine Erklärung gab. Menschen starben – Kinder starben –, und manchmal gab es niemanden, dem man die Schuld dafür geben konnte, gab es nichts, das den Tod aufhalten konnte. Und die Folge dieses Prozesses wäre, dass in einem Jahr oder in fünf Jahren ein anderes Kind krank, eine andere Familie unglücklich sein würde, und dass es dann niemanden mehr gäbe, der es sich leisten könnte, ihnen zu helfen.

Niemand würde da sein, um ihnen die Hand zu halten, ihnen zu erklären, was passierte.

»Dr. Linton«, setzte Sharon Connor erneut an. »Zu Ihrem Versäumnis, den Powells die Labortests und Gespräche in Rechnung zu stellen: Ist es nicht so, dass Sie sich schuldig fühlten an Jimmys Tod?«

Sie wusste, welche Antwort Buddy auf diese Frage von ihr hören wollte, wusste auch, dass Melinda Stiles, die Anwältin von Global Medical Indemnity, von ihr erwartete, das abzustreiten.

»Dr. Linton?«, fragte Connor nach. »Haben Sie sich schuldig gefühlt?«

Sara schloss die Augen, sah Jimmy in diesem Krankenhausbett liegen und über Skateboarding reden. Sie spürte noch seine Finger in ihrer Hand, während er ihr geduldig den Unterschied zwischen einem Hellflip und einem Ollie erklärte.

Articulationes interphalangeales, Zwischengliedergelenke.

Articulationes metacarpophalangeales, Fingergrundgelenke. Capsula articulationis radioulnaris distalis …

»Dr. Linton?«

»Ja«, gab sie schließlich zu und ließ den Tränen freien Lauf. »Ja. Ich habe mich schuldig gefühlt.«

Sara fuhr durch die Innenstadt von Heartsdale, der Tacho ihres BMW 335ci zeigte kaum fünfundzwanzig Meilen. Sie fuhr am Discounter vorbei, am Bekleidungsgeschäft, am Eisenwarenladen. Vor Burgess's Cleaners blieb sie mitten auf der leeren Straße stehen und überlegte sich, ob sie weiterfahren sollte oder nicht.

Vor ihr standen die Tore des Grant Institute of Technology offen. Als Kobolde oder Superhelden verkleidete Studenten kamen die Auffahrt herunter. Halloween war bereits in der letzten Nacht gewesen, aber die Studenten des Grant Tech neigten dazu, aus jedem Feiertag eine wochenlange Sause zu machen. Sara hatte sich dieses Jahr nicht einmal die Mühe gemacht, Süßigkeiten zu kaufen. Sie wusste, dass keine Mutter und kein Vater ihrem Kind erlauben würden, an ihre Tür zu klopfen. Seit Eröffnung dieses Kunstfehlerprozesses ächtete sie die ganze Stadt. Sogar Patienten, die sie jahrelang behandelt hatte, Leute, denen sie wirklich geholfen hatte, wichen im Supermarkt oder in der Apotheke ihrem Blick aus. In Anbetracht dieser Atmosphäre hatte Sara es für nicht sonderlich klug gehalten, ihr gewohntes Hexenkostüm anzuziehen und zur Kirchenparty zu gehen, wie sie es die letzten sechzehn Jahre gemacht hatte. Sara war im Grant County geboren und hier aufgewachsen. Sie wusste, dass dies eine Stadt war, die Hexen verbrannte.

Achteinhalb Stunden hatte sie in der Anhörung verbracht, und jeder Aspekt ihres Lebens war durchleuchtet worden. Über hundert Eltern hatten Freigabeerklärungen unterschrieben, damit die Krankenakten ihrer Kinder von Sharon Connor durchgekämmt werden konnten, und die meisten hatten gehofft, dass am Ende des Prozesses vielleicht auch Geld für sie herausspringen könnte. Melinda Stiles, die sich erstaunlich hilfsbereit gezeigt hatte, nachdem die Zeugen den Raum verlassen hatten, erklärte ihr, das komme ziemlich häufig vor. Ein Kunstfehlerprozess mache aus Patienten Geier, erläuterte sie, und es könne passieren, dass im Verlauf des Powell-Prozesses noch mehr anfingen, über ihrem Kopf zu kreisen. Die Leute von Global Medical Indemnity würden alles durchrechnen, die Verluste gegen die Stärke von Saras Verteidigung abwägen und dann entscheiden, ob sie sich auf einen Vergleich einlassen würden oder nicht.

In diesem Fall wäre all das – die Demütigung, die Erniedrigung – völlig sinnlos.

Einer der Collegestudenten auf der Straße schrie, und Sara erschrak und rutschte mit dem Fuß von der Bremse. Es war ein junger Mann, der ein Chiquita-Bananen-Kostüm trug, einschließlich einer blauen Caprihose und eines Wickel-Tops, das einen haarigen, runden Bauch zeigte. Es waren immer die Stämmigen, die sich bei der ersten Gelegenheit, die sich ihnen bot, als Frau verkleideten. Wäre Jimmy Powell auch ein so alberner junger Mann geworden? Wenn er weitergelebt hätte, hätte er die gebeugte Haltung und den mageren Körperbau seines Vaters bekommen oder das rundliche Gesicht und die fröhliche Art seiner Mutter? Sara wusste, dass er Beckeys schnelle Auffassungsgabe gehabt hatte und ihren Hang zu derben Späßen und schlechten Witzen. Alles andere würde kein Mensch je erfahren.

Sara bog nach links auf den Parkplatz der Klinik ein. Der Parkplatz ihrer Klinik, die sie vor etlichen Jahren von Dr. Barney gekauft und für die sie in der ganzen Zeit nebenbei als Coroner gearbeitet hatte, damit sie sich diesen Arbeitsplatz überhaupt leisten konnte. Das Schild war ausgebleicht, die Treppe brauchte einen neuen Anstrich, und die Seitentür klemmte an warmen Tagen, aber die Klinik gehörte ihr. Ihr allein.

Sie stieg aus und schloss die Vordertür mit ihrem Schlüssel auf. Letzte Woche hatte sie die Klinik geschlossen, aus Wut über die Patienten, die Freigabeerklärungen unterzeichnet hatten, weil sie hofften, abkassieren zu können, aus Wut über die Stadt, die sie verraten hatte. Sie sahen in Sara nichts anderes als einen Goldesel, als wäre sie nichts als ein Schlüssel, der ihnen den Zugriff auf die Millionen in den Truhen der Versicherungsgesellschaft ermöglichte. Keiner bedachte die Konsequenzen dieses Zertrümmerns und Abkassierens, die Tatsache, dass die Prämien für Kunstfehlerversicherungen in die Höhe schnellen würden, dass Ärzte ihre Praxen aufgeben müssten, dass Gesundheitsversorgung, die für viele bereits jetzt unerschwinglich war, sehr bald für die allermeisten unerreichbar sein würde. Keiner kümmerte sich um die Lebensentwürfe, die er oder sie auf ihrem Weg zum Millionärsdasein zerstörte.

Sollten sie doch darüber nachdenken, während sie eineinhalb Stunden nach Rollings fuhren, der nächsten Stadt mit einem Kinderarzt.

Sara ließ die Lichter aus, als sie durch die Lobby der Klinik ging. Trotz der kühlen Oktoberluft war das Gebäude warm, und sie zog ihre Kostümjacke aus und legte sie auf die Empfangstheke, bevor sie zum Waschraum ging.

Das Wasser aus dem Hahn war eiskalt, und Sara beugte sich über das Becken, um ihr Gesicht zu bespritzen, den Dreck abzuwaschen, der ihr die Haut verklebte. Sie wollte ein langes Bad und ein Glas Wein, aber das waren Dinge, die sie nur zu Hause bekommen konnte, und im Augenblick wollte sie nicht nach Hause. Sie wollte allein sein, ihr Selbstwertgefühl wiederfinden. Gleichzeitig wünschte sie sich zu ihren Eltern, die in diesem Augenblick irgendwo in Kansas waren, genau in der Mitte ihres seit langem geplanten Trips quer durch Amerika. Tessa, ihre Schwester, war in Atlanta und nutzte dort endlich ihren Collegeabschluss, indem sie Obdachlose beriet. Und Jeffrey … Jeffrey war zu Hause und wartete, dass Sara von der Anhörung zurückkehrte und ihm erzählte, was alles passiert war. Vor allem mit ihm wollte sie jetzt zusammen sein, und andererseits wollte sie ausgerechnet ihn überhaupt nicht sehen.

Sie starrte ihr Spiegelbild an und bemerkte schockiert, dass sie sich nicht mehr erkannte. Ihre Haare waren straff am Hinterkopf zusammengefasst, und sie wunderte sich beinahe, dass sie keinen Belastungsbruch erlitten hatte. Vorsichtig zog sie das Band heraus und zuckte vor Schmerz zusammen, weil sie dabei einige Haare ausriss. Ihre gestärkte, weiße Bluse zeigte ein paar Wasserflecken, aber Sara war es egal. Sie kam sich lächerlich vor in diesem Kostüm, das wahrscheinlich das teuerste Kleidungsstück war, das sie je besessen hatte. Buddy hatte darauf bestanden, dass sie sich das schwarze Tuch perfekt maßschneidern ließ, damit sie bei der Anhörung aussah wie eine reiche Ärztin und nicht wie die Tochter eines Kleinstadtklempners, die Kinderärztin geworden war. Sie dürfe in diesem Gerichtssaal ruhig sie selber sein, hatte Buddy ihr gesagt. Sie dürfe Sharon Conner ihr wahres Wesen zeigen, aber erst dann, wenn es der Gegenseite am meisten schadete.

Sara hasste dieses doppelte Spiel, hasste es, sich als Teil ihrer Verteidigungsstrategie in eine männlich wirkende, arrogante Kuh verwandeln zu müssen. In ihrer ganzen Karriere hatte sie sich geweigert, ihre Weiblichkeit zu verleugnen, nur damit sie in die Männerdomäne der Medizin passte. Und jetzt hatte ein Gerichtsverfahren sie zu all dem gemacht, was sie verachtete.

»Alles okay?«

Jeffrey stand in der Tür. Er trug einen anthrazitfarbenen Anzug mit dunkelblauem Hemd und Krawatte. Sein Handy klemmte an der einen Seite seines Gürtels, sein Waffenhalfter an der anderen.

»Ich dachte, du bist zu Hause.«

»Habe mein Auto in die Werkstatt gebracht. Was dagegen, mich mitzunehmen?«

Sie nickte und lehnte sich mit der Schulter an die Wand.

»Hier.« Er hielt ihr ein Gänseblümchen hin, das er wahrscheinlich im überwucherten Hof gepflückt hatte. »Das habe ich dir mitgebracht.«

Sara nahm die Blume, die kaum mehr als Unkraut war, und legte sie auf den Beckenrand.

»Willst du drüber reden?«

Sie verschob das Gänseblümchen und legte es rechtwinkelig zum Hahn. »Nein.«

»Willst du allein sein?«

»Ja. Nein.« Schnell schloss sie die Distanz zwischen ihnen, legte ihm die Arme um die Schultern und drückte ihr Gesicht an seinen Hals. »Mein Gott, es war so furchtbar.«

»Das kommt schon alles wieder in Ordnung«, erwiderte er tröstend und strich ihr mit der Hand über den Rücken. »Lass dich von denen nicht fertigmachen, Sara. Lass dir von ihnen nicht dein Selbstvertrauen nehmen.«

Sie drückte sich an ihn, weil sie den Trost seines Körpers an ihrem brauchte. Er war den ganzen Tag auf dem Revier gewesen und roch nach dem Bereitschaftssaal – diese merkwürdige Mischung aus Waffenöl, verbranntem Kaffee und Schweiß. Da ihre Familie verstreut war, war er im Augenblick die einzige Konstante in ihrem Leben, der einzige Mensch, der ihr helfen konnte, wieder zu sich zu finden. Wenn sie es sich genau überlegte, war das seit sechzehn Jahren so. Auch als sie sich von ihm hatte scheiden lassen, auch in der Zeit, als sie versuchte, an alles Mögliche zu denken außer an Jeffrey, war er in ihrem Hinterkopf doch immer da gewesen.

Sie strich ihm mit den Lippen langsam und zärtlich über den Hals, bis seine Haut reagierte. Sie ließ die Hände über seinen Rücken zur Taille gleiten und zog ihn an sich auf eine Art, die unmissverständlich war.

Er schaute überrascht, aber als sie ihn auf den Mund küsste, küsste er zurück. In diesem Augenblick wollte Sara weniger Sex als die Intimität, die dazugehörte. Wenigstens war dies etwas, das sie wirklich gut konnte.

Jeffrey löste sich wieder von ihr. »Lass uns nach Hause fahren, okay?« Er steckte ihr eine Haarsträhne hinters Ohr. »Ich koche uns etwas, und dann legen wir uns auf die Couch und …«

Sie küsste ihn noch einmal, knabberte an seiner Lippe, drückte ihn wieder an sich. Er brauchte nie viel Überredung, aber als seine Hand zum Reißverschluss ihres Rockes glitt, wanderten ihre Gedanken zu Dingen, die zu Hause zu erledigen waren: der Stapel Wäsche, der zusammengelegt werden musste, der tropfende Wasserhahn im Gästezimmer, das zerrissene Einlegepapier in den Schubladen der Küchenschränke.

Schon die Vorstellung, ihre Strumpfhose auszuziehen, empfand sie als Überforderung.

Er löste sich mit einem schmalen Lächeln wieder von ihr. »Komm«, sagte er, nahm sie bei der Hand und führte sie aus dem Waschraum. »Ich fahre dich nach Hause.«

Mitten in der Lobby bimmelte sein Handy. Er schaute Sara fragend an, als brauche er ihre Erlaubnis, um dranzugehen.

»Mach nur«, sagte sie, weil sie wusste, dass derjenige, der anrief, es noch einmal versuchen oder, noch schlimmer, zu ihnen nach Hause kommen würde. »Geh nur dran.«

Er wirkte noch immer widerwillig, zog aber dennoch das Handy vom Gürtel. Sie sah ihn die Stirn runzeln, als er auf die Anruferkennung schaute und sich dann meldete: »Tolliver.«

Sara lehnte sich an die Empfangstheke und verschränkte die Arme, während sie versuchte, seine Miene zu interpretieren. Sie war schon viel zu lange die Frau eines Polizisten, um noch zu glauben, dass es so etwas wie einen einfachen Anruf gab.

»Wo ist sie jetzt?«, fragte Jeffrey. Er nickte, und seine Schultern verkrampften sich, als er die Antwort hörte. »Okay«, sagte er und schaute auf seine Uhr. »Ich kann in drei Stunden dort sein.«

Er beendete die Verbindung und drückte dann das Handy so fest, dass Sara schon meinte, er würde es zerbrechen. »Lena«, sagte er knapp, als Sara ihn eben fragen wollte, was los sei. Lena Adams war Detective in seiner Truppe und neigte dazu, immer in Schwierigkeiten zu geraten und Jeffrey mit hineinzuziehen. Allein schon die Erwähnung ihres Namens bedeutete nichts Gutes.

Sara sagte: »Ich dachte, sie ist in Urlaub.«

»Es gab eine Explosion«, antwortete Jeffrey. »Sie ist im Krankenhaus.«

»Alles in Ordnung mit ihr?«

»Nein«, sagte er und schüttelte den Kopf, als könne er nicht glauben, was er eben gehört hatte. »Sie wurde verhaftet.«

Drei Tage zuvor

2 Lena behielt eine Hand am Lenkrad, während sie mit der anderen die Radiosender durchsuchte. Jedes Mal, wenn wieder ein hirnloses Mädchen aus den Lautsprechern kreischte, zuckte sie zusammen; seit wann war Dummheit eigentlich ein Talent, das man vermarkten konnte? Sie gab die Suche auf, als sie zu den Country-Music-Sendern kam. Im Kofferraum hatte sie einen 6-CD-Wechsler, aber sie hatte die Nase voll von jedem einzelnen Song auf jeder einzelnen Disc. Verzweifelt griff sie hinter sich auf den Boden vor dem Rücksitz und tastete nach einer einzeln herumliegenden CD. Hintereinander klaubte sie drei leere Schutzhüllen auf und fluchte bei jeder lauter. Sie wollte schon aufgeben, als ihre Fingerspitzen eine Kassette unter ihrem Sitz berührten.

Ihr Celica war etwa acht Jahre alt und hatte noch einen Kassettenrekorder, aber Lena hatte keine Ahnung, was diese Kassette enthielt oder wie sie überhaupt in ihr Auto gekommen war. Trotzdem steckte sie sie in den Schlitz und wartete. Da keine Musik kam, drehte sie lauter und fragte sich, ob die Kassette vielleicht leer war oder die sengende Hitze des letzten Sommers sie beschädigt hatte. Sie drehte noch lauter und hätte fast einen Herzinfarkt bekommen, als die ersten Trommelschläge von Joan Jetts »Bad Reputation« durchs Auto dröhnten.

Sibyl. Ihre Zwillingsschwester hatte das Band zwei Wochen vor ihrem Tod aufgenommen. Lena erinnerte sich noch gut, wie sie vor sechs Jahren genau diesen Song gehört hatte, als sie vom Georgia Bureau of Investigation in Macon, wo sie etwas abgeliefert hatte, über den Highway zurück ins Grant County gerast war. Die Fahrt war ganz ähnlich gewesen wie die, die sie heute machte: schnurgerade auf einer von Kudzugestrüpp gesäumten Interstate, die wenigen PKW auf der Straße sausten an Neunachsern vorbei mit Wohnwagen, die zu wartenden Familien transportiert wurden. Unterdessen wurde ihre Schwester im Grant County von einem Sadisten gequält und ermordet, während Lena aus voller Kehle mit Joan Jett mitsang.

Sie ließ die Kassette herausschnellen und schaltete das Radio aus.

Sechs Jahre. Sie hatte gar nicht das Gefühl, als wäre schon so viel Zeit vergangen, andererseits schien es eine Ewigkeit her zu sein. Lena war gerade jetzt an dem Punkt, da ihre Zwillingsschwester nicht mehr das Erste war, woran sie dachte, wenn sie am Morgen aufwachte. Erst später, wenn sie in der Arbeit etwas Lustiges sah oder eine verrückte Geschichte hörte, dachte sie an Sibyl und daran, dass sie es ihr unbedingt erzählen musste, und wurde sich erst Sekundenbruchteile später wieder bewusst, dass Sibyl gar nicht mehr da war.

Lena hatte Sibyl immer als ihre einzige Familie betrachtet. Ihre Mutter war dreizehn Tage nach der Geburt gestorben. Ihr Vater, ein Polizist, war von einem Mann erschossen worden, den er wegen überhöhter Geschwindigkeit angehalten hatte. Er hatte nie erfahren, dass seine junge Frau schwanger war. Und da es so gut wie keine anderen Verwandten gab, hatte Hank Norton, der Bruder ihrer Mutter, die beiden Mädchen großgezogen. Lena hatte ihren Onkel nie als Familie betrachtet. In ihrer Kindheit war Hank ein Junkie gewesen und in ihren Teenagerjahren ein nüchternes, selbstgerechtes Arschloch. Lena betrachtete ihn mehr als Wächter denn als jemanden, der die Regeln aufstellte und alle Macht hatte. Von Anfang an hatte Lena nur ausbrechen wollen.

Sie schob die Kassette wieder hinein und drehte so leise, dass der Song nur ein wütend geflüstertes Knurren war.

I don't give a damn about my bad reputation …

Die Schwestern hatten es als Teenager gesungen. Es war ihr Protest gegen Reese, das Provinzkaff, in dem sie lebten, bis sie alt genug waren, um sich aus dem Staub zu machen. Mit ihrer dunklen Haut und dem allgemein exotischen Aussehen, das sie von ihrer mexikanischen Großmutter geerbt hatten, waren sie beide nicht sonderlich beliebt gewesen. Die anderen Kinder waren gemein, und Lenas Strategie war es, sie sich einzeln vorzunehmen, während Sibyl sich ganz aufs Lernen konzentrierte und schwer arbeitete, um die Stipendien zu erhalten, die sie für ein Studium brauchte. Nach der Highschool war Lena eine Weile untätig herumgehangen und dann auf die Police Academy gegangen, wo Jeffrey Tolliver sie aus einer Gruppe von Rekruten herausgepflückt und ihr einen Job angeboten hatte. Sibyl war zu der Zeit bereits Professorin am Grant Institute of Technology, was Lenas Entscheidung, den Job anzunehmen, sehr viel leichter machte.

Lena erinnerte sich an ihre ersten beiden Wochen im Grant County. Nach Reese hatte Heartsdale wie eine Metropole gewirkt. Sogar Avondale und Madison, die beiden anderen Städte im Grant County, waren für ihre Kleinstadtaugen eindrucksvoll. Die meisten Kinder, mit denen Lena zur Schule gegangen war, hatten Georgia noch nie verlassen. Ihre Eltern arbeiteten Zwölfstundenschichten in der Reifenfabrik oder bekamen Arbeitslosengeld, sodass sie herumsitzen und trinken konnten. Urlaube waren für die Reichen – Leute, die es sich leisten konnten, ein paar Tage frei zu nehmen und trotzdem in der Lage waren, die Stromrechnung zu bezahlen.

Hank hatte eine Bar am Rand von Reese, und nachdem er

aufgehört hatte, sich den Gewinn in die Adern zu jagen, hatten Sibyl und Lena im Vergleich zu ihren Nachbarn ein relativ komfortables Leben geführt. Sicher, das Dach ihres Hauses war verbogen, und soweit sie zurückdenken konnte, stand im Hinterhof auf Waschbetonblöcken ein 1963er Chevy-Truck, aber sie hatten immer Essen auf dem Tisch, und zu Beginn jedes neuen Schuljahrs fuhr Hank mit ihnen nach Augusta, um ihnen neue Kleidung zu kaufen.

Lena hätte dankbar sein sollen, aber sie war es nicht.

Sibyl war acht gewesen, als Hank sie betrunken mit dem Auto anfuhr. Lena hatte mit einem alten Tennisball mit ihrer Schwester Fangen gespielt. Sie warf zu weit, und als Sibyl auf die Einfahrt lief und sich bückte, um den Ball aufzuheben, hatte die hintere Stoßstange von Hanks zurücksetzendem Auto sie an der Schläfe getroffen. Es war kaum Blut zu sehen gewesen, nur eine dünne Linie am Haaransatz, aber der Schaden war angerichtet. Danach hatte Sibyl nicht mehr sehen können, und gleichgültig, wie viele Treffen der Anonymen Alkoholiker Hank besuchte oder wie fürsorglich er zu sein versuchte, insgeheim sah Lena immer vor sich, wie sein Auto ihre Schwester traf, und den überraschten Blick auf Sibyls Gesicht, als sie zu Boden stürzte.

Und doch – im Augenblick benutzte Lena einen ihrer kostbaren Urlaubstage, um nach dem alten Mistkerl zu sehen. Hank hatte zwei Wochen lang nicht angerufen, und das war merkwürdig. Obwohl sie seine Anrufe selten erwiderte, sprach er ihr jeden zweiten Tag eine Nachricht aufs Band. Gesehen hatte sie ihren Onkel zum letzten Mal vor drei Monaten, als er – ungebeten – ins Grant County gekommen war, um ihr beim Umzug zu helfen. Sie hatte Jeffreys Haus angemietet, nachdem der herausgefunden hatte, dass die Vormieter, zwei Collegestudentinnen, es als Privatbordell missbraucht hatten. Hank hatte beim Kistenschleppen nur ein paar Worte über die Lippen gebracht, und Lena war ähnlich gesprächig gewesen. Bei seiner Abfahrt hatte ihr schlechtes Gewissen sie dazu gebracht, ein Abendessen in dem neuen Steakhaus im Viertel vorzuschlagen, aber er stieg mit irgendeiner Ausrede in seinen klapperigen, alten Mercedes, bevor sie den Satz zu Ende bringen konnte.

Sie hätte merken müssen, dass etwas nicht stimmte. Hank ließ nie eine Gelegenheit aus, mit ihr zusammen zu sein, wie schmerzhaft die Begegnung auch sein mochte. Dass er sofort nach Reese zurückgefahren war, hätte für sie ein Hinweis sein müssen. Mann, sie war Detective. Sie musste erkennen, wenn etwas ungewöhnlich war.

Außerdem hätte sie nicht zwei ganze Wochen vergehen lassen dürfen, ohne ihn anzurufen und sich nach ihm zu erkundigen.

Letztendlich war es Charlotte gewesen, eine von Hanks Nachbarinnen, die Lena angerufen und ihr gesagt hatte, sie müsse kommen und nach ihrem Onkel sehen.

»Er ist in keiner guten Verfassung«, hatte sie gesagt. Als Lena versuchte, mehr aus ihr herauszuholen, hatte Charlotte nur gemurmelt, eins ihrer Kinder brauche sie, und aufgelegt.

Lena spürte, wie ihr Rücken sich streckte, als sie die Stadtgrenze von Reese erreichte. O Gott, sie hasste diese Stadt. In Grant war sie wenigstens keine Außenseiterin. Aber hier würde sie immer die Waise sein, die Unruhestifterin, Hank Nortons Nichte – nein, nicht Sibyl, Lena, die Böse.

Kurz hintereinander kam sie an drei Kirchen vorbei. Vor dem Baseballplatz stand eine große Reklametafel, auf der stand: VORHERSAGE FÜR HEUTE: JESUS REGIERT!

»O Gott«, murmelte sie und bog links auf die Kanuga Road ein. Ihr Körper lief auf Autopilot, während sie durch die Nebenstraßen rollte, die zu Hanks Haus führten.

Obwohl das Unterrichtsende erst in einer Stunde war, verließen bereits genug Autos die Highschool, um einen Stau zu verursachen. Lena bremste, gedämpfte Tonfetzen konkurrierender Radiosender drangen ihr ans Ohr, während aufgemotzte Macho-Autos Gummi auf den Asphalt brannten.

Ein Kerl in einem blauen Mustang, ein altes Modell, das sich fuhr wie ein Transporter und ein Armaturenbrett aus Metall hatte, das einem den Kopf abtrennen konnte, wenn man gegen den richtigen Baum krachte, fuhr auf der Nachbarspur neben sie. Lena drehte den Kopf und sah einen Teenager, der sie unverblümt anstarrte. Goldketten funkelten in der Nachmittagssonne an seinem Hals, und seine rötlich blonden Haare waren mit so viel Gel zu Stacheln aufgestellt, dass er aussah wie etwas, das man eher auf dem Grund des Meeres fand als in einer Kleinstadt in den Südstaaten. Ohne zu merken, wie blöd er dabei aussah, wippte er mit dem Kopf zu der Rap-Musik, die aus seinen Autolautsprechern dröhnte, und zwinkerte Lena anzüglich zu. Sie drehte sich weg und dachte, dass sie diesen verzogenen, weißen Bengel gern an einem Freitagabend in Downtown-Atlanta sehen würde. Da wäre er zu sehr mit Hosenscheißen beschäftigt, um das Gangsta-Leben wirklich genießen zu können.

An der nächsten Straße bog sie ab und fuhr einen Umweg zu Hank, weil sie von dem Kerl und dem Verkehr wegkommen wollte. Wahrscheinlich ging es Hank gut. Lena wusste, dass sie eins mit ihrem Onkel gemeinsam hatte: den Hang zur Übellaunigkeit. Wahrscheinlich war Hank einfach nur düsterer Stimmung. Und vermutlich wurde er wütend, wenn er die Tür öffnete und Lena sah, die sich in seine Angelegenheiten mischen wollte. Sie würde es ihm nicht verdenken können.

Ein weißer Cadillac Escalade stand in der Einfahrt hinter Hanks altem Mercedes. Lena fragte sich, wer ihn wohl besuchte, während sie den Celica am Straßenrand abstellte und den Motor ausschaltete. Vielleicht war Hank ja Gastgeber eines AA-Treffens; und in dem Fall hoffte sie, dass der Fahrer des Escalade der Letzte war, der ging, und nicht der Erste, der erschienen war. Ihr Onkel war ebenso abhängig von diesem Selbsthilfe-Unsinn wie er süchtig nach Alkohol und Speed gewesen war. Sie hatte mitbekommen, dass Hank sechs Stunden am Stück gefahren war, nur um einen speziellen Redner zu hören, und sofort danach dieselbe Strecke noch einmal zurück, damit er die Bar für die frühnachmittäglichen Säufer öffnen konnte.

Sie musterte das Haus und dachte, dass sich an dem Heim ihrer Kindheit nichts verändert hatte außer seinem Verfallszustand. Das Dach war noch verbogener, die Farbe auf der Holzverschalung blätterte so stark ab, dass ein dünner Streifen weißer Farbpartikel einen Kreidestrich um das Haus zog. Sogar der Briefkasten hatte schon bessere Tage gesehen. Offensichtlich hatte jemand mit einem Baseballschläger auf das Ding eingedroschen, aber Hank hatte, handwerklich geschickt wie er war, den Kasten mit Isolierband wieder an den verfaulenden Holzpfosten geklebt.

Lena nahm ihren Schlüssel in die Hand, als sie aus dem Auto stieg. Ihre Waden spannten nach der langen Fahrt, und sie beugte den Oberkörper, um die Beine zu strecken.

Ein Schuss zerriss die Luft, Lena schnellte wieder hoch, griff nach ihrem Halfter, realisierte, dass ihre Glock im Handschuhfach lag, und begriff gleichzeitig, dass der Schuss nur das Zuknallen der Haustür gewesen war.

Der Türenknaller war ein stämmiger Kahlkopf mit Armen dick wie Kanonen und einer Haltung, die sie schon aus zwanzig Schritt Entfernung erkannte. Eine große Lederscheide mit einem Jagdmesser hing an seiner rechten Hüfte, und eine dicke Metallkette führte von einer Gürtelschlaufe zu seiner Brieftasche in der linken Gesäßtasche. Er trottete die wackeligen Stufen hinunter und zählte ein Bündel Geldscheine in seiner fleischigen Hand.

Er hob den Kopf, sah Lena und schnaubte nur verächtlich auf, bevor er in seinen weißen Cadillac stieg. Die Zweiundzwanzig-Zoll-Reifen des Geländewagens wirbelten Staub hoch, als er rückwärts aus der Einfahrt stieß und neben ihrem Celica auf die Straße fuhr. Der Escalade war ungefähr einen Meter länger als ihr Auto und mehr als einen halben Meter breiter. Das Dach war so hoch, dass sie nicht darüber sehen konnte. Die Seitenfenster waren dunkel getönt, aber die vorderen waren heruntergekurbelt, sodass sie den Fahrer deutlich erkennen konnte.

Er war so dicht herangefahren, dass er sie zwischen den beiden Autos praktisch einklemmte, und seine Glupschaugen starrten Löcher in sie. Die Zeit blieb stehen, und sie sah, dass er älter war, als sie gedacht hatte, und sein rasierter Schädel kein modisches Statement war, sondern eine Ergänzung zu dem großen Hakenkreuz, das er auf den nackten Oberarm tätowiert hatte. Struppige, schwarze Stoppeln umrahmten als Schnauzer und Kinnbart seinen Mund, aber das höhnische Grinsen auf seinen fetten, feuchten Lippen konnte sie trotzdem erkennen.

Lena war lange genug Polizistin, um einen Verbrecher zu erkennen, und der Fahrer war lange genug Verbrecher, um eine Polizistin zu erkennen. Keiner wich dem Blick des anderen aus, aber er gewann das Kräftemessen, indem er den Kopf schüttelte, als wollte er sagen: »Was für eine Verschwendung.« Sein Frauenschläger-Shirt zeigte ein kräftiges Muskelspiel, als er den Gang einlegte und davonbrauste.

Lena blieb stehen, wo sie war. *Fünf, sechs, sieben* … sie zählte die Sekunden, während sie breitbeinig mitten auf der Straße stand und wartete, bis der Cadillac abbog und der Kerl sie nicht mehr im Rückspiegel hatte.

Kaum war das Auto verschwunden, ging sie zur Beifahrerseite und zog das Fünfzehn-Zentimeter-Klappmesser hervor, das sie immer unter dem Sitz hatte. Sie steckte es sich in die Gesäßtasche und holte die Glock aus dem Handschuhfach. Sie kontrollierte den Sicherungshebel und klemmte sich den Halfter an den Gürtel. Lena wollte dem Mann nicht noch einmal begegnen, vor allem nicht unbewaffnet.

Während sie zum Haus ging, verdrängte sie den Gedanken, was eine solche Person wohl im Haus ihres Onkels zu suchen hatte. In einer Stadt wie Reese fuhr man kein solches Auto, wenn man in der Reifenfabrik arbeitete. Und man verließ auch nicht das Haus eines anderen mit einem Bündel Scheine in der Hand, wenn man nicht sicher war, dass kein Mensch versuchen würde, es einem abzunehmen.

Mit zitternden Händen näherte sie sich dem Haus. Der Türstock war zersplittert, vielleicht weil die Tür so heftig zugeschlagen, vielleicht, weil sie aufgetreten worden war. Stücke von verfaulendem Holz und verrostetem Metall ragten neben dem Knauf in die Luft, und Lena drückte die Tür mit ihrer Schuhspitze auf.

»Hank?«, rief sie und verkniff es sich, die Waffe zu ziehen. Der Mann im Escalade war verschwunden, aber er war noch deutlich zu spüren. Hier war etwas Schlimmes passiert. Vielleicht passierte es ja immer noch.

Ihre Zeit als Polizistin hatte ihr einen gesunden Respekt vor ihren Instinkten beigebracht. Auf den eigenen Bauch zu hören lernte man erst als Frischling im Dienst. Das war nichts, was einem auf der Academy beigebracht wurde. Entweder man achtete darauf, wenn sich einem die Nackenhaare aufstellten, oder man bekam bereits beim ersten Einsatz von einem durchgeknallten Junky, der glaubte, Aliens wollten ihn holen, eine Kugel in die Brust.

Lena zog die Glock und richtete sie auf den Boden. »Hank?«

Keine Antwort.

Sie bewegte sich vorsichtig durch das Haus und konnte einfach nicht feststellen, ob es durchwühlt worden war oder ob Hank sich ganz einfach schon eine ganze Weile nicht mehr die Mühe gemacht hatte aufzuräumen. Ein unangenehmer Geruch hing in der Luft, etwas Chemisches wie verbranntes Plastik, vermischt mit dem gewohnten Gestank nach Hanks Zigaretten und nach Hühnerfett von dem Straßenverkaufsessen, das Hank sich jeden Abend besorgte. Auf der Couch im Wohnzimmer lagen Zeitungen verstreut. Lena bückte sich und kontrollierte die Datumsangaben. Die meisten waren über einen Monat alt.

Vorsichtig, die Waffe noch immer in der Hand, ging sie den Gang entlang. Die Tür zu ihrem ehemaligen Zimmer stand offen, die Betten waren ordentlich gemacht. Hanks Zimmer war eine andere Geschichte. Die Laken waren am Fußende zusammengeknüllt, als hätte jemand einen heftigen Fiebertraum gehabt, und in der Mitte breitete sich ein unangenehmer brauner Fleck aus. Das Bad war dreckig. Die Fliesenfugen waren schwarz vor Schimmel, Stücke von feuchtem Verputz hingen von der Decke.

Dann stand sie, die Glock schussbereit, vor der geschlossenen Küchentür. »Hank?«

Keine Antwort.

Die Angeln quietschen, als sie die Pendeltür aufstieß.

Hank saß zusammengesunken auf einem Stuhl am Küchentisch. Vor ihm stapelten sich AA-Broschüren zu Hunderten, direkt daneben stand eine verschließbare Metallkassette, die sie aus ihrer Kindheit nur allzu gut kannte.

Sein Besteck.

Junkys liebten ihre Prozeduren fast so sehr, wie sie ihre Drogen liebten. Ein bestimmter Nadeltyp, eine bestimmte Vene… sie hatten feste Gewohnheiten für ihre Gewohnheiten, eine starre Vorgehensweise, die fast so schwer zu durchbrechen war wie die Sucht selbst. Tütchen schütteln, Pulver herausklopfen, Feuerzeug anzünden, die Lippen lecken, warten, bis das Pulver flüssig wird, die Flüssigkeit kocht. Und dann die Nadel. Manchmal reichte schon der Gedanke an den Kick, um einen Kick zu bekommen.

Hanks Drogenbesteck war eine verschließbare Metallkassette mit dunkelblauer Lackierung, die an einigen Stellen abgeschlagen war, sodass die graue Grundierung zum Vorschein kam. Er bewahrte sie in seiner Sockenschublade auf, ein Versteck, auf das sogar ein siebenjähriges Mädchen kommen konnte. Auch wenn das Kästchen jetzt zu war, sah Lena den Inhalt so deutlich vor sich, als wäre der Deckel offen: Spritzen, Alufolie, Feuerzeug, abgebrochene Zigarettenfilter. Sie kannte den Löffel, den er zum Aufkochen benutzte, so gut wie ihre eigene Hand. Angelaufenes Silber, der verzierte Löffelstiel zu einem Ring gebogen, durch den man den Zeigefinger stecken konnte.

Hank hatte sie einmal damit erwischt und ihr kräftig den Hintern versohlt. Ob er es getan hatte, weil sie mit seinen Sachen spielte oder weil er sie von dem Stoff fernhalten wollte, wusste Lena bis heute nicht.

Sie lehnte, die Waffe noch in der Hand, an der Küchenzeile, als Hank sich endlich bewegte. Glasige Augen schauten zu ihr hoch, aber sie sah, dass er nicht fokussieren konnte, und dass es ihm offenbar gleichgültig war, nichts zu sehen. Sabber triefte aus seinem halb geöffneten Mund. Er hatte seine Zähne nicht eingesetzt, hatte anscheinend seit Wochen weder geduscht noch sich gekämmt. Seine Hemdsärmel waren hochgekrempelt, und sie sah, dass die winzigen Narben, die die Nadeln vor so vielen Jahren hinterlassen hatten, sich nun vermischten mit neuen Einstichen – schwärenden, klaffenden Löchern, entzündet von Abflussreiniger oder Talkumpuder oder was sonst verwendet worden war, um den Dreck zu strecken, den er sich in die Adern jagte.

Die Waffe hob sich. Sie kam sich vor, als stünde sie neben sich, als wäre die Pistole nicht verbunden mit ihrer Hand, als wäre es nicht ihr Finger, der da am Abzug lag, nicht ihre Stimme, die sagte: »Wer zum Teufel war dieser Mann?«

Hanks Mund klappte noch weiter auf, und sie sah das dunkelrote Fleisch, wo seine Zähne gewesen waren, Zähne, die ihm im Mund verfault waren wegen der Drogen, die ihn von innen her auffraßen.

»Sag's mir«, sagte sie und hielt ihm die Glock vors Gesicht.

Die Zunge rutschte ihm aus dem Mund, als er zu sprechen versuchte. Sie brauchte beide Hände, um die Waffe ruhig zu halten, damit sie nicht unbeabsichtigt losging. Minuten vergingen, vielleicht Stunden. Lena wusste es nicht; sie hatte keinen Zeitbegriff mehr, wusste nicht einmal, ob sie in der Gegenwart war oder in der Vergangenheit, der Zeit vor dreißig Jahren, als sie nur ein verängstigtes Kind war, das sich wunderte, warum ihr Onkel so breit grinste, obwohl ihm Blut aus Nase und Ohren lief. Sie spürte, wie ihr von der Hitze im Haus die Haut kribbelte. Der Gestank, den Hank verströmte, war unerträglich. Sie kannte diesen Gestank aus ihrer Kindheit, wusste, dass er sich nicht pflegte, dass er nicht baden wollte, weil die Schmutzschicht auf seiner Haut die Poren verstopfte und so die Drogen länger im Körper blieben.

Lena zwang sich, die Waffe auf die Anrichte zu legen. Sie drehte ihm den Rücken zu, um die Flut von Erinnerungen abzuwehren, die sie mit sich zu reißen drohte: Hank ohnmächtig im Garten; Leute von der Fürsorge, die kamen, um die beiden Mädchen abzuholen. Sibyl, die weinte, Lena, die schrie. Heiße Tränen liefen ihr über die Wangen, und plötzlich war sie wieder das kleine Mädchen, das hilflose, machtlose, kleine

Mädchen, dessen einzige Hoffnung im Leben ein nutzloser, beschissener Junkie war.

Sie wirbelte herum und schlug ihn so fest, dass er zu Boden fiel.

»Steh auf!«, schrie sie und trat nach ihm. »Steh auf, verdammte Scheiße!«

Er stöhnte und rollte sich zu einer Kugel zusammen, und das erinnerte sie daran, dass der Körper auch in geschwächtem Zustand tat, was in seiner Macht stand, um sich zu schützen. Sie wollte mit ihren Fäusten auf ihn einprügeln. Sie wollte sein Gesicht zerschlagen, bis ihn niemand mehr erkannte. Wie viele Nächte hatte sie wach gelegen und sich die Augen ausgeweint, während sie darauf wartete, dass er endlich nach Hause kam? Wie oft hatte sie ihn morgens mit dem Gesicht nach unten in der eigenen Kotze gefunden? Wie viele Fremde hatten die Nacht in diesem Haus verbracht – gemeine, ekelhafte Männer mit lüsternem Grinsen und fetten, grapschenden Fingern –, während Hank an nichts anderes dachte als daran, seine Rauschphase zu verlängern?

»War das dein Dealer?«, fragte Lena barsch und spürte, wie sich in ihrem Magen Übelkeit breitmachte. »Ist das deine Verbindung?«

Er flüsterte etwas, und Blut sprühte in feinem Nebel auf das schmutzige Linoleum.

»Wer war das?«, brüllte sie und beugte sich über seinen zusammengerollten Körper. Sie wollte den Namen des Dealers hören. Sie würde ihn aufspüren, mit ihm in den Wald fahren und ihm eine Kugel in den Kopf jagen. »Wer war der Mann?«

»Es war …«, keuchte Hank.

»Sag mir seinen Namen«, befahl Lena, kniete sich neben ihn und ballte die Fäuste so heftig, dass ihr die Nägel in die Handflächen schnitten. »Sag mir, wer das ist, du blödes Arschloch.«

Er drehte ihr den Kopf zu, und sie merkte, dass er versuchte, klar zu sehen. Als seine Lider sich flackernd wieder schlossen, packte sie seine fettig gelben Haare und riss ihm den Kopf hoch, sodass er gar nicht anders konnte als sie anzusehen.

»Wer ist das?«, wiederholte sie.

»Der Mann …«

»Wer?«, fragte Lena. »Wer ist der Mann?«

»Er war es«, murmelte Hank, und seine Augen schlossen sich wieder, als wäre die Anstrengung, sie offen zu halten, einfach zu viel für ihn. Trotzdem beendete er, was er sagen wollte: »Er hat deine Mutter umgebracht.«

Montagabend

3 Seit dem Augenblick, als James Oglethorpe zum ersten Mal seinen Fuß auf den Boden Georgias setzte, hatte es immer wieder Männer gegeben, die versucht hatten, sich nur zum eigenen Vorteil perfekte, kleine Stücke aus dem Land herauszuschneiden. Der erste Versuch datierte vom Jahr 1741, als die Treuhandverwaltung beschloss, das Land in zwei Kolonien aufzuteilen: Savannah und Frederica. Als Georgia königliche Kolonie wurde und die Anglikanische Kirche als offizielle Kirche einsetzte, wurde das Territorium in acht Sprengel unterteilt. Nach dem Revolutionskrieg wurde den Creek und den Cherokee Land im Süden für eine weitere weiße Expansion weggenommen, später war auch Cherokee-Land im Norden betroffen.

Mitte des neunzehnten Jahrhunderts gab es kein Indianerland mehr, deshalb fing man an, die existierenden Verwaltungsbezirke zu unterteilen. Um 1877 gab es in Georgia 137 Countys – so viele kleine Territorien politischer Macht, dass die Staatsverfassung novelliert werden musste, um die Überentwicklung zu stoppen, und dann 1945 noch einmal novelliert wurde, um Schlupflöcher zu stopfen, die die Schaffung von 16 weiteren Countys ermöglicht hatten. Die endgültig zugelassene Zahl war danach 159, jedes County mit seinem eigenen Vertreter in der Staatsversammlung, eigenem Verwaltungssitz, eigenen Steuersätzen, Schulen, Richtern, seinem eigenen politischen System und seinem eigenen, lokal gewählten Sheriff.

Jeffrey wusste nicht viel über das Elawah County, außer dass seine Gründer den Namen offensichtlich von den Indianern geborgt hatten, die sie von dem Land vertrieben hatten. Die Nacht war bereits hereingebrochen, als er und Sara die Stadtgrenze erreichten, und soweit sie das sehen konnten, war der Ort nicht gerade einladend. Lena war nicht der Typ, der sich hinsetzte und aus der Kindheit plauderte, und Jeffrey verstand, warum, als er durch Reese fuhr, den Verwaltungssitz des Elawah County. Nicht einmal die Schwärze der Nacht konnte die deprimierende Tristesse des Ortes verhüllen.

Jeffrey hatte an der Auburn University amerikanische Geschichte studiert, aber in keinem Lehrbuch war zu lesen, dass es im Süden Orte gab, an denen der Wiederaufbau nach dem Sezessionskrieg einfach vorbeigegangen war. Fließendes Wasser, sanitäre Installationen im Haus, Grundbedürfnisse, deren Befriedigung andere Amerikaner als selbstverständlich betrachteten, waren für den ärmeren Teil der Bevölkerung von Reese unerschwinglicher Luxus. Jeffreys Heimatstadt, Sylacauga in Alabama, war ebenfalls arm, ließ sich aber mit Reese nicht vergleichen. Diese Stadt war eine schwärende Wunde, die nur sichtbar wurde, wenn irgendeine Naturkatastrophe den Schorf abriss.

»Dort drüben links«, sagte Sara mit Blick auf die Wegbeschreibung, die Jeffrey vom Sheriff erhalten hatte.

Jeffrey bog ab und schaute kurz zu Sara hinüber, als das Licht einer Straßenlaterne ins Auto fiel. Sie hatte sich umgezogen und trug jetzt Jeans und einen Pullover, aber ihr Gesicht wirkte noch immer abgespannt. Er wusste nicht, ob es wegen der Kunstfehleranhörung war oder wegen der Situation mit Lena. Es hatte ihn überrascht, dass Sara angeboten hatte mitzufahren. Sie war nicht gerade ein Fan von Lena. Zwar hatten die beiden Frauen es über die Jahre geschafft, zivilisiert miteinander umzugehen, aber einige der schlimmsten Streitigkeiten, die Jeffrey und Sara in letzter Zeit gehabt hatten, hatten immer mit der jungen Polizistin zu tun gehabt: Lenas Sturheit, ihr aufbrausendes Temperament und eine Grundeinstellung, die Sara als lässige Gleichgültigkeit gegenüber der eigenen Sicherheit betrachtete und Jeffrey als Merkmal einer verdammt guten Polizistin.

Zum Teil war Jeffrey schuld an Saras schlechter Meinung über Lena. Wenn er zu Hause über Lena redete, dann nur über die Patzer, die ihr passierten. Er hatte sich mit Sara noch nie über die Sachen unterhalten, die sie gut konnte: ein Verhör führen zum Beispiel oder tatsächlich aus ihren Fehlern zu lernen. Da er am Anfang seiner Karriere selbst kolossale Fehler gemacht hatte, war Jeffrey mehr als nachsichtig. Wenn er ehrlich war, erinnerte Lena ihn sehr an sich selbst, als er in ihrem Alter war. Vielleicht ging es Sara ähnlich; sie war auch nicht gerade ein großer Fan von Jeffrey Tolliver vor zehn Jahren.

Wenn Jeffrey raten müsste, würde er sagen, Sara war nur mitgekommen, weil sie nicht allein sein wollte. Oder vielleicht wollte sie einfach aus dieser verdammten Stadt raus. Auch Jeffrey war nicht sehr erfreut darüber, wie die Bürger des Grant County seine Frau behandelten. Seit zwei Monaten führte er im Geiste eine Liste von Leuten, denen er beim nächsten Strafzettel nicht mehr aus der Patsche helfen würde.

»Da vorn«, sagte sie und deutete auf eine Nebenstraße, die aussah wie eine Sackgasse.

»Bist du sicher?«

Sara schaute noch einmal in die Wegbeschreibung. »Hier steht, am Grillplatz rechts abbiegen.«

Er bremste ein wenig und tastete blindlings nach oben, suchte den Schalter für die Innenbeleuchtung.

»Hier«, sagte sie und drückte auf einen Knopf neben dem Rückspiegel. Er liebte die gute Straßenlage von Saras BMW, aber das Klingeln und Surren der Signal- und Warntöne machte ihn nervös.

Er nahm ihr die Wegbeschreibung ab und hielt sie ins Licht.

Sie sagte: »Es ist ja nicht so, dass ich deine Handschrift nicht lesen könnte. Du hast die Schönschrift eines Grundschullehrers.«

Er deutete auf das Satellitennavigationssystem auf dem Armaturenbrett, das seit einer halben Stunde meldete: »Für diese Position sind keine Daten verfügbar.« »Wie viel hast du für dieses Ding eigentlich zusätzlich bezahlt?«

»Was hat das mit deiner Handschrift zu tun?«

Er antwortete nicht, während er in seine Notizen schaute. Er hatte eindeutig »am Grillplatz rechts« geschrieben.

Jeffrey gab Sara das Blatt Papier wieder zurück und bog rechts ab. Er fuhr langsam, weil die Räder immer wieder in Schlaglöcher tauchten. Er wollte gerade umkehren, als Sara ein vertrautes blaues Schild mit einem weißen H darauf entdeckte. Weiter hinten sahen sie die hellen Lichter eines Parkplatzes und dahinter einen Kasten, der nur das Krankenhaus sein konnte.

»Fifth Avenue«, las Sara vom Straßenschild ab. Als er auf den Parkplatz einbog, sagte sie nichts mehr.

Das Elawah County Medical Center befand sich gegenüber eines Dunkin' Donuts und eines Kentucky Fried Chicken, die allerdings beide bereits geschlossen hatten. Das Krankenhausgebäude selbst war ein architektonischer Alptraum. Zu einem Teil aus Gussbeton, zu einem weiteren aus Schlackesteinen und zu einem dritten aus Ziegeln bestehend, sah der zweistöckige Bau aus wie ein räudiger Hund, den man in den Rinnstein getreten hatte. Die wenigen Fahrzeuge auf dem Parkplatz waren vorwiegend Transporter mit getrocknetem Schlamm um die Radkästen, weil es erst kürzlich geregnet hatte. NASCAR-Aufkleber und Jesus-Fische zierten die Chromstoßstangen. Sie hatten fast drei Stunden bis hierher gebraucht, aber es war nicht zu übersehen, dass sie sich noch immer in einem kleinen Städtchen in den Südstaaten befanden.

Jeffrey fuhr auf einen freien Parkplatz neben der Notaufnahme. Er stieg nicht aus, schaltete den Motor nicht aus. Er saß einfach nur da und dachte daran, wie wenige Informationen er erhalten hatte. Lena hatte eine Explosion miterlebt. Sie wurde im Krankenhaus behandelt. Sie war verhaftet worden.

Was hat sie jetzt schon wieder angestellt?

Das waren Saras Worte gewesen – Sara, die nicht verstehen konnte, warum Jeffrey all die Jahre zu Lena gehalten hatte, die nicht wusste, was es bedeutete, aufzuwachsen und niemanden zu haben, der einen unterstützte, niemanden, der glaubte, man könnte etwas anderes machen als die dummen Fehler der eigenen Eltern zu wiederholen. Wenn das so wäre, dann würde Jeffrey als nutzloser Säufer sterben wie sein Vater, und Lena würde – er wusste gar nicht, was dann mit Lena passieren würde. Was sie gerettet hatte, war allein die Tatsache, dass sie sich Hank Norton nicht zum Vorbild genommen hatte. Was die anderen Menschen in Lenas Leben anging, so hatte Jeffrey nur einen je kennengelernt, ihren Exfreund, einen Exganoven und Exnazi, den Jeffrey mit großem Vergnügen wieder hinter Gitter gebracht hatte.

»Hey«, sagte Sara. »Alles okay mit dir?«

»Ja.« Er wandte sich ihr zu. »Hör mal, ich weiß, was du von Lena hältst, aber …«

»Ich soll es für mich behalten?«, unterbrach sie ihn. Er betrachtete ihr Gesicht, versuchte herauszufinden, ob diese Bitte sie ärgerte oder irritierte. Offensichtlich nichts von beiden, denn sie schaffte sogar ein Lächeln. »Lass uns das einfach hinter uns bringen und dann nach Hause fahren.«

»Guter Plan.« Er stellte den Motor ab und stieg aus. Der Geruch von Zigarettenrauch hing in der Luft, und Jeffrey sah ein paar Sanitäter, die an einem Krankenwagen lehnten und sich plaudernd die Zeit bis zum nächsten Einsatz vertrieben. Einer davon winkte Jeffrey zu, und er nickte, während er ums Auto herumging, um Sara die Tür zu öffnen.

Jeffrey warnte sie: »Ich weiß nicht so recht, wie das ablaufen wird.«

»Ich kann im Auto warten«, erwiderte sie. »Ich will dir nicht im Weg sein.«

»Du wirst mir nicht im Weg sein«, antwortete er, obwohl ihm der Gedanke auch schon gekommen war. Er öffnete die hintere Tür und holte seine Anzugjacke heraus. »Du kannst sie untersuchen. Nachsehen, ob sie wirklich okay ist.«

Sara zögerte. Er wusste, was sie dachte, dass sie sich in letzter Zeit nicht sehr als Ärztin gefühlt hatte, dass sie wegen des Prozesses, der wie ein Damoklesschwert über ihr schwebte, ihren eigenen Instinkten nicht mehr traute. »Ich bin nicht wirklich …«

Jeffrey bedrängte sie nicht. »Ist schon in Ordnung«, sagte er. »Na komm.«

Die Glastüren glitten auf, als sie zur Notaufnahme gingen. Der Wartebereich drinnen war leer bis auf einen älteren Mann in einem Rollstuhl und eine junge Frau, die auf dem Stuhl neben ihm saß. Beide trugen sie Mundschutzmasken und starrten zu dem Fernseher, der an der Decke befestigt war. Jeffrey erinnerte sich an die Gesundheitswarnungen, die er in letzter Zeit immer wieder in den Nachrichten sah, Warnungen vor einer neuen Grippewelle, die sie alle umbringen würde. Die Rezeptionistin am Empfang trug keine Maske, aber weil sie so mürrisch schaute, als sie auf sie zugingen, vermutete er sofort, dass jeder Keim, der durch die Luft flog, viel zu viel Angst hatte, sich ihr zu nähern.

Er öffnete den Mund, um etwas zu sagen, aber die Frau schnitt ihm das Wort ab, knallte ein Klemmbrett auf die Theke und sagte: »Füllen Sie das da aus. Folgen Sie der gelben Linie bis zum Geschäftsbüro und lassen Sie sich dort einen Finanzierungsplan ausarbeiten, und dann kommen Sie wieder zu mir. Wir hinken im Augenblick sowieso schon zwei Stunden hinterher. Wenn Sie also nicht aus einem wirklich guten Grund hier sind, dann können Sie genauso gut wieder nach Hause gehen und versuchen, es wegzuschlafen.«

Jeffrey zog seine Marke aus der Tasche und legte sie neben das Klemmbrett auf die Theke. »Ich will zu Sheriff Valentine.«

Die Frau fuhr sich mit der Zunge über die untere Zahnreihe, sodass es aussah, als hätte sie dort eine Prise Schnupftabak. Schließlich seufzte sie laut, zog das Klemmbrett wieder zurück und wandte sich ihrem Computer zu, auf dem nach ein paar Klicks eine Partie Solitär erschien, die sie offensichtlich eben gespielt hatte.

Jeffrey schaute Sara an, als könnte sie die Vorgänge in diesem Krankenhaus entschlüsseln. Sie zuckte die Achseln, und er glaubte schon, man würde sie abwimmeln, als die Frau noch einmal schwer seufzte und dann sagte: »Folgen Sie der grünen Linie bis zum Aufzug, fahren Sie in den dritten Stock, und folgen Sie der blauen Linie bis zum Schwesternzimmer. Vielleicht wissen die dort, wovon Sie reden.«

Er schaute auf den Boden. Unter ihren Füßen verliefen fünf farbige Linien. Drei führten einen Gang entlang, eine führte zum Aufzug und die letzte, eine rote, führte zum Ausgang, der gerade mal drei Meter hinter ihnen lag.

Jeffrey nahm seine Marke und steckte sie wieder in die Tasche. Er ließ Sara voraus zum Aufzug gehen. Wie durch Zauberhand glitten die Türen auf, als sie sich näherten. Der Boden der Kabine war rötlich pink von Lehmschlamm, und ein schwacher Geruch nach Fichtennadel-Desinfektionsmittel und Erbrochenem hing in der Luft.

Sara blieb stehen. »Vielleicht sollten wir die Treppe nehmen.«

»Was ist dann mit der blauen Linie?« fragte Jeffrey, nur halb im Spaß.

Sie zuckte die Achseln und stieg ein. Er folgte ihr, und als er auf den Knopf für den dritten Stock drückte, fiel ihm auf, dass es zwar einen für den zweiten, aber keinen für den ersten gab. Dann standen beide da und warteten, dass die Türen zugingen. Nichts passierte, deshalb drückte er noch einmal auf den Knopf. Es passierte noch immer nichts. Er drückte auf den Knopf für den zweiten Stock, und die Türen gingen zu. Über ihnen surrte die Maschinerie, und der Aufzug bewegte sich nach oben.

Sara sagte: »Ich sollte wirklich nicht hier sein.«

Er hasste es, wenn sie sich so fehl am Platze fühlte. »Ich will dich aber dabeihaben.« Er versuchte, überzeugender zu klingen. »Ich brauche dich hier.«

»Das tust du nicht«, erwiderte sie. »Aber danke für die Lüge.«

»Sara ...«

Sie drehte sich um und überflog die Anschlagtafel, die an die Rückwand der Kabine geschraubt war. *»Meth is Death!«*, »Meth tötet« warnte eins der Poster und zeigte Vorher- und Nachher-Fotos eines hübschen blonden Mädchens im Teenageralter, das sich, nach einem knappen Jahr auf Methamphetamin, in eine seelenlose Vettel ohne Zähne, aber mit schwärenden Wunden auf ihrer einst perfekten Haut verwandelt hatte. Eine Nummer am unteren Rand war unlesbar geworden, die grobe Zeichnung eines Joints überdeckte die letzten zwei Ziffern. Ein zweites Poster, das die einzelnen Schritte einer Wiederbelebung erläuterte, nahm den Großteil des übrigen Platzes ein. Es war überkritzelt mit Graffiti, wie man sie an solchen Orten immer fand: zotige Limericks, Telefonnummern von Flittchen und Aufrufe für diverse Leute, sich ins Knie zu ficken.

Schließlich gingen die Aufzugtüren ächzend auf, und ein Klingeln ertönte. Vor sich sahen sie einen nur schwach erhellten Korridor, und Jeffrey nahm an, dass man das Licht ausgeschaltet hatte, damit die Patienten schlafen konnten. Das Notausgangsschild gegenüber dem Aufzug verströmte einen warmen, roten Schein und zeigte zu einer Tür am hinteren Ende des Gangs. Jeffrey schaute sich um und hielt dabei die Tür geöffnet, weil er sich fragte, ob sie vielleicht auf der falschen Etage waren.

»Da ist der Streifen«, flüsterte Sara und deutete auf die einzelne, blaue Linie auf dem Boden. Jeffrey sah, dass sie nach rechts führte, am Notausgang vorbei, und dann um eine Ecke herum. Er schaute den Gang nach links hinunter, sah aber nichts als Türen zu Patientenzimmern und noch ein Ausgangsschild.

Sie folgten der blauen Linie zum Schwesternzimmer. Dort angekommen, sah er, dass der Gang kreisförmig war, und sie ebenso gut links herum hätten gehen können, um hierherzugelangen.

»Das ist der Grund, warum die Leute Krankenhäuser hassen«, sagte Jeffrey mit leiser Stimme zu Sara. »Wenn sie dich nicht noch kränker machen, dann machen sie dich verrückt.«

Sara verdrehte die Augen; und Jeffrey erinnerte sich, wie er ihr zum ersten Mal erzählt hatte, dass er Krankenhäuser hasse. Ihre Antwort war fast automatisch gekommen: »Jeder hasst Krankenhäuser.«

Das Schwesternzimmer war rechteckig, an beiden Seiten offen, und die Wände waren vollgehängt mit Diagrammen und farbigen Papieren. Es gab nur einen Schreibtisch, auf dem eine Lampe ein grelles Licht auf die Schreibunterlage warf. Eine Zeitung war beim Kreuzworträtsel aufgeschlagen, einige Kästchen waren bereits ausgefüllt. Jeffrey sah eine halb gegessene Packung Cracker neben einem offenen Diet Coke und nahm an, dass derjenige, der hier gesessen hatte, mitten in seiner Pause weggerufen worden war.

Sara lehnte sich an die Wand und verschränkte die Arme. »Die Schwester wird wahrscheinlich gerade ihre Runde machen.«

»Dann warten wir wohl besser hier.«

»Wir könnten Lena ja auf eigene Faust suchen.«

»Ich glaube nicht, dass der Sheriff begeistert wäre.«

Sie warf ihm einen merkwürdigen Blick zu, als überraschte es sie, dass er sich darum kümmerte.

Er wollte eben etwas erwidern, als er hinter sich eine Toilettenspülung hörte. »Schätze, die Schwester hat ihre Runde beendet.«

Sie warteten beide, Sara lehnte noch immer an der Wand, während Jeffrey auf und ab ging und die Schilder las, die an den Türen einiger Patientenzimmer klebten. »Kein Wasser.« »Keine feste Nahrung.« »Kein unbegleiteter Toilettengang.«

Mann, die wussten hier wirklich, wie man die Leute niedermachte.

Er hörte Wasser ins Waschbecken laufen, dann das vertraute Quietschen eines Papierhandtuchspenders. Sekunden später ging die Tür auf, und ein grauhaariger Mann in Uniform kam heraus. Er erschrak richtig, als er Jeffrey sah. »Chief Tolliver?«

»Jeffrey«, entgegnete er, ging zu dem Mann und streckte ihm die Hand entgegen. Eine Sekunde zu spät erkannte er, dass er gar nicht mit dem Sheriff sprach. Die Abzeichen auf der dunkelbraunen und grauen Uniform wiesen ihn als Deputy aus. »Das ist meine Frau, Dr. Sara Linton.«

»Donald Cook.« Der Mann gab Jeffrey die Hand und nickte Sara zu. Er hatte eine laute, dröhnende Stimme, und es schien ihm egal zu sein, ob er damit Patienten aufweckte. »Tut mir leid, wenn ich Sie habe warten lassen.«

Jeffrey kam direkt zur Sache. »Wie geht's meiner Detective?«

»Absolut kein Problem«, antwortete Cook. »Sie ist still wie eine Kirchenmaus.«

In einer anderen Situation hätte Jeffrey einen Witz über eine Personenverwechslung gemacht. »Hat sie Brandverletzungen? Ihr Sheriff sagte, es habe eine Art Explosion gegeben ...«

»Sie hat ein bisschen Rauch eingeatmet, ein paar Schnitte und Abschürfungen. Der Doc meint, sie kommt wieder völlig in Ordnung.«

Jeffrey wartete darauf, dass Sara den Mann nach Lenas Zustand ausfragte, aber sie stand einfach nur da und hörte zu. Das passte nicht zu ihr. In Krankenhäusern war Sara in ihrem Element. Er hatte erwartet, dass sie wenigstens Lenas Krankenblatt verlangen oder den behandelnden Arzt suchen würde.

Andererseits kam Sara nur selten mit, wenn er arbeitete. Jeffrey vermutete, dass sie sich einfach nicht einmischen wollte. So fragte er den Deputy: »Können Sie mir sagen, was passiert ist?«

»Darüber reden Sie besser mit Jake.« Der Mann ging hinter die Theke und ließ sich mit einem Stöhnen wieder auf seinen Stuhl fallen. Er griff zum Hörer und sagte: »Tut mir leid, dass ich Ihnen keine Stühle anbieten kann.« Er setzte sich eine Lesebrille auf, damit er die Ziffern auf dem Telefon lesen konnte. »Wir hatten gestern Nacht einen Junkie hier, der alle Stühle vollgekotzt hat. Da ist es einfacher, die alten wegzuwerfen und neue zu bestellen.«

»Kein Problem«, sagte Jeffrey, steckte die Hände in die Taschen und verkniff es sich, wieder auf und ab zu gehen. Obwohl Sara ihre Meinung für sich behielt, sah er, dass sie die Situation nicht weniger überraschte als ihn. Lenas bewaffnete Wache war ein Witz. Der Mann sollte direkt vor ihrem Zimmer sitzen und nicht Cracker essen und Blödsinn reden. Sara hatte recht gehabt. Jeffrey hätte Lena auf eigene Faust suchen sollen, anstatt hier den Diplomaten zu spielen.

Cook hob unnötigerweise um Ruhe bittend die Hand und sagte dann in den Hörer: »Jake? Er ist da. Ja, hat eine Ärztin mitgebracht.« Er nickte, legte dann auf und sagte zu Jeffrey: »Jake sagt, er fährt eben auf den Parkplatz. War kurz zu Hause, um was zu essen. Wir dachten, es würde ein bisschen länger dauern, bis Sie hier sind.«

»Aus welchem Grund wurde sie verhaftet?« Als der Mann nicht antwortete, machte Jeffrey ihm ein paar Vorschläge: »Sachbeschädigung? Sträfliche Nachlässigkeit?«

Cooks Lippen bogen sich zu einem Grinsen. »Nicht unbedingt.«

Jeffrey wusste, was »nicht unbedingt« bedeutete – dass sie ihr eine Geringfügigkeit vorgeworfen hatten, um Zeit zu haben, sich zu überlegen, wie sie ihr etwas Großes anhängen konnten. Er drehte sich zu Sara um und hatte plötzlich das Gefühl, in zwei Richtungen gezerrt zu werden. Sara mitzubringen war vielleicht nicht seine glänzendste Idee gewesen. Alles in diesem Krankenhaus erinnerte sie an ihren Kunstfehlerprozess und an die Tatsache, dass irgendwo zu Hause im Grant County ihrer beider Privatleben in die Öffentlichkeit gezerrt wurde.

Mit einiger Mühe konzentrierte sich Jeffrey nun wieder auf Lena. »Können wir schon vorgehen und sie sehen?«

»Ist vielleicht keine so gute Idee«, sagte Cook und schüttelte einen Cracker aus der Packung. Jeffrey spürte, wie sein Magen knurrte, und plötzlich wurde ihm bewusst, dass sie noch nichts zu Abend gegessen hatten. Anscheinend hatte Cook es gehört, denn er bot ihm die Packung an. »Wollen Sie auch einen?« Jeffrey schüttelte den Kopf, und der Mann hielt die Packung nun Sara hin, die ebenfalls ablehnte.

Cook lehnte sich zurück und kaute seinen Cracker. Dann schaute er Jeffrey mit erhobenen Augenbrauen an. »Blöde Situation.«

Jeffrey wusste, dass er von dem älteren Mann vorgeführt wurde. Cook fand es wahrscheinlich stinklangweilig, dass er den Babysitter spielen musste. Jeffrey einen Knochen zuzuwerfen und zu sehen, ob er ihn fing, war vermutlich unterhaltsamer als sein Kreuzworträtsel. Allerdings rechnete der Deputy wohl nicht damit, dass der Hund auch beißen konnte. Jeffrey schaute auf die Uhr und fand, dass er schon genug Zeit vertrödelt hatte. Verarschen lassen konnte er sich auch gemütlich zu Hause.

So sagte er zum Deputy: »Ich würde sie wirklich gerne sehen.«

»Diese Explosion wurde mit Vorsatz ausgelöst.« Cooks Tonfall war eine Warnung.

Jeffrey hörte, dass Sara hinter ihm sich bewegte. »Tatsächlich?«, fragte er.

»Ja.«

Er konnte nicht mehr an sich halten. »Und Sie glauben, dass meine Detective sie ausgelöst hat?«

»Wie gesagt …«

»Reden Sie mit Jake?«

»Okay«, sagte Cook und dabei rieselten ihm Crackerbrösel auf die Uniform. Dann verkündete er unvermittelt: »Ich habe mit Calvin Adams gearbeitet.«

Jeffrey nahm an, dass er Lenas Vater meinte.

»Ein guter Mann, dieser Cal«, fuhr Cook fort. »Hat bei einer Verkehrskontrolle zwei Kugeln in den Kopf bekommen. Hätte mich am liebsten selbst umgebracht, als das passierte.«

Jeffrey erwiderte nichts, aber er kannte das Gefühl, einen Kollegen zu verlieren, nur zu gut. Das war ein Verlust, der einen jeden Tag des restlichen Lebens quälte – es war vielleicht noch schlimmer, als einen Verwandten oder den Lebensgefährten zu verlieren.

Cook lümmelte noch immer mit vor dem Bauch verschränkten Fingern auf seinem Stuhl. »Sie haben mich für den Sheriff gehalten, nicht?«

»Wie bitte?«, fragte Jeffrey. Er war in Gedanken woanders gewesen. »Ja«, antwortete er, als ihm bewusst wurde, was der Mann gesagt hatte. »Mein Fehler.«

»Ich trage diese Uniform nun schon seit fast vierzig Jahren«, verkündete Cook stolz. »Habe mich schließlich ebenfalls für den Sheriffsposten beworben, aber gegen Jake verloren.« Jeffrey wusste, dass der Sheriff durch eine Wahl bestimmt wurde. Er sagte ein stummes Dankgebet, dass er nicht alle zwei Jahre einen Wahlkampf um seinen Job führen musste. Es war eine gute Stellung, wenn man sie bekam. Pensionen und Vergütungen eines Sheriffs gehörten zu den besten in den Strafverfolgungsbehörden.

Mit einem Kichern sagte Cook: »Jake Valentine. Klingt wie der Star aus einer Seifenoper. Der Junge ist kaum drei Jahre weg von der Mutterbrust.«

Jeffrey hatte keine Lust auf Klatsch über den Sheriff. Er wollte mehr über die Explosion erfahren, ob es wirklich Absicht gewesen war, wer sonst noch verletzt worden war, und was Lena mit der ganzen Sache zu tun hatte. Er wusste, dass Cook ihm die Antworten nicht auf dem Silbertablett präsentieren würde, deshalb fragte er: »Kennen Sie Hank Norton?«

»Natürlich kenn ich den. Ein elender Nichtsnutz.«

Jeffrey merkte, wie erleichtert er war, den Mann über Lenas Onkel im Präsens reden zu hören. Er fragte: »War Hank in Schwierigkeiten?«

»Vor drei Wochen haben wir in seinem Laden jemanden erwischt, der Meth verkaufte. Wir machten die Kaschemme zu, aber Norton war so zugedröhnt, dass er es wahrscheinlich gar nicht mitbekam.«

»Ich dachte, er ist inzwischen clean.«

»Ich dachte, meine Frau sei noch Jungfrau, als ich sie heiratete.« Cook fiel Sara wieder ein, und er errötete. »Entschuldigung, Ma'am.« Er stützte den Ellbogen auf den Schreibtisch und sprach Jeffrey direkt an. »Hören Sie, Norton ist schon seit ewigen Zeiten Junkie. Hat wahrscheinlich damit angefangen, als er sechzehn oder siebzehn war. Von so einem Zeug lässt man nicht sehr lange die Finger.«

»Speed, oder?«

»Sagt man, ja.«

Der Aufzug klingelte, und Jeffrey hörte das metallische Surren der aufgleitenden Türen. Zwei Schrittepaare hallten den Gang entlang. Die beiden unterhielten sich angeregt mit gedämpften Stimmen. Als sie näher kamen, sah Jeffrey, dass eine der beiden eine Krankenschwester war. Der andere musste Sheriff Jake Valentine sein.

Die junge Schwester schien an den Lippen des Sheriffs zu hängen, der eben von einer ausgedehnten Rangelei mit einem betrunkenen Autofahrer erzählte. Cook hatte Recht gehabt, was Valentine anging. Der Mann sah aus, als wäre er gerade einmal achtzehn. Er war so groß und dürr, dass der Waffengürtel an seiner Hüfte bis zum letzten Loch zugezogen war und das Lederende aus der Schnalle hing wie eine Zunge. Der spärliche Flaum auf seiner Oberlippe sollte wohl ein Schnurrbart sein, und eine nasse Stelle oben auf seinem Kopf deutete darauf hin, dass er dort einen widerspenstigen Wirbel hatte, den er zu zähmen versucht hatte, bevor er wieder ins Krankenhaus fuhr. Er war mindestens fünf Zentimeter größer als Jeffrey, aber die hängenden Schultern und die schildkrötenartige Neigung seines Halses machten diesen Vorteil zunichte. Jeffrey erinnerte sich, dass seine Mutter ihm jeden Tag seines jungen Lebens gesagt hatte, er solle auf seine Haltung achten.

»Jake!«, kreischte die Schwester begeistert und boxte ihn auf den Arm.

Cook stöhnte nur, offensichtlich hatte er die Geschichte mit dem betrunkenen Fahrer schon zu oft gehört. Er sagte: »Jake, dieser Chief ist hier.«

Valentine schien überrascht, als er Jeffrey vor dem Schwesternzimmer stehen sah. Jeffrey fragte sich, was dieses Getue sollte. Auch wenn Cook ihn nicht angerufen hätte, so dunkel war der Gang auch wieder nicht.

»Jake Valentine«, sagte der Sheriff und streckte die Hand aus.

»Tolliver.« Jeffrey ergriff die Hand. Trotz seines schmächtigen Aussehens hatte Valentine einen kräftigen Händedruck. »Das ist meine Frau, Dr. Sara Linton.«

Sara gab dem Mann die Hand und zwang sich zu einem Lächeln.

Die Schwester ging hinter die Theke, und Valentines Verhalten wurde unvermittelt ernst, als hätte man einen Schalter umgelegt. »Tut mir leid, dass wir uns unter diesen Umständen kennenlernen.«

»Können Sie uns sagen, was passiert ist?«

Valentine deutete auf seinen Deputy. »Ich dachte, Don hier hat Ihnen bereits alles erzählt.«

»Dachte, ich überlasse dir das Vergnügen«, entgegnete Cook und zwinkerte Jeffrey zu.

»Darla«, sagte Valentine und meinte die Schwester. »Was dagegen, wenn wir Ihr Büro benutzen?«

»Wie Sie wollen«, antwortete sie und blätterte in einer Patientenakte. »Sagen Sie Bescheid, wenn Sie was brauchen.«

»Um ehrlich zu sein«, sagte Jeffrey. »Ich würde gern wissen, wie es meiner Detective geht, Lena Adams.«

»Sie ist okay«, erwiderte die Schwester. »Hat ein bisschen Rauch in die Lunge bekommen. In ein paar Tagen ist sie wieder ganz die Alte.«

»Gut«, sagte Valentine, als hätte er die Frage gestellt. »Hier entlang.« Er trat zur Seite, damit Jeffrey und Sara ihm vorausgehen konnten.«

Sara bemerkte: »Ich kann ja hierbleiben, falls …«

»Das ist schon okay«, unterbrach sie Jeffrey. So still, wie sie im Augenblick war, wollte er sie nicht unbedingt alleine lassen.

Er ließ Sara den Vortritt und kontrollierte so unauffällig wie möglich die Namen der anderen Patienten an den Türen, während sie den Gang entlanggingen.

Unterwegs redete Valentine in einem rauen Flüsterton. »Wir fanden sie letzte Nacht an der Highschool. Ich wohne direkt auf der anderen Straßenseite. Ich konnte die Flammen von meinem Wohnzimmer aus sehen.«

Jeffrey ging langsamer, damit der Jüngere aufholen konnte und nicht an seinen Fersen leckte wie ein kleines Hündchen.

Valentine fuhr fort: »Wir glauben, dass es ein Cadillac Escalade war. Keine Papiere, keine Nummernschilder an dem Fahrzeug, wir haben deshalb Schwierigkeiten, den Halter zu ermitteln. Stand genau in der Mitte des Sportplatzes. Der Einsatzleiter der Feuerwehr sagt, es gäbe offensichtlich Spuren eines Brandbeschleunigers, wahrscheinlich Benzin.«

»Moment mal.« Jeffrey stoppte ihn, er wollte es genauer wissen. Man hatte ihm gesagt, es habe eine Explosion gegeben und Lena sei verletzt. Er hatte angenommen, dass das in einem Gebäude passiert war. »Der Cadillac wurde angezündet? Und der ist dann explodiert?«

»Korrekt.« Valentine nickte. Noch immer mit leiser Stimme erklärte er: »Das Fahrzeug stand genau auf der Fünfzig-Yard-Linie. In meinem ganzen Leben habe ich noch nie etwas so heiß brennen sehen. Wird eine Heidenarbeit werden, die Leiche zu identifizieren. Fred Bart, das ist unser Coroner, sagt, die Hitze war so stark, dass sie die Zähne sprengte.«

Sara war ein paar Schritte vor ihnen stehengeblieben. »Es war eine Leiche im Escalade?«

»Ja, Ma'am, auf dem Rücksitz«, bestätigte der Sheriff.

Sara presste die Lippen zusammen und schaute zu Boden. Sie sah nicht so aus, als würde diese Nachricht sie überraschen oder schockieren. Jeffrey wusste, was sie dachte. Jetzt war es endlich passiert. Die Sturheit und Nachlässigkeit, mit der Lena agierte, hatte zum Tod eines Menschen geführt.

Valentine missverstand ihr Schweigen als Verwirrung. »Ich erzähle das nicht ausführlicher, okay? Tut mir leid, ich dachte, Don hätte …«

Jeffrey entgegnete: »Don meinte, er wolle Sie berichten lassen.«

»Na gut.« Valentine nickte noch einmal, aber so, dass man den Eindruck bekam, er glaube nicht so recht, was Jeffrey ihm sagte. »Gehen wir doch einfach da rein«, sagte er und zeigte auf eine geschlossene Tür.

Jeffrey drehte sich um, weil er überzeugt war, dass der Mann nur einen Witz machte. Sie standen vor einer Wäschekammer.

»Da sind wir ungestört«, erklärte der Sheriff, obwohl, soweit Jeffrey das sehen konnte, niemand in der Nähe war.

Sara verschränkte die Arme vor der Brust. Sie betrachtete die Kammer mit offensichtlicher Beklommenheit.

Jeffrey fragte: »Meinen Sie wirklich, dass das nötig ist?«

»So brauchen wir uns keine Gedanken zu machen, dass wir irgendjemanden aufwecken.« Valentine griff an ihm vorbei und öffnete die Tür. »Nach Ihnen.«

Jeffrey irritierte diese Heimlichtuerei, aber im Augenblick war er noch bereit mitzuspielen. Wichtig war jetzt nur herauszufinden, in was für einen Schlamassel Lena sich wieder hineingeritten hatte. Er tastete nach dem Schalter und knipste das Licht an. Auf den Regalen rechts stapelten sich Laken, links Handtücher. Der Freiraum dazwischen war etwa einen Meter breit und knapp drei Meter lang. Im Bezirksgefängnis gab es Zellen, die größer waren als diese Kammer.

Sara wollte offensichtlich lieber draußen bleiben, aber er bedeutete ihr, sie solle vor ihm hineingehen. Jeffrey folgte, Valentine ging als Letzter und schloss die Tür. Jetzt war die Kammer noch beengter.

»Also«, sagte der Sheriff und zeigte ein Lächeln. Er redete jetzt mit normaler Stimme, und er lehnte sich an eins der Regale und verhielt sich so, als wären sie drei Kumpel, die vor einem Footballspiel ein wenig plauderten. »Gegen elf Uhr gestern Abend sitze ich nur herum und schaue fern, und dann sehe ich drüben bei der Highschool diese Flammen in die Höhe schießen. Zuallererst rufe ich die Feuerwehr, weil ich denke, dass die Schule schon wieder in Flammen steht – wir hatten schon mal ein paar Kids, die versucht haben, sie anzuzünden, aber die Sprinkleranlage hat das verhindert, was auch gut war, weil unsere Feuerwehr nur aus Freiwilligen besteht, die eine Ewigkeit brauchten, bis sie dort waren. Wie auch immer, ich zog mich an und ging zur Schule, um nachzusehen, was da eigentlich los war. Wie gesagt, ich wohne direkt gegenüber, daher war ich zu Fuß schneller als die Feuerwehr.«

Die Geschichte war so ausgeschmückt, dass Jeffrey sich fragte, wie oft sie schon wiederholt worden war. Er versuchte, zum wichtigen Teil zu kommen. »Sie haben also das Fahrzeug auf dem Sportplatz brennen sehen?«

»Genau«, bestätigte Valentine. »Die letzte Nacht war pechschwarz, aber die Flammen waren hoch, und ich konnte jemanden auf der Tribüne sitzen sehen. Ich ging hin, weil ich mir dachte, das ist vielleicht irgendein dummer Junge, der sich das Auto für eine Spritztour ausgeborgt hat, und da stoße ich auf Miss Adams – Ihre Detective. Sie saß auf der untersten Bank, überall voller Ruß und Zeug. Hatte den Fuß auf einem Benzinkanister stehen.«

»Hatte sie Verbrennungen?«

»Nein, aber sie war ziemlich übel zugerichtet«, antwortete der Mann. »Die eine Seite ihres Gesichts war voller Prellungen und blauer Flecken, als wäre sie verprügelt worden, Blut lief ihr aus dem Mund, und sie keuchte ziemlich heftig. Also, ich persönlich habe so was noch nie gesehen, aber vielleicht schaue ich mir mit meiner Frau zu viele Reality-Shows an, weil ich mir sofort dachte: ›Diese Frau hat eben ihren Mann angezündet.‹ Sie wissen schon, als hätte er einmal zu oft ausgeholt und sie geschlagen, und dann hat's bei ihr einfach schnipp gemacht« – er schnippte mit den Fingern – »und deshalb setzte ich mich neben sie und versuchte, sie zum Reden zu bringen.«

Jeffrey fragte: »Was hat sie gesagt?«

»Nichts«, erwiderte der Mann. »Ich habe jeden Trick versucht, der mir einfiel, um etwas aus ihr herauszubringen, aber sie wollte einfach nicht reden.«

Jeffrey konnte sich vorstellen, wie Lena auf Valentines diverse »Tricks« reagiert haben mochte. Der Mann hatte Glück, dass sie ihm nicht ins Gesicht gelacht hatte.

Valentine fuhr fort: »Erst als wir heute Morgen den Schulparkplatz absuchten und ihren Celica entdeckten, fanden wir ihren Namen heraus. Im Handschuhfach fand ich ihre Marke, und ich dachte mir – hey, kann ja nicht schaden, bei denen mal anzurufen.«

Jeffrey ging nicht weiter darauf ein, dass der Sheriff mit der Durchsuchung des Parkplatzes bis zum Tagesanbruch gewartet hatte. »Sie hatte keinerlei Ausweispapiere bei sich?«

»Nein, Sir. An ihrer Person fanden wir gar nichts außer einem Labellostift – der Führerschein war im Celica und die Marke im Handschuhfach, wie ich bereits gesagt habe. Nichts in ihren Taschen, nichts versteckt in ihrem ...« Er zögerte kurz und errötete, als er sagte: »... Intimbereich.«

»Keine Waffe?« Zusätzlich zu ihrer Glock trug Lena manchmal ein großes Klappmesser in ihrer Gesäßtasche, aber Jeffrey hatte im Augenblick nicht vor, dies dem Sheriff mitzuteilen.

»Nein, Sir. Keine wie auch immer geartete Waffe.«

»Wurde sonst noch jemand verletzt oder befand sich am Tatort?«

»Nein. Nur das Opfer im Caddy und sie auf der Tribüne.«

»Hatte sie Benzin an sich? Irgendeinen Brandbeschleuniger auf Schuhen oder Kleidung?«

»Nein. Aber der Benzinkanister war leer.«

»Hatte sie Streichhölzer oder ein Feuerzeug?«

»Nichts außer dem Labello, und den habe ich ganz herausgedreht, um zu kontrollieren, ob wirklich nur der Fettstift drin ist.«

»Waren ihre Fingerabdrücke auf dem Benzinkanister?«

»Ist schwer festzustellen. Es ist ein alter Kanister – stark verrostet. Wir haben ihn ins GBI-Labor nach Macon geschickt, aber ich nehme an, Sie kennen deren Bearbeitungszeiten.«

Jeffrey versuchte, bei seiner nächsten Frage höflich zu sein.

»Ich will Ihnen nicht zu nahe treten, aber was haben Sie ihr vorgeworfen?«

»Nicht viel«, gab Valentine zu. »Ich will ehrlich mit Ihnen sein, Chief, weil wir doch Kollegen sind und so. Wir haben nicht viel gegen sie in der Hand, aber ich glaube, sie werden mir zustimmen, dass die Umstände ziemlich verdächtig sind und sie sich nicht gerade kooperativ zeigte.«

Jeffrey musste zugeben, dass er bei einer am Tatort eines Mordes vorgefundenen, unkooperativen Person wahrscheinlich genauso reagiert hätte. Er wiederholte seine Frage: »Was haben Sie ihr vorgeworfen?«

Valentine hatte den Anstand, verlegen dreinzuschauen, als er die Vorwürfe an seinen Fingern abzählte: »Behinderung der Polizei. Beeinträchtigung einer Ermittlung. Weigerung, sich auf Verlangen zu identifizieren.«

Jeffrey nickte noch einmal. Er konnte sich gut vorstellen, dass Lena all das getan hatte. Verdammt, er kannte mehr Fälle als er Finger an den Händen hatte, bei denen Lena zu Hause im Grant County die Ermittlungen behindert hatte – und das waren alles Fälle gewesen, die sie bearbeitet hatte.

Er fragte: »Wurde ihr eine offizielle Anklage eröffnet?«

»Der Richter kam heute Morgen ins Krankenhaus.«

Jeffrey rechnete kurz nach, wie viel Geld er auf seinem Girokonto hatte. Sein Gehaltsscheck kam erst in einer Woche. Er würde warten müssen, bis die Bank in der Früh öffnete, damit er Geld von seinem Sparkonto transferieren und bar abheben konnte. Er fragte: »Wo hinterlege ich die Kaution?«

»Kaution wurde abgelehnt.«

Jeffrey gab sich Mühe, nicht schockiert zu wirken, aber dann reimte er sich sehr schnell zusammen, wie das wohl abgelaufen war. Der Sheriff war in seinem Job zwar noch ein ziemlicher Neuling, aber er hatte es bereits geschafft, einen Richter auf seine Seite zu ziehen. Dennoch versuchte er, dem

Mann Vernunft beizubringen. »Glauben Sie, dass bei ihr ein akutes Fluchtrisiko besteht? Sie wurde hier geboren. Sie hat Verbindungen zur Bevölkerung. Sie ist seit einem Jahrzehnt eine ausgezeichnete Beamtin in meiner Einheit.«

»Das verstehe ich.«

»Sie können eine Polizistin nicht ins Gefängnis stecken. Die reißen sie in Stücke.«

»Sie ist nicht im Gefängnis«, erwiderte Valentine. »Sie ist im Krankenhaus.«

»Ich kann Ihnen nur sagen, Sie sollten einen verdammt guten Grund haben, warum Sie sie in Gewahrsam halten.« Auch Jeffrey konnte dieses Spielchen spielen. Er machte diesen Job schon um einiges länger als Jake Valentine. Diese Provinztrottel konnten ihn mal. Jeffrey hatte *staatliche* Richter auf seiner Seite.

Offensichtlich war Valentine nicht so blöd, wie er aussah. »Ich hatte damit nichts zu tun, Chief. Das schwöre ich Ihnen auf einen ganzen Stapel Bibeln. Ich kann nichts dafür, dass sie nicht plädierte.«

»Was soll das heißen?«

»Das heißt, dass Ihre Detective keinen Ton von sich gibt.«

Jetzt verstand Jeffrey. »Seit Sie sie auf dem Sportplatz fanden, hat sie kein Wort gesagt?«

»Nein, Sir. Kein einziges Wort. Sie verlangte nichts zu trinken, erkundigte sich nicht nach ihrem Gesundheitszustand und versuchte auch nicht herauszufinden, wann sie hier wieder rauskommen würde. Sie wollte weder mit ihrem Pflichtverteidiger sprechen noch dem Richter sagen, ob sie sich schuldig oder nicht schuldig bekenne. Sie lag einfach nur im Bett und starrte die Decke an. Avery war so verärgert – Avery ist der Richter –, dass er eine Kaution verweigerte und eine psychologische Beurteilung anordnete.«

Jeffrey schwirrte der Kopf. Lena konnte natürlich sehr halsstarrig sein, aber ihr Schweigen ergab keinen Sinn. In diesem Feuer war ein Mensch gestorben. Wie hatte sie nur dasitzen und zusehen können, wie das Auto ausbrannte?

Schließlich meldete sich Sara: »Vielleicht wurde ihr Kehlkopf verletzt bei …«

»Der Doc sagte, es gibt keinen medizinischen Grund, warum sie nicht spricht«, warf Valentine dazwischen. »Das Problem ist, sie versucht es nicht einmal.«

Jeffrey sah noch immer keine logische Erklärung für Lenas Schweigen. »Und was sagte der Psychologe?«

»Auch mit dem wollte sie nicht reden«, antwortete der Sheriff. »Soweit ich weiß, hat sie diese ganze Zeit keinen Mucks von sich gegeben. Liegt einfach nur da und starrt an die Decke. Ich habe sogar Darla gebeten, sie soll versuchen, aus ihr etwas herauszubekommen. Nichts.«

»Könnte es posttraumatischer Stress sein? Schock?«, schlug Jeffrey vor.

Valentine schaute so skeptisch drein wie Jeffrey sich fühlte.

»Haben Sie ihr gesagt, dass ich komme?«

»Nein. Dachte mir, es wäre das Beste, sie eine Weile schmoren zu lassen.«

Jeffrey versuchte, sich in den anderen Mann hineinzuversetzen, den Fall aus allen Blickwinkeln zu betrachten. »Haben Sie die Leiche schon identifiziert?«

»Das Auto war auch heute Nachmittag noch zu heiß, um es vom Sportplatz zu schleppen.«

»Hat Ihr Coroner so etwas schon einmal gesehen?«, fragte Jeffrey. Die verbrannte Leiche war der entscheidende Hinweis, nur sie konnte eine Erklärung dafür liefern, was auf dem Sportplatz wirklich passiert war. In Georgia war der Posten des Bezirksleichenbeschauers ein Wahlamt, das normalerweise vom Leichenbestatter des Ortes bekleidet wurde oder auch von jedem anderen, der keine Angst hatte, eine Leiche zu berühren. Dass jemand wie Sara, eine ausgebildete Ärztin also, den Job im Grant County bekommen hatte, kam eher selten vor. Wer hier als Coroner fungierte, war deshalb schwer zu sagen.

Valentine brachte Licht ins Dunkel. »Fred Bart ist ein guter Mann. Er sagt mir Bescheid, sobald er etwas herausfindet. Ich muss sagen, besonders optimistisch war er nicht. Eine Leiche in diesem Zustand … man kann ja kaum noch feststellen, ob es ein Mann oder eine Frau war, geschweige denn, wie diese Person gestorben ist.« Er zuckte die Achseln, zeigte ein dümmliches Lächeln. »Was soll ich sagen? Ich bin mir sicher, er weiß, was er tut.«

Das alles war nicht gerade eine Antwort auf Jeffreys Frage. Behutsam versuchte er nur, mehr über Barts Qualifikation herauszufinden. »Sara ist Coroner bei uns zu Hause. Sie ist außerdem Kinderärztin.«

»Oh.« Valentine löste sich vom Regal und bedachte Sarah mit einem Lächeln. »Sehr schön. Meine Frau ist Lehrerin. Dauernd korrigiert sie meine Grammatik und sagt mir, ich soll mich gerade hinsetzen.«

Jeffrey hatte noch mehr Fragen, aber irgendetwas sagte ihm, dass er von Valentine keine Antworten erhalten würde. »Warum haben Sie mich angerufen?«

»Gesunder Menschenverstand«, erwiderte Valentine. Erst schien er es dabei belassen zu wollen, doch dann fügte er hinzu: »Ich will ehrlich mit Ihnen sein, Chief. Ihre Detective ist so ein zierliches Mädchen. Sieht aus, als könnte sie keiner Fliege was zuleide tun. Ich kann mir einfach nicht vorstellen, dass sie das getan hat. Hinter der Geschichte muss noch mehr stecken. Ich dachte mir, wenn ich es nicht aus ihr herausbekomme, dann vielleicht Sie.« Er hielt inne. »Oder wenigstens könnten Sie uns eine Menge Geld und Zeit sparen, wenn Sie herausfinden, wer das in diesem Auto ist.«

Jeffrey bezweifelte, dass er sich als große Hilfe erweisen würde, aber er sagte: »Okay. Ich will sie sehen.«

Wieder ließ Valentine Jeffrey und Sara den Vortritt. Jeffrey vermutete allerdings, es lag eher daran, dass seine Eltern ihm gesagt hatten, er müsse den Älteren Respekt erweisen, als an seiner Hochachtung vor einem Ranghöheren.

Während sie auf Lenas Zimmer zugingen, versuchte Jeffrey zu verarbeiten, was der Sheriff ihm eben erzählt hatte. Die Fakten waren ganz einfach. Lena wurde an einem Tatort gefunden, wo ein Auto angezündet worden und eine Leiche bis zur Unkenntlichkeit verbrannt war. Warum war sie auf dem Sportplatz? Welche Beziehung hatte sie zu der toten Person? Was hatte die Explosion ausgelöst? Durch seinen Kopf hallte Saras Frage vom frühen Abend: Was hat sie jetzt schon wieder angestellt?

Auch wenn Valentine noch ein Neuling in seinem Job war, die Verhaftung konnte Jeffrey ihm nicht vorwerfen. Unter den gegebenen Umständen hätte er Lena ebenfalls verhaftet. Sie war eine offensichtliche Verdächtige, und ihr Schweigen war auch nicht gerade hilfreich. Wobei Lena ja nicht unbedingt für ihre Kooperationsbereitschaft bekannt war.

Er konnte sich noch gut an den Tag erinnern, als er sie kennengelernt hatte. Sie war in der Sporthalle der Police Academy und kletterte eben das Seil hoch, entschlossen, es bis an die Spitze zu schaffen, obwohl sie so schwitzte, dass ihre Hände kaum Halt fanden. Sonst war niemand in der Halle – das war etwas, das Lena in ihrer Freizeit machte –, und Jeffrey hatte ihr fast eine halbe Stunde lang zugesehen, wie sie versuchte, die Spitze zu erreichen und es doch nie schaffte, bevor er ins Büro des Kommandanten ging und um ihre Akte bat.

Die Bürgermeister der drei Städte des Grant County hatte

Jeffrey zum Chef der Polizei ernannt, damit er frischen Wind in die Truppe brachte und mithalf, sie ins einundzwanzigste Jahrhundert zu befördern. Lena war die erste Frau in der Einheit, die keine Sekretärin war. Jeffrey hatte immer auf Lena gebaut, er wollte beweisen, dass er die richtige Entscheidung getroffen hatte, auch wenn die Fakten manchmal dagegen sprachen. Als Frank Wallace, sein dienstältester Detective, vor einigen Wochen verkündet hatte, dass er zum Ende des Jahres endlich in Rente gehe, bereitete Jeffrey dessen Entscheidung kein Kopfzerbrechen, weil er glaubte, dass Lena bereit war, zusätzliche Verantwortlichkeiten zu übernehmen. Hatte er sich in ihr getäuscht? Hatte Lena in den beinahe fünfzehn Jahren, die er sie kannte, nur eine Lüge gelebt?

Es musste einen Grund geben für das alles. Jedes Verbrechen hatte einen Grund, ein Motiv. Jeffrey musste nur beides finden. In einer Hinsicht hatte der Sheriff recht. Lena war keine kaltblütige Mörderin.

»Da sind wir.« Valentine deutete auf eine geschlossene Tür, und Jeffrey konnte Lenas Namen auf dem Schild deutlich lesen. Sie war am hinteren Ende des Gangs in einem Eckzimmer. Wenn Jeffrey und Sara der blöden, blauen Linie nicht gefolgt wären, dann hätten sie Lena auch gefunden, ohne sich vorher mit Cook herumärgern zu müssen.

Jeffrey schlug vor: »Vielleicht sollten Sara und ich allein hineingehen.« Wenn Lena reden würde, dann mit Sicherheit nicht vor dem Mann, der sie verhaftet hatte.

»Na ja …«, setzte Valentine an und kratzte sich das Kinn. Er nahm sich Zeit zum Überlegen. Am anderen Ende des Korridors hörten sie die Aufzugtüren klingeln. Wahrscheinlich Cook, der sich neue Cracker holte.

»Gehen wir doch einfach rein«, sagte Jeffrey, der keine Lust mehr hatte, auf den Sheriff zu warten.

Wie der Gang war auch das Zimmer nur spärlich erleuchtet. Lena lag im Bett, genau so, wie Valentine es beschrieben hatte; auf dem Rücken, bewegungslos. Gurte, die mit Klettverschlüssen an ihren Handgelenken befestigt waren, fesselten sie ans Bettgestell. Ihre Hände hingen schlaff herunter, die Finger berührten die Matratze. Die Augen waren geschlossen, aber Jeffrey konnte nicht sagen, ob sie schlief oder einfach nur trotzig ausharrte. Sie sah so zerschlagen aus, wie der Sheriff gesagt hatte. Die Unterlippe war blutverkrustet. Die Haut an ihrer Wange war abgeschürft. Die dunklen Flecken auf ihrem Gesicht hatten das Krankenhauspersonal offensichtlich davon abgehalten, ihr Blut und Ruß abzuwischen; sie sah dreckig und misshandelt aus.

Jeffrey war sprachlos. Er war froh, als Sara einen Schritt nach vorne machte und fragte: »Lena?«

Lenas Kopf schnellte überrascht herum, und sie riss die Augen auf, als sie Jeffrey und Sara im Zimmer sah. Sie versuchte, sich aufzurichten, riss an den Gurten, als fühlte sie sich in die Ecke getrieben, bedroht. Die Laken wickelten sich um ihre Füße, als sie sich gegen die Matratze stemmte und so weit von ihnen wegrückte, wie es nur ging.

»Nein«, flüsterte Lena. »Ihr dürft nicht hier sein. Nein.«

»Na also.« Das schiefe Grinsen des Sheriffs deutete darauf hin, dass er zufrieden war mit sich selbst. »Wusste doch, dass Sie reden können.«

»Nein«, wiederholte Lena und ignorierte nun alle im Zimmer außer Sara. Ihre Stimme verspritzte Gift. »Raus. Sofort raus.«

Jeffrey setzte an: »Lena ...«

All ihr Hass schien auf Sara konzentriert. »Bist du wirklich so blöd? Ich sagte, verschwinde von hier! Geh!«

Sara öffnete überrascht den Mund. Jeffrey spürte eine weißglühende Wut in sich aufflammen, und er sprach mit zusammengebissenen Zähnen, als er ihr befahl: »Lena, lass das!«

»Verschwindet«, schrie sie und riss wieder an den Fesseln. »Schaffen Sie sie hier raus!«, flehte sie den Sheriff an. »Ich sage Ihnen alles, was Sie wissen wollen. Nur schaffen Sie sie hier *raus!*«

Valentine schien nicht recht zu wissen, was er tun sollte. Er nickte in die Richtung der Tür. »Vielleicht sollte sie …«

»Nein«, erwiderte Sara. Sie redete so leise, dass Jeffrey gar nicht sicher war, ob sie das Wort tatsächlich ausgesprochen hatte, bis sie sich zu den beiden Männern umdrehte und sie bat: »Könnt ihr uns einen Augenblick alleine lassen?« Sie wandte sich an Jeffrey: »Bitte.«

Sara wartete die Antwort nicht ab. Sie zog Lenas Krankenblatt aus dem Halter am Fußende des Betts und überflog es, während sie darauf wartete, dass die beiden anderen das Zimmer verließen. Jeffrey merkte deutlich, dass sie sich dazu zwingen musste, dass sie jetzt lieber überall wäre, nur nicht hier. Er wusste nicht so recht, warum sie unbedingt bleiben wollte.

Zum ersten Mal, seit sie das Zimmer betreten hatten, sprach Lena Jeffrey nun direkt an: »Schaff mir deine verdammte Frau vom Hals. Ich will sie nicht hierhaben.«

Jeffrey schaute ihr in die Augen, versuchte ihr zu verstehen zu geben, dass ihre Worte Folgen haben würden. Jeffrey konnte eine Menge Unsinn ertragen, aber er würde auf keinen Fall zulassen, dass eine Beamtin seiner Truppe ungestraft seine Frau beleidigte.

Sara schaute von Lenas Krankenblatt hoch. »Ist schon okay. Gebt uns nur ein paar Minuten.«

Obwohl Jeffrey es besser wusste, sagte er: »Wir warten im Gang.« Er ging zur Tür und hielt sie dem Sheriff auf. Valentine starrte Lena ein paar Sekunden unentschlossen an. Schließlich schüttelte er den Kopf, um deutlich zu machen, dass er mit dieser Entscheidung nicht glücklich war, und marschierte aus dem Zimmer.

Im Gang ließ Jeffrey die Tür hinter sich zufallen und stellte sich dann davor – nicht unbedingt, um sie zu blockieren, aber doch nahe genug.

»Hm.« Valentine legte die Hand auf den Griff seiner Waffe. Offensichtlich wollte er unbedingt wieder zurück in das Zimmer. »Haben Sie erwartet, dass so was passiert?«

Jeffrey hatte sich viele Szenarios ausgemalt, doch dies war ihm nicht in den Sinn gekommen. Er fragte Valentine: »Wo ist Lenas Onkel? Hank Norton?«

Valentine starrte die Tür an, als wollte er sie aufbrechen.

Jeffrey ließ nicht locker. »Lenas nächster Verwandter. Haben Sie ihn benachrichtigt?«

Valentine nickte. »Er war nicht da.«

Durch die Tür drangen gedämpfte Geräusche, doch Geschrei konnte Jeffrey keins hören. Er bedeutete dem Sheriff, dass sie ein Stückchen den Gang entlanggehen sollten. »Waren Sie bei Hanks Haus?«

Valentine blieb, wo er war. »Ich kann ihn nirgendwo finden. Ich war gestern Abend bei seinem Haus, dann noch einmal heute Morgen. Seine Bar wurde geschlossen. Da ist vor ein paar Wochen etwas passiert …«

»Cook hat mir davon erzählt.«

»Ja«, sagte Valentine, und ein argwöhnischer Blick huschte ihm übers Gesicht. Der Mann traute seinem Deputy offensichtlich nicht. Jeffrey fragte sich, wie sie überhaupt ihre Arbeit erledigt bekamen. Es musste eine kleine Einheit sein, mit wahrscheinlich nicht mehr als insgesamt fünf Deputys. Donald Cook ins Krankenhaus abzustellen, war vermutlich eine Möglichkeit, sich seinen Feind vom Hals zu halten, aber Jeffrey verstieg sich zu der Vermutung, dass der alte Hase mehr Freunde in Uniform hatte als sein junger Chef.

Jeffrey fragte: »Schon eine Idee, wer das im Caddy sein könnte?«

»Uns sind bis jetzt keine vermissten Personen bekannt. Keine Berichte über irgendwelche herumlungernden, verdächtigen Subjekte. Kein als verschwunden gemeldeter Escalade. Das Ganze ist ein Rätsel.«

Wenigstens hatte er nicht die ganze Nacht nur Däumchen gedreht. »Was ist mit Hank Norton?«

»Er fährt einen Mercedes, der wahrscheinlich älter ist als ich.«

»Nein.« Jeffrey schüttelte den Kopf. »Glauben Sie, dass die Leiche im Auto vielleicht er sein könnte?«

Valentine zuckte die Achseln. »Ich weiß nur, dass ein DNS-Test mich die Hälfte meines Quartalsbudgets kosten wird.«

Seine Budgetsorgen hatten durchaus ihre Berechtigung, aber Jeffrey fragte sich noch einmal, warum Valentine nicht mehr Engagement bei der Identifizierung des Opfers zeigte. Vielleicht hatte er bereits eine Idee und war nur noch nicht bereit, darüber zu reden.

»Ich weiß, Sie sagten, dass auf ihrer Kleidung keine Brandbeschleuniger gefunden wurden, aber fand die Forensik irgendwas an ihren Schuhen?«

Valentine ließ sich Zeit mit der Antwort. »Sie trug diese, wie nennt man sie gleich wieder, die mit den kleinen Absätzen?«

»Pumps?«, fragte Jeffrey und fand es merkwürdig, dass Lena an ihrem freien Tag etwas Eleganteres getragen haben sollte als Tennisschuhe.

»So was Ähnliches wie Pumps. Mein Frau trägt diese Schuhe, die Hippies und Lesben tragen. Sie wissen schon, mit den Korkabsätzen. Ich weiß nicht, wie diese Dinger heißen, aber sie schwört auf sie.«

Jeffrey versuchte, ihn wieder zum Thema zurückzubringen. »Haben Sie an den Schuhen irgendetwas gefunden?«

»Nur Ruß, Dreck, das Übliche. Hatte nicht den Eindruck, dass ich sie ins Labor schicken müsste.« Valentine reckte das Kinn und fragte: »Glauben Sie, ich hätte es tun sollen?«

Jeffrey zuckte die Achseln. Wenn es allerdings seine Entscheidung gewesen wäre, hätte er eher Geld für die Identifizierung des Opfers ausgegeben, als sich Gedanken über Lenas Schuhe zu machen, aber das war nicht die Frage des Sheriffs gewesen. »Das liegt in Ihrem Ermessen.«

Hinter der Ecke hörte er wieder den Aufzug klingeln. Jeffrey versuchte, sich etwas auszudenken, das sie noch ein wenig länger im Gang halten würde, weil er Sara so viel Zeit geben wollte, wie er konnte. »Wo ist eins?«

»Wo ist was?«

»Der Aufzug«, sagte er. »Es gibt nur Knöpfe für zwei und drei. Wo ist die erste Etage?«

»Der Keller«, antwortete Valentine. »Verrückt, nicht?«

»Wie kommt man da runter?«

»Man muss die Treppe benutzen oder zur Rückseite des Gebäudes gehen.«

Jeffrey fragte sich, mit wie vielen Todesfällen es der Coroner des Countys zu tun hatte. »Haben Sie hier unten eigentlich viele Leichen?«

»Leichen?« Erst schaute er schockiert, dann kicherte er und erläuterte: »Unsere Leichenhalle ist drüben beim Stellplatz für beschlagnahmte Fahrzeuge. Der Keller ist für Wäscherei, Lager und solche Sachen.«

»Das ist komisch«, sagte Jeffrey, der jetzt nach jedem Strohhalm griff. »Warum beim Stellplatz für beschlagnahmte Fahrzeuge?«

Valentine zuckte die Achseln, schaute erst auf seine Uhr, dann zur Tür.

Jeffrey versuchte ein anderes Thema: »Braucht sie eigentlich irgendeine Therapie? Medikamente?«

»Wie, wegen des Feuers?« Valentine schüttelte den Kopf. »Nein. Der Doc sagte, dass sie in ein paar Tagen wieder völlig in Ordnung ist.«

»Was ist mit Ihren üblichen Verdächtigen?«

»Was soll das heißen?«

»Ihre schlimmen Jungs«, erklärte Jeffrey. »Personen unter besonderer Beobachtung.«

Valentine schüttelte den Kopf. »Ich fürchte, ich verstehe nicht so recht, Chief.«

»Na ja«, begann Jeffrey und versuchte wieder, nicht zu herablassend zu klingen, »wenn in meiner Stadt was passiert, wenn ein Auto gestohlen wird oder jemand einen Fernseher klaut, dann habe ich schon eine ziemlich gute Vorstellung, wer dahinterstecken könnte.

»Ach so.« Valentine nickte. »Jetzt weiß ich, was Sie meinen. Es ist nur so, wir haben nicht viele Autos, die auf dem Sportplatz in die Luft gejagt werden.«

Jeffrey ignorierte seinen Sarkasmus. »Irgendwelche Brandstifter?«

»Das ist ein Großstadtverbrechen.«

»Anscheinend nicht.«

Valentine kratzte sich das Kinn. »Ich denke mir, wer das getan hat, der wollte jemandem eine Nachricht schicken.«

»Was für eine Nachricht?«

»Ihre Detective ist die Einzige, die das beantworten kann. Und weil wir gerade dabei sind«, sagte er und nickte zur Tür, »ich glaube, Ihre Frau hatte jetzt genug Zeit allein mit ihr.«

Jeffrey konnte nur hoffen, dass das so war. Er folgte Valentine zurück ins Zimmer. Sara lehnte vor dem Bad an der Wand. Das Bett war leer, die Haltegurte hingen vom Gestell. Die Dusche lief.

Sara erläuterte: »Ich habe sie dazu überredet, sich mal zu waschen.«

»Hat sie etwas gesagt?«, wollte Valentine wissen.

Sara schüttelte den Kopf, und Jeffrey sah, dass sie die Wahrheit sprach.

»Dann war das keine große Hilfe«, sagte Valentine offensichtlich verärgert. Er schaute auf seine Uhr, dann zur Tür des Bades. »Wie lange ist sie schon da drin?«

»Nicht lange.«

Er drehte am Knauf, aber die Tür war abgeschlossen. »Mein Gott, Lady, auf den Gedanken, mit ihr da reinzugehen, sind Sie wohl nicht gekommen?«

Sara öffnete den Mund, um etwas zu erwidern, doch Jeffrey schnitt ihr das Wort ab und sagte zu dem Mann: »Vergreifen Sie sich nicht im Ton.«

Valentine ignorierte ihn und klopfte heftig an die Tür. »Miss Adams. Ich will, dass Sie jetzt sofort die Tür öffnen.« Er zog sein Funkgerät vom Gürtel. »Cook, sind Sie da? Melden Sie sich.« Es kam keine Antwort, und der Sheriff drückte die Schulter an die Tür und versuchte, sie aufzubrechen.

Zum zweiten Mal öffneten sich Saras Lippen, aber sie sagte nichts.

»Cook?« Valentine versuchte es noch einmal mit dem Funkgerät. Es kam keine Antwort, und er hämmerte mit der Faust an die Badezimmertüre. »Miss Adams, ich zähle jetzt bis drei, und bis dahin haben Sie die Tür geöffnet.«

Das Funkgerät knisterte. Langsam und gedehnt sagte Cook: »Was ist los, Jake?«

»Besorgen Sie sich den Generalschlüssel für das Bad und bringen Sie ihn schleunigst her«, bellte Valentine. Er steckte das Funkgerät wieder an den Gürtel und drückte noch einmal die Schulter gegen die Tür. »Miss Adams«, rief er erneut. »Hören Sie, kommen Sie einfach raus, und alles ist in Butter.«

Jeffrey fragte Sara: »Hat sie da drinnen irgendetwas Scharfes?«

Valentine drehte sich um und wartete auf ihre Antwort.

Sara schüttelte den Kopf. »Ich glaube nicht.«

Valentine fragte: »Wäre sie in der Lage, sich etwas anzutun?«

»Keine Ahnung«, sagte Sara abgehackt. »Ich bin nicht ihre Ärztin.«

»Scheiße«, zischte Valentine. Wieder hämmerte er gegen die Tür. »Miss Adams.«

»O nein …« Sara sprach jetzt so leise, und das Hämmern war so laut, dass Valentine sie offensichtlich gar nicht hörte.

»Was ist …« Jeffrey schaute hoch, und die Frage blieb ihm im Hals stecken. Er wusste genau, was hinter dieser Tür passiert war.

Cook kam mit einem Schlüssel in der Hand ins Zimmer. »Was ist denn los?«

Valentine riss ihm den Schlüssel aus der Hand und schob ihn ins Schloss. Dampf aus der Dusche quoll ins Zimmer. Er ging hinein und riss den Vorhang zurück. Die Wanne war leer.

»Verdammte Scheiße«, fluchte Valentine noch einmal. Über der Toilette war eine Deckenfliese zurückgeschoben worden, ein niedriger Hohlraum war zu sehen. »Verdammt, verdammt!«, schrie er und trat gegen die Wand. Zu Cook sagte er: »Durchsuchen Sie das Krankenhaus von oben bis unten. Rufen Sie sofort Verstärkung.« Cook ging, und Valentine schaute Sara direkt an und sagte: »Blöde Kuh.«

Jeffrey packte den Mann am Kragen und drückte ihn gegen die Wand. »Wenn Sie noch einmal so mit meiner Frau reden, dann bekommen wir beide ein ernstes Problem. Haben Sie mich verstanden?« Valentine versuchte, loszukommen, aber Jeffrey packte noch fester zu. »Haben Sie mich verstanden?«

Valentine wurde schlaff wie ein Kätzchen, das man am Genick gepackt hatte. »Sie hat meine Gefangene entkommen lassen.«

Jeffrey schaute Sara nicht an, weil er wusste, dass sie dasselbe dachte wie er. Lena hatte sie ausgetrickst. Daran war nicht zu rütteln.

Er ließ den Mann los.

»Arschloch.« Mit finsterer Miene zupfte Valentine sein Hemd wieder zurecht. Er schob sich an Jeffrey vorbei und trat in den Gang. Jeffrey folgte ihm um die Ecke herum und in das nächste Zimmer. Das Bett war leer und offensichtlich unbenutzt. »Sie hat meine Gefangene entkommen lassen«, fauchte Valentine. »Ich kann's verdammt noch mal nicht glauben, dass ich da draußen im Gang stand und mich von Ihnen verarschen ließ, während sie meine Gefangene entkommen ließ.«

»Sara hat damit nichts zu tun.«

»Warum tun Sie sich nicht selbst einen Gefallen, Kumpel?«, blaffte Valentine. »Nehmen Sie sich Ihre Frau, steigen Sie in Ihr Auto und verschwinden Sie aus meiner Stadt.«

Jeffrey musste nicht höflich gebeten werden. Er drehte sich wortlos um und machte sich auf die Suche nach Sara.

Sie stand noch immer bestürzt in Lenas Zimmer. »Wie konnte ich nur so blöd sein? Wie konnte ich …«

Er fasste sie am Ellbogen und führte sie aus dem Zimmer. »Wir müssen jetzt nicht sofort darüber reden.«

»Ich hätte überhaupt nicht mitkommen sollen.«

Jeffrey führte sie auf den Gang. Die Sicherheitsmänner des Krankenhauses waren da, alle beide. Beide Männer sahen noch älter aus als Cook und ebenso wenig diensttauglich wie er.

Valentine bellte nun Befehle und schrie zwischendurch immer wieder in sein Funkgerät nach Verstärkung. »Ich will, dass sie *sofort* gefunden wird.«

Jeffrey drückte den Aufzugsknopf. Er schaute den Gang entlang und stellte sich vor, wie Lena entkommen war. Offensichtlich hatte sie die Fliese über der Toilette zur Seite geschoben und den Hohlraum über der Zwischendecke benutzt, um in die Toilette des Nachbarzimmers zu gelangen. Dann war sie wahrscheinlich über die Treppe in den Keller geschlichen. Der Aufzug führte in die Notaufnahme, doch auch wenn sie diesen Weg genommen hätte, glaubte er nicht, dass sie viel Aufsehen erregt hätte. Die Empfangsdame hätte wahrscheinlich nicht einmal von ihrem Kartenspiel auf dem Computer hochgeschaut.

Die Aufzugtüren glitten auf. Jeffrey drückte Sara die Hand in den Rücken und schob sie hinein. Valentine und einer der Krankenhausmänner liefen vorbei, als sich die Türen wieder schlossen. Wahrscheinlich waren sie unterwegs in den Keller.

Jeffrey drückte den Knopf für die zweite Etage und fragte sich noch einmal, warum die Kabine nicht bis in die erste fuhr. Vielleicht gab es einen Lastenaufzug, den Valentine zu erwähnen vergessen hatte. Lena hätte auch den benutzen können, um nach unten zu kommen, aber was dann? In der Wäscherei gab es sicher Laken und Handtücher. Wahrscheinlich gab es auch einen Personalraum, vielleicht Spinde für das Reinigungspersonal. Sie konnte sich Kleidung und Geld beschaffen. Jeffrey glaubte, dass sie sich genommen hatte, was sie brauchte, und dann so schnell wie möglich aus dem Krankenhaus verschwunden war.

»Wie konnte ich nur so blöd sein?«, wiederholte Sara mit einem Kopfschütteln. Sie hatte Tränen in den Augen. Er hatte sie unzählige Male wütend gesehen, aber nichts war so wild wie der Zorn, den sie gegen sich selbst richtete.

Er sagte zu ihr: »Erzähl mir genau, was sie gesagt hat.«

»Dasselbe wie zuvor, dass wir gehen müssten. Sie hat mich kaum angeschaut.« Sie wischte sich mit dem Handrücken eine Träne weg, und ihr Gesicht war weiß vor Zorn. »Es tut mir so leid«, sagte sie. »Das ist alles meine Schuld.«

»Ich war draußen im Gang«, entgegnete Jeffrey. »Mich hat sie ebenfalls benutzt.«

»Nicht wie …« Sara schüttelte den Kopf, sie konnte den Satz nicht beenden. »Ich habe sie losgemacht, Jeffrey. Ich bin diejenige, die sie hat gehen lassen.«

»Hat sie dich gebeten, sie zu befreien?«

»Nein. Ja. Nicht direkt. Sie sagte, sie fühle sich schmutzig, sei überall voller Dreck, und dann bin ich einfach zu ihr und habe ihr die Gurte gelöst. Ich habe ihr sogar aus dem Bett geholfen.«

Er versuchte, nur behutsam nachzufragen. »Hat sie sonst noch etwas gesagt?«

»Sie hat sich bei mir entschuldigt.« Sara lachte über ihre eigene Dummheit. »Ich glaubte, sie hätte Angst. Ihre Hände zitterten, und die Stimme versagte ihr immer wieder. Ich habe sie noch nie so aufgeregt gesehen – nicht seit Sibyls Tod. Ich bin komplett darauf reingefallen. Gott, ich bin so eine Idiotin.«

Jeffrey legte ihr die Hände um die Schultern, aber er wusste nicht so recht, wie er sie trösten sollte. Im Augenblick war er so wütend auf Lena, dass er nicht klar denken konnte.

Sara sagte: »Eine Zwischendecke. Gerade ich sollte doch wissen, dass man über eine Zwischendecke klettern kann.«

Er wusste, was ihr vor so vielen Jahren im Grady Hospital passiert war, dass ein Angreifer von der Toilettendecke auf sie herabgesprungen war. Wenn Lena ihm ein Messer in den Rücken gestoßen hatte, dann hatte Sara es eben unabsichtlich gedreht. »Das ist nicht deine Schuld, Sara. Du bist keine Polizistin.«

»Warum bin ich dann hier?«, fragte sie wütend. »Ich hätte in dem verdammten Auto bleiben sollen. Ich hätte zu Hause bleiben sollen, wo ich hingehöre.«

Die Aufzugtüren glitten auf. Zwei weitere Deputys rannten durch das Foyer zur Treppe.

»Lass uns einfach von hier verschwinden«, sagt er und fasste sie am Arm. Sie waren schon an der Automatiktür, als Valentine ihnen nachrief.

»Stehen bleiben«, sagte er und trabte zu ihnen. Er war außer Atem, wahrscheinlich, weil er die Treppe hinauf- und hinuntergerannt war. Er streckte ihnen die offene Hand entgegen. »Geben Sie mir Ihre Autoschlüssel.«

Wäre Sara nicht dabei gewesen, hätte Jeffrey dem Mann eine eindeutige Antwort verpasst. So aber warf er ihm stumm die Schlüssel zu und wollte das Ganze nur so schnell wie möglich hinter sich bringen.

Valentine sah das BMW-Logo auf dem Schlüsselanhänger und schaute Jeffrey auf die Art an, wie er auf der Straße vermutlich eine Hure angeschaut hätte. Polizisten fuhren keinen BMW, zumindest nicht dort, wo Valentine herkam.

»Er gehört meiner Frau«, sagte Jeffrey. Sara hatte weiß Gott hart gearbeitet, um dieses Auto fahren zu können. Was ihn anging, konnte sie auch einen Rolls-Royce fahren, wenn sie wollte.

Valentine drückte auf den Knopf der Zentralverriegelung, und die Schlösser gingen mit einem Klicken auf. Plötzlich hielt er inne. »Wäscherei«, sagte er und schaute Jeffrey böse an. »Sie haben mich gefragt, was im Keller ist.«

»Das war doch nur Small Talk.«

»Kommen Sie mir nicht blöd.«

Sara sagte: »Ich bin da drüben.« Sie ging zu einer der Bänke vor dem Eingang und setzte sich.

Valentine warf ihm noch einen bösen Blick zu, bevor er zum Auto ging. Jeffrey wusste, dass der Mann dort nichts finden würde. Auch wenn Lena den BMW auf dem Parkplatz gesehen haben sollte, ohne Schlüssel gab es keine Möglichkeit, die Türschlösser oder den Kofferraum aufzubekommen. Es würde auch nichts bringen, ein Fenster einzuschlagen. Zur

Sicherheitsausstattung des Autos gehörte, dass man, wenn die Zentralverriegelung von außen aktiviert worden war, von innen nichts öffnen konnte. Jeffrey war tatsächlich einmal im Auto eingesperrt gewesen, als Sara unabsichtlich auf den Knopf gedrückt hatte, während sie ins Haus lief, um an das klingelnde Telefon zu kommen. Wenn das Sonnendach nicht offen gewesen wäre, durch das er hinausklettern konnte, hätte Jeffrey stundenlang in diesem Auto gesessen.

Der Sheriff konnte die leeren Sitze und Bodenflächen deutlich durch die Fenster sehen, doch um ganz sicherzugehen, öffnete er die Tür, nahm seine Mütze ab und spähte hinein, als könnte er Lena versteckt unter der Mittelkonsole finden. Dann ging er nach hinten und öffnete den Kofferraum. Bis auf Saras Erste-Hilfe-Koffer und ein paar Einkaufstüten, deren Inhalt sie im Supermarkt recyceln mussten, war er völlig leer.

Valentine knallte den Kofferraum zu. Er sagte zu Jeffrey: »Schätze, ich würde mich noch mehr zum Trottel machen, wenn ich jetzt eine Fahndung herausgäbe nach einer Flüchtigen, die gesucht wird wegen ›Nichtvorlage von Ausweispapieren‹.«

»Damit dürften Sie recht haben.« Mit den Vorwürfen, die er gegen Lena konstruiert hatte, bewegte der Sheriff sich bereits auf dünnem Eis. Jetzt musste er gut aufpassen. Sie wussten beide, dass jeder Fehler, den er jetzt machte, den Fall ruinieren konnte, den er vielleicht gegen sie aufzubauen hoffte.

»Na ja.« Valentine schaute sich auf dem Parkplatz um. »Das da ist Darlas Jeep. Der rote Chevy gehört der Wartungstruppe, der Bronco ist Georges, und das drüben in der Ecke ist Bittys Ranger; sie ist seit Donnerstag hier, seit sie selbst hierherfuhr wegen Schmerzen auf der Seite, die sich dann als Blinddarmentzündung erwiesen.«

Er hatte allen Fahrzeugen auf dem Parkplatz einen Halter

zugewiesen, aber Jeffrey musste ihn einfach fragen: »Wo ist Ihr Streifenwagen?«

Valentine lachte, aber es klang nicht amüsiert. »Don hat seine beste Angelrute im Kofferraum, und das war seine größte Sorge. Unsere Autos stehen beide hinter dem Haus. Wir holen jetzt das Personal in den Keller, damit die Leute kontrollieren, ob irgendetwas fehlt. Ich habe jemanden zu Hanks Haus geschickt, falls sie dort auftaucht.« Er warf die Schlüssel wieder Jeffrey zu. »Ich nehme an, dass sie, weil ich mir von Ihrer Frau habe meine Zeit stehlen und mich von Ihnen habe verarschen lassen, jetzt einen Vorsprung von zwanzig Minuten hat.«

Jeffrey hatte nicht vor, noch einige andere Details ins Gespräch zu bringen, etwa dass Valentine ihnen seine Macht demonstriert hatte, indem er sie alle hatte in die Wäschekammer gehen lassen. »Mindestens.«

»Ich will Sie mal was fragen. Ärgert es Sie eigentlich, dass Sie eben eine Flucht unterstützt haben?«

Im Bruchteil einer Sekunde war sein Tonfall fies geworden. Jeffrey stieß sich vom Auto ab und antwortete: »Nicht besonders.«

»Das ist wohl die Art, wie ihr alten Hasen arbeitet, was?« Valentine war offensichtlich wütend. »Immer zusammenhalten, egal, welche Gesetze man bricht. Man muss ja die Bruderschaft schützen, was?« Seine Stimme wurde mit jedem Wort lauter. »Würde mich nicht überraschen, wenn Sie und der alte Don die Sache gemeinsam ausgeheckt hätten. Ein paar schmutzige Tricks, damit der Neuling aussieht wie ein Trottel.«

Jeffrey warnte ihn: »Sie sollten sehr vorsichtig sein mit dem, was Sie zu mir sagen, Jake.«

»Ich könnte sie verhaften«, sagte Valentine und deutete mit einer wütenden Handbewegung auf Sara. »Ich *sollte* sie verhaften.«

Jetzt hatte er Jeffreys ganze Aufmerksamkeit. »Wir wissen beide, dass das nicht passieren wird.«

»Wirklich nicht? Na ja, aber das schon.« Valentine schwang die Faust – im Wortsinn. Er ließ den Arm in einem Bogen ausschnellen, anstatt direkt aus der Schulter nach vorne zu schlagen. Das gab Jeffrey genug Zeit, den Schlag abzuwehren, und ihm die Faust in den Bauch zu rammen. Die Luft wich Valentine pfeifend aus dem Mund, als er sich zusammenkrümmte. Er wäre auf die Knie gefallen, hätte Jeffrey ihn nicht aufgefangen.

»O Gott«, stöhnte der Sheriff und hielt sich den Bauch. »Mann ...«

Sara stand von der Bank auf. Jeffrey schüttelte den Kopf, damit sie blieb, wo sie war. Zu Valentine sagte er: »Richten Sie sich auf.«

Valentine versuchte es, doch seine Knie machten nicht mit.

Jeffrey zog ihn am Kragen hoch, bis der andere ihm in die Augen schaute. »Einfach nur atmen«, sagte er, als würde er mit einem Kind reden. »Das vergeht schon wieder.«

»Lassen Sie mich los.« Valentine stieß Jeffrey weg, aber er musste sich am Auto abstützen. »Mann, Sie sind stärker, als Sie aussehen.«

Jeffrey streckte die Hand nach Sara aus, um ihr zu zeigen, dass alles okay war. »Wo haben Sie eigentlich gelernt, so auszuholen?«

»Ich bin mit vier älteren Schwester aufgewachsen«, brachte er mühsam hervor. Das erklärte, warum er zuschlug wie ein Mädchen. »Verdammt, ich hätte das nicht tun sollen. Ich hätte Sie nicht schlagen sollen.«

Jeffrey wies ihn nicht darauf hin, dass er gar nicht geschlagen hatte. Er stellte sich nun so, dass er zwischen Valentine und Sara stand, und sagte zu dem Mann: »Hören Sie mir gut zu, Jake. Ich habe Sie bereits einmal gewarnt. Wenn Sie meiner Frau je wieder drohen, schlage ich Sie zu Boden. Verstehen wir uns?«

Valentine hustete und nickte dann.

»Können Sie aufstehen?«

»Ich glaube schon.«

Jeffrey wartete, bis er sich vom Auto gelöst hatte.

»Tut mir leid«, sagte Valentine. »Ich kann ziemlich aufbrausend sein.«

»Was Sie nicht sagen.«

Der Sheriff fragte: »Sagen Sie mir Bescheid, falls sie sich bei Ihnen meldet?«

Jeffrey überraschte die Frage, und daher antwortete er wahrheitsgemäß: »Ich weiß es nicht.«

Valentine schaute ihn an und nickte noch einmal. »Danke, dass Sie ehrlich sind.«

Jeffrey sah zu, wie Valentine zur Tür taumelte. Die Glastüren glitten auf, und er ging hinein. Sara stand noch immer vor der Bank, und Jeffrey winkte sie zu sich.

»Was sollte denn das?«, fragte sie.

»Das erkläre ich dir später. Lass uns von hier verschwinden.«

Er wollte ihr eben die Tür öffnen, doch sie sagte: »Ich schaff das schon«, und stieg ein.

Jeffrey ging zur Fahrerseite, als eine weiße Limousine über den Parkplatz raste und auf dem leeren Stellplatz neben ihm mit quietschenden Reifen zum Stehen kam. Sekunden später stieg ein kräftiger, kahlköpfiger Mann aus. Er trug ein Flanellhemd mit abgetrennten Ärmeln und eine Jeans, die aussah wie mit Öl bespritzt. Eine schwere Metallkette führte von einer vorderen Gürtelschlaufe nach hinten. An seiner Hüfte hing eins der größten Jagdmesser, die Jeffrey je gesehen hatte.

Vor Jeffreys Augen zog der Mann das Messer aus der Scheide und legte es auf den Fahrersitz, weil er offensichtlich wusste, dass er die Waffe nicht ins Krankenhaus mitnehmen durfte. Wobei er nicht aussah, als würde er eine Waffe nötig haben. Wenn Jeffrey raten müsste, würde er sagen, dass der Mann deutlich über hundert Kilo wog und das meiste davon Muskeln waren.

Die Limousine schwankte, als er die Tür zuknallte. Tiefe Kratzer zogen sich quer über sein Gesicht, als hätte er mit einem Tiger gekämpft und verloren. Er starrte Jeffrey herausfordernd an. »Was schauste denn so?«

Jeffrey schob sein Sakko zurück und legte die Hand an die Hüfte. Seine Waffe steckte unter dem Vordersitz von Saras Auto, aber das wusste der Schläger nicht. »Machen Sie lieber kein Problem draus.«

»Leck mich doch mit deinem Scheißproblem«, knurrte der Mann und ging zur Notaufnahme.

Durch die Glastüren sah Jeffrey Valentine sich über die Empfangstheke beugen und mit der Rezeptionistin sprechen. Sie schauten beide hoch, als der Mann den Wartebereich betrat. Valentine schaute zu Jeffrey hinaus, aber der Sheriff war zu weit weg und sein Gesichtsausdruck war nicht zu erkennen. Er sagte etwas zu dem Kerl und streckte die Hand mit der Handfläche nach unten aus, wie um ihn zu beruhigen. Es gab einen Wortwechsel, dann drehte der Mann sich um und kam wieder heraus. Als er an Jeffrey vorbeikam, murmelte er »Schwanzlutscher«, aber Jeffrey wusste nicht so recht, wem die Beleidigung galt.

Valentine kam aus dem Krankenhaus, als die Limousine zurückstieß, über den Bordstein schnellte und davonraste.

Jeffrey warf einen Blick ins Auto, um nach Sara zu sehen. Er fragte Valentine: »Ein Freund von Ihnen?«

»Ein örtlicher Drogendealer, der einen seiner Jungs besuchen wollte«, erwiderte Valentine. »Ich habe ihm gesagt, er soll während der Besuchszeiten wiederkommen.«

Jeffrey musterte ihn eingehend und fragte sich, ob der Mann log. Der Wortwechsel war ein wenig hitziger gewesen als nur eine Besuchsverweigerung, andererseits wirkte der Messer tragende Schläger auf Jeffrey nicht gerade so, als würde er ein Nein als Antwort akzeptieren.

»Hier«, sagte Jeffrey, griff in seine Gesäßtasche und zog ein paar Visitenkarten heraus. Er schrieb etwas auf die Rückseite der obersten Karte, zog dann die nächste aus dem Stapel und gab sie dem Sheriff. »Meine Handynummer steht ganz unten. Rufen Sie mich an, wenn Sie meine Detective finden.«

Valentine schaute die Karte etwas argwöhnisch an, bevor er sie nahm.

Jeffrey steckte die restlichen Karten wieder ein. Er stieg in den BMW und fuhr vom Parkplatz. Weder er noch Sara hatten viel zu sagen, während er die Route zurückfuhr, die sie in die Stadt genommen hatten. Valentine irrte sich in Bezug auf den Vorsprung von zwanzig Minuten. Jeffrey schätzte, dass Lena maximal fünfzehn Minuten hatte. Er stellte sich die Fragen, die sich der Sheriff im Augenblick wahrscheinlich ebenfalls stellte: Wohin konnte Lena gehen? An wen konnte sie sich wenden?

An ihn. Lena war immer zu Jeffrey gekommen, wenn sie ein Problem hatte, ob sie nun etwas so vergleichbar Belangloses brauchte wie eine Mitfahrtgelegenheit zur Arbeit oder etwas so Wichtiges wie dass er sich um dieses Arschloch von einem weißen Rassisten kümmern sollte. Doch dieses Mal war es anders. Dieses Mal war sie zu weit gegangen. In einer Hinsicht hatte Valentine recht: Ob nun mit Absicht oder nicht, Sara hatte Lenas Flucht unterstützt. Lena war Polizistin; sie kannte das Gesetz besser als die meisten Anwälte. Sie wusste genau, in welche Schwierigkeiten sie Sara brachte, aber es war ihr egal gewesen.

In die Stille des Autos hinein fragte Sara: »Was jetzt?«

»Wir fahren nach Hause.« Er spürte, dass sie ihn anschaute, herauszufinden versuchte, ob er es ernst meinte. »Ich meine es ernst, Sara. Das war's.«

»Du willst Lena hier unten verrotten lassen?«

»Nach dem, was sie zu dir gesagt hat? Was sie dir *angetan* hat?« Er schüttelte den Kopf, denn er hatte einen Entschluss getroffen. »Es ist vorbei. Es ist mir egal, was mit ihr passiert.«

»Hast du ihre Reaktion gesehen, als wir in dieses Zimmer kamen?«

»Ich habe gehört, was sie gesagt hat.« Er spürte, wie bei der Erinnerung Zorn in ihm hochkochte. »Wir haben diesmal keine andere Wahl. Sie hat dich benutzt. Ich werde ihr nicht helfen.«

»Ich habe sie noch nie so verängstigt gesehen. Normalerweise hat sie sich doch völlig unter Kontrolle.«

Er schnaubte verächtlich. »Bei dir vielleicht.«

»Du hast recht. Mir zeigt sie ihre schwache Seite nie. Sie zieht immer dieselbe Masche ab, spielt die Harte und Unbezwingbare.« Aber Sara blieb bei ihrem Argument: »Das eben da drin, das war keine Masche. Jeffrey. Später vielleicht, aber als sie uns in diesem Zimmer sah, da hatte sie einfach eine Heidenangst.«

»Warum spricht sie dann nicht mit mir? Oder wenigstens mit dir? Sie hatte dich doch für sich alleine. Sie wusste, dass du nicht zum Sheriff rennen und ihm alles erzählen würdest. Warum hat sie sich dir nicht anvertraut?«

»Weil sie Angst hat.«

»Dann hätte sie einfach den Mund halten und dich nicht anmachen sollen.«

Sara wählte ihre Worte sorgfältig. »Ich weiß sehr zu schätzen, was du für mich auf dich nimmst, aber denk einfach nur mal kurz nach: Lena wusste, wenn sie mich beleidigt, tust du genau das, was du jetzt tust. Sie wollte nicht, dass *ich* die Stadt verlasse, Jeffrey. Sie wollte, dass *du* es tust.«

Jeffrey umklammerte das Lenkrad fester, weil er sich nicht eingestehen wollte, dass Sara vielleicht die richtige Vermutung hatte. »Seit wann legst du dich denn für Lena Adams ins Zeug?«

»Seit …« Sara hielt einen Augenblick inne. »… seit ich sie so verängstigt gesehen habe, dass sie alles tun würde, um dich aus der Stadt zu jagen.«

Er sah die Szene wieder vor sich, wie Lena reagiert hatte. Sara hatte recht: Lena spielte ihre Angst nicht. Sie hatte Jeffrey nicht in die Augen geschaut, weil sie wusste, dass er wahrscheinlich der erste Mensch auf der ganzen Welt war, der es merkte, wenn sie log.

Sara sagte: »Ich habe sie schon in vielen schlimmen Situationen gesehen, aber so verängstigt noch nie.«

Jeffrey ließ die Worte zwischen ihnen hängen, während er in Gedanken Lenas Verhalten immer wieder durchging und herauszufinden versuchte, was es mit der Leiche in dem ausgebrannten Cadillac auf sich hatte.

Sara berichtete: »Sie hat zu mir gesagt, ich sollte Angst haben.«

»Hat sie auch gesagt, warum?«

»Sie zog diese Mitleidsmasche ab, dass alles, was sie in die Hand nimmt, zu Scheiße wird. Erst dachte ich, das sei nur Selbstmitleid, aber jetzt glaube ich, sie erkannte, dass das, was sie tat, nicht funktionierte, und deshalb wollte sie etwas anderes ausprobieren.« Sara schüttelte den Kopf. »Sie hat wirklich ganz furchtbare Angst, Jeffrey – so große Angst, dass sie bereit ist, dich aus ihrem Leben zu reißen, wenn es sein muss. Du bist die einzige Konstante, die sie je hatte. Was kann so entsetzlich sein, dass sie bereit ist, dich zu verlieren?«

»Ist dir der Gedanke gekommen, dass sie vielleicht recht haben könnte?«, entgegnete er, weil er ihre Frage nicht beantworten wollte. »Vielleicht ist es ja eine gute Idee, dass ich mich da nicht einmische.«

Sie gab etwas von sich, das fast klang wie ein Lachen. »Das schaffst du doch nie und nimmer.«

»Du klingst ziemlich überzeugt davon.«

»Sieben-acht-null, A-B-N.« Sie hielt inne, als erwarte sie eine Antwort. »Das hast du doch auf die Rückseite deiner Karte geschrieben, nicht? Die Autonummer der weißen Limousine.«

Jeffrey zog die Karte heraus und las die Nummer auf der Rückseite. 780 ABN. Sara hatte wie immer ein perfektes Gedächtnis bewiesen. Er schaute kurz zu seiner Frau hinüber. Sie starrte zum Fenster hinaus und behielt ihre Gedanken für sich. Er wusste, nun bedauerte sie nicht mehr, dass sie mit ihm ins Krankenhaus gefahren war. Sie bedauerte, dass er dort gewesen war, dass Lena es wieder einmal geschafft hatte, Jeffrey in etwas Gefährliches mit hineinzuziehen.

Sara war die Frau eines Polizisten, und von diesem Polizisten hatte sie gelernt, nicht an den Zufall zu glauben. Der Ganove in der weißen Limousine war weniger als dreißig Minuten nach Lenas Flucht aufgetaucht. Sara hatte zwar im BMW gesessen, aber auch ihr musste das Tattoo auf dem Arm des Mannes ins Auge gestochen haben wie eine Neonreklame.

Es ist schwer, ein blutrotes, zehn Zentimeter großes Hakenkreuz nicht zu bemerken.

Dienstagvormittag

4 Sara ging mit dem Telefonhörer am Ohr in dem Motelzimmer hin und her, aber die Schnur behinderte sie in ihren Bewegungen wie eine Leine einen Hund. Sowohl Sara wie Jeffrey waren erleichtert gewesen, als sie gestern Nacht kurz hinter Reese das »Zimmer frei«-Schild vor dem Home Sweet Home Motel gesehen hatten, aber Sara hatte ihre Entscheidung zu übernachten bedauert, kaum dass Jeffrey die Tür geöffnet hatte. Das Zimmer sah fast aus wie aus einem Paralleluniversum, eine Absteige, von der Sara dachte, sie existiere nur in B-Movies und Romanen von Raymond Chandler. Beim Anblick der feuchten Zottelmatten im Bad schüttelte es sie vor Ekel. Und was noch schlimmer war, weder Saras noch Jeffreys Handy erhielt in dem Motel ein Signal. Sara hatte alle Alkoholtupfer, die sie in ihrem Erste-Hilfe-Koffer im Auto finden konnte, aufgebraucht, bevor sie überhaupt daran denken mochte, das Telefon zu benutzen.

»Was hast du gesagt?«, fragte ihre Mutter. Sie war irgendwo in Kansas. Ihre Eltern waren erst zwei Wochen unterwegs, und schon jetzt merkte Sara deutlich, dass Cathy unbedingt wieder nach Hause wollte.

»Ich habe gesagt, so schlimm ist Daddy auch wieder nicht«, antwortete Sara. Dass sie sich gezwungen fühlte, ihren Vater zu verteidigen, dachte sie, kam wirklich sehr selten vor. Cathy und Eddie Linton waren seit vierzig Jahren verheiratet, und doch hatte Sara von Anfang an vermutet, dass dieser gemeinsame Traumurlaub ein Fehler war. Es war einfach so, dass ihre Eltern nicht sehr viel Zeit miteinander verbrachten, und vor allem nicht zusammengepfercht auf so engem Raum. Ihr Vater war immer mit seiner Arbeit beschäftigt, oder er werkelte in der Garage herum, während ihre Mutter meistens jemanden hatte, um den sie sich kümmern musste, eine Wohltätigkeitsveranstaltung, die zu organisieren war, oder eine Kirchengruppe, die sie stundenlang von zu Hause fernhielt. Ihre Unabhängigkeit war das Geheimnis ihrer Ehe. Allein der Gedanke, dass die beiden in dem zwölf Meter langen Winnebago-Wohnmobil gefangen waren, den sie sich für eine zweimonatige Reise quer durch Amerika gekauft hatten, bereitete Sara Kopfschmerzen.

»Mir war einfach nie bewusst, wie nervig und umständlich er sein kann«, entgegnete ihre Mutter. Sie war offensichtlich im Küchenbereich des Wohnmobils, denn Sara hörte, wie Schränke geöffnet und geschlossen wurden. »Wie schwer kann es sein, ein Rücklaufventil einzubauen? Der Mann ist Installateur, mein Gott.« Sie seufzte schwer. »Zwei Stunden, Sara. Ganze zwei Stunden hat er gebraucht.«

Sara sagte nichts, obwohl ihre Mutter nicht ganz unrecht hatte. Anderseits hatte ihr Vater sich für diese Arbeit wahrscheinlich Zeit gelassen, um sein Leben zu verlängern.

»Hörst du mir überhaupt zu?«

»Ja, Mama«, log Sara. Sie trug dicke Socken, aber mit ihrem rechten großen Zeh versuchte sie immer wieder, ein grünes M&M, das unter dem Fenster am Teppich klebte, zu lösen. »Zwei Stunden.«

Ihre Mutter schwieg kurz und sagte dann: »Erzähl mir, was passiert ist.«

Sara ließ von dem M&M ab, weil die Socke dauernd an dem Schokoladenbonbon klebenblieb.

Sie ging wieder im Zimmer hin und her. »Ich habe dir doch erzählt, was passiert ist. Ich habe sie entkommen lassen. Ich hätte ihr genauso gut die Tür öffnen und sie zum Flughafen fahren können.«

»Nicht das«, entgegnete Cathy. »Du weißt, wovon ich rede.«

Jetzt war es Sara, die seufzte. Sie war fast froh, dass sie sich gestern Nacht zum Narren gemacht hatte, denn Lenas Verschwinden hatte Sara etwas Neues gegeben, weswegen sie sich im Bett herumwälzen konnte, wenn sie eigentlich schlafen sollte. Jetzt brachte ihre Mutter ihr den Kunstfehlerprozess wieder überdeutlich ins Bewusstsein.

Sara erzählte: »Ich würde sagen, ihre Strategie ist es, zu behaupten, ich sei wegen des Angriffs auf mich vor zehn Jahren zu abgelenkt gewesen, um den Powells zu sagen, dass ihr Sohn Leukämie hat, und dass er starb, weil ich noch einen Tag gewartet habe.«

»Das ist das Lächerlichste, was ich je gehört habe.«

»Ihre Anwältin kann ziemlich überzeugend sein.« Sara dachte an die Anwältin, an ihr Tourette-ähnliches Krokodilsgrinsen.

Wieder wurde eine Schranktür geöffnet und geschlossen. »Ich kann einfach nicht glauben, dass eine andere Frau dir so etwas antut«, sagte Cathy. »Es ist widerlich. Das ist der Grund, warum Frauen nie vorankommen: Weil ihnen andere Frauen beständig Knüppel zwischen die Beine werfen.«

Sara schwieg wieder, weil sie nicht in Stimmung war für diese Art feministischer Belehrungen ihrer Mutter.

Cathy bot nun an: »Ich kann nach Hause kommen, wenn du mich brauchst.«

Sara hätte fast den Hörer fallen gelassen. »Nein, mir geht's gut, wirklich. Ruinier dir nicht deinen Urlaub nur wegen ...«

»Scheiße«, zischte ihre Mutter; es war höchst selten, dass ihr ein Schimpfwort über die Lippen kam. »Ich muss Schluss machen. Dein Vater hat sich eben selber angezündet.«

»Mama?« Sara drückte sich die Muschel ans Ohr, aber ihre Mutter hatte bereits aufgelegt.

Sara behielt den Hörer in der Hand, sie fragte sich, ob sie noch einmal anrufen sollte, dachte aber dann, dass ihre Mutter, wenn wirklich etwas nicht stimmen würde, weniger verärgert geklungen hätte. Schließlich legte sie den Hörer auf die Gabel und ging hinüber zu dem großen Fenster, das auf den Parkplatz des Motels hinausschaute. Sara hatte fast den gesamten Vormittag die Vorhänge geschlossen gehalten, weil sie es weniger trist fand, allein im dunklen Zimmer zu sitzen als auf den leeren Parkplatz hinauszustarren. Jetzt zog sie das Polyesterding ein paar Zentimeter zurück und ließ einen dünnen Lichtstrahl herein.

Der Tisch und die beiden Plastikgartenstühle vor dem Fenster wirkten wie eine perfekte Ergänzung des trostlosen Ausblicks. Sara schob das fadenscheinige Handtuch zurecht, das sie über einen Stuhl gelegt hatte, und setzte sich. Erschöpfung überwältigte sie, aber der Gedanke, wieder ins Bett zu gehen, sich zwischen die rauen, vergilbten Laken zu legen, war ihr einfach unerträglich.

Am frühen Morgen war sie über die Straße gegangen, um Kaffee zu kaufen, und war schließlich mit einem Scheuerpulver mit Bleichzusatz und einem Schwamm, der roch, als wäre er schon einmal benutzt worden, zurückgekommen. Sie hatte daran gedacht, das Zimmer zu putzen oder wenigstens das Bad weniger ekelerregend zu machen, aber sooft sie sich überlegte, die Putzsachen in die Hand zu nehmen und sie tatsächlich zu benutzen, merkte sie, dass sie einfach nicht die Energie dazu hatte. Und was noch wichtiger war, wenn sie wirklich vorhatte, etwas zu putzen, dann sollte es ihr eigenes Zuhause sein.

Sie versuchte, die Dinge aufzulisten, die sie zu Hause tun könnte: Die Wäsche zusammenlegen, die sich auf dem Bett im Gästezimmer stapelte, den tropfenden Wasserhahn im Bad des Gästezimmers reparieren, mit den Hunden einen Spaziergang um den See machen. Tatsächlich aber hatte Sara in den Wochen, seit sie die Klinik geschlossen hatte, nichts davon erledigt. Meistens saß sie nur im Haus herum und grübelte über den Prozess nach. Wenn ihre Schwester aus Atlanta anrief, redete Sara über ihren Prozess. Wenn Jeffrey von der Arbeit nach Hause kam, redete sie über den Prozess. Inzwischen redete sie mit einer solchen Besessenheit darüber, dass ihre Mutter sie angefahren hatte: »Mein Gott, Sara, *tu* etwas. Sogar die Patienten in Irrenhäusern müssen Körbe flechten.«

Leider wurde das Problem nur noch schlimmer, wenn sie aus dem Haus musste. Ob Sara Lebensmittel einkaufte oder Jeffreys Anzüge aus der Reinigung holte oder auch nur das Laub im vorderen Garten zusammenrechte, immer spürte sie die Blicke der Leute auf sich. Nicht nur das, sie spürte auch ihre Missbilligung. Wenn sie, was selten vorkam, mit jemandem sprach, waren die Unterhaltungen knapp, wenn nicht gar richtiggehend kalt. Sara hatte niemandem etwas von diesen Wortwechseln erzählt – Jeffrey nicht und auch ihrer Familie nicht –, aber sie merkte, dass sie mit jeder Begegnung tiefer und tiefer in ihre Depression sank.

Und jetzt hatte sie, dank Lena Adams, ihrer Liste von Misserfolgen einen weiteren hinzuzufügen. Wie hatte man sie nur so leicht austricksen können? Wie hatte sie nur so verdammt idiotisch sein können? Die ganze Nacht lang hatte Sara versucht, jeden Augenblick mit Lena zu analysieren, sie hatte die Sekunden zerpflückt, um herauszufinden, wie sie sich anders hätte verhalten, wie sie das Resultat hätte verhindern können. Nichts kam ihr in den Sinn, außer dass sie sich ständig mit ihrer eigenen Dummheit konfrontierte.

Lena hatte auf dem Bett gelegen, nur die Fesseln hatten verhindert, dass sie noch weiter vor ihnen zurückwich. Doch kaum waren Jeffrey und der Sheriff gegangen, entspannte sie sich, ihre Arme wurden schlaff.

Sara hatte sie genau beobachtet, hatte gesehen, wie die Brust der anderen Frau bei jedem Ausatmen bebte. »Was ist los, Lena? Warum hast du solche Angst?«

»Ihr müsst weg von hier. Ihr beide.« Die Stimme klang flach, unheilvoll. Als sie den Kopf hob, schienen ihre Augen zu glühen vor Entsetzen. »Du musst Jeffrey von hier wegschaffen.«

Sara spürte, wie ihr Herz einen Schlag aussetzte. »Warum? Ist er in Gefahr?«

Lena antwortete nicht. Stattdessen schaute sie auf ihre Hände, die zerknüllten Laken hinunter. »Jeder, alles, was ich anfasse – alles wird zu Scheiße. Ihr müsst weg von mir, weg.«

»Glaubst du wirklich, dass wir dich im Stich lassen werden?« Sara hatte »wir« gesagt, aber beide wussten, dass sie eigentlich Jeffrey meinte. »In diesem Auto ist ein Mensch gestorben, Lena. Sag mir, was dir passiert ist.«

Sie schüttelte nur resigniert den Kopf.

»Lena, rede mit mir.«

Wieder kam keine Antwort. Das musste der Augenblick gewesen sein, als Lena sich ihren Plan überlegt hatte, dass sie, wenn sie Sara schon nicht kontrollieren, dann wenigstens benutzen konnte.

»Ich bin so schmutzig«, hatte sie gesagt, und ihr Tonfall deutete an, dass der Schmutz bis weit unter die Haut reichte. »Ich fühle mich so schmutzig.« Dann hatte sie Sara angesehen. Tränen befeuchteten ihre Augen, und obwohl ihre Stimme jetzt ruhiger klang, zitterten die Hände noch immer in ihrem Schoß. »Ich muss mich waschen. Ich muss es unbedingt abwaschen.«

Sara hatte überhaupt nicht nachgedacht. Sie hatte sich ans Bett gestellt und die Klettverschlüsse der Gurte gelöst. »Das wird schon alles wieder«, hatte sie versprochen. »Du musst mir vertrauen, oder ich kann auch Jeffrey holen.«

»Nein«, flehte Lena. »Nur ... ich muss mich einfach waschen. Lass mich nur ...« Ihre Lippen zitterten. Alle Streitlust schien aus ihr gewichen. Sie rutschte zur Bettkante und versuchte, auf zittrigen Beinen zu stehen. Sara legte ihr den Arm um die Taille und half ihr auf.

Lena hat ihre Rolle wirklich gut gespielt, dachte Sara. Jede ihrer Bewegungen demonstrierte eine offensichtliche Schwäche. Nichts an ihren Handlungen hatte darauf hingedeutet, dass sie in der Lage sein könnte, auf eine Toilette zu steigen und sich auf eine Zwischendecke hochzuziehen, geschweige denn, der Polizei zu entkommen.

Sara hatte sich komplett zum Narren halten lassen, war mit Lena durchs Zimmer gegangen, den ausgestreckten Arm nur wenige Zentimeter von Saras Rücken entfernt, für den Fall, dass sie sie hätte stützen müssen. Es war eine automatische Geste, etwas, das man schon in der ersten Woche als Assistenzarzt lernte. Sara hatte sie bis zum Bad begleitet, mit langsamen Schritten, um sich ihrem Tempo anzupassen.

Was Sara in diesem Augenblick dachte, war, dass Lena keine Heulsuse war. Sie war ein Mensch, der lieber verbluten als zugeben würde, dass sie verletzt war. Sara fragte sich sogar, ob die Ärzte sich in ihrer Diagnose geirrt hatten, ob sie sich die Röntgenaufnahmen der Lunge anschauen, sich ein Stethoskop besorgen, die verordneten Medikamente überprüfen, Blut und Körperflüssigkeiten analysieren sollte. Lag ein Hirnschaden vor, irgendein Schock als Folge der Explosion? War Lena gestürzt? Hatte sie sich den Kopf angeschlagen? Hatte sie das Bewusstsein verloren? Rauchvergiftungen waren tödlich, sie kosteten mehr Opfer als die Feuer selbst. Sekundäre Infektionen, Flüssigkeit in der Lunge, Gewebeschäden – alle diese Möglichkeiten gingen Sara durch den Kopf, und sie erkannte, dass sie unvermittelt wieder wie eine Ärztin dachte. Zum ersten Mal seit Monaten kam sie sich nützlich vor.

An der Badezimmertür stoppte Lena sie, sie hob die Hand, um ihr zu verstehen zu geben, dass sie ein wenig Privatsphäre brauche. Kurz bevor sie die Tür schloss, schaute sie Sara noch einmal an. »Es tut mir so leid«, sagte sie, und diese Entschuldigung wirkte so aufrichtig, dass Sara kaum glauben konnte, dass es sich um dieselbe Frau handelte, die vor fünf Minuten noch fast hysterisch vor Angst und Hass gewesen war.

»Ist schon gut«, hatte Sara entgegnet und sie angelächelt, um ihr zu zeigen, dass sie nun nicht mehr alleine war. »Wir können ja später darüber reden, okay? Wir holen Jeffrey dazu, und dann überlegen wir uns gemeinsam, was wir tun sollen.«

Lena hatte nur genickt, wahrscheinlich, weil sie ihrer Stimme nicht traute.

Und Sara hatte wirklich gewartet, hatte vor der Tür gestanden und gegrinst wie ein Trottel, weil sie daran dachte, wie *sehr* sie Lena helfen würde. Lena war zu der Zeit wahrscheinlich schon lachend die Treppe hinuntergerannt, weil Sara ihr die Flucht so einfach gemacht hatte.

Nun, an diesem Plastiktisch in dem tristen Motelzimmer, spürte Sara, wie ihr vor Scham die Röte ins Gesicht stieg.

»Scheiße«, sagte sie und stand auf, bevor ihr der Stuhl auch noch den letzten Rest Leben aussaugte.

Cathy hatte recht. Sara musste etwas tun. Sie nahm sich das Scheuerpulver und den komisch riechenden Schwamm, die sie in dem Gemischtwarenladen gekauft hatte, und ging ins Bad. Aus irgendeinem Grund war das Waschbecken vor der Tür, eingebaut in eine lange Theke mit Brandlöchern an der Außenkante, wo Leute ihre Zigaretten abgelegt hatten, während sie – was? – ihre Zähne putzten?

Es brachte nichts, genauer darüber nachzudenken.

Sara schütte ein bisschen Scheuerpulver ins Waschbecken und fing an zu schrubben, versuchte allerdings, nicht auch noch den letzten Rest Chromüberzug von dem Plastikabfluss abzuscheuern. Mit kräftigen Bewegungen arbeitete sie sich durch den Schmutz vieler Jahre.

Hochmut kommt vor dem Fall, dachte sie. All diese Jahre, in denen sie immer der Liebling der Lehrer gewesen war – die beste Studentin des Jahrgangs, die besten Noten, die höchsten Auszeichnungen, die besten Zukunftsaussichten – wofür? Die Emory University hatte sie schon aufgenommen, bevor sie die Highschool abgeschlossen hatte. Das medizinische College hatte ihr praktisch den roten Teppich ausgerollt und ihr so viel finanzielle Unterstützung angeboten, dass ihr Vater das Wenige, was noch fehlte, problemlos drauflegen konnte. Tausende bewarben sich jedes Jahr um die wenigen Assistenzplätze am Grady Hospital. Sara hatte nicht einmal jemanden, der sie unterstützte. Sie wusste, dass sie in das Programm kommen würde. Sie war sich ihrer Fähigkeiten, ihrer Intelligenz immer so verdammt sicher gewesen, dass sie noch nie im Leben daran gedacht hatte, sie könnte etwas nicht schaffen, was sie sich in den Kopf gesetzt hatte.

Außer eine fünfundfünfzig Kilo schwere College-Abbrecherin davon abzuhalten, aus dem Elawah County Medical Center auszubrechen.

»Scheiße«, wiederholte Sara. Sie ließ das Waschbecken sein und ging ins Bad. Sie fing mit der Toilette an und benutzte die an der Wand montierte Bürste, um die Schüssel zu säubern, versuchte allerdings, nicht daran zu denken, warum die Borsten so dunkelgrau waren. Als sie sich neben die Badewanne kniete, fiel ihr ein, dass ihre Mutter ihr vor Jahren gezeigt hatte, wie man ein Badezimmer putzte – wie viel Reinigungsmittel man benutzte, wie man das Porzellan sanft mit einem Schwamm bearbeitete.

Sara hockte sich auf die Fersen und dachte, dass sie eines Tages, vielleicht schon sehr bald, ihrem eigenen Kind zeigen würde, wie man eine Wanne schrubbte oder das Wohnzimmer saugte. Jeffrey würde erklären müssen, wie man Wäsche sortierte, denn Sara zog immer rosa fleckige, ehemals weiße Socken aus dem Trockner. Immerhin konnte sie mit dem Kind in den Lebensmittelladen gehen. Für Jeffrey war ein Tiefkühlmenü eine ausgewogene Mahlzeit, was vielleicht auch erklärte, warum sein Blutdruck mit Medikamenten unter Kontrolle gehalten werden musste.

Ein Gedanke stach Sara wie ein Messer in die Brust. Was, wenn sie im Lebensmittelladen Beckey Powell traf? Was, wenn Sara, mit ihrem Kind an der Hand, in der Fleischabteilung stand und Beckey daherkam? Wie sollte Sara ihrem Sohn oder ihrer Tochter erklären, warum Beckey Powell sie hasste? Wie sollte sie erklären, warum die ganze Stadt glaubte, dass ihre Unfähigkeit zum Tod eines Kindes geführt hatte?

Sara wischte sich mit dem Handrücken über die Stirn, und ihre Augen brannten von dem überwältigenden Gestank des Bleichmittels in dem winzigen Bad. Sie wünschte sich, Jeffrey wäre hier, um sie von so düsteren Gedanken abzulenken. Seitdem sie den Adoptionsantrag ausgefüllt hatten, spielten sie Was-wäre-wenn-Spiele, »Was wäre, wenn wir einen Jungen bekommen, der Football hasst?« »Was, wenn wir ein Mädchen kriegen, das Pink liebt und sich die Haare zu Zöpfen flechten lassen will?«

Sara konnte sich gut vorstellen, dass Sport das Letzte war, was ihrem Mann im Augenblick durch den Kopf ging. Ein Mensch war in diesem SUV zu Tode gekommen, und Lena hatte irgendwie mit diesem Tod zu tun. Nachdem Jeffrey Jake Valentine kennengelernt hatte, traute er der örtlichen Polizei nicht zu, dieses Verbrechen aufzuklären, ohne die naheliegenden, aber voreiligen Schlüsse zu ziehen und Lena alles anzuhängen. Er war schon früh am Morgen losgefahren, um mit Nick Shelton eine Strategie auszuarbeiten, einem Freund von ihm beim Georgia Bureau of Investigation. Er hatte Sara nicht aufgefordert mitzukommen.

Sie beugte sich wieder über die Wanne, spülte das Scheuermittel weg und schütte dann neues hinein, um noch einmal von vorne anzufangen. Der Schwamm gab schon beinahe den Geist auf, Sara hingegen wollte nicht aufgeben, bis alles erledigt war. Sie knickte den Schwamm und benutzte die Kante, um den schwarzen Schmutzring an der Wannenwand zu bearbeiten, der wahrscheinlich bis in die Siebziger zurückreichte.

Sara fluchte leise und wünschte sich noch einmal, sie wäre zu Hause. Im Grant County würde sie Jeffrey wenigstens nicht in die Quere kommen, er könnte ungestört seine Arbeit tun. Hier blieb ihr nichts anderes übrig, als dafür zu sorgen, dass er eine saubere Stelle fand, wo er seine Zahnbürste ablegen konnte. Über Nacht war sie zur perfekten Hausfrau geworden, und wozu? Damit Lena mit einem Lachen aus der Stadt verschwinden konnte?

Sara wusste, dass Jeffrey es mit den Vorschriften manchmal nicht so genau nahm. Wenn er gestern Nacht allein gewesen wäre, hätte er das leere Schwesternzimmer als Einladung gesehen, sich selbst auf die Suche nach Lena zu machen. Wenn er dieses Krankenzimmer alleine betreten hätte, dann hätte Lena sich ihm vielleicht geöffnet. Sie hätte ihm gesagt, warum sie unbedingt von dort wegmusste, und wäre dann wahrscheinlich nicht ausgebrochen. Mit Sicherheit hätte sie Jeffrey nicht für ihre Flucht benutzt; dafür respektierte sie ihn zu sehr.

Im Gegensatz zu Sara.

Cathy hatte gesagt, dass die Frauen ihre eigenen schlimmsten Feinde seien. War Sara Lenas Feindin? Sie glaubte es nicht. Es stimmte zwar, Sara hatte die Beziehung zwischen ihrem Ehemann und der fünfunddreißigjährigen Detective nie verstanden, aber Sara war nicht so blöd, eifersüchtig zu sein. Abgesehen davon, dass Lena alles andere als Jeffreys Typ war, ähnelte ihre Beziehung zu sehr der eines älteren Bruders zu einer ungestümen, jüngeren Schwester, um Sara Sorge zu bereiten.

Vielleicht kam die Abneigung daher, dass Lena für sich selbst immer die falschen Entscheidungen traf. Nach dem Tod ihrer Schwester Sibyl war Lena in eine tiefe Depression gefallen. Sie hatte es sogar geschafft, dass sie zeitweise vom Dienst suspendiert wurde. In dieser Zeit hatte sie auch das Verhältnis mit Ethan Green angefangen. Und zu dieser Zeit hatte sie Saras Sympathie verloren.

Als Ärztin müsste Sara eigentlich verstehen, was in Lena vorging. Trauer kann zu einer Depression führen, eine Depression kann zu chemischen Veränderungen im Körper führen, die es einem unmöglich machen, ohne Hilfe von außen aus diesem Teufelskreis auszubrechen, ob sie nun medikamentös oder therapeutisch war oder beides. Sara selbst war weiß Gott seit einigen Monaten mit den Gefahren einer Depression mehr als vertraut. Aber ihre persönliche Erfahrung half ihr nicht zu verstehen, warum Lena sich mit Ethan eingelassen hatte.

Sara hatte die Frauenzeitschriften gelesen, kannte die Statistiken, begriff die Kausalbeziehungen. Depression kann zu Verletzlichkeit führen. Verletzlichkeit zieht Räuber an. Wie Blut im Wasser einen Hai. Nur weil die Frau nach außen hin den Eindruck von Stärke vermittelte, bewahrte sie das nicht davor, Opfer häuslicher Gewalt zu werden. In einigen Fällen erhöhte dieses Verhalten sogar noch das Risiko, zum Opfer zu werden; man konnte diese Rolle nur eine gewisse Zeit spielen, irgendwann brach sie auseinander.

Sara wusste dies alles von ihrem Verstand her. Sie akzeptierte, dass einige Frauen – intelligente Frauen – sich mit den falschen Männern einließen und Kompromiss um Kompromiss eingingen, bis ihnen schließlich nichts mehr übrig blieb, als stillzusitzen und alles zu ertragen. Dennoch, die Tatsache, dass Lenas vierundzwanzigjähriger Freund sie missbraucht hatte – nicht nur missbraucht, sondern blutig geschlagen – ,war etwas, worüber Sara einfach nicht hinwegkommen konnte.

Es war, als wäre Lena von dem Mann besessen, als könnte sie ihn einfach nicht aus ihrem System bringen. Wenn Ethan eine Droge gewesen wäre, hätte Sara diese Abhängigkeit vielleicht besser verstehen können. Heroin, Methamphetamin, Opium – das würde Lenas Hingabe erklären, ihre Unfähigkeit, es ohne den Stoff durch den Tag zu schaffen. Die Hirnwäsche wäre nachvollziehbarer gewesen, wenn sie in einer Sekte gewesen wäre, aber Lena hatte nichts, worauf sie sich zurückziehen konnte, außer ihrer eigenen beschädigten Persönlichkeit. Sie hatte eine gute Arbeit, ihr eigenes Geld, ein soziales Netz. Sie hatte eine Waffe und eine Marke, um Himmels willen. Ethan war ein verurteilter Gewalttäter auf Bewährung. Lena hätte ihn jederzeit verhaften können. Als Polizistin war sie sogar gesetzlich verpflichtet, jeden Fall von häuslicher Gewalt zu melden, auch wenn sie selbst das Opfer war.

Und trotzdem hatte sie es Jeffrey überlassen. Lena war diejenige, die ihm den Tipp gegeben hatte, dass Ethan eine Waffe in seinem Rucksack habe. Jeffrey weigerte sich zwar, mit Sara darüber zu reden, aber sie war sich sicher, dass Lena ihm die Waffe untergeschoben hatte, dass sie nur auf diese feige Art in der Lage gewesen war, sich von ihrem Peiniger zu lösen. Ethan drohten zehn Jahre Knast. Lena hatte die Waffe versteckt und dann Jeffrey angerufen, damit er die Drecksarbeit erledigte.

Und natürlich war Jeffrey sofort gerannt gekommen.

Aber war nicht genau das der Grund, warum Sara Jeffrey liebte? Weil er sich weigerte, Leute aufzugeben, wie unerreichbar sie auch erscheinen mochten? Sara war kaum jemand, der darüber reden durfte, dass Frauen dumme Fehler mit Männern machten. Sie war inzwischen zum zweiten Mal mit Jeffrey verheiratet; beim ersten Mal hatte sie ihn verlassen, nachdem sie nach Hause gekommen war und ihn mit einer fremden Frau im Bett erwischt hatte. Doch Jeffrey hatte sich in den Jahren seit der Scheidung verändert. Er war erwachsen geworden. Er hatte sich sehr bemüht, Sara zurückzubekommen, ihr Vertrauen wiederzugewinnen und ihre Beziehung zu reparieren. Sie liebte diesen Jeffrey mit einer Leidenschaft, die ihr manchmal Angst einjagte.

War es das, was Lena dazu getrieben hatte, zu Ethan zu halten, egal wie oft er sie geschlagen hatte? War sie genauso liebeskrank gewesen wie Sara, hatte sie dieselbe Hohlheit im Bauch gespürt, wenn sie getrennt waren? Hatte sie sich so lächerlich gemacht, dass sie nicht mehr loslassen konnte?

Sara warf die Überreste des Schwamms in den Mülleimer und spülte die Wanne noch einmal. Jeffrey würde schockiert sein, wenn er von seiner Besprechung zurückkam. Sie konnte sich nicht erinnern, wann sie das letzte Mal ihr eigenes Bad so gründlich geputzt hatte. Sara hasste die meisten Hausarbeiten und tat sie nur, weil in einer kleinen Stadt wie Heartsdale ihre Mutter mitbekommen würde, wenn sie eine Putzfrau beschäftigte. Cathy war der festen Überzeugung, dass solche lästigen Arbeiten den Charakter formten, und jemanden, vor allem eine Frau, dafür einzustellen, zeigte, was für einen Charakter man wirklich hatte. Sara dagegen war überzeugt, dass die puritanische Arbeitsethik, die ihre Mutter besaß, ein bisschen verschroben war. Es gab einen Grund, warum Sara die Highschool ein Jahr vor ihren Klassenkameraden abgeschlossen hatte. Als sie heranwuchs, vertrat ihre Mutter die Ansicht, dass

Hausaufgaben die einzig gültige Entschuldigung waren, um nicht putzen zu müssen.

Sie wusch sich den Reiniger von den Händen, dachte dabei wieder an Lena und wünschte sich, Ethan Green könnte ebenso einfach aus ihrer aller Leben herausgewaschen werden. Sara hatte Ethan nur einmal gesehen – hatte seinen Körper gesehen. Die Anfertigung seiner Tattoos hatte sicher Stunden gedauert. Sara hatte mindestens zehn gezählt, aber das eine, das sie nie vergessen würde, war das große, schwarze Hakenkreuz über seinem Herzen gewesen. Was brachte einen Mann dazu, sich einen solchen Hass zu eigen zu machen? Was sagte es über Lena aus, dass sie mit einem solchen Mann zusammen sein, ihn wollen und mit ihm schlafen konnte, ohne sich vor diesem Symbol auf seinem Körper zu ekeln?

Als Sara gestern Nacht vor dem Krankenhaus im Auto saß, hatte sie gesehen, wie der Skinhead in der weißen Limousine Jeffrey angesehen und ihn sofort als Polizist erkannt hatte, und sie hatte die dumpfe Missachtung all dessen in seinem Ausdruck gesehen, was dieser Beruf bedeutete. Ihr war auch das rote Hakenkreuz auf dem Arm des Mannes nicht entgangen, und ihr war fast schlecht geworden vor Angst, als Jeffrey deutlich machte, dass er sich nicht einschüchtern ließ, nicht zurückweichen würde. Jetzt wurde ihr schon bei dem Gedanken daran wieder übel.

Das Telefon klingelte, und Saras Herz machte einen Satz. Sie rannte ins Zimmer und nahm den Hörer ab. »Hallo?« Sie wartete, hörte aber nur ein gleichmäßiges Rauschen und jemanden atmen. »Hallo«, wiederholte sie und fragte dann ohne Grund: »Lena?«

Ein leises Klicken war zu hören, dann die Stille einer toten Leitung.

Zitternd legte Sara den Hörer wieder auf. Sie schaute auf ihre Armbanduhr, verglich sie dann mit dem Wecker auf dem

Nachtkästchen. Jeffrey war vor fast zwei Stunden losgefahren, um sich mit Nick Shelton zu treffen. Er hatte ihr gesagt, er würde sie auf dem Rückweg anrufen, aber Sara hatte keine Ahnung, wann das sein würde.

Ihr Blick fiel auf die Speisekarte eines Straßenverkaufs auf dem Tisch und die Notizen, die sie auf die Rückseite gekritzelt hatte. Sara nahm die Speisekarte zur Hand und versuchte, ihre eigene Handschrift zu entziffern.

Jeffrey hatte Sara einen Auftrag gegeben. Sie liebte ihn dafür, weil er ihr den Einruck vermittelte, nützlich zu sein, aber diese Aufgabe hätte auch ein Affe erledigen können. Nachdem sie in den Gemischtwarenladen gegangen war, um Kaffee zu kaufen, hatte sie Frank Wallace angerufen, Jeffreys Stellvertreter, und ihn gebeten, die Autonummer der weißen Limousine zu recherchieren, die sie vergangene Nacht auf dem Krankenhausparkplatz gesehen hatten. Sogar Frank hatte verwirrt geklungen, als er Saras Bitte hörte. Aber er hatte mitgespielt und leise summend die Nummer in den Computer getippt. Sara kannte Frank schon fast ihr ganzes Leben lang – er war ein Poker-Kumpel ihres Vaters –, aber sie war sich komisch vorgekommen, als sie mit ihm telefonierte, vor allem weil sie beide wussten, dass sie keine Berechtigung für eine solche polizeiliche Recherche hatte.

Frank hatte die Registrierungsdaten in weniger als einer Minute. Sara hatte sich etwas zum Schreiben gesucht und in einer der Schubladen des Nachtkästchens die Speisekarte gefunden. Eine Firma namens Whitey's Feed & Seed, Futtermittel und Saatgut, war als Besitzer des Chevy Malibu eingetragen.

Also hatte der Nazi in der weißen Limousine immerhin einen gewissen Humor.

Sara hatte aufgelegt und beschlossen, Eigeninitiative zu zeigen – was ein Affe nicht tun konnte –, indem sie versuchte, mehr über diese Firma herauszufinden. Nachdem man sie in einem Büro des Innenministeriums fast zwanzig Minuten in der Warteschleife hatte hängen lassen, wusste sie, dass ein Mann namens Joseph Smith als Hauptgeschäftsführer und Präsident von Whitey's Feed & Seed eingetragen war. Da sie annahm, dass es sich um einen echten Namen handelte und nicht um irgendeine Anspielung auf den Gründer der Mormonenkirche, rief sie die Telefonauskunft an. Im Staat Georgia gab es über dreihundert Einträge für den Namen Joseph Smith, aber keiner davon wohnte im Elawah County.

Franks Computerrecherche hatte nur ein Postfach als Adresse für die Fahrzeugregistrierung ergeben, aber die Frau im Büro des Innenministeriums hatte Sara eine reale Adresse in Reese genannt, 339 Third Avenue. Wenn dieses Kaff so war wie jede andere Kleinstadt in Amerika, dann war sie wie ein Gitternetz angelegt. Das Elawah County Medical Center lag an der Fifth Avenue. Sara wusste, dass das Krankenhaus weniger als zehn Minuten Fahrzeit vom Motel entfernt war, und das bedeutete, dass die Third Avenue in einem Umkreis von wenigen Meilen liegen musste.

Sara starrte die Speisekarte an, ihre Kritzeleien, die quer über die Dessertvorschläge liefen. Sie hatte mit ihrer Mutter telefoniert, das Bad geputzt, die paar Kleidungsstücke in ihrer Tasche neu zusammengelegt und ihrer Schwester drei Nachrichten aufs Handy gesprochen, bevor nun die Langeweile drohte, ihr Hirn verkümmern zu lassen. Wenn sie nicht gerade den Parkplatz des Hotels fegen wollte, hatte sie nichts mehr zu tun.

Draußen ließ jemand ein Motorrad aufheulen, so laut, dass die Fensterscheibe erzitterte. Sara schaute durch den Schlitz in den Vorhängen hinaus, doch sie sah nur noch die Rückseite des Motorrads, das eben auf die Straße einbog. Der Himmel überzog sich dunkel, aber sie vermutete, dass Regen erst in einigen Stunden drohte.

Sara riss die Adresse ab, die sie sich auf der Speisekarte notiert hatte, und schrieb für Jeffrey eine Nachricht auf die Vorspeisenempfehlungen. Heute Morgen hatte sie in dem Gemischtwarenladen auch einige Karten der Gegend gesehen. Die Third Avenue musste ganz in der Nähe sein.

Sie nahm den Motelschlüssel vom Tisch und verließ das Zimmer, bevor sie es sich noch anders überlegen konnte.

Lena

5 »Erzähl uns von unserer Mutter«, bettelten Lena und Sibyl Hank an, kaum dass sie sprechen konnten. Sie wollten unbedingt mehr über die Frau erfahren, die gestorben war, indem sie ihnen das Leben schenkte. Hank wehrte meistens ab – er musste immer in die Bar oder zu einem Treffen –, aber irgendwann ließ er sich dann doch erweichen und erinnerte sich an ein Sommerpicknick oder einen Besuch bei lange aus den Augen verlorenen Verwandten. Es gab auch immer etwas Besonderes zu berichten – ein Fremder am Straßenrand, dem ihre Mutter geholfen, eine Verwandte, die sie wieder gesund gepflegt hatte. Angela der Engel hatte die anderen immer über sich gestellt. Angela gab mit Freuden ihr Leben, damit ihre Zwillingstöchter leben konnten. Angela schaute vom Himmel auf Sibyl und Lena herab.

Sogar für Kinderohren waren diese Geschichten unglaubliche Märchen voller Güte und Licht, aber Lena und Sibyl wurden es nie müde, von der Großzügigkeit ihrer Mutter, ihrem offenen, liebenden Herzen zu hören. Sibyl hatte versucht, ihre Mutter nachzuahmen, ein Mensch zu sein, der nur das Gute in den anderen sah. Was Lena anging, so war Angela Adams die unsichtbare Messlatte, die Frau, die sie nie kennenlernen und deren Größe sie nie erreichen würde.

Und jetzt erzählte Hank Lena, dass ihre Mutter nicht bei der Geburt gestorben, sondern von einem Drogenhändler umgebracht worden war. Nicht nur von irgendeinem Drogendealer – sondern von Hanks Drogendealer.

Wie Lena sich erinnerte, war so ziemlich das Erste, was Hank ihnen über ihre Mutter erzählt hatte, dass sie beim Thema Drogen und Alkohol ziemlich unerbittlich gewesen war. Nachdem sie jahrelang zugesehen hatte, wie ihr älterer Bruder sich langsam sein eigenes Grab schaufelte, hatte sie ihn schließlich aus ihrem Leben geworfen und geschworen, ihn nie wieder hereinzulassen. Hank war das zu der Zeit ziemlich egal gewesen. Er war sechsundzwanzig Jahre alt. Er wollte weder Familie noch Sex, weder Geld noch Autos. Das Einzige, was ihn interessierte, war seine nächste Dröhnung.

Wie Hank erzählte, hatte Angela ihrem Ehemann Calvin Adams gleich zu Anfang das Versprechen abgenommen, dass er nie mit seinen Polizistenkollegen zum Trinken gehe. Calvin hielt sich daran – die beiden liebten sich sehr – und rührte nur selten einen Tropfen an; mit Sicherheit trank er nie vor seiner jungen Frau. Natürlich würde kein Mensch je erfahren, wie lange das gehalten hätte. Das Paar genoss nur drei Monate ehelichen Glücks, bevor Cal seinen letzten Verkehrssünder aus dem Verkehr zog. Der Fahrer schoss ihm zweimal ins Gesicht und fuhr davon, um spurlos zu verschwinden. Lenas Vater war tot, bevor er auf dem Boden auftraf.

Dass sie schwanger war, bemerkte Angela zum ersten Mal auf der Beerdigung ihres Mannes. Sie war normalerweise keine, die sehr emotional reagierte oder leicht weiche Knie bekam, aber an Calvins Grab wurde sie ohnmächtig. Sieben Monate später ging sie ins Krankenhaus, um Zwillinge zur Welt zu bringen, und kam nie wieder heraus. Blutvergiftungen kommen zwar sehr selten vor, sind aber tödlich. Es dauerte zwei Wochen, in denen die Infektion den Körper der jungen Mutter in Besitz nahm und ein Organ nach dem anderen abschaltete, bis schließlich die Entscheidung getroffen werden musste, das Lebenserhaltungssystem abzuschalten. Hank Norton, Angelas nächster lebender Verwandter, traf die

Entscheidung. Es war, wie Hank oft sagte, das Schwierigste, was er in seinem Leben je getan hatte.

Und das Ganze war offensichtlich eine Lüge.

Angela Norton war eine zierliche Frau gewesen, mit einem sehr unauffälligen Gesicht, bis sie lächelte, und dann konnte sie niemand mehr übersehen. Sie hatte die dunkle Haut ihrer mexikanisch-amerikanischen Mutter, im Gegensatz zu ihrem Bruder, der bleich war wie ein Glas Buttermilch. Ein weiteres Merkmal, das Hank nicht mit seiner Schwester teilte, war ihre Frömmigkeit, ein Erbe ihrer katholischen Mutter. Angela half leidenschaftlich anderen Menschen, während Hank ebenso leidenschaftlich nur sich selbst half.

Als Erwachsene wusste Lena, dass jede gute Geschichte ihre Licht- und Schattenseiten hatte, und jetzt erkannte sie, dass Hank sich selbst immer in den schwärzesten Tönen gemalt hatte.

Angela Norton hatte Calvin Adams bei einem Kirchenbasar kennengelernt. Er hatte die Tombola des Sheriff's Departments durchgeführt, und obwohl Glücksspiel eine Sünde war, wollte sie sich die Chance nicht entgehen lassen, den Korb mit Backwaren zu gewinnen, der als Preis angeboten wurde. Angela war ein schüchternes Mädchen, noch ein Teenager, als sie den blendend aussehenden, jungen Deputy kennenlernte. Sie war intelligent und lustig und so ziemlich der freundlichste, fürsorglichste Mensch auf dieser Erde.

Angelas und Hanks Mutter war sehr jung gestorben. Ein Autounfall. Sie hatte keine Angehörigen mehr gehabt, und ihr Mann, ein Karrieremilitär, war in Vietnam umgekommen, als die Kinder noch sehr klein waren. Cal war ein Einzelkind. Beide Eltern waren gestorben, als er Anfang zwanzig war. Er hatte keine anderen Verwandten in der Stadt, keine Cousins oder Onkels, soweit irgendjemand wusste. Es gab also keine Familie, die Lena und Sibyl besuchen konnten.

Calvin Adams machte eine blendende Figur. Da er in der Highschool eher ein Streber gewesen war, hatten die Leute sich gewundert, als er zur Polizei ging. Er wurde ein guter Polizist, zäh und streng, aber gerecht. Immer bereit, sich beide Seiten eines Streits anzuhören. Er trug Waffe und Marke mit Stolz, wurde aber nie überheblich. Angela und Calvin liebten sich, liebten sich sehr, und was ihnen passierte, war eine Tragödie.

Nachdem Hank hatte zusehen müssen, wie seine Schwester ihren letzten Atemzug tat, hatte er die beiden Neugeborenen, Lena und Sibyl, aus dem Krankenhaus mitgenommen, weil er sein eigen Fleisch und Blut nicht vom Staat aufziehen lassen wollte. Jämmerlich unvorbereitet, wie er an diesem ersten Abend war, hatte er Bettchen improvisiert, indem er zwei Kommodenschubladen mit Laken und Kissen auskleidete, und seine jungen Schutzbefohlenen für die Nacht dort hineingelegt, während er durchs Haus ging und systematisch jede Spur von Alkohol vernichtete.

Oft behauptete er, dieser Abend sei der »Wendepunkt« in seinem Leben gewesen, und diese beiden hilflosen, kleinen Mädchen in seinen Sockenschubladen liegen zu sehen und zu wissen, dass er der Einzige war, der zwischen ihnen und der Frau von der Fürsorge mit dem haarigen Kinn stand, habe ihm die Kraft gegeben, einem alten Freund den Rücken zu kehren.

Das war die Geschichte, die er Lena erzählt hatte. Das waren die Lügen, die man ihr ihr ganzes Leben lang eingetrichtert hatte. Sie erinnerte sich an verregnete Nachmittage mit Sibyl, an denen sie Spiele mit Hanks Geschichten gespielt hatten. Sie hatten die Tragödie des kurzen Lebens ihrer Eltern nachgespielt, waren abwechselnd in die Rolle Angelas, der Besten, der Freundlichsten, der Einzigen, geschlüpft. Ach, wie sehr ihre Eltern einander liebten. Ach, wie gerne sie ihre

Zwillingstöchter in den Armen gehalten hätten. Alles wäre anders geworden, sehr, sehr viel anders, wenn sie am Leben geblieben wären.

Oder vielleicht nicht?

Hank behauptete oft, er hätte all seine Süchte abgelegt an dem Abend, als er seine Nichten vom Krankenhaus nach Hause brachte, aber Lena hatte es anders erlebt. Sie kannte die Wahrheit. Es dauerte acht Jahre, bis er endgültig von allem loskam. Acht Jahre wochenlanger Sauftouren und Partys, die Tage dauerten, und die Polizei, die herumschnüffelte, und Lügen ... nichts als Lügen.

Sie hatte in diesem Haus gelebt, hatte alles mit eigenen Augen gesehen: so viele Jahre und doch hätte sie nie gedacht, dass ein Drogensüchtiger ihr irgendetwas anderes als die Wahrheit über ihre Mutter und ihren Vater erzählen würde. Warum sollte er lügen in Bezug auf das, was passiert war? Was konnte er durch diese Lügen schon gewinnen?

Lena saß auf der Bettkante und trocknete sich die Haare mit einem Handtuch. Sie hatte sich eins von Hanks alten Hemden angezogen, damit sie mit ihm in die Dusche steigen und ihm den Dreck vom Körper schrubben konnte. Er war so dünn, dass sie seine Knochen durch die Gummihandschuhe spürte, die sie übergestreift hatte, um ihn zu waschen. Verletzungen, die aussahen wie Abschürfungen von Fesseln, umkreisten seine Hand- und Fußgelenke, aber sie wusste, dass er sie sich wahrscheinlich selbst zugefügt hatte, indem er sich mit den Fingernägeln die Haut aufkratzte und sie abzog wie eine Orangenschale.

Meth-Milben. Speed-Schorf. Stoffwanzen. Es gab alle möglichen Namen für das Phänomen, das Methamphetamin-Konsumenten dazu brachte, sich die Haut aufzureißen. Als Teil eines Präventionsprogramms der Polizei unterrichtete Jeffrey zweimal pro Jahr an der Highschool. Lena erinnerte sich noch gut an das erste Mal, als sie gezwungen war, sich das anzuhören. Ihr Herz hatte gerast, als sie hörte, wie Jeffrey über die Chemie hinter der Krankheit redete und eine Erklärung lieferte für die Selbstverstümmelung, die sie gesehen hatte.

Meth lässt die Körpertemperatur ansteigen, was wiederum zu Schweißausbrüchen führt. Wenn der Schweiß verdunstet, entzieht er der Haut ihren schützenden Ölfilm. Dieser Prozess reizt die Nervenenden, und der Süchtige fühlt sich, als würde unter seiner Haut etwas krabbeln. Er tut alles, um dieses Gefühl abzustellen, benutzt jedes Instrument, das er in die Hand bekommt, um die Qual zu lindern.

Lena hatte einmal gesehen, wie Hank seinen Arm mit einem Zahnstocher bearbeitete, sich damit kratzte, bis die Haut aufplatzte wie ein Säckchen Zucker. Eben im Badezimmer hatte sie die Narbe gesehen, den Hautwulst, wo das Fleisch wieder zusammengenäht worden war. Er hatte so viele Narben auf seinem Körper, so viele Mahnungen daran, was er sich anzutun bereit gewesen war, nur um high zu sein.

Und dennoch, in all diesen Jahren hatte es um Hank noch nie so schlimm gestanden wie jetzt.

Warum? Warum war er in dieses Leben zurückgekehrt, nachdem er so hart darum gekämpft hatte, es hinter sich zu lassen? Was hatte Hank dazu gebracht, genau mit dem wieder anzufangen, was er verachtete? Es musste einen Grund dafür geben. Es musste einen Auslöser geben für seinen neuerlichen ersten Schuss.

War es der Dealer? Kaufte Hank Drogen von dem Mann, der Lenas Mutter umgebracht hatte?

Lena legte das Handtuch weg. Sie setzte sich auf und schaute sich im Spiegel über der Kommode an. Dunkle Locken kräuselten sich um ihren Kopf, im Nacken hingen noch einige Wassertropfen. Wie konnte sie nur wieder in diesem Haus sein? Wie konnte sie nur wieder in diesem Zimmer, auf diesem Bett sitzen und sich die Haare trocknen, nachdem sie wieder einmal eingetrocknete Scheiße vom ausgemergelten Körper ihres Onkels gewaschen hatte?

Sie war jetzt erwachsen. Sie hatte einen Job, ein eigenes Zuhause. Sie stand nicht mehr unter Hanks Fuchtel, war nicht mehr in jeder Hinsicht von ihm abhängig.

Warum war sie dann hier?

»Lee?« Hank stand in einem fadenscheinigen Bademantel in der Tür.

Die Stimme blieb ihr fast im Hals stecken, aber sie brachte gerade noch heraus: »Im Augenblick kann ich nicht mit dir reden.«

Es war ihm offensichtlich egal. »Ich will, dass du nach Hause gehst. Vergiss einfach, was ich gesagt habe. Geh nach Hause und kümmere dich um dein eigenes Leben.«

»Hat dieser Mann meinen Vater erschossen?«

Hank schaute über ihre Schulter. Lena wusste, dass dort ein Poster von Rick Springfield hing, ein Überbleibsel aus ihrer Teenagerzeit.

»Sag mir die Wahrheit«, beharrte sie. »Sag mir, wie sie wirklich gestorben sind.«

»Dein Vater wurde erschossen. Das weißt du doch, Lee. Ich habe dir den Zeitungsartikel gezeigt. Dir und deiner Schwester.«

Sie erinnerte sich daran, aber konnte sie ihm trauen? Wie konnte sie nach all dieser Zeit ihrer eigenen Erinnerung noch trauen?

Sie fragte: »Was ist mit meiner Mutter? Du hast gesagt, er hat meine Mutter umgebracht.«

Sein Adamsapfel hüpfte beim Schlucken. »Deinen Daddy zu verlieren hat sie umgebracht, das habe ich gemeint.« Er kratzte sich den Hals, das Kinn. »Erschossen hat ihn nicht der Mann, den du gesehen hast, aber Leute wie er. Schlechte Leute, von denen du dich fernhalten musst.«

»Du lügst«, sagte sie. Sie hatte das Gefühl, als würden sämtliche Gewissheiten in ihrem Leben zerbröseln.

Er kratzte sich eine entzündete Stelle am Ohr. Sie wusste, dass er bald anfangen würde zu zittern, weil er seine Droge brauchte.

»Wann hat es angefangen?« fragte sie. »Seit wann hängst du wieder an der Nadel?«

»Ist doch egal.«

»Dann sag mir warum«, insistierte sie und merkte, dass sie beinahe flehte. »Warum hast du wieder damit angefangen, Hank? Du hast so darum gekämpft, davon loszu…«

»Ist doch egal.«

»Du bist ein alter Mann«, sagte sie ihm. »Diesmal wirst du nicht wieder dagegen ankämpfen können. Da kannst du dir ebenso gut gleich einen Sarg aussuchen.«

»Steck mich einfach in ein Loch«, sagte er. »Dort gehöre ich nämlich hin.«

»Soll ich jetzt Mitleid mit dir haben?«

»Du sollst endlich verschwinden«, blaffte er zurück und klang einen Augenblick lang wieder wie der alte Hank, derjenige, der die Regeln bestimmte, der sagte, füg dich oder du fliegst raus.

»Ich gehe nicht, bis du mir dir Wahrheit gesagt hast«, erwiderte Lena. »Ich gehe erst, wenn du mir sagst, warum du dir das antust.«

»Geh zurück nach Grant. Geh zurück zu deinem Job und deinen Freunden und vergiss mich einfach.«

Sie nahm das Handtuch in die Hand und stand vom Bett auf. »Ich meine es ernst, Hank. Ich gehe erst, wenn du mir die Wahrheit sagst.«

Er konnte sie nicht anschauen. Schließlich sagte er: »Es

gibt keine Wahrheit zu sagen. Deine Mama und dein Daddy sind tot. Daran kannst du nichts ändern.«

»Ich habe verdient zu erfahren, was wirklich passiert ist.«

Er presste die Lippen zusammen und wandte sich kopfschüttelnd zum Gehen. Lena packte ihn am Arm. »Sag mir, was mit meiner Mutter passiert ist. Sag mir, wer sie umgebracht hat.«

»Ich habe sie umgebracht!«, schrie er und versuchte, sich loszureißen. »Du willst wissen, wer deine Mama umgebracht hat? Ich. Ich war es. Jetzt geh nach Hause und lass die Toten in Frieden ruhen.«

Sie spürte, wie ihr seine Haut aus den Fingern glitt, wusste, dass sie ihm eine abgebrochene Nadel tiefer ins Fleisch drückte. Sie wollte ihn loslassen, aber er legte seine Hand auf ihre und hielt sie fest.

Tränen traten ihm in die Augen, und sein Gesicht wurde weicher, als könnte er für einen kurzen Augenblick über seine Sucht hinauswachsen. »Du und deine Schwester, ihr wart das Licht meines Lebens. Das darfst du nie vergessen.«

Lena riss ihre Hand weg. Knapp unter seiner Drosselvene war eine winzige Blutspur zu sehen, offensichtlich hatte er sich bereits einen Schuss gesetzt, während sie sich die Haare trocknete.

Sie räusperte sich, versuchte zu sprechen trotz des Kloßes, den sie in der Kehle hatte. »Wenn du eine Arterie durchlöcherst …«

»Ja.« Er klang resigniert.

»Dann schwillt dein Hals an«, fuhr sie fort. »Und du erstickst.«

»Geh nach Hause, Lee.«

»Hank …«

»Ich weiß, was passieren wird«, sagte er ihr. »Und ich will nicht, dass du hier bist, wenn es passiert.«

In den zwanzig Jahren, seit Lena die Elawah County Library zum ersten Mal betreten hatte, hatte es in der Bibliothek nur eine einzige Veränderung geben, einen einzelnen Computertisch, der eingezwängt zwischen Liebesromanen und allgemeiner Literatur an der Wand stand. Sogar die lahmen Halloween-Dekorationen sahen noch aus wie früher: die violetten Pappmachéskelette mit ihren orangefarbenen Zylindern, die schwarzen Katzen mit ihren glitzernden Schwänzen, die Kessel voller Hexengebräu. Das Einzige, was fehlte, war der Plastikkürbis voller Candy Corn, den klebrig süßen Maisbonbons, der früher auf der Informationstheke gestanden hatte. Anscheinend betrachtete die Bibliothekarin die augenblickliche Kundschaft solcher Leckereien für unwürdig. Die Frau schien die meiste Zeit mit ihrem Rollwagen im Frachtaufzug zu verbringen und zeigte eine mürrische Miene, die furchteinflößender war als jedes Halloween-Kostüm.

Als die Schwestern noch Kinder waren, hatte Sibyl viele Stunden in der Bibliothek verbracht. Sie war die gute Schülerin gewesen, die ihre Zeit damit verbrachte, Hausaufgaben zu machen oder die neuesten Wissenschaftszeitschriften zu lesen, die Miss Nancy, die damalige Bibliothekarin, extra für sie in Braille bestellt hatte. Lena dagegen hatte sich nur gelangweilt und leise geflucht, bis Hank sie schließlich wieder abholte. Er benutzte die Bibliothek als Kindertagesstätte, wo die Mädchen bleiben mussten, bis er von der Bar wegkommen und sie nach Hause bringen konnte.

Jetzt bedauerte Lena ihre jugendliche Überheblichkeit, ihr Desinteresse an der Bibliothek. Sogar als Blinde hatte Sibyl mit dem Mikrofiche-Lesegerät umgehen können. Lena schaffte es nicht einmal, den Film einzufädeln. Sie hatte bereits zwei Rollen abfotografierter Zeitschriften aufgewickelt wie ein junges Kätzchen Toilettenpapier, als schließlich die Bibliothekarin wieder einmal aus dem Keller hochkam. Ihre

Miene permanenter Missbilligung wurde noch einen Tick kritischer, als sie Lena sah.

»Geben Sie mir das, bevor Sie es kaputt machen«, befahl die Frau und riss Lena den Film aus der Hand. Mit ihrem billigen Schmuck, der lauten Stimme und der schlechten Laune war sie mit Sicherheit keine Miss Nancy. Ihrem Geruch nach zu urteilen – ein unangenehm süßliches Parfum, das gegen den Zigarettengestank wenig ausrichten konnte –, vermutete Lena, dass sie ihre Arbeitszeit vorwiegend im Keller verbrachte, um zu rauchen und sich vor den Kindern zu verstecken.

Das war noch etwas, was sich nicht verändert hatte – der Keller war für die Kundschaft strikt verboten. Das Bibliotheksgebäude war ursprünglich als Rathaus errichtet worden, bis es für die Verwaltung schließlich zu klein wurde. Errichtet in den Fünfzigern, hatte das Gebäude alle Merkmale der Moderne, von einem abgesenkten Sitzbereich aus Beton, an dem man sich den Kopf anschlagen konnte, bis hin zu einem Luftschutzbunker im Keller. Lena hatte sich einmal hinuntergeschlichen und war sehr enttäuscht gewesen, als sie dort nur alte Wählerlisten und Besitzurkunden fand und nicht die pornografischen Bücher und Leichen, von denen man munkelte, dass sie in den Eingeweiden der Bibliothek versteckt sein könnten. Die einzigen Dinge, die noch auf die frühere Funktion des fensterlosen Raums hinwiesen, waren ein paar metallene Etagenbetten in einer Ecke und Regale vom Boden bis zur Decke, die vollgestellt waren mit Wasserkanistern und Konservendosen.

Lena vermutete, dass es dort unten jetzt nach filterlosen Camels stank, dank der zickigsten Bibliothekarin, die es auf dieser Welt gab.

»Keine Ahnung, wozu Sie das brauchen«, blaffte die Frau und hielt den Mikrofiche in die Höhe. »Wissen Sie überhaupt, wonach Sie suchen?«

»Ich brauche ein ganz bestimmtes Datum«, antwortete Lena und versuchte, geduldig zu klingen. »Den 16. Juli 1970.«

»Wie auch immer«, murmelte die Frau auf eine Art, dass Lena glaubte, sie habe gar nicht zugehört. Es schien ihr viel wichtiger zu sein, die Filme wieder so aufzurollen, dass sie in ihre Dosen passten. Der Schlüssel zum Aufzug hing an einem elastischen Band an ihrem Handgelenk und schlug mit störendem, regelmäßigem Klirren auf die metallene Tischplatte.

Lena lehnte sich zurück, um der Bibliothekarin Platz zu machen, und versuchte, sich ihre Ungeduld nicht anmerken zu lassen. Schließlich stand sie auf, um nicht von ihrem Ellbogen gestoßen zu werden, und überließ der Frau den Stuhl. Als Lena noch ein kleines Mädchen war, waren Bibliotheken stille Orte gewesen – dafür sorgte damals Miss Nancy. Sie hatte etwas, das sie ihre Fünfzehn-Zentimeter-Stimme nannte, was bedeutete, man musste so leise sprechen, dass einen nur hören konnte, wer nicht mehr als fünfzehn Zentimeter entfernt saß. Wenn Miss Nancy Dienst hatte, wurde nicht herumgelaufen oder Radau gemacht, und mit Sicherheit hätte man nicht fluchen dürfen wie ein Matrose, wenn man versuchte, einen Film ins Lesegerät zu fädeln.

Hinter Lena war eine Gruppe Teenager. Sie saßen mit aufgeschlagenen Büchern an einem Tisch, aber seit sie durch die Tür gekommen war, hatten sie alle nur gekichert. Eins der Mädchen sah sie an und schaute schnell wieder in das Buch in ihren Händen, aber Lena war etwas anderes ins Auge gestochen.

Die Bibliothek war klein, mit nur sechzehn Regalreihen in regelmäßigen Abständen in der Mitte des Saals. Lena ging an den einzelnen Reihen vorbei und versuchte die schlanke Gestalt zu finden, die sie hinter dem Tisch mit den Mädchen hatte stehen sehen.

Schließlich fand sie Charlotte Warren in der Kinderbuchabteilung. Offensichtlich hatte Charlotte nicht gesehen werden wollen. Sie hatte ihre Nase in einem Exemplar von Pippi Langstrumpf, als Lena »Hey« sagte.

»Oh, Lee«, sagte Charlotte mit gespielter Überraschung in der Stimme, als wäre nicht sie es gewesen, die Lena angerufen und ihr gesagt hatte, sie müsse kommen und sich um Hank kümmern.

Lena sagte ihr nun: »Ich habe Hank gefunden.«

Charlotte nahm sich viel Zeit, um das Buch wieder ins Regal zu stellen und an den anderen Taschenbüchern auf dem Brett auszurichten. Mit ihren stumpfblonden Haaren und ihrer leisen Stimme war es Charlotte Warren schon von Kindheit an bestimmt gewesen, das Klischee der amerikanischen Mutter auszufüllen, und sie vertraute auf Oprah und Martha Stewart, um ihre Existenz zu rechtfertigen.

Lena fragte: »Wie lange ist er denn schon so?«

»Ich schätze, seit ungefähr einem Monat.«

»Er ist in einem ziemlich üblen Zustand.«

»Deshalb habe ich angerufen.«

»Wer verkauft ihm das Zeug?«

»Oh.« Charlotte wandte den Blick ab und rückte sich die dicke Brille zurecht. »Davon habe ich keine Ahnung, Lee. Ich habe ihn nur einmal gesehen, und da sah er gar nicht gut aus, und ich dachte mir deshalb, du willst vielleicht Bescheid wissen.«

»Ich weiß nicht, was ich tun soll«, gab Lena zu. »Er ist ganz versessen darauf, sich selbst umzubringen.«

»Er ist wirklich sehr deprimiert, seit Sibyl…« Charlotte brauchte den Satz nicht zu beenden. Sie wussten beide, was sie meinte. Sie spielte mit dem goldenen Kreuz, das sie an einer Kette um den Hals trug. »Ich wollte eigentlich zu ihrer Beerdigung kommen, aber es war Schule, und ich …« Wieder ließ sie den Satz unbeendet. »Bist du noch immer Polizistin?«

»Ja«, antwortete Lena. »Bist du noch immer Lehrerin?«

Charlottes Lächeln wurde unsicher. »Jetzt schon im sechzehnten Jahr.«

»Das ist gut«. Lena versuchte das Thema zu wechseln. »Sibyl liebte das Unterrichten.«

»Ich bin jetzt verheiratet. Hast du das gewusst?« Lena schüttelte den Kopf, und Charlotte erläuterte: »Ich habe drei Kinder, und Larry, mein Mann, ist ein großartiger Dad. Er macht Überstunden in der Fabrik, damit die Kinder alles bekommen, was sie brauchen. Er geht zu allen Ballspielen und den Theateraufführungen in der Schule und zu den Konzerten der Band. Er ist ein wirklich guter Mann, Lee. Ich hatte großes Glück.«

»Klingt so.«

»Hast du eine Beziehung?«

»Nein.« Lenas Antwort kam ein wenig zu barsch. Sie spürte, wie ihr die Röte ins Gesicht stieg.

Charlotte schaute über Lenas Schulter, als hätte sie Angst, dass jemand mithören könnte. »Ich muss mein Mädchen jetzt nach Hause bringen und …« Sie lachte, aber es klang mehr wie ein Schluchzen. »O Gott, du siehst ihr ja so ähnlich.« Sie legte Lena die Hand an die Wange und ließ sie einen Augenblick zu lange dort. Tränen traten ihr in die Augen, und ihre Lippe zitterte, während sie mit ihren Gefühlen kämpfte.

»Charlotte.«

Charlotte nahm Lenas Hand und drückte sie kräftig. »Kümmere dich um Hank, Lena. Sibby hätte es so gewollt.«

Lena sah sie zu einem der Mädchen am Tisch gehen. Obwohl Charlotte ein paar Jahre älter war als Lena und Sibyl, war sie doch Sibyls engste Freundin gewesen. Von früher Kindheit an bis zur Highschool waren die beiden unzertrennlich. Stundenlang hatten sie in Sibyls Zimmer gesessen, waren ins Kino gegangen und in den Frühlingsferien sogar gemeinsam nach Florida gefahren. Sie hatten sich aus den Augen verloren, als Sibyl wegzog, um aufs College zu gehen, aber solche Freundschaften lösten sich nie wirklich auf.

Mit einem hatte Charlotte recht. Sibyl hätte gewollt, dass Lena sich um Hank kümmerte. Sie hatte ihn geliebt wie einen Vater. Es hätte sie gleich noch einmal umgebracht, wenn sie mitbekommen hätte, wie er jetzt wieder lebte. Aber was, wenn sie herausgefunden hätte, dass Hank sie beide die ganzen Jahre belogen hatte? Was hätte Sibyl dann für ihn empfunden?

»Es läuft«, bellte die Bibliothekarin quer durch den Saal und wedelte in die Richtung des Lesegeräts, als hätte sie die Nase voll davon.

»Danke«, erwiderte Lena, aber die Frau steckte bereits den Schlüssel ins Schloss des Aufzugs.

Lena kehrte zum Lesegerät zurück. Es gab andere, bessere Wege, diese Sache anzugehen. Sie könnte Jeffrey anrufen. Sie könnte ihn bitten, die Datenbank der Polizei nach dem Namen ihrer Mutter zu durchsuchen. Sie könnte ins Büro des Sheriffs gehen und die Mordakte ihres Vaters verlangen. Sie könnte Hanks Dealer aufspüren, ihm eine Waffe an den Kopf halten und ihm sagen, wenn er ihren Onkel auch nur noch einmal anspreche, werde sie sein Hirn auf seinem glänzenden, weißen Auto verspritzen.

Der Dealer war das Problem. Jeffrey würde wissen wollen, warum Lena den Namen ihrer Mutter in den Computer eingeben wolle. Schlimmer noch, wahrscheinlich würde er ihr helfen wollen. Sie konnte ihm kaum sagen, dass ihr Onkel wieder auf Meth war und einige verrückte Dinge erzählt hatte, die sie nachprüfen wollte. Jeffrey wäre schon unterwegs nach Reese, bevor sie den Hörer aufgelegt hätte.

Mit dem Sheriff von Elawah zu reden, würde wahrscheinlich einiges an unerwünschter Aufmerksamkeit erregen. Hank konsumierte wieder ziemlich heftig; vielleicht stand er sogar unter Beobachtung. Auch ohne das waren über dreißig Jahre seit Calvin Adams Ermordung vergangen. Seine Fallakten waren wahrscheinlich längst verschwunden oder vernichtet.

Sie musste die Werkzeuge benutzen, die ihr zur Verfügung standen, und die Bibliothek war dafür der beste Ausgangspunkt. Hank hatte sie bei so vielen Dingen belogen, dass Lena inzwischen gar nichts mehr glaubte. Sie musste ganz von vorne anfangen und sich langsam zur Wahrheit durcharbeiten. Wenn sie ein wenig mehr Informationen hatte, genauer wusste, wo sie stand, dann konnte sie vielleicht zu Jeffrey gehen und ihn um Hilfe bitten.

Lena setzte sich vor das Lesegerät und überflog die Titelseite des Elawah Herald.

ÖRTLICHER DEPUTY ERMORDET

Lena rutschte vor auf die Sitzkante, während sie die Geschichte Wort für Wort las. Sie konnte sich an den Artikel nicht erinnern, den Hank ihr gezeigt hatte, als sie noch ein Kind war, aber das schien er zu sein. Alle Details waren vorhanden: Fahrzeugkontrolle wegen überhöhter Geschwindigkeit. Sofort tot. Keine Verdächtigen.

Also hatte Hank wenigstens in der Hinsicht nicht gelogen.

Lena drehte an den Knöpfen, um vorwärtszublättern, übersprang dabei aber die nächste Ausgabe und musste Seite um Seite zurückblättern. Der Herald war eine Wochenzeitung, nicht mehr als fünfzehn oder zwanzig Seiten lang, und die Ermordung ihres Vaters war die größte Schlagzeile der Stadt. Jede folgende Titelseite innerhalb des nächsten Monats brachte die Geschichte, wobei im Wesentlichen dieselben Details immer wieder aufgewärmt wurden. Zweimal in den Kopf geschossen. Es konnten keine Verdächtigen ermittelt werden.

Sie drückte auf die Taste für den schnellen Vorlauf und

hoffte, dass sie nicht den Film wechseln musste, um die Woche des Todes ihrer Mutter zu finden. Sie sprang zu 1971 und fing in der ersten Woche des März an zu blättern. Sie suchte in den Todesanzeigen nach dem Namen ihrer Mutter, sprang dann zur Ausgabe der folgenden Woche und der nächsten. Sie wollte schon aufgeben, als sie auf der Titelseite der Ausgabe des 19. September ein Foto sah.

Hank besaß nur ein Foto ihrer Mutter. Es war ein Polaroid mit unnatürlich grellen Farben. Angela Norton war siebzehn oder achtzehn. Sie stand an einem anonymen Strand irgendwo in Florida in einem züchtigen, blau-weiß karierten Badeanzug mit einer großen Schleife an der Taille. Die Haare türmten sich auf ihrem Kopf, und sie stand da, die Arme nach unten gestreckt, die Hände abgespreizt und die Handflächen nach unten, eine neckische Pose. Es war die Zeit gewesen, als Teenager älter, reifer aussehen wollten, und Lena hatte der Ausdruck auf dem Gesicht ihrer Mutter schon immer sehr gefallen: die gespitzten Lippen und die ernsten Augen, der Hauch blauen Lidschattens und der schwarze Eyeliner, wie man ihn von Cleopatra kennt, eine Frau am Vorabend der sexuellen Revolution.

Zu Lenas und Sibyls sechstem Geburtstag hatte Hank einen Künstler engagiert, der Angelas Porträt malte. Das Ölgemälde hing im Wohnzimmer über der Couch. Es hatte so sehr im Zentrum von Lenas Leben gestanden, dass sie es in den letzten Jahren kaum mehr bewusst wahrnahm.

Doch jetzt schaute sie sich das Foto ihrer Mutter in der Zeitung an. Angela Adams, geborene Norton, saß in einem alten Schaukelstuhl, den sie aus Hanks Haus kannte. In jedem Arm hatte sie ein Baby, die beiden kleinen Körper in Decken gewickelt.

Die Überschrift über dem Foto lautete: DIE TRAUERNDE WITWE UND IHRE ZWILLINGE.

Dienstagmorgen

6 Jeffrey saß in einer Nische ganz hinten im City Diner und hörte die Nachrichten auf seinem Handy ab. Der Kaffee hier war extrastark, und als die Kellnerin kam, um ihm nachzuschenken, lächelte er nur und winkte sie so freundlich er konnte weg, weil er befürchtete, dass ihm nach einer weiteren Tasse von diesem schwarzen Zeug der Kopf vor lauter Vibrieren vom Hals fallen würde. Er spürte bereits ein Surren in den Ohren, und zusammen mit dem Prasseln des Regens draußen gab ihm das ein Gefühl, als würde er mit dem Kopf in einem Hornissennest stecken.

Er drückte die Drei auf seinem Handy und rauschte im Schnelldurchlauf durch die Nachricht des Bürgermeisters von Heartsdale, der ihn bat, sich eine Gruppe von Vandalen vorzunehmen, die in seiner Straße Mülltonnen umwarfen, eine Untat, die nach Ansicht des Bürgermeisters das erste Anzeichen dafür war, dass gesetzlose Schläger die Stadt übernahmen.

Jeffrey klappte das Gerät nach dem letzten Eintrag zu, der Nachricht eines Vertreters für Vinyl-Hausverkleidungen, der mit ihm über aufregende Vertriebsmöglichkeiten sprechen wollte. Von Sara hatte er keine Nachricht, und sie ging im Motel auch nicht ans Telefon. Er hoffte, dass sie sich ein langes Bad genehmigte, erinnerte sich dann aber an den Dreck, den er letzte Nacht auf dem Wannenboden gesehen hatte, und hoffte stattdessen, dass sie ein wenig an die frische Luft gegangen war. Er machte sich Sorgen um sie. Sie war viel zu still gewesen, auch schon bevor Lena sie übertölpelte. Sooft er in der Nacht auch aufwachte, war sie immer hellwach gewesen, hatte, zusammengerollt und mit dem Rücken zu ihm, auf ihrer Bettseite gelegen.

An diesem Morgen hatte er sie nur sehr ungern allein gelassen, vor allem in diesem widerlichen Zimmer. Ebenso ungern, wie er sie überhaupt dieser schmuddeligen Halbwelt aussetzte, von der sie bis letzte Nacht noch gar nichts gewusst hatte. Das Motel war für Jeffrey nichts anderes als ein Stundenhotel, ein Etablissement, wie es Lastwagenfahrer, Huren und Gelegenheitsehebrecher benutzten. Jeffrey hatte mehr als ein paar Abende mit mehr als ein paar Frauen in solchen Motels verbracht; er kannte die Zeichen. Sogar ein Trottel würde gleich beim Einchecken merken, dass da etwas nicht normal war. An der Rezeption hatte man Jeffrey gefragt, für wie viele Stunden er das Zimmer brauche.

Jeffrey hatte den BMW so abgestellt, dass er von der Straße aus deutlich sichtbar war, für den Fall, dass Lena nach ihm suchte. Doch Lena konnte ebenso gut bereits nach Mexiko unterwegs sein. Ein Teil von ihm hoffte, dass sie hierblieb. Er war wütend auf Lena, weil sie ihm nicht vertraute, noch wütender, weil sie Sara überlistet hatte, und er war stinksauer auf sich selbst, weil er es überhaupt so weit hatte kommen lassen.

Mit einer Sache hatte Sara recht – Lena war gestern total verängstigt gewesen. Offensichtlich dachte sie, wenn sie es nicht schaffte, Jeffrey zu vertreiben, dann wäre die Flucht das Beste für sie. Die Frage blieb jedoch bestehen: Warum wollte sie Jeffrey loswerden? Was konnte so schlimm sein, dass sie seine Hilfe ablehnte? Im Escalade war ein Mensch umgekommen. Doch wenn er es sich genau überlegte, fiel Jeffrey überhaupt nichts ein – nicht einmal Mord –, das ihn dazu bringen könnte, sich völlig gegen Lena zu wenden. Es musste eine Erklärung geben, einen Grund für ihre Verwicklung in diesen Mord. Lena ging immer ein hohes Risiko ein, aber noch nie hatte sie jemanden absichtlich in Gefahr gebracht außer sich selbst.

Und dennoch ging ihm die Frage nicht aus dem Kopf, ob die Leiche in dem Escalade vielleicht die Hank Nortons war. Heute Morgen auf dem Weg zum Diner hatte Jeffrey im Revier im Grant County angerufen und Hanks Privatadresse aus Lenas Personalakte erhalten. Überraschenderweise hatte das Satellitennavigationssystem in Saras Auto die Adresse sogar erkannt. Jeffrey hatte dies als Zeichen genommen, dass er hinfahren und nachsehen sollte, ob Hank zu Hause war. Das Haus sah verlassen aus, aber wie Jeffrey vermutete, vor allem deshalb, weil es in den letzten dreißig Jahren nicht neu gestrichen oder repariert worden war. Er wäre aus dem Auto gestiegen und hätte selbst nachgeschaut, wenn nicht genau gegenüber ein Streifenwagen des Elawah County Sheriff's Departments gestanden hätte. Der Mann hatte gewinkt, als Jeffrey vorbeifuhr.

Wenn Hank auf dem Rücksitz des Escalade gesessen hatte, dann könnte das erklären, warum Lena geflohen war. Auch wenn es zwischen den beiden des Öfteren böses Blut gegeben hatte, falls jemand ihren Onkel umgebracht hatte, dann würde sie den Täter jagen wie ein Tier. Wenn sie ihn selber umgebracht hatte … Hier hatte Jeffrey abgebrochen, er wollte nicht, dass seine Gedanken eine so düstere Wendung nahmen. Er kannte Lena nun schon viele Jahre und sollte inzwischen genau wissen, ob sie zu den Guten gehörte oder nicht.

Gestern Abend im Krankenhaus hatte sie die Chance gehabt, Jeffrey um Hilfe zu bitten, doch sie hatte mit den Füßen entschieden. Offensichtlich wollte sie die Sache alleine durchstehen. Und offensichtlich wollte Jeffrey das nicht zulassen. Es bestand ja immer noch das Problem, dass eine Detective seiner Truppe in ein Gewaltverbrechen verwickelt war. Sie war aus dem Krankenhaus geflohen, weil sie vor etwas davonlief – etwas, von dem sie unbedingt wollte, dass Jeffrey es nicht erfuhr. Ob sie nur in die Explosion verwickelt war oder sie selbst ausgelöst hatte, Jeffrey hatte fest vor herauszufinden, was passiert war. Jake Valentine fischte im Trüben. Sollte irgendjemand Lena aus diesem Schlamassel befreien können, dann nur Jeffrey.

Natürlich wäre das alles viel einfacher, wenn er auch nur eine Ahnung hätte, was eigentlich los war.

Nachdem er an Hanks Haus vorbeigefahren war, hatte er das Georgia Department of Corrections, die Strafvollzugsbehörde, angerufen, um nachzuprüfen, ob Ethan Green noch eingesperrt war. Man hatte Jeffrey versichert, dass Ethan noch hinter Gittern sei, aber so freundlich die Frau am Telefon auch geklungen hatte, Jeffrey traute der Information, die sie aus ihrem Computer gezogen hatte, nicht so recht. Er hatte direkt im Coastal State Prison angerufen und mit dem Direktor gesprochen. Er war erleichtert, als er erfuhr, dass Ethan noch immer ein Insasse des staatlichen Strafvollzugs war, aber er war nicht so dumm, den Knacki deshalb von seiner Liste der möglichen Verdächtigen zu streichen.

Obwohl Ethan Green behauptete, geläutert zu sein, war er doch seit seiner Kindheit ein Skinhead. Er wuchs in einer Skinhead-Familie auf und hatte nur Skinhead-Freunde. Jeffrey hatte die schwarzen Hakenkreuze und die abstoßenden Bilder gesehen, die sich der junge Mann in die Haut hatte ritzen lassen. Ethan hatte sich mit absoluter Sicherheit wieder seinen Jungs angeschlossen, kaum dass er zurück ins Gefängnis gewandert war. Für solche Tiere gab es nur eine Möglichkeit des Überlebens – sich einem Rudel anzuschließen. Die Frage war allerdings, wie weit reichte Ethans Einfluss außerhalb der Gefängnismauern? Der Mann vor dem Krankenhaus hatte ein rotes Hakenkreuz auf dem Arm getragen. Hatte er irgendeine

Verbindung zu Ethan? Hatte der eingesperrte Skinhead einen seiner Jungs ausgeschickt, damit der sich Lena vornahm? Das würde ihre Angst erklären. Aber würde es auch erklären, warum sie Jeffreys Hilfe ablehnte?

Er schaute auf die Uhr und wunderte sich, dass Nick Shelton sich verspätete. Der für den südöstlichen Teil des Staates zuständige Vertreter des Georgia Bureau of Investigation war ein vielbeschäftigter Mann. Sie hatten sich für den Diner als Treffpunkt entschieden, weil er auf halber Strecke zwischen ihnen lag – weit genug weg von Reese, um neugierigen Blicken aus dem Weg zu gehen, und so dicht an Macon, dass Nick sein Büro nicht für zu lange verlassen musste. Jeffrey hatte sich bedeckt gehalten, als er den Mann gestern am späten Abend anrief und das Treffen vereinbarte, aber er hoffte, von ihm einige Hintergrundinformationen über Jake Valentine zu erhalten und auch darüber, was unter dem Regiment des neuen Sheriffs so alles vor sich ging. Nick bearbeitete Fälle, die mehrere Countys betrafen, und Elawah lag in seinem Distrikt. Wenn irgendjemand Jeffrey sagen konnte, ob in dieser Stadt Skinheads operierten, dann nur Nick Shelton. Der GBI-Agent war sehr stolz darauf, dass er die bösen Jungs hinter Gitter brachte, und auch wenn er ein wenig zur Extravaganz neigte, war er doch ein verdammt guter Polizist.

Außerdem verspätete er sich nun bereits um fast eine Stunde.

Jeffrey griff zum Handy und tippte die Nummer des Motels ein. Vor seiner Abfahrt hatte Jeffrey Sara gebeten, Frank Wallace im Grant County anzurufen, aber sie wussten beide, dass dies nur ein Vorwand war, damit Jeffrey sie später anrufen konnte, um zu hören, wie es ihr ging. Jeffrey bezweifelte stark, dass das Wissen, wer der Halter der weißen Limousine war, eine weltbewegende Spur eröffnen würde. Das war eine typische Routinearbeit, die Jeffrey normalerweise jüngeren Beamten übertrug.

Jeffrey hörte das Klingeln, und mit jedem Ton, der unbeantwortet verklang, wurde ihm die Brust enger. Doch schließlich hob Sara ab.

»Jeff?«

»Du klingst außer Atem«, sagte er, erleichtert, ihre Stimme zu hören.

»Ich war spazieren«, erwiderte sie und erklärte ihm dann, warum. Als sie von dem Kartenkauf erzählte, merkte er, dass ihm das Handy beinahe aus der Hand schnellte, weil er es so fest drückte.

»Also«, fuhr sie fort, offensichtlich begeistert von ihrem kleinen Ausflug. »Es war nur ein leeres Grundstück, aber ich dachte mir, ich könnte ja mal im Bezirksgericht vorbeischauen und mir die Besitzurkunde ansehen. Was hältst du davon?«

Jeffrey konnte nicht reden. Die Autozulassung von der relativen Sicherheit des Hotels aus zu recherchieren, war eine Sache. Aber zu etwas zu marschieren, das durchaus der Unterschlupf von Skinheads – oder noch Schlimmeres – sein konnte, eine völlig andere.

»Hallo?«, fragte Sara. »Bist du noch dran?«

Jeffrey räusperte sich und versuchte, ruhig zu sprechen und sich nicht von seinem Bauchgefühl hinreißen zu lassen, sie anzublaffen, was sie sich verdammt noch mal dabei denke. »Ja, ich bin noch dran.«

»Ich habe eben gesagt, ich kann ja ins Bezirksgericht …«

Er unterbrach sie. »Ich will, dass du unbedingt im Zimmer bleibst, Sara. Geh nicht ins Bezirksgericht. Rufe niemanden an. Bleib einfach in dem verdammten Zimmer und halte dich aus allem raus.«

Jetzt war sie es, die nichts sagte.

Er sprach mit zusammengebissenen Zähnen. »Ich kann nicht meine Arbeit tun und mir gleichzeitig Sorgen um dich machen.«

Sie wartete eine Weile, bevor sie antwortete. »Okay.«

Er merkte an der Art, wie sie es sagte, dass sie wütend war, aber im Augenblick konnte er nichts dagegen tun. »Versprich mir, dass du im Zimmer bleibst, bis ich zurück bin.«

Wieder gab es ein kurzes Zögern. Plötzlich erkannte er, dass er sich getäuscht hatte. Sara war nicht wütend. Sie war von sich selbst enttäuscht, weil er wütend war. Er konnte sie beinahe denken hören, wusste, dass sie mit sich haderte, weil sie schon wieder etwas Dummes getan hatte.

»Ich weiß, dass du nur helfen wolltest, aber, Sara, mein Gott, allein schon der Gedanke, dass du allein da herumstiefelst … du bist nicht im Grant County. Du bist dort nicht aufgewachsen. Diese Leute kennen dich nicht. Es ist nicht sicher, Sara. Verstehst du, was ich meine?«

»Ja.«

»Baby …« Er schüttelte den Kopf, weil die Worte ihm versagten. »Bitte, bleib einfach im Zimmer. Ich komme so schnell zurück, wie ich kann.«

»Nein«, entgegnete sie. »Mach deine Arbeit. Du hast recht. Ich bleibe hier.«

Jetzt kam er sich absolut beschissen vor. Er schaute zum Fenster des Diners hinaus. Nick Shelton stieg eben aus seinem Chevy Pick-up.

»Ist ja nicht deine Schuld«, sagte er. »Hör mal, Nick Shelton ist eben vorgefahren.«

»Okay«, sagte sie. »Bis später dann.«

Sie knallte den Hörer nicht auf die Gabel, aber Jeffrey wäre es fast lieber gewesen, sie hätte es getan. Sara war nicht gefügig. Sie war eigensinnig und arrogant und anspruchsvoll – alles, was ein Mann sich bei einer Frau wünschen konnte. In den letzten Monaten hatte er zusehen müssen, wie sie sich von einer Kämpferin zu einem Menschen entwickelte, der jeden Schlag einsteckte. Jeffrey wollte sie wieder wütend sehen. Er wollte, dass sie ihm sagte, er könne sie mal, dass sie sehr gut wisse, was sie tue, und dass er dankbar sein solle, weil sie ihre Zeit investiere, um ihm zu helfen, während sie doch zu Hause ihren Patienten helfen könne. Er wollte, dass sie ihn anschrie, dass sie wütete gegen die Powells und all die anderen Mistkerle, die versuchten, sie fertigzumachen.

Er wollte seine brillante, wunderschöne Frau zurück.

»Hey. Chief.« Nick Shelton kam durch die Vordertür des Diners, mit triefenden Haaren, die ihm der Regen an den Schädel geklatscht hatte. »Tut mir leid, dass ich zu spät bin.«

Jeffrey stand auf und gab ihm die Hand. »Kein Problem.«

»Es schüttet da draußen.« Nick rief der Kellnerin zu: »Hast du einen frischen Kaffee für mich, Darling?«

Sie warf ihm ein breites Lächeln zu. »Klar doch.«

»Lass oben was frei, bitte. Vielleicht so viel?« Er hielt Daumen und Zeigefinger etwa zwei Zentimeter auseinander.

»Bin gleich bei dir.« Sie kicherte und zwinkerte ihm zu. Jeffrey hatte von der Frau kaum ein »Guten Morgen« bekommen, aber er vermutete, dass Nick mit seinen engen Jeans und der schweren Goldkette um den Hals eher ihr Typ war.

Der GBI-Mann sah der Kellnerin nach und schenkte ihrem breiten Hintern ein bewunderndes Lächeln. »Die würde ich auch nicht von der Bettkante stoßen.«

Jeffrey versuchte, das Gespräch von der Kellnerin abzulenken. »Wie läuft's, Nick?«

»Ich schufte wie ein Tier, so läuft's.« Er zupfte an dem Serviettenspender auf dem Tisch und zerriss die ersten paar. »Der Staat hat wegen dieser blöden inneren Sicherheit mein Budget um die Hälfte gekürzt. Wir haben Banden und Drogen und Mörder, die hier schneller durchlaufen als Hühnersuppe durch meine Grandma, aber die Bundespolizei zwingt uns, alles, was wir in den Eiern haben, auf die Abwehr von Terroristen zu richten, die Elawah oder Grant County nicht mal auf der Karte finden können. O Mann, die Reise können sie sich sowieso sparen. Gib uns noch ein paar Jahre, und wir bringen uns alle gegenseitig um.«

Jeffrey hatte noch keine Unterhaltung mit Nick erlebt, zu der nicht auch irgendeine Beschwerde gehörte, aber er wollte nicht noch Öl ins Feuer gießen, indem er selbst jammerte. »Tut mir leid, dass du eine so schwierige Zeit hast, Nick.«

»Bob Burg macht jetzt irgendeinen Beraterjob oben im Norden und bekommt zwanzigmal mehr, als der Staat ihm je bezahlte.«

Jeffrey merkte, dass er sich anstecken ließ. Bob Burg war Nicks Pendant im südöstlichen Georgia gewesen. »Was ist mit Bob?«

Nick benutzte die zerrissenen Servietten, um sich den Regen vom Gesicht zu wischen. »Schätze, die da oben meinten, dass ich die ganze Zeit, die ich damit verschwende, nach Hause zu brausen, um zu schlafen und die Unterwäsche zu wechseln, besser nutzen könnte. Sie haben ihn rausgeworfen und mir sein Territorium dazugegeben.«

»Bob wurde gefeuert?«

»Verschmelzung der Reviere zur Optimierung von Arbeitsabläufen«, zitierte Nick in geschäftsmäßigem Leierton. »Ein Haufen verblödeter, hinterfotziger Bürohengste sind das, und von den Sondervergütungen, die sie den Obermackern gezahlt haben, weil sie so schön nach oben buckeln und nach unten treten, will ich gar nicht erst reden.« Er setzte sich auf, als die Kellnerin zurückkam. »Na, vielen Dank, Darling. Sieht perfekt aus.« Er blinzelte ihr zu, und die Frau kicherte noch einmal, bevor sie davonstolzierte.

Nick fuhr fort: »Kann es Bob nicht verdenken, dass er stocksauer war, aber er hat mir einen verdammten Sauhaufen hinterlassen, den ich jetzt aufräumen darf. Unerledigter Schreibkram, unvollständige Akten.«

»Tut mir wirklich leid für dich.«

Nick tat es mit einem Achselzucken ab. Er fragte: »Wie geht's Sara?«

»Gut«, log Jeffrey und kämpfte gegen die Traurigkeit an, die in ihm aufstieg.

Nick schaute ihn über die Kaffeetasse hinweg scharf an. »Habe gehört, ihr habt euch in Reese bereits Freunde geschaffen!«

»Das macht aber schnell die Runde.«

»Kommt ja nicht jeden Tag vor, dass so ein Superbulle eine Gefangene verliert.« Er zwinkerte Jeffrey zu. »Und dann noch einen Schlag in den Magen bekommt.«

Jeffrey spürte, wie sich ihm ein Grinsen ins Gesicht schlich. »Er wollte es ja so.«

»Da bin ich mir ziemlich sicher.«

»Erzähl mir, was du über Jake Valentine weißt.«

Nick griff zum Zuckerspender auf dem Tisch. »Jake Valentine«, wiederholte er und ließ den Namen schwungvoll klingen. »Kumpel Jake war ungefähr zwei Tage lang Deputy, bevor er für das Amt kandidierte.« Im Reden schüttete er sich weiter Zucker in den Kaffee. »Da war dieser alte Knacker, Don Cook, der den Job wollte, aber die Leute in der Stadt hatten die Nase voll von den Säcken, die nur faul auf ihren Ärschen sitzen, ihr Gehalt kassieren und die Stadt vor die Hunde gehen lassen.«

»Meth?«, fragte Jeffrey. Es gab keine Stadt in Amerika, die von der Seuche Methamphetamin nicht langsam ausgemergelt wurde. Der Stoff war billig zu besorgen, billig herzustellen, und es war fast unmöglich, damit wieder aufzuhören. Die Droge zerstörte das Leben von jedem, der sie anfasste, darunter auch einige Polizisten, die ahnungslos in mit Sprengfallen gesicherte Labors eingedrungen waren.

»Meth«, bestätigte Nick, der nun endlich fertig war mit

dem Zucker. Er griff zur Kaffeesahne und sagte: »Jake ist noch ein bisschen feucht hinter den Ohren, aber er ist ein guter Junge.«

»Er sieht aus, als wäre er nicht mal alt genug, um ein Auto zu fahren.«

»Das stimmt, aber er ist lernwillig, und das ist mehr, als man von den meisten sagen kann. Ich garantiere dir, wenn er den Job so lange behalten kann, bis ihm die Eier in den Sack rutschen, dann wird ein guter Sheriff aus ihm.«

»Viel Unterstützung von seinen Deputys scheint er jedenfalls nicht zu bekommen.«

»Kann sein, dass ihn ein oder zwei sitzen lassen, aber nur, wenn's zum Äußersten kommt.« Dann fügte er hinzu: »Don Cook ist nicht so mächtig, wie er glaubt.«

»Was ist mit Jakes Vorgänger?«

»Al Pfeiffer. Er war ein guter Kerl, aber nichts sagt deutlicher, dass man in den Ruhestand gehen soll, als eine Brandbombe, die einem durchs Wohnzimmerfenster geworfen wird.«

Jeffrey war sich sicher, dass er sich verhört hatte. »Was?«

Nick nickte und goss Sahne in die Tasse, bis die Flüssigkeit den Rand berührte. »Sie haben sein Haus angesteckt. Die Frau und ein Enkel haben es gerade noch ins Freie geschafft. Der Alte erlitt Verbrennungen dritten Grades an Gesicht und Armen. Verlor einen Finger. Wurde nie ein Fall daraus, weil keiner reden wollte: keine Zeugen, keine Tatortspuren, rein gar nichts. Bei hellem Tageslicht an einem Sonntagnachmittag ist es passiert. Ohne Vorwarnung. Diese Jungs fackeln nicht lange. Da geht es um zu viel Geld.«

»Skinheads?«, fragte Jeffrey.

»Wieder richtig geraten.« Er schaute ihn kritisch an. »Irgendwas sagt mir, dass du dieses Spiel schon einmal gespielt hast.«

Jeffrey wusste, dass jetzt er mit seinem Wissen herausrücken musste. »Gestern Nacht habe ich vor dem Elawah Hospital so einen Kerl gesehen – ziemlich brutal aussehender Schläger. Er hatte ein großes, rotes Hakenkreuz auf den Arm tätowiert.«

»Diese alte Geschichte.« Nick wedelte mit den Händen wie eine alte Dame, die Klatsch abwehrt. »Wird von den Skin Brothers benutzt. Na ja, das ist ein interessanter Haufen von Nazis. Fing in den Fünfzigern in den Gefängnissen an. Integration draußen, Segregation drinnen. Die weißen Jungs, die die Zellenblocks kontrollierten, wollten nicht, dass schwarze Jungs reinkamen, und das demonstrierten sie auf so ziemlich jede Art, die sie kannten.« Nick beugte sich vor und sprach leise weiter. »In den Fünfzigern saßen in den bundesstaatlichen und staatlichen Gefängnissen ungefähr fünfundsechzig bis siebzig Prozent Weiße ein, was ungefähr der weißen Bevölkerung draußen entsprach, richtig?«

»Ja.«

»Heute ist es genau andersherum. In einigen Gefängnissen hat man eine Mischung von vielleicht sechzig zu vierzig oder achtzig zu zwanzig. Die Weißen sind die Minderheit, die Schwarzen und die Hispanos die Mehrheit.«

»Also kommen jetzt die Gangs dazu.«

»Crips, Bloods, the Boyz, Tiny Raskals, MS-13, Nazi Low Riders.«

Jeffrey sagte: »Was uns wieder zu Meth bringt.«

»Wenn das Geld so leicht zu verdienen ist, läuft immer irgendein Krieg, gibt's immer irgendeinen Wichser, der sich aufspielen will. Weiße gegen Weiße, Schwarze gegen Schwarze, das Einzige, was noch wichtig ist, sind die grünen Scheine. Da sind die Aryans, die den Low Riders sagen, was sie zu tun haben, und die Low Riders, die den Aryans sagen, die können sie mal, und die Puristen, die beiden sagen, dass sie die weiße Rasse verraten … lange Rede, kurzer Sinn, wer gerade am längeren Hebel sitzt, sollte sich beständig über die Schulter schauen.«

»Wer benutzt ein schwarzes Hakenkreuz?«

»So ziemlich alle bis auf die Skin Brothers.« Er nahm Jeffreys nächste Frage voraus. »Und sie kommen niemals zusammen – Kipling, The Ballad of East and West. Bring einen Skin Brother zum Beispiel mit einem Low Rider zusammen, und die beiden sehen ihre Tätowierungen, das ist, als würdest du zwei Kater in einen Pappkarton stecken. Nur einer der beiden kommt lebend wieder raus.«

»Und das meinst du jetzt todernst?«

»Die Fehde reicht so lange zurück, dass keiner mehr weiß, wie sie angefangen hat. Wenn man einer Gruppe beitreten will, muss man unter anderem schwören, jedes Arschloch umzubringen, das fürs andere Team spielt. Ob rot oder schwarz, wenn du dir dieses Tattoo machen lässt, solltest du dir verdammt sicher sein, dass es fürs Leben ist. Da erleben wir eher Frieden im Nahen Osten, als dass diese zwei Gangs sich zusammenraufen.«

Jeffrey atmete nun ein bisschen leichter. Was in Reese auch vor sich ging, für den Augenblick konnte er Ethan Green aus dem Kreis der Verdächtigen ausschließen.

Nick lehnte sich zurück und nahm die Kaffeetasse in beide Hände. »Du hast von dem Fall mit den Hells Angels drüben an der Westküste gehört?«

Jeffrey schüttelte den Kopf.

»Lass dir eins sagen, das sind ganz brutale Arschlöcher. Da sie fast ihr ganzes Erwachsenenleben in ihrer Gruppe verbracht haben, ohne Hoffung, je wieder rauszukommen, machen die dich fertig, kaum dass sie dich gesehen haben. Die Bundespolizei versucht, ihnen mit den RICO-Statuten auf den Leib zu rücken, mit der Begründung, was da läuft, ist praktisch organisiertes Verbrechen. Beim Prozess musste man die Mistkerle am Boden festschrauben. Einer von ihnen hatte zum Beispiel seinen Anwalt mit einem Füller niedergestochen. Diese Kerle haben nichts zu verlieren; die sitzen einfach ihre Zeit im Hochsicherheitstrakt ab und warten, bis ihre Nummer aufgerufen wird. Sie wissen, dass sie nie Tageslicht sehen werden, das nicht von Gitterstangen zerlegt wird, und es ist ihnen egal, wie viele Leichen sie hinter sich lassen.«

Jeffrey spürte, wie ihm das Blut in den Adern erstarrte. »Kommen wir zu den Skin Brothers zurück.«

»Genau genommen nennen die sich Brotherhood of the True White Skin, aber das geht einem nicht so leicht über die Lippen.«

»Erzähl mir mehr von dieser Bande.«

»Seit fünf oder vielleicht zehn Jahren wird diese sogenannte Bruderschaft der wahren weißen Hautfarbe von zwei Brüdern geführt, Carl und Jerry Fitzpatrick. Carl ist im Gefängnis, und Jerry lebt mit dem Rest der Familie auf einem Millionen Dollar teuren Anwesen. Hält sich für eine Art Prediger des Wegs der Weißen.«

»Ein Strenggläubiger?«

»Ein sadistischer Strenggläubiger«, entgegnete Nick. »Jerry kommt man besser nicht in die Quere. Er kümmert sich gern selbst um die verirrten Schafe – spürt sie auf und zertrümmert ihnen die Beinchen, damit der Rest der Herde merkt, dass sie besser auf dem richtigen Weg bleibt. Da gibt's erwachsene Männer, wirklich fiese Skinheads mit zwanzig Morden auf dem Buckel, die sich in die Hosen scheißen bei dem Gedanken, dass Jerry hinter ihnen her ist.«

»Er wurde nie gefasst?«

»Ach, vorgeworfen hat man ihm schon viel, aber an ihm bleibt einfach nichts hängen. Zeugen neigen dazu, ihre Meinung zu ändern, wenn ihnen die Fingernägel ausgerissen werden und ihre Kinder verschwinden.«

»Wo ist dieses Anwesen?«

»Oben in einer kleinen Stadt namens Keene in New Hampshire.«

»Warum ist es immer eine Erleichterung, wenn diese Kerle Yankees sind?«

Nick tat überrascht und drückte sich die Hand an die Brust. »Rassisten im liberalen Norden? Wie können Sie es wagen, Sir!«

»Schockierend«, stimmte Jeffrey ihm zu und fragte sich nicht zum ersten Mal, warum der Rest Amerikas immer noch glauben wollte, dass es Rassismus nur südlich der Mason-Dixon-Linie gab. Es war so, als wären Watts und Harlem, die Fälle von Rodney King und Abner Louima an ihren jeweiligen Küsten außergewöhnliche Anomalien.

Nick fuhr fort: »Das FBI hat die Fitzpatrick-Brüder unter Beobachtung, aber ich weiß nicht, welche Priorität sie haben. Diese ganze Anti-Immigrations-Scheiße, die seit einiger Zeit hochgekocht wird, war wie eine kostenlose PR-Kampagne für die Neonazigruppen. Wenn man sagt, wir sollten unsere Grenzen schließen und Leute mit komisch klingenden Namen hinauswerfen, klingt das plötzlich nicht mehr wie extremistische Rhetorik.«

»Ist ja richtig gut, dass wir die Fitzpatricks zuerst hereingelassen haben«, bemerkte Jeffrey. »Weswegen sitzt der eine Bruder eigentlich?«

»Hat zwei Polizisten erschossen.«

»Gibt's in New Hampshire die Todesstrafe?«

»Genau für dieses Verbrechen ja«, sagte Nick. »Das Problem ist nur, dass die Altersgrenze dort bei siebzehn liegt. Carl hatte noch zwei Wochen bis zu seinem siebzehnten Geburtstag, als er abdrückte. Ein Leben im Gefängnis ohne Chance auf Begnadigung. Ein schlaues Kerlchen, unser Carl. In seinem Zellenblock lernte er die richtigen Leute kennen, knüpfte einige gute Kontakte, arbeitete sich in der Gruppe nach oben, erschlug – wie das eben passiert – seinen Anführer mit einer Hantel und übernahm die Organisation. Ein echter Karrieretyp.«

Jeffrey versuchte, nicht an die beiden erschossenen Polizisten zu denken, daran, wie ihre Familien, ihre Kinder all die Jahre mit diesem Verlust zurechtgekommen waren. »Und, wie zahlen die Fitzpatricks ihre Rechnungen?«

»Sie sind richtig dick im Meth-Geschäft. Echt superdick, so dick, dass man die eigene Mutter dafür umbringen würde. Sie kontrollieren alles, was auf dem südöstlichen Korridor rein- und rausgeht, von Florida nach Norden. Einige von diesen Jungs sind Milliardäre. Das Problem ist nur, meistens sind sie tot, bevor sie dreißig werden.«

Jeffrey wusste das bereits. »Und?«

Nick schüttete sich noch mehr Zucker in den Kaffee, während er weiterredete. »Sie sagen, sie haben das Privileg der Hautfarbe, und dass sie besser sind als alle anderen, weil sie weiß sind, dass sie deshalb die Kontrolle haben sollten. Sie betrachten es als göttlichen Ratschluss.« Die Kellnerin ging vorbei, und Nick zwinkerte ihr noch einmal zu. Dann wandte er sich wieder Jeffrey zu und fragte: »Du bist doch geschichtlich interessiert, oder?«

»Schon.«

»Dann will ich dir was erzählen«, setzte Nick an. »Die Skin Brothers wurden von einem Veteranen des Zweiten Weltkriegs gegründet, einem Army-Nationalgardisten aus dem Westen mit dem Namen Jeremiah Todd. Behauptete, er hätte zu einer der Infanteriedivisionen gehört, die Dachau befreiten.« Nick probierte noch einmal den Kaffee und griff dann wieder zur Sahne. Jeffrey musste sich zusammennehmen, um nicht seine Tasse quer durch den Diner zu werfen, als Nick fortfuhr: »Todd kommt also aus Deutschland zurück und fängt an, jedem zu erzählen, dass das alles völlig übertrieben wäre, dass die Presse eine Nichtigkeit aufbauschen würde. Er wäre dort gewesen und hätte mit eigenen Augen gesehen, dass es nur ein Haufen Juden gewesen sei, der Schwierigkeiten gemacht hätte und Amerika zu Fall bringen wollte.«

Jeffrey spürte Abscheu in sich aufwallen. »Er war also ein Holocaust-Leugner?«

»Genau.«

»Und wie kommt das rote Hakenkreuz dazu?«

»Bevor Hitler auftauchte – kein Witz – hatte Todds Nationalgardeneinheit ein rotes Hakenkreuz in ihrem Abzeichen.«

»Es war ein Glückssymbol der Indianer«, fügte Jeffrey hinzu.

»Ja«, bestätigte Nick. »Und viele der südlichen und westlichen Divisionen hatten indianische Erkennungszeichen. Natürlich ließ die Garde das bei Ausbruch des Krieges ändern, aber Jeremiah Todds Division hatte das Zeichen noch bis Anfang der Dreißiger auf den Uniformen. Du weißt doch, wie die Jungs vom Militär sind. Ohne Kampf trennen die sich von keiner Tradition.«

»Und wie landete Todd im Gefängnis?«

»Schnapsladen, Gemischtwarenladen. Irgendein Überfall mit einer Knarre oder einem Messer oder sonst was. Die Details kenne ich nicht. Es reicht zu sagen, dass der Trottel auf dieselbe blöde Art im Knast landete wie alle anderen.«

»Ich nehme an, er ist tot?«

»Wurde vor über zwanzig Jahren im Speisesaal wegen eines zusätzlichen Brötchens abgestochen«, erwiderte Nick. »Aber offensichtlich blieben einige Anhänger übrig. Sie verbreiteten die Frohe Botschaft, wie's aussieht, bis hoch nach New Hampshire. Die Gefängnisse erleben jetzt ein Wiederaufleben dieser Gangs in großem Maßstab, vor allem sind es diese

Arschlöcher mit ihrem weißen Stolz. Das Erste, was man machen muss, wenn man reinkommt, ist, sich zu bekennen, sich eine Seite als Schutzmacht auszusuchen, damit man nicht von den Schwarzen erstochen oder von den Aryans vergewaltigt oder von den Latinos verprügelt wird. Und das hört nicht am Gefängnistor auf. Wenn sich drinnen einer mit einer Gang anlegt, nehmen die sich draußen seine Familie vor. Wie gesagt, die meisten von denen haben nichts zu verlieren. Was ist das Schlimmste, was ihnen passieren kann? Dass sie noch ein Lebenslänglich kriegen zusätzlich zu den sechs, die sie eh schon haben? Dass sie im Hochsicherheitstrakt nur noch eine Stunde Hofgang pro Woche haben anstatt zwei? Sie wissen, dass sie nie rauskommen, also was soll's.«

»Und sie kontrollieren die Drogen auch draußen?«

»Drinnen und draußen«, sagte Nick. »Irgendwer muss für ihr Armageddon ja bezahlen, und diese Kerle verdienen sich ihre Kohle sicher nicht, indem sie Gräben ausheben.« Er trank einen Schluck Kaffee, bevor er fragte: »Und was hat Lena mit dieser ganzen Sache zu tun?«

»Ich habe keine Ahnung«, gab Jeffrey zu.

»Ich hätte gern Jakes Gesicht gesehen, als er merkte, dass sie ihm ausgebüchst ist.«

»Gelacht hat er nicht, das kann ich dir sagen.«

»Hast du eine Ahnung, warum sie geflohen ist?«

Jeffrey schüttelte den Kopf. »Glaubst du vielleicht, dass ich nach all den Jahren inzwischen weiß, warum sie irgendwas macht?«

Nick kicherte anerkennend. »Sie war schon immer ein Pulverfass.«

Jeffrey hatte keine Lust, über Lenas subtilere Qualitäten zu reden. »Woher weißt du eigentlich so viel über diese Skin Brothers?«

»Erinnerst du dich an Amanda Wagner?«

Jeffrey hatte die als Verhandlungsführerin bei Geiselnahmen arbeitende Kollegin vor einigen Jahren kennengelernt, als man das GBI ins Grant County gerufen hatte, um nach der Lösung für eine prekäre Situation zu suchen. »Was hat die jetzt mit taktischen Ermittlungen zu tun?«

»Nichts. Wagner leitet jetzt ein neues Team, das sie selbst zusammengestellt hat und das sich mit Gewaltverbrechen beschäftigt, die County-Grenzen überschreiten – so eine Art schnelle Eingreiftruppe, die unbürokratisch agieren soll, haha. Diese Kerle, die Skin Brothers, machen oben im Norden ziemlich Probleme; in Cherokee, Rabun, Whitfield. Vor ein paar Monaten bestellte Wagner alle Distriktleiter nach Atlanta, um uns ins Bild zu setzen und uns zu sagen, worauf wir achten sollen.«

»Und worauf soll man achten?«

»Vorwiegend auf das rote Hakenkreuz. Die verscherbeln das Meth aus diesen Kleinstädten heraus, als wären sie IBM, direkt den Drogenkorridor hoch durch Atlanta, New York, New England bis hinauf nach Kanada. Wir wissen nicht mal, wie viele Leute in der Organisation sind. Die Schätzungen reichen von ein paar Hundert bis zu ein paar Tausend.« Er hielt inne und schüttelte den Kopf. »Es ist die immergleiche, alte Geschichte: Sie suchen sich die Teenager-Jungs heraus, die sich missverstanden und isoliert fühlen, sie geben ihnen eine Familie, der sie sich zugehörig fühlen können, und ein Glaubenssystem, das ihnen erklärt, warum ihre weiße Haut sie nicht vor der Armut bewahrt hat. Sie pumpen sie voll mit Hass und geben ihnen dann eine Waffe in die Hand. Du hast das doch selbst schon gesehen, Chief. Diese Jungs gehen ins Gefängnis und wieder raus, rein und raus, bis sie wegen irgendwas Größerem geschnappt werden, und plötzlich, bevor man sich's versieht, sind sie der König von Zellenblock neun, scheffeln drinnen das Geld und geben ihren Soldaten draußen

Befehle. Zum Teufel, schau dir Carl Fitzpatrick an. Meinst du, der hätte draußen auch so viel Macht?«

Jeffrey spürte plötzlich eine überwältigende Müdigkeit. Er war nicht einmal sicher, ob das alles mit Lena zu tun hatte. Er hatte nichts als sein Bauchgefühl, und im Augenblick sagte ihm sein Bauch, dass nichts Gutes dabei herauskommen konnte, wenn man sich mit dieser Gruppe einließ. »Wirst du Amanda sagen, dass sie jetzt in Elawah operieren?«

»Mann, sie war diejenige, die es mir gesagt hat«, erwiderte Nick. »Du weißt doch so gut wie ich, dass das GBI sich an einer Ermittlung nur beteiligen kann, wenn die Jungs vor Ort es direkt um Hilfe bitten.«

Jeffrey wusste, dass Nick die Wahrheit sagte, aber er wusste auch, dass das GBI sich, wenn das Hilfeersuchen einer Stadt zu erwarten war, auf die entsprechende Situation sehr gut vorbereitete. »Hast du irgendwelche Informationen über die Gruppe, die in Elawah operiert?«

»Nicht viel«, gab Nick zu. »Scheint eine ziemlich geschlossene Gesellschaft zu sein. Bei einigen dieser Gangs weiß man genau, wer an der Spitze steht, weil der Mistkerl will, dass man es weiß. Sie werden ja keine Gangster, damit sie sich hinter Mamas Schürze verstecken können. Sie wollen in der Öffentlichkeit stehen, den großen Macker spielen und die Angst in den Augen der Leute sehen, wenn sie die Straße entlangfahren.«

»Aber nicht in Elawah?«

»Nicht in Elawah, und nicht bei der Bruderschaft«, bestätigte Nick. »Die Fitzpatricks betreiben das so, dass sie in einer Stadt Leute für ein paar Schlüsselpositionen aufstellen, und falls es ein Problem gibt, schicken sie Hilfe von außerhalb des Staates, um es zu bereinigen. Auf diese Art macht sich niemand die Hände schmutzig und keiner weiß, wen er verpfeifen soll, wenn er geschnappt wird. Die nehmen diese

Geschichte vom Jüngsten Gericht wirklich ernst. Jesus wird kommen und die dunkle Haut vernichten, und Carl und Jerry werden sich die Erde untertan machen.«

Jeffrey spürte, wie sein Unbehagen wuchs. Es waren immer die Strenggläubigen, die dachten, sie hätten nichts zu verlieren. O Gott, in was war Lena da nur hineingeraten?

Nick sagte nun: »Es gibt in Elawah zwei oder drei Handlanger, die die Drecksarbeit machen. Frag mich nicht nach ihren Namen, weil ich keine Ahnung habe. Wir haben ein bisschen herumgestochert, ist aber nichts dabei herausgekommen. Wer auch immer da das Sagen hat, der hält sich sehr bedeckt. Spielt den Zauberer von Oz hinter dem Vorhang. Genau so funktioniert die Organisation. Es geht nicht um Angeben oder Knarreherzeigen oder Nuttenvögeln, es geht um Geld und Kontrolle.«

Jeffrey lehnte sich zurück und sah zu, wie Nick noch mehr Zucker in seinen Kaffee schüttete. »Was ist mit dem Sheriff?«

»Valentine?« Nick schüttelte den Kopf. »Jake steckt da auf keinen Fall dahinter. Die Sache ist viel zu raffiniert. Jemand mit großer Geduld und enormer Selbstkontrolle zieht da die Fäden.«

Er meinte einen Älteren, Reiferen. »Cook?«

»Ich könnte mir vorstellen, dass Cook Kohle nimmt und dafür ein Auge zudrückt, aber dass er dazugehört?« Nick schüttelte wieder den Kopf. »Könnte sein, würde mich aber überraschen.«

»Dann Pfeiffer? Vielleicht wurde er zu gierig, und sie haben ihm deshalb die Brandbombe durchs Fenster geworfen?«

»Das würde einen Sinn ergeben, wenn es ein Vakuum gegeben hätte. Du weißt doch, wie das ist – beseitige den Kerl, und alle Kakerlaken stürmen herbei, um seinen Platz einzunehmen. Aber es gab keinen Ansturm. Und außerdem, wenn man sich die Reinheitsgrade anschaut, dann sind die nach Pfeiffers Abgang sogar in die Höhe geschnellt.«

Jeffrey wusste, dass die Drogenfahnder ihre Effektivität am Reinheitsgrad der Drogen auf der Straße maßen. Je schwächer die Mischung, umso erfolgreicher waren sie bei der Eindämmung des Nachschubs. Je höher die Konzentration, umso wahrscheinlicher war es, dass die bösen Jungs das Spiel gewannen.

Jeffrey fragte: »Was meinst du, um wie viel Geld geht's hier?«

»Nur in Elawah?«

Jeffrey nickte.

»Scheiße, Mann, um mehr Geld, als du und ich in unserem Leben je sehen werden, außer in der Asservatenkammer. Da gab's doch vor kurzem diese Verhaftung in Atlanta, ja? Unsere Jungs schnappten sich zwei Kerle in einem Mietlaster, der bis obenhin voll war mit kristallinem Meth. Die Zeitungen schrieben von einem Straßenwert von über dreihundert Millionen Dollar.«

Jeffrey konnte sich eine solche Menge Geld kaum vorstellen. »Der Sheriff davor – Pfeiffer. Warum rief er nicht das GBI?«

»Das musst du ihn selber fragen.« Nick griff in seine Gesäßtasche und zog einen feuchten Notizzettel heraus. »Als du mir sagtest, dass du in Reese bist, dachte ich mir schon, dass du vielleicht ein paar Fragen hast, die ich nicht beantworten kann. Tut mir leid, dass er nass wurde«, sagte er und faltete den Zettel auf. »Der alte Knabe wohnt ziemlich weit draußen, du wirst also eine gute Karte brauchen. Ich leihe dir meine, wenn du mir versprichst, dass du sie zurückgibst.«

Jeffrey überflog die Adresse, und ihm fiel auf, dass die Stadt mindestens vier Stunden von Reese entfernt war. »Hat er kein Telefon?«

»Er ist so weit vom Netz weg, dass es mich überraschen würde, wenn er überhaupt Strom hätte.«

Jeffrey schaute den Zettel noch einmal an, den Nick ihm hinhielt. Elawah war nicht sein County. Das waren nicht seine Leute. Jake Valentine hatte keinen Ton gesagt, dass er Hilfe brauchte, und auch wenn er es getan hätte, war es nicht Jeffreys Aufgabe, ihm aus der Patsche zu helfen. Er war hier, um Lena zu helfen, nicht um eine Bande Skinheads auszuheben. Das Problem war nur, er hatte kaum etwas anderes, mit dem er weitermachen konnte. Außer Saras Idee zu verfolgen und sich im Gerichtsgebäude die Besitzurkunde anzuschauen, fiel ihm nichts ein, was er tun könnte.

Sara. Er konnte sie nicht in dem Motelzimmer allein lassen, während er bis fast an die Grenze zu Florida fuhr. Natürlich würde sie die Fahrt ein bisschen weniger offiziell aussehen lassen. Nick hatte erwähnt, dass Pfeiffer eine Frau hatte. Sara konnte die Frau beschäftigen, während Jeffrey dem Mann einige harte Fragen stellte.

Nick streckte ihm noch immer den Zettel hin. »Und, wie sieht's aus, Alter?«

Jeffrey zögerte wieder und dachte an das Entsetzen in Lenas Stimme, als sie Sara sagte, sie solle aus der Stadt verschwinden. Er machte keinem was vor, vor allem sich selbst nicht. »Ich werde mir deine Karte wohl ausleihen müssen.«

Lena

7 Das Home Sweet Home Motel am Rand von Reese war in der vergangenen Nacht Lenas einzige Möglichkeit gewesen. Der einstöckige Schlackensteinbau sah aus wie die Kulisse für einen Horrorfilm aus den Sechzigern. Schon als junges Mädchen war es für sie immer das Hurenhotel gewesen, ein Ort, wo Leute, die einander kaum kannten, sich trafen, um zu vögeln. Mit sechzehn hatte Lena so getan, als hätte sie dort ihre Unschuld verloren. Der Kerl, Ben Carver, war zweiunddreißig, und das war so ziemlich das Einzige, was sie attraktiv an ihm fand. Er war abgestumpft und blöd bis an den Rand des Schwachsinns, und sie war bereits kurz davor, mit ihm Schluss zu machen, als Hank herausfand, dass sie miteinander gingen. Hank verbat ihr, Ben wiederzusehen, und in der nächsten Nacht lag Lena flach auf dem Rücken in diesem Hurenhotel.

Sie würde nicht sagen, dass es die langweiligsten drei Minuten in ihrem Leben gewesen waren, aber es kam der Wahrheit sehr nahe. Ruhigen Gewissens konnte man allerdings sagen, dass sie, als Ben sie am nächsten Tag nicht anrief, alles andere als am Boden zerstört war. Lena hatte einfach nur eine so panische Angst vor einer Schwangerschaft gehabt, dass sie an nichts anderes denken konnte. Ben hatte versprochen, ein Kondom zu benutzen, aber sie war viel zu verlegen gewesen, um nachzusehen. Selbst Vorsorge zu treffen, war Lena damals unmöglich. Der einzige Apotheker in der Stadt weigerte sich, Rezepte für Antibabypillen einzulösen. Soweit sie wusste, gehörte die Apotheke auch heute noch diesem Mann. Sie würde wetten, der Mistkerl hätte kein Problem damit, unverheirateten Männern Viagra zu zehn Dollar pro Pille zu verkaufen.

Nicht dass Antibabypillen hundertprozentig sicher waren. Es gab immer dieses weniger als einprozentige Risiko, dass man sich, wenn auch nur ein Mal die Pille versagte oder das Kondom platzte, auf einem harten Plastikstuhl einer Klinik in Atlanta wiederfand und darauf wartete, dass man aufgerufen wurde.

Lena konnte sich noch an jedes Detail dieses Tages erinnern – die Oberflächenbeschaffenheit der Stühle, die Poster an den Wänden. Hank hatte draußen gewartet, war, vor sich hin murmelnd, auf dem Parkplatz auf und ab gelaufen. Er war mit Lenas Entscheidung nicht einverstanden gewesen, aber auf seine kaputte Hank-Art hatte er die Sache bis zum Ende mit ihr durchgestanden. »Es steht mir nicht zu, darüber zu urteilen«, hatte er ihr gesagt. »Wir machen alle Fehler.«

Aber war es ein Fehler? Fast jeder sagte sehr schnell, dass eine Abtreibung nach einer Vergewaltigung okay sei, als würde die Tatsache, dass die Frau den Sex nicht genossen hatte, das Unbehagen negieren, das sie beim Gedanken an die Prozedur hatte. Lenas Beziehung zu Ethan war vieles: turbulent, gewalttätig, grausam … aber manchmal konnte sie auch sanft, zärtlich, beinahe liebevoll sein. Ehrlich gesagt, fast bei jedem Mal hatte sie bereitwillig Sex mit ihm gehabt. Fast bei jedem Mal hatte sie ihre Hände auf seinen Körper gelegt und ihn in ihrem Bett willkommen geheißen. Konnte sie ihre Schwängerung einer bestimmten Nacht, einem bestimmten Mal zuordnen oder sagen, ob es einverständlich passiert war oder nicht? Konnte sie unterscheiden zwischen dem, was sie empfand, wenn sie von ihm geschlagen wurde, und dem, was sie empfand, wenn er sie liebte?

Konnte sie wirklich mit Bestimmtheit sagen, dass ihr gemeinsames Baby ein Fehler gewesen war?

Lena setzte sich im Bett auf, weil sie nicht mehr darüber nachdenken wollte.

Sie ging zum Waschbecken und holte die Zahnbürste aus ihrer Tasche; sie hatte sie letzte Nacht nicht auf dem Beckenrand liegen lassen wollen. Wer wusste denn schon, was die Leute auf dem gesprungenen Plastikbecken so alles trieben. Das Zimmer war noch widerlicher als in ihrer Erinnerung; der Teppich klebte an den Sohlen, wenn sie darüberging, und das Bettzeug war so fürchterlich, dass sie in der Kleidung geschlafen hatte. Sie hatte unruhig geschlafen und war bei jedem Geräusch hochgeschreckt, weil sie Angst hatte, dass der Kerl, der Nachtdienst hatte, seinen Generalschlüssel benutzen und sie überrumpeln würde. Das war genau so ein Laden, in dem solche Dinge passierten.

Daher hatte sie sogar mit der Waffe in der Hand geschlafen.

Das Foto aus der Zeitung war ihr wie ins Hirn gebrannt, und wenn sie sich nicht davor fürchtete, vergewaltigt und umgebracht zu werden, dachte sie an ihre Mutter, an die Lügen, die man ihr und Sibyl erzählt hatte. Inzwischen war klar, dass Angela Adams nicht nach einem zweiwöchigen Koma im Krankenhaus gestorben war. Sie hatte mindestens noch sechs Monate nach Lenas und Sibyls Geburt gelebt. An dem Tag, als das Foto für die Zeitung aufgenommen worden war, hatte sie die beiden in ihren Armen gehalten, hatte für den Fotografen posiert, während sie dem Reporter erzählte, sie halte es für eine Farce, dass der Mord an ihrem Ehemann unaufgeklärt geblieben war. »Ich habe Calvin mehr geliebt als mein Leben«, hatte sie dem Reporter erzählt. »Er sollte jetzt hier sein, um diesen kostbaren, kleinen Babys der Vater zu sein.«

Ihre Worte waren für Lenas Geschmack viel zu zuckrig,

aber das Gefühl dahinter traf sie sehr. Ihre Mutter hatte sie geliebt. Sie war am Boden zerstört nach dem Tod ihres Mannes. Sie hatte sie beide in den Armen gehalten.

Beim Zähneputzen ging Lena durchs Zimmer. Wann war Angela tatsächlich gestorben? Und wie? Hank hatte gesagt, der Ganove, der sein Haus verlassen hatte, habe ihre Mutter umgebracht. Die Drogen hatten ihn unvorsichtig gemacht, und sie war sicher, dass er die Wahrheit gesagt hatte, oder zumindest das, was er für die Wahrheit hielt.

Aber meinte Hank, dass der Mann ihre Mutter tatsächlich, mit eigenen Händen, ermordet hatte? Alt genug, um Calvin Adams Mörder sein zu können, war er auf jeden Fall. War er es gewesen, der Calvin vor so vielen Jahren zwei Kugeln in den Schädel gejagt und Angela zur Witwe gemacht hatte, die nun Zwillingstöchter alleine aufziehen musste? War das mehr gewesen, als Angela ertragen konnte? Hatte sie den Selbstmord als einzigen Ausweg gesehen, um ihr Leiden zu beenden? Lena konnte dieses Dilemma durchaus nachvollziehen. Sie hatte schon Situationen erlebt, in denen sie selbst an diese Möglichkeit gedacht hatte.

Ein Selbstmord könnte erklären, warum Hank in Bezug auf den Zeitpunkt und die Art von Angelas Tod gelogen hatte. Er wollte die Mädchen nicht mit dem Vermächtnis des Selbstmords ihrer Mutter belasten. Lena konnte das verstehen, wenn auch nicht verzeihen. Wenigstens läge so all diesen Lügen eine gewisse Logik zugrunde.

Wenn ihre Mutter sich umgebracht hatte, dann war es auch einleuchtend, dass Hank dasselbe versuchte. Als Polizistin hatte Lena dergleichen schon oft gesehen: Eine Neigung zum Selbstmord konnte in der Familie liegen. Zweifellos würde Hank, wenn er seinen augenblicklichen Lebensstil fortführte, im weniger als einem Monat tot sein. Lena hatte Hank immer als jemanden gesehen, der einen Lebensdrang hatte. Man jagte sich nicht zwanzig Jahre lang Stoff in die Adern und atmete weiter, wenn man Todessehnsucht hatte. Man hörte nicht plötzlich auf, sich mit den Fingernägeln ans Leben zu krallen, außer man hatte einen verdammt guten Grund loszulassen.

Lena spuckte ins Waschbecken und spülte sich den Mund mit Wasser aus einer Trinkflasche aus.

Hank war immer vorsichtig gewesen, als könnte er bei seinem Konsum noch zwischen Gebrauch und Missbrauch unterscheiden. Trotz all seiner Filmrisse und offenen Wunden war ihm eine Sache wichtig: Wenn Speed Hanks Religion war, dann betete er am Altar seiner Adern. Das war die Stelle, wo die Droge in seinen Körper eindrang, und er achtete rigoros auf ihren Zustand. Er zog die Spritze nie mit derselben Nadel auf, mit der er injizierte, denn der Löffel oder die Baumwolle konnten die Spitze beschädigen, sodass sie eine größere Wunde hinterließ. Er benutzte immer neue Nadeln, frische Alkoholtupfer und Vitamin E zur Verbesserung der Wundheilung. Er rauchte nie, bevor er sich einen Schuss setzte, weil dadurch die Adern schwerer zu lokalisieren waren und sich so das Risiko vergrößerte, dass die Nadel nicht die richtige Stelle traf.

Klar gab es Zeiten, da die Sucht seine Vernunft besiegte; das merkte man an den Wunden und Narben auf seinen Unterarmen und daran, dass er manchmal kein Gefühl in Händen und Füßen hatte, weil die Adern nicht genug Blut in seine Gliedmaßen transportieren konnten. Aber im Vergleich zu anderen Drogensüchtigen war er immer ziemlich vorsichtig gewesen.

Bis jetzt.

Lena drehte die Dusche auf, überlegte es sich dann aber anders, weil sie dachte, dass sie sich noch schmutziger fühlen würde, wenn sie mit nackten Füßen in die verdreckte, graue Wanne stieg. Sie kontrollierte das Türschloss, schlüpfte dann schnell aus den Kleidern, zog sich frische Unterwäsche an und darüber die Jeans vom Tag zuvor. In ihrer Tasche fand sie ein T-Shirt und streifte es über, ohne den Blick von der Tür zu nehmen.

Hank wollte nicht mit ihr reden. Er hatte das gestern ziemlich deutlich gemacht. Was seine Gründe auch sein mochten, sie wusste, dass er stur war – so stur wie sie. Egal was sie sagte, wie sehr sie ihn anflehte oder auf ihn einschlug, reden würde er erst, wenn er dazu bereit war. So wie er gestern ausgesehen hatte, war es, wenn kein Wunder geschah, mehr als wahrscheinlich, dass er sein Geheimnis mit ins Grab nehmen würde.

Lena schaute in den Spiegel über der Kommode. Er war zum Bett hin geneigt, krakelige Linien in den Ecken sollten den Eindruck einer Einfassung mit Spitze vermitteln. Inzwischen sah sie Sibyl nicht mehr, wenn sie in den Spiegel schaute. Sibyl würde auf immer gefangen sein in einer bestimmten Zeit, die es ihr nicht erlaubte, sich weiterzuentwickeln. Sie würde nie feine Fältchen in den Augenwinkeln oder die Andeutung eine Narbe auf der linken Schläfe haben. Ihre Haare würden nie diese wenigen grauen Strähnen bekommen, die Lena letzte Woche in ihrem Badezimmerspiegel entdeckt und, sie musste es zu ihrer Schande gestehen, mit einer Pinzette ausgezupft hatte. Auch wenn sie überlebt hätte, hätte Sibyl nie diesen harten Blick in ihren Augen bekommen, dieses flache, kalte Starren, das die Welt herausforderte.

Sibyl würde nie erfahren, dass ihre Mutter länger gelebt hatte, als man ihnen gesagt hatte, zumindest so lange, dass sie die beiden hatte in den Armen halten können. Sie würde nie erfahren, dass Hank, wie Lena es immer prophezeit hatte, letztendlich ein Opfer seiner Sucht geworden war. Sie würde auch nicht an seinem Grab stehen und ihn wegen seiner Schwäche verfluchen.

Hank würde sterben. Lena wusste, ohne medizinische Hilfe würde er es nie und nimmer schaffen, sich aus seinem gegenwärtigen Zustand herauszuarbeiten. Doch immer wenn sie an ihn dachte, sah sie nicht den Hank der letzten fünfundzwanzig Jahre, der pflichtbewusst zu jedem AA-Treffen gegangen war und Lena beigestanden hatte, wann immer sie ihn brauchte. Sie sah den Süchtigen ihrer Kindheit, den Speed-Freak, der die Nadel seinen Nichten vorzog. Wenn Lena an seinen jetzigen Verfall dachte, dann empfand sie eine Wut, wie sie nur ein Kind gegen ein Elternteil empfinden kann: Du bist alles, was ich habe auf dieser Welt, und du lässt mich im Stich wegen der Droge, die uns alle vernichten wird.

Genau das sahen die Süchtigen nicht. Sie zerstörten nicht nur ihr eigenes Leben, sie zerstörten auch das Leben aller in ihrer Umgebung. In Lenas Kindheit hatte es einige Nächte gegeben, in denen sie tatsächlich neben ihrem Bett gekniet und gebetet hatte, dass Hank nun endlich den einen großen Fehler machen möge, dass die Nadel zu tief eindringe, die Droge zu stark sei und er endlich sterben möge. Sie hatte sich vorgestellt, adoptiert zu werden, eine Mutter und einen Vater zu bekommen, die sich um sie und Sibyl kümmerten, ein sauberes Zuhause, Ordnung in ihrem Leben und Essen auf dem Tisch, das nicht aus einer Dose kam. Jetzt, da sie Hank so gesehen hatte und wusste, in welchem Zustand er war, konnte sie nicht anders als sich an diese schlaflosen Nächte zu erinnern.

Und ein Teil von ihr – ein sehr großer Teil – riet ihr, ihn sterben zu lassen.

Lena setzte sich aufs Bett und band sich ihre Turnschuhe. Über Hank nachzudenken brachte sie nirgendwohin, außer mit jeder Menge Selbstmitleid wieder ins Bett. Sie wusste nicht so recht, was sie heute tun sollte, doch im Augenblick war es ihr nur wichtig, aus diesem schmuddeligen Zimmer herauszukommen. Die Mikrofiche-Archive der Bibliothek reichten nicht weiter zurück als 1971. Die Redaktion der Lokalzeitung befand sich im Hinterzimmer einer Versicherungsagentur, Lena hatte deshalb keine großen Hoffnungen, dass dort die alten Ausgaben archiviert wurden. Aber sie konnte ja versuchen, mit dem Herausgeber des Wochenblatts Kontakt aufzunehmen, einem Mann, dessen Hauptbeschäftigung darin bestand, Tiere, die bei Unfällen getötet wurden, von der Interstate aufzulesen.

Lena nahm an, dass sie den Totenschein ihrer Mutter in der entsprechenden Abteilung der Stadtverwaltung finden würde, aber sie brauchte Angelas Sozialversicherungsnummer, ihren Geburtsort oder zumindest ihre letzte bekannte Adresse, um die Suche zu erleichtern. Aus ihrer eigenen Geburtsurkunde kannte sie die Geburtsdaten ihrer Mutter und ihres Vaters, darüber hinaus aber wusste sie nichts. Das Krankenhaus hatte vielleicht noch eine Rechnungsadresse oder andere sachdienliche Informationen, aber um an die zu kommen, brauchte sie einen Gerichtsbeschluss. Sie hatte sich auch schon überlegt, es im Bezirksgericht zu versuchen, aber als sie dort anrief, hörte sie nur die Ansage, dass sämtliche Büros wegen Asbestsanierungsarbeiten geschlossen seien.

Da das Motel gleich neben Hanks Bar lag, beschloss Lena, dann eben dort anzufangen. Juristisch betrachtet lag The Hut nicht mehr innerhalb der Stadtgrenze von Reese. Wie es auf viele ländliche Gegenden Amerikas zutraf, war Elawah ein trockenes County. Wenn man Alkohol kaufen wollte, musste man über die Grenze ins Seskatoga County fahren, was erklärte, warum das Elawah Sheriff's Department die Wochenenden meist damit zubrachte, Teenager von der Straße aufzulesen, die aus der Stadt hinausführte.

Lena öffnete die Tür ihres Zimmers und kniff sofort die Augen zu, denn ihre Netzhaut protestierte gegen das plötzliche

Licht. Sie blinzelte, bis sie wieder etwas sah, und starrte dabei auf den Boden des Betonbalkons. Knapp links von ihrem Fuß entdeckte sie ein kleines rotes X, das mit Kreide auf den Beton gezeichnet war, vielleicht acht Zentimeter im Quadrat.

Sie kniete sich hin, strich mit dem Finger über das Zeichen und fragte sich, ob es schon da gewesen war, als sie letzte Nacht eincheckte. Die uralte Leuchtreklame des Motels wäre grell genug gewesen, um etwas sehen zu können. Aber sie hatte sich nur aufs Wesentliche konzentriert: die Tasche ins Zimmer zu bringen, die Zahnbürste zu finden, ins Bett zu fallen.

Lena schaute sich ihre Fingerspitzen an, sah, dass die Kreide auf die Haut abgefärbt hatte. Das Kreidezeichen bedeutete nichts, außer dass es das Zimmermädchen nicht sehr mit dem Putzen hatte. Nach dem Zustand von Lenas Zimmer zu urteilen, war die Frau nicht gerade die Gründlichste.

Dennoch sah Lena sich beim Aufrichten um. Kein Mensch sprang auf sie zu, und sie ging zum Geländer und schaute auf den Parkplatz hinunter. Bis auf ein Motorrad auf dem Behindertenparkplatz stand dort nur ihr Celica.

Sie schaute wieder auf den Boden. Ein X. Kein Hakenkreuz, kein Kreuz. Nur ein rotes X, um die Stelle zu markieren.

Lena wischte sich die Hand an ihrer Jeans ab, während sie am Geländer entlang zur Treppe ging. Sie hielt den Blick auf den Boden gerichtet, suchte nach weiteren Zeichen, um herauszufinden, ob auch andere Zimmer markiert worden waren. Sie entdeckte nichts Außergewöhnliches, nur Zigarettenkippen, Abfall und ein paar Blätter, obwohl der nächste Baum fast sieben Meter entfernt in dem Waldstück hinter dem Motel stand.

Sie ging zur Rezeption, um sich einen Kaffee zu besorgen. Neben der Kanne stand eine Geldbüchse mit einem Schild, das fünfzig Cent pro Becher verlangte. Lena warf einen Dollar hinein und schaute auf den Parkplatz hinaus, während sie sich den Becher vollgoss.

»Schöner Morgen«, sagte ein Mann. Sie drehte sich zur Rezeption um und sah, dass es kein Mann war, sondern ein Teenager – der rothaarige Möchtegern-Gangster, den sie gestern vor der Schule in dem Mustang gesehen hatte.

Sie sagte: »Solltest du nicht in der Schule sein?«

»Freistellung zur Arbeit«, sagte er und lehnte sich an die Wand hinter der Theke. Sein T-Shirt war so groß, dass die Schultern ihm an den Ellbogen hingen. Er hatte einen ziemlich vorstehenden Bauch, aber an seinen großen Händen und Füßen merkte sie, dass er den verlieren würde, wenn er in den nächsten Jahren in seinen Körper hineinwuchs. Doch diese karottenroten Haare und die Sommersprossen würde er behalten.

»Ich bin Rod«, sagte er. »Wollen Sie ein paar Halloween-Bonbons?«

»Nein.« Lena erinnerte sich an die Dekoration in der Bibliothek. Halloween war bereits zwei Tage her. Sie hatte an dem Tag überhaupt nicht daran gedacht.

Er fragte: »Sind Sie Polizistin?«

So viel zu verdeckten Ermittlungen. »Wie kommst du drauf?«

»Sie reden wie eine Polizistin.«

Sie probierte den Kaffee und versuchte, nicht zu würgen. »Woher weißt du, wie Polizisten reden?«

»Aus dem Fernsehen.«

Lena fischte sich ihr Wechselgeld aus der Büchse. »Du solltest nicht alles glauben, was du im Fernsehen siehst.«

»Junior schaut die ganze Nacht«, sagte er und meinte damit wahrscheinlich den Nachtportier, der Lena beim Einchecken letzte Nacht angestarrt hatte, als wäre sie die erste Frau, die er in seinem ganzen Leben sah. »Er hat Pornofilme, die er unter der Couch versteckt. Mr. Barnes weiß das natürlich nicht. Das ist der Besitzer.« Der Junge grinste sie an. »Sie können sich welche anschauen, wenn Sie wollen.«

»Da kannst du lang drauf warten.« Sie wandte sich zum Gehen, doch dann fiel ihr ein, dass ein Versuch nicht schaden konnte. »Hey«, sagte sie. Der Junge lehnte noch immer abwartend an der Wand. »Ich habe gestern einen Mann gesehen«, setzte sie an und legte die Hand mit dem Kaffee auf den Türgriff, um desinteressiert zu wirken. »Er hatte ein Hakenkreuz auf dem Arm.«

Der Junge löste sich von der Wand. Seine Stimme sprang drei Oktaven in die Höhe. »Ein Hakenkreuz wie bei Hitler?«

»Ja.«

»Cool.«

»Du findest das cool?«

»Na ja, schon. Ich meine, nein, ist ja, also, was Schlechtes.« Er lehnte sich wieder an die Wand. »Ich meine nur, es ist gut für ihn, weil, na, Sie wissen schon, weil er sich nicht schämt.« Er senkte die Stimme wieder. »Es gibt in dieser Stadt ein paar Leute, die haben weiße Laken im Schrank hängen.«

»Wer zum Beispiel?«

»Na ja …« Der Junge begriff, dass er jetzt einen Ansatzpunkt hatte. »Warum gehen wir nicht ins Büro, da können wir ungestört reden?«

»Warum rufst du mich nicht an, wenn dir die ersten Barthaare sprießen?« Lena wollte eben die Tür aufschieben, als eine Frau hereinkam.

»Verdammt«, zischte die Frau, als Lenas Kaffee ihr auf das T-Shirt spritzte. Sie war schon älter, ihre grau melierten Haare waren am Hinterkopf mit einem blauen Tuch zusammengefasst. Sie war etwa so groß wie Lena und wirkte adrett, war aber stinkbesoffen. »Wo hast du denn deine Augen?«

»Entschuldigung«, sagte Lena, aber die Frau schaute sie weiter wütend an, als hätte Lena es absichtlich getan.

»Leck mich«, blaffte die Frau, schob sich an Lena vorbei und verschwand im Büro. Sie knallte die Tür so heftig zu, dass die Bilder an der Wand klapperten.

Lena fragte den Jungen hinter der Theke: »Was hat denn die für ein Problem?«

»Sie ist das Zimmermädchen.«

Das erklärte, warum das Motel der beste Freund der Ratte war. »Ist sie immer so freundlich?«

Die Karotte zuckte die Achseln, noch immer beleidigt wegen Lenas Abfuhr. »Hauptsache, sie macht mich nicht an.«

Als Lena das Gebäude verließ, hatte sie ein schlechtes Gewissen wegen der Frau, weil sie dachte, dass sie sich wahrscheinlich auch besaufen würde, wenn sie in diesem Loch arbeiten müsste. Man konnte einen Scheißjob machen, solange man jung war, aber diese Frau musste schon fast sechzig sein. Sie sollte in Florida ihre Rente genießen und nicht für ein Taschengeld Motelzimmer putzen.

Als Lena den Parkplatz überquerte, fröstelte sie ein wenig, aber sie wollte nicht noch einmal in dieses elende Zimmer zurück, um eine Jacke zu holen. Die Sonne vertrieb bereits den Nebel, und sie wusste, dass sie in wenigen Stunden froh über ihre kurzen Ärmel sein würde.

Auf der Straße kippte sie den Kaffee in den Rinnstein und schaute nach, ob er sich durch den Beton fraß. Diagonal zum Hotel befand sich ein Stop'n'Save, Hanks Bar direkt gegenüber. Sie warf den leeren Becher in die Mülltonne, bevor sie den Laden betrat, der nicht viel mehr war als eine Fassade für den Verkauf von Billigbier. An vielen Abenden hatte sie sich aus Hanks Haus geschlichen, um mit den anderen schlimmen Kindern aus der Highschool hinter dem Laden herumzuhängen.

Im Laden lief die Klimaanlage bereits mit voller Leistung, um die bevorstehende Hitze draußen zu halten. Lena ging an der Kaffeemaschine vorbei und nahm sich ein Coke. Beim Bezahlen hatte sie das vage Gefühl, die Frau hinter der Theke zu kennen, wahrscheinlich aus der Highschool, aber allem Anschein nach waren sie beide nicht sonderlich an einer Unterhaltung interessiert. Lena steckte die Pennys ihres Wechselgelds in die Sammelbüchse und verließ den Laden wieder.

Sie stand auf dem Bürgersteig und wartete auf eine Lücke im Verkehr. Sie hatte das Motel jetzt direkt gegenüber, und sie sah, dass kreative Vandalen einzelne Birnen der Leuchtreklame so zerdeppert hatten, dass statt »Home Sweet Home« jetzt »Ho eet me«, »Nutte, blas mir einen« zu lesen war. Was hatten diese Vandalen in dem Motel sonst noch angestellt? Waren Sie es gewesen, die das X vor Lenas Tür gekritzelt hatten? Das Zeichen beunruhigte sie. Sie fragte sich, wie lange es schon dort war oder ob ihr vielleicht jemand eine Nachricht zukommen lassen wollte. Was es auch bedeuten mochte, sie verstand es nicht. Dennoch schaute sie sich um, während sie einen Lastwagen vorbeiließ, denn ihre Haut kribbelte, und ihr Bauch sagte ihr, dass sie beobachtet wurde.

So beiläufig, wie sie konnte, schaute Lena über die Schulter. Die Frau hinter der Ladentheke stand jetzt am Fenster und starrte hinaus.

Candy, fiel Lena plötzlich wieder ein. So hieß die Frau. Sie hatten sie »Corny« genannt, weil sie ging, als hätte sie einen Maiskolben, einen corncob, im Hintern stecken.

Es gab Zeiten, da dachte Lena, nicht für alles Geld dieser Welt wollte sie wieder in der Highschool sein.

Der Verkehr ließ ihr eine Lücke, und sie riss die Coke-Dose auf, während sie die Straße überquerte. Sie fragte sich, wie um alles in der Welt Hank es geschafft hatte, mit diesem Scheißladen Sibyl durchs College zu bringen und Lena öfters aus der

Patsche zu helfen, als sie zugeben wollte. The Hut war eine Drei-Uhr-Bar, die Art von Laden, in der ab drei Uhr morgens jeder anfing, gut auszusehen. Verzweiflung hing wie eine schwarze Wolke über der Kneipe, und sie musste ein Schaudern unterdrücken, als sie sich dem Gebäude näherte.

Die Bar hatte vorne nicht einmal ein Kneipenschild; jeder wusste, was für ein Laden das war. Die Dachfront war mit Stroh gedeckt, aber offensichtlich faulte das seit fünfzehn Jahren vor sich hin und Hank konnte sich nicht überwinden, etwas dagegen zu unternehmen. Tiki-Fackeln mit roten und gelben Glühbirnen flankierten die Vordertür, die so angemalt war, dass sie aussah, als würde sie aus Grasgarben bestehen. Die Außenwände waren ähnlich dekoriert, aber die Farben bereits so ausgebleicht, dass man nur als Eingeweihter wusste, was das darstellen sollte. Es gab Fenster entlang der gesamten Vorderfront, aber die Scheiben waren vor so langer Zeit schwarz lackiert worden, dass sie aussahen wie verfaultes Holz.

Das gelbe Absperrband des ATF war das Einzige, was neu aussah. Hank hatte ihr nicht gesagt, dass die Bar geschlossen worden war. Es gab nur zwei Gründe, warum das Bureau of Alcohol, Tobacco and Firearms sich für The Hut interessierte: Entweder hatte man Hank beim Verkauf von Alkohol an Jugendliche oder beim Drogendealen erwischt.

Lena probierte die Tür, aber sie war verschlossen. Sie legte die Hand oben auf den Türstock und tastete nach dem Reserveschlüssel, aber der lag nicht an seinem gewohnten Platz.

Sie gab auf und ging um das Gebäude herum. In die Bar selbst musste sie sowieso nicht. Hanks Büro, das eher einem angebauten Schuppen glich, klebte hinten an der Bar am Ufer eines langsam fließenden Baches.

Lena versuchte auch diese Tür zu öffnen, aber sie war ebenfalls verschlossen. Hank musste sie selbst zugeschlossen haben, denn hier war kein ATF-Band zu sehen. Die Bundesbeamten hatten sich wahrscheinlich gar nicht die Mühe gemacht, einen Durchsuchungsbeschluss für das Büro zu erwirken. Falls in der Bar mit Drogen gehandelt wurde, genügte das für Schlagzeilen.

Sie stellte ihre Coke-Dose ab und drückte die Hände gegen das kleine Fenster, das ziemlich weit oben an der Rückwand dieses baufälligen Gebäudes auf den Bach hinausging, aber es rührte sich nicht. Ein Stein half, und das ungehärtete Glas zersprang in tausend Scherben, von denen einige in die Öffnung ihrer Getränkedose fielen. Lena suchte sich einen Ast und schlug damit die Glasreste aus dem Rahmen. Dennoch behagte ihr der Gedanke nicht besonders, blindlings durch das Fenster einzusteigen. Außerdem war es wahrscheinlich zu hoch, um es ohne Leiter erreichen zu können. Sie hatte bestimmt schon Dümmeres angestellt, aber im Augenblick fiel ihr nicht ein, was.

Frustriert trat sie gegen die Wand, sie war wütend auf sich selbst und diese idiotische Situation. Die Holzbretter gaben einen hohlen Ton von sich, und sie trat fester dagegen, bis das Holz splitterte. Noch ein paar Tritte, und sie hatte ein hübsches Loch in der Schuppenwand. Sie verzog das Gesicht, als sie hineingriff und das pinkfarbene Isoliermaterial herauszupfte. Der Staub reizte ihre Schleimhäute, und sie fragte sich, ob sie Asbest einatmete. Sie sah schwarze Flocken aus Moder und Tierexkrementen, über die sie lieber nicht nachdenken wollte, aber sie schaffte es, so viel Faserwolle herausziehen, dass sie die Rückseite der Innenverkleidung des Büros sehen konnte. Sie steckte einen Fuß durch das Loch und trat das Sperrholz weg, das sich mit einem Krachen von den billigen Nägeln löste, mit denen es an den Balken befestigt war.

Wenige Minuten später stand Lena in Hanks Büro.

Sie klopfte sich ihre Jeans ab, schaute sich um und versuchte, den Lichtschalter zu finden. Sie stieß ein Spinnennetz weg und merkte erst dann, dass es die Kordel des Deckenlichts war. Lena zog daran, die Birne sprang an und zerbarst krachend.

Lena fluchte noch einmal. Im Auto hatte sie eine Taschenlampe, aber sie wollte nicht zurückgehen, um sie zu holen. Stattdessen suchte sie in dem Licht, das durch das kaputte Fenster hereindrang, nach den Ersatzbirnen, die Hank immer in seinem Schreibtisch aufbewahrte. Die Stromversorgung des Büros war Eigenbau, Hank hatte sich einfach ein Dreißig-Meter-Verlängerungskabel besorgt, das er in der Bar eingesteckt und dann durch ein Metallrohr in den Anbau geführt hatte. Es war nicht das erste Mal, dass eine Birne durchbrannte. Sie fand die Packung mit den Birnen in der untersten Schublade und wechselte die kaputte aus, versuchte allerdings nicht daran zu denken, was ihre Finger dabei alles berühren konnten. Ihre Sohlen knirschten in den Glasscherben, als sie die neue Birne eindrehte, und die Fassung gab ein trocken knisterndes Geräusch von sich, während sie versuchte, den richtigen Winkel zu finden. Schließlich sprang das Licht an, und die plötzliche Hitze der Birne ließ sie die Hand zurückreißen.

Sie war nicht einfach nur paranoid. Hank hatte beim Birnenwechseln schon ein paarmal einen heftigen Stromschlag abbekommen.

Lena schaute sich in dem luftlosen Zimmer um, dessen Wände mit Postern von Bier- und Schnapsfirmen beklebt waren. Halbnackte Frauen starrten sie an, die meisten fellationierten Bierflaschen, die sie in der Hand hielten. Weiße Kartons mit Unterlagen, die zurückreichten bis zur großen Eröffnung der Bar, stapelten sich an der Rückwand und ließen nur einen knappen Quadratmeter frei für einen Schreibtisch und zwei Stühle. Schuhkartons mit Stapeln von Quittungen standen auf der Tischplatte herum.

Vor sechs Jahren hatte Lena auf einem dieser blöden Plastikstühle Hank gegenübergesessen und hatte versucht, sich mit so viel Jack Daniels, dass ihr elend schlecht wurde, den Mut anzutrinken, den sie brauchte, um ihm zu sagen, dass Sibyl tot war.

Hatte er damals wieder mit den Drogen angefangen? Hatte die Nachricht, dass sein geliebtes Mädchen, seine Lieblingsnichte, tot war, ihn schließlich in den Abgrund gestürzt?

Oder hatte es vor sechs Monaten angefangen, als Hank Lena in die Abtreibungsklinik gefahren hatte? Er hatte vor dem Gebäude gewartet, hatte Kette geraucht und den wütenden Protestierern mit ihren ekelhaften Plakaten zugehört, die von Hölle und Verdammnis schrien und Lena und alle anderen in dieser Klinik wegen ihrer Sünden in die Hölle wünschten.

Hatte sie ihm das angetan? Hatte das, was Lena getan hatte, ihm wieder die Nadel in den Arm gejagt?

Der Kerl mit dem roten Hakenkreuz hatte auch dazu beigetragen – da war sie sich ganz sicher. Lena musste den Mann aufspüren, herausfinden, für wen er arbeitete. Kerle wie er hatten hauptsächlich ihre Muskeln. Es musste irgendwo auch ein Hirn geben, und wenn Lena das gefunden hatte, würde sie sein verdammtes Haus mit ihm darin niederbrennen.

Lena setzte sich auf Hanks Stuhl, und die Federn quietschten wie eine alte Tür. Die oberste Schreibtischschublade war verschlossen, und sie zog ihr Klappmesser aus der Gesäßtasche und klappte die Klinge aus dem weißen Perlmuttgriff. Das Schloss ließ sich problemlos aufstemmen. In der Schublade fand sie Hanks geschäftliches Scheckbuch, ein paar Freicoupons für Harrah's Casino oben in den Bergen und seine Ersatzschlüssel für die Bar. Die größeren Schubladen enthielten vorwiegend Akten, die mit den diversen Geschäftsvorgängen zu tun hatten. Schnapslieferanten, Lohnlisten, Steuer und Versicherung. Sie blätterte in dem Scheckbuch und sah, dass der letzte Kontostandeintrag sechs Wochen alt war. Zu diesem Zeitpunkt hatte er etwa sechstausend Dollar auf der Bank gehabt.

War dies das Datum der Barschließung? Das würde sie im Büro des Sheriffs erfahren. Sie fragte sich, ob dieser alte Knacker Al Pfeiffer dort noch immer das Sagen hatte, und musste lachen bei dem Gedanken, dass sie in sein Büro marschierte und dem Wichser ihre goldene Marke vors Gesicht hielt. Pfeiffer hatte mit jungen Mädchen immer ein fieses Spielchen gespielt, er hatte sie wegen überhöhter Geschwindigkeit angehalten und dann eine Durchsuchung vorgenommen, die bis knapp vor die Eierstöcke reichte. Auch Lena hatte er einmal herausgewunken und sich ein paar Freiheiten erlaubt, bis sie kapierte, was er da trieb, und ihm das Knie zwischen die Beine jagte. Pfeiffer hatte sie ohne Anzeige ins Gefängnis gesteckt und ihr auch den ihr zustehenden Anruf verweigert. Sechs Stunden hatte sie in der Zelle gesessen, bis Hank schließlich aufs Revier kam, um sie als vermisst zu melden.

Sein Gesicht. Gott, sie konnte Hanks Gesicht noch immer sehen. Da war dieser Sekundenbruchteil, als er sie aus dem Gefängnis kommen sah – seine Augen füllten sich mit Tränen, sein Mund öffnete sich, und ein Geräusch wie ein Jaulen drang heraus, als er sah, dass sie in Ordnung war. Doch ebenso schnell schloss sich sein Mund wieder zu einer wütenden Miene, und er schlug sie auf den Hinterkopf und fragte sie, was zum Teufel sie glaube, wer sie sei und was sie sich dabei gedacht habe, der Polizei gegenüber frech zu werden. Ihre Geschichte hatte er gar nicht hören wollen. Pfeiffer war einer seiner AA-Kumpel, und Hank dankte dem Mann, weil er sie nicht offiziell angezeigt hatte.

Dennoch, sein Gesicht …

Lena hatte diese Verwandlung oft gesehen, das wurde ihr

jetzt bewusst, indem sie über Hank in beinahe schizophrenen Begriffen und Bildern nachdachte. In einer Sekunde der liebevolle Beschützer, der alles für sie tun würde, und in der nächsten der zornige Zuchtmeister, der drohte, ihr das Leben aus dem Leib zu prügeln.

Und jetzt noch der Drogensüchtige – wieder diese alte Rolle, das Warten auf den allerletzten Vorhang.

Sie stützte die Ellbogen auf den Tisch und legte den Kopf in die Hände. Der Schuppen war wie ein Backofen, der Schweiß lief ihr den Rücken hinunter und in den Bund ihrer Jeans. Dennoch blieb sie sitzen, die Hitze umfasste sie, und der Bach war ein stetiges Murmeln, während sie über Hank nachdachte und darüber, in welchem Zustand sie ihn vorgefunden hatte, über die harten Worte, die sie ihm an den Kopf geworfen hatte, als er sagte, sie solle verschwinden.

Es musste eine Erklärung für seinen Absturz geben. War die Schließung der Bar Auslöser für diesen Teufelskreis? Hatte sie ihn in sein altes Leben zurückgetrieben? Lena schaute sich in dem vollgestopften Büro um und versuchte, sich in Hank hineinzuversetzen. Er liebte diesen Laden nicht. Er hatte The Hut immer nur als Mittel zum Geldverdienen gesehen, als nichts anderes. Er fand ein fast perverses Vergnügen daran, als trockener Alkoholiker die Kraft zu finden, den ganzen Tag Alkohol zu verkaufen, ohne selbst zu trinken. War das all diese Jahre seine Stütze gewesen?

Sie stieß sich vom Schreibtisch ab, und dabei rutschte ihr Schuh auf einem Blatt Papier aus. Lena bückte sich, um es aufzuheben, doch ihre Hand erstarrte, als sie das hellblaue Notizblatt auf dem Betonboden sah. Die Handschrift war regelmäßig und perfekt geschwungen, so wie man es damals, als diese Dinge noch wichtig waren, in der Schule beigebracht bekam. Die Wörter waren selbst aus dieser Entfernung leicht zu lesen, dennoch hob sie das Blatt auf und lehnte sich im

Sessel zurück, um es genau studieren zu können. Sie musste die Zeilen mehrmals lesen, bevor sie einen Sinn ergaben.

Lena durchwühlte den Schreibtisch auf der Suche nach dem Rest des Briefes. Sie schob die Schuhkartons beiseite und fand darunter drei weitere Seiten und schließlich noch ein paar andere, die hinter den Schreibtisch gefallen waren. Als sie die Blätter zusammenfügte, merkte sie, dass es sich nicht um einen, sondern um drei Briefe handelte, die alle aus dem letzten Monat stammten. Sie las sie alle und kam sich dabei vor, als würde sie in einem fremden Tagebuch lesen. Der Inhalt war zum Teil banal, es ging um Einkaufslisten und um das Abholen der Kinder von der Schule. Anderes war sehr persönlich, Dinge, die man nur einem sehr engen Freund anvertraute.

Als Lena fertig gelesen hatte, legte sie die Hand mit gespreizten Fingern auf den Stapel Briefe, als könnte sie so ihre wahre Bedeutung entschlüsseln.

Wie hatte sie nur so blind sein können?

Dienstagnachmittag

8 Al Pfeiffer lebte so weit vom Elawah County entfernt, wie es nur ging, ohne den Staat Georgia zu verlassen. Dug Rut war eine Grenzstadt am Rand des Okefenokee Swamp, was bedeutete, dass die Fahrt Jeffrey und Sara durch weitgehend unberührtes Sumpfland führen würde, das vor allem wegen seiner Alligatoren und Moskitos bekannt war, die beide einen Menschen töten konnten. In der Highschool hatten Jeffrey und zwei seiner Freunde geplant, in den Sommerferien für ein paar Wochen den Sumpf mit dem Boot zu erkunden, aber zur selben Zeit lief »Beim Sterben ist jeder der Erste« in den Kinos an, und obwohl der Film in den Bergen von North Georgia gedreht worden war, schaffte er es doch, so ziemlich jedem einen Kanutrip zu verleiden.

Jeffrey hatte von seiner damaligen Lektüre noch einiges über dieses Feuchtgebiet behalten. Er wusste, dass in dem Sumpf die Mündungsgebiete der Flüsse Suwannee und Saint Mary lagen, die schließlich in den Golf von Mexiko beziehungsweise den Atlantik strömten. Hunderte von gefährdeten Vögeln und Säugetieren bevölkerten das Naturschutzgebiet, und die Vegetation war eher so, wie man sie in einem Science-Fiction-Film erwarten würde. Der Landstrich war so isoliert wie abgelegen, und ganze Familien lebten und starben dort, ohne je etwas von der Welt gesehen zu haben. Noch Anfang des zwanzigsten Jahrhunderts hatte es in den Sümpfen Menschen gegeben, die nicht wussten, dass der Bürgerkrieg vorüber war. Als sie es dann erfuhren, änderte sich in ihrem Leben nichts.

Die Fahrt dorthin verlief ziemlich still. Sara hatte nicht viel gesagt, als Jeffrey schließlich ins Hotel zurückgekehrt war. Merkwürdigerweise hatte sie das Bad geputzt, was sie zu Hause nur selten tat, außer wenn sie sauer auf Jeffrey war oder wusste, dass ihre Mutter sie besuchte. Jeffrey hatte derart irritiert die Wanne angestarrt, während er pinkelte, dass er sich sehr anstrengen musste, um den Strahl nicht umzulenken und Saras Arbeit zu besudeln. Wenn er eine Frau hätte haben wollen, der es Spaß machte, eine Toilette zu putzen, dann hätte er seine Freundin aus der Highschool in Alabama geheiratet.

Sara hatte höflich zugehört, als Jeffrey erzählte, was er von Nick über die Bruderschaft erfahren hatte, vom Meth-Geschäft entlang der ganzen Ostküste und von der Möglichkeit, dass Elawah eine Haltestelle auf dem Lieferweg des Kartells sein könnte. Sie hatte genickt, aber nichts dazu gesagt. Sie hatte ihn auch nicht gefragt, was er von Al Pfeiffer zu erfahren hoffte oder wie das Ganze mit Lena zusammenhing. Jeffrey hätte selbst auch nicht genau gewusst, wie er diese Fragen hätte beantworten sollen. Mit Sara drüber zu reden, hätte ihm aber vielleicht geholfen, das alles besser zu verstehen.

Nach zwei Stunden Fahrt war Jeffrey nicht mehr sicher, ob er noch in Georgia war. Kudzu-Ranken und Murray-Kiefern wichen Sand und Palmen. Als er sein Fenster herunterkurbelte, stieg ihm das Salzaroma der Küste zusammen mit einem stechenden Scheißegestank in die Nase, der ihm sagte, dass sie sich in der Nähe einer Papierfabrik befanden. Eine Stunde später fuhr er auf einer Nebenstraße auf den kleinen Zipfel Georgias zu, der entlang des Saint Mary wie ein Finger nach Florida hineinragte. Inzwischen konnte er die Straße kaum mehr sehen. Die Windschutzscheibe war verklebt mit allen möglichen Arten von Insekten, die gegen das Glas geprallt waren, einige so große wie eine Faust.

Jeffrey wollte schon anhalten und auf die Karte schauen, die Nick ihm gegeben hatte, als er die üblichen Werbetafeln sah, die darauf hindeuteten, dass sie sich knapp vor der Grenze zwischen zwei Südstaaten befanden: Heiße, gekochte Erdnüsse, frische Farmerzeugnisse, Feuerwerkskörper, Porno-Bars. Weil Sara auf die Toilette musste, hielt er an der ersten Raststätte auf der Florida-Seite. Jeffrey stieg aus, um sich zu orientieren, setzte sich aber sehr schnell wieder hinter das Steuer, weil es in der vollen Sonnenhitze im Freien fast unerträglich war. Er erinnerte sich an seine Kindheit, als November bedeutete, dass man eine Jacke tragen musste und auf Schnee hoffte, weil man dann nicht zur Schule fahren konnte.

Jeffrey stellte den Motor an, drehte die Klimaanlage auf volle Leistung und ließ sich die kalte, künstliche Brise übers Gesicht wehen. Er breitete noch einmal die Karte auf dem Schoß aus und kniff die Augen zusammen, um Nicks handschriftliche Ergänzungen zu entziffern, mit denen er Straßen und Orientierungspunkte markiert hatte, die der Kartograf übersehen oder für unwichtig erachtet hatte. Allerdings war Nick noch nie bei Al Pfeiffer gewesen, und die Karte zeigte nur die detaillierte Route nach Dug Rut, nicht zu Pfeiffers Haus. Jeffrey hatte nichts anderes als die Adresse: 8 West Road Six. Das war ein guter Anfang, aber Jeffrey brauchte noch eine genauere Wegbeschreibung.

Sara stieg wieder ins Auto. Sie gab ihm eine Flasche Wasser.

»Danke.«

»Bitte.«

Er schaute sie an und wusste nicht so recht, was er sagen sollte.

Sie deutete auf die Karte. »Du weißt, wohin du musst?«

»Ich muss bei einer Tankstelle im Ort anhalten und nach dem Weg zu der Adresse fragen.«

»Okay.« Sie zog sich den Sicherheitsgurt über die Brust und befestigte ihn in der Schnalle.

Jeffrey wartete, aber sie sagte nichts mehr. Er gab ihr die Karte und stieß rückwärts aus der Parklücke.

Jeffrey fuhr wieder auf den Highway und folgte den Schildern nach Dug Rut. Nach weniger als einer Meile auf der Zufahrtsstraße begriff er, woher der Ort seinen Namen hatte, er bedeutete nämlich so etwas wie »ausgehobener Graben«. Das Land war offensichtlich Teil eines Kanalsystems, das Anfang des zwanzigsten Jahrhunderts konstruiert worden war, weil man den Sumpf trockenlegen wollte. Im Central Park von New York war man genauso vorgegangen, aber der Okefenokee hatte sich als zu widerspenstig erwiesen. Die Handvoll Sümpfe, die es in Amerika noch gab, gehörten wahrscheinlich zu den letzten noch verbliebenen Orten auf dem ganzen Kontinent, wo man völlig autark nur vom Land selbst leben konnte, ob es nun um Nahrung, Behausung oder Medizin ging oder um eins der saubersten Trinkwasser auf dieser Erde. Jeffrey fragte sich, wie lange es noch dauern würde, bis das alles völlig zerstört war.

Das Zentrum von Dug Rut war trostlos und menschenleer. Es gab eine Bar und eine Postfiliale und sonst nichts. Die Geschäfte der winzigen Ladenzeile entlang der Main Road waren alle geschlossen. Die Besitzer hatten sich nicht einmal die Mühe gemacht, Zu-vermieten-Schilder in die Fenster zu hängen. Der Ort hatte etwas Trauriges, und als Jeffrey ein Stoppschild überfuhr, fragte er sich, ob er überhaupt eine Tankstelle finden würde.

Er wendete mitten auf der Straße und fuhr zur Post zurück. Sara machte keine Anstalten auszusteigen, als er vor dem Gebäude hielt, deshalb stieß er sie an und sagte: »Du glaubst doch nicht, dass ich da reingehe und nach dem Weg frage, oder? Die halten mich ja für ein Weichei.«

Sie lächelte dünn und stieg aus.

Jeffrey sah ihr nach, wie sie auf das Gebäude zuging. Ihre Jeans saß zu schlabberig am Hintern. Es war unübersehbar, dass sie noch mehr Gewicht verloren hatte. Das gefiel ihm ganz und gar nicht. Sara war schon immer schlank gewesen, aber jetzt war sie zu dünn. Wenn er mit ihr schlief, konnte er ihre Rippen an seiner Brust spüren. Ihre Hüften verschwanden, der Schwung ihrer Taille wurde immer flacher. Von hinten konnte man sie fast für einen Jungen halten.

Jeffrey atmete tief ein und stieß die Luft dann langsam wieder aus. Vor acht Jahren war Sara früher als sonst von der Arbeit nach Hause gekommen und hatte Jeffrey im Bett mit einer anderen Frau ertappt. Nicht nur im Bett, sondern auch in Aktion. Der Ausdruck auf Saras Gesicht – das Betrogen- und Verletztsein, die Wut – war der größte Weckruf seines Lebens gewesen, und Jeffrey hatte jede Taktik angewandt und ausprobiert, die er kannte, um sie zurückzugewinnen. Aber sie hatte die Scheidung gewollt. Sie nur dazu zu bringen, wieder mit ihm zu reden, war die größte Hürde gewesen. Als sie dann wieder mit ihm reden konnte, ohne ihren Kiefer zu verkrampfen, hatte er daran gearbeitet, sie ins Bett zu bekommen. Es war bei weitem nicht so einfach gewesen wie beim ersten Mal, aber Jeffrey hatte festgestellt, dass das Aufwachen mit Sara an seiner Seite nach dieser Zeit noch viel lohnender war. Vor sechs Monaten hatte er sie praktisch angefleht, ihn noch einmal zu heiraten. Er hatte sie tatsächlich angefleht, war sogar vor ihr auf die Knie gesunken. Sara hatte sich Zeit gelassen, aber schließlich hatte sie ja gesagt.

Und jetzt war es fast so, als würde sie vor seinen Augen verschwinden.

Sara kam aus der Postfiliale, und Jeffrey ertappte sich dabei, wie er wieder in die Karte starrte, anstatt sie anzuschauen.

»Sie waren sehr nett«, sagte sie beim Einsteigen. Sie hatte

ein Postformular in der Hand, auf dem sie die Wegbeschreibung notiert hatte. »Sie haben gesagt, es ist drei Meilen westlich von hier.«

»Warum fahren wir nicht einfach nach Florida?«

Jeffrey hörte seine Worte in der Luft hängen, wusste, dass sie aus seinem Mund gekommen waren, aber er hatte keine Ahnung, woher die Frage gekommen war.

Sara schüttelte lächelnd den Kopf. Trotzdem schlug sie vor: »Am Strand Margaritas trinken?«

Er spürte, wie er zurücklächelte. »Dich am ganzen Körper mit Sonnenöl einreiben.«

»Und dann mit Aloe, wenn die Sonne die oberste Hautschicht weggebrannt hat.« Noch immer lächelnd drehte Sara sich ihm zu. »Auf der Main Street musst du links abbiegen.«

»Ich meine das ernst mit Florida.«

»Und ich meine das ernst mit dem Linksabbiegen.«

Er streckte die Hand aus und strich ihr mit dem Finger über die Lippen. »Du bist wunderschön. Weißt du das?«

Sie küsste seine Finger und legte seine Hand dann wieder ans Lenkrad. »Links«, wiederholte sie. »Dann rechts in eine Straße namens Kate's Way.«

Jeffrey fuhr wieder auf die Hauptstraße. Er bremste, als sie auf einen Kiesweg stießen, und versuchte, ein handgemaltes Schild zu entziffern. Das machte er bei drei Querstraßen, bis er Kate's Way fand, einen holprigen, einspurigen Weg, der aussah, als würde er selten benutzt. Die Umgebung änderte sich dramatisch, während sie weiterfuhren. Dieser Teil von Georgia war flaches Marschland, riesige Zypressen mit unten sich mächtig verdickenden Stämmen wuchsen direkt aus teefarbenem Wasser. Spanisches Moos hing von den Ästen wie Spitze, und es gab eine beständige Geräuschkulisse aus Zikaden, Vögeln, Fröschen und einem gelegentlichen Alligatorenbellen, die auch bei geschlossenen Fenstern zu hören war.

Die Kurven in der Straße deuteten darauf hin, dass sie einem Bachlauf folgten, der es nicht in Nicks Karte geschafft hatte. Jeffrey bremste bis fast auf Schrittgeschwindigkeit ab, er wollte vorbereitet sein, falls ihm ein Auto entgegenkam. Er stellte sich vor, dass es ein Transporter war, und dass in diesem Transporter ein Einheimischer sitzen würde, dem es nicht passte, dass jemand auf seiner Straße fuhr, ob das nun ein öffentlicher Zuweg war oder nicht.

Ein solcher Transporter kam ihm nicht entgegen, und als Sara ihm sagte, er müsse bei der nächsten Kreuzung auf einen weiteren verlassen aussehenden Kiesweg einbiegen, witzelte Jeffrey, ob man nicht vielleicht Brotkrumen ausstreuen sollte.

Nach zwei Meilen kamen sie zu einem großen, verrosteten Briefkasten an einer vernachlässigten Fahrspur, und Jeffrey hielt an, um die Nummer zu kontrollieren. Das Schild war so verwittert, dass sie beide nichts lesen konnten, aber Saras Notizen bestätigten, dass sie am richtigen Ort waren.

Jeffrey bog in die Zufahrt ein und bremste, um einen Hasen vorbeizulassen. Dann fuhr er ein paar Meter und bremste erneut für ein paar Hühner. Die Vögel ließen sich viel Zeit, die Straße zu überqueren. Danach beschleunigte Jeffrey ein wenig zu heftig und wirbelte dabei eine Menge Staub auf. Er hatte nicht vorgehabt, so viel Aufmerksamkeit zu erregen, aber vielleicht war es vernünftig, sein Kommen einem Mann anzukündigen, der aus dem eigenen Haus gebombt worden war.

»Mann«, sagte Sara überrascht, als sie das Haus sah.

Jeffrey ging es ähnlich. Pfeiffers Anwesen war ein bisschen prächtiger, als er es sich vorgestellt hätte, wenn er einen Augenblick darüber nachgedacht hätte. Das Haus stand auf einer Anhöhe, der Rasen darum herum war üppig grün, ein steinerner Pfad führte zum Bach hinunter. Mit seinen zwei großen, weißen Säulen, die einen Balkon im ersten Stock stützten, sah es aus wie ein Plantagenhaupthaus im Kleinformat. Große, vom Boden bis zur Decke reichende Fenster ließen die Nachmittagssonne ins Haus, und wenn man sie an weniger heißen Tagen öffnete, verschaffte der Luftzug den Bewohnern sicher eine angenehme Kühlung. Eine rundumlaufende Veranda im Erdgeschoss vervollständigte das gepflegte Bild.

Jeffrey stellte das Auto auf dem Parkplatz vor dem Landhaus ab.

»Keine schlechte Hütte«, bemerkte Sara.

»Warum bleibst du nicht im Auto?«, schlug Jeffrey vor. »Ich gehe mal nachschauen, ob wir wirklich an der richtigen Adresse sind.«

Sie öffnete den Mund, um etwas zu sagen, überlegte es sich dann aber anders und nickte nur.

Als Jeffrey ausstieg, hörte er das Geräusch der Klimaanlage an der Seitenwand. Das unaufhörliche Sirren übertönte die Zikaden und Vögel, das Rauschen des brodelnden Bachs schaffte es jedoch, mit dem Gebläse mitzuhalten. Er schaute sich nach Stromleitungen um und nahm dann an, dass sie unterirdisch verlegt waren. Das hatte Pfeiffer sicher eine Stange Geld gekostet. Erdleitungen waren dreimal so teuer wie Leitungen, die über Masten gespannt wurden. Jeffrey vermutete, dass der Mann sich dabei auch eine Telefonleitung hatte legen lassen, und fragte sich, wie er es geschafft hatte, eine Nummer zu bekommen, die Nick Shelton nicht herausfinden konnte. Vielleicht war der Anschluss auf den Namen seiner Frau eingetragen oder auf den eines anderen Familienmitglieds. Offensichtlich hatte Al sich einige Mühe gegeben zu verhindern, dass jemand mit ihm Kontakt aufnahm.

Jeffrey steckte eine Hand in die Hosentasche, um mit dieser lässigen Geste seine Beklommenheit zu verbergen. Er spürte den Autoschlüssel an den Fingern und merkte, dass er Sara ohne Klimaanlage und ohne die Möglichkeit, die Fenster herunterzulassen, im Auto sitzen gelassen hatte. Er schaute sich zum BMW um. Sara winkte, und er nickte als Antwort.

Er ging weiter den Pfad hoch. Je näher er dem Haus kam, desto deutlicher konnte er sehen, dass alles etwas zu neu wirkte, das makellose Weiß der Vinyl-Seitenverkleidung, die zu saubere Verandatreppe – man merkte einfach, dass man es eben doch nicht mit einem alten Plantagenhaus zu tun hatte. Während er die Stufen hochstieg, stellte Jeffrey sich vor, dass das Haus wahrscheinlich von einer örtlichen Baufirma errichtet worden war, deren Spezialität Taras im Kleinformat waren. So weit weg von jeglicher Infrastruktur konnte das Ganze allerdings nicht billig gewesen sein.

Mit seiner Sheriffspension, der Invalidenrente aufgrund seiner Verletzungen und dem, was er irgendwie auf die Seite geschafft hatte, konnte Al Pfeiffer sich offensichtlich ein ziemlich komfortables Leben leisten. Es war zwar mit Sicherheit nicht der Ort, den Jeffrey sich für seinen Ruhestand ausgesucht hätte, aber die Abgeschiedenheit hatte auch ihre Vorteile, vor allem, wenn man jemand war, der die Haustür mit einer Schrotflinte in der Hand öffnete.

»Was wollen Sie?«

Jeffrey hatte eben die Hand gehoben, um an die Tür zu klopfen, als sie aufgerissen wurde. Die Flinte starrte ihm direkt ins Gesicht, war nur etwa fünf Zentimeter von seiner Nase entfernt. Jeffrey wurde sich bewusst, dass er, als er die Hand zum Klopfen gehoben hatte, das schnelle Tscha-Tschunk der Repetierpumpe gehört hatte, mit dem eine Patrone in die Kammer geladen wurde. Er hatte das Geräusch mit nur wenigen Sekundenbruchteilen Verzögerung registriert, aber die hätten über Leben oder Tod entscheiden können, wenn der Mann hinter der Waffe nicht so vorsichtig gewesen wäre. Vielleicht hatte er aber auch nur Angst. Sein Blick zuckte immer wieder über Jeffreys Schulter, wohl um zu kontrollieren, ob er allein war.

Jeffrey hatte noch immer die Hand in der Tasche. Er ertaste den Schlüssel, drückte auf den Funkknopf und hoffte, dass der BMW noch in Reichweite des Signals stand.

»Ich zähle bis drei, bevor ich dir den Schädel wegschieße, und erst danach stelle ich Fragen.«

»Sind Sie Al Pfeiffer?«

»Wer zum Teufel sollte ich denn sonst sein?«

»Ich habe meine ...« Jeffrey zog die Hand aus der Hosentasche, damit er nach seiner Marke greifen konnte. Er hielt inne, als der Mann einen Schritt auf ihn zumachte und ihm den Lauf der Remington unters rechte Auge drückte.

Speichel spritzte Pfeiffer aus dem Mund, als er bellte: »Meinst du, ich bin blöd, Junge?«

Langsam hob Jeffrey beide Hände. Er wollte sich über die Schulter schauen. Wo war Sara? War sie in Sicherheit? Sein Herz klopfte so heftig, dass er seine eigene Stimme kaum hörte, als er sagte: »Ich bin Polizist.«

Die Waffe zitterte nicht, aber die Angst in den Augen des Mannes war unmissverständlich. »Ich weiß, was du bist.«

»Meine Frau ist im Auto. Ich will nicht, dass ihr etwas passiert.«

Er schaute über Jeffreys Schulter. »Ist mir scheißegal, wer in dem Auto sitzt. Wenn sie aussteigt, ist das das Letzte, was du je hörst.«

Jeffrey schaute über den Flintenlauf hinweg in Al Pfeiffers Gesicht, sah, wie sehr er sich anstrengen musste, damit seine Hände nicht zitterten. Außerdem sah er die Brandverletzungen, die Folgen des Anschlags. Fleckige Haut hing schlaff an einer Gesichtshälfte, das linke Auge war von Narbenwülsten fast geschlossen. Er trug ein kurzärmeliges, aber sehr weißes und penibel gestärktes Hemd, und die grotesken Vernarbungen auf seinem Arm zeigten, wo das Fleisch von den Knochen gebrannt war. Er hatte Tränen in den Augen, aber Jeffrey wusste nicht, ob vor Schmerz oder Angst. So aus der Nähe betrachtet wirkte es wie eine Kombination aus beidem.

Jeffrey wich einen Schritt zurück, weg von dem Lauf, der ihm ins Gesicht drückte. »Ich bin der Polizeichef des Grant County.«

Pfeiffer richtete die Waffe nun unverwandt auf Jeffreys Brust. »Von mir aus kannst du auch der Präsident der Vereinigten Staaten sein. Runter von meinem Land.«

»Warum haben Sie Angst vor einem anderen Polizisten?«

»Du wärst nicht hier, wenn du die Antwort darauf nicht bereits wüsstest.«

»Ich will doch nur mit Ihnen reden.«

»Sehe ich aus, als wollte ich mit dir reden?«

»Ich muss wissen …«

»Siehst du diese Waffe, die auf dich gerichtet ist?« Der Mann machte einen Schritt nach vorn, der Flintenlauf drückte jetzt schmerzhaft in Jeffreys Brust. Pfeiffer war gut fünfzehn Zentimeter kleiner und zwanzig Jahre älter, aber seine Stimme klang fest, als er sagte: »Hörst du mir zu, Junge?« Er hielt inne, aber nicht, weil er auf eine Antwort wartete. »Ich sag's dir jetzt ein für alle Mal, dass ich keinem Menschen irgendwas zu sagen habe. Verstanden? Nichts.«

»Ich wollte nur …«

»Du gehst zurück und sagst ihnen das, verstanden? Sag ihnen, dass Al Pfeiffer gesagt hast, du sollst dich wieder in dieses Höllenloch schleichen, aus dem du gekrochen bist.«

»Wenn Sie nur …«

»Runter von meinem Grundstück!«, schrie der alte Mann. »Steig wieder in deine Protzkiste, und wenn du je zurückkommst, hack ich dich klein und werf dich den Alligatoren zum Fraß vor. Kapiert?«

Jeffrey war so schlau, sich auf keine Diskussion einzulassen, vor allem, weil er überzeugt war, dass Pfeiffer mehr als bereit war, seine Drohung in die Tat umzusetzen. »Verstanden.«

»Und jetzt los«, sagte Pfeiffer und stieß Jeffrey mit dem Flintenlauf weg.

Jeffrey wich zurück, er wollte dem Mann erst den Rücken zukehren, wenn es unbedingt sein musste. Wut war etwas, womit er umgehen konnte, aber Angst machte die Leute unberechenbar. Jeffrey wollte nicht in Reichweite dieser Schrotflinte sein, wenn Al Pfeiffer plötzlich meinte, es sei verkehrt, Jeffrey ungeschoren davonkommen zu lassen.

Was der Mann sich genau in dem Augenblick, als Jeffrey sich umdrehte, auch überlegte.

Den ersten Schuss feuerte er offensichtlich in die Luft, aber er war so laut, dass Jeffrey die Schultern hochzog. Er hörte Sara schreien, dann zerriss der zweite Schuss die Luft. Dieser war eine direktere Warnung, denn nur fünfzehn Zentimeter von Jeffrey entfernt spritzte Kies auf. Er sprintete, um aus der Schusslinie zu kommen, rutschte dabei auf den losen Steinchen aus und fiel hart auf die Handflächen.

»Scheiße«, murmelte er und zwang sich dazu, wieder aufzustehen. So würde es nicht ablaufen, er würde auf keinen Fall Staub schlucken, während irgendein Verrückter ihn als Zielscheibe benutzte. Jeffrey hob die Hände und schrie: »Sie müssen mir schon in den Rücken schießen, wenn Sie so einer sind.«

Wieder kam das Pumpgeräusch, mit dem die nächste Patrone in die Kammer gedrückt wurde.

»Nein!«, schrie Sara und hämmerte mit den Fäusten gegen das Fenster. »Jeffrey!«

Mit erhobenen Händen ging er zum Auto und präsentierte seinen Rücken als deutliches Ziel. Er starrte Sara an. Ihre Fäuste erstarrten nur Zentimeter vom Fenster entfernt. In der

Mittelkonsole befand sich ein Reserveschlüssel für den Parkservice, fiel ihm ein. Das musste sie wissen. Er hatte ihr gesagt, wo sie ihn hintun sollte, und sie hatte darüber gewitzelt, dass sie bis nach Atlanta fahren müsste, um überhaupt einen Parkservice zu finden, der Verwendung für diesen Schlüssel hatte.

Saras Mund bewegte sich. Er las ihr die Wörter von den Lippen ab. »Schnell, schnell, schnell ...«

Eine Ewigkeit schien zu vergehen, bis Jeffrey die sieben Meter bis zum Auto zurückgelegt hatte. Sein Rücken fühlte sich weißglühend an, eher von der Zielscheibe, die darauf gemalt war, als von der sengenden Sonne.

War die Zeit stillgestanden, während er zum Auto ging, so fing die Uhr wieder an zu ticken, kaum dass er hinterm Steuer saß. Er hantierte mit dem Schlüssel, aber Sara nahm ihn ihm aus der Hand und drehte ihn im Zündschloss.

»Fahr los«, flehte sie. »Schnell.«

Er legte den Rückwärtsgang ein und stieg aufs Gas. Ein kurzer Blick zeigte ihm, dass Al Pfeiffer noch immer die Stellung hielt, breitbeinig und mit geradem Rücken stand er da und hielt die Flinte erhoben. Mit einem blasierten Grinsen auf dem Gesicht verfolgte er ihren Rückzug. Jeffrey ging ein wenig vom Gas, als er rückwärts aus der Einfahrt fuhr, um dem Mann zu verstehen zu geben, dass er sich seine Großspurigkeit schenken könne.

Jeffrey fuhr den Weg zurück, den sie gekommen waren. Als er wieder auf die Main Road einbog, setzte das Auto kurz auf. Er warf Sara einen flüchtigen Blick zu. Sie umklammerte den Türgriff so fest, dass ihre Knöchel weiß wurden.

An der Postfiliale sagte sie: »Halt an.«

Jeffrey bremste, weil er befürchtete, dass sie sich übergeben musste.

»Halt an«, wiederholte sie und öffnete die Tür.

Er trat die Bremse durch. Sara wartete nicht, bis das Auto stand, sondern sprang sofort hinaus.

Jeffrey rutschte über den Sitz und stieg ebenfalls aus. »Ist dir …«

Sie drehte sich zu ihm um und schlug ihm mitten ins Gesicht. Ganze zehn Sekunden lang war Jeffrey zu verblüfft, um zu reagieren. Sie hatte ihn noch nie geschlagen, hatte noch nicht einmal die Hand gegen ihn erhoben.

Er rieb sich das Gesicht und tastete mit der Zunge das Wangeninnere ab. »Willst du mir vielleicht verraten, was das soll?«

Mit den Händen vor dem Mund ging Sara vor ihm auf und ab. Sie wusste, dass sie nicht sprechen konnte, wenn sie so wütend war. Die Wörter blieben ihr im Hals stecken, und ihre Stimme wurde so leise, dass sie kaum einen Ton herausbrachte.

»Sara …«

»Du Arschloch«, flüsterte sie. »Du blödes, arrogantes Arschloch.«

Jeffrey lächelte, weil er wusste, dass sie das noch mehr ärgerte. Er hatte keine Ahnung, warum sie so wütend war, aber er wusste, sollte sie ihn noch einmal schlagen, dann würden sie ein großes Problem bekommen.

Er schaute kurz zur Straße, als ein grüner Pick-up vorbeifuhr, der bremste, um sich die Show nicht entgehen zu lassen. Seit sie Dug Rut erreicht hatten, hatten sie noch kein anderes Auto gesehen. Sie waren vermutlich die größte Sensation, die in dem Kaff passierte, seit man am Ende der Main Road das Stopp-Schild aufgestellt hatte.

Sara wartete, bis der Pick-up weitergefahren war, bevor sie fragte: »Warum bist du vom Gas gegangen?«

»Wann bin ich …« Er hielt inne. In der Zufahrt. Er hatte gebremst, als er diesen blasierten Ausdruck auf Al Pfeiffers Gesicht gesehen hatte.

»Du konntest diese Niederlage nicht auf dir sitzen lassen, was? Du musstest einfach bremsen und ihn provozieren.« Sie schüttelte den Kopf, und Tränen traten ihr in die Augen. »Du bist genauso schlimm wie Lena. Ihr spielt diese Spielchen mit den Leuten, diese beschissenen Provokationsspielchen, als würde es nicht um Leben und Tod gehen.« Sie klopfte sich auf die Brust. »Mein Leben, Jeffrey. Dein Tod.«

Jeffrey versuchte, es mit einem Achselzucken abzutun. »Er hat danebengezielt. Seine Schüsse waren nur eine Warnung.«

»Ach, du kannst dir gar nicht vorstellen, wie tröstend ich das finde.«

»Man darf diesen Leuten nicht zeigen, dass man Angst hast.«

»Du kannst diesen Leuten nicht zeigen, dass du Angst hast«, korrigierte sie ihn. »Er hatte eine Waffe, Jeffrey. Eine Schrotflinte.«

»Wir waren außer Reichweite.«

»Außer Reichweite?«, wiederholte sie ungläubig. Sie hob den Zeigefinger, damit er nicht sagte, was ihm auf der Zunge lag. »Du hast mich im Auto eingeschlossen. Er hat dir die Waffe ins Gesicht gedrückt, und ich war im Auto eingeschlossen.«

»Ich wollte dich doch nur beschützen.«

»Und wer hat dich beschützt?«, fragte sie barsch. »Ich bin kein Kind mehr, Jeffrey. Ich bin kein verängstigtes, kleines Mädchen, das man an der Hand über die Straße führen muss.«

»Und was bin ich?«

Sie antwortete nicht. Ihre Aufmerksamkeit war von Jeffrey zu etwas hinter seiner Schulter gewandert. Der grüne Pick-up war wieder da, und wieder bremste er, damit ihm nichts entging. Die Fenster waren getönt, aber als Jeffrey sich umdrehte, konnte er, während der Wagen vorbeirollte, zwei Gestalten erkennen. Jeffrey kam der Gedanke, dass der Fahrer sich vielleicht nicht nur für die Show interessierte. Möglicherweise wollte er beenden, was Al Pfeiffer begonnen hatte.

Er befahl Sara: »Steig ins Auto.«

Sara widersprach nicht. Sie ging mit schnellen Schritten zum BMW, und Jeffrey folgte ihr. Er setzte sich hinter das Steuer, startete den Motor und fuhr, ohne auf etwaigen Verkehr zu achten, auf die Straße stadtauswärts. Bei einem Blick in den Rückspiegel sah er, dass der Pick-up schon wieder wendete.

Zu Sara gewandt sagte er: »Sie haben umgedreht.«

Sie zog den Sicherheitsgurt über die Brust und schnallte sich an.

Der BMW machte einen leichten Satz nach vorn, als er das Gaspedal durchdrückte. Der Transporter beschleunigte ebenfalls. Schweiß lief Jeffrey den Rücken hinab, während er über die kurvenreiche Straße jagte. Es dauerte zwei Minuten, bis der Pick-up in einen Feldweg einbog. Entweder hatte der Mann das Interesse verloren, oder er hatte akzeptiert, dass er es mit dem BMW nicht aufnehmen konnte.

Vielleicht waren Jeffrey und Sara aber beide einfach nur paranoid.

»Sie folgen uns nicht mehr«, stellte er laut fest, obwohl sie es in dem Spiegel auf der Sonnenblende ebenfalls gesehen hatte.

Sie presste die Lippen zusammen und starrte zum Fenster hinaus.

Er fragte: »Alles in Ordnung mit dir?«

»Warum sind wir eigentlich hier?«

»Was?«

»Warum sind wir hier?« Sie sprach jetzt wieder mit normalem Tonfall, aber er merkte, dass sie noch immer außer Fassung war. »Warum mussten wir hierherfahren?«

»Ich hab's dir doch gesagt. Ich wollte mit Al Pfeiffer reden.«

»Um was zu erreichen?«

»Um herauszufinden, warum er die Stadt verlassen hat.«

»Er hat die Stadt verlassen, weil jemand ihn und seine ganze Familie umbringen wollte.«

Plötzlich merkte Jeffrey, dass er sich nach Schweigen sehnte. »Das ist mein Job, Sara. Ich rede mit Leuten, die nicht mit mir reden wollen.«

»Soweit ich mich erinnern kann, hat noch keiner von denen je auf dich geschossen.«

Er ließ zu, dass sie sein Schweigen als Eingeständnis nahm.

Sie fragte: »Was hat das alles mit Lena zu tun?«

»Ich weiß es nicht.«

»Wie hilft dir das herauszufinden, wer in dem Escalade war und warum die Person getötet wurde?«

»Auch das weiß ich nicht.«

»Na ja«, sagte sie und öffnete das Fenster ein paar Zentimeter, um frische Luft ins Auto zu lassen. »Du scheinst eine ganze Menge nicht zu wissen.«

Nun kam das Schweigen. Jeffrey war froh darum, er starrte nur geradeaus auf den leeren Highway und zählte die Meilenschilder am Straßenrand. Das Schlucken fiel ihm schwer, als er an den hochspritzenden Kies dachte, an den Schuss, der ihm immer noch in den Ohren klang. Warum hatte er gebremst? Was für ein Urinstinkt hatte ihn dazu gebracht, den Fuß vom Gas zu nehmen und den Mann herauszufordern, der ihn beinahe weggepustet hätte?

Pfeiffer hatte eine Remington Wingmaster, die Art von Schrotflinte, wie sie von den meisten Polizisten benutzt wurde. Jeffrey hatte Sara angelogen, es stimmte nicht, dass sie außer Reichweite gewesen waren, als er den Fuß vom Gas genommen hatte. Wenn Pfeiffer ein guter Schütze war, und seine fast fünfzig Dienstjahre ließen diese Vermutung zu, dann hätte er Sara oder Jeffrey mit einem kurzen Fingerdruck töten können.

Er musste Sara von hier wegbringen. Sie hatte recht, er war wie Lena, aber sie waren sich so ähnlich, weil sie beide Polizisten waren. Es gab auf dieser Welt gewisse Menschen, denen man seine schwachen Seiten nicht zeigen durfte. Was Jeffrey betraf, so war Sara seine schwache Seite. Ihre Sicherheit war sein erster Gedanke gewesen, als er die Flinte gesehen hatte. Er hatte die Türen verschlossen, weil er nicht wollte, dass sie zum Haus gelaufen kam und sich den Kopf wegschießen ließ. Solange sie in Gefahr war, konnte er sich nicht um seine eigene Sicherheit kümmern, und dieses Problem war nur zu lösen, wenn er Sara ins Grant County zurückschickte.

Aber warum war er dann vom Gas gegangen? Warum hatte er Sara in Reichweite der Flinte gehalten, nur um etwas zu beweisen? Er hatte sie damit in Lebensgefahr gebracht.

Mindestens eine halbe Stunde Fahrzeit verging, bis seine Brust sich nicht mehr anfühlte, als hätte er ein Gummiband ums Herz, und noch eine halbe Stunde dauerte es, bis er erkannte, dass seine Hände deshalb am Lenkrad klebten, weil er sie sich auf der Kieseinfahrt aufgerissen hatte.

Jeffrey steuerte die nächste Tankstelle an, die er sah.

Sara schaute auf die Tankanzeige am Armaturenbrett, als wollte sie ihn kontrollieren. Das war nicht der Grund, warum er angehalten hatte, doch die Nadel zeigte nur noch eine halbe Tankfüllung an, deshalb beschloss Jeffrey, gleich auch noch zu tanken. Falls Sara das Blut auf seinen Händen und dem Lenkrad bemerkt hatte, sagte sie nichts dazu.

Jeffreys Waffe samt Halfter lag noch immer unter seinem Sitz, und er klemmte sie sich an den Gürtel, bevor er ausstieg. Er fummelte am Tankdeckel herum, weil seine Finger noch immer steif waren von dem verkrampften Griff um das Lenkrad, aber er schaffte es, die Zapfpistole in den Stutzen zu schieben, bevor er zu dem kleinen Gemischtwarenladen ging. Als er die Glastür öffnete, musste er schnell den Kopf einziehen, um nicht gegen eine Kuhglocke zu stoßen, die vom Querbalken hing.

»Tut mir leid«, sagte der Verkäufer mit einem Blick auf das schwere Metallteil, doch sein Grinsen verriet, dass es zu seinen Lieblingsbeschäftigungen gehörte zuzusehen, wie arglose Kunden einen Schlag auf den Kopf bekamen. »Muss das Ding irgendwann abhängen.«

Jeffrey starrte den jungen Mann finster an, bevor er in den hinteren Teil des Ladens ging. Im Waschraum schaute er in den Spiegel, sah den Schweiß auf seiner Stirn und dass sein Hemd staubig war von dem Sturz auf den Kies. Seine Hände sahen übel aus, und er benutzte ein Papiertuch, um den Hahn aufzudrehen, damit er nicht die ganze Armatur mit Blut verschmierte. Das kalte Wasser brannte wie Feuer, aber er behielt die Hände unter dem Strahl und versuchte, seine Wunden von Erde und Kies zu säubern.

»O Gott«, murmelte er, als er noch einmal in den Spiegel schaute. Er schüttelte den Kopf und versuchte, sich darüber klar zu werden, was eigentlich passiert war. Er hatte vorgehabt, mit Pfeiffer von Polizist zu Polizist zu reden, eine kleine, inoffizielle Unterhaltung über die Situation in Elawah zu führen, damit er sich ein Bild davon machen konnte, in was Lena da eigentlich hineingeraten war. Hatte er es mit Skinheads zu tun? Würde Jake Valentine ihm eine Hilfe sein? Konnte er im Sheriff's Department irgendjemandem trauen?

Pfeiffer war aus der Stadt gebombt worden, Jeffrey bezweifelte deshalb ernsthaft, dass der Mann irgendeine wirkliche Macht hatte. Unabhängig von seiner Blasiertheit hatte der Exsheriff offensichtlich eine Heidenangst gehabt, als er

Jeffrey auf seiner Schwelle stehen sah. Ein Polizist hat vor einem anderen Polizisten nur aus einem einzigen Grund Angst: Korruption. Die Frage war nun, wer war der Gauner in Elawahs Sheriff's Department. Jake Valentine würde Jeffrey zwar nicht an die Spitze der Liste setzen, aber man konnte ja nie wissen. Und natürlich gab es da noch den Deputy Donald Cook, dem Nick zugetraut hatte, dass er Geschäfte unter der Hand machte. Glücklich mit seinem Job war Cook auf keinen Fall. Er hatte erst gar nicht versucht zu verbergen, dass er seinen Chef für einen Idioten hielt.

Aber diese Überlegungen brachten ihn zu Saras Frage zurück: Was hatte das alles mit Lena zu tun?

Nichts. Er hatte nur einen Haufen loser Enden, die sich vielleicht verknüpfen ließen oder auch nicht. Skinheads dealten mit Meth, Hank Norton nahm Meth. Ethan Green war ein Skinhead, der Schläger in der weißen Limousine war ein Skinhead. Al Pfeiffer hatte eine Heidenangst vor Polizisten, Lena war vor den Polizisten geflohen.

Irgendjemand war in Lenas Gegenwart gestorben. Es musste etwas geben, das Jeffrey noch nicht sah, irgendeine Information, die alles zusammenfügte. Es musste einen Grund geben, warum Lena das Krankenhaus verlassen hatte, ohne vorher mit ihm zu reden. Sie konnte bei einigen Dingen verdammt stur sein, aber dumm war sie nicht. Es musste eine logische Erklärung geben.

Mit einem der winzigen Papiertücher aus dem Spender wusch Jeffrey sich das Gesicht, so gut es hing, und betupfte sich dann Hals und Brust, um das getrocknete Blut abzuwischen. Seine Hände schmerzten noch immer, aber er versuchte, es zu ignorieren, während er zurück in den Laden ging.

»Was macht's?«, fragte Jeffrey und zog seine Kreditkarte heraus.

»Sorry.« Der Verkäufer deutete auf das Schild hinter sich,

auf dem stand: »Auf Gott vertrauen wir. Alle anderen zahlen bar.«

»Okay.« Zum Glück war Jeffrey am Bankautomaten gewesen, bevor er gestern Nachmittag das Grant County verlassen hatte. Er deutete zu den Erste-Hilfe-Päckchen hinter dem Verkäufer. »Und geben Sie mir auch noch ein paar Aspirin.«

»Achtunddreißig dreiundfünfzig«, sagte der Verkäufer, warf das Aspirin auf die Theke und nahm die Scheine, die Jeffrey ihm hinhielt. »Schlimmer Tag?«

Jeffrey riss das Aspirinbriefchen mit den Zähnen auf. »Was meinen Sie denn?«

Den Verkäufer ärgerte die Reaktion. »Deswegen brauchen Sie es aber nicht an mir auszulassen.« Er öffnete die Kasse und gab Jeffrey das Wechselgeld. »Und jetzt passen Sie auf.«

»Sie auch«, murmelte Jeffrey und wich beim Hinausgehen der Kuhglocke aus.

Im Auto gab Sara weiter die Schweigende. Jeffrey fuhr wieder auf die Straße und folgte den Schildern zum Highway.

Die Sonne ging bereits unter, als er schließlich die Interstate erreichte. Das Aspirin hatte seine Kopfschmerzen völlig unbeeindruckt gelassen. Anscheinend war Sara sehr erschöpft. Als sie ins Elawah County einfuhren, lag ihr Kopf auf ihrer Schulter und sie machte diese leisen, glucksenden Geräusche, die sie beim Schlafen immer machte.

Jeffrey nahm die ungeöffnete Flasche Wasser, die sie ihm an der Raststätte gekauft hatte, und trank sie leer. In dem Sprichwort, dass man aufpassen müsse, was man sich wünsche, lag eine gewisse Weisheit. An diesem Morgen hatte er sich noch gewünscht, Saras Wut wieder einmal aufblitzen zu sehen. Jetzt dachte er, dass es viel einfacher war, sie zu lieben, wenn sie schlief.

Das Schild vor dem Motel tat kaum noch seinen Dienst, als er auf den Stellplatz vor ihrem Zimmer fuhr. Heute brannten nur sieben Buchstaben, um den gesamten Parkplatz zu erhellen. Jeffrey stellte den Motor ab und schaute sich um. Einige Stellplätze entfernt stand ein schwarzer Dodge Ram. Flackerndes Licht im Büro sagte ihm, dass der Portier fernsah. Als Jeffrey den Zimmerschlüssel geholt hatte, hatte der Junge nur kurz gelangweilt und mit glasigen Augen von der Mattscheibe hochgeschaut. Jeffrey stellte sich vor, dass es schlimmere Jobs gab. An einer Tankstelle zu arbeiten, in deren Laden es das größte Highlight war zu sehen, wie Kunden sich den Kopf an einer Kuhglocke anschlugen, kam ihm da in den Sinn.

Jeffrey weckte Sara mit sanftem Rütteln. Etwas verwirrt stierte sie das Motel an, dann setzte sie sich auf und schien sich zu erinnern, was passiert war und wo sie waren.

Er musste sie einfach fragen: »Alles okay?«

Sie nickte, öffnete die Tür und stieg aus.

Jeffrey stieg ebenfalls aus und streckte sich. Als er hinter sich ein Geräusch hörte, fuhr seine Hand an das Halfter.

»Tut mir leid.« Jake Valentine löste sich aus den Schatten, eine offene Bierflasche in einer Hand, eine kleine Kühlbox in der anderen. Er erschrak, als er Jeffrey sah. »Ist was passiert?«

»Wir haben nur einen Ausflug gemacht«, erwiderte Jeffrey, weil ihm nichts Besseres einfiel.

Sara sagte: »Ich lasse euch beide allein«, und ging bereits zu ihrem Zimmer.

»Äh, Ma'am?« Valentine hielt sie auf. »Ich wollte nur sagen, es tut mir wirklich leid, was ich gestern Nacht gesagt habe. In der Hitze des Augenblicks und so. Ich hätte den Mund halten sollen. Ich habe es nicht so gemeint.«

Sie nickte. »Danke für die Entschuldigung.«

Falls Valentine eine noch freundlichere Reaktion erwartet hatte, dann redete er mit der falschen Frau. Jeffrey schloss die Tür für sie auf. Sara legte ihre Hand um sein Handgelenk und hielt sie einen Augenblick dort. Er war ihr auf lächerliche Weise dankbar für diese Geste und gab ihr den Zimmerschlüssel, weil er das für ein angemessenes Symbol hielt. Sie lächelte ihn an – lächelte wirklich –, und er spürte, wie das Band, das seine Brust in den letzten vier Stunden zusammengedrückt hatte, sich noch ein wenig mehr lockerte.

»Dauert nur eine Minute«, sagte Valentine, als befürchtete er, Jeffrey würde Sara sofort ins Zimmer folgen.

Jeffrey hätte es gern getan, doch dann zog er die Tür zu und fragte Valentine: »Was gibt's, Jake? Haben Sie Lena gefunden?«

Valentine kicherte, stellte die Kühlbox auf den Boden und zog ein frisches Bier heraus. Jeffrey sah vier leere Flaschen in den Resten der Eiswürfel. »Ich hab auch eins für Sie. Als Friedensangebot.«

»Danke«, sagte Jeffrey und drückte sich die kalte Flasche an die Stirn. Er war, nach zwei Stunden Schlaf in der letzten Nacht, heute mindestens zehn Stunden gefahren. Seine Muskeln schmerzten, sein Schädel pochte, und eigentlich war eine Unterhaltung mit Jake Valentine das Letzte, was er im Augenblick brauchte.

Dennoch ging er auf die Vorderseite des Motels zu und schaute sich um, ob der Sheriff ihm folgte. Offensichtlich wollte der Mann etwas, und Jeffrey hatte vor, es dem Sheriff so schwer wie möglich zu machen, ihn um diesen Gefallen zu bitten. Er konnte es als Heimzahlung ihres kleinen Tête-à-têtes in der Wäschekammer letzte Nacht betrachten.

Ein langer Gang mit Getränke- und Snackautomaten, der von beiden Seiten zu betreten war, erstreckte sich hinter der Rezeption des Motels. Jeffrey war nicht wirklich hungrig, aber er wusste, dass er etwas essen sollte. Er fragte Valentine: »Haben Sie Kleingeld?«

Valentine zog ein paar Münzen aus der Hosentasche. Jeffrey nahm, was er brauchte, und steckte es in eine der Maschinen. Er starrte die Schokoriegel und Cracker an und überlegte sich, was ihm am wenigsten Verstopfung bereiten würde. Er entschied sich für Sun Chips.

»Die mag ich auch«, bemerkte Valentine.

Jeffrey hielt ihm die Tüte hin. »Wollen Sie welche?« Valentine schüttelte den Kopf, und Jeffrey setzte sich auf eine der Holzbänke gegenüber den Verkaufsautomaten. Er riss die Tüte mit den Zähnen auf und aß ein paar Chips. Sie schmeckten schal.

Valentine stand einfach da und schaute ihm zu, offensichtlich wusste er nicht, wie er weitermachen sollte. Ohne Uniform sah er noch jünger aus, die taillenhohe Jeans und das übergroße Polohemd betonten seine Spaghettifigur noch. Die rote Baseballkappe der Georgia Bulldogs, die er trug, war auch nicht gerade vorteilhaft. Sie saß leicht schief auf seinem schmalen Kopf. Trotz der sichtbaren Ausbuchtung seiner Jeans von der Waffe im Knöchelhalfter sah er aus wie ein Grünschnabel.

Wenn Jake Valentine der heimliche Drogenkönig des Elawah County war, dann tarnte er sich sehr gut.

»Schöner Abend«, murmelte Valentine. »Sie haben mit Ihrer Frau also einen Ausflug gemacht?«

Jeffrey drehte den Verschluss von der Flasche und ignorierte den Schmerz, der ihm durch die Hand schoss. Er hasste Bier, aber sein Kopf schmerzte so sehr, dass er Gift getrunken hätte, nur um das Pochen zu lindern.

Valentine sagte: »Scherz beiseite, noch immer keine Spur von Ihrer Detective.«

Jeffrey überraschte das nicht. Wenn Lena nicht an die Tür des Gefängnisses klopfte und um Einlass bat, würde sie wohl kaum gefunden werden. Jeffrey hatte Frank Wallace gebeten, ihre Kreditkarten im Auge zu behalten, aber er vermutete, dass sich nichts ergeben hatte, denn sonst hätte Frank angerufen. Er hatte den Senior Detective auch gebeten, in Heartsdale die Augen offen zu halten, aber beide Männer waren übereinstimmend der Meinung, dass Lena sich wohl kaum im Grant County zeigen würde.

Jeffrey starrte das verlassene Gebäude auf der anderen Seite des Motels an, ein Verschlag mit Blechdach, die der findige Besitzer so angemalt hatte, dass sie aussah wie eine Grashütte.

»Hanks Laden«, sagte Valentine und nickte in die Richtung der Hütte. »Der Barkeeper verkaufte unter dem Tresen Meth. Das ATF sagt, sie hätten einen anonymen Tipp bekommen. Allerdings habe ich das erst nachträglich erfahren. Zuerst hat mich Junior, der Nachtportier hier, angerufen und mich gefragt, ob ich weiß, dass Hanks Bar von sechs Autos der Staatspolizei umstellt ist.«

Jeffrey trank noch einen Schluck aus der Flasche. Er konnte das Plätschern eines Bachs hören, das Rauschen der Bäume in dem Wald hinter Motel und Bar. Er wollte zu Hause sein, auf dem Rücken im See treiben, das Lachen von Sara und ihrer Schwester gedämpft durchs kühle Wasser hören. Er wollte im Bett liegen, ebenfalls auf dem Rücken, mit Saras Mund auf seiner Haut.

Valentine riss ihn aus seinen Gedanken. »Ich nehme an, Sie wussten das mit Hanks Bar«, sagte er. »So wie ich annehme, dass Sie derjenige sind, der das ATF-Band an der Hintertür zerschnitten hat.«

»Korrekte Annahme«, sagte Jeffrey, obwohl er vermutete, dass Lena es getan hatte. Also suchte sie nach etwas. Das durchschnittene Band war wie ein Fingerabdruck. Es zeigte lediglich, dass jemand dort gewesen war. Es sagte nicht, wann oder warum. Vielleicht hatte sie dort Geld gesucht. Vielleicht war sie letzte Nacht dort gewesen, als Jeffrey und Sara zu schlafen versucht hatten.

»Wie auch immer …« Valentine stupste die Schuhspitze auf den Asphalt. »Ich war in der Nähe, und da dachte ich mir, ich …«

Mit einem schweren Seufzer stand Jeffrey von der Bank auf, er war zu müde, um dieses Spielchen noch länger mitzumachen. »An den leeren Flaschen in Ihrer Kühlbox sehe ich, dass Sie schon länger hier sind. Sie sind nicht in Uniform, also möchten Sie den Eindruck vermitteln, Sie sind nicht im Dienst, aber die Tatsache, dass sogar ein Dreijähriger diesen Knöchelhalfter entdecken würde, sagt mir, dass Sie entweder zu viele TV-Krimis gesehen haben oder dass Sie vor irgendetwas Angst haben. Ich tippe eher auf Letzteres.«

Valentine kicherte, aber Jeffrey merkte, dass der Jüngere bestürzt war. Er schaute sich auf dem Parkplatz um, trank einen großen Schluck von seinem Bier.

Jeffrey warf die leere Chipstüte in den Abfall. »Erzählen Sie mir von Al Pfeiffer.«

»Al hat sich zur Ruhe gesetzt.«

»Warum?«

»Wollte mehr Zeit mit seinen Enkeln verbringen.«

»Und weniger Zeit als Fackel?«

Valentine kniff die Augen zusammen. »Warum interessieren Sie sich für den alten Mann?«

Jeffrey nahm einen kräftigen Schluck Bier und versuchte, wegen des bitteren Geschmacks nicht das Gesicht zu verziehen. Valentine sah nicht nur aus wie ein Teenager, er hatte den Geschmack eines Siebzehnjährigen. Jeffrey hätte seine Pension verwettet, dass der Junge nicht mehr als drei Dollar für den Sechserpack ausgegeben hatte.

»Hören Sie«, sagte Valentine. »Ich wollte Ihnen nur sagen, dass morgen der Coroner kommt.«

Endlich der Grund für seinen Besuch. »Tatsächlich?«

»Er wird sich die Leiche aus dem Escalade anschauen und uns sagen, was seiner Meinung nach passiert ist.«

»Klingt nach einem guten Plan.«

»Sie haben doch erwähnt, dass Ihre Frau …« Valentine ließ den Satz ausklingen. Als er merkte, dass Jeffrey ihm nicht weiterhelfen würde, fügte er hinzu: »Es klang für mich einfach so, als hätte sie viel Erfahrung.«

Jeffrey konnte nicht glauben, was er da hörte. »Hat sie, ja.«

»Ich wäre sehr dankbar, wenn sie vorbeikommen könnte, sich vielleicht die Leiche anschauen und uns sagen würde, was sie sieht.«

Jeffrey suchte nach möglichen Motiven, warum Valentine mit dieser Bitte daherkam. Es fiel ihm nichts ein, und das Bier beförderte sein Denken auch nicht unbedingt. »Ich dachte, Sie hätten gesagt, Ihr Mann sei gut.«

»Ach, das ist er schon, aber bei so etwas … hören Sie, wir bezahlen sie dafür. Wir haben noch immer etwas Geld im Budget. Sagen Sie mir einfach ihren Stundensatz.«

Jeffrey trank seine Flasche aus und wünschte sich sofort eine zweite, doch dann dachte er an seinen Vater und wünschte sich, er hätte überhaupt nichts getrunken.

Valentine missverstand sein Schweigen. »Ich kann es auch bar besorgen, falls …«

»Schmiert Sie irgendjemand?«

»Was soll das heißen?«

Jeffrey drückte dem Mann die Flasche an die Brust. »Irgendwas ist los in Ihrer Stadt, und Sie gehören entweder dazu, oder Sie bekommen Geld, damit Sie ein Auge zudrücken.«

Valentine ließ ein gekünsteltes Lachen hören. »Sind Sie sicher, dass das meine einzigen Alternativen sind?«

Jeffrey warnte ihn: »Hören Sie gut zu, Mister Polizeichef, auf die eine oder die andere Art finde ich heraus, was hier los ist, und es ist mit egal, auf wessen Zehen ich dabei treten muss.«

»Wollen Sie mich noch mal schlagen?«

Jeffrey dachte an den Schlag, den er von Sara erhalten hatte, und daran, wie machtlos sie sich im Auto gefühlt haben musste. »Kann sein.«

Valentine bückte sich, um Jeffreys Flasche in die Kühlbox zu stellen. Als er sich wieder aufrichtete, grinste er Jeffrey träge an, als wären sie alte Freunde. »Sie sollten irgendwann zum Abendessen zu mir nach Hause kommen.«

Jeffrey ging durch den offenen Aufenthaltsraum des Motels zum Parkplatz zurück. »Warum sollte ich das tun wollen?«

Valentine passte sich seinem Tempo an. »Ich führe Sie herum, zeige Ihnen die kleinen Projekte, an denen ich so arbeite.« Er zeigte wieder sein dümmliches Grinsen. »Ich bin handwerklich geschickter, als ich aussehe.«

»Worauf wollen Sie hinaus?«

»Wir wollen uns hinten ans Haus eine Holzterrasse anbauen. Jeden Zahltag kaufen wir ein paar Bohlen Zedernholz dafür. Meine Frau denkt, es dauert ein Jahr, bis wir alles an Material haben, was wir brauchen, aber wir sind beide sehr geduldig. Wir sind nicht wie gewisse Leute, die mit Geld um sich werfen können und sich in einem Sumpf einen riesigen Landsitz errichten. Wir lassen uns Zeit und machen es richtig.«

Er redete von Al Pfeiffer. Jeffrey fragte sich, ob Valentine wusste, dass sein alter Chef heute Besuch erhalten hatte. Pfeiffer hatte vermutlich noch immer Verbindungen in die Stadt, kam vielleicht hin und wieder zurück, um Freunde zu besuchen. Diese Leute wussten sicher, wo er wohnte. Und sie hielten Kontakt.

Jeffrey stand vor der der Tür zu seinem Zimmer. »Ich muss jetzt da rein.«

Valentine tippte sich an die Kappe. »Einen schönen Abend noch, Chief. Lassen Sie mich wissen, was Ihre Frau sagt.«

Jeffrey sah zu, wie der Mann die Kühlbox auf den Beifahrersitz seines schwarzen Transporters stellte und dann um das Auto herum zur Fahrerseite ging. Er öffnete die Tür und winkte Jeffrey kurz zu, bevor er einstieg. Als Valentine losfuhr, sah Jeffrey, dass der Nachtportier zum Fenster herausspähte. Er spürte den Blick des Jungen auf sich, als er an die Tür klopfte.

Sara lächelte nicht gerade, als sie die Tür öffnete, aber sie hatte ihn in den letzten vier Stunden immerhin schon nicht mehr blödes Arschloch genannt, also hatte sein Glück sich vielleicht gewendet.

Das Zimmer war so klamm wie deprimierend; genau so, wie Jeffrey es von der vergangenen Nacht noch in Erinnerung hatte. Sara hatte die dunkle, gemusterte Tagesdecke bereits vom Bett gezogen. Jeffrey fragte sich, wie viel DNS dabei übertragen worden war.

Sie fragte: »Was wollte unser neuer bester Freund denn?«

»Dass du die Autopsie der Leiche machst.«

»Und warum will er das?«

»Gute Frage«, erwiderte er und setzte sich aufs Bett. Dann überlegte er es sich anders, legte sich auf die Seite, stopfte sich die Kissen unter den Kopf und streifte die Schuhe ab. »Setz das mit auf die Liste der vielen Sachen, die ich nicht weiß.«

Sie ging zur Tür, kontrollierte das Schloss und schaltete dann das Licht aus. Im Dunkeln schwankte die Matratze, als sie ins Bett stieg. Wie Jeffrey machte auch sie sich nicht die Mühe, sich auszuziehen. Er sehnte sich danach, dass sie sich an ihn kuschelte, aber sie tat es nicht.

Sara hatte ihm einmal erzählt, dass sie auch in der Zeit ihrer Scheidung den Alptraum gehabt hatte, dass sie mitten in der Nacht einen Anruf bekam. Das war etwas, worüber nicht einmal Polizisten Witze reißen konnten, dieser schicksalsschwere Anruf, der der Frau oder der Freundin oder der Geliebten mitteilte, dass es einen nun selbst getroffen hatte. Irgendein zugekokster Idiot oder ein blöder Suffkopf hatte ein Messer gezogen oder abgedrückt, und den Lieben zu Hause blieb nichts anderes übrig, als den Hörer abzunehmen und auf die Worte zu warten.

Sara hatte mit Sicherheit daran gedacht, als Al Pfeiffer abdrückte. Es musste sie entsetzt haben, dass sie im Auto eingesperrt war, ihm nicht helfen konnte und zusehen musste, wie er starb.

»Jeff?« Er hatte keine Ahnung, was Sara ihm sagen wollte, aber wie gewöhnlich schaffte sie es, mit etwas zu kommen, das er nie erwartet hätte. »Ich habe mir überlegt, dass wir die Terrasse herrichten könnten – vielleicht ein paar der kaputten Steine ersetzen und die Mauer ein bisschen höher ziehen, damit die Leute drauf sitzen können, ohne dass sie ihre Knie an den Ohren haben.« Sie hielt inne. »Was meinst du?«

Er drehte sich auf den Rücken. Ein dünner Lichtstrahl fiel durch die Vorhänge, und er konnte ihr Profil gerade noch erkennen. »Ich erinnere dich daran, dass wir uns von deinem Dad den Presslufthammer leihen mussten, als du das letzte Mal mit Beton herumgespielt hast.«

»Auf dem Sack stand, dass er sich von selbst glättet.«

Er lächelte über die altbekannte Ausrede.

»Ich will die Autopsie machen.«

Jeffrey wusste nicht, was er darauf sagen sollte. Spontan wollte er nein sagen, aber nur, weil Jake Valentine ihn darum gebeten hatte. »Ich weiß nicht, ob uns das schneller von hier wegbringt.«

Ihr Schweigen sagte ihm, dass sie sich nicht leicht würde umstimmen lassen. Jeffrey überlegte sich sehr genau, wie er den nächsten Satz formulierte. Er sagte: »Ich kann ja

Frank bitten, dass er kommt und dich abholt, wenn du fertig bist.«

»Nein«, entgegnete sie. »Ich lasse dich nicht allein.«

»Und was, wenn ich es will?«

Das Telefon klingelte, bevor sie antworten konnte. Jeffrey beugte sich zum Apparat und nahm den Hörer ab.

»Hallo?«

»Warum seid ihr immer noch da?«

Jeffrey setzte sich so abrupt auf, dass er das Telefon vom Nachtkästchen riss. »Lena?«

»Ihr dürft nicht hier sein«, sagte sie in einem heiseren Flüstern. »Warum seid ihr noch hier?«

»Wo bist du?«, fragte er. »Lass mich dich abholen.«

Sie fing an schluchzen, die Tränen erstickten ihre Stimme. »Warum …?«, krächzte sie. »Warum haben sie nicht stattdessen mich umgebracht?«

»Statt wem?«, fragte er verwirrt. »Von wem sprichst du?«

»Verschwindet einfach«, flehte sie. »Ihr müsst weg, bevor sie …«

»Wer sind sie, Lena? Wer ist hinter dir her?« Er hörte nur noch das Stakkato ihres Atems. »Lena?« Er drückte sich den Hörer ans Ohr. »Lena? Bist du noch dran? Lass mich dich abholen.«

Er lauschte in eine tote Leitung.

Mittwochvormittag

9 Mit ihrem Daumen fuhr Sara das Muster aus getrocknetem Blut auf dem Lenkrad des BMW nach, während sie Valentines Streifenwagen durch die Innenstadt von Reese folgte. Schock oder Trauma oder eine Mischung aus beidem hatte sie gestern Abend fertiggemacht. Sie hatte so tief geschlafen wie seit Wochen nicht mehr. Hätte Jake Valentine nicht heute Morgen um sieben Uhr dreißig an ihre Tür gehämmert, wäre sie wahrscheinlich noch immer im Bett.

Vor sich in Valentines Auto sah sie Jeffrey im lebhaften Gespräch mit dem Sheriff. Sara hoffte nur, er schaffte es, aus dem Mann einige Informationen herauszubekommen. Der gesunde Menschenverstand sagte ihr, dass es nicht der Fall sein würde. Jeffrey hatte Valentine nicht von Lenas Anruf gestern Abend erzählt, weil er wusste, dass der Mann den Anruf zurückverfolgen würde. Valentine selbst hatte über die Fahndung nichts Neues verlauten lassen. Als er an diesem Morgen die Kratzer auf Jeffreys Gesicht und die Schnitte an seinen Händen im hellen Tageslicht gesehen hatte, hatte er nur gesagt: »Den anderen Kerl möchte ich lieber nicht sehen.«

Sara hatte bis dahin noch gar nicht bemerkt, wie sehr er sich verletzt hatte. Im Lauf der Jahre hatte sie sich immer wieder um Jeffreys Körper gekümmert. Sie hatte seine Verletzungen desinfiziert, Arnikacreme auf seine blauen Flecken geschmiert und seine verstauchten Knöchel und gebrochenen Finger bandagiert. Nach spontanen Footballspielen hatte sie sein Knie mit Eis behandelt, damit er am nächsten Morgen laufen konnte. Wenn er stundenlang im Haus werkelte, belohnte sie ihn mit ausgedehnten Rückenmassagen oder was ihr sonst noch einfiel, um ihm bei der Entspannung zu helfen. Sogar nach ihrer Scheidung, als Sara es nicht ertrug, mit ihm im selben Zimmer zu sein, war sie ins Krankenhaus geeilt, als sich eine Schrotladung in sein Bein verirrte.

Sie hatte gestern gar nicht beobachtet, wie er sich die Hand aufschnitt. Sie hatte gesehen, wie mit der Flinte in die Luft geschossen wurde, wie dann der zweite Warnschuss folgte, der so dicht an ihm vorbeiging, dass ihr beinahe das Herz stehen geblieben wäre.

Sie hatte Jeffrey rennen und auf dem Kies ausrutschen sehen, hatte aber nicht daran gedacht, ihn auf Schnitte und Abschürfungen hin zu untersuchen. Sie hatte sich auf nichts anderes konzentrieren können als auf das absolute Entsetzen, das sie jedes Mal empfand, wenn Al Pfeiffer abdrückte, und an ihre weißglühende Wut, als Jeffrey danach im Auto extra noch einmal langsamer geworden war.

Er hatte den Fuß vom Gaspedal genommen. Sara hatte gedacht, mit dem Auto stimme etwas nicht. Sie hatte erschrocken nach unten geschaut, um zu sehen, was nicht stimmte, und sofort erkannt, warum das Auto fast zum Stillstand gekommen war. Dann hatte sie Jeffrey angesehen, die Art, wie seine Mundwinkel nach oben zuckten, als Al Pfeiffer ihm diesen Blick zuwarf. O Gott, dieser Blick. Sara hätte ihn Jeffrey am liebsten aus dem Gesicht geschlagen. Sie waren wie zwei kleine Jungs auf dem Sportplatz, die sehen wollten, wer den anderen mehr provozieren konnte, bevor ein Lehrer daherkam. Lena war da ganz ähnlich, sie hatte zwar keine Potenz, die sie sich und der Welt beweisen musste, aber andere provozieren konnte sie besser als die meisten Männer.

Nun wurde Sara endlich klar, warum sie bis ganz hinunter

zum Sumpf gefahren waren, warum Jeffrey sich auch noch an den kleinsten Hinweis im Zusammenhang mit Lenas Verschwinden klammerte, den er finden konnte. Sara war diejenige gewesen, die vor der Badezimmertür stand, als Lena floh, aber Jeffrey hatte im Gang gestanden. Er war nur drei Meter von Lena entfernt gewesen, nur drei Meter davon entfernt, ihre Flucht zu stoppen.

Jeffrey hatte sich auch übertölpeln lassen, und sein Ego konnte das nicht ertragen.

Im letzten Jahr hatte Sara einen Ballistikkurs in der GBI-Akademie in Macon besucht. Da sie es zuvor in der Leichenhalle mit zwei Schussopfern zu tun gehabt hatte, wollte sie besser vorbereitet sein auf zukünftige Fälle mit Schusswaffenbeteiligung. Zu dem Kurs hatte auch eine praktische Lektion auf dem Schießstand gehört. Der Lehrer hatte mit unterschiedlichen Waffen und Munitionstypen auf mit Gel gefüllte Dummies über verschiedene Distanzen geschossen, um den Studenten ein besseres Verständnis für Muster und Streuung zu geben. Die Remington Wingmaster war eine der beliebtesten Schrotflinten auf dem Markt, die von Polizisten ebenso gern benutzt wurde wie von den bösen Jungs. Wird eine hochdichte Schrotpatrone verwendet, schickt diese Waffe aus einem Abstand von sechzig Metern sechzig Prozent ihrer Schrotkörner ins Ziel.

Saras Schätzung nach waren sie, als Jeffrey gestern das Auto verlangsamte, etwa sechzig Meter von Al Pfeiffer entfernt gewesen.

Er sollte froh sein, dass sie überlebt hatte und ihn noch schlagen konnte.

Vor sich sah sie Valentine den Blinker setzen. Sara folgte dem Streifenwagen auf den Stellplatz für beschlagnahmte Fahrzeuge des Elawah County. Ungefähr fünfzig Transporter standen in unterschiedlichen Stadien des Verfalls auf dem Gelände, einige mit Fronten, die lose hingen wie lockere Zähne, andere mit völlig verbeulten und verbogenen Heckstoßstangen. Sara kannte Kleinstädte und wusste deshalb, dass die meisten Besitzer entweder nicht das Geld hatten, ihre Fahrzeuge auszulösen, oder im Gefängnis auf ihren Prozess wegen Fahrens unter Alkohol warteten. Im Grunde genommen war das County nicht viel mehr als ein Bearbeitungsbereich der Versicherungen.

Das Auto des Sheriffs holperte einen kurzen Kiesweg entlang und parkte dann auf einer geteerten Fläche. Vor sich sah Sarah eine große Metallhalle, ungefähr fünf Meter hoch und zehn Meter im Quadrat, und sie nahm an, dass das Auto von der Unfallstelle zur Untersuchung in die Halle geschleppt worden war.

Wobei das, was mit dem Cadillac Escalade passiert war, kein Unfall gewesen sein konnte. Sara versuchte, jeden Fall unvoreingenommen zu betrachten, was die Ursachen anging, aber es war wirklich nicht so, dass ein SUV, der brennend mitten auf einem Sportplatz gefunden wurde, durch Zufall dorthingekommen sein konnte. Jemand hatte ihn dort abgestellt, ihn ganz bewusst in Brand gesteckt, hatte sich dann aus dem Staub gemacht und die Leiche im Auto gelassen.

Die Frage blieb: War dieser Jemand Lena Adams?

Sara stieg aus. Der Geruch von Benzin und Öl mischte sich in der Luft mit einer Spur Autoabgase. Aus der Werkstatt kam kein Lärm. Sie vermutete, dass die Mechaniker gerade ihre Pause machten.

Jeffrey und Valentine kamen auf den BMW zu. Der Sheriff schabte mit dem Fuß Schlammreste vom Reifen. »Sieht aus, als wären Sie durchs Gelände gefahren, Chief.«

Jeffrey sagte wie um das zu bestätigen: »Ich war gestern unten im Okefenokee.«

Valentine zog die Brauen hoch. »Tatsächlich?«, fragte er

und kratzte sich mit großer Geste am Kinn. So viel zu Friede und Verständigung, die auf der Fahrt hierher erreicht werden sollten. Er fügte hinzu: »Ich kenne Leute, die vor einer Weile in den Sumpf runtergezogen sind.«

»Freunde von Ihnen?«

»Oh, das würde ich nicht sagen.« Scheinbar völlig zusammenhangslos verkündete der Sheriff nun: »Land des schwankenden Bodens.«

Jeffrey schwieg, deshalb fragte Sara: »Wie bitte?«

Valentine erklärte: »So nannten die Indianer die Gegend. Okefenokee, Land des schwankenden Bodens. Nur etwa sechs Prozent des Sumpfs haben einen soliden Untergrund, wissen Sie. Der Rest besteht aus wenigen Metern umgestürzter Vegetation, die auf Wasser schwimmt. Darauf gehen ist so, als würde man auf einem Floß gehen, nur ein bisschen einfacher.« Er zog sich den Hut in die Stirn, um sein Gesicht vor der Sonne zu schützen. »Waren Sie auch dabei, Ma'am?«

»Ja, ich hatte das Vergnügen.«

»Unmengen von Moskitos, Alligatoren, sogar ein paar fleischfressende Pflanzen.« Er kicherte bei der letzten Bemerkung, wie über eine liebgewonnene Erinnerung. »Mein Vater fuhr mit meinem Bruder und mir da hin, als wir noch kleine Jungs waren. Wir brauchten drei Tage, um von der Ostseite zur Westseite zu paddeln, hätte uns fast umgebracht. Haben viele verrückte Sachen gesehen.« Sein Blick glitt zu Jeffrey, und aus seinem liebenswürdigen Tonfall wurde eine Warnung. »Gefährliche Gegend dort unten.«

Jeffrey verschränkte die Arme vor der Brust. »Schätze, für einige könnte sie es sein.«

Wieder einmal schaffte es Sara, zwei Balzhähnen den Wind aus den Segeln zu nehmen. Sie klatschte in die Hände, um den Wettkampf zu beenden, und sagte zu Valentine: »Nun, ich nehme an, die Leiche ist da drinnen.«

»Ja. Ma'am«, sagte er und deutete auf das Büro neben der Halle.

Sara ging darauf zu, die beiden Männer folgten ihr.

Valentine fragte Sara: »Wie war die Fahrt in den Sumpf?«

»Schön, vielen Dank.«

Er griff um sie herum und öffnete die Tür. Dann kicherte er in sich hinein. »Sagen Sie mal, Sie haben da unten nicht zufällig Lena Adams mit herausgestrecktem Daumen am Straßenrand stehen sehen, oder?«

Sara zwang sich zu einem Lächeln. »Leider nicht.«

Anstelle eines Büros mit Aktenschränken und Schreibtischen, wie Sara es erwartet hatte, betraten sie einen Raum, der nur die Leichenhalle sein konnte. Ein großer Edelstahltisch war am Betonboden festgeschraubt, ein offener, leerer Leichensack lag darauf. Das Waschbecken und die Sektionsschalen waren denen in der Grant-Leichenhalle ziemlich ähnlich, aber der Tiefkühler für die Leichenaufbewahrung war ein begehbarer, wie er in größeren Restaurants verwendet wurde. Ein Diktafon sah sie nirgends. Jeffrey würde ihre Befunde mitschreiben müssen.

»Nicht allzu schäbig«, bemerkte Valentine, aber an seiner Miene merkte sie, dass er sich für den Standort der Leichenhalle ein wenig schämte. »Die meisten unserer Autopsiefälle stammen aus Auto- und anderen Unfällen und Ähnlichem. Wir übernehmen auch die Fälle aus Seskatoga, Almira und ein paar anderen Countys. Da wir die Leichenhalle vor Ort haben, ist es am einfachsten, sie von dort hierherzutransportieren.«

»Natürlich«, sagte Sara und hatte das unbestimmte Gefühl, den Mann eben beleidigt zu haben, obwohl die Einrichtung doch mehr als brauchbar war. Sie hatte Glück, nicht in der Balsamierkammer des örtlichen Bestattungsinstituts zu stehen. »Wo ist der Escalade?«

»Hier durch«, sagte er und öffnete eine weitere Tür. Auf der anderen Seite lag eine große, offene Halle. In der Ecke standen zwei Schreibtische und eine Reihe Aktenschränke. Werkzeuge hingen an der gegenüberliegenden Wand. Auf sechs hydraulischen Hebebühnen standen Autos, aber Mechaniker waren nirgendwo zu sehen. Überall lagen Autoteile verstreut, Unfallfahrzeuge in unterschiedlichen Stadien der Zerlegung standen herum, bei denen der Schaden bewertet und der Schuldige ermittelt werden musste. Mitten in der Halle stand offensichtlich der SUV. Er war mit einer Plane abgedeckt, darunter waren Plastikbahnen ausgebreitet, um den Boden zu schützen.

Valentine ging auf den Cadillac zu und erklärte: »Nachdem das Metall abgekühlt war, haben wir ihn direkt hierhergeschleppt. Um ehrlich zu sein, die Feuerwehr hat nicht viel mehr getan als den Rasen in der Umgebung zu wässern und zu warten, bis das Feuer von selbst niederbrannte. Danach war nicht mehr viel übrig.«

Sara griff in die Tasche und holte ein Gummiband heraus, um ihre Haare zu einem Pferdeschwanz zusammenzufassen. »Kennen Sie die Brandursache?«

Der Sheriff schüttelte den Kopf. »Irgendein Brandbeschleuniger wurde verwendet, aber das Hauptproblem war, dass der Benzintank explodierte. Sie sind sich nicht sicher, ob er manipuliert war oder nicht, aber an der Rückseite des Fahrzeugs sieht man deutlich, dass der Tank explodierte. Muss ziemlich voll gewesen sein, so wie's aussieht.«

Jeffrey fragte: »Haben Sie eine Explosion gehört?«

Valentine machte ein nachdenkliches Gesicht, als er eine Ecke der Plane packte und anfing, sie aufzurollen. »Wenn ich jetzt drüber nachdenke, kann sein, dass ich eine gehört habe. Danach ist es immer schwierig, die einzelnen Erinnerungsbruchstücke richtig zusammenzusetzen.«

»Vermutlich«, sagte Jeffrey und klang dabei so, als glaubte er, dass der Mann log. Er trat an das Wrack, um Valentine beim Aufrollen zu helfen.

Sara achtete nicht mehr auf die Unterhaltung der Männer, als sie dann vor den Überresten des Cadillacs stand. Das Auto war nur noch eine leere Hülle. Die Reifen waren geschmolzen, das Wrack stand jetzt auf rußgeschwärzten Stahlfelgen. Ein Stück vom Dach war weggerissen worden, aber überraschenderweise war noch ein Teil des Lederbezugs und der Schaumstoffpolsterung der Sitze erhalten.

»Schätze, die Sitze waren mit irgendwas behandelt«, meinte Valentine. »Wir können die Karosserie-Jungs rufen, damit sie die Bleche entfernen, wenn Sie die Leiche herausholen wollen.«

Sara schaute auf den Rücksitz. Es würde Stunden dauern, die Leiche vom Leder zu schneiden. Ungefähr der Arbeit vergleichbar, feuchte Blätter Toilettenpapier voneinander zu trennen.

Aber getan werden musste es.

Sie beugte sich ins Auto und betrachtete das Opfer. Die Gestalt war eher zierlich, aber das musste nicht heißen, dass es sich um eine Frau handelte. Es konnte auch ein Junge im Teenageralter sein oder ein Mann mit einem ähnlichen Körperbau wie Valentine. Wer es auch war, der Todeskampf, den dieses menschliche Wesen durchlitten hatte, musste grässlich gewesen sein. Arme und Beine waren auf Boxerart eingebogen, als hätte das Opfer versucht, gegen die Flammen anzukämpfen. Was Sara von den Knochen erkennen konnte, war mit Hitzefrakturen übersät. Die linke Hand war von den Flammen völlig vernichtet worden. Die Haare waren weggebrannt, die flachen Wölbungen der Augen lagen in lidlosen Augenhöhlen.

Sie fragte: »Haben Sie Fotos gemacht?«

Valentine nickte, und sie beugte sich noch weiter in das Auto, versuchte allerdings, nichts zu berühren, als sie kontrollierte, ob das Opfer angeschnallt gewesen war. Der eigentliche Gurt war verbrannt – ein Teil davon war mit dem Fleisch verschmolzen, aber sie sah, dass das Gurtende fest im Schloss steckte, und nahm an, dass das Opfer im Sitz festgezurrt gewesen war.

Entsetzlich, dachte sie. Es musste absolut entsetzlich gewesen sein.

Mehrere lange Sekunden, vielleicht sogar eine Minute mussten vergangen sein, bis der Körper schließlich aufgab, die Organe versagten. Ganz zu schweigen von der Zeit, bis das Feuer wirklich in Gang kam, der Tank explodierte. Man konnte nicht sagen, wie viele Minuten das Opfer auf das Unausweichliche hatte warten müssen.

Um nicht den deutlichen Geruch verbrannten Fleisches durch die Nase einzuatmen, öffnete Sara leicht die Lippen, als sie sich für eine genauere Untersuchung über die Leiche beugte.

Ungefähr fünfundsiebzig Prozent der exponierten Haut waren verbrannt, der Großteil der darunter liegenden Muskeln und Bänder waren angesengt, aber nicht völlig zerstört. Schädeldecke und Hinterhaupt waren so gut wie verkohlt, und durch ein großes Loch im linken Unterkiefer des Opfers konnte sie Zahnfragmente und den Zungenrand erkennen. Der Kieferknochen war erstaunlich weiß, und sie musste davon ausgehen, dass die ihn bedeckende Fleischpartie abgerissen worden war, als die Leiche beim Transport durchgeschüttelt wurde.

Ein Hautfragment etwa von der Größe eines DIN-A4-Blatts fehlte im Torso, und Sara konnte deutlich den Brustkorb und seinen Organinhalt sehen. Auch die Bauchorgane waren entblößt, die Leber lag wie ein gekochtes Stück dunklen Fleisches unter den fransigen Fetzen des Magens, der in der intensiven Hitze offensichtlich explodiert war. Sara vermutete, dass die winzigen Fragmente auf der Außenseite des Dünndarms, die aussahen wie geschwärzte Korkbrocken, sich als die verbrannten Reste des Mageninhalts erweisen würden.

Was von der Haut der Oberschenkel noch übrig war, war mit dem Sitz verschmolzen, die Sehnen hingen wie Lametta an den Beinen hinunter. Verkrustete Überreste einer Blue Jeans und eines weißen Slips klebten noch an der Stelle, wo Körperflüssigkeiten den Stoff durchtränkt hatten und dann getrocknet waren. Das Bündchen einer weißen Socke umspannte das linke Fußgelenk. Obwohl an den Füßen kaum noch Haut vorhanden war, zeigte der rechte, große Zeh noch ein Stück zersplitterten Nagels. Ein Quadrat aus abgeplatztem, pinkfarbenem Nagellack war zu sehen. Sara beugte sich über den Unterleib. Der Bereich um das Schambein zeigte ausgedehnte Schädigungen, aber Sara war sich ziemlich sicher, dass sie die Genitalien einer Frau vor sich hatte.

Für eine kurze Sekunde schloss sie die Augen, unglaublich erleichtert, dass es sich bei dem Opfer nicht um Hank Norton handelte. Das gab ihr eine gewisse Hoffnung, dass Lenas Verwicklung in das Verbrechen nicht so tief war, wie Jake Valentine glaubte.

»Sara?«, fragte Jeffrey. Seine Stimme klang leicht nervös. »Alles okay mit dir?«

»Ja«, antwortete sie und schüttelte knapp den Kopf als Antwort auf die Frage, was nur der Sheriff nicht einordnen konnte.

Valentine sagte: »Ziemlich schlimm, was?«

Sara nickte. »Hat der Coroner die Leiche schon gesehen?«

»Nur ein kurzer Blick noch auf dem Sportplatz gleich in der Nacht«, erwiderte Valentine. »Fred sagt, so was hat er noch nie gesehen. Der schlimmste Fall, den er je hatte. Ach …« Er hielt abrupt inne, als wäre ihm eben etwas eingefallen. »Sobald wir die Leiche aus dem Auto haben, rufen wir Fred an, damit er vorbeikommt und Ihnen bei den Röntgenaufnahmen hilft. Die Maschine ist wirklich launisch. Alleine sollten Sie es vielleicht nicht versuchen.«

»Fred ist Ihr Coroner?«, fragte Jeffrey.

»Ja«, bestätigte Valentine. »Fred Bart. Im Augenblick ist er mitten in einer Wurzelbehandlung, aber er meinte, ich brauche ihn nur anzurufen und er käme vorbei.«

Anscheinend hatte Sara verwirrt dreingeschaut, denn Valentine lachte bellend auf. »Er macht die Wurzelbehandlung, muss sie nicht über sich ergehen lassen. Fred ist der einzige Zahnarzt in der Stadt. Macht den Job des Coroners fürs Angelgeld, wie er sagt. Er ist ein echt netter Kerl, aber er weiß auch, wann er einen Experten ranlassen muss.« Valentine schenkte ihr ein schwaches Lächeln. »Was mich dazu bringt, Ihnen noch einmal zu danken, Dr. Linton. Ich weiß, wir haben noch nicht über das Honorar gesprochen, aber ich bin heute Morgen bei der Bank vorbeigefahren.«

Er zog ein Bündel Scheine aus der Tasche, und Sara spürte, wie ihr die Röte den Hals hochkroch. Sie hatte angenommen, dass sie das aus Gefälligkeit tat. Es war ein Unterschied, ob man vom Grant County einen Scheck bekam oder Bargeld von Jake Valentine. Bei dem Gedanken, dass hier Bargeld floss, kam sie sich billig vor.

Valentine zählte einige Zwanziger ab und erklärte: »Normalerweise zahlen wir Fred zwei fünfzig pro Einsatz, aber ich …« Er brach ab, als die ersten Takte von »I Wish I Was in Dixie« aus seiner Hosentasche drangen. »Entschuldigung«, sagte er und wusste nicht so recht, wohin mit den Scheinen, während er sein Handy suchte. Er klappte das Gerät mit dem üblichen Hallo auf, sagte aber sonst nicht viel, sondern hörte nur zu. Ein paar Sekunden vergingen, dann öffnete er den Mund.

Unvermittelt sagte er dem Anrufer: »Ich bin sofort da«, und beendete das Gespräch.

Jeffrey wechselte einen schnellen Blick mit Sara, bevor er den Sheriff fragte: »Was ist passiert?«

»Ich muss weg«, antwortete der Sheriff, nun plötzlich sehr ernst. »Auf dem Highway gab's einen Unfall. Ein Typ, mit dem ich zur Schule gegangen bin, ist unter einen Neunachser geraten.« Er steckte das Geld wieder in die Tasche, merkte, was er tat, und hielt es Sara hin.

»Nein«, sagte sie, ohne das Geld zu nehmen. »Vielen Dank.«

Valentine wirkte zu abgelenkt, um überrascht zu sein. Er nahm die Scheine an sich. »Was dagegen, wenn ich Sie hier allein lasse?«

Sara ließ Jeffrey antworten. »Kein Problem. Kann ich Ihnen irgendwie helfen?«

»Nein«, sagte Valentine, ein wenig zu schnell, die Stimme ein wenig zu hoch, so als hätte er Angst, Jeffrey könnte anbieten mitzukommen. Er schien dies zu bemerken und fügte hinzu: »Aber trotzdem vielen Dank.« Dann hastete er davon, rannte beinahe zum Ausgang.

Jeffrey sagte: »Na, wenigstens wissen wir jetzt, warum er wollte, dass du die Autopsie machst.«

Sara schaute auf die Leiche hinunter und überschlug, wie lange sie für die Sektion dieses armen Wesens brauchen würde. »Wir werden hier fast den ganzen Tag festsitzen.«

»Aber wovon versucht er uns fernzuhalten?« Sie hörten das Auto des Sheriffs anspringen, dann das Knirschen der Reifen auf Kies. Jeffrey sagte: »Entweder ist dieser Mistkerl richtig gerissen oder richtig dumm. Ich weiß einfach nicht, was ich von ihm halten soll.«

»Polizisten sind ja nicht gerade berühmt für ihre überwältigende Intelligenz.«

Er warf ihr einen scharfen Blick zu. »Dir geht's schon wieder besser.«

Sara war sich unsicher, wie sie die Bemerkung nehmen sollte. Von seinem offensichtlichen Sarkasmus abgesehen, hatte er tatsächlich recht, sie fühlte sich besser. Ob nun der tiefe Schlaf der letzten Nacht der Grund war oder der Ausbruch von gestern, sie fühlte sich, als hätte sie ihr Selbstgefühl wiedergefunden. Sie hatte die Leichenhalle ohne jedes Zögern betreten. Die Untersuchung der Leiche war ihr völlig selbstverständlich vorgekommen. Sie hatte keine Selbstzweifel gehabt oder sich darüber Gedanken gemacht, dass irgendjemand sie für dumm oder inkompetent halten könnte. Sie hatte einfach ihre Arbeit getan.

Er sagte: »Wenn ich gewusst hätte, dass dir das so viel hilft, dann hätte ich dir schon viel früher eine Leiche beschafft.«

Sie lachte, weil er damit wahrscheinlich gar nicht so unrecht hatte. »Du bist mir vielleicht ein Ehemann.«

»Ich werde mich nicht dafür entschuldigen.«

Sie wusste, dass er von gestern redete. Aus der, wie es ihr vorkam, Million von Jahren, die sie mit ihm verbracht hatte, wusste sie auch, dass die Welt nicht stehenbleiben würde, nur weil sie sich übereinander ärgerten.

Sie erwiderte: »Ich werde mich auch nicht entschuldigen.«

Nachdem dies geklärt war, deutete Jeffrey auf die verkohlten Überreste im SUV. »Dann ist es also nicht Hank.«

»Nein, es ist eine Frau.«

»Ich schätze, das ist eine Erleichterung.«

»Schon«, pflichtete Sara ihm bei. »Aber das wirft die größere Frage auf …«

Er beendete den Satz für sie: »Wer ist sie, und was hat sie

mit Lena zu tun?« Er bückte sich für einen besseren Blick auf die Leiche. »Was denkst du?«

Sara gab ihm eine ehrliche Antwort: »Ich denke, ich wäre jetzt lieber zu Hause und würde die Terrasse aufgraben.«

Er drehte sich zu ihr um. »Es ist noch nicht zu spät, um auszusteigen.«

»Du weißt, dass ich das nicht tun kann.«

»Hast du das gesehen?«, fragte er und deutete auf den Hals. »Was glaubst du, was das ist?«

Sara wollte eben fragen, was er meinte, aber als sie sich umdrehte, sah sie das Licht auf einer dünnen, ins Fleisch eingesunkenen Goldkette funkeln. »Irgendeine Halskette. Wir brauchen wirklich Röntgenaufnahmen.«

»Ich kann Fred Barts Nummer im Telefonbuch nachschlagen und ihn anrufen, um herauszufinden, wann er ungefähr hier sein kann.«

Sara kniete sich neben das Wrack, um zu sehen, wie der Sitz verankert war.

Fred Bart hatte offensichtlich schon eine ganze Reihe von Autounfällen bearbeitet. Wenn Jeffrey recht hatte und Jake Valentine Sara die Autopsie übergeben hatte, um sie beide im Auge behalten zu können, dann wäre Bart wahrscheinlich nicht allzu erpicht darauf, ihnen zu helfen. Deshalb sagte sie zu Jeffrey: »Wir können gleich anfangen und sie rausholen, bevor er kommt.«

»Bist du sicher, dass es eine Frau ist?«

»Wenn ich nicht alles vergessen habe, was ich je über Anatomie wusste«, antwortete sie. »Jake schien nicht sonderlich neugierig auf meine Ergebnisse zu sein.«

Jeffrey zuckte die Achseln.

»Bilde ich mir das nur ein, oder wirkte er wirklich, als wäre ihm das alles hier ziemlich egal?« Jeffrey zuckte noch einmal die Achseln, deshalb fuhr sie fort: »Vielleicht weiß er aber auch bereits, wer sie ist? Und wenn du noch einmal die Achseln …«

»Ich weiß es nicht, Sara. Ich kann dir nichts sagen, weil ich es einfach nicht weiß.«

Sie starrte ihn an und fragte sich, warum sie nur immer wieder vergaß, wie unglaublich stur er sein konnte. Wahrscheinlich aus demselben Grund, warum er immer wieder vergaß, wie beharrlich sie sein konnte.

Sara wandte sich wieder dem Auto zu. »Kannst du nach einem großen Schraubenschlüssel suchen?« Dann betrachtete sie die Schrauben, die den Sitz am Boden festhielten, ein wenig genauer. »Wenn ich es mir genau überlege«, korrigierte sie sich, »such nach einem Schneidbrenner.«

Es würde ein langer Tag werden.

Lena

10 Als Lena auf den Lehrerparkplatz der Highschool fuhr, fiel ihr auf, dass ihr acht Jahre alter Celica das beste Auto auf dem Gelände war. Sie hatte Sibyl einmal aufgezogen, dass sie nach unzähligen Jahren an der Uni und mehreren Abschlüssen jetzt als Professorin am Grant Tech nur fünftausend Dollar pro Jahr mehr verdiene als eine Polizistin. Sibyl hatte darauf hingewiesen, dass eine Polizistin für fünftausend Dollar pro Jahr weniger das Risiko akzeptieren müsse, erschossen zu werden, und danach war das Ganze nicht mehr so lustig.

Es war kein Geheimnis, dass Lena an der Elawah Highschool nicht gerade eine Musterschülerin gewesen war. Bis zur Highschool war sie solider Durchschnitt gewesen, oder genauer, bis zur Pubertät, von da ab ging es allerdings bergab. Zweimal war sie in Algebra durchgefallen und musste zwei Sommer durchlernen, damit sie den Abschluss doch noch schaffte. Der Gedanke aufzuhören war ihr nie gekommen, sie wusste allerdings von Hank, dass die augenblickliche Abbrecherrate in der Elawah bei fast fünfzig Prozent lag. Es gab nicht viele Kinder, die einen Sinn in theoretischer Physik sahen, wenn sie mit größter Wahrscheinlichkeit sowieso nur in der Reifenfabrik beim Gummischleppen landen würden.

Charlotte Warrens Ehemann arbeitete in der Fabrik. Natürlich hieß sie jetzt nicht mehr Charlotte Warren. Larry Gibson hatte seinen Abschluss im selben Jahr wie Charlotte gemacht. Als Sibyl dann aufs College gegangen war, waren die beiden sich offensichtlich nähergekommen. Drei Kinder später war Larry im mittleren Management der Firma, und Charlotte füllte ihre Tage mit Unterrichten. Sie waren auf dem besten Weg zum amerikanischen Traum, abgesehen nur von der Tatsache, dass Charlotte, zumindest nach den Briefen, die Lena in Hanks Büro gefunden hatte, depressiv war.

»Was ist nur los mit mir?«, hatte Charlotte geschrieben. »Warum kann ich nicht glücklich sein?«

Doch im Augenblick konnte sich Lena nicht auf Charlottes ehelichen Kummer konzentrieren. Sie war hier, um Informationen über Hank zu bekommen und herauszufinden, was ihn dazu gebracht hatte, wieder in seine alten Gewohnheiten zurückzufallen. Sie musste herausfinden, warum er die Zwillinge angelogen hatte und was mit ihrer Mutter passiert war. Vielleicht kannte Charlotte Warren ja seine Geheimnisse. Die Geheimnisse, die Charlotte in ihren Briefen offenbart hatte, schrieb man kaum einem Fremden. Obwohl der letzte Brief, den Lena gefunden hatte, über einen Monat alt war, hatte Charlotte darin Hank gegenüber ziemlich offen ihr Herz ausgeschüttet. Lena würde wetten, dass Hank sich revanchiert hatte. Wenn sie von ihrem Onkel schon keine Antworten bekam, dann würde sie von seiner Vertrauten vielleicht welche bekommen.

Am Haupteingang der Schule stand kein Wachmann, und Lena konnte direkt hineingehen. An der vorderen Wand hing ein Verzeichnis der Klassenzimmer, und Lena fand Charlotte Gibsons problemlos.

Wie bei vielen ländlichen Schulen war das Gebäude ein Flachbau mit viel Platz außen herum, um zu wachsen, aber letztlich gab es zu wenig Geld, um es tatsächlich zu tun. Zehn Wohncontainer oder »provisorische Klassenzimmer« reihten sich zwischen Rückwand der Schule und Sportplatz aneinander. Lena stand in der offenen Hintertür und schaute sich die erbärmlichen Kästen an. Auch wenn sie »provisorisch« hießen, wusste Lena doch, dass mindestens zwei davon noch aus der Zeit ihres Abschlussjahres stammten. Einige der Container standen auf Betonfundamenten, aber die meisten nur auf Blöcken. Unkraut wuchs zwischen leeren Limodosen und zusammengeknülltem Papier, das die Schüler unter die Container geworfen hatten. Wackelige Holztreppen führten zu offenen Türen, und Lena fragte sich, ob diese Dinger eine Klimaanlage hatten. Sie konnten nicht größer sein als etwa drei mal fünf Meter, und da Lena das County kannte, wusste sie, dass die Schule Kinder hineinstopfte wie Fleisch in einen Kühlraum. Kein Wunder, dass die Abbrecherrate so hoch war. Lena war erst knappe fünf Minuten hier und wollte eigentlich schon wieder weg.

Sie ging über den betonierten Fußweg vor den Containern und dachte, wie komisch es war, dass man Charlotte hinter die Schule in so ein Provisorium verbannt hatte. Mit Sicherheit hatte sie genug Berufserfahrung, um Anspruch auf ein richtiges Klassenzimmer im Gebäude zu haben. Andererseits konnte die Frau vermutlich von Glück reden, dass sie ihren Job überhaupt noch hatte. Nach den Briefen zu urteilen, die Lena gefunden hatte, war Hank ihr AA-Mentor gewesen. Bis vor einem Jahr hatte Charlotte ein Glas Gin gebraucht, um überhaupt aus dem Bett zu kommen.

»Wollen Sie zum Rektor?«, bellte die Stimme eines Lehrers aus einer offenen Tür, und Lena zuckte zusammen, weil sie daran erinnert wurde, wie oft sie genau das gefragt worden war. Dabei war es gar keine richtige Frage; wenn man sie so wütend gemacht hatte, dass die Lehrer ihr diese Frage stellten, dann war sie mit ziemlicher Sicherheit schon auf dem Weg in sein Büro.

Charlottes Container war der letzte in der Reihe. Die unterste Stufe war durchgefault, und man hatte einen Schlackestein auf die Erde gestellt, um sie zu ersetzen. Die Tür war offen, das Fliegengitter hing schief am Rahmen. Drinnen sah Lena zwei lange Tischreihen, die zur Rückwand des Containers ausgerichtet waren. Dort saß Charlotte über einen Stapel Papiere gebeugt. Sonst war niemand in dem Klassenzimmer.

Lena stand vor der Tür und schaute zu, wie Charlotte Übungen benotete. Jetzt, da sie hier war, wusste sie nicht, was sie sagen sollte. Lena kam sich vor, als hätte sie Charlottes Intimsphäre verletzt, indem sie ihre Briefe las. Charlottes Worte waren sehr persönlich und nur für Hank bestimmt gewesen. Wenn andersherum Charlotte Lenas persönliche Briefe gelesen hätte, dann wäre Lena sehr wütend geworden.

Dennoch war jetzt klar, dass Charlotte mehr über Hank wusste, als sie in der Bibliothek herausgelassen hatte. Die beiden hatte offensichtlich eine tiefe Freundschaft verbunden. Und die Frau konnte weiß Gott ein Geheimnis bewahren. Lena war es gewohnt, Leute dazu zu bringen, ihre schwärzesten Untaten zu gestehen, ob es nun der Diebstahl eines Autos war oder der Mord an einem Lebensgefährten. Sie musste diese Situation jetzt als eine Befragung in einem Fall sehen und nicht als etwas, das sie persönlich betraf. Jeffreys Worte hallten ihr noch in den Ohren: Sorge dafür, dass der Verdächtige sich wohlfühlt, bring ihn zum Reden, und dann bring ihn dazu, dass er die Wahrheit sagt.

Lena klopfte an das Fliegengitter und merkte zu spät, dass es nirgendwo befestigt war. Es kippte weg, sie fing es auf, und ein Holzsplitter bohrte sich in das weiche Fleisch ihrer Handfläche.

»Scheiße«, zischte sie und ließ das Gitter zu Boden fallen.

»Schiefer eingezogen?«, fragte Charlotte. Während Lena mit dem Gitter kämpfte, war Charlotte an die Tür gekommen.

Lena saugte an ihrer Hand und nickte.

»Komm doch rein«, sagte Charlotte. Wenn sie überrascht war, Lena zu sehen, dann ließ sie es sich nicht anmerken.

»Warum haben sie dich hier rausverbannt?«, fragte Lena im Hineingehen. Leuchtende Plakate hingen an den Wänden, und der Innerraum war sauber und ordentlich, aber das konnte nicht darüber hinwegtäuschen, dass das Ding kaum mehr war als ein Blechkasten, der in der Sonne briet. Der Boden federte unter ihren Schritten, und jemand hatte versucht, das nur aus einer einzelnen Scheibe bestehende Fenster mit silbrigem Klebeband zu isolieren.

Charlotte zog die Tür zu und schaltete eine in die Wand montierte Klimaanlage an. Sie musste die Stimme erheben, um den Lärm des Geräts zu übertönen, als sie fragte: »Soll ich mir das mal anschauen?«

Lena setzte sich auf die Kante von Charlottes Schreibtisch und streckte die Hand aus.

»Nicht so schlimm«, sagte Charlotte, nachdem sie die Verletzung untersucht hatte. Sie wirkte entspannter als in der Bibliothek. Hier schien sie erwachsener, als wäre sie in ihrem Element. »Ich kann ihn mit einer Nadel herausziehen, wenn du …«

Lena riss ihre Hand zurück. »Nein, danke. Der wächst von selber heraus.«

Charlotte lächelte und setzte sich an einen der Schülertische. »Noch immer Angst vor Nadeln?«

»Noch immer Angst vor Clowns?«

Charlotte lachte, als hätte sie ihre große Kindheitsangst längst vergessen. »Man gewöhnt sich an viele Dinge.«

Außer an Sex mit dem Ehemann, dachte Lena. Sie schaute sich im Container um, sah die Wasserflecken an der Decke und spürte den Luftzug vom schlecht isolierten Fenster. »Wen hast du verärgert?«

»Sue Kurylowicz.« Als Lena nicht reagierte, erklärte sie: »Du kennst sie vielleicht noch als Sue Swallows.«

»Swallowing Sue, die schluckende Sue, die den Jungs hinter dem Stop'n'Save einen geblasen hat?«

Charlotte lachte noch einmal, auch das war etwas, das sie vergessen hatte. »Sue ist jetzt unsere Konrektorin.«

»O Gott, kein Wunder, dass der Laden hier ein Schweinestall ist.«

»Da kann Sue nun nichts dafür«, entgegnete Charlotte. Sie deutete auf das Klassenzimmer, die Schule. »Einem Schwein kannst du keinen Smoking anziehen.«

»Aber sie hat genug von denen einen geblasen.« Lena schüttelte den Kopf. »Ich kann gar nicht glauben, dass sie jetzt deine Chefin ist. Mann, das muss dich doch ziemlich ärgern.«

»Ach, so schlimm ist sie gar nicht«, murmelte Charlotte und strich sich ihren Rock mit der Handfläche glatt. Sie war jetzt eher wie die Charlotte in der Bibliothek: still, gedämpft. »Ich weiß, es sieht nicht danach aus; aber Sue war mir in den letzten Jahren eine wirklich gute Freundin.«

»Wie Sibyl?«

Sie presste die Lippen zusammen. »Nein. In keiner Weise wie Sibyl.«

Lena hatte in den Augen der anderen Frau Angst aufblitzen sehen, und jetzt schwankte ihre eigene Entschlossenheit. Der Wunsch, leise aufzutreten, war ihr völlig neu, aber sie versuchte es und fragte: »Wann wurde die Bar geschlossen?«

»Ich glaube, das war vor zwei Wochen«, antwortete Charlotte. »Ich habe in der Zeitung davon gelesen. Der Barmann verkaufte offensichtlich nicht nur Schnaps, sondern auch Meth.«

»Deacon?«, fragte Lena und schüttelte dabei den Kopf. Deacon Simms arbeitete seit über dreißig Jahren für Hank.

Er war vorbestraft und ziemlich mürrisch, was ihn perfekt für die Bar machte, aber untauglich für so ziemlich alles andere. Hank liebte ihn wie einen Bruder.

Charlotte berichtete aber: »Deacon ist vor einer Weile weggegangen. Das war irgendein Neuer.«

Hank hatte ihr nicht erzählt, dass Deacon nicht mehr da war, aber er hatte Lena viele Dinge nicht erzählt. Sie wusste, dass der Barmann aufbrausend war – er stritt sich permanent mit Hank –, und im Lauf der Jahre hatte er schon unzählige Male die Hände in die Luft geworfen und geschworen, er würde nie wieder zurückkommen. Drei Tage wegzubleiben war das Längste, was er je geschafft hatte. Er und Hank liefen sich bei einem AA-Treffen über den Weg, und alles war verziehen.

Lena fragte sich, ob Charlotte Deacon bei irgendwelchen AA-Treffen gesehen hatte. Aber natürlich, wenn Charlotte auch nur ein bisschen so wie Hank war, dann hätte sie es auch keinem gesagt, wenn sie den Papst selbst dort gesehen hätte, wie er Kekse aß und Kaffee trank. Trotzdem versuchte sie es: »Weißt du, wohin Deacon gegangen ist?«

»Ich habe ihn nicht mehr gesehen.«

»Da war dieser Kerl«, setzte Lena nun an. »Ich habe ihn vor Hanks Haus gesehen. Er hatte ein Hakenkreuz auf den Arm tätowiert.«

»Deutlich sichtbar?« Charlotte machte ein entrüstetes Gesicht. »Das ist ja abstoßend. Wer war das?«

»Ich hatte gehofft, das könntest du mir sagen«, gab Lena zu. Der Kerl war offensichtlich schwerer zu finden, als sie gedacht hatte. Lena kam allmählich zu dem Punkt, dass sie, wenn sie auf der Suche nach dem Verbrecher nicht ziellos durch die Stadt irren wollte, jemanden um Hilfe würde bitten müssen. Sie musste sich nur überlegen, wie sie Jeffrey darum bitten konnte, ohne Hank hineinzuziehen. Es war ja nicht so, dass

Lena einfach ihren Chef anrufen und ihn bitten konnte, den Dealer ihres Onkels für sie aufzuspüren.

»Tut mir leid, dass ich dir nicht helfen kann«, sagte Charlotte leise.

Lena tat es mit einem Achselzucken ab. »Was meinst du, warum hängt Hank jetzt wieder an der Nadel?«

»Wer weiß?«, antwortete sie und zupfte sich etwas Unsichtbares vom Rock. »Vielleicht hat er einfach keine Lust mehr, alles so intensiv zu empfinden.«

Sie klang wie jemand, der wusste, wovon er sprach. Und natürlich kannte Lena die Wahrheit hinter ihren Worten. »Ich habe deine Briefe gefunden.«

Charlotte lachte wieder, aber diesmal klang es nicht freudvoll. Sie schaute ihre Hände an, den Boden – alles, nur Lena nicht.

»Mir wäre es lieber, ich hätte sie nicht gefunden«, gab Lena zu.

Charlotte blies langsam Luft durch die Lippen. »In diesen Briefen habe ich über so viele Dinge geschrieben. Dinge, die ich noch nie jemandem erzählt habe.«

»Du hast versucht, dich umzubringen.«

Sie nickte und zuckte gleichzeitig die Achseln.

»Warum?«, fragte Lena. »Wenn es dir hier so schlecht geht …«

»Was, soll ich einfach weggehen?«

»Ja.«

»Für dich ist das ganz einfach«, erwiderte Charlotte. »Du hast keine Kinder und kein Haus, für das du hart gearbeitet hast, und keinen Ehemann, der dich so sehr liebt, dass er bereit ist, alles aufzugeben oder …« Sie hielt inne, um ihre Gefühle wieder in den Griff zu bekommen. »Ich liebe meinen Mann, das tue ich wirklich. Ich kann dir gar nicht sagen, wie das Leben ohne Larry für mich wäre. Er hat zu mir gehalten trotz all der Scheiße, durch die ich meine Familie gezerrt habe. Sogar als ich ...« Sie stockte. »... als ich diese Pillen nahm, war er für mich da. Er war derjenige, der den Krankenwagen rief. Er war der Erste, den ich sah, als ich im Krankenhaus aufwachte. Er nahm sich in der Fabrik Urlaub, obwohl ihn das eine Beförderung kostete. Er putzte das Haus und machte den Kindern das Essen und erledigte die Einkäufe und arbeitete nachts in diesem beschissenen Motel, damit wir uns weiter meine Therapie leisten konnten. Er tat alles, während ich nur im Bett lag und mich im Selbstmitleid suhlte.«

»Vor sechs Jahren«, sagte Lena, weil sie das aus den Briefen wusste. »Als Sibyl starb.«

Charlotte lächelte schwach. »Weißt du, um sie ging es dabei gar nicht. Ich meine, natürlich war ich am Boden zerstört. Sie war nicht nur tot, es war vor allem die Art, wie sie starb, die es so viel schrecklicher machte.« Sie brach ab, um sich zu fassen. »Sibyl war so sanft und freundlich, und dass gerade sie so sterben ...«

Lena wollte nicht darüber nachdenken, sich nicht an die Details erinnern.

»Ich verstehe«, sagte sie. »Du weißt, dass ich das verstehe.«

»Es brachte mich dazu, mein Leben so zu betrachten, als wäre es einfach abgelaufen, ohne dass ich ihm überhaupt Beachtung schenkte. Ist dir das auch passiert, Lee?«

Lena hatte nie darüber nachgedacht, aber sie nahm an, dass es so gewesen war.

»Plötzlich war ich diese erwachsene, verheiratete Frau, die einen Minivan fuhr und versuchte, alles unter einen Hut zu bringen, die Kinder vom Fußballtraining abzuholen, das Abendessen zu kochen und dann irgendwie auch noch einen Abend allein mit dem Ehemann herauszuschinden.«

Lena kam sich schon beengt vor, als sie diese Beschreibung

nur hörte, aber sie fühlte sich trotzdem gezwungen zu sagen: »Das klingt doch gar nicht so übel.«

»Genau«, pflichtete Charlotte ihr bei. »Da war ich also in diesem perfekten Leben, und alles, was mir dabei in den Sinn kam war, wenn ich auch nur noch ein Mal zu einem Kirchenfest oder irgendeiner Sportveranstaltung muss, dann bringe ich mich um. Und eines Morgens wachte ich auf und beschloss, es in die Tat umzusetzen.«

»Weiß dein Mann über Sibyl Bescheid?«

»Larry wusste, dass wir uns sehr nahestanden, aber nicht mehr.« Nun schaute sie Lena endlich an. »Ich glaube, es würde ihn kaputtmachen, wenn er es wüsste. Nicht aus den Gründen, an die du denkst, sondern weil er weiß ... er weiß, dass etwas fehlt, und er gibt sich so große Mühe, um ...«

»Hast du mit deinem Therapeuten darüber gesprochen?«

»Mit dem christlichen Therapeuten, der auch Priester unserer Kirche ist?« Sarkasmus triefte aus ihren Worten. »O ja. Wir haben darüber gesprochen, und dann hat er für mich gebetet, und Jesus ließ es verschwinden wie durch Zauberhand.« Tränen rollten ihr über die Wangen. »Es ist das Kreuz, das ich tragen muss, Lena. Wie man sich bettet, so liegt man, nicht?«

»Aber wenn du ...«

Sie schüttelte stur den Kopf. »Wenn Larry es herausfinden würde, wäre er am Boden zerstört. Das kann ich ihm nicht antun. Du musst verstehen, dass ich ihn wirklich, wirklich liebe. Er könnte mit allem zurechtkommen – sogar mit einem anderen Mann –, aber das ist etwas, wogegen er nicht ankommt, und es würde ihn einfach umbringen.«

Lena versuchte es behutsam. »Muss er dagegen ankommen?«

Charlotte schaute sie scharf an. »Willst du damit sagen, dass das nur eine Phase war?« Ihr bitterer Ton deutete darauf hin, dass sie das schon einmal gehört hatte. »Jemanden zu lieben, sich mit jemandem verbunden zu fühlen, als wäre dein Herz ein Teil des anderen, das ist keine Phase.«

»Ich weiß«, sagte Lena, weil es so klang wie etwas, das Charlotte jetzt brauchte.

»Ich hatte auch andere Männer, Lee. Es ist nicht so, dass ich nur einfach nicht den Richtigen getroffen hätte.«

»Tut mir leid«, sagte Lena. »Das habe ich nicht gemeint.«

Charlotte schaute auf ihre Hände. Ihren Ehering zierte ein Diamant, der in dem schäbigen Container funkelte. So einen Ring kaufte ein Mann einer Frau nur, wenn er rettungslos in sie verliebt war. Nun blickte sie wieder zu Lena: »Als das anfing zwischen Larry und mir, wusste er, dass ich eben dabei war, über jemanden hinwegzukommen. Er wusste einfach nur nicht, dass es eine Frau war.«

Lena hatte ihr Augenlicht nicht verloren, letztendlich aber war sie doch die Blinde gewesen. Als sie in Hanks Kabuff von einem Büro saß und von Charlottes tiefsten Gefühlen las, hatte Lena sich erinnert, dass Sibyl oft die Tür geschlossen und Lena gebeten hatte, sie und Charlotte allein zu lassen, damit sie lernen konnten. Lena war nie darauf gekommen, was genau sie da lernten.

Jahrelang hatte Lena Nan Thomas die Schuld an Sibyls Lesbentum gegeben, der Frau, mit der sie zusammengelebt hatte, als sie starb. Lena hatte lange gebraucht, um zu akzeptieren, dass die Sexualität ihrer Schwester sich nicht ändern würde. Lena hatte sogar eine Art Freundschaft mit Nan entwickelt. Irgendwo im Hinterkopf jedoch betrachte Lena Sibyl noch immer als Unschuldige, die ohne es selbst zu wollen aus der normalen Heterosexualität herausgerissen worden war. Wenn die Sache aber schon mit Charlotte Warren angefangen hatte, dann war Lenas gesamte Vorstellung davon, warum Sibyl sich verändert hatte, völlig falsch.

Die Wahrheit war, dass Sibyl sich überhaupt nicht verändert hatte. Sie war schon immer so gewesen, nur Lena war zu dumm gewesen, es zu erkennen.

Lena fragte: »Weiß dein Mann, dass du bei den AAs bist?«

»Ist irgendwie schwer zu verheimlichen, wenn man wegen Trunkenheit von der Arbeit suspendiert wird.« Sie lachte, obwohl nicht lustig war, was sie da sagte. »Das war damals, als ich noch im Gebäude unterrichtete, nicht hier draußen in dieser Containersiedlung. Bin vor versammelter Mannschaft voll auf die Schnauze gefallen. Wenn Swallowing Sue nicht gewesen wäre, hätte ich meinen Job verloren.« Sie lächelte. »Ich schätze, man könnte einwenden, dass es mitten im Jahr war, und dass es zu der Zeit fast unmöglich ist, noch jemanden zu finden, der bereit ist zu unterrichten, aber ich bilde mir lieber ein, sie hat mich weiter unterrichten lassen, weil sie an mich glaubt.«

»Du tust so, als wäre das alles so eine Art Witz.«

»Ach, Lee. Wenn ich darüber nicht lachen könnte, würde ich in der Früh nicht aus dem Bett kommen.«

»Warum hast du angefangen zu trinken?«

»Weil es eine langsamere und sozial akzeptiertere Form des Selbstmords ist.« Sie fügte hinzu: »Außerdem betäubte es mich. Ich wollte nichts mehr empfinden.«

»Das hast du eben auch über Hank gesagt.«

»Ja. Stimmt.« Charlotte schluckte. Jetzt, da sie Lena anschaute, war es, als könnte sie den Blick nicht mehr von ihr nehmen. »Du bist Sibby so ähnlich, weißt du das?«

Lena schüttelte den Kopf. »Ich sehe überhaupt nicht mehr wie sie aus.«

»Es ist innen drin«, entgegnete Charlotte und drückte sich die Hand an die Brust. »Innen drin wart ihr euch immer sehr ähnlich.«

Lena musste lachen. »Sibyl war ganz anders als ich. Ich war doch die ganze Zeit in Schwierigkeiten. Wahrscheinlich steht vor der Tür des Rektors ein Stuhl, der nach mir benannt ist.«

»Sie kam einfach besser durch«, entgegnete Charlotte. »Weißt du noch, wie sie Trainer Hanson im Biologieunterricht immer freche Antworten gab?«

Lena musste grinsen. »Und sie rannte immer im Kreis um ihn herum. Er konnte sie auf den Tod nicht ausstehen.«

»Erinnerst du dich noch an diese grässliche Musik, die sie hörte? Mein Gott, wie sie auf diese Joan Jett stand.«

»War es Sibyl, die – ich meine, war sie diejenige, die …« Lena spürte, wie sie rot wurde. »O Mann. Egal.«

»Es war gegenseitig«, sagte Charlotte bereitwillig. »Wir lagen beide auf dem Bett und lernten. Wir hatten das Fenster offen, und draußen fing es an zu regnen, und ich beugte mich über sie, um es zu schließen, und eins führte zum anderen, und dann ist es einfach … passiert.«

Lena merkte, wie ihr flau im Magen wurde. Sibyls Bett stand an der Wand. Sie hatten es also auf Lenas Bett getrieben.

»Alles okay mit dir?«

Lena nickte und versuchte, das Bild zu verdrängen, das ihr jetzt in den Sinn kam.

Charlotte missverstand Lenas Reaktion. »Sie glaubte immer, dass du sie nie so akzeptieren würdest.«

»Habe ich auch nicht«, gab Lena zu und spürte eine vertraute Traurigkeit. »Ich tue es jetzt, aber als es noch wichtig war, habe ich es nicht gekonnt.«

»Sie wusste, dass du sie liebst, Lee. Daran hat sie nie gezweifelt.« Charlotte stand auf und ging zum Fenster. »Wie ist Nan eigentlich so?«

»Nan?«, wiederholte Lena. »Woher weißt du über Nan Bescheid?«

»Sie rief mich nach Sibyls Tod an.«

»Oh.« Lena schämte sich, weil sie selbst nicht angerufen hatte.

Charlotte schien das zu spüren. »Du hattest eine Menge um die Ohren, Lee. Denk dir nichts.«

»Ich hätte dir Bescheid sagen sollen. Du warst …« Lena wusste nicht, wie sie Sibyls Beziehung mit Charlotte beschreiben sollte. »Ich hätte dich anrufen sollen.«

»Am Telefon klingt sie irgendwie snobistisch.«

»Nan?« Lena zuckte die Achseln. »Eigentlich ist sie das nicht. Ab und zu ist sie launisch, aber meistens ist sie ganz okay. Ich habe eine Weile mit ihr zusammengewohnt.«

»Hat Hank mir erzählt«, sagte Charlotte. »Ehrlich gesagt, wir haben beide ziemlich darüber gelacht.«

Wieder wurde Lena flau im Magen. »Was hat Hank dir sonst noch von mir erzählt?«

»Dass er sich Sorgen um dich machte. Dass du diesen Freund hattest, der ziemlich übel war, und dass er Angst hatte, du würdest nicht von ihm loskommen.« Sie zögerte kurz, bevor sie hinzufügte: »Dass er mit dir in Atlanta war.«

Lena spürte einen Kloß im Hals. »Ist das der Grund, warum er wieder mit dem Drücken anfing? Weil ich …« Lena konnte das Wort nicht sagen, konnte über das, was in dieser Frauenklinik passiert war, nicht reden.

»Hör mir zu«, sagte Charlotte ziemlich scharf. Sie wartete, bis Lena den Kopf hob. »Kein Mensch kann jemanden dazu bringen, Drogen zu nehmen, genauso wie kein Mensch jemanden dazu bringen kann, damit aufzuhören. So viel Macht über Hank oder sonst jemanden hast du nicht. Hank fing aus seinen ganz eigenen Gründen wieder an.«

Es klang wie ein Spruch aus einer AA-Broschüre. »Hat er dir seine Gründe verraten?«

Wieder schüttelte Charlotte den Kopf. »Meistens hörte er

mir einfach nur zu. Ich war so mit mir selbst beschäftigt, dass ich gar nicht merkte, was mit ihm passierte, bis es dann zu spät war.«

»Wann fing er wieder an?«

»Ich schätze, vor drei Monaten, vielleicht auch vor vier oder fünf, falls er es langsam angehen ließ.«

»Hat er bei euren Treffen irgendwas gesagt?«

»Ich kann dir nicht wiederholen, was er in unseren Treffen gesagt hat, Lena. Das weißt du doch.« Sie hob die Hände, wie um die nächste Frage abzuwehren. »Ich kann dir sagen, dass er mir vor zwei Monaten eröffnet hat, er könne nicht mehr mein Mentor sein. Ich war verletzt, und ich fragte nicht nach, wie ich es hätte tun sollen, weil ich zu beschäftigt damit war, wütend zu sein und mich zurückgewiesen zu fühlen. Ein Teil von mir war froh, dass er zum nächsten Treffen nicht erschien und auch zu denen danach nicht. Manchmal fuhr er ja zu den Treffen in Carterson, und ich nahm einfach an, dass er eben zu denen ging.«

Carterson lag etwa fünfzig Meilen entfernt, keine lange Fahrt für jemanden wie Hank, der gern auf der Straße unterwegs war.

Lena fragte: »Wann hast du bemerkt, dass er nicht mehr zu den Treffen kam?«

»Vor ein paar Wochen. Ich bin über meinen eigenen Schatten gesprungen und habe eine Freundin in Carterson gebeten, Hank schöne Grüße auszurichten, und sie sagte mir, sie hätte ihn schon seit Ewigkeiten nicht mehr gesehen.«

»Ist dir vor seinem Haus je ein weißer SUV aufgefallen?«

»Nein.« Sie fügte hinzu: »Larry und ich machen nach dem Abendessen immer einen Spaziergang. Wir kommen fast jeden Abend an Hanks Haus vorbei. Und ich habe mich tatsächlich schon gefragt, ob du ihn vielleicht abgeholt hast. Sein Auto stand in der Einfahrt, aber es brannte nie irgendein

Licht außer in der Küche, und das brennt schließlich immer.«

Hank ließ als Abschreckung für Diebe immer die Küchenbeleuchtung an; keine gute Taktik, wenn die ganze Nachbarschaft den Trick kannte.

Lena fragte: »Wann hast du ihn zum letzten Mal gesehen?«

»Vor vier Tagen – deshalb habe ich dich ja angerufen. Er war draußen und versuchte, seinen Briefkasten zu reparieren. Irgendjemand hatte ihm einen Kracher hineingesteckt, wahrscheinlich eins der Kinder von ein paar Straßen weiter, die es an Halloween immer ein bisschen übertreiben. Larry bot ihm seine Hilfe an, aber Hank hat ihn nur angepöbelt und gesagt, wir sollen beide verschwinden, und das haben wir auch getan.«

Lena dachte darüber nach. »Er verkriecht sich in seinem Haus seit wie vielen Wochen oder Monaten, und das Einzige, was ihn ins Freie bringt, ist ein kaputter Briefkasten?«

»Er war total zugedröhnt, Lee. Es hat mich gewundert, dass er überhaupt noch stehen, geschweige denn die sieben Meter bis zum Briefkasten gehen konnte. Seine Haut sah schrecklich aus. Offensichtlich hatte er sich schon eine ganze Weile nicht mehr gewaschen. Jeder Trottel konnte sehen, was er tat.«

»Und was?«

»Er versuchte, ein Ende zu machen.«

Lena spürte, wie ihr die Stimme versagte. »Seinem Leben ein Ende zu machen?«

Charlotte zuckte die Achseln. »Seinem Elend ein Ende zu machen vielleicht.«

»Was hat sich denn nur verändert? Was ist passiert, das ihn dazu brachte?«

»Ich habe keine Ahnung. Wirklich nicht. Jeden Morgen, wenn ich aufstehe, konzentriere ich mich allein darauf, nichts zu trinken. Ich bin Alkoholikerin. Wir sind nicht gerade für unseren Altruismus bekannt.«

Lena bezweifelte, dass das bei Charlotte so war. Sie drang weiter in sie. »Aber vor zwei oder drei Monaten hast du gesehen, dass er Probleme hatte?«

»Ich weiß es nicht«, gab Charlotte zu. »Vielleicht habe ich gesehen, dass er deprimiert oder geistesabwesend war oder sich irgendwie anders verhielt, aber gekümmert habe ich mich allein um mich. Die Schule fing wieder an, und plötzlich steckte ich wieder in diesem Höllenloch, in dem die Schüler hinter meinem Rücken und die Lehrer vor meinen Augen kicherten. Ich kämpfte darum, nüchtern zu bleiben. Ich war nur darauf konzentriert, auf dem richtigen Weg zu bleiben.« Sie streckte in einer fast hilflosen Geste die Hände aus. »Als mir klar wurde, dass mit ihm etwas nicht stimmte, war es zu spät. Er redete nicht mit mir, er erwiderte meine Anrufe nicht, er kam nicht an die Tür, wenn ich klopfte. Er sagte mir immer nur, ich soll ihn in Frieden lassen, ihn tun lassen, was er will.«

Lena kannte diesen Spruch. »Und dann hast du angefangen, ihm Briefe zu schreiben?«

»Ja.« Sie machte eine gedankenverlorene Pause. »Am Anfang war es mir ein bisschen peinlich, aber als er auf meine Briefe nicht antwortete, war es fast befreiend. Ich schrieb einfach, was ich wollte. So etwas hatte ich zuvor noch nie gemacht, einfach zu sagen, was mir in den Sinn kam.«

»Du schreibst viel über Sibyl, wie es war, als ihr noch zusammen wart.« Einige Passagen waren für Lena schwer zu lesen gewesen; sie hatte gemerkt, dass sie, versunken in einer anderen Zeit, zum Fenster hinausgestarrt hatte. Charlotte war es gelungen, Sibyls Wesen einzufangen: ihre Gutmütigkeit, ihre liebevolle Freundlichkeit. Auch nachdem Lena die Briefe zu Ende gelesen hatte, war ihr das Gefühl geblieben, sodass es beinahe war, als wäre Sibyl wieder lebendig.

Charlotte sagte: »Hank ist der Einzige, der von ihr wusste. Von uns. Der wusste, was wir füreinander empfanden, dass es Liebe war und nicht irgendetwas Groteskes.« Sie lehnte den Rücken ans Fenster und verschränkte die Arme vor der Brust. »Aber weißt du was? Vor langer Zeit fragte er mich, was passiert wäre, wenn es mit Sibyl und mir funktioniert hätte. Ich hätte ans Georgia Tech gehen können, weißt du. Ich hätte kein volles Stipendium bekommen wie Sibyl, aber ich war bereits im College und gehörte zu den besten Studentinnen. Ich fand es grässlich, dass ich bei meinen Eltern wohnen und jeden Tag zwischen hier und Milledgeville hin- und herfahren musste. Ich hätte nach Atlanta gehen und mir einen Job oder einen Studentenkredit oder sonst was besorgen können, um mir das zu ermöglichen, aber ich habe es nicht getan.«

»Warum nicht?«

»Ich schätze, es machte mir Angst. Zu der Zeit machte mir alles Angst. Atlanta ist so groß, so anonym. Hier fühlte ich mich sicher. Und meine Eltern hätte es umgebracht.«

»Für uns war es leichter, von zu Hause wegzugehen, als für dich«, erwiderte Lena. »Deine Eltern waren …«

»Meine Eltern hätten nie mehr mit mir gesprochen, wenn ich ihr nach Atlanta gefolgt wäre. Sie hatten uns einmal zusammen erwischt. Wusstest du das?« Lena schüttelte den Kopf, schockiert darüber, dass Sibyl ihr das nie erzählt hatte. »Es waren die Herbstferien meiner zweiten Highschool-Klasse, und Sibyl war kurz davor, ans Tech zu gehen. Meine Eltern sollten an diesem Tag eigentlich zu Besuch bei meiner Tante Jeannie sein, aber sie bekamen Streit. Zu der Zeit stritten sie sich immer. Das war so um die Zeit, als Mom herausfand, dass Dad seit ungefähr fünf Jahren Mrs. Ford von der Kirche vögelte.« Sie lachte über die Ironie. »Sie kamen also früher zurück und erwischten uns … Na ja, du kannst dir ja vorstellen, bei was sie uns erwischten. Sie riefen Hank in der Bar an und bestellten ihn sofort zu sich, damit er es mit eigenen Augen sah. Er war stinksauer, aber auf sie, nicht auf Sibyl. Er sagte, wir seien beide erwachsen, und es gehe sie verdammt noch mal nichts an.«

»Derjenige, der ohne Sünde ist …«, zitierte Lena. Es war einer von Hanks Lieblingssprüchen. Er zitierte ihn immer, bevor er einem sagte, dass das, was man tue, falsch sei.

Charlotte sagte: »Ihr hattet ja ein solches Glück, ihn zu haben.«

Lena lachte. »Soll das ein Witz sein? Als kleines Mädchen hätte ich töten können für deine Eltern.«

»Du kannst sie haben.«

»Okay«, gab Lena zu. »Was sie damals getan haben, war schlecht, aber sie hätten euch nie unabsichtlich die ganze Nacht lang aus dem Haus gesperrt oder vergessen, euch was zu essen zu geben, oder euch mit Fremden allein gelassen und auf keinen Fall waren sie so betrunken, dass sie euch mit dem Auto angefahren und …«

»Was?«

»Du weißt, was Hank getan hat.«

Charlotte machte ein verwirrtes Gesicht. »Was hat er getan?«

»Er war schuld an ihrer Blindheit. Er hat ihr das Augenlicht genommen. Das musst du doch …«

»Lena, das war nicht Hank.«

Lena spürte, wie ihr Herz einen Schlag aussetzte. »Wovon redest du?«

Charlotte stellte sich direkt vor sie, noch immer verwirrt von Lenas Reaktion. »Ich war an diesem Tag dabei.«

»Nein, das warst du nicht.«

»Du und ich und Sibyl, wir spielten im Vordergarten mit einem Tennisball, den ich meinem Bruder geklaut hatte. Du warfst den Ball über Sibyls Kopf und sie rannte auf die Einfahrt und …«

»Nein«, beharrte Lena. »Du warst nicht dabei.« Doch noch während sie das sagte, sah sie das Bild dieses Tages wieder vor sich: wie sie den Ball über Sibyls Kopf warf und sie hinter ihm herrennen ließ. Und auf der anderen Seite der Einfahrt stand Charlotte Warren, hob den Ball auf und warf ihn zu Lena zurück. »Nein.« Sie schüttelte den Kopf, wie um diese Erinnerung zu vertreiben. »Du warst bestimmt nicht dabei.«

»Ich war es, Lee. Ich sah, wie das Auto zurücksetzte. Ich schrie, aber sie blieb nicht stehen. Die Stoßstange traf Sibyl am Kopf. Ich sah sie in der Auffahrt stürzen.« Während Charlotte redete, sah Lena alles noch einmal geschehen. Wie Sibyl auf die Einfahrt rannte und Charlotte schrie. »Da war nur eine ganz dünne Blutspur.« Charlotte fuhr sich mit dem Finger über die Schläfe und herunter bis zum Kinn, genau so, wie das Blut über Sibyls Wange gelaufen war. »Du hast angefangen zu weinen, du warst hysterisch, und dann kam Hank aus dem Haus gelaufen, und deine Mutter stand einfach ...«

»Meine Mutter?« Lena wurde schwindelig. Sie lehnte sich an den Schreibtisch. »Wovon redest du? Meine Mutter war dabei? Meine Mutter war dabei, als Sibyl...?«

»Lee«, sagte Charlotte und legte ihr die Hand auf die Schulter. »Es war nicht Hank. Deine Mutter saß am Steuer. Sie war diejenige, die Sibyl blind machte.«

Mittwochabend

11 Sara lag im Bett und versuchte, nicht an die Matratze unter ihrem Körper zu denken. Die Autopsie hatte brutale zehn Stunden gedauert, und als sie dann endlich in ihr Hotel zurückkamen, hätte sie beim Anblick des schmuddeligen Zimmers fast geweint. Sara wusste, dass es hier eine Putzfrau gab. An diesem Morgen hatte sie die Frau einen großen Karren mit allen möglichen Reinigungsmitteln und einem Staubsauger herumschieben sehen. Das Bett war zwar gemacht, aber sonst war in diesem Zimmer nichts angerührt worden. Sara hatte nicht unbedingt ein Dankesschreiben für die Reinigung des Badezimmers erwartet, aber wenigstens den Teppich hätte die Frau saugen können. Das grüne M&M-Schokoladenbonbon, das sie gestern Morgen unter dem Fenster entdeckt hatte, klebte noch immer am Teppich.

Sara schloss die Augen und hörte Jeffrey unter der Dusche summen, während das Wasser in die Plastikwanne plätscherte. Sie hatte die Schnitte in seiner Hand mit einem Desinfektionsmittel gesäubert, das sie in der Leichenhalle gefunden hatte, aber er würde sich die Wunde selbst verbinden müssen, wenn er aus der Dusche kam. Sie war zu müde, um es für ihn zu tun, und ein Teil von ihr kam noch immer nicht über die Wut von gestern hinweg. Sie hatten den ganzen Tag zusammen verbracht, doch keiner von beiden war bereit gewesen, das Eis zu brechen und darüber zu reden, was passiert war.

Für Jeffrey schien das ganz okay zu sein, und das verärgerte Sara nur noch mehr. Es war eine Situation, in der sie sich vorkam wie eine dieser zickigen Ehefrauen aus Seifenopern, die immer auf ihren armen, unverstandenen Ehemännern herumhackten. Sie hatte Jeffrey immer unterstützt, auch wenn sie das Gefühl hatte, dass er etwas falsch machte, und es war unfair von ihm, sie jetzt quasi in die Rolle des Zankweibs zu drängen.

Außerdem hatte Sara noch immer ein mulmiges Gefühl in Bezug auf Elawah und diese merkwürdige Geschichte, in die Lena sie hineingezogen hatte. Die Autopsie, die sie an diesem Tag durchgeführt hatte, hatte diese unbestimmte Angst nur noch verstärkt. Im Lauf der Jahre hatte es auch im Grant County eine ganze Reihe von gewaltsamen Todesfällen gegeben, aber Sara konnte sich keine grässlichere Art zu sterben vorstellen als die, bei lebendigem Leib verbrannt zu werden. Normalerweise schaffte sie es sehr gut, das Opfer von dem Verbrechen zu trennen. Wenn man eine Leiche aufschnitt, konnte man diese nicht mehr als Person betrachten. Man musste sie als die einzelnen Teile eines Ganzen betrachten: Kreislauf, Atmungssystem, Gewebe, Organe, Skelett.

Doch als Sara an dieser Frau arbeitete, konnte sie nicht umhin, über deren Leben nachzudenken, über die Art ihres Todes, die Familie, die sie hinterließ. Und dann dachte sie über den Täter nach. Was für ein Mensch konnte einem anderen menschlichen Wesen so etwas antun? Auf keinen Fall ein Mensch, mit dem Jeffrey ihrer Ansicht nach sprechen sollte.

Sie hatten mit der Autopsie nicht auf Fred Bart gewartet, und das war auch gut so, denn der Zahnarzt tauchte während des ganzen Tages nicht auf. Die Überreste aus dem Auto zu holen war noch das Einfachste gewesen. Als die Leiche dann auf dem Tisch lag, erkannte Sara, dass das Feuer die Überreste dieser Frau so verwüstet hatte, dass die üblichen Prozeduren nicht mehr angewendet werden konnten. Eine Stryker-Säge war nicht nötig, weil der hintere Teil des Schädels in Saras Hand abgebrochen war, sodass das Gehirn herausglitt wie der Kern eines reifen Pfirsichs. Auch ein Y-Schnitt war nicht nötig, weil es kaum noch Haut gab, die man hätte aufschneiden können.

Alle Rippen bis auf zwei waren in der Hitze gebrochen. Kehlkopf und Luftröhre waren versengt, die Zunge mit den Halsorganen verbacken. Die Außenseiten beider Lungenflügel waren verkohlt, die Lungenbläschen von Ruß verstopft. Der Großteil der Skelettmuskulatur sah gut durchgebraten aus. Das Knochenmark war schwarz.

Der Ruß in der Lunge zeigte, dass die Frau lange genug gelebt hatte, um Rauch einzuatmen. Sara war natürlich keine Brandstiftungsspezialistin, aber sie nahm an, dass die Explosion des Benzintanks die Folge eines Feuers gewesen war, das im Inneren des Fahrzeugs begonnen hatte. Die Wucht der Tankexplosion war nach oben und nach draußen gerichtet gewesen und hatte vorwiegend den hinteren Teil des SUV beschädigt. Obwohl die Frau auf dem Rücksitz gesessen hatte, hätte sie in der Lage sein müssen, den Sicherheitsgurt zu lösen und aus dem Auto zu springen, bevor die eigentliche Katastrophe ihren Lauf nahm.

Allem Anschein nach war sie nicht vergewaltigt worden. Sara wunderte sich, dass sie das als Erleichterung empfand. Sara selbst war vergewaltigt worden – ziemlich brutal, wie eine gewisse Anwältin gerne herausstrich. So schlimm diese Erfahrung auch gewesen war, sie stellte sich vor, dass es viel schmerzhafter sein musste, bei lebendigem Leib zu verbrennen.

Was Sara am meisten entsetzte, war, dass die Frau gewusst haben musste, was ihr bevorstand. Am Schädel waren keine offensichtlichen Schäden festzustellen gewesen; man hatte sie nicht bewusstlos geschlagen, bevor das Feuer gelegt wurde.

Sie hatte zusehen müssen, wie die Flammen ihren Körper verschlangen.

Die Dusche wurde abgestellt, Sara drehte sich auf den Bauch und wünschte sich, sie hätte daran gedacht, ihre Kissen von zu Hause mitzubringen. Sie trug Socken, eine Jogginghose und eine bis zum Kragen zugeknöpfte Bluse, obwohl das Zimmer heiß und stickig war und nach feuchtem, gebratenem Hühnchen roch. Die Reste einer Pizza, die sie sich hatten liefern lassen, lagen noch auf dem Plastiktisch, und sie dachte daran, sich noch ein Stück zu holen, aber ihr Körper wollte sich nicht bewegen. Sie hätte natürlich Jeffrey bitten können, ihr eins zu bringen, aber er hatte vorher nur einen Blick auf den gut durchgebratenen Hackfleischbelag geworfen und sofort gewürgt.

Das Bett schwankte, als er sich darauf setzte. Sie wartete, dass er dass Licht ausschaltete, das Kissen aufklopfte und die Decke glatt strich, wie er es immer tat, bevor er sich hinlegte. Er tat nichts davon und fragte stattdessen: »Schläfst du schon?«

»Ja«, log sie. »Hast du dir was auf die Hand getan?«

Er antwortete nicht. »Ich hätte nicht bremsen dürfen.« Und fügte hinzu: »Gestern«, als bräuchte sie eine Erläuterung, und dann wiederholte er: »Ich hätte nicht bremsen dürfen.«

Sara schloss die Augen. »Ich hätte dich nicht schlagen dürfen«, erwiderte sie, doch so sehr sie es auch versuchte, so sehr sie sich schämte, weil sie handgreiflich geworden war, schaffte sie es nicht, wirklich Reue zu empfinden.

Dennoch drehte sie sich um und legte ihm die Hand auf die Brust. Er seufzte tief, und sie spürte, wie der Rest ihres Zorns verrauchte.

Sie sagte: »Du riechst nach Hotelseife.«

»Könnte schlimmer sein«, entgegnete er, malte ihr aber zum Glück nicht aus, wie. »Hast du deine Mutter angerufen?«

»Sie hielt gerade ein Nickerchen mit Daddy. Abends um sechs.«

Jeffrey lachte, aber Sara hatte ihm nie erzählt, dass sie zweiundzwanzig gewesen war, als sie herausfand, was es mit dem allsonntäglichen »Nachmittagsnickerchen« ihrer Eltern auf sich hatte. Und auch nicht, dass ihre neunzehnjährige Schwester ihr gesagt hatte, dass das mit Schlafen nichts zu tun habe.

Jeffrey nahm ihre Hand und sagte: »Vielleicht halten wir ja auch bald Nickerchen.«

Ein Baby. Ihr Baby.

Er fuhr fort: »Ich habe den Anrufbeantworter abgehört, als du deinen Autopsiebericht geschrieben hast. Die Adoptionsagentur hat nicht angerufen.«

»Ich habe ihn abgehört, als du in der Dusche warst.«

»Die rufen schon noch mal an«, sagte er. »Ich spüre das.«

»Reden wir lieber nicht darüber«, sagte sie. »Das bringt Unglück.« Tatsache war, dass es Jahre dauern konnte, bis ein Baby verfügbar war, obwohl natürlich ihre Bereitschaft, ein Kind bis zu einem Alter von zwei Jahren und ohne Einschränkungen bei Geschlecht oder Rasse zu nehmen, sie in der Warteliste ziemlich weit nach vorne gebracht hatte. Die Frau in der Agentur hatte gesagt, es könne nächstes Jahr oder jeden Tag so weit sein. Sie konnten nichts anderes tun als warten – und das konnten weder Jeffrey noch Sara besonders gut.

Jeffrey strich ihr über den Arm, dann über die Flanke. Sein Daumen glitt in den Bund ihrer Hose, und er sagte: »Vielleicht könnten wir jetzt gleich ein Nickerchen halten.«

Sie stützte sich auf die Ellbogen und schaute ihm in die Augen, damit ihre Antwort laut und deutlich sein würde. »Kein Teil meines nackten Körpers wird irgendeinen Teil dieses schmuddeligen Motelzimmers berühren.«

Er grinste verschmitzt. »Soll das eine Einladung sein?«

Sara legte ihren Kopf wieder an seine Brust, weil sie ihm keine Gelegenheit geben wollte, sie weiter zu verführen. »Bitte sag mir, dass das, was ich heute getan habe, dir hilft – ich will einfach so schnell wie möglich von hier weg.«

»Ich weiß nicht, wann ich hier wegkann«, gab er zu und strich ihr wieder über den Arm. »Wir wissen noch immer nicht, wer das Opfer ist. Wenn Lena nicht ausgebüchst wäre, hätten wir inzwischen wahrscheinlich schon einen Anwalt gefunden, der sie herausholt.«

»Rede bloß nicht von Anwälten«, sagte sie.

»Wir haben nie darüber geredet«, sagte er, »wie die Anhörung lief, wie die Strategie aussieht.«

»Ist schon okay«, sagte sie, aber die Wörter blieben ihr im Hals stecken. Auf dem Anrufbeantworter war auch keine Nachricht von Buddy Conford gewesen. Das bedeutete, Global Medical Indemnity überlegte noch immer, ob es sich rentierte, für Saras ärztliches Urteil zu kämpfen, oder ob es besser war, Jimmys trauernden Eltern nachzugeben.

Zum ersten Mal in ihrem Leben kam sie, um das Thema zu beenden, freiwillig wieder auf Lena zu sprechen. »Ich bin einfach nur froh, dass die Leiche in diesem Auto nicht die von Hank war.«

»Das sind wir beide«, sagte er, weil er besser als jeder andere wusste, wie leicht es für die örtliche Polizei wäre, die Vorwürfe gegen Lena bis zum Mord hochzuschrauben, wenn das Opfer ihr Onkel gewesen wäre. »Ich weiß noch immer nicht, wie Jake ohne die Identifikation des Opfers einen Fall daraus machen will. Es muss doch ein Motiv geben. Wenn er keine Beziehung zwischen Lena und dem Opfer nachweisen kann, dann hat er keine Chance.«

»Dass der Name des Opfers nicht bekannt ist, ändert nichts an der Tatsache, dass die Frau tot ist.« Sara strich die Haare auf seiner Brust glatt, damit sie ihr nicht in der Nase kitzelten. »Und Lena war am Tatort. Sie hatte ihren Fuß auf dem Benzinkanister.«

»Wahrscheinlich werden sie von dem Kanister keine Fingerabdrücke abnehmen können.«

»Aber das ist noch kein hieb- und stichfester Beweis für ihre Unschuld.«

»Sie haben keine Aussage von ihr. Sie hat zu keinem Menschen auch nur ein Wort gesagt.«

Sara überlegte, ihn zu fragen, warum er bei Lena die Unschuldsvermutung gelten ließ, während er bei jedem anderen so ein Verhalten als Schuldeingeständnis betrachten würde, aber sie war zu müde für die Diskussion, die daraus folgen würde.

Jeffrey sagte: »Wenn wir nur Hank finden könnten. Er muss einfach etwas wissen.«

»Bist du sicher, dass er nicht zu Hause ist? Sich vielleicht versteckt?«

»Soweit ich das feststellen konnte, war niemand im Haus. Valentine hat einen Wagen auf der anderen Straßenseite stehen. Ich bin mir sicher, dass er an die Tür klopfte, als Lena verschwand.«

»Vielleicht muss man eben fester klopfen, um die Tür aufzubekommen.«

Er lachte überrascht. »Ich glaube, es färbt langsam auf dich ab, dass du mit einem Polizisten verheiratet bist.«

»Dann hör auf mich. Ich fürchte, Lena hat etwas getan, das Hank in Gefahr gebracht hat.«

Jeffrey ließ sich Zeit mit der Antwort. »Aber bist du auch auf den Gedanken gekommen, dass es anders herum sein könnte?« Sie antwortete nicht, und er fuhr fort: »Hank ist wahrscheinlich wieder auf Drogen. Vielleicht hat er seinen Dealer verärgert. Vielleicht kam Lena hierher, um die Sache zu bereinigen, aber der Dealer hatte was dagegen.«

Das Kinn auf die Hand gestützt, schaute sie ihn an. »Red weiter.«

»Diese Kerle lassen nicht mit sich spaßen«, fuhr Jeffrey fort. »Und sie haben keine Angst vor Polizisten.«

Zum ersten Mal, seit sie hierhergekommen waren, hörte Sara nun etwas Logisches. Sie konnte sich gut vorstellen, dass Lena die falschen Leute verärgerte, ohne sich um die Konsequenzen zu scheren. Dasselbe Verhaltensmuster, das sie bei Ethan Green an den Tag gelegt hatte – ihren Skinhead-Geliebten so zu provozieren, dass er mit Gewalt reagierte –, könnte sich jetzt im Elawah County auch wieder abspielen.

Jeffrey sagte: »Du hast Pfeiffer nicht aus der Nähe gesehen. Der Mann hatte Todesangst. Vielleicht dachte er, sie hätten mich geschickt, um ihn zu erledigen.« Er zögerte, als wäre er sich über das Folgende noch nicht völlig klar. »Vielleicht wollte Lena in dieser Nacht nicht mit mir reden, weil sie nicht wollte, dass diese Leute auf mich aufmerksam werden.«

Sara legte ihren Kopf wieder auf Jeffreys Brust. Sie konnte der Frau die Unschuldsvermutung nicht zubilligen, aber sie wollte auch die Diskussion nicht, die folgen würde, wenn sie ihre Meinung sagte. »Glaubst du, dass der Mann, den wir vor dem Krankenhaus gesehen haben, Hanks Dealer gewesen sein könnte?«

»Jake sagte, der Kerl sei ein Dealer.«

»Er sagte aber auch, dass er ins Krankenhaus kam, um einen seiner Jungs zu besuchen«, gab Sara zu bedenken. »Jake hätte reichlich Gelegenheit gehabt, dir gleich an Ort und Stelle zu sagen, dass der Mann Hank belieferte und Lena ihm in die Quere gekommen war.«

»Ich stand in dem Augenblick bei ihm nicht sehr hoch im Kurs«, erwiderte Jeffrey. »Seiner Meinung nach hatte ich Lena eben bei ihrer Flucht aus dem Gewahrsam geholfen.«

Sara wollte dieses Thema nicht vertiefen. »Glaubst du, dass Hank ihr vielleicht geholfen hat?«

Er zuckte die Achseln. »Um aus der Stadt zu kommen, bräuchte sie ein Auto, Klamotten und Geld. Lena könnte sich das alleine besorgen oder jemanden um Hilfe bitten.«

»Ich weiß nicht, ob ich Hank zutraue, dass er das alles organisiert.«

»Er ist ein alter Mann«, gab Jeffrey zu. »Andererseits kriegt man nicht solche Fixerspuren auf den Armen, indem man zur Sonntagsschule geht.«

Das war ein gutes Argument. Tatsächlich hatte er viele gute Argumente. Sie fragte sich, warum er nicht auch gestern so gedacht hatte. Es hätte ihnen beiden viele Probleme erspart, ganz zu schweigen von den achthundert Kilometern im Auto.

Sie fragte: »Und, was steht morgen an?«

»Vielleicht klopfe ich mal richtig fest an Hanks Tür.« Er kicherte, es schien ihm Spaß zu machen, Saras Wortwitz weiterzuspinnen. »Falls sich da nichts rührt, werde ich versuchen, ein bisschen mehr über Jake Valentine herauszufinden. Ich habe ein paar Kontakte zur Sheriff's Academy drüben in Tifton. Vielleicht erfahre ich von denen ein bisschen mehr darüber, was für eine Art Polizist er ist. Und dann rufe ich Nick an und bitte ihn, Jake einmal gründlich zu durchleuchten.«

»Kannst du nicht Frank bitten, dass er das vom Revier aus macht?«

»Beim GBI können sie tiefer gehen, als wir es mit unseren Routinechecks auf dem Revier können. Ein komplettes Profil zu erstellen dauert mehrere Tage.«

»Jake kann unmöglich ein Vorstrafenregister haben, sonst hätte er die übliche Sicherheits-Regelanfrage nie überstanden.«

»Ich werde mir auch seine bekannten Kontakte genauer anschauen.«

»Aber die hätten doch sicher seine Akte markiert, wenn er bekannte Kontakte zu Kriminellen hätte.«

»Kommt darauf an, als was er bekannt ist.«

»Und wenn er Beziehungen in der Umgebung deiner Beziehungen hat, und die herausfinden, dass du Informationen über ihn sammelst?«

»Ich schätze, er wird nicht allzu überrascht sein, das zu erfahren.«

Sie griff nach seiner Hand, und ihre Finger strichen über seine Haut, bis sie ein nachlässig aufgeklebtes Pflaster spürte. Sie umfasste seine Hand. »Glaubst du, dass Jake mit dieser ganzen Geschichte was zu tun hat?«

»Jake ist hier aufgewachsen. Er war nur ein paar Jahre lang Deputy und machte dann schnell Karriere. Ich glaube, er weiß über alles Bescheid, was in dieser Stadt passiert. Die Frage ist, ob er darin verwickelt ist oder nur von außen zusieht.«

»Wann bist du auf das alles gekommen?«

Sie erwartete, dass er einen Witz über seine intellektuelle Brillanz oder seine erstaunlichen detektivischen Fähigkeiten machte. Doch er überraschte sie.

»Diese Frau«, setzte er an, und sie wusste sofort, dass er die verbrannte Leiche meinte, an der sie den ganzen Tag gearbeitet hatten. »Da draußen muss irgendwo jemand sein, der sie vermisst. Die Leute haben entweder zu viel Angst, um sich an den Sheriff zu wenden, oder sie wissen, dass es sinnlos ist, dass Jake ihnen nicht helfen will oder kann.« Sie hörte die Empörung in seiner Stimme. »Wenn man sich nicht mehr darauf verlassen kann, dass die Polizei einen beschützt, dass die Beamten ihre Arbeit korrekt machen, was soll dann das Ganze?« Er hielt inne, aber sie wusste, dass er keine Antwort erwartete. »Das ist nicht richtig, Sara. Das ist einfach nicht richtig.«

Vor vierundzwanzig Stunden hatte sie ihn noch umbringen wollen, aber jetzt konnte sie nur daran denken, dass sie ihn noch nie so geliebt hatte wie im Augenblick.

»Kannst du dir vorstellen, wie du dich fühlen würdest, wenn so was im Grant County passierte?«

Sara konnte sich einen solchen Missbrauch von Amtsgewalt nicht vorstellen. Sie hatte Jeffrey auf dem Sportplatz der Grant County Highschool kennengelernt. Sie war damals Mannschaftsärztin und schaute sich das Spiel von der Seitenlinie an. Aus irgendeinem Grund hatte Sara sich umgedreht und zur Tribüne hochgeschaut. In diesem Augenblick bemerkte sie Jeffrey neben Clem Waters, dem Bürgermeister. Er überragte den Mann, ließ ihn aussehen wie einen Zwerg. Irgendetwas an Jeffrey machte Sara das Atmen schwer. Sie hatte ihm das noch nie erzählt, aber ihr Herz hatte einen Schlag ausgesetzt, als sie ihn das erste Mal sah. Als er zum Spielfeld herunterkam, hatte sie tatsächlich weiche Knie bekommen. Wenn in diesem Augenblick ein Spieler nicht einen kräftigen Schlag abbekommen hätte, dann hätte sie sich wahrscheinlich völlig lächerlich gemacht. So machte sie sich nur ein bisschen lächerlich.

Sie schlang die Arme um ihn. »Du würdest so was nie zulassen«, antwortete sie ihm. »Nicht in unserer Stadt. Niemals.«

Er drückte ihr einen Kuss auf den Kopf, drehte sich dann um und schaltete die Nachttischlampe aus. Sara legte sich wieder hin und schmiegte ihren Körper an den seinen. Während sie sich entspannte, spürte sie, dass er sich verkrampfte.

»Was ist los?«, fragte sie.

»Riechst du was brennen?«

»Nach dem heutigen Tag rieche ich nichts anderes.«

»Nein.« Jeffrey schaltete die Lampe wieder ein. »Ich meine das wörtlich. Irgendwas brennt.«

»Ich rieche nichts ...«

Er stand auf und zog seine Jeans an. Sara setzte sich widerwillig auf, weil sie wusste, er würde nicht einschlafen können, bis er die Ursache des Geruchs gefunden hatte. Beim Zustand dieses Motels würde es sie nicht wundern, wenn irgendwo ein Stromkabel schmorte.

Er zog die Vorhänge auf und schaute auf den Parkplatz hinaus. »Ich sehe rein gar nichts.«

»Aber ich schätze, das heißt nicht, dass du wieder ins Bett kommst?«

Jeffrey zog sein T-Shirt wieder über und öffnete die Tür. Dann stand er da, ließ kühle Luft herein und schnupperte. »Es kommt von draußen.«

Sie stand auf. »Jetzt rieche ich es auch.«

Sie schlüpften beide in ihre Schuhe, bevor sie auf den Parkplatz hinausgingen. Sara zog sich gegen die nächtliche Kühle die Ärmel ihres Sweatshirts über die Hände. Draußen war der Geruch noch intensiver, wie der Rauch eines prasselnden Lagerfeuers. Auch das Knistern war unüberhörbar, und sie folgten dem Geräusch zur Rückseite der Rezeption.

An einem Ende des Gangs mit den Selbstbedienungsautomaten drängte sich bereits eine Schar Gäste, und alle machten den Eindruck, als wäre es ihnen peinlich, einander zu sehen. Doch die Angst, von ihren Nachbarn und Ehepartnern ertappt zu werden, kam nicht an gegen ihre Neugier, ein Spektakel zu beobachten. Und spektakulär war der Anblick wirklich: Aus dem Gebäude neben dem Hotel loderten Flammen, Rauch wehte in den nächtlichen Himmel.

Als Jeffrey und Sara den inneren Rand der Menge erreichten, explodierten die Fenster des Gebäudes mit einem gigantischen Knall. Jeffrey legte den Arm um Sara, drehte sie von dem Inferno weg. Ein zweiter lauter Knall war zu hören. Die Vordertür wurde abgesprengt und schlitterte über den Parkplatz.

Jeffrey musste schreien, um den Lärm des Feuers zu übertönen. »Hat jemand neun-eins-eins angerufen?«

Irgendjemand in der Menge antwortete: »Zweimal.«

Jeffrey sagte zu Sara: »Das ist Hanks Bar.«

»Ich hoffe, da ist niemand drin«, erwiderte sie und beschirmte die Augen gegen den grellen Schein mit der Hand. Erst sah es so aus, als würde die Bar nur außen brennen, als hätte jemand Benzin an die Wände geschüttet und ein Streichholz angezündet. Doch da die Fenster geplatzt waren, arbeitete sich das Feuer nach innen vor, es folgte den Streben und Balken und tanzte über das Dach. Falls es in dem Gebäude eine Sprinkleranlage gab, funktionierte sie nicht. Sara vermutete, dass die Flammen die Bar schon in wenigen Minuten völlig verschlängen.

Plötzlich war ein durchdringendes Geräusch zu hören, wie von einem verletzten Tier oder vielleicht einer Sirene. Sara schaute die Straße entlang, weil sie einen Löschzug erwartete, aber da waren nur ein paar Autos und ein Motorrad, die langsam vorbeifuhren.

»Lena«, murmelte Jeffrey und ging auf das Gebäude zu.

Durch eins der kaputten Fenster sah Sara eine Gestalt, die sich zur Mitte der Bar bewegte. Im Feuerschein sah sie, dass die Person auf etwas in ihren Händen hinunterschaute.

»Hey, Sie da!« Jeffrey hatte offensichtlich dasselbe erkannt wie Sara: dass die Person im Inneren gar nicht Lena war, sondern ein Mann mit breiten Schultern und kräftiger Gestalt. Er hob den Kopf, als Jeffrey noch einmal rief, rührte sich aber nicht.

Jeffrey drehte sich wieder zu Sara um. Er nickte einmal, als wollte er sagen: »Du weißt, dass ich das tun muss«, und lief dann auf das Gebäude zu.

»Jeffrey!«, schrie sie. Es war zu gefährlich. Das Feuer würde den Mann binnen Sekunden erreichen. »Jeffrey!«

Er sprang zurück, als vor ihm eine Feuerwand in die Höhe schoss, gab aber nicht auf. Ohne Saras Flehen zu beachten, ging er zur Rückseite des Gebäudes, um sich einen anderen Weg zu dem Mann zu suchen.

»Nein«, flüsterte Sara und sah hilflos zu, wie Jeffrey in das brennende Gebäude rannte. Inzwischen brannte drinnen das Hemd des Mannes, aber wie ein Verrückter drehte er sich von Jeffrey weg und lief davon. Jeffrey jagte ihm nach, streckte die Hand nach ihm aus, und dann waren sie beide nicht mehr zu sehen.

»Nein«, wiederholte Sara und starrte wartend auf die Türöffnung, ob Jeffrey vielleicht auftauchte. Sie ging um die Bar herum, Glas knirschte unter ihren Sohlen, und sie schaute in die klaffenden Löcher, wo die Fenster gewesen waren. Sie war halb um die Bar herum und stand am Waldrand, als es eine laute Explosion gab, eine so heftige, dass sie zu Boden geworfen wurde.

Sekunden vergingen. Ihre Ohren klangen, im Hirn hatte sie nur ein gleichbleibendes Rauschen. Sara schüttelte den Kopf, Schutt rieselte ihr aus den Haaren. Sie drückte die Hände gegen die festgetretene Erde und setzte sich seitlich auf. Flammen schossen aus dem Gebäude. Ihre Haut fühlte sich von der Hitze versengt an. Sie konnte sich auf die Knie aufrichten, aber nicht aufstehen. Sie öffnete den Mund, brachte aber keinen Ton heraus.

»Sara!« Jeffrey kam aus dem Wald gerannt, schlitterte über den Boden und fiel neben ihr auf die Knie. »Alles okay?« Er nahm ihr Gesicht in beide Hände. »Bist du verletzt?«

Sie legte ihre Hände über seine. »Ich dachte …«

Das unverkennbare Heulen einer Sirene erfüllte die Luft. Diesmal war es eindeutig der Lärm eines Löschzugs. Die hinteren Räder quietschten, als er auf den Parkplatz fuhr, ein Krankenwagen direkt dahinter. Die Feuerwehrmänner wuselten herum wie Ameisen, entrollten Schläuche und dirigierten die Schaulustigen von dem lodernden Gebäude weg.

»Sara«, wiederholte Jeffrey. »Rede mit mir. Bist du verletzt?«

Sie schüttelte den Kopf, sank an seine Brust und schlang die Arme so fest um ihn, dass sie schon meinte, sie würde ihm die Luft abdrücken.

»Du bist okay«, sagte er und strich ihr über die Haare. »Du bist okay.«

Sara traute sich nicht, den Mund aufzumachen, weil nur Schluchzen herauskommen würde. Sie war wie betäubt, umfangen von einem Vakuum, das Geräusche und Gefühle dämpfte.

Jeffrey hustete, und sie lockerte ihren Griff ein wenig, ließ ihn aber nicht los.

Sie hatte gedacht, er wäre tot. In diesem Sekundenbruchteil hatte sie ihr Leben ohne ihn gesehen, gefühlt, wie es wäre, ihn zu verlieren.

»Er ist in den Wald gerannt«, erzählte ihr Jeffrey, als würde sie der Mann interessieren, der ihn in das Gebäude gelockt hatte. »Er hatte etwas in den Händen. Ich konnte nicht erkennen, was.«

Einer der Sanitäter kniete neben Sara, legte ihr die Hand auf den Rücken. »Alles in Ordnung mit Ihnen, Ma'am?

Sie schaffte es zu nicken. Schock. Sie musste einen Schock erlitten haben.

Ein anderer Sanitäter fragte: »Können Sie atmen? Brauchen Sie Sauerstoff?«

Sie musste sich räuspern, bevor sie ihm antworten konnte: »Nein.« Offensichtlich glaubte er ihr nicht. Er versuchte, ihr eine Maske anzulegen, aber sie stieß ihn weg.

Jeffrey machte ein besorgtes Gesicht. »Vielleicht solltest du …«

»Ich bin okay«, sagte sie zu ihnen allen und kam sich blöd vor, weil sich so viele Leute um sie kümmerten. Sie klammerte sich an Jeffreys Hemd fest und versuchte aufzustehen. Er legte ihr die Hand um die Taille und hob sie praktisch vom Boden auf. Sie legte ihre Hand auf die seine, um sie dort zu behalten.

Sie sagte zu ihm: »Ich will zurück in unser Zimmer.« Er fragte nicht lange nach, sondern führte sie, die Gaffer mit der freien Hand beiseitestoßend, durch die Menge. Sie starrten sie alle an, und Sara schaute zu Boden, konzentrierte sich darauf, einen Fuß vor den anderen zu setzen, und drückte Jeffrey so fest an sich, wie sie nur konnte.

»Moment mal, Chief.« Es war Jake Valentine.

»Nicht jetzt«, entgegnete Jeffrey.

Er nahm seine Baseballkappe ab. »Wenn Sie nur kurz …«

»Nicht jetzt«, wiederholte Jeffrey und drückte Sara noch fester. Die Lichter der Verkaufsautomaten flackerten, als sie vorbeigingen, die Kühlaggregate summten wie ein Bienenstock. Sara hatte die Tür nicht richtig geschlossen, als sie das Zimmer verließen, und Jeffrey drückte sie langsam mit der freien Hand auf. Sie spürte, wie sein Körper sich anspannte, als er sich umschaute, um sicherzugehen, dass niemand drin war.

Er versuchte, keine große Show daraus zu machen, aber er hielt Sara hinter sich, als er das kleine Bad kontrollierte. Sobald er sicher war, dass sie alleine waren, drehte er den Hahn auf und nahm ein Handtuch vom Halter.

»Ich möchte wissen, warum er davongerannt ist«, sagte Jeffrey, in Gedanken noch immer bei dem Mann in der Bar, während er das Tuch befeuchtete.

Sara stemmte sich auf das Handtuchschränkchen, ihre Füße baumelten über dem Boden. Allmählich kehrten ihre Sinne zurück. Sie roch die säuerliche Mischung aus Rauch und dem Schweiß von Jeffreys Körper. Sein Hemd war nass und rußverschmiert.

Er sagte: »Ich konnte ihn nicht richtig erkennen. Überall war Rauch.«

»Kannst du normal atmen?«, fragte sie. Die Ärztin in ihr erwachte nun wieder zum Leben. »Tut dir die Brust oder die Kehle weh?«

Er schüttelte den Kopf. »Komm«, sagte er. Behutsam wusch er ihr das Gesicht mit dem Handtuch und erzählte dabei: »Hinter dem Gebäude ist ein kleiner Bach, und daneben steht so eine Art Hütte. Der Kerl ist das Ufer hinuntergestolpert und ins Wasser gefallen. Ich dachte, ich kriege ihn, aber dann ist er einfach verschwunden.« Jeffrey zupfte etwas aus Saras Haaren und warf es in den Abfallkorb. »Ich konnte nicht erkennen, ob er fallen ließ, was er da in der Hand hatte. Was es auch war, für ihn war es so wichtig, dass er dafür in ein brennendes Gebäude rannte.« Er wusch das Handtuch aus. Sie sah, dass es schmutzfleckig war und fragte sich, wie ihr Gesicht aussah. Zum Abschluss sagte er: »Dann sah ich das Gebäude explodieren und dich zu Boden gehen.«

Sie spürte etwas Kühles auf ihrer Wange und merkte, dass sie weinte.

»Hey«, sagte Jeffrey und wischte ihr die Tränen weg. »Alles okay.«

Die zurückgehaltenen Gefühle stürzten mit einem Mal auf sie ein. Ihr eigener Zustand war ihr egal. »Ich dachte nur … du bist da rein, und dann sah ich … Ich dachte, du bist …«

Er lächelte sie verwundert an, als würde sie überreagieren. »Na komm, Baby. Mir geht's gut.«

Sie berührte sein Gesicht, versuchte, das Zittern ihrer Hände zu unterdrücken. Sara wusste, dass Jeffrey ihre Zähigkeit und Unabhängigkeit attraktiv fand. Doch in diesem Augenblick konnte sie dieser Mensch nicht sein, konnte ihn nicht auch nur für einen Augenblick glauben lassen, dass sie ohne ihn überleben könnte. »Ich weiß nicht, was ich tun würde, wenn dir etwas passieren würde.«

»Also komm.« Er versuchte, einen Witz daraus zu machen. »Du hast doch eine ganze Liste von Jungs, die nur darauf warten, meinen Platz einzunehmen.«

Sara schüttelte den Kopf, sie konnte einfach nicht mitspielen. »Sag so was nicht.«

»Vielleicht würde Nick Shelton endlich zum Zuge kommen. Ihr könntet euch ja Halsketten im Partnerlook kaufen.«

Sie küsste ihn und spürte Ruß auf seinen Lippen. Es war ihr egal. Sie öffnete ihren Mund für ihn, schlang ihre Arme um seine Schultern, ihre Beine um seine Hüften, zog ihn so dicht an sich wie irgend möglich. Sie wollte jeden Teil seines Körpers spüren, wissen, dass er zu ihr gehörte. Etwas Verzweifeltes überfiel sie, und sie zerrte am Halsausschnitt seines T-Shirts, um es ihm herunterzureißen.

»Hey …« Er wich zurück, noch immer dieses verwunderte Lächeln auf den Lippen. »Wir sind doch okay, oder? Uns geht's doch gut.«

Wir, hatte er gesagt, aber darum war es ihr gar nicht gegangen. Sie konnte durch seine Fassade hindurchsehen, dass sein Lächeln nicht bis zu den Augen reichte, dass er zu schnell redete, dass er sich wegen irgendetwas Sorgen machte – zu viele Sorgen, um ihr davon zu erzählen. Sie legte ihm die Fingerspitzen an die Lippen, ließ sie seinen Hals, seine Brust hinunterwandern. Als sie mit den Fingernägeln über die Front seiner Jeans kratzte, hörte er endlich auf zu lächeln.

»Verlass mich nie«, sagte sie, öffnete den Knopf seiner Jeans, zog den Reißverschluss auf. Es klang wie eine Drohung, aber sie sagte es aus nackter Angst bei dem Gedanken an ein Leben ohne ihn. »Verlass mich nie.«

Er war schon bereit, bevor sie ihn umfasste. Seine Zunge fuhr tief in ihren Mund, als er sie küsste, mit langen, festen Stößen, die den ihren entsprachen. Sara küsste ihn noch heftiger zurück, streichelte ihn mit beiden Händen, bis er ihre Hose herunterriss und ihr die Beine spreizte. Sie rutschte vor an die Kante des Handtuchschränkchens und drückte ihr ganzes Gewicht gegen ihn, als er in sie stieß. Wieder versuchte er, sie zu bremsen, aber sie stützte sich mit einer Hand an dem Schrank ab und stieß gegen ihn, um ihn schneller zu machen.

»Scheiße«, hauchte er, drückte sie gegen den Spiegel und küsste ihren Hals. Sie spürte seine Zähne an ihrer Brust, seine Hände an ihrem Hintern, während er immer fester und tiefer zustieß. Sara grub die Fingernägel in seinen Rücken, spürte, wie dicht davor er war, wollte nichts anderes, als dass er sich gehen ließ.

»Du fühlst dich so gut an«, flüsterte sie mit den Lippen an seinem Ohr, damit er ihren Atem spürte. »So gut …« Sie redete immer weiter, neckte ihn mit Worten, weil sie wusste, dass ihn das noch mehr erregte.

Er keuchte, die Muskeln in seinem Rücken strafften sich wie Drahtseile. Sara kniff die Augen zusammen, konzentrierte sich auf das warme Blühen in ihrer Mitte, während sein Körper erschauderte. Er wurde langsamer, und diesmal ließ sie ihn, genoss jeden Stoß, wünschte sich, sie könnte ihn auf ewig so halten.

Er schauderte noch einmal, als er kam, und dann sank er auf sie, und seine Hände packten das Schränkchen, als müsste er sich abstützen. Sie fuhr ihm mit den Fingernägeln sanft am Rücken entlang. Seine Haut war heiß und klebrig, dennoch wollte sie jeden Teil davon spüren. Sara küsste seine Schultern, seinen Hals, sein Gesicht.

»O Gott«, keuchte er. »Tut mir leid, dass ich nicht …« Er schüttelte den Kopf. »O Gott.«

Sara drückte ihren Mund auf seinen, gab ihm einen zärtlichen Kuss. Sie konnte an einer Hand abzählen, wie oft er gekommen war, ohne sie zum Höhepunkt gebracht zu haben. Und sie wusste , dass sie sich ihm in ihrem ganzen Leben noch nie näher gefühlt hatte.

Er lächelte wieder, dieses schmale Lächeln, das sie so wütend machen konnte und das sie gleichzeitig so sehr an ihm liebte. »Ich wette, Nick könnte das nicht.«

Sie lehnte den Kopf an den Spiegel, noch immer wollte sie kein Spiel daraus machen.

»Du weißt doch, dass es heißt, kleine Kerle würden überkompensieren.«

Sie schaute ihn an, sah, er brauchte es, dass sie mitspielte. »Ein bisschen was solltest du mir zutrauen«, sagte sie und tat ihm den Gefallen. »Was Besseres als Nick schaffe ich allemal.«

Er strich ihr die Haare aus dem Gesicht. »Weißt du, dass ich dich liebe, seit ich dich das erste Mal sah?«

Sie lachte. »Du hattest für diesen Abend ein heißes Rendezvous geplant.«

»Hatte ich nicht.«

Sie stieß ihm in die Rippen. »Du musstest sie anrufen und ihr sagen, dass du dich verspäten würdest.«

Er küsste sie sanft auf den Mund. »Ich liebe dich, Sara.«

Sie spürte, wie ihr die Kehle eng wurde. Sie antwortete mit ihrer üblichen Floskel, der ironischen Antwort, die ihn in ihrem ersten gemeinsamen Jahr wahnsinnig gemacht hatte, weil sie seine Worte nie wiederholen wollte. »Ich weiß.«

»Und weißt du noch was?«, fragte er und schob ihr eine Haarsträhne hinters Ohr. »Du bist ein schmutziges, schmutziges Mädchen.« Sara merkte, wie sie tiefrot wurde, und er lachte laut. »Das auch, aber ich meine es wörtlich. Schau dich im Spiegel an.«

Sie drehte sich um und betrachtete ihr Spiegelbild. Er hatte es zwar geschafft, fast den ganzen Dreck abzuwischen, aber sie sah immer noch aus wie von einem Lastwagen angefahren.

Er sagte: »Ich muss ehrlich sein. Was du mit deinen Haaren gemacht hast, gefällt mir ganz und gar nicht.«

Sei drehte sich wieder zu ihm um. »Du bist auch nicht gerade das schönste Pferd im Stall.«

»Warum bringen wir das hier dann nicht unter der Dusche zu Ende?« Er schaute nach unten, strich ihr mit den Händen über die Schenkel. »Oder willst du mir Gelegenheit geben, meinen Fehler jetzt gleich wiedergutzumachen?«

»Weißt du denn noch, wie das geht?«

Sie schraken beide hoch, als lautes Klopfen die Tür erzittern ließ.

Sara rutschte vom Schränkchen und zog sich mit einer schnellen Bewegung die Jogginghose hoch und die Bluse vor der Brust zu. Ihr Herz klopfte, als wäre sie wieder achtzehn und mit einem Jungen auf dem Rücksitz eines Buick und nicht eine erwachsene, verheiratete Frau, die jedes Recht hatte, mit ihrem Ehemann in einem billigen Motel zu sein.

Wieder klopfte es an der Tür, fast wie mit einem Hammer. Licht strömte an der Oberkante herein, wo das dünne Sperrholz von der Wucht der Schläge aufgebogen wurde. Das einfache Glasfenster, das auf den Parkplatz hinausging, gab unheilvolle, knirschende Geräusche von sich.

Sara knöpfte die Bluse zu, während Jeffrey sich wieder seine Jeans anzog. »Wenn das Jake Valentine ist …«, setzte er an, aber weiter kam er nicht, denn das Fenster zerbarst, Splitter flogen ins Zimmer und die Vorhänge blähten sich auf, dann knallte ein großes Objekt auf den Plastiktisch und fiel zu Boden.

Jeffrey war auf die Knie gegangen und bedeckte den Kopf mit den Armen. »Was zum …«

Draußen auf dem Asphalt quietschten Reifen.

Sara öffnete überrascht den Mund. Das Objekt war ein Mann. Irgendjemand hatte eben einen Mann durch ihr Fenster geworfen.

Instinktiv rannte sie auf ihn zu, aber Jeffrey packte ihre Hand und riss sie zu Boden.

»Geh ins Bad«, befahl er, während er unter die Matratze griff und seine Waffe hervorzog. »Sofort.«

Sara lief geduckt los, während Jeffrey auf die Tür zukroch. Er legte die Hand auf den Knauf, drehte ihn, aber die Tür rührte sich nicht.

Er drückte sich mit dem Rücken an die Tür, dann an die Wand und bewegte sich so zum Fenster. Er stand auf, schaute schnell zum Fenster hinaus auf den Parkplatz und kniete sich dann wieder unter den Fenstersims. Zweimal machte er das, und jedes Mal hielt Sara die Luft an, weil sie Angst hatte, dass ihm gleich der Kopf weggeschossen würde.

Jeffrey warf Sara einen schnellen Blick zu. »Bleib hier«, sagte er und sprang dann durch das kaputte Fenster.

Sara hielt den Atem an und lauschte angestrengt nach Schüssen. Auf Händen und Knien kroch sie auf den Mann zu, um zu kontrollieren, ob er noch lebte. Überall waren Glassplitter, und sie wich ihnen aus, um sich nicht zu schneiden. Den Kopf noch immer tief gesenkt, drückte sie ihm die Finger an den Hals, aber sie war sich nicht sicher, ob sie dort seinen Puls fühlte oder nur das Pochen in ihren eigenen, zitternden Fingern.

»Sara.«

Sie schrie auf und duckte sich, bevor sie erkannte, dass es nur Jeffrey war.

»Wer das auch war, er ist verschwunden.« Mit dem Griff seiner Waffe schlug er Glasreste aus dem Rahmen, bevor er wieder durchs Fenster hereinkletterte. »Ist er tot?«

Nun schaute sie den Mann endlich an. Er lag, mit dem Gesicht zum Fenster, auf seiner linken Seite. Der weiße Perlmuttgriff eines teuer aussehenden Klappmessers ragte aus seinem Rücken. Eine große Glasscherbe steckte in seinem Hals, aber es war nur eine dünne Blutspur zu sehen, nicht das Quellen, das man bei einem schlagenden Herzen erwarten würde. Trotzdem drückte sie ihm den Finger an die Halsschlagader.

Dann sagte sie: »Nichts.«

Er schien beinahe erleichtert. »Die Tür wurde zugenagelt.«

Sara setzte sich auf die Fersen und dankte Gott stumm dafür, dass es nur ein Mann war, den man ihnen durchs Fenster geworfen hatte, und nicht ein lodernder Feuerball.

Jeffrey drehte den Kopf des Mannes, betrachtete sein Gesicht. »Ich glaube, das ist der Kerl aus der Bar.«

»Das muss er sein«, erwiderte sie. Der Mann war offensichtlich vor kurzem in einem Feuer gewesen. Die Augen waren offen, aber die Wimpern waren versengt. Seine Stoppelfrisur war mit Ruß bedeckt. Sein Hemd zeigte große Brandlöcher, die Haut darunter Brandwunden ersten und zweiten Grades.

Jeffrey fing an, den Hemdsärmel des Mannes aufzureißen.

»Nicht«, sagte sie, weil sie dachte, dass an dem Hemd Spuren sein könnten, aber dann sah sie, warum Jeffrey es tat.

Auf den Arm des Mannes war ein großes, rotes Hakenkreuz eintätowiert.

Lena

12 Lena saß, den Rücken an die Wand gelehnt, an Hanks Küchentisch, und wartete, dass er nach Hause kam. Die Uhr über dem Herd tickte laut, und Lena musste sich zwingen, ihren Atemrhythmus nicht dem Geräusch anzupassen. Der Mercedes stand in der Auffahrt, also musste er irgendwann nach Hause gekommen sein, aber im Augenblick war er nirgendwo zu finden. Das Haus war leer, der Schuppen und der zerbeulte, alte Pick-up im Hinterhof ebenfalls. Sie war an der Bar vorbeigefahren, hatte im Krankenhaus angerufen und hatte sogar mit einem alten Knacker im Büro des Sheriffs gesprochen, der nur den üblichen Spruch mit den vierundzwanzig Stunden warten abgelassen hatte, aber Hank war ganz einfach verschwunden. Sein Handy lag auf dem Küchentisch, der Akku war leer. Der Anrufbeantworter zeigte keine Nachrichten an. Die blaue Metallkiste, sein Drogenbesteck, war verschwunden. Ohne sein Besteck ging Hank nirgendwohin. Anscheinend hatte er es mitgenommen, was bedeutete, dass er das Haus aus freien Stücken verlassen hatte – aber das sagte ihr nicht, wohin er gegangen war.

Lena wusste nicht einmal, was sie tun sollte, wenn er wieder auftauchte. Was würde sie sagen, wenn er jetzt gleich durch die Tür kam? Was sollte sie ihn denn fragen? Vier Stunden waren vergangen, seit sie in der Schule mit Charlotte gesprochen hatte, aber diese Stunden hatten ihr nicht mehr Klarheit gebracht.

Hank war also nicht am Steuer dieses Autos gesessen.

Angela Adams hatte ihre eigene Tochter angefahren und war dann – was? Einfach davongebraust? Hatte es Hank überlassen, sich um die Folgen zu kümmern und die Schuld auf sich zu nehmen?

Das Einzige, was Lena geschworen hatte, ihm nie zu verzeihen – und er hatte es nicht einmal getan? Die Wut auf ihn, die sie fast ihr ganzes Leben lang empfunden hatte, kochte noch immer in ihr, jetzt aber wusste sie nicht mehr, wogegen sie sie richten sollte. Sollte sie wütend sein auf ihre Mutter, eine Frau, an die sie sich nicht einmal mehr erinnern konnte? Was war so schlimm an Angela Adams, dass Hank die Leute lieber in dem Glauben ließ, er sei schuld an der Blindheit seiner Nichte, als den Mädchen zu sagen, dass sie noch lebte? Was hatte sie ihnen allen angetan?

Die Sonne ging langsam unter, und die Neonröhre über dem Spülbecken tauchte die Küche in ein fluoreszierendes Licht. Hanks AA-Broschüren lagen noch immer auf Tisch und Boden verstreut und stapelten sich auf dem Gasherd. Die Uhr tickte weiter, während Minuten, dann eine ganze Stunde verstrichen.

Nach dem Unfall hatte Sibyl sich nicht mehr erinnern können, dass sie überhaupt auf die Einfahrt gelaufen war oder auch nur daran, dass sie mit Lena Ball gespielt hatte. Damals meinte der Arzt, dass das bei so schweren Verletzungen ziemlich normal sei und manchmal die Erinnerungen nie mehr zurückkehrten. Die Zwillinge hatten danach nie richtig darüber gesprochen. Vielleicht hatten sie es als Kinder getan, doch noch einiger Zeit waren Sibyls Blindheit und die Ursache dafür Dinge, die sie beide als gegeben hinnahmen. Über den Unfall zu reden wäre gewesen, als würde man darüber reden, dass die Sonne jeden Morgen aufging: eine Selbstverständlichkeit.

Unterdessen gab Lena Hank die Schuld, und Hank tat absolut nichts, um sie davon abzubringen. Sooft sie es ihm ins Gesicht schleuderte, spannte er nur die Kiefermuskeln an, starrte auf irgendwas hinter ihrer Schulter und wartete, bis sie fertig war.

Charlotte Warren musste mehr über diese Sache wissen, als sie sagte; sie war drei Jahre älter als Lena und Sibyl. Ihr Gedächtnis war besser, der Schock weniger traumatisch. Dennoch hatte die Frau nichts preisgegeben außer den nackten Tatsachen: Das Auto hatte Sibyl angefahren, Hank war gerannt gekommen, und Angela war davongerast, ohne sich um Sibyl zu kümmern, ohne auch nur ein Wort zu sagen. Die Polizei war binnen weniger Minuten da, dann der Krankenwagen. Charlottes Mutter hatte ihre Tochter nach Hause geholt und ihr gesagt, sie solle vergessen, was passiert war, dass nichts Gutes dabei herauskommen würde, wenn man darüber redete.

Charlotte hatte behauptet, sie habe sich den Rat ihrer Mutter zu Herzen genommen. Sogar als ihre Beziehung zu Sibyl sich zu etwas Ernsthafterem entwickelte, hatte Charlotte angenommen, dass es gewisse Dinge gab, die einfach zu schrecklich und zu schmerzhaft waren, um darüber zu reden.

Aber war es so einfach gewesen? Hatten Charlotte und Sibyl wirklich nie über diesen Tag gesprochen? Lena hielt es für durchaus denkbar, dass Sibyl, wenn sie schon mit ihrer eigenen Schwester nicht über die Sache reden wollte, sie auch bei Charlotte Warren nicht zur Sprache bringen würde. Sibyl war immer zornig geworden, wenn sie das Gefühl hatte, jemand bemitleide sie. Sie hatte ihr Leben dem Ziel gewidmet, so selbstständig zu sein wie ein sehender Mensch. Sie hatte sich ihrer Behinderung nie geschlagen gegeben oder sie zum eigenen Vorteil ausgenutzt. Vielleicht hatten sie nicht über den Unfall gesprochen, weil sie nicht wollte, dass sie irgendjemandem leidtat.

So viele Geheimnisse, so viele Leute, die Angela Adams beschützten, und keiner, der bereit war zu erklären, warum.

Lena griff über ihren Kopf hinweg zu dem Telefon an der Wand. Der Hörer lag klebrig in ihrer Hand, die Tasten waren dreckverkrustet. Sie wählte Nan Thomas' Nummer, weil sie Sibyls Geliebte fragen wollte, was genau ihre Schwester über diesen entsetzlichen Tag in Erinnerung behalten hatte. Ihr Herz pochte, als Nans Apparat zu läuten anfing. Lena wartete und zählte die Klingelzeichen, bis schließlich der Anrufbeantworter ansprang.

Sie legte auf, ohne eine Nachricht zu hinterlassen.

Was, wenn Sibyl gewusst hatte, dass es ihre Mutter gewesen war? Nein. Dann hätte sie Lena etwas gesagt. Sie hätte unmöglich all diese Jahre durchhalten können, ohne Lena zu sagen, dass ihre Mutter noch am Leben war, obwohl Hank gesagt hatte, sie wäre gestorben und sie die ganze Zeit angelogen hatte.

Außer Sibyl hatte ebenfalls versucht, Lena zu schützen.

»Scheiße«, fluchte Lena und rieb sich die Augen. Sie war müde, und in Hanks Haus zu sitzen war irgendwie schlimmer als in diesem schmuddeligen Motelzimmer. Schmutziger war es hier auf jeden Fall.

Sie stand auf und ging zur Hintertür. Lena legte die Hand auf den Knauf, drehte ihn aber nicht. Stattdessen ließ sie die Hand wieder sinken und ging in die Diele. Vor dem Badezimmer blieb sie stehen, drehte sich dann um und kehrte in die Küche zurück. Die Stuhlbeine schabten über den Boden, aber an den Belag verschwendete sie keinen Gedanken.

Schon vor vielen Jahren war Hank der Platz ausgegangen, wohin er sein ganzes Zeug räumen konnte. Er hatte sich in einem Baumarkt zurechtgesägte Sperrholzbretter gekauft und ließ sie sich von Lena durch die Dachbodenluke nach oben reichen, um sich daraus ein Regal zu zimmern. Natürlich war er so schlau gewesen, dieses Projekt mitten im August anzugehen, dem heißesten Monat des Jahres. Nachdem das letzte Brett festgenagelt und er vom Dachboden heruntergeklettert war, kippte er in der Diele wegen eines Hitzschlags um.

Am nächsten Tag war er wieder auf dem Dachboden, stapelte Kisten auf und räumte Sachen um. Lena war damals zehn, vielleicht zwölf. Wenige Jahre nachdem Angela Adams Sibyl angefahren hatte. Was hatte Hank da oben verstaut? Welche Papiere hatte er die ganze Zeit über ihrem Kopf versteckt? Er hatte so viel Zeug herumliegen, dass sie an die zusätzlichen Sachen auf dem Dachboden noch gar nicht gedacht hatte.

Lena stieg auf den Stuhl und drückte die Hände gegen die Lukenklappe. Sie schien zu klemmen, allerdings nicht wegen verklebter Farbe. Irgendetwas war darauf, eine Kiste vielleicht, und Lena musste ihre Faust benutzen, um die Klappe hochzudrücken und den Ballast herunterzustoßen. Als sie dann die Klappe beiseitegeschoben hatte, schmerzte ihre Hand, Blut lief ihr über die Knöchel. Aus dem Dachboden wehte schale Luft herunter, aber Lena dachte nicht lange darüber nach, sondern griff sofort nach oben, packte die Balken zu beiden Seiten der Luke und zog sich hoch.

Das Dach hatte einen Giebel, der jedoch nicht hoch genug war, um aufrecht zu stehen. Tief geduckt bewegte sie sich zum Lichtschalter, vorsichtig, weil sie wusste, dass lange Nägel von den Schindeln herunterragten, die ihr sehr leicht die Kopfhaut aufreißen konnten. Es war verdammt heiß auf dem Dachboden. Schweiß rann ihr den Rücken hinab. Obwohl sie wusste, dass es Zeitverschwendung war, legte sie den Schalter um. Es wunderte sie sehr, als die Birne ansprang und einen kleinen Bereich des vollgestellten Dachbodens erhellte. Auf dem Boden lagen eine kaputte Birne und eine leere Schachtel, sie musste deshalb annehmen, dass Hank erst vor kurzem hier oben gewesen war. Es gab allerdings nirgendwo einen Hinweis darauf, was er hier oben getan hatte. Überall stapelten sich Kisten, Papiere quollen hervor. Rattenköttel sprenkelten den Sperrholzboden. Sie hörte ein Quieken, als irgendein Tier gegen ihre Anwesenheit protestierte.

Der Geruch traf sie mit unvermittelter Intensität, der überwältigende Gestank des Todes.

Als junge Polizistin hatte Lena eine ganze Reihe von Anrufen von Söhnen und Töchtern bearbeitet, die nicht in der Stadt lebten und sich wunderten, warum Mom oder Dad oder Grandma nicht ans Telefon gingen. Im Allgemeinen gab es einen sehr guten Grund dafür, und die dienstälteren Beamten sahen es als Ausbildung vor Ort, die Grünschnäbel loszuschicken, damit sie die Leichen entdeckten.

Einmal hatte Lena eine alte Frau gefunden, die mausetot in ihrem Lehnstuhl saß. Ein halbfertiger Wandbehang und Stricknadeln lagen in ihrem Schoß, im Hintergrund plapperte der Fernseher. Die Frau roch nach Urin und verfaulendem Fleisch. Lena rannte zur Hintertür und kotzte, bevor sie das Revier anrief und berichtete, was sie gefunden hatte.

Jetzt, auf diesem Dachboden, spürte sie wieder diesen Brechreiz, doch nicht infolge von Stress, sondern vor Angst. Sie wusste, wie ein toter Mensch roch, wie bei der Verwesung die Körperflüssigkeiten aus ihm heraussickerten, die Gase entwichen. Sie wusste, wie die Haut um die Knochen schrumpelte, und dass die Toten in den meisten Fällen in ihrer eigenen Scheiße lagen, bis jemand sie fand.

Ein Gedanke schoss ihr durch den Kopf, einer, der nicht mehr weggehen wollte: Hatte sie ihre Mutter gefunden? War Angela Adams all die Jahre hier oben gewesen, war ihre Leiche in die Bodendielen gefault, während Lena und Sibyl direkt darunter lebten?

Nein. Das war unmöglich. Zu viel Zeit war vergangen. Der

Geruch wäre verschwunden. Hank hätte sie inzwischen beseitigt.

Lenas Herz klopfte bis zum Hals. Hank. Wie immer dachte sie auch jetzt als Letztes an ihn. Tränen traten ihr in die Augen. Sie streckte den Arm in die Höhe und stützte sich an einer Dachsparre ab. Es gab noch ein zweites Geräusch auf dem Dachboden, das ihres Schluchzens, das einer verklingenden Sirene ähnelte.

Jetzt sah sie es am anderen Ende des Dachbodens: ein blasser Fuß, der hinter den Kisten hervorragte, ein Männerfuß, spärliche Behaarung am Knöchel, den wächsernen Glanz des Todes auf der Haut.

»Nein«, flüsterte Lena. Mehr brachte sie nicht hervor.

Er hatte es schließlich getan. Er war mit seinem Besteck hier hochgeklettert, hatte seine letzte Nadel genommen, das letzte Tütchen Pulver verflüssigt und sich umgebracht. So wie er es Lena angekündigt hatte So wie sie es sich all die Jahre insgeheim erhofft hatte.

Sie könnte jetzt sofort von hier verschwinden. Sie könnte ins Grant County zurückkehren. Sie könnte am Montag wieder zur Arbeit gehen, ihren Job erledigen, nach Hause kommen, zu Abend essen, vielleicht ein wenig fernsehen. Sie könnte Nan anrufen und sie vielleicht sogar besuchen. Sie würden Bier trinken und im Garten sitzen und über Sibyl reden, und vielleicht könnte Lena die Geliebte ihrer Schwester fragen, was genau Sibyl gewusst hatte. Vielleicht würde sie es aber auch nicht tun. Vielleicht würden sie über das Wetter reden oder ein Buch, das Nan gerade las, Lena aber im Leben nicht verstehen würde. Nan würde sich nach Hank erkundigen, und Lena würde ihr sagen, dass sie schon eine ganze Weile nichts mehr von ihm gehört habe und nicht wisse, was er so treibe.

Auf Händen und Knien kroch Lena zu ihm. Ihre Arme zitterten so heftig, dass sie auf halbem Weg pausieren musste, um sich zu sammeln, bevor sie weiterkriechen konnte. Wieder hörte sie etwas, Wörter in einer dünnen Stimme, als würde ein kleines Mädchen sie flüstern. »Es tut mir leid«, hörte sie. »Es ist meine Schuld … Ich hätte dich nicht allein lassen dürfen … Ich hätte einen Krankenwagen rufen müssen … Ich hätte dich ins Krankenhaus bringen müssen … Ich hätte dich bremsen müssen.« Lena erkannte, dass die Stimme, die sie hörte, ihre eigene war. Sie schluchzte und schnappte auf dem stickigen Dachboden nach Luft.

Lena streckte die Hand aus und drückte gegen die Kisten, bis sie zur Seite kippten. Dann sah sie den nackten Mann tot vor sich liegen.

Es war nicht Hank.

Donnerstagmorgen

13 Jeffrey schlief nicht gerne in einer fremden Umgebung. Auch in seiner wilden Zeit hatte er es gehasst, die ganze Nacht mit einer Frau zu verbringen, und das nicht nur, weil er fürchten musste, ihr Ehemann könnte nach Hause kommen. Es war ihm einfach lieber, zu wissen, wo das Bad war, wenn er mitten in der Nacht aufwachte. Er wusste gerne, wo die Lichtschalter und in welchem Schrank die Gläser waren.

In Jake Valentines Haus aufzuwachen gefiel ihm ganz und gar nicht.

Den Sheriff hatte er auf dem Parkplatz vor Hanks Bar gefunden, allerdings konnte Valentine dort nicht mehr viel tun außer zuzusehen, wie das Gebäude niederbrannte. Jeffrey sah ihn neben einem seiner Deputys stehen, die Daumen im Bund seiner Jeans, und beide starrten in die schwelenden Überreste. Er trug noch den Knöchelhalfter und roch nach dem Bier, das er mit Jeffrey getrunken hatte. Als Jeffrey ihn bat, zum Motel mitzukommen, stellte er keine Fragen.

»Das ist Boyd Gibson«, hatte Valentine gesagt, als Jeffrey ihm den Toten zeigte, der auf dem Boden von Saras und seinem Motelzimmer lag. »Ich war mit ihm in der Schule.«

Nicht: »Wie zum Teufel kommt dieser Tote in Ihr Zimmer?« oder »Wer hat ihn in den Rücken gestochen?« Nur: »Verdammt, das wird seinem Daddy das Herz brechen.«

Jeffrey nahm an, er sollte dankbar sein, dass Valentine ihnen für die Nacht sein Gästezimmer angeboten hatte. Grant County war weit entfernt, und Sara war wieder still geworden – zu still für Jeffreys Geschmack. Als er sie fragte, ob sie etwas dagegenhätte, im Haus des Sheriffs zu schlafen, hatte sie nur den Kopf geschüttelt und ihre Sachen in die Tasche gesteckt, die sie von zu Hause mitgebracht hatten. Auch auf der kurzen Fahrt zu Valentines Haus hatte sie keinen Ton gesagt. Als Jeffrey dann neben ihr ins Bett stieg, hatte sie den Kopf an seine Brust gelegt und die Arme um ihn geschlungen.

Jeffrey ertappte sich dabei, wie er lauschte, ob Sara wieder weinte. Sara weinte selten, doch wenn sie es tat, fühlte er sich, als steckte sein Herz in einem Schraubstock. Aber sie weinte nicht. Sie dachte nach. Das merkte er, als sie sich auf den Ellbogen stützte und ihm mit entschlossener, fester Stimme sagte: »Ich gehe erst von hier weg, wenn du es tust.«

Er öffnete den Mund, um etwas zu erwidern, doch sie legte ihm die Finger an die Lippen. »Als ich dich heiratete« – sie gestattete sich ein Lächeln –, »zumindest beim letzten Mal, da wusste ich, du bist ein Mann, der eher auf Probleme zugeht als vor ihnen davonzurennen.« Sie hielt inne und fuhr dann mit immer noch entschlossener, aber jetzt weicherer Stimme fort: »Ich kann nicht verhindern, dass du immer versuchst, die Welt zu retten, aber ich werde dich dabei nicht im Stich lassen.«

In diesem Augenblick kam er sich absolut beschissen vor – nicht, weil er noch immer wollte, dass sie nach Hause fuhr, und auch nicht, weil er sie in die Schusslinie gebracht hatte, sondern weil er ihr ins Gesicht gelogen hatte von dem Augenblick an, als dieser Tote in ihr Zimmer geworfen wurde.

Jeffrey hatte den tätowierten Mann auf dem Boden gesehen und das Klappmesser mit dem Perlmuttgriff in seinem blutigen Rücken, und er hatte nichts gesagt.

»Ich gehe erst weg, wenn du es tust«, hatte Sara zu ihm gesagt.

Darauf war nichts mehr zu sagen. Er schloss die Augen,

aber der Schlaf kam nicht, und so lauschte er Saras Atem. Offensichtlich war sie unruhig, und nach einer Weile drehte sie sich auf die Seite und legte sich dann auf den Bauch. Eine ganze Stunde verging, bis ihr Atem endlich flacher wurde und sie einschlief.

Jeffrey stand auf und zog sich an, obwohl er nirgendwohin konnte. Er hätte sehr gerne geduscht, aber es gab nur ein Bad im ganzen Haus, und er wollte niemanden wecken. Er wollte auch nicht in Valentines Haus herumstöbern, und so zog er sich einen Klappstuhl aus Metall ans Fenster, setzte sich und schaute auf die Straße hinaus. Wie das Gästezimmer ging auch das Wohnzimmer auf die Straße hinaus, und Jeffrey stellte sich vor, dass der Sheriff so ziemlich dasselbe gesehen hatte wie er jetzt, als er das Feuer auf dem Sportplatz entdeckte. Es dauerte nicht mehr als fünf Minuten, dorthin zu laufen und nachzusehen, was los war. Zumindest dieser Teil der Geschichte des Sheriffs stimmte.

Trotz des bescheidenen Hauses hatte Valentine oder vielleicht seine Frau ein Händchen für den Garten. Kleine Lämpchen säumten den Gartenpfad und beleuchteten eine grüne Rasendecke. Es gab so viele Dinge, die ein Mann tat, um aus einem Haus ein Heim zu machen, ob er nun eine verfaulte Holzverkleidung ersetzte oder die Wände strich oder eine hässliche Blumentapete, die seine Frau ausgesucht hatte, ins Bad klebte. Sara war nicht gerade eine Freundin von großblumigen Mustern, aber nach dem wild wuchernden Laura-Ashley-Stil, in dem das ganze Haus gehalten war, schien Mrs. Valentine es zu sein.

Er versuchte, sich an all die Veränderungen zu erinnern, die er und Sara im Lauf der Jahre in ihrem Haus gemacht hatten. Ihm fielen nur Dinge aus der letzten Zeit ein. Als die Frau von der Adoptionsagentur einen Hausbesuch ankündigte, hatte Sara Jeffrey überredet, auf Händen und Knien durchs Haus zu kriechen und es so zu sehen, wie ein Kleinkind es tun würde. Er hatte lachend mitgespielt, bis sie im Küchenschränkchen unter dem Spülbecken einen vorstehenden Nagel entdeckten. Als er dann noch in der Wäschekammer eine fingergroße Lücke zwischen der Wandverkleidung und einer Steckdose bemerkte, war er bereit gewesen, das Haus einzureißen und neu aufzubauen.

Jeffrey überlegte nun, wie Al Pfeiffers Haus wohl ausgesehen hatte, bevor der Brandsatz durch sein Fenster flog. Was hatte Pfeiffer gedacht, als er sein Haus brennen sah? Oder war der alte Sheriff zu sehr mit seinen eigenen Verletzungen beschäftigt gewesen, um sich bewusst zu machen, was er da verlor? Mein Gott, hatte er gehört, wie sie seine Haustür vernagelten, und gewusst, was passieren würde?

Jeffrey schaute zu Sara auf dem Bett hinüber. In was hatte er sie da hineingezogen? Oder schlimmer noch, in was hatte Lena sie beide hineingezogen? Erst gestern hatte er versucht, all die Fäden zu verknüpfen. Heute Abend war die Lösung in eine große Schleife gewickelt durch ihr Fenster geflogen. Das Messer mit dem Perlmuttgriff in Boyd Gibsons Rücken gehörte Lena.

Jeffrey seufzte und lehnte sich auf dem unbequemen Metallstuhl zurück. Wieder starrte er zum Fenster hinaus und beobachtete die leere Straße. Anscheinend war er eingedöst, denn als Nächstes fiel ihm ein schwacher Lichtschein auf, der schräg durchs Fenster fiel. Ein Auto hielt vor dem Haus. Der Fahrer stieg aus und stolperte auf das Haus auf der anderen Straßenseite zu. Zweimal ließ er die Schlüssel fallen, bevor er es schaffte, die Haustür aufzusperren. Weniger als eine Minute später kam er wieder heraus und ging in einer betrunkenen Diagonale zu seinem Auto zurück. Jeffrey überlegte, ob er einschreiten sollte, als der Mann sich auf den Rücksitz fallen ließ. Die Haustür öffnete sich einen Spalt, eine Frau steckte den Kopf heraus, um nach dem Mann zu schauen, dann ging die Tür wieder zu.

Sara bewegte sich, und Jeffrey drehte den Kopf, um nachzusehen, ob sie wach war. Sie lag noch immer auf dem Bauch, Arme und Beine abgespreizt, als wollte sie die leere Bettseite neben sich ausnützen. Es war inzwischen so hell, dass er ihr Gesicht sehen konnte. Er hasste es, mit ihr zu streiten. Es konnte nicht funktionieren, wenn sie wütend aufeinander waren. Sie in der Leichenhalle arbeiten zu sehen, die behutsame, respektvolle Art, mit der sie die Leiche der armen Frau behandelte, erinnerte ihn an all die Gründe, warum er Sara in seinem Leben brauchte. Sie war der einzige Mensch, der immer alles durchschaute und ihm zeigen konnte, was wirklich wichtig war.

Als Jeffrey Cathy und Eddie Linton kennengelernt hatte, war sein erster Gedanke gewesen, dass es solche Ehen heutzutage eigentlich nicht mehr gab. Doch durch sein Zusammensein mit Sara hatte er begriffen, dass sie doch noch möglich waren.

Der Boden knarzte vor der Tür, als jemand vorbeiging. Das Bad war am Ende des Gangs zwischen den beiden Schlafzimmern, und Jeffrey hörte, wie die Schritte erst leiser wurden, dann über Fliesen schlurften. Eine Tür wurde geschlossen.

Als Jeffrey einige Stunden zuvor das Haus gesehen hatte, hatte er sofort gedacht, dass Jake Valentine unmöglich bei illegalen Geschäften absahnen konnte – außer er hatte irgendwo in den Wäldern eine Villa stehen. Das Haus roch nach Heimwerker. Die Küche war mit Paneelen aus Fichtenimitat verkleidet, und die Küchenschränke gehörten zur Originalausstattung des Hauses – was nicht gerade optimal war, wenn man in einem Farmhaus aus den Sechzigern wohnte. Wenn Jake Geld nahm, damit er ein Auge zudrückte, dann gab er es auf jeden Fall nicht für sich selbst aus.

Die Dusche wurde angedreht. Jeffrey fragte sich, ob es der Sheriff war oder seine Frau. Myra Valentine war nicht gerade ausgesucht freundlich zu ihnen gewesen, aber nicht viele Ehefrauen würden um eins in der Nacht Fremde in ihrem Haus willkommen heißen. Sie war eine kleine Frau, in Socken nur gut eins fünfzig groß, sodass sie Jeffrey gerade bis zur Brust reichte. Was ihr an Höhe fehlte, machte sie an Umfang wieder wett. Jeffrey schätzte, dass sie mindestens fünfzig Kilo Übergewicht hatte. Wenn die Valentines nebeneinander standen, sahen sie aus wie die Verkörperung der Zahl Zehn.

Wie ihr Mann hatte auch Myra nicht viele Fragen gestellt. Nach der äußerst knappen Vorstellung hatte sie Jeffrey und Sara mit einer Effizienz, die man bei einer Englischlehrerin vielleicht auch erwarten würde, ins Gästezimmer verfrachtet, hatte Sara dann ein Handtuch und einen Waschlappen gegeben und schnell das Bett neu bezogen, damit sie in frischen Laken schlafen konnten. Als Jeffrey anbot, ihr zu helfen, hatte sie ihn so böse angeschaut, dass er sich vorkam wie ein Schüler, den man beim Spicken erwischt hatte.

Die Dusche wurde abgestellt. Jetzt kamen Geräusche aus dem Rest des Hauses. Ein Radio wurde eingeschaltet, lief aber nur leise. Im Bad surrte ein Fön. Sara rührte sich nicht. Sie hatte schon immer einen sehr tiefen Schlaf gehabt. Einmal hatte sie ihm erzählt, das komme von ihrer grässlichen Zeit als Assistenzärztin, als Schlaf zu bekommen ein sportlicher Wettkampf war. Vor Jahren hatte sie sogar einmal einen Hurrikan verschlafen, während er ängstlich zum Fenster hinausgestarrt und darauf gewartet hatte, dass die Eiche in ihrem Vordergarten aufs Haus stürzte.

Jeffrey stand auf und streckte sich. Sein Rückgrat knackte, als es versuchte, die Form wieder loszuwerden, die der Klappstuhl ihm aufgezwungen hatte. Er spürte ein dumpfes Pochen im Kopf und konnte noch immer den Rauch vom Feuer der letzten Nacht an seiner Haut und in den Haaren riechen. Irgendwo dazwischen roch er auch noch Sara an sich, und der Gedanke erregte ihn. Wenn er irgendwo anders gewesen wäre als in Jake Valentines Haus, dann wäre er wieder ins Bett geklettert und hätte etwas dagegen unternommen.

Stattdessen holte er ein paar Kleidungsstücke zum Wechseln aus der Tasche und legte sie in einem ordentlichen Stapel auf seine Bettseite. Er sehnte sich jetzt so nach einer Dusche, dass er das heiße Wasser auf seinem Rücken beinahe spüren konnte. Im Motel hatte Sara alles einfach in die Tasche gestopft. Jetzt legte Jeffrey auch ihre T-Shirts zusammen und strich ihre Jeans glatt, damit sie nicht knitterte.

Die Haustür wurde geöffnet und geschlossen, und Jeffrey ging noch einmal zum Fenster und spähte durch die Jalousien. Er dachte, Jake Valentine hätte sich davongeschlichen, aber er sah den schlaksigen jungen Mann mit den Händen an den Hüften im Garten stehen und auf die Straße schauen wie der Herr des Hauses. Der Sheriff trug einen lächerlich kurzen, roten Velours-Morgenmantel, der ihm nur knapp bis zu den Knien reichte, und als er sich bückte, um die Morgenzeitung aufzuheben, zuckte Jeffrey beim Anblick der engen, weißen Unterhose über seinen dürren Arschbacken zusammen.

Valentine klemmte sich die Zeitung unter den Arm und ging zu dem Auto, das vor seinem Haus stand. Zu seinem Morgenmantel trug er Socken und braune Slipper, die Spuren auf dem Rasen hinterließen, als er zum Auto seines Nachbarn ging. Er schaute auf den Rücksitz, wo, wie Jeffrey annahm, der Betrunkene noch immer seinen Rausch ausschlief, dann richtete er sich wieder auf und schaute die Straße hinauf und hinunter, bevor er ins Haus zurückkehrte.

Jeffrey ließ vorsichtig die Jalousie herunter, weil er nicht wollte, dass das Licht Sara aufweckte. Als er sich umdrehte, sah er, dass es zu spät war.

Sie lag auf der Seite und schaute ihm zu. »Wie hast du geschlafen?«

»Wie ein Baby.«

»Babys schlafen normalerweise nicht auf metallenen Klappstühlen.«

»Auf Hochstühlen vielleicht?« Er lächelte, als er ihre skeptische Miene sah, und setzte sich neben sie aufs Bett. »Alles okay?«

»Geht mir besser«, erwiderte sie knapp. »Was tun wir heute?«

Er fasste ihre Hand. »Du willst noch immer hierbleiben?«

»Ja.«

Er war nicht gerade glücklich über ihr Bleiben, aber er wäre dumm, wenn er ihr Fachwissen nicht nutzen würde. »Ich hatte gehofft, du könntest uns etwas über unseren Überraschungsbesucher von gestern Nacht erzählen.«

»Boyd Gibson?« Sara setzte sich auf und lehnte sich ans Kopfbrett. »Glaubst du, Jake bittet mich, die Autopsie zu machen?«

»Da würde ich drauf wetten«, erwiderte Jeffrey. Valentine wollte Sara und Jeffrey sicher im Auge behalten, und es gab keine bessere Möglichkeit, sie beide zu beschäftigen, als sie zusammen den ganzen Tag in die Leichenhalle zu stecken. Womit der Sheriff allerdings nicht rechnete war die Tatsache, dass Jeffrey kein Problem damit hatte, Sara in der Leichenhalle allein zu lassen.

Sie fragte: »Willst du, dass ich die Autopsie durchführe?«

»Warum nicht«, antwortete er. »Vielleicht ergibt sich ja was.«

Sie senkte die Stimme bis zu einem Flüstern. »Wie Lenas Fingerabdrücke auf ihrem Messer?«

Er hätte nicht überraschter sein können, wenn sie ihm ins Gesicht getreten hätte.

Sara erklärte: »Der Griff ist sehr auffällig. Ich habe das Messer schon früher bei ihr gesehen.«

»Tut mir leid«, sagte er, weil er wusste, dass er es ihr schon vor Stunden hätte sagen müssen. »Schätze, ich wollte einfach nicht darüber nachdenken, wie es dorthin gekommen ist.«

»Ich will keine Ehe, in der wir Sachen voreinander verheimlichen. Wir haben das schon einmal gemacht, und es hat uns beiden nichts gebracht.«

»Du hast recht«, sagte er und fühlte sich noch beschissener, weil sie so wenig sauer auf ihn war. Er hatte das Gefühl, sich noch einmal entschuldigen zu müssen. »Tut mir leid.«

»Es hätte ja auch Notwehr sein können«, gab sie zu bedenken.

»Netter Versuch, sie in Schutz zu nehmen«, erwiderte er und lachte trocken auf. Es war ziemlich schwierig, auf Notwehr zu plädieren, wenn das Opfer das Messer im Rücken hatte. »Meinst du, du findest an der Leiche etwas, das uns weiterbringt?«

»Du weißt, dass ich nicht gerne Voraussagen treffe«, sagte sie. »Aber nach dem, was ich letzte Nacht gesehen habe, würde ich sagen, die Sache war ziemlich direkt: Messer in den Rücken, Klinge durchs Herz, wahrscheinlich sofort tot.« Sie zuckte die Achseln. »Ist es wirklich wichtig, ob er einen Schlag auf den Kopf bekam, bevor er getötet würde, oder was seine letzte Mahlzeit war?«

»Was ist mit einem Drogentest?«

»Es würde Monate dauern, bis wir die Ergebnisse bekommen, und wenn wir sie haben, was sagen sie uns dann?«

»Nichts Neues«, gab Jeffrey zu. »Wir wissen anhand seines Tattoos, dass er zu dieser Nazigruppe gehörte. Und wir wissen, dass er in der Bar war, bevor sie ausbrannte, weil wir ihn selbst dort gesehen haben.«

»Glaubst du, er hat das Feuer gelegt?«

Jeffrey schüttelte den Kopf. »Für mich sah es so aus, als hätte das Feuer außen angefangen. Außerdem bin ich mir sicher, dass er in dieser Bar etwas suchte, als wir ihn sahen. Und ohne das wollte er nicht weg.«

»Drogen könnten sein Verhalten erklären.«

»Aber nicht seine Motivation«, gab Jeffrey zu bedenken. Er versuchte, seinen Tag zu planen, sich zu überlegen, was er tun konnte um herauszufinden, in was Lena da hineingestolpert war, und wie er ihr heraushelfen konnte. »Ich will mal bei Hanks Haus vorbeifahren und sehen, ob ich da was finde.«

»Setz mich zuerst in der Leichenhalle ab, dann fange ich schon mit der Autopsie an.«

Er musste es versuchen. »Wenn du hier gegen eins wegfährst, könntest du rechtzeitig zum Abendessen im Grant County sein.«

»Oder ich könnte ein anderes Hotel für uns suchen«, entgegnete sie. »Wenn ich mich recht erinnere, habe ich ungefähr eine halbe Stunde von hier eine Stadt mit mehr als einer Bar und einem Postamt gesehen. Vielleicht gibt es da ja was.«

»Du weißt, ich will nicht, dass du hierbleibst. Ich meine, ich will es schon, aber …«

Sie unterbrach ihn. »Ich weiß.«

Die Dielen im Gang knarzten, doch diesmal ging der Betreffende nicht ins Bad.

Sara zog die Knie an die Brust und legte sich die Decke über, als es an der Tür leise klopfte.

Jeffrey sagte: »Kommen Sie rein.«

Jake Valentine lächelte, als er die Tür einen Spalt öffnete. »Entschuldigung, dass ich störe.« Er hatte seinen Minimantel ausgezogen und trug jetzt seine Uniform, was eine deutliche Verbesserung war, obwohl er immer noch aussah, als würde er die Sachen seines Vaters auftragen. »Myra ist bereits in der

Schule, aber sie hat Ihnen Schinken und Eier in den Ofen gestellt, falls Sie wollen.«

»Danke«, erwiderte Sara. »Das war sehr nett von ihr.«

Valentine nahm seinen Hut ab und wandte sich direkt an Sara. »Übrigens, Ma'am, ich hatte irgendwie gehofft, Sie wären noch einmal so freundlich und würden die Autopsie an Boyd durchführen. Das ist der Mann von gestern Nacht. Boyd Gibson. Ich kann Sie bar bezahlen, falls Sie …«

»Das ist wirklich nicht nötig«, unterbrach sie ihn. »Ich helfe sehr gerne.«

»Großartig.« Valentine drehte den Hut in den Händen. »Ich fahre jetzt gleich zu Grover und bringe ihn in die Leichenhalle, damit er uns eine offizielle Identifizierung liefert.«

Sara konnte ihre Überraschung nicht verbergen. »Sie haben ihm noch nichts von seinem Sohn gesagt?«

Valentine hörte auf, mit seinem Hut zu spielen. »Grover macht die zweite Schicht in der Reifenfabrik«, antwortete er, als wäre das eine Entschuldigung. »Ich dachte mir, ich lasse ihn seinen Job zu Ende machen und ein paar Stunden schlafen, bevor ich ihm von Boyd berichte.«

Sara nickte, aber ihr Missfallen war offensichtlich. Vor allem in einer Kleinstadt, wo Gerüchte sich schnell verbreiteten, musste ein Polizist zuallererst die Familie benachrichtigen, damit sie die Wahrheit erfuhr und nicht nur wüste Spekulationen hörte. Es war schlimm genug, wenn man einem Elternteil sagen musste, dass sein Kind tot war, aber wenn man das Opfer gekannt und viel Zeit mit der Familie verbracht hatte, dann war das noch schwieriger.

»Vielleicht könnten Sie ja Jeffrey mitnehmen, wenn Sie es dem Vater sagen«, schlug Sara vor. »Ich bin mir sicher, Mr. Gibson wird wissen wollen, wie sein Sohn starb, und Jeffrey war einer der Letzten, die ihn lebend gesehen haben.«

Valentines Mund zuckte, als er über ihren Vorschlag nachdachte und sich wahrscheinlich überlegte, wie er am besten nein sagte. »Ähm, aber brauchen Sie ihn denn heute nicht in der Leichenhalle?«

Sara tat so, als würde die Frage sie überraschen. Sie schüttelte den Kopf und antwortete mit Unschuldsmiene. »Nicht wirklich.«

Jeffrey sagte: »Sie können mich auf dem Weg dorthin ja befragen.«

»Befragen wegen was?«

»Wegen letzter Nacht«, erwiderte Jeffrey. »Ich nehme an, Sie brauchen eine offizielle Aussage von mir über das, was letzte Nacht passiert ist. Die brennende Bar. Der Tote, der durch unser Fenster geworfen wurde.«

»Ja«, pflichtete Valentine ihm bei. »Okay.« Er schaute auf die Uhr. »Aber dann sollten wir jetzt los.«

»Geben Sie mir nur zehn Minuten für eine schnelle Dusche«, sagte Jeffrey und schnappte sich seine Sachen vom Bett. »Ich bin gleich wieder zurück.«

Jeffrey wusste nicht, ob es nur seinetwillen war, aber Jake Valentine war ein entsetzlich vorsichtiger Fahrer. Der Mann bremste wirklich an jeder Kreuzung, und vor einer Ampel am Stadtrand blieb er tatsächlich bei Grün stehen. »Die schaltet sehr schnell um«, sagte er zu Jeffrey. Der Mann redete gern, und Jeffrey behielt seine Gedanken für sich, nickte nur hin und wieder, damit er weiterredete, während sie zu Grover Gibson fuhren, um ihm mitzuteilen, dass sein Sohn erstochen worden war.

Nach einer halben Stunde ununterbrochenen Plapperns schien Valentines Vorrat an Kommentaren übers Wetter und an Anekdoten über Highschool-Absolventen und deren Streiche in ihrer letzten Schulwoche erschöpft zu sein. Nicht ein einziges Mal hatte er den Grund für ihre Fahrt angesprochen oder darüber spekuliert, wer Boyd Gibson getötet haben könnte. Jeffrey wusste, dass sogar ein Jake Valentine das Messer auf Fingerabdrücke untersucht hatte. Sicherlich hatte er die Ergebnisse eingescannt und für einen Abgleich an das staatliche Labor geschickt. Wenn er nicht gerade Druck machte, und das bezweifelte Jeffrey sehr, dann würde er die Ergebnisse erst in ein paar Tagen bekommen.

Jeffrey fragte: »Waren Sie schon mal in einer solchen Situation?«

»In was für einer?«

»Dass Sie das Opfer gekannt haben«, erwiderte Jeffrey. »Dieser Boyd Gibson. Sie waren mit ihm auf der Highschool, haben Sie gesagt.«

»Wir waren in verschiedenen Cliquen.«

»Sie bei den Sportlern und er bei den Kiffern?«

»O Gott.« Valentine lachte. »Es war die größte Enttäuschung meines Daddys, dass ich bei meiner Körperlänge mit einem Basketball nichts anfangen konnte.« Er warf Jeffrey einen flüchtigen Blick zu. »Dad war in seinem letzten Jahr an der UGA in der All-State-Mannschaft. Machte in der zweiten Hälfte so ziemlich alleine siebenunddreißig Punkte. Ich, ich bin nur gut darin, Glühbirnen auszuwechseln und Kartons vom obersten Regalbrett zu holen.«

»Was hat Sie drauf gebracht, zur Polizei zu gehen?«

»Dachte mir einfach, da wäre eine Menge zu tun.«

»Scheint mir ein ziemlich gefährlicher Job zu sein, um ihn nur aus einer Laune heraus zu übernehmen, wenn man bedenkt, dass der Kerl, der ihn zuletzt hatte, aus der Stadt gejagt wurde.«

»Er landete auf seinen Füßen.«

»Soll das heißen, er hätte abgeräumt, als was zu holen war?«

Valentine schaute Jeffrey scharf an. »Wollen Sie mir damit sagen, dass ich dasselbe tun sollte?«

»Ich will Ihnen damit sagen, dass das ein gefährlicher Job ist für jemanden, der nicht mit dem Herzen dabei ist.«

Valentine bremste, um auf einen schmalen Kiesweg einzubiegen. »Vielleicht überrasche ich Sie ja, Chief.«

»Wissen Sie, was mich überrascht?«, fragte Jeffrey und spürte, wie die Temperatur im Auto sank, als sie aus der Sonne in den Schatten des baumgesäumten Wegs fuhren. »Es überrascht mich, dass Sie keine Fragen zu haben scheinen.«

»Was für Fragen sollte ich denn haben?«

»Fangen Sie damit an, warum meine Detective durchgebrannt ist«, begann Jeffrey. »Wer ließ Hank Norton verschwinden? Wer ließ seine Bar schließen? Wer hat die Brände gelegt? Wer hat ihren Kumpel aus der Highschool umgebracht?«

Valentine hielt an. Er schaltete in den Parkmodus und wandte sich Jeffrey zu. Zwei Dinge fielen Jeffrey auf. Das eine war, dass sie in einer völlig einsamen Gegend standen, und das zweite, dass von ihnen beiden nur Valentine bewaffnet war.

Er spürte, wie ihm Schweißtropfen den Rücken hinunterliefen.

Valentine legte die Hand auf die untere Hälfte des Lenkrads, nur Zentimeter von der Waffe an seinem Gürtel entfernt. »Sie sehen nervös aus, Chief.«

»Ich würde gern wissen, warum Sie angehalten haben.«

»Um Ihre Fragen zu beantworten«, sagte er. »Kommen Sie, gehen wir ein paar Schritte.« Er öffnete die Tür und stieg aus. Jeffrey blieb sitzen, sein Herz pochte so heftig, dass er es an den Rippen spürte. Die Fahrspur, auf der sie standen, war kaum mehr als festgestampfte Erde, zu beiden Seiten erhob sich dichter Wald. Außer Sara wusste niemand, dass sie hier draußen waren, und man konnte ihr alles Mögliche erzählen, warum Jeffrey nicht mehr zurückkehrte.

Valentine stand wenige Schritte vom Auto entfernt auf dem Weg. Er winkte Jeffrey, dass er aussteigen solle. »Na kommen Sie, Chief.«

Jeffrey öffnete die Tür. Seine Waffe hatte er in Saras Auto gelassen, im Kofferraum zusammen mit ihrem kleinen Gepäck. Er hatte gedacht, sie kämen hierher, um einem Mann zu sagen, dass sein Sohn tot war, und nicht, um böse Jungs zu jagen.

Valentine sagte: »Wird ziemlich kühl hier draußen.«

»Ja«, erwiderte Jeffrey. Beim Aussteigen spürte er den frischen Wind. Er hatte nur eine leichte Jacke über sein langärmeliges T-Shirt gezogen, aber er zog den Reißverschluss nicht hoch. Er wollte dem Sheriff zeigen, dass er schnell in die Jacke greifen konnte, wenn es sein musste.

Jeffrey schloss die Autotür. Der Weg war mit Herbstlaub bedeckt, die Bäume wölbten sich darüber und sperrten das Licht aus. Es hätte großartig sein können, wenn Jeffrey nicht den starken Verdacht gehabt hätte, dass man ihn hier in irgendeinen Hinterhalt gelockt hätte.

»Da lang.« Valentine setzte sich auf dem Weg in Bewegung, doch so langsam, dass Jeffrey ihn einholen konnte.

Jeffrey sagte: »Ich hatte eigentlich nicht vor, einen Spaziergang zu machen.«

»Ist aber ein schöner Tag dafür. Aber vielleicht sollten Sie sich Ihre Jacke zumachen.«

»Ist schon warm genug so«, sagte Jeffrey.

Valentine streckte den Arm in die Höhe und zupfte ein leuchtend oranges Blatt von einem überhängenden Ast. »Hier draußen lebt braves Landvolk. Wirklich einfache Leute. Die meisten wollen nur zur Arbeit gehen und zu Frau und Kindern nach Hause kommen, und am Ende der Woche vielleicht noch genug Geld übrig haben, um sich ein paar Bier zu kaufen und sich das Spiel im Fernsehen anzuschauen.«

Jeffrey behielt die Hände an den Seiten. Es gab eine bestimmte Art zu gehen, wenn man eine Waffe trug, als hätte man irgendwelche Metallteile an sich, die bis an die Knie baumelten. »Grant County ist da nicht viel anders.«

»Wahrscheinlich nicht.« Valentine ließ Jeffrey ein paar Schritte vorausgehen. Er machte das sehr unauffällig, aber Jeffrey wusste, Valentine wollte nachsehen, ob sich in seinem Rücken die Wölbung einer Waffe abzeichnete.

Valentine sagte: »Die meisten Kleinstädte sind sich ziemlich ähnlich, denke ich. Die Politik und der ganze Blödsinn verwischt das zwar, aber wir haben doch alle dieselben Ziele, ob wir nun in Süd-Georgia oder Südfrankreich oder in Timbuktu leben. Wir wollen uns sicher fühlen. Wir wollen, dass unsere Kinder auf gute Schulen gehen und die Chancen bekommen, die wir nicht hatten. Wir wollen unser Leben leben und das Gefühl haben, dass wir unser Schicksal selbst in der Hand haben.«

Er klang jetzt wie ein völlig anderer Mensch, die wegwerfenden Gesten und die Machosprüche waren verschwunden.

»Wohin gehen wir, Jake?«

Er lächelte Jeffrey träge an. »Da lang.« Er deutete auf einen schmalen Pfad, der durch den Wald führte.

»Was ist dort?«

»Sehen Sie selbst.«

Diesmal ging Valentine voraus und Jeffrey folgte. Seine Nackenhaare stellten sich auf, als sie immer tiefer in den Wald hineingingen. Der Pfad schien nicht stark benutzt zu sein. Es ging leicht abwärts, und Jeffrey wurde langsamer, um ein wenig Abstand zwischen sich und den Sheriff zu bringen. Valentine schien es nicht zu bemerken. Er ging einfach weiter und drehte noch immer das Blatt in den Fingern. Erst als sie eine kleine Lichtung erreichten, blieb er stehen und wartete auf Jeffrey.

»Schauen Sie sich das an«, sagte Valentine. Er deutete zu einem abgeschrägten Felsbrocken mit einem Loch darin. Ein langes weißes PVC-Rohr lehnte an dem Loch. Ein dünnes Rinnsal tröpfelte in das Rohr.

»Es ist eine natürliche Quelle«, sagte Jeffrey überrascht. Er kniete sich hin, um sie genauer anzuschauen, bevor er sich überlegte, was er da eigentlich tat. Er schaute zu dem Sheriff hoch und rechnete mit dem Schlimmsten.

»Hier.« Valentine streckte Jeffrey die Hand hin und half ihm beim Aufstehen. »Das Rohr führt da den Hügel hinunter.« Dem Verlauf des Rohres folgend, marschierte er nun wieder los. Der Wald wurde lichter, als sie den Abhang hinunter auf eine verlassen wirkende Hütte zugingen. Nach etwa fünfzig Metern kamen sie zu einem riesigen Plastiktank, der das Quellwasser auffing. Jeffrey hörte Wasser in den Tank plätschern und sah ein dickeres Plastikrohr, das zu der Hütte auf der Lichtung führte.

»Eigene Wasserversorgung«, sagte Valentine zu Jeffrey. »Das Quellwasser fließt direkt in den Anschluss im Haus. Verdammt kalt, wenn man damit duschen will, aber ziemlich schlau, oder?«

»Ja«, pflichtete Jeffrey ihm bei. Er sah einen zerbeulten Ford, der vor der Hütte stand. Ein langes Kabel führte vom Dach zu einem Strommasten. Wenn die Satellitenschüssel nicht gewesen wäre, hätte man meinen können, einen Bau aus der Großen Depression vor sich zu haben.

Valentine sagte: »Den Strom hat er erst vor ein paar Jahren bekommen. Das County hätte ewig gebraucht, um das zu schaffen. Grover musste fast die ganze Arbeit selber machen.«

»In dieser Hütte lebt Boyd Gibsons Vater?«

»Natürlich. Was haben Sie gemeint, wohin ich Sie bringe?« Valentine nahm seinen Hut ab und wischte sich mit dem Ärmel die Stirn. Er schwitzte so heftig wie Jeffrey, dem nun plötzlich bewusst wurde, dass Jake auf ihrem verkrampften Marsch durch den Wald ebenso wachsam und argwöhnisch gewesen war wie er selbst.

Valentine deutete zu einem klapprigen, hölzernen Picknicktisch, der ziemlich versteckt im Wald stand. Offensichtlich stand er dort schon eine ganze Weile, er war mit Kudzu überwuchert. »Als Jungs sind ich und Boyd immer da hoch, um zu rauchen. Haben dauernd die Schule geschwänzt, waren immer in Schwierigkeiten. Es war nämlich sein Bruder Larry, der der Sportler war. Ich und Boyd waren die Kiffer.« Er verstummte einen Augenblick, starrte den Tisch an und schien sich zu erinnern. »Boyds Alter hasste mich. Ich war allerdings auch nicht gerade verrückt nach ihm. Er prügelte seine Frau in ein frühes Grab, und dann fing er an, auf seine Söhne loszugehen.« Er rieb sich das Kinn, als würde er sich an einen Schlag erinnern. »Vielleicht mache ich mir ja selbst was vor, weil ich mit Sicherheit zu viel trinke, aber bei Drogen glaube ich, einige haben das im Griff und andere nicht. Ich habe ein bisschen was von allem probiert: Koks, Speed, Shit. Es war ganz nett, aber dann lernte ich Myra kennen, und die stand nicht auf so was, deshalb ließ ich es einfach sein. Boyd schaffte das nicht. Irgendwann war er dann heftig auf Meth, fing sogar an, es sich in die Adern zu jagen, und das war etwas, vor dem ich immer zu viel Schiss hatte – ich habe eine Heidenangst vor Nadeln. Als Boyd erst einmal anfing, sich das Zeug zu spritzen, war es vorbei mit ihm. Haben Sie und Sara Kinder?«

Jeffrey war verblüfft über diese unvermittelte Frage. »Wir hätten gerne welche.«

»Myra sagt, sie setzt kein Baby in diese Welt, wenn sie nicht weiß, ob es auch einen Daddy haben wird.«

Jeffrey und Sara hatten ebenfalls schon oft über dieses Thema gesprochen. »Als Polizist lebt man gefährlich, aber deswegen kann man nicht aufhören zu leben.«

Valentine nickte und schaute noch einmal zu dem Picknicktisch. Jeffrey sah den Beginn einer Glatze oben auf dem Kopf des Mannes. Das würde erklären, warum er die ganze Zeit einen Hut trug. Valentine sagte: »Myra und ich, wir kennen einander eigentlich seit der Highschool – na ja, wie das ist, die Guten halten sich von den Bösen möglichst fern. Myras Familie zog in meinem zweiten Highschool-Jahr hierher. Ein Mädchen aus der Großstadt.« Er lachte, wie über einen privaten Witz. »Myra gehörte zu den Guten, falls Sie das nicht wissen sollten. Sehr religiös, liebt den Herrn. Sie war ziemlich überrascht, als ich im selben College wie sie auftauchte, weil sie dachte, ich wäre nur so ein dummer Kiffer, der in der Reifenfabrik landen würde. Ich musste mich ziemlich anstrengen, um sie zu überzeugen, dass ich nicht nur ein blöder Trottel war, der auf eine schnelle Nummer aus war.« Er kicherte noch einmal. »Das war vor zehn Jahren, und sie hat sich kein bisschen verändert. Gott, aber hübsch ist sie. Blitzgescheit, und sie scheut sich nicht, mich in meine Schranken zu weisen, was ich wahrscheinlich meistens auch verdient habe. Inzwischen kann ich mir gar nicht mehr vorstellen, wie mein Leben ohne sie aussehen würde. Vielleicht würde ich im Gefängnis und nicht auf dem Sheriffstuhl sitzen. Hätte durchaus auch ich und nicht Boyd sein können, der da gestern Nacht durch Ihr Fenster geworfen wurde.«

Jeffrey verschränkte die Arme und fragte sich, ob das, was er da hörte, die Wahrheit war oder nur eine sorgfältig ausgedachte Geschichte, um ihn in Sicherheit zu wiegen. Valentine war in den letzten Tagen nicht gerade mitteilsam gewesen, und jetzt breitete er seine Lebensgeschichte aus, als würde er bei einer Erweckungsveranstaltung Zeugnis ablegen.

Valentine wippte auf seinen Zehen und setzte den Hut wieder auf. »Sie wollten wissen, wer den Brand gelegt und Hank davongejagt hat und schuld war an der Schließung seines Ladens?« Er warf einen schnellen Blick zum Haus, wie um sicherzugehen, dass niemand mithörte. »Die Antwort auf diese Fragen lautet: Boyd Gibson. Er arbeitete an der Bar und verkaufte Meth zusammen mit Bud Light, als die ATF auftauchte. Was die Frage angeht, wer ihn erstochen hat, da habe ich einige Ideen, aber ich muss Ihnen noch um einiges mehr trauen als jetzt, bevor ich Ihnen die verrate.«

»Hat er auch den Escalade abgefackelt?«

»Würde mich nicht überraschen.«

»Warum ist meine Detective geflohen?«

»Ich nehme an, sie ist so stur und arrogant wie ihr Chef. Ich verhaftete sie, weil ich glaube, dass sie tief in dieser Geschichte drinsteckt. Ich werde sie wieder finden, und dann können Sie Gift drauf nehmen, dass sie mir nicht noch einmal entwischt.«

Jeffrey sprach nun aus eigener Erfahrung. »Sie kämpfen einen aussichtslosen Kampf.«

»Na ja …« Valentine zuckte die Achseln. »Wir werden ja sehen.«

»Wer ist der Verantwortliche?«, fragte Jeffrey. »Wer führt die Skinheads?«

»Wenn ich das beantworten könnte, dann wären wir beide uns wahrscheinlich nie begegnet.« Sein schiefes Grinsen kam wieder zurück. »Wie auch immer, Chief, ich schätze, ich sollte Sie warnen, dass Grover Gibson mir bei unserer letzten Begegnung gedroht hat, er würde mir die Seele aus dem Leib prügeln, wenn ich noch einmal einen Fuß auf sein Grundstück setze.«

Ein Teil von Jeffrey genoss die Vorstellung, dass der junge Sheriff den Arsch versohlt bekam. »Vielleicht sollten Sie dann Verstärkung anfordern. Ich bin eigentlich nicht in offizieller Funktion hier.«

»Das habe ich mir schon gedacht, als Sie ohne Waffe in mein Auto stiegen.« Er zwinkerte Jeffrey zu, bevor er aufs Haus zuging, und sagte: »Ich hoffe, Ihre hübsche Frau ist wirklich Ärztin. Ich habe das Gefühl, ich werde einige Stiche brauchen.«

Lena

14 Deacon Simms war einer dieser Männer, die schon immer alt aussahen und so, als würden sie nicht in diese Welt gehören. Das war auch schon in seinen Zwanzigern so. Lena vermutete, dass er sich als Rebell betrachtet hatte, dass er meinte, er würde ein Statement gegen die Gesellschaft abgeben, wenn er, die grauen Haare zum Zopf geflochten, mit seiner uralten Harley vor der Bar vorfuhr. Er sah noch immer genauso aus wie der Hells Angel, der er in seinen jungen Jahren gewesen war. Konföderiertenfahne auf dem T-Shirt, das sich über den Bauch spannte. Lederne Leggins über ausgewaschenen Jeans.

Schon in den Siebzigern hatte er ausgesehen, als wäre er in einer Zeitschleife hängen geblieben, ein alter Hippie, dessen langsame Sprechweise und verzögerte Argumentation bewiesen, dass man nicht aufhörte, ein Kiffer zu sein, gleichgültig wie viele Jahre man sich schon keinen Joint mehr angesteckt hatte. Wie Hank suchte auch Deacon bei den AAs Hilfe und bei allen anderen Sucht-Selbsthilfegruppen, die ihn haben wollten. Im Gegensatz zu Hank – bitte lieber Gott, hoffentlich im Gegensatz zu ihrem Onkel – war Deacon aber tot.

Als Lena sich jetzt über die Leiche des Mannes auf Hanks Dachboden beugte, vermutete sie, dass man Deacon zu Tode geprügelt hatte. Sein Gesicht sah eher wie eine gequetschte Pflaume aus, die eingesunkenen Wangen waren mit getrocknetem Blut verklebt. Seine Oberlippe war aufgeplatzt, der Riss reichte bis in seinen Schnauzbart hinein, sodass er herunterhing wie das verrutschte Requisit eines Schauspielers. Offensichtlich hatte Deacon nach den Schlägen noch eine Weile gelebt. Lena war keine Ärztin, aber sie hatte in Sara Lintons Institut genug Leichen gesehen, um zu wissen, dass man solche Quetschungen und blaue Flecken nur bekam, wenn das Herz noch Blut pumpte. Lena schätzte, dass er eine Woche, vielleicht zehn Tagen tot war. Wie lange hatte er auf den Tod gewartet? Hatte der Verbrecher mit dem Hakenkreuz ihn hier hochgeschafft? Oder Hank?

Es gab gewisse Prozeduren, die zu befolgen waren, wenn man eine Leiche fand. Lena hatte sie in ihrer zweiten Woche an der Polizeiakademie gelernt, als all die wichtigen Sachen gelehrt wurden, die man nicht an die Kadetten verschwenden wollte, die schon nach der ersten Woche absprangen.

Zuerst musste man den Tatort mit einem Band absperren, dann die erforderlichen Anrufe tätigen. Nach dem Gesetz musste ein Coroner den Tod des Opfers feststellen, auch wenn die Leiche schon so verfault war, dass einem der Gestank in den Augen brannte. Es war auch die Aufgabe des Coroners festzustellen, ob es sich um eine natürliche Todesursache handelte oder eine zweifelhafte. Deacon Simms war ein Fall, der nicht viel Hirn verlangte, sondern nur einen schnellen Anruf beim Chief, der daraufhin das Morddezernat an den Fundort schickte. Als Nächstes mussten forensische Indizien gesammelt und Fotos geschossen werden, der Bereich um die Leiche musste mit Staubsauger und Fingerspitzen nach jeder Spur untersucht werden, die der Täter vielleicht hinterlassen haben könnte. Erst danach wurde die Leiche zur Autopsie abtransportiert und die Spuren- und Indizienlage ausgewertet, um den Mörder zu ermitteln.

Im Fall von Hanks Dachboden würde jemand feststellen, dass Rattenkot und Staub in einem breiten Streifen von der Luke bis zu Deacons letzter Ruhestätte beiseitegedrückt waren, und daraus schließen, dass man ihn dorthin geschleift hatte. Vielleicht würde derjenige auch die Kisten bemerken, die vor der Leiche aufgestapelt waren, und annehmen, dass man ihn dahinter versteckt hatte, um ihn dort sterben zu lassen. Mit Sicherheit würde man die tiefen Schnitte auf seinen Unterarmen und Handflächen sehen und draus folgern, dass er sich gegen jemanden gewehrt hatte, der ein sehr scharfes Messer geschwungen hatte. Die Tatsache der fehlenden Kleidung würde darauf hindeuten, dass der Mörder angenommen hatte, etwas an dieser Kleidung könnte die Aufmerksamkeit auf ihn lenken. Vielleicht hatte es dem Täter aber auch ein perverses Vergnügen bereitet, einen sechzig Jahre alten Mann fast zu Tode zu prügeln und ihn dann nackt auf einen Dachboden zu legen, um ihn dort sterben zu lassen.

Das Verstörendste an der Leiche war die Trophäe, das Hautstück, das man direkt über Deacons linker Brustwarze herausgeschnitten hatte. Die Umgebung der Stelle war blutverkrustet, aber die Wunde war nicht tödlich gewesen. Der Mörder hatte es nur auf die Haut abgesehen, ein Quadrat von etwa fünf Zentimetern Kantenlänge, das man geschickt vom Fleisch abgezogen hatte. Die ausgebleichten Tattoos um die Stelle herum gaben einen Hinweis darauf, was auf dem entfernten Stück dargestellt gewesen war. Vor seinem Tod hatte Lena Deacon noch nie mit nacktem Oberkörper gesehen, aber sie war mehr als vertraut mit den Szenen, die seine Brust schmückten. Deacon hatte zu den Hells Angels gehört, den Urvätern aller Hassprediger.

Jemand hatte ihm das Hakenkreuz herausgeschnitten.

Dieses fehlende Hautstück hatte nur einen einzigen positiven Aspekt, es sagte Lena nämlich, dass Hank mit Deacons Tod nichts zu tun hatte. Die beiden hatten zwar so gut wie jeden Tag ihres gemeinsamen Lebens miteinander gestritten, aber Hank würde dem einzigen Menschen auf der Welt, den man seinen Freund nennen konnte, nie etwas tun. Gleichgültig, was für dunkle Gedanken Lena in den letzten Tagen gewälzt hatte, sie wusste ohne jeden Zweifel, dass Hank absichtlich nie jemandem Schaden zufügen würde außer sich selbst. Er war kein Mörder.

Der Gedanke brachte Lena zu einer offensichtlichen Frage: Was hatte Hank getan, während irgendjemand Deacon fast zu Tode geprügelt und dann auf den Dachboden gelegt hatte, um ihn dort sterben zu lassen?

Sie musste Hank finden. Die örtliche Polizei würde annehmen, dass Hank etwas mit dem Mord an Deacon zu tun hatte. Sie würden einen verzweifelten Drogensüchtigen und einen gewaltsamen Tod sehen und sofort zur naheliegenden Schlussfolgerung springen: Sogar Jeffrey würde es schwerfallen zu glauben, dass Hank unschuldig war. Er würde wissen wollen, wie viele Tage Hank in dem Haus verbracht hatte, während Deacon tot direkt über ihm lag. Als Beweis für Hanks Unschuld würde er mehr verlangen als nur ein fehlendes Stück Haut. Lena konnte ihm aber nichts dergleichen liefern. Die Tatsache, dass Hank verschwunden war, half auch nicht gerade weiter. Man rannte nur davon, wenn man etwas zu verbergen hatte.

Vielleicht versteckte Hank sich ja vor jemandem. Vielleicht versteckte er sich vor Lena.

Auf Händen und Knien kroch Lena über den Dachboden und ließ sich dann wieder in die Küche hinab. Sie griff noch einmal in die Luke und zerrte die Kiste wieder ein Stück vor. Danach suchte sie sich im Bad einen Lumpen und wischte die Abdrücke ihrer schmutzigen Finger von der Randleiste der Lukenöffnung, bevor sie den Zugang auf den Dachboden schloss. Sie stellte den Stuhl wieder an seinen Platz, schaltete alle Lichter bis auf das über dem Spülbecken aus und schloss dann die Tür hinter sich.

Sie kam sich vor wie eine Kriminelle, als sie in ihrem Celica durch die Stadt fuhr. Verdammt, sie war eine Kriminelle. Sie hatte nicht nur Deacons Tod nicht gemeldet, sondern auch die Leiche wieder versteckt und ihre Fingerabdrücke abgewischt. Sie konnte sich gut vorstellen, wie sie in Al Pfeiffers Büro saß und der alte Knacker sie lüstern anstarrte, während sie berichtete, was passiert war. Al würde Hank finden. Er würde ihn aufs Revier schleppen und ihm Mord vorwerfen, bevor Lena auch nur ein Telefonbuch aufschlagen und einen Anwalt suchen konnte.

Einige der Außenlichter brannten, als Lena vor der Bar hielt, aber auf dem Parkplatz standen keine anderen Autos. Zuerst nahm sie an, dass die Lichter von einem Timer gesteuert wurden, dann aber sah sie die behelfsmäßige Verkabelung und die billigen Sonnenkollektoren, die Hank aufs Dach geschraubt hatte. Die Birnen warfen nur einen schwachen, fahlen Schein auf das Gebäude, und sie bezweifelte, dass sie noch lange brennen würden. Sie beugte sich nach rechts und holte ihre Taschenlampe aus dem Handschuhfach, bevor sie ausstieg.

Absperrbänder mit dem Logo des Bureau of Alcohol, Tobacco and Firearms hingen noch immer kreuzweise an der Vordertür. Mit ihrer Taschenlampe kontrollierte sie, ob das Siegel noch intakt war, und ging dann zur Rückseite des Gebäudes. Sie spürte, wie sich ihre Nackenhaare aufstellten, als sie den halb erleuchteten Parkplatz verließ und den Kiesweg entlangging, der zu Hanks Büro führte. In Anbetracht der gesamten Woche, die sie gerade durchlebte, betrachtete sie ihre Paranoia nicht als ungesunde Empfindung.

Sie hatte versucht, das Loch, das sie in die Wand von Hanks Büro getreten hatte, mit ein paar Mülleimern aus der Bar zu verdecken. Wenn man nicht direkt danach suchte, war der Schaden gar nicht so offensichtlich, wie sie gedacht hatte. Sie schaute über die Schulter und richtete ihre Lampe auf das Waldsstück, bevor sie die Mülleimer beiseiteschob und ins Büro kroch.

Im Innern sah die Hütte noch genauso aus, wie sie sie verlassen hatte. Sie wusste nicht so recht, ob es gut oder schlecht war, dass Hank seitdem nicht hier gewesen war. Deacon Simms war tot. Von Charlotte Warren abgesehen, hatte Hank keine Freunde, an die er sich wenden konnte. Es gab keine Couch, auf der er schlafen, kein Gästezimmer, in dem er sich verkriechen konnte.

Das Scheckbuch lag noch aufgeschlagen auf dem Schreibtisch. Sie setzte sich auf den Stuhl und ging die Kontrollabschnitte noch einmal durch. Soweit sie sich erinnern konnte, war alles noch genau so wie bei ihrem ersten Besuch, als sie Charlottes Briefe gefunden hatte. Dennoch blätterte sie die Schecks durch, um nachzusehen, ob einer fehlte. Dann nahm sie sich den Schreibtisch erneut vor, diesmal auf der Suche nach etwas, das eine Verbindung zu Deacon Simms herstellen könnte. Sie fand nichts außer Hanks Reserveschlüsselbund unter einem zerfledderten, alten Exemplar von Robert Cormiers »Ich bin das, was übrig bleibt«.

Lena steckte die Schlüssel ein und blätterte in dem Buch, das auf dem Rücken den Stempel der Elawah County Library trug. Auf die Innenseite des Deckels war eine Papiertasche geklebt, in der ein Ausleihzettel steckte. »Lena Adams« stand in ihrer Kinderschrift unten auf dem Zettel, weil sie das Buch vor einer Ewigkeit einmal ausgeliehen hatte. Sie hatte es für einen Englischaufsatz gebraucht. Lena hatte das Buch sehr gemocht, den Aufsatz aber nie geschrieben. Als der Lehrer Hank deswegen anrief, hatte Lena ihn angelogen und ihm gesagt, sie habe das Buch verloren. Hank hatte ihr daraufhin nicht nur den Hintern versohlt, sondern sie das Buch auch von ihrem Taschengeld bezahlen lassen.

Und dann hatte das Arschloch es die ganze Zeit behalten.

Lena warf das Buch auf den Tisch und stieß dabei unabsichtlich einen Stoß Quittungen um. Sie schob sie zusammen und versuchte eben, sie wieder aufeinanderzustapeln, als sie darunter das Telefon bemerkte. Es war ein alter Apparat, aus der Zeit als die Wählscheibe gerade abgeschafft worden war. Lena beugte sich darüber und folgte dem Kabel auf der Suche nach dem Anrufbeantworter. Sie vermutete, dass Hank, wie schon bei der Stromversorgung, keine Lust gehabt hatte, einen Techniker der Telefongesellschaft zu bezahlen, der ihm die Leitung in die Hütte legte. Das Rohr mit dem Verlängerungskabel, das in die Bar führte, hatte einen Durchmesser von etwa fünf Zentimetern – da war also noch Platz genug für ein Telefonverlängerungskabel.

Sie klemmte sich das Scheckbuch unter den Arm und kniete sich hin, um die Hütte durch das Loch wieder zu verlassen. Sie hatte im Büro nichts weiter gefunden, das sich mitzunehmen lohnte, und so kroch sie durch das Loch und schob die Mülleimer wieder davor.

Die Hintertür der Bar war verriegelt, aber das hatte Hank getan, nicht die Drogenfahndung. Wie auch bei der Vordertür hatte die ATF ihr gewohntes Siegel über Stock und Tür geklebt, doch Lena durchtrennte es einfach mit einem der Schlüssel. Ein Kryptonite-Schlüssel des Bunds passte in das Riegelschloss, ein kleinerer Yale-Schlüssel in das Schnappschloss. Die Metalltür ächzte beim Öffnen, dann drang der schale Geruch nach Rauch und Bier in die Nachtluft.

Die Sohlen ihrer Schuhe quietschten auf den Gummimatten, als sie durch die Küche ging. Irgendetwas lief ihr über den Fuß, sie erstarrte und hoffte zuerst, dass es nur eine Ratte war, dann aber, dass es nur eine einzige war. Mit ihrer Taschenlampe suchte sie den Lichtschalter und stellte sich dabei eine ganze Horde angriffslustiger Nager vor. Aus einer Ecke kam ein Geräusch, das sie lieber ignorierte, als sie in den Schankraum ging.

Lena hustete, ihre Lungen waren an den kalten Rauch und den Sauerstoffmangel nicht so recht gewöhnt. Beim Durchqueren des Raums legte sie alle Lichtschalter um, einer jedoch startete die Musicbox, die mitten in einem Song zu spielen anfing. Überall lag Abfall verstreut, und sie sah glänzende Stellen, wo verschüttete Drinks klebrige Flecken auf dem Linoleum hinterlassen hatten. Man musste kein Detective sein, um diese Szene zu interpretieren. Die Polizisten waren gekommen, hatten alle hinausgescheucht und ihre Verhaftungen gemacht und dann beim Hinausgehen das Licht ausgeschaltet.

Plötzlich fiel Lena etwas ein. Sie kniete sich hinter die Bar und klopfte mit den Fingerknöcheln auf den Boden, wobei sie sich anstrengen musste, um durch den Lärm der Musicbox etwas zu hören. Schließlich fand sie, wonach sie suchte, und holte ihr Messer aus der Tasche, um eine Fliese loszustemmen. Darunter sah sie zwischen den Tragbalken ein Zigarrenkistchen stehen. Hanks versteckter Notgroschen. Lena öffnete das Kistchen; es waren etwa zweitausend Dollar darin. Sie zögerte, weil sie sich plötzlich vorkam wie eine Diebin. Das war Hanks Geld. Aber war es Stehlen, wenn sie es nahm, damit er keine Drogen damit kaufen konnte?

Sie kletterte auf die Bar und steckte das Geld hinter eine Flasche Scotch, der so billig war, dass sich die Färbung als Sediment am Boden der Flasche abgesetzt hatte. Dann sprang sie wieder herunter und legte das leere Zigarrenkistchen in sein Versteck zurück. Irgendein Country-Heuler stimmte eben eine Ballade an, als sie die Fliese mit ihrem Absatz festtrat. Sie fühlte sich jetzt besser, so als hätte sie etwas getan, um Hank zu helfen, anstatt zu seiner Zerstörung beizutragen.

Das Telefon stand hinter der Bar unter der Registrierkasse, wo es immer gestanden hatte. Der Anrufbeantworter daneben zeigte zwölf Anrufe an. Lena drückte auf PLAY und dachte sich eben, dass die jüngsten Anrufe wohl als Erste kamen, als sie ihre eigene Stimme sagen hörte: »Hank, Lee hier. Wo bist du?« Sie war schockiert über ihren Ton, der jetzt durch die Bar hallte, über die Wut, die jedes Wort verströmte. Klang sie immer so hasserfüllt, wenn sie ihn anrief? Lena schüttelte den Kopf: Das war noch etwas, worüber sie im Augenblick nicht nachdenken konnte.

Der nächste Anruf kam von Nan, Sibyls Geliebter. Ihre Worte klangen freundlicher, aber die Botschaft war eindeutig: »Ich habe seit ein paar Tagen nichts mehr von dir gehört, und ich mache mir allmählich Sorgen. Bitte lass mich wissen, ob es dir gutgeht.«

Nachricht zehn sprang an, ein konstant verrauschtes Schweigen, das Lena schon überspringen wollte, als sie plötzlich den Anfang einer computerisierten Nachricht hörte, bei der sich ihr der Magen zusammenzog.

Georgia benutzte, wie so ziemlich jeder Staat in den USA, ein elektronisches System, um Anrufe von Gefängnisinsassen zu bearbeiten. Eine Computerstimme nannte zuerst das Gefängnis, aus dem der Anruf kam, und riet dann dem Empfänger eindringlich, sich zu vergewissern, ob er die Tarife auch verstanden hatte, bevor er einen Knopf drückte, um den Anruf entgegenzunehmen. Dann sprang alle zwei Minuten dieselbe Automatenstimme an und erinnerte den Empfänger des Telefonats daran, dass er oder sie mit einem Gefängnisinsassen sprach. Die unverschämten Tarife finanzierten eine Lauschsoftware, die einerseits die Insassenanrufe überwachte, andererseits aber auch arglose Fremde davor schützte, eine Zwanzig-Dollar-Rechung für einen zweiminütigen Anruf zu bekommen.

Die Ansage entsprach ziemlich genau dem Standard, zuerst wurde das Gefängnis genannt, aus dem der Anruf kam, dann folgte eine Lücke von drei Sekunden, in der der Anrufer seinen Namen sagen konnte. Im Lauf der Jahre hatte Lena, aus verschiedenen Gründen, einige Insassenanrufe aus dem Gefängnis des Grant County gehört. Es war erstaunlich, was die Insassen in diese drei Sekunden alles hineinpressen konnten. Ihren Namen nannten sie nur selten – sie sahen es eher als die kürzeste Gelegenheit der Welt, jemanden zu bitten, mit ihnen zu reden. Die Botschaften reichten von »Mama, ich liebe dich, bitte rede mit mir«, bis zu ihrem persönlichen Liebling »Ich bring dich um, du Schlampe« von einem Mann, der vor dem Richter beharrlich behauptete, er stelle keine Bedrohung für seine Frau dar.

Auf Hanks Maschine lief inzwischen die fünfte Wiederholung derselben Nachricht. »Das ist ein R-Gespräch von einem Insassen des Coastal State Prison ...«

Lena stützte sich mit einer Hand an der Bar ab. Sie ließ die Maschine weiterlaufen, und ihre Kehle fühlte sich an, als hätte sie Glas geschluckt.

Viermal war diese Nachricht schon gelaufen, viermal hatte sie seine Stimme gehört. Sie konnte nicht anders. Sie hatte sich die erste angehört, die zweite und so weiter. Alle waren identisch. Und alle brachten diese harte, emotionslose Stimme, die wie ein Echo der computerisierten klang.

Nun also zum letzten Mal »Drücken Sie die Eins, wenn Sie mit Insasse –« Lena hielt den Atem an, weil sie hoffte, das wäre alles nur ein kranker Scherz.

Es war keiner.

Der Lautsprecher gab seine Stimme perfekt wieder, diesen langsamen, selbstsicheren Tonfall, in dem er seinen Namen nannte.

»Ethan Green.«

Lena riss den Anrufbeantworter heraus und warf ihn gegen die Wand.

Donnerstagmorgen

15 Zuhause im Grant County hatte Sara einen Handlanger, der ihr die nicht ganz so glamourösen Aufgaben bei einer Autopsie abnahm. Carlos katalogisierte die chirurgischen Instrumente, kümmerte sich um die Proben, machte die Röntgenaufnahmen, putzte die beträchtliche Schweinerei weg, die anfiel, und erleichterte Sara schlicht die Arbeit, ganz einfach, weil er im Raum war. Er schrieb mit, wog Organe und – was das Wichtigste war – erledigte einen Job, der ein wenig euphemistisch »interne Säuberung« genannt wurde, was bedeutete, dass er am Waschbecken stehen und den langen Schlauch des Darmes ausräumen musste, sodass der Inhalt untersucht und gewogen werden konnte. Die Aufgabe war so widerwärtig, wie sie klang, und sie an jemanden abgeben zu können, war ein Geschenk des Himmels.

Offiziell war Carlos nur ein Handlanger, aber Sara betrachtete ihn immer als ihren Assistenten, als jemanden, der einen wesentlichen Teil zu ihrer Arbeit beitrug. Falls sie je an seinem Wert zweifelte, kam er ihr, wenn sie ihn einmal nicht um sich hatte, sehr schnell wieder zu Bewusstsein. Gestern hatte ihr zwar nur Jeffrey geholfen, aber er hatte sich sehr bemüht, und das war besser, als es allein zu tun. Von dem Augenblick an, da sie die Tiefkühlung öffnete und Boyd Gibson mit dem Gesicht nach unten auf einer Bahre liegen sah, hatte sie gewusst, dass es ein harter und schwieriger Tag werden würde.

Mit eins achtundsiebzig war Sara kaum zierlich zu nennen, aber sie hätte sich fast den Rücken ausgerenkt, als sie ihn auf die metallene Rollbahre bugsierte. Die Leiche war sehr kompakt, mit nicht weniger Muskeln als Fett. Boyd war kräftig gebaut, wie ein Hydrant, hätte ihr Vater gesagt, aber durch abwechselndes Schieben und Ziehen schaffte sie es, ihn aus dem Leichensack und auf die Metallplatte zu bekommen, ohne dass das Messer in seinem Rücken verrutschte.

Nachdem sie Röntgenaufnahmen gemachte hatte, um die Position des Messers zu dokumentieren, brachte sie die Leiche in den Hauptautopsiesaal zurück, wo sie Gewicht und Größe maß. Dann fing sie mit den Schuhen und der Kleidung des Mannes an. Die Turnschuhe waren nur locker gebunden und etwa ein Jahr alt. Seine Jeans und die Unterwäsche waren etwas neuer. Seine Brieftasche mit dem üblichen Inhalt war mit einer Kette an einer Gürtelschlaufe befestigt. Am Gürtel selber hing eine Lederscheide, deren Verzierung zum Design des Knochengriffs des Messers passte, das darin steckte. Das Thema der Darstellung wäre nicht unbedingt Saras erste Wahl gewesen: Eine Jagdszene mit zwei Hunden, die einen Fasan aus dem Wald scheuchten.

Nachdem sie kontrolliert hatte, ob das Loch im Hemd zu dem Loch in Gibsons Rücken passte, schnitt sie das Hemd behutsam von der Leiche und fotografierte dabei jeden ihrer Schritte so gut sie konnte. In Anbetracht des primitiven Autopsiesaals war Sara überrascht von den technischen Raffinessen der Digitalkamera. Am Tag zuvor hatte Jeffrey die Fotos geschossen, aber sie war sehr schnell vertraut mit ihren vielen Zusatzfunktionen. Der Makrozoom war viel besser als der ihrer Kamera zu Hause, und auf dem großen LCD-Monitor konnte sie die Fotos zurücklaufen lassen, um zu kontrollieren, ob sie auch wirklich genau das aufgenommen hatte, was sie brauchte.

Sie schoss noch ein paar Fotos von den Kleidungsstücken auf dem Papier, das sie auf der Arbeitsfläche ausgebreitet hatte, dann untersuchte sie das Material nach Spuren und Hinweisen. Abgesehen von Erdpartikeln und ein paar Haaren, die augenscheinlich dem Opfer gehörten, fand Sara nichts Ungewöhnliches an Boyd Gibsons Kleidungsstücken. Auch die New-Balance-Turnschuhe waren zwar schlammverkrustet, ansonsten aber unauffällig. Dennoch steckte sie jeden Gegenstand sorgfältig in eine Tüte und fertigte eine Beweismittelliste an, wobei sie bei der Aufzeichnung des Brieftascheninhalts besonders penibel vorging: Ein Führerschein auf dem Namen Boyd Carroll Gibson, siebenunddreißig Jahre alt, eine Delta SkyMiles American Express Card, eine Visa-Card der Bank of Elawah, zwei Schnappschüsse von Jagdhunden an einem Bach und fünf Dollar in bar. Entweder war Boyd Gibson ein außergewöhnlich ordentlicher Mann gewesen, oder jemand hatte seine Brieftasche durchsucht. Sara dachte daran, dass sie das unbedingt Jeffrey sagen musste.

Sie nahm die Kamera wieder zur Hand, fotografierte die nackte Leiche und vor allem den Bereich um das Messer in Großaufnahme – Lenas Messer. Als Sara die Waffe letzte Nacht gesehen hatte, hatte sie sofort gewusst, wem sie gehörte. Jeffreys Miene bestätigte sie in ihrer Überzeugung. Sie hatte gemerkt, dass er nicht darüber reden, nicht zugeben wollte, dass Lena in diesem Schlamassel, in den sie da geraten waren, mehr als nur eine passive Zuschauerin war.

Und was war mit Hank? Es wären zwei Personen nötig gewesen, um Boyd Gibson durch das Motelfenster zu werfen. Sara hatte Lenas Onkel nur ein paarmal gesehen, aber ihrer Erinnerung nach war Hank Norton ein eher schmächtiger Mann und nicht sehr groß. Wenn nicht er Lenas Komplize war, wer dann? Lena alleine hätte das unmöglich geschafft.

Aber vielleicht hatte sie es überhaupt nicht getan. Dass Lena dieses Messer gehörte, bedeutete noch nicht, dass sie diesen Mann auch erstochen hatte. Sara musste unvoreingenommen bleiben. Sie konnte diese Autopsie nicht mit Vorurteilen angehen, sie musste offen bleiben für alle Möglichkeiten.

Sara beugte sich über Gibsons Leiche und ging mit der Kamera noch näher an die Stichwunde heran. Sie runzelte die Stirn, weil sie eine Diskrepanz zwischen der Klingengröße und der Größe der Wunde entdeckte. Der Griff von Lenas Klinge steckte beinahe rechtwinklig im Rücken, ragte nur leicht nach oben und wenige Zentimeter nach links versetzt aus der Leiche, was auf einen rechtshändigen Mörder hindeutete, der von hinten gekommen war und in Richtung Herz gestochen hatte. Doch der verlängerte Umriss der Wunde legte nahe, dass das Messer in spitzem Winkel von einer stark erhöhten Position in den Rücken gestochen worden war. Lena war Rechtshänderin, aber nur etwas über eins sechzig groß. Entweder war die Position des Messers beim Transport verändert worden, oder Lena war auf eine Leiter gestiegen, um ihn zu erstechen.

Da sie das Büro des Sheriffs von Elawah und seine Leute inzwischen ein wenig kannte, hätte Sara einen halben Monatslohn darauf gesetzt, dass die Position des Messers beim Transport verändert worden war. Sie prägte sich ein, unbedingt Jake Valentine danach zu fragen. Eine solche Inkonsistenz war genau so ein Detail, auf das Anwälte sich stürzten. Sie würde in ihren Notizen sehr präzise bei der Beschreibung der Wunde sein müssen, für den Fall, dass diese Geschichte je vor Gericht landete. Ansonsten würde man sie beim Kreuzverhör in Stücke reißen.

Andererseits hatte Saras Aussage in ihrem Kunstfehlerprozess gezeigt, dass es, gleichgültig wie gründlich man gewesen war und wir gut man sich vorbereitet hatte, immer einen Schakal von Anwalt gab, der einem die Worte so im Mund verdrehen konnte, dass sie in seine eigene Argumentation passten.

Sara fluchte ein paarmal auf Anwälte im Allgemeinen, bevor sie die äußerliche Untersuchung fortsetzte.

Sie fand ein paar Schnitte und Kratzer auf den Handflächen, die höchstwahrscheinlich von der Rutschpartie am Ufer des Bachs hinter Hanks Bar herrührten. Die Brandwunden auf den Armen des Mannes waren unbedeutend und wären, wenn sich keine Infektion entwickelte, auf jeden Fall zu überleben gewesen. Die versengten Haare wären in ein paar Monaten wieder nachgewachsen, die Wimpern in ein paar Wochen. Überraschenderweise hatte Gibson nur ein einziges Tattoo, das hässliche, rote Hakenkreuz, auf das Jeffrey sie am Abend zuvor hingewiesen hatte. Normalerweise waren solche Kerle übersät mit Piktogrammen wie die Wand eines Männerklos. Mit einer Hand hielt Sara ein kleines Metalllineal an das Tattoo und fotografierte mit der anderen Hand, um Größe und Details zu dokumentieren.

Dann legte sie die Kamera weg, um sich Notizen zu machen, und wünschte sich nicht zum ersten Mal, Jeffrey wäre hier, um ihr zu helfen. Das würde die Sache um einiges beschleunigen. Gestern hatten sie gemeinsam einen Rhythmus entwickelt, und sie merkte, dass sie ihn gern dabeihatte, und wenn nur, um über ihre Beobachtungen mit ihm reden zu können. Gibson hatte eine Reihe von alten Narben, die kreuz und quer über seinen Rücken liefen, und Sara vermutete, dass er irgendwann einmal mit einem Gürtel oder Ähnlichem geschlagen worden war. Eine lange, weiße Narbe, die längs über die Außenseite des rechten Schenkels lief, stammte offensichtlich von einem offenen Bruch.

Der Timer des Röntgenentwicklers summte, die Filme waren fertig, und Sara betrachtete sie auf dem uralten Lichtkasten, der neben der Tür hing. Dunkle Linien erzählten ihre Geschichten: Spuren einer alten Spiralfraktur im linken Unterarm, wie auch längst verheilte Rippenbrüche im seitlich hinteren Bereich. Der Schädel wies ebenfalls sehr alte Bruchlinien quer über die Knochennähte auf. Spuren eines Bruchs am rechten Oberschenkelknochen waren mindestens zehn Jahre alt. Für Sara deutete das alles darauf hin, dass Boyd Gibson als Kind schwer misshandelt worden war.

Während sie sich nun wieder der Leiche zuwandte, konnte sie nicht anders als Mitleid für diesen Mann zu empfinden. Wie viele postmortale Röntgenaufnahmen hatte sie im Grant County schon gesehen, die genauso aussahen wie diese hier? Nur sehr selten hatte sie es mit einem Kriminellen zu tun, dessen Leiche keine Hinweise auf Kindesmisshandlungen aufwies. Als Kinderärztin musste sie sich fragen, mit welchen Menschen Boyd Gibson es in seinen frühen Jahren zu tun gehabt hatte. Wie hatte er solche Misshandlungen vor seinen Lehrern, seinem Arzt, seinem Pfarrer verbergen können? Wie oft hatte sein Vater oder seine Mutter etwas von Ungeschicklichkeit oder jugendlichem Überschwang erzählt, wenn Knochenbrüche oder Gehirnerschütterungen zu erklären waren? Wie viele Erwachsene hatten die Beweise vor ihren Augen einfach ignoriert und die Ausreden geglaubt?

Misshandlungen in der Kindheit entschuldigten zwar die Taten eines erwachsenen Mannes nicht, aber Sara musste sich doch fragen, ob Boyd Gibson auf ihrem Tisch gelandet wäre, wenn er eine glückliche Kindheit gehabt hätte.

Natürlich gab es auf der Welt unzählige Menschen, die noch Schlimmeres durchlitten hatten und nicht zu Nazis und Drogenhändlern geworden waren. Oder genau diese umbrachten.

Hatte Lena diese schreckliche Tat begangen? Hatte sie diesem Mann in den Rücken gestochen? Sara glaubte es aus demselben Grund nicht, warum sie nicht glaubte, dass Lena einen Menschen bei lebendigem Leib verbrannte. Die Frau hatte ein aufbrausendes Temperament, das stimmte, aber wenn

Lena Adams jemanden tötete, dann würde sie demjenigen in die Augen schauen.

Das war kaum eine Verteidigung, aber die Wahrheit war oft sperrig.

Sie wandte sich nun der Mordwaffe zu. An den dunklen Puderspuren auf dem Perlmuttgriff sah sie, dass Jake Valentine ihn bereits nach Fingerabdrücken abgesucht hatte. Wie es aussah, hatte er keinen einzigen abnehmen können. Lena hätte mit Sicherheit Handschuhe getragen oder die Waffe nach der Tat zumindest abgewischt. Was, wenn sie die Position des Messers veränderte hatte, als sie den Griff von ihren Fingerabdrücken reinigte?

Sara zoomte den Griff mit der Kamera heran, um zu sehen, ob es irgendwelche Abdruckfragmente gab, die das Sheriff's Department vielleicht übersehen hatte. Ihr Blick verschwamm, als die Details sich vor ihr aufblähten, und sie schaute einen Augenblick weg, um wieder klar sehen zu können.

»Moment mal«, sagte sie laut zu sich selbst. Beim Wegschauen hatte sie etwas anderes gesehen. Auf der Unterseite des Arms des toten Mannes waren drei kleine, runde Quetschungen. Eine sehr starke Person hatte Gibson so fest gepackt, dass Druckstellen blieben. An der Farbe der Quetschungen erkannte Sara, dass es unmittelbar vor Gibsons Tod passiert sein musste.

Sie drückte das Lineal unter die Quetschungen und schoss Fotos aus verschiedenen Winkeln. Dann suchte sie, nur um sicherzugehen, die gesamte Leiche Zentimeter für Zentimeter noch einmal nach anderen Druckstellen ab, die sie vielleicht übersehen hatte.

Als sie dann sicher war, dass sie alles getan hatte, was sie konnte, zog sie ihre Handschuhe aus und nahm sich ihre Notizen vor, kontrollierte, ob sie ihre Handschrift wirklich entziffern und nichts falsch interpretiert werden konnte. Von dem Augenblick an, da Sara einen Autopsiesaal betrat, hatte sie immer im Hinterkopf, dass alles, was sie tat, bei einem Prozess einer sehr kritischen Prüfung unterzogen wurde. Und mit dem Kunstfehlerprozess im Nacken war sie doppelt verunsichert.

Ihre Gedanken kehrten immer wieder zu dem Messer zurück, nicht weil es Lenas war – diese Tatsache hatte sie in ihren Notizen ganz einfach unterschlagen –, sondern weil die Wunde ihr noch immer Kopfzerbrechen bereitete.

Sara nahm ihre Lesebrille ab und rieb sich die Augen. Im Gegensatz zum Tag zuvor herrschte in der angrenzenden Werkstatt reger Betrieb, Kompressoren knatterten, und Abgasdämpfe drangen in die Leichenhalle. Sie war nicht glücklich darüber, dass die Werkstattgerüche so überwältigend waren, nicht nur, weil sie davon Kopfschmerzen bekam, sondern weil es bei einer Autopsie um mehr ging als nur um das, was man sah. Gewisse Gerüche, die eine Leiche verströmte, konnten auf alles Mögliche, von Diabetes bis zu einer Vergiftung, hindeuten.

Sara setzte sich eine Schutzbrille auf, zog frische Handschuhe an und kehrte zum Obduktionstisch zurück. Mit einer großen Nadel entnahm sie zentrale Blut- und Urinproben und beschriftete die Phiolen entsprechend. Mit dem Fuß zog sie einen kleinen Trittschemel heran und stellte sich darauf, damit sie genug Höhe hatte, um aufrecht über der Leiche zu stehen. Dann stemmte Sara die rechte Hand gegen Gibsons Rücken und legte die linke um den Messergriff. Sie wollte das Messer eben herausziehen, als jemand an der Tür klopfte.

»Hallo«, sagte ein Mann und betrat den Saal, ohne hereingebeten worden zu sein. Er sah Sara mit der Hand am Messer und pfiff leise. »Ich hoffe, Sie ziehen das raus und stecken es nicht rein.«

Sara ließ die Hände sinken. »Kann ich Ihnen helfen?«

Der Mann zeigte ein schnelles, frettchenartiges Lächeln, das eine gerade Reihe kleiner, quadratischer Zähne entblößte. Er streckte die Hand aus, überlegte es sich dann anders. »Fred Bart«, sagte er. »Sie machen hier meinen Job.«

Sara stieg von dem Schemel. Sie war mindestens einen Kopf größer als der Mann, der etwas an sich hatte, das ihr sofort missfiel. Dennoch entschuldigte sie sich: »Tut mir leid. Der Sheriff hat mich gebeten, das hier zu …«

Er lachte bellend. »Das sollte ein Witz sein, Herzchen. Machen Sie sich deswegen keine Gedanken.«

Da Sara im Süden aufgewachsen war, hatte man sie schon oft Herzchen oder Süße oder sogar Kleine genannt. Ihr Großvater nannte sie Prinzessin und der Postbote Zuckerpüppchen, aber irgendwie schafften sie es immer, es auf eine liebenswürdige und nicht geringschätzige Art zu tun; sie unterschrieb sogar Weihnachts- und Geburtstagskarten an sie mit diesen Kosenamen. Das hieß, es gab Männer, denen man so etwas durchgehend ließ, und andere, von denen man das nicht hinnahm. Fred Bart mit seinem billigen, zu engen Anzug und den auf Hochglanz polierten Schuhen gehörte eindeutig zur zweiten Kategorie.

»Freut mich«, sagte Sara, um Höflichkeit bemüht. »Ich war eben dabei …« Sie beendete den Satz nicht, da Bart ihre Notizen zur Hand nahm. »Die sind noch nicht fertig.«

»Schon okay, Süße. Ich kann das entziffern.« Er fing an zu lesen, und Sara musste sich beherrschen, um ihm die Seiten nicht aus der Hand zu reißen. Stattdessen stemmte sie die Hände in die Hüften und wartete, während sie einen Laserstrahl des Hasses auf seinen spärlich behaarten Kopf richtete. Die wenigen noch verbliebenen Haarbüschel über seinen Ohren wirkten unnatürlich, und nach eingehender Betrachtung kam sie zu dem Schluss, dass er ein Freund von Haarfärbemitteln war.

Bart war mindestens ein Jahrzehnt älter als Sara, wenn nicht noch mehr, und der Typ Mann, der der Welt nie verzieh, dass ihm schon ab Mitte zwanzig die Haare ausgegangen waren. Sie hatte das Gefühl, er war ein Kerl, der anderen Leuten die Schuld gab für viele Dinge, die ihm an sich selbst nicht passten. Sie schaute auf seine Hände hinunter und suchte nach einem Ehering, und war dann froh, dass es wenigstens keine Frau gab, die diesen aufdringlichen Besserwisser ertragen musste.

Als er seine Lektüre schließlich abgeschlossen hatte, warf er ihr ein schnelles Lächeln zu und legte die Seiten wieder dorthin, wo er sie gefunden hatte. Sie erwartete zumindest einen bissigen Kommentar über ihre Handschrift, aber er sagte nur: »Brauchen Sie dabei Hilfe?«

»Ich glaube, ich schaffe es.«

Bart zog ein Paar Handschuhe aus dem Spender. Er streifte sie über und sagte: »Wenigstens bei dem Messer kann ich Ihnen helfen. Ich weiß nicht, ob Sie so was schon mal hatten, aber ich weiß, je länger man wartet, umso fester steckt so ein Ding drin.«

»Ich schaff das schon, vielen Dank«, erwiderte Sara, und ihr fiel einfach nicht ein, wie sie dem Zahnarzt sagen sollte, dass sie durchaus wusste, was sie tat, ohne ihm den Kopf abzureißen und wie einen Fußball durchs Fenster zu treten.

»Ist doch kein Problem«, antwortete er und stellte sich auf den Schemel, von dem Sara eben heruntergeklettert war. Er legte beide Hände um das Messer und schaute sie fragend an. Als sie sich nicht rührte, sagte er: »Ich schaff das nicht, wenn Sie ihn nicht festhalten, Herzchen.«

Sie merkte plötzlich, dass sie mit den Händen an den Hüften und gespitzten Lippen dastand und damit exakt aussah wie das Klischee einer Männer hassenden Feministin, die Fred Bart wahrscheinlich immer im Kopf hatte als Erklärung dafür, wenn sein außerordentlicher Charme bei Frauen nicht wirkte.

Sara drückte die Hände auf den Rücken der Leiche, und Bart zog an dem Messer. Ihr fiel auf, wie leicht die Klinge aus dem Fleisch glitt.

Anscheinend hatte Bart das auch bemerkt. »War gar nicht so schlimm«, sagte er und warf das Messer in die Schale neben der Leiche. »Haben Sie irgendwelche Fingerabdrücke gefunden?«

»Da müssen Sie den Sheriff fragen. Ich mache hier nur das normale Obduktionsverfahren.«

»Vielleicht sollten Sie sich selbst drum kümmern«, schlug er vor und zog sich die Latexhandschuhe wieder aus. »Meiner Erfahrung nach ist unser kleiner Kumpel Jake nicht gerade auf dem neuesten Forschungsstand, wenn es um forensische Techniken geht.« Er warf die Handschuhe in den Mülleimer und zog ein Päckchen Zigaretten aus der Tasche.

»Es wäre mir lieber, wenn Sie hier drinnen nicht rauchen würden.«

Er steckte sich die Zigarette in den Mund und redete um sie herum. »Sind Sie eine von diesen Raucher-Nazis?«

Sara wunderte sich über seine Wortwahl angesichts des roten Hakenkreuzes auf dem Arm des Opfers. »Es wäre mir einfach lieber, wenn Sie nicht rauchen«, erwiderte sie ruhig.

Er grinste noch einmal und machte eine Show daraus, die Zigarette aus dem Mund zu nehmen und zurück in das Päckchen zu stecken – er tat es ja nur ihr zuliebe. »Und, was haben Sie gefunden? Irgendwas Interessantes?«

Sara nahm die Kamera wieder zur Hand, um die Wunde zu dokumentieren. »Noch nicht.«

»Sie sind Kinderärztin, nicht?«

»Ja.« Dann meinte sie hinzufügen zu müssen: »Außerdem bin ich Leichenbeschauerin.«

»Ich habe ja nicht geglaubt, dass es noch Leute gibt, die es sich leisten können, Ärzte zu sein.« Bart lachte trocken auf, und Sara wusste nicht, ob sie einfach nur überempfindlich reagierte oder ob der Mann Bescheid wusste über ihren Kunstfehlerprozess. Er hätte schon herumschnüffeln müssen, um das herauszufinden; wahrscheinlich bildete sie sich das nur ein. Aber nach dem, was sie in den letzten Tagen durchgemacht hatte, hatte Sara das Gefühl, eine gute Entschuldigung dafür zu haben.

Bart ging um die Leiche herum und blieb vor dem Tattoo stehen. »Passt«, sagte er. »Ich hatte im letzten Monat einen von diesen Mistkerlen hier. Fuhr einen Telefonmasten auf dem Highway 16 um. Rammte dabei eine Familie in einem Minivan.« Er schaute schnell zu ihr hoch. »Die Familie überlebte es. Nur Kratzer und blaue Flecken.«

Sara erkannte, dass sie vielleicht einige Informationen aus ihm herausholen konnte, wenn sie behutsam vorging. »Sind Skinheads ein Problem hier in der Gegend?«

Bart zuckte die Achseln. »Meth ist das große Problem, und die Skinheads gehören dazu. Ist allerdings ein Glück für mich.« Anscheinend hatte Sara verwirrt dreingeschaut, denn er erläuterte: »Ich bin Zahnarzt. Ich dachte, Jake hätte Ihnen das erzählt.« Er verschränkte die Arme, und die Schultern seiner billigen Anzugjacke rutschten bis zu den Ohren hoch. »Vor zehn Jahren hatte ich schon Glück, wenn ich eine Wurzelbehandlung pro Monat bekam. Jetzt mache ich zwei, vielleicht drei pro Woche. Sie kommen aus dem ganzen County, manchmal sogar aus den angrenzenden Bezirken. Kronen, Brücken, Verkleidungen. Es ist Boom-Zeit.«

Sara hatte schon gesehen, was Meth im Mund eines Menschen anrichten konnte. Die meisten der starken Konsumenten verloren ihre Zähne innerhalb von fünf Jahren.

»Ist ein großes Geschäft«, sagte Bart. »Aber ich würde gern

drauf verzichten, wenn ich nie wieder ein Kind sehen müsste, das an dieser Scheiße hängt.« Er wurde rot. »Verzeihen Sie mir meine Ausdrucksweise, Ma'am.«

Sara wusste nicht, ob es seine Entschuldigung war oder seine offenkundige Besorgnis, aber sie merkte, dass sie diesen Mann plötzlich nicht mehr so sehr hasste.

Bart sagte: »Ich helfe Ihnen, die Leiche umzudrehen.«

Sara hatte zwar keine große Lust, sein Angebot anzunehmen, aber sie musste auch zugeben, dass sie sich nicht gerade darauf freute, die Leiche auf die andere Seite wuchten zu müssen. Sie machte noch ein paar Aufnahmen und wartete dann, bis Bart frische Handschuhe angezogen hatte. Er nahm Kopf und Schultern und Sara die Füße. Es freute sie zu sehen, dass Bart seine Mühe mit dem Gewicht hatte, als sie Gibson auf den Rücken drehten. Aber es gab ihr auch zu denken, denn wenn sie beide schon Schwierigkeiten hatten, die Leiche auf dem Tisch umzudrehen, dann waren zwei ziemlich starke Männer nötig gewesen, um sie durch das Fenster zu werfen.

Sie sagte: »Kräftiger Kerl, was?«

Bart zuckte die Achseln, aber sie sah Schweißperlen seine Wange hinunterlaufen. »Habe schon Schlimmeres gesehen.«

»Kann ich mir vorstellen.«

Sie sah seine Augen aufblitzen, als sie das sagte, wahrscheinlich fragte er sich, ob es herablassend gemeint war. Sara beließ ihn in seiner Unsicherheit und konnte sich ein Zwinkern gerade noch verkneifen, als sie sagte: »Danke, dass Sie mir Ihren starken Arm geliehen haben.«

Instinktiv griff er wieder nach einer Zigarette, besann sich dann aber. »Wie ich sehe, sind Sie mit Bertha zurechtgekommen.« Er deutete auf die Röntgenaufnahmen. »Seit Jahren bitte ich das County um einen Ersatz, und seit Jahren sagen sie nein.«

»Es erfüllt seinen Zweck«, erwiderte Sara. Wenn man genug fernsah, konnte man zu der Annahme kommen, dass alle Polizeieinheiten das Neueste an forensicher Technologie zur Verfügung hatten. In Wirklichkeit konnte sich kein Institut im ganzen Land die Milliarden Dollar teure Ausrüstung leisten, die man in einer ganz normalen Durchschnittsserie sah. Das Wenige an Ausrüstung, was der Staat hatte, war sehr gefragt, und manchmal dauerte es ein ganzes Jahr, bis man die Resultate bekam.

Bart betrachtete noch immer Boyd Gibsons Röntgenaufnahmen. Er pfiff leise. »Keine schöne Kindheit.« Er fuhr mit dem Finger eine dünne Linie am Schlüsselbein nach. »Schlimmer Bruch.«

»Kannten Sie ihn?«

Bart drehte sich um, und zum ersten Mal, seit er den Saal betreten hatte, schien er sie wirklich anzuschauen. »Ja«, sagte er mit trauriger Stimme. »Seine Mama brachte ihn oft zu mir. Sie war immer zerschunden.« Er zeigte auf sein Gesicht, und Sara erkannte, dass er Misshandlungen andeuten wollte. »Bei Boyd oder seinem Bruder sah ich nie etwas – er hat noch einen älteren Bruder –, aber wegen Ella habe ich den Sheriff mehr als einmal angerufen. So hieß sie nämlich.« Er drehte Sara wieder den Rücken zu, um weiter die Röntgenaufnahmen zu betrachten, oder vielleicht, weil er nicht wollte, dass Sara seine Bestürzung sah. »Sie war eine tolle Frau. Ruhig, respektvoll, gut aussehend. So, wie man sich eine Ehefrau nur wünschen kann. Ich schätze, einige Männer können damit einfach nicht zufrieden sein. Grover war es auf jeden Fall nicht.«

Sara wartete, bis sie sicher war, dass er ausgeredet hatte, bevor sie ihn fragte. »Was tat der Sheriff, als Sie es ihm meldeten?«

»Damals war Al noch am Ruder«, sagte Bart und drehte sich wieder um. »Al war ein guter Mann, aber damals konnte man ohne die Aussage der Frau keine Anklage erheben, und Ella hätte nie ein Wort gegen Grover gesagt. Nicht dass sie ihn noch geliebt hätte, aber sie wusste, was er dann den Jungs antun würde, und es war ja nicht so, dass sie einfach weggehen und sich einen Job suchen konnte, um sie alle zu ernähren.«

»Ist sie noch immer bei ihm?«

»Nein«, sagte er und schaute auf seine Füße. »Der Krebs holte sie, als Boyd zehn, vielleicht elf war. Danach sah ich ihn kaum noch. Grover hätte nie sein Saufgeld für Zahnhygiene verschleudert.« Er deutete auf die Leiche. »In letzter Zeit habe ich ihn natürlich wieder häufiger gesehen.«

»Warum das?«

Bart richtete den Blick auf Gibsons Unterarm, wo deutlich Einstichspuren zu erkennen waren. Sie waren ziemlich gut verheilt, mindestens vier bis sechs Monate alt. Gibson war außerdem schwer, und Meth-Konsumenten waren normalerweise extrem dünn.

Sie sagte: »Sieht nicht aus, als hätte er in der letzten Zeit gedrückt.«

»Ja, in letzter Zeit war er clean.« Bart zuckte die Achseln. »Viele von denen sind einen Monat, manchmal sogar ein Jahr clean. Dann passiert irgendwas, und ruck, zuck sind sie wieder an der Nadel.«

»War das auch bei Boyd so?«

Bart gab auf diese Frage keine direkte Antwort. »Er kam vor ungefähr sechs Wochen zu mir. Er hatte kein Geld für eine Behandlung, also habe ich einen Abzahlungsplan für ihn erstellt. Er hatte schreckliche Schmerzen. Sein ganzer Mund war entzündet. Er hätte auch noch den Rest seiner Zähne verloren, wenn ich nichts getan hätte.«

»Ich habe die Brücke gesehen«, sagte Sara und deutete auf die Zahnaufnahmen. Gibsons Mund hatte sie noch nicht untersucht.

Bart schaute sich die Aufnahmen an. »Nicht so schlimm, wie es hätte sein können.« Er warf ihr ein schnelles Lächeln zu. »Sie sehen so etwas wahrscheinlich viel häufiger als ich.«

»Was?«

»Mittellose.« Er sprach das Wort sehr scharf aus, aber Sara wusste nicht, ob aus Geringschätzung oder aus Mitleid. »Sie kommen, und man weiß, dass sie sich die Behandlung nicht leisten können, aber man kann sie auch nicht abweisen, weil das nicht der Grund war, warum man Medizin studiert hat.«

Sara nickte und zuckte gleichzeitig die Achseln, weil sie nicht wusste, was sie darauf sagen sollte. Sie hatte keine Lust auf eine längere Diskussion mit diesem Mann über den trostlosen Zustand des Gesundheitssystems.

»Na ja.« Bart schaute auf die Uhr, als wäre ihm eben ein Termin wieder eingefallen. »Wie auch immer, wollte einfach nur mal vorbeischauen und sehen, ob Sie hier auch zurechtkommen. Sagen Sie Bescheid, wenn Sie irgendwas brauchen, okay?«

»Danke«, sagte Sara, und sie meinte es ernst, bis er wieder sein Frettchengrinsen zeigte.

»Passen Sie auf sich auf, Süße. Möchte nicht, dass Sie sich in diese ganze Sache hier hineinziehen lassen.«

Sie spürte, wie ihr das Lächeln auf dem Gesicht erstarrte. »Danke«, wiederholte sie, aber Fred Bart war bereits gegangen.

Sie schaute zu dem toten Mann auf ihrem Tisch hinunter, als könnte der einen sarkastischen Kommentar zum eben Geschehenen abgeben. Natürlich tat er es nicht. Sara zog die Handschuhe aus und ging wieder zu ihren Notizen. Sie fand die richtige Seite und vermerkte, dass Fred Bart ihr beim Entfernen des Messers geholfen hatte. Außerdem schrieb sie auf, dass sich das Messer sehr leicht aus der Wunde hatte ziehen lassen. In dieser Hinsicht hatte Bart recht gehabt: Normalerweise steckte die Klinge fest, entweder wegen getrockneten Blutes oder einer Verhärtung des Gewebes um das Metall herum.

Sie schob diesen Gedanken beiseite, während sie mit der äußerlichen Untersuchung fortfuhr und die verheilten Narben fotografierte, die auf Nadelbenutzung hindeuteten, sowie auch ein paar Kratzer vorne am Schienbein. Gibsons Mund war bereits offen, und die Brücke über der Lücke, wo eigentlich seine Schneidezähne sein sollten, ließ sich sehr leicht herausnehmen. Gegen ihren Willen musste Sara zugeben, dass Bart gute Arbeit gemacht hatte. Das Zahnfleisch war fast völlig verheilt, und es gab keinen Hinweis, dass die Brücke an irgendeiner Stelle schlecht gepasst hatte.

Sara schaute auf die Uhr und fragte sich, warum Jeffrey und Jake Valentine so lange brauchten. Eigentlich sollten sie Gibsons Vater für eine Identifizierung der Leiche hierherbringen, aber inzwischen waren bereits gute zwei Stunden vergangen. Im Grunde genommen hatte Jake Boyd Gibson eindeutig identifiziert, aber sie wusste aus Erfahrung, dass die Familie im Allgemeinen das Opfer sehen musste, um den Schicksalsschlag verarbeiten zu können.

Sie rief Jeffreys Handy an, aber er ging nicht dran. Sie hinterließ ihm eine Nachricht, aber nachdem weitere zwanzig Minuten vergangen waren, ohne dass er zurückgerufen hatte, beschloss sie, mit der inneren Untersuchung zu beginnen. Sie konnte den Torso ja abdecken, wenn Gibson eintraf, um ihm die drastischeren Details zu ersparen.

Sie zog frische Handschuhe an und kehrte zum Tisch zurück, wo sie ein Skalpell zur Hand nahm und den Y-Schnitt setzte. Weil sie über dem Autopsietisch, den sie im Grant County benutzte, ein Diktiergerät hängen hatte, konnte sie ihr Hirn nicht davon abhalten, jeden Arbeitsschritt zu beschreiben, und so hörte sie, während sie den Brustkorb öffnete oder das Rippenfell untersuchte, in ihrem Kopf eine kleine Stimme, die kommentierte, was sie tat.

Sie verfolgte den Stichkanal des Messers bis zum Herzen, und fand alles genau so vor, wie sie vorhergesagt hatte. Die Klinge hatte die linke hintere Herzwand durchstoßen und war bei der vorderen wieder ausgetreten, was fast augenblicklich zum Tod geführt hatte. Hier hielt sie inne, machte sich wieder Notizen, fotografierte und vermaß den Stichkanal und fertigte dann eine präzise Skizze des Befundes an.

Auch ohne die Stichwunde war das Herz in einem schlechten Zustand. Es war vergrößert aufgrund von Gibsons Übergewicht, und die Hauptarterien zeigten bereits Krankheitssymptome. Hätte das Messer ihn nicht umgebracht, hätte sein Lebenswandel dafür gesorgt, dass er nie ein gesegnetes Alter erreicht hätte.

Obwohl sie nun die offensichtliche Todesursache kannte, setzte Sara die Autopsie sehr detailliert fort; mit Sorgfalt wog und sezierte sie die Organe und entnahm Gewebeproben. Boyd Gibsons letzte Mahlzeit war Saras und Jeffreys sehr ähnlich gewesen: Pizza. Wie es aussah, mochte er Peperoni, aber als Ausgleich hatte er dazu einen gesunden Salat gegessen. Vielleicht hatte er beim Essen geraucht. Nach der Verfärbung und den vergrößerten Hohlräumen in seiner Lunge war Gibson ein starker Raucher gewesen. Deshalb fand Sara es merkwürdig, dass er keine Zigaretten in seinen Taschen gehabt hatte.

Sie notierte sich dies, schoss wieder Fotos und zeichnete so viele Skizzen, dass ihr die Finger steif wurden. Allerdings war ihre Detailversessenheit nur eine Selbstbestrafung. Als die Uhr Mittag zeigte, schmerzten ihre Füße sie, und ihr Rücken fühlte sich an, als wäre er zu einem Schäferstab verbogen.

Und um ehrlich zu sein, eine Künstlerin war Sara noch nie

gewesen. Ihre Zeichnungen sahen aus wie aus der Malstunde einer psychopathischen Kindergärtnerin.

Sie deckte die Leiche zu und setzte sich. Ihre Halswirbel knackten, als sie zur Decke schaute, zum Ausgleich dafür, dass sie die letzten beiden Stunden nur gerade nach unten geschaut hatte. Sie fing eben an, sich Sorgen wegen Jeffrey zu machen, als sie draußen ein Auto vorfahren hörte.

Jake Valentine klopfte und öffnete im selben Augenblick die Tür. »Tut mir leid, dass wir so spät sind«, sagte er, ein schiefes Grinsen auf dem Gesicht. In seiner Nase steckte ein Stück Toilettenpapier. Der Nasenrücken war geschwollen, unter seinem linken Auge zeigten sich die Anfänge eines Veilchens.

Sara stand beunruhigt auf. »Wo ist Jeff?«

Doch bevor sie die Frage ganz ausgesprochen hatte, kam er hinter Valentine herein und schloss die Tür.

»Kleine Auseinandersetzung«, erklärte Jeffrey. Er zeigte dasselbe schiefe Grinsen wie der Sheriff, als hätten sie miteinander einen Riesenspaß gehabt.

»Was für eine Auseinandersetzung?« Sara kam sich vor, als würde sie mit zwei ungezogenen Kindern reden, und Jeffreys Gelächter tat absolut nichts gegen dieses Gefühl.

Valentine lachte ebenfalls, aber sie sah an den Tränen in seinen Augen, dass es ihm ziemlich wehtat. »Grover war nicht gerade froh, mich zu sehen.«

Jeffrey erklärte: »Er boxte Jake ins Gesicht, kaum dass er die Tür geöffnet hatte.«

Sara fiel auf, dass er den Sheriff nun beim Vornamen nannte. Nur zwei Polizisten konnten zueinander finden, weil einer von ihnen verprügelt wurde.

Valentine sagte nun zu Sara: »Nur gut, dass Sie mir heute Morgen geraten haben, ihn mitzunehmen. Wenn er nicht dabei gewesen wäre, hätten Sie jetzt wahrscheinlich mich auf dem Tisch.«

»Scheiße«, erwiderte Jeffrey. »Vielleicht sogar uns beide, wenn Sie dem alten Trottel kein Bein gestellt hätten.«

Sara musste sich beherrschen, um nicht die Augen zu verdrehen. »Kann ich davon ausgehen, dass Mr. Gibson nicht erscheint, um seinen Sohn offiziell zu identifizieren?«

Valentine antwortete: »Er war dann doch nicht allzu betrübt über den Verlust seines Sohnes. Die beiden standen sich nicht gerade nahe.« Er zuckte die Achseln und redete mit etwas ernsterer Stimme weiter: »Vielleicht trifft es ihn erst so richtig, wenn er wieder nüchtern ist.«

Jeffrey wurde nun ebenfalls ernst und erklärte weiter: »Er war völlig außer Kontrolle. Wir haben ihm Handschellen angelegt und ihn aufs Revier gebracht, damit er seinen Rausch ausschlafen kann. Ist nicht das erste Mal, dass er in dieser Zelle war, so wie's aussah.«

»Und wohl auch nicht das letzte Mal«, sagte Valentine.

»Ich habe mehrere Aufnahmen von seinem Gesicht gemacht«, sagte Sara. »Die können Sie ja seinem Vater zeigen. Das macht es vielleicht einfacher.«

Jeffrey fragte Sara: »Hast du irgendwas gefunden?«

»Nicht wirklich.« Sie nahm die Mordwaffe zur Hand und legte sie auf einen Bogen braunen Papiers, damit sie sie fotografieren konnte. Es war das erste Mal, dass Sara das gesamte Messer wirklich untersuchte. Dabei fielen ihr zwei Dinge auf: Die Klinge war schmal, vielleicht nur eineinhalb Zentimeter breit, allerdings mindestens zehn Zentimeter lang. Aber wichtiger noch, im Gegensatz zu den meisten Klappmessern, die Sara kannte, hatte sie keine gezackte Seite. Die Klinge war glatt auf der einen Seite und scharf auf der anderen.

Valentines Handy meldete sich, die ersten Takte von »Dixie« wehten durch den Autopsiesaal. Er kontrollierte die Anruferkennung und sagte dann: »Wenn Sie mich für eine Minute entschuldigen würden?«

Sara wartete, bis die Tür geschlossen war, bevor sie die Kamera zur Hand nahm und durch die Fotos blätterte.

Jeffrey fragte: »Hast du die Krankenhäuser angerufen und nachgefragt, ob Lena oder Hank aufgenommen wurden?«

»Es gibt drei in einem Fünfzig-Meilen-Radius«, sagte sie, während sie die Fotos durchsah. »Bei keinem eine Spur von den beiden.«

»Schätze, das ist gut«, sagte er, obwohl sie merkte, dass er enttäuscht war. Wenn Lena die letzte Nacht in einem Krankenhaus verbrachte hätte, dann hätte sie unmöglich Boyd Gibson umbringen können.

Sara fand das Foto, das sie suchte. »Wenn du das siehst, solltest du dich gleich besser fühlen.«

»Was ist das?«

»Schau dir die Wunde an«, sagte sie und zeigte ihm die Serie von Großaufnahmen, die sie gemacht hatte. »Sie ist oben und unten ausgefranst. Ich wusste, dass da irgendwas nicht stimmte.«

Jeffrey schaute das Messer auf dem Tisch an und dann wieder auf den LCD-Monitor der Kamera. Er wusste offensichtlich, worauf sie hinauswollte, sagte aber trotzdem: »Und?«

»Das Messer – dieses Messer«, sie deutete auf Lenas Messer auf dem Tisch, »hätte eine Wunde mit einem v-förmigen unteren und einem geraden oberen Rand verursacht. Eine gezackte Klinge hinterlässt einen ausgefransten Rand in der Haut. Die Wunde in Boyd Gibsons Rücken ist oben und unten ausgefranst.«

Er nickte. »Ausgehend von der Wunde hatte das Messer, das Boyd tötete, eine gezackte Doppelklinge.« Sie hörte die Aufregung in seiner Stimme. Statistisch gesehen wurden die meisten erstochenen Opfer mit einseitig geschärften, gezackten Messern getötet, weil so eins normalerweise in der Küchenschublade lag. Sara hatte noch nie ein Messer mit einer gezackten Doppelklinge gesehen, geschweige denn eine Stichwunde, die von so einem verursacht worden war. Wenn es irgendwo im Elawah County jemanden gab, der eine solche Waffe besaß, dann war derjenige höchstwahrscheinlich der Mörder.

Jeffrey klopfte mit den Fingern auf den Tisch, während er über diese neue Spur nachdachte. »Ich würde wetten, das ist eine Sonderanfertigung. Vielleicht irgendwas Spezielles fürs Militär. Mit Sicherheit mit komplettem Griffzapfen, wahrscheinlich mit handgefertigtem Griff entsprechend der Scheide … Was meinst du, wie lang müsste die Klinge sein?«

»Vom Heft bis zur Spitze mindestens fünfzehn Zentimeter, und ausgehend von der Wunde würde ich sagen maximal vier Zentimeter breit.« Sei deutete auf Gibson. »Schau mal, wie kräftig er ist. Sein Brustkorb ist riesig, das Herz war vergrößert. Ich fand eine Einstichs- und eine Austrittswunde in der linken Kammer.« Sie deutete wieder auf Lenas Messer. »Diese Klinge wäre vielleicht in die hintere Herzwand eingedrungen, hätte aber unmöglich das ganze Herz durchstoßen und vorne wieder herauskommen können. Es ist nicht lang genug – das ganze Ding ist inklusive Griff nur zwanzig Zentimeter lang.«

»Es muss doch hier in der Gegend jemanden geben, der solche Messer macht.« Er konnte sich ein Grinsen nicht verkneifen. »Mit Griff wäre ein Messer mit Fünfzehn-Zentimeter-Klinge dreiundzwanzig bis fünfundzwanzig Zentimeter lang. Der Kerl, den wir vor dem Krankenhaus sahen, hatte ein großes Messer an seinem Gürtel. Er legte es ins Auto, bevor er ausstieg.«

»Es ist nicht ungewöhnlich, dass Männer Messer bei sich haben«, gab Sara zu bedenken. »Mein Dad hat für die Arbeit immer eins am Gürtel.«

»Als ich ihn das letzte Mal sah, hatte dein Dad kein großes, rotes Hakenkreuz auf dem Arm«, entgegnete Jeffrey. »Wer auch immer das getan hat, der hat versucht, es Lena anzuhängen. Kein Wunder, dass sie durchgebrannt ist.«

»Oder vielleicht lag ihm sein Messer sehr am Herzen, und er wollte es nicht stecken lassen.« Sie ging zu dem Tisch, auf dem sie Gibsons persönliche Habe abgelegt hatte. »Schau dir Gibsons Messer an. Das kommt auch nicht von der Stange. Er hat einiges Geld dafür ausgegeben. Das ist nichts, was man so einfach aus der Hand gibt.«

Die Tür ging auf, und Valentine kam wieder herein. Er hielt die Tür mit dem Fuß offen, als hätte er nicht vor, lange zu bleiben. Er war offensichtlich stinksauer, als er ihnen sagte: »Das war eben der Rektor der Highschool am Telefon.«

Jeffrey wechselte einen Blick mit Sara. »Und?«

»In einem der provisorischen Klassenzimmer hat er einige Decken und ein paar leere Chipstüten gefunden.« Er schüttelte den Kopf und biss die Zähne so fest zusammen, dass die Kiefermuskulatur sich deutlich abzeichnete. »Sieht so aus, als wüssten wir jetzt, wo Ihre Detective geschlafen hat.« Jeffrey zeigte ihm ein Grinsen, das Valentine den Rest gab. »Meine Frau arbeitet in der Schule, Sie Arschloch.«

Jeffrey erwiderte: »Na ja, Sie sollten sich deswegen keine allzu großen Gedanken machen, Jake. Ich bin mir sicher, Myra hat sie nicht vorsätzlich dort schlafen lassen.«

Valentine kniff die Lippen zusammen und suchte offensichtlich krampfhaft nach einer scharfen Antwort. Schließlich murmelte er nur: »Gehen Sie zum Teufel«, drehte sich auf dem Absatz um und knallte die Tür hinter sich zu.

Lena

16 Zwei Jahre zuvor hatte Jeffrey Lena Ethan Greens Akte unter die Nase gehalten und ihr befohlen, sie zu lesen. Natürlich hatte sie sie nie gelesen.

Sie hatte so getan, als würde sie die Seiten überfliegen, dabei aber nur jedes fünfte oder sechste Wort gelesen und sie ihm dann mit einem aggressiven »Und?« an die Brust geklatscht.

Jeffrey hatte ihr Ethans Verbrechen aufgezählt: Autodiebstahl, Mordversuch, erzwungener Analverkehr, Vergewaltigung. Doch nichts davon war bis zu Lena durchgedrungen – sie war damals noch in der Phase, da sie in Ethan zwei verschiedene Personen sah – diejenige, die sie liebte, und diejenige, die sie umbringen wollte. Dazu musste Lena ihre Fantasie nicht sonderlich anstrengen, denn zu der Zeit betrachtete sie sich selbst als ähnlich gespalten.

Sibyl war fast ein Jahr tot, als Lena Ethan kennenlernte. Sie lebte in einem der Wohnheime des Colleges, arbeitete als Sicherheitskraft auf dem Campus und versuchte, durch jeden einzelnen Tag zu kommen, ohne sich eine Waffe an den Kopf zu halten. Ethan arbeitete an seinem Master-Abschluss. Er verfolgte sie unbarmherzig und hätte sie beinahe zugrunde gerichtet.

Einige Monate später erhielt Lena ihren Job bei der Polizei zurück und zog bei Nan Thomas ein. Ethan war noch immer in ihrem Leben, Ethan war noch immer ihr Leben. Seine Akte lag die ganze Zeit in ihrem Celica, gut versteckt hinter dem

CD-Wechsler im Kofferraum. Lena wollte nicht, dass Nan sie zufällig fand. Um ehrlich zu sein, sie hatte sie nicht mit in das Haus nehmen wollen, in dem früher Sibyl gewohnt hatte. Es war schon schlimm genug, wenn Ethan über Nacht blieb.

Lena ging über den verwilderten Grünstreifen zwischen dem Motel und der Bar, ihre Schuhe knirschten auf Glasscherben und anderem Müll, der von der Straße herübergetragen worden war. Auf dem Weg zu ihrem Celica kam sie an der Motellobby vorbei. Obwohl der Abend bereits kühl wurde, schwitzte Lena noch so, als würde sie in Hanks Höllenloch von einem Haus sitzen.

Autodiebstahl. Mordversuch.

Die Akte war noch genau dort, wo sie sie vor Jahren versteckt hatte; schwarze Reifenspuren verunzierten das Siegel des Staates Connecticut auf dem vergilbenden Deckblatt. Lena zog sie hervor und hatte das Gefühl, sie in ihrer Bluse verstecken zu müssen, als sie die Treppe hoch zu ihrem Zimmer lief. Niemand beobachtete sie. Diese Heimlichtuerei war eigentlich unnötig. Trotzdem hatte sie ein schlechtes Gewissen. Sie kam sich vor, als hätte irgendjemand irgendwo etwas dagegen.

Vielleicht wäre es besser, nichts zu wissen. Ethan konnte Hank ja genauso gut nur wegen Geld angerufen haben oder weil er mit Lena Kontakt aufnehmen wollte. Sie war bei Nan ausgezogen und hatte jetzt eine neue Telefonnummer. Hatte er an Nan Briefe geschickt? Hatte Nan sie vor Lena versteckt, weil sie hoffte, dadurch die Beziehung zu durchtrennen?

Lena hängte das »Nicht stören«-Schild an die Tür. Sie zog die Vorhänge zu und setzte sich dann, die Akte noch immer an die Brust gepresst, im Schneidersitz aufs Bett. Sie spürte, wie ihr Herz gegen den dicken Papierstapel pochte und Schweiß ihr den Umschlag an die Haut klebte.

Langsam ließ sie die Akte unter ihrer Bluse hervorgleiten.

Sie strich mit der Hand über die Buchstaben, fuhr das Siegel nach. Ihre Finger fanden den Rand und öffneten die Akte genau bei dem, was Lena nie mehr hatte sehen wollen: Ethan, der sie anstarrte.

Das Verbrecherfoto stammte aus einer Zeit einige Jahre vor ihrer ersten Begegnung mit Ethan, er war damals achtzehn gewesen. In ihrer gemeinsamen Zeit hatte er die Haare kurz getragen, aber auf dem Foto hatte er einen kahlrasierten Kopf. Mit einem höhnischen Grinsen auf den Lippen starrte er in die Kamera, und die kleine Tafel in seiner Hand war schief, als hätte er keine Lust darauf, sie gerade zu halten. Er trug ein kurzärmeliges Hemd, etwas, das er nicht mehr tat – aber vielleicht hatte er jetzt, da er wieder im Gefängnis war, aufgehört, seine Tattoos zu verstecken. Denn drinnen taten sie ihm sicher gute Dienste.

ETHAN ALLEN GREEN alias ETHAN ALLEN WHITE alias ETHAN ALLEN MUELLER.

Lena konnte sich noch sehr gut daran erinnern, als Ethan ihr den Ursprung seines Namens erklärt hatte. Sie waren in seinem Zimmer im Wohnheim, lagen dicht beieinander auf seinem Einzelbett. Er lag auf dem Rücken, und sie hatte sich fast um ihn gewickelt, damit sie nicht von dem schmalen Bett fiel. Ethan war relativ klein – nur ein paar Zentimeter größer als Lena –, aber seine Muskeln zeichneten sich wie in Granit gemeißelt an seinem Körper ab. Sie hatte ihren Kopf unter seinen Arm gesteckt, und seine Stimme vibrierte in ihrem Ohr.

Irgendwann zur Zeit der Amerikanischen Revolution, hatte er ihr erzählt, war Ethan Allen der Führer der Green Mountain Boys gewesen, einer Gruppe, die sich dem Kampf um die Unabhängigkeit Vermonts verschrieben hatte. Während des Krieges hatten Allen und seine Truppe ein britisches Fort eingenommen. Nach einigen Berichten war er ein militärisches Genie, nach anderen ein bornierter, kaltblütiger Killer.

Wie jetzt hatte sie auch damals gedacht, dass durchaus Ähnlichkeit zwischen ihm und seinem Namenspatron bestand.

Erzwungener Analverkehr. Vergewaltigung.

Lena wusste nur wenig über Ethans Leben, bevor er ins Grant County gekommen war. Ethans Vater hatte sich aus dem Staub gemacht, als er noch ein kleiner Junge war. Seine Mutter, eine fanatische Rassistin, hatte einen Mann namens Ezekiel White geheiratet, irgendeinen Prediger. Ethan hatte seinen Namen zu Green geändert, als er seine Skinhead-Familie verließ. Lena hatte keine Ahnung, warum er sich nicht wieder Mueller genannt hatte, nach seinem biologischen Vater. Ethan hatte nicht gerne über seinen Vater gesprochen.

Als Lena Ethan kennengelernt hatte, hatte er behauptet, er arbeite hart daran, ein anderer zu werden. Lena hatte das akzeptiert, sogar respektiert. Im Lauf der Zeit redete sie sich ein, er könne unmöglich mit ihr zusammen sein, wenn er noch immer seinen alten Überzeugungen nachhinge. Sie war hispanischen Ursprungs – und das war unübersehbar. Sie lebte mit einer Lesbierin zusammen – nicht nur irgendeiner Lesbierin, sondern Sibyls Geliebter. Ethan schien das nichts auszumachen. Mit Nan ging er mehr als herzlich um. Er sagte, er liebe Lena, wolle sein Leben mit ihr verbringen. Er sagte, mit ihr zusammen zu sein, sei das einzige Gute, was er in seinem Leben je getan habe. Dass die Worte, die aus seinem Mund kamen, in einem so scharfen Kontrast standen zu den Schlägen, die seine Fäuste austeilten, war etwas, über das sie nicht allzu lange nachdenken wollte.

GRÖSSE: 165 cm GEWICHT: 80 kg. GESCHLECHT: MÄNNLICH. HAARFARBE: BRAUN. AUGENFARBE: BLAU. RASSE: WEISS.

Die Rasse. Das Privileg seiner Haut, wie er es nannte. Sein weißes Geburtsrecht.

TÄTOWIERUNGEN.

Es gab so viele davon – und einige hatte Lena bereits wieder vergessen. Der verhaftende Beamte hatte sie alle dokumentiert und Notizen angefertigt über ihre Herkunft und was sie symbolisierten. Lena betrachtete die Fotos und schaute sich die Tattoos zum ersten Mal richtig an. Sie hatte immer den Blick abgewandt oder die Augen geschlossen, wenn er sich auszog. Einiges hatte sie dennoch gesehen.

Eine Reihe von SS-Soldaten auf seiner linken Brust grüßte ein Bild von Hitler auf der rechten. Darunter befand sich ein großes, schwarzes Hakenkreuz, das sich über die Muskelstränge seines Waschbrettbauchs wellte. Sein linker Arm war mit Kriegsszenen bedeckt, Soldaten, die Gewehre schulterten, auf ihren Mützen prangte das doppelte S. Über den anderen Arm schlängelte sich Stacheldraht, im Hintergrund waren schwach die Baracken eines Lagers zu erkennen.

Wie hatte sie seinen Körper berühren können? Wie hatte sie zulassen können, dass sein Körper ihren berührte?

Lena blätterte um, entdeckte noch ein Foto. Ethans dichte, braune Haare hatten noch weitere Tattoos verdeckt. In einem Bogen an der Basis seines rasierten Schädels standen die Wörter Sieg Heil. Oben auf der Krone seines Schädels war ein weiteres Hakenkreuz zu sehen.

Neben das Foto hatte jemand eine Erläuterung geschrieben: Hitlergruß auf dem Hinterkopf wird normalerweise nach sechs Jahren aktiver Beteiligung vergeben. Hakenkreuz auf dem Schädel ist das übliche Erkennungszeichen für Führer der Skinhead-Gruppen von North Connecticut.

Das letzte Foto war eine Großaufnahme der Unterseite seines linken Arms. Direkt am Ansatz seines Bizeps befand sich der Buchstabe A mit einem Gedankenstrich daneben. A-negativ. Der Polizist hatte die Erklärung auf die Rückseite des Fotos geschrieben. Die Mitglieder von Hitlers Waffen-SS, des Totenkopfbatallions, das die Konzentrationslager bewachte, hatten alle ihre Blutgruppe auf die Unterseite ihrer Oberarme tätowiert. Symbolisiert in der White-Power-Bewegung den Rang eines Generals.

Lena hatte Ethan nie nach dem Buchstaben auf der Unterseite seines Arms gefragt, wollte nie die Wahrheit über seine Vergangenheit wissen. Jetzt war sie mit dieser Wahrheit konfrontiert – und davon überwältigt. Jedes Foto war wie ein Schlag ins Gesicht.

Das war der Vater des Kindes, das sie in einem Abfalleimer der Klinik in Atlanta zurückgelassen hatte. Das war der Mann, mit dem sie zwei Jahre lang ihr Leben geteilt hatte.

Nachdem Ethan wieder ins Gefängnis gekommen war, hatte Lena es mit einem anderen Mann versucht, war aber kläglich gescheitert. Greg Mitchell hatte bereits zuvor mehrere Jahre mit ihr zusammengelebt, und es war wie ein Wink des Schicksals, dass er in dem Augenblick wieder in ihr Leben trat, als Ethan es verließ. Doch es funktionierte nicht zwischen ihnen. Sie war nicht mehr derselbe Mensch wie früher, auch wenn Greg das anfangs als gutes Zeichen nahm. Später bekam er beinahe Angst vor ihr.

Von Anfang an hatte Lena versucht, ihr wahres Ich vor Greg zu verbergen, ihre dunklen Seiten und harten Kanten zu verhüllen. Sie zügelte ihre Gefühle so sehr, dass sie sich die meiste Zeit, die sie mit Greg verbrachte, fühlte wie die leere Hülle eines Menschen. Der Sex zwischen ihnen war katastrophal. Nach Ethan wusste sie nicht mehr, wie sie mit einem Mann zusammen sein sollte, der sanft war, wie sie ihn küssen und halten sollte, wie sie ihn genießen sollte anstatt zu erleiden.

Wenn Angela Adams bei ihnen gewesen wäre, wenn sie den beiden jungen Mädchen eine Mutter gewesen wäre, anstatt sie an Hank abzugeben, hätte Lena sich dann je mit Ethan eingelassen? Wäre dieser Defekt ihn ihr, der sie zu seiner Gewalttätigkeit hinzog, seinem skrupellosen Kontrollstreben, dann vielleicht nie aktiviert worden? Oder wäre Lena so geworden wie Charlotte Warren, die noch immer in Reese lebte, ein paar Kinder aufzog und wartete, dass ihr Mann von der Arbeit nach Hause kam, damit sie das Abendessen auf den Tisch stellen konnte?

Ethans Akte war beinahe dreißig Seiten lang. Die meisten Notizen waren in dem trockenen, minimalistischen Stil eines erfahrenen Polizisten geschrieben, der sich davor hütete, zu viel aufzuschreiben, damit nicht irgendein Trottel von Anwalt dann beim Prozess seine Worte verdrehen und sie ihm als Vorwurf entgegenhalten konnte. Aber Lena war in der Lage, zwischen den Zeilen zu lesen, und während sie Verhaftungsbericht um Verhaftungsbericht las, entstand vor ihren Augen ein schärferes Bild von Ethans Leben, bevor sie sich kennenlernten.

Er hatte jung angefangen, bei seiner ersten Verhaftung war er dreizehn Jahre alt gewesen. Er hatte im örtlichen Kaufhaus Belk Kleider gestohlen. Mit fünfzehn wurde er verhaftet wegen eines versuchten Autodiebstahls. Beide Fälle waren ans Jugendgericht verwiesen worden. Beide Male hatte er Bewährung erhalten. Doch das konnte nicht alles gewesen sein. Man wurde nicht vom Kleiderdieb zum Autodieb, ohne dass dazwischen etwas passiert wäre. Lena wusste, dass man zu jedem Verbrechen, dessen man einen solchen Kerl überführte, vier hinzurechnen musste, die unentdeckt geblieben waren. Sie würde gutes Geld verwetten, dass Ethan mindestens zehn Autos geklaut hatte, bevor man ihn auf frischer Tat ertappte.

Sein Register blieb danach sauber bis zum Alter von siebzehn Jahren. Dann war er angeklagt worden, ein fünfzehnjähriges Mädchen zum Analverkehr gezwungen zu haben. Aus der dürren Sprache des Berichts schloss Lena, dass die Eltern dem Mädchen die Demütigung eines Prozesses hatten ersparen wollen. Das kam ziemlich häufig vor und war vermutlich vernünftig. Die Welt glaubte gern etwas anderes, aber jeder Polizist konnte einem sagen, dass es nichts Schrecklicheres gab – nichts, was das Leben einer Frau mit größerer Wahrscheinlichkeit zerstörte – als ein lange dauernder Vergewaltigungsprozess.

Dieser Verhaftungsbericht trug eine Anmerkung: Verdächtiger hat Tätowierungen, die mit gewaltbereiter Neonazi-Sekte in Verbindung gebracht werden. Schlage Weiterleitung an FBI wg. Beobachtung vor.

Ethan war neunzehn, als er wegen Mordversuchs angeklagt wurde. Er hatte bei diesem Streit ein Messer benutzt, weshalb der Mordaspekt zum Tragen kam. Das Opfer hatte offensichtlich beträchtliche Stich- und Schnittverletzungen davongetragen, sich aber geweigert, mit der Polizei zusammenzuarbeiten, und deshalb wurde die Anklage reduziert. Wieder kam Ethan relativ glimpflich davon.

Drei weitere Jahre vergingen, bis die Staatspolizei von Connecticut wieder von Ethan Green hörte. Lena stellte sich vor, es war die Zeit, in der Ethan sein Grundstudium abgeschlossen und die Arbeit an seinem Master begonnen hatte. Das war es vermutlich, was den Leuten an Ethan am meisten Angst machte: dass er intelligent, sogar begnadet war. Er strafte das Klischee vom dummen, unwissenden Hinterwäldlerrassisten Lügen. Als Lena ihn kennenlernte, versuchte er, in das Doktorandenprogramm an der Grant Tech zu kommen, und hätte es wahrscheinlich sogar geschafft, wenn man ihn nicht verhaftet hätte.

Merkwürdigerweise war der Vorwurf, den die Staatspolizei

von Connecticut ihm schließlich anhängen konnte, der des Scheckbetrugs. Ethan hatte für A&P einen Scheck über achtundzwanzig Dollar ausgestellt, als sein Konto nur noch ein Guthaben von zwölf Dollar auswies. Obwohl er bereits am nächsten Tag seinen Gehaltsscheck einzahlte, um den Fehlbetrag zu decken, war es dennoch illegal, bewusst einen nicht gedeckten Scheck auszustellen. Das war eine Art der Verhaftung, die darauf hindeutete, dass die Polizei nur darauf wartete, ihm etwas anhängen zu können. Jeden Tag jonglierten Millionen Menschen so mit ihrem Geld. Man wurde deswegen nicht verhaftet, außer irgendjemand beobachtete einen sehr genau.

Doch Ethan war verhaftet worden. Wenn der Richter schlechte Laune hatte, musste er mit zehn Jahren in einem Bundesgefängnis rechnen.

Lena blätterte eben um, als das Telefon klingelte. Sie schrak hoch, die Seiten verteilten sich übers Bett. Zuerst dachte sie, es wisse doch niemand, dass sie hier war, dann fiel ihr Hank ein. Sie beugte sich zum Nachtkästchen, um abzuheben, doch sie hielt inne und ließ das Telefon weiterklingeln. Ein Foto war auf den Boden gefallen, und sie bückte sich, um es aufzuheben, stoppte aber mitten in der Bewegung, als sie das Bild einer verprügelten, jungen Frau sah, die in einer Blutlache lag.

Lena nahm das Foto nicht zur Hand. Sie starrte es aus der Entfernung an, sah die schwarzen Flecken auf den Oberschenkeln der jungen Frau, die blutige Masse ihres Gesichts. Die roten Abschürfungen an ihren Hand- und Fußgelenken deuteten darauf hin, dass starke Hände ihr Arme und Beine gespreizt hatte, sodass sie weit offen war für jeden Missbrauch.

Ethans letzte Freundin.

Sie war schwarz.

Das Telefon verstummte, während Lena noch das Foto anstarrte. Das Zimmer war plötzlich totenstill. Die Luft wirkte noch stickiger. Das Mädchen auf dem Foto musste wunderschön gewesen sein, ihre Haut hatte den weichen Ton von Milchschokolade. Wie Lena trug auch sie die Haare lang und mit Locken, die ihr auf die Schultern gefallen wären, hätte man ihr den Kopf an den blutverklebten Haaren nicht nach hinten gerissen.

Evelyn Marie Johnson, neunzehn Jahre alt. College-Studentin. Sopran im Schulchor. Lena blätterte in der Akte, suchte nach weiteren Fotos. Sie übersprang die Seiten mit düsteren Tatortfotos und fand eine Aufnahme, die offensichtlich das Schulfoto der jungen Frau war. Es war ein verblüffendes »Vorher.« Seidig schwarze Haare, ebenmäßige Lippen, große, braune Augen. Sie hätte ein Model sein können.

Lena fand den Tatortbericht. In der Umgebung der Leiche hatte man Reifenspuren gefunden. Die Abdrücke waren ins Labor geschickt worden, und dort identifizierte man sie als Spuren der Reifen von Ethans 1989er CMC Transporter. Er war wegen der Schecksache auf Kaution draußen und wartete auf sein Urteil. Er ließ sich auf einen Deal ein, der ihm das Gefängnis ersparte, wenn er gegen die Mörder aussagte.

Nach Angaben der Schwester des Mädchens war Evelyn mitten in der Nacht von vier weißen Männern aus dem Haus geholt worden. Die Schwester hatte sich im Wandschrank versteckt, weil sie die Hakenkreuze auf ihren kahlen Schädeln gesehen und sofort gewusst hatte, was diese Tätowierungen bedeuteten.

Laut Ethan war er mit vorgehaltener Waffe gezwungen worden, die Männer zu Evelyns Haus zu bringen. Im Jahr zuvor hatte er versucht, die militante Neonazigruppe zu verlassen, die sich selbst die Church of Christ's Chosen Soldiers, die Auserwählten Soldaten der Kirche Christi nannten, aber sie wollten ihn nicht gehen lassen. Einer seiner früheren Freunde war in dieser Nacht im Transporter sitzen geblieben und hatte Ethan mit der Waffe bedroht, während die anderen ins Haus eindrangen und Evelyn entführten. Ethan wurde dann gezwungen, sie in den Wald zu fahren. Seine Hände wurden mit einer Wäscheleine ans Lenkrad gefesselt, die Schlüssel seines eigenen Fahrzeugs auf den leeren Beifahrersitz geworfen. Er musste dasitzen und zusehen, wie fünf Männer Evelyn vergewaltigten und zu Tode prügelten.

Ethan behauptete, die Männer wären in einen Jeep gestiegen, der auf der Lichtung abgestellt war, und davongefahren. Er behauptete weiter, dass er mit den Zähnen die Knoten gelöst hätte, die ihn ans Lenkrad fesselten, und dass er dazu eine Stunde gebraucht hätte. Nachdem er sich befreit hatte, wäre er nicht aus seinem Transporter gestiegen, um nach seiner Freundin zu schauen, weil er bereits gewusst hätte, dass sie tot sei.

Stattdessen wäre er nach Haus gefahren.

Wieder klingelte das Telefon, und Lenas Herz setzte einen Schlag aus. Mit zitternden Händen klappte sie die Akte zu und kam sich vor, als hätte sie eben etwas Böses herausgelassen – etwas, das sie verfolgen würde wie ein tollwütiges Tier und nicht ruhen würde, bis sie ihre Strafe erhalten hatte. Genau so war Ethan gewesen: erbarmungslos, wild, gerissen. Er hatte Lena gesagt, er würde sie nie in Ruhe lassen, und sie hatte ihn mit Gewalt aus ihrem Leben gejagt, ihn zurückgeschickt in die Hölle, aus der er gekommen war.

Rief Ethan bei Hank an, um an sie heranzukommen?

Sie sollte diese ganze Sache einfach auf sich beruhen lassen. Nichts von alledem hatte mit ihr zu tun. Der Ethan-Teil ihres Lebens war vorüber. Aus welchem Grund auch immer er gemeint hatte, Hank anrufen zu müssen, sie ging das nichts an. Es erklärte nicht, wer Lenas Vater und Mutter umgebracht hatte. Es erklärte nicht, warum Hank sie all diese Jahre angelogen hatte, oder warum er sich selbst ein frühes Grab schaufelte.

Lena griff zum Hörer, um das Klingeln zu stoppen. »Was ist?«

»Rod hier.«

»Wer?«

»Rod«, wiederholte die Stimme. »Von der Rezeption.«

Der Idiot mit den Karottenhaaren. »Was wollen Sie?«

»Da ruft dauernd jemand an und fragt, ob Sie da sind.«

Lena klappte die Akte wieder auf und verstreute Seiten und Fotos, während sie nach dem Bericht über seine Gefängniseinlieferung suchte. »Eine Frau oder ein Mann?«

»Frau«, antwortete er. »Ich habe ihr gesagt, Sie sind nicht da. Als Sie nicht drangingen, dachte ich mir, dass Sie nicht gestört werden wollten. Ist das okay für Sie?«

Lena fand die Nummer, die sie gesucht hatte. »Können Sie mir eine Leitung nach draußen freischalten?«

»Ich wollte eben …«

Wenn ihr blödes Handy in diesem Motel funktioniert hätte, dann hätte sie schon längst aufgelegt. So aber sprach sie jedes Wort langsam und deutlich aus. »Ich sagte, ich brauche eine Leitung nach draußen.«

»Moment.« Der Junge seufzte schwer, damit sie auch mitbekam, dass er ihr einen Gefallen tat. Sie hörte ein Klicken, dann das Freizeichen.

Mit noch immer zitternder Hand wählte sie die Ferngesprächsnummer. Sie stand auf, um hin und her zu gehen und schaute auf die Uhr neben dem Bett. Es war schon nach Mitternacht.

Die Telefonzentrale sprang an, eine aufgezeichnete Stimme bat sie, sich die Nachricht gut anzuhören, weil die sich erst kürzlich geändert habe. Sie drückte die Null-Taste, und nichts passierte. Sie drückte sie noch ein paarmal, dann fing ein Telefon an zu klingeln. Nach dem dreiundzwanzigsten Mal meldete sich eine höflich klingende Männerstimme: »Coastal State Prison.«

Lena schaute zu Boden, sah das Foto vor ihren Füßen.

»Hallo?«

»Hier Detective Lena Adams vom Grant County Police Department.« Sie nannte die Kennnummer ihrer Marke und musste sie zweimal wiederholen, damit er sie aufschreiben konnte. »Ich muss gleich für morgen in der Früh ein Treffen mit einem Ihrer Gefangenen vereinbaren.« Ihr Blick ruhte wieder auf Evelyns Schulfoto, den lockigen, schwarzen Haaren, dem warmen Lächeln auf ihren perfekten Lippen. »Es ist dringend.«

Donnerstagnachmittag

17 Jeffrey klopfte mit den Fingern auf das Lenkrad, während Sara neben ihm saß und mit ihrem Handy telefonierte. Lenas Messer hatte Boyd Gibson nicht getötet. Tief drinnen hatte Jeffrey die ganze Zeit gewusst, dass Lena den Mann auf keinen Fall umgebracht hatte. Offensichtlich versuchte jemand, ihr diesen Mord in die Schuhe zu schieben. Und dieser Jemand konnte durchaus der Grund sein, warum Lena aus dem Krankenhaus getürmt war. Sie war Polizistin durch und durch. Wahrscheinlich hatte sie sich Jake Valentine nur einmal kurz angesehen und sofort gewusst, dass der Sheriff ein Verbrechen nur aufklären konnte, wenn man ihm die Puzzleteile auf dem Silbertablett präsentierte. Das war der Grund, warum sie geflohen war. Sie wollte versuchen, das Puzzle für ihn zusammenzusetzen.

Das einzige Problem war die Frage, wie der Mörder an Lenas Messer gekommen war. Sie trug diese Waffe nun schon eine ganze Weile. Kampflos hätte sie es auf keinen Fall aus der Hand gegeben. Wer ihr das Messer abgenommen hatte, konnte sie dabei durchaus auch verletzt haben. Warum hatte sie sich in der Schule versteckt? Jeffrey hätte Valentine folgen und die Decken untersuchen sollen, die der Rektor der Schule gefunden hatte. Wenn Blut an ihnen war, dann hatte Lena vielleicht sogar noch größere Probleme, als er befürchtete.

»Okay.« Sara hatte seinen Notizblock auf dem Schoß und kritzelte irgendwas. »Ja, gut«, sagte sie. Er sah sie Pfeile malen und nahm an, dass sie sich eine Wegbeschreibung notierte.

Er hoffte, sie würde ihr Geschreibsel auch wieder lesen können, wenn sie erst einmal unterwegs waren; Sara hatte die schlimmste Handschrift, die er je gesehen hatte.

»Danke«, sagte sie schließlich und klappte ihr Handy zu. Zu Jeffrey sagte sie: »Ungefähr vierzig Minuten entfernt ist ein Holiday Inn.«

Bei dem Gedanken an die saubere, verlässliche Hotelkette musste er lächeln. »Klingt nach einem Aufstieg.«

»Wird auch langsam Zeit.« Sara legte den Sicherheitsgurt an. »Ich habe die Schnauze voll von dieser Bruchbude.«

Er drehte den Zündschlüssel, und der Motor sprang schnurrend an. »Sag mal.« Er deutete auf den Navi-Monitor am Armaturenbrett. »Hat das Ding eigentlich eine Memory-Funktion?«

»Hanks Adresse, hm?« Auf der Suche nach der Adresse tippte sie sich durch die Funktionen. Jeffrey schaute ihr zu und schüttelte den Kopf. Sie telefonierte nicht gerne mit dem Handy, rührte den Computer kaum an und weigerte sich, am DVD-Player irgendetwas Komplizierteres zu machen als auf PLAY zu drücken, aber mit diesem Navigationssystem kam sie aus einem unerfindlichen Grund sehr gut zurecht.

Jeffrey fuhr vom Parkplatz und auf die Stadt zu. »Es ist in der Nähe der Schule«, sagte er. »Man könnte problemlos auch zu Fuß hingehen.«

Sara fand die Wegbeschreibung. Eine blecherne Frauenstimme sagte ihm, dass er in hundert Metern rechts abbiegen müsse. Jeffreys Meinung nach hatten die Techniker einen großen Fehler gemacht, als sie dem Gerät diese Stimme gaben. Nichts ärgerte einen Mann mehr, als sich von einer Frau sagen lassen zu müssen, wohin er sollte.

Sara sagte: »Ich habe die Karte, die ich in diesem Gemischtwarenladen gekauft habe, irgendwo im Kofferraum. Die Innenstadt ist einfach nur ein großes Rechteck mit einem

Wald in der Mitte. Ich wette, da durch gibt's jede Menge Pfade.«

Jeffrey liebte es, wie ihr Hirn funktionierte. »Pfade, die Lena benutzt haben könnte, um in der Nacht ihrer Flucht vom Krankenhaus zu Hanks Haus zu kommen.«

»Oder die sie auch in den letzten Tagen benutzt hat, um herumzukommen, ohne gesehen zu werden.«

Jeffrey wartete, bis der Computer ihm eine Linkskurve angekündigt hatte. »Was dagegen, wenn wir uns das erst ansehen, nachdem wir bei Hank waren?«

»Natürlich nicht.«

Jeffrey folgte den Anweisungen und fuhr an der städtischen Müllkippe und der Highschool vorbei, wobei ihm auffiel, dass zwischen den beiden kein so großer Unterschied bestand. Sie sahen das Gerichtsgebäude und die Elawah County Library, die beide dasselbe geduckte Fünfzigerjahregefühl verströmten wie alle anderen öffentlichen Gebäude dieser Stadt.

Er bog links auf die Corcoran Road ein und merkte sofort, dass sie am Ziel waren. Er deutete auf das Navigationssystem und sagte zu Sara: »Kannst du das Ding ausschalten?«

Sie drückte auf ein paar Knöpfe, und die blecherne Stimme hörte mitten im Satz auf.

Die Stille war unglaublich wohltuend.

Jeffrey parkte vor Hanks Haus. Der Streifenwagen, den er bei seinem letzten Besuch hier gesehen hatte, war verschwunden. Er nahm an, dass Valentine seine Leute zusammengerufen hatte, um die Schule zu durchsuchen.

»Das ist es«, sagte er zu Sara.

»Es ist …« Sie beendete den Satz nicht. Es gab nicht viel Nettes, das man über das Anwesen sagen konnte. Hanks Haus war bei weitem die größte Müllhalde des ganzen Blocks.

»Sein Auto ist weg«, bemerkte er.

Sie hob eine Augenbraue. »Hast du ihn zur Fahndung ausgeschrieben?«

»Das habe ich Jake überlassen.«

»War der Briefkasten gestern auch schon so?«

»Ja.« Er sah, dass er noch immer mit Klebeband am Pfosten befestigt war und die Klappe nur noch an einem Faden hing. »Knallfrosch«, sagte er. Er wusste, wovon er sprach.

Als Junge hatte Jeffrey zusammen mit zwei Freunden an Halloween so ziemlich jeden Briefkasten in der Nachbarschaft mit Knallfröschen bestückt. Nur leider waren sie nicht so schlau gewesen, ihre Spuren zu verwischen. Der Sheriff hatte einfach bei den drei Häusern in der Nachbarschaft, die noch unbeschädigte Briefkästen hatten, an die Tür geklopft.

Jeffrey stieg aus und ging ums Auto herum, um Sara die Tür zu öffnen.

Sie stieg aus und musterte mit einem Stirnrunzeln Hanks Haus. »Meinst du, dass das immer schon so war?«

Jeffrey betrachtete das Unkraut im vorderen Garten und die Stellen nackter Holzverkleidung, wo die Farbe abgeblättert war. »Sieht so aus.«

»Also, da fragt man sich dann schon.«

»Was?«

»Ob«, erwiderte sie mit besorgter Stimme, »die Mutter unseres Kindes auch so lebt.«

Daran hatte er noch gar nicht gedacht; dass eine Adoptionsfreigabe ein Ausweg sein konnte für Leute, denen ihr Leben über den Kopf wuchs. Sie hatte natürlich recht. Frauen aus gutem Haus und mit intakten Familien sahen sich normalerweise nicht gezwungen, ihre Kinder aufzugeben. Das sollte nicht heißen, dass sie besser waren als arme Leute, aber für gewöhnlich konnten Wohlhabende andere bezahlen, damit die ihre Kinder betreuten, wenn sie es selbst nicht tun wollten.

»O Gott.« Sara hielt sich Mund und Nase zu. »Riechst du das?«

Jeffrey nickte nur, er wollte den Mund nicht öffnen, weil er nicht wusste, was herauskommen würde. Unnötigerweise streckte er die Hand aus, um sie davon abzuhalten, das Vordertreppchen hochzugehen.

»Ist es eine Leiche?«

Er hoffte nicht. »Warte hier.«

Der Gestank wurde schlimmer, je näher er dem Haus kam. Jeffrey blieb stehen, als er sah, dass die Haustür aufgebrochen und hastig mit Klebeband repariert worden war. Das Band sah neu aus.

Jeffrey schaute sich zu Sara um. »Du bleibst hier, okay?«

Sara nickte, und er hob die Hand, um an die Tür zu klopfen. Die Tür wackelte unter seinen Knöcheln, aber das Band hielt. Er klopfte ein bisschen fester und sah an der Art, wie die Tür sich bewegte, dass sie wahrscheinlich auch von innen verklebt worden war.

Nach mehrmaligem Klopfen ohne Antwort drehte er sich zu Sara um. »Was denkst du?«

»Ich denke, wenn ich nicht hier stehen würde, hättest du die Tür schon vor zehn Minuten eingetreten.«

Sie hatte recht. Ein guter Tritt knapp unterhalb des Knaufs schleuderte die Tür nach innen. Der Türstock war zersplittert, die Aussparung für den Riegel war nicht mehr zu erkennen. Messerscharfe Metallkanten standen auf, wo das Schließblech aus dem Holz gerissen war. Jeffrey zog seine Waffe und gab Sara mit einem Nicken zu verstehen, sie solle bleiben, wo sie war, bevor er das Haus betrat.

Er stand in Hanks Wohnzimmer, schaute sich um und versuchte, sich zu orientieren. Das Fenster war vermutlich noch nie geöffnet worden, und der Gestank nach Zigarettenrauch und verfaulendem Fleisch nahm ihm fast den Atem. Überall lag Unrat verstreut – alte Pizzaschachteln und Fast-Food-Behälter, schmutzige Unterwäsche und Stapel von Zeitungen und Magazinen, die in der Hitze feucht geworden waren.

Doch das alles war nichts im Vergleich zu dem Geruch. In seinen fast zwanzig Jahren bei der Polizei hatte Jeffrey schon viel Übles gerochen, aber mit dem Gestank in Hank Nortons Haus war das nicht zu vergleichen. Mit jedem Schritt wurde es schlimmer. Er wusste nicht, ob es eine verwesende Leiche oder faulender Müll war, was ihm die Galle in die Kehle hochtrieb. Schweiß drang ihm aus allen Poren, eine primitive Körperreaktion als Schutz vor Infektionen.

Es gab zwei Schlafzimmer; eins davon hatte offensichtlich Lena und ihrer Schwester gehört. Im zweiten lag eine Matratze auf dem Boden, aus der Kommode quollen Kleidungsstücke, als wäre sie von einem Dieb durchwühlt worden. Die Ursache des Gestanks fand er im Bad. Die Toilettenschüssel war zerbrochen, sodass die Kloake ungeschützt und offen war. Schwarze Scheiße klebte auf dem Boden. An der Wand lehnte ein Vorschlaghammer, und Jeffrey nahm an, dass irgendjemand, vielleicht sogar Hank Norton, die Toilettenschüssel damit zertrümmert hatte.

Jeffrey würgte und wich in den Gang zurück. Instinktiv nahm er einen tiefen Atemzug, aber der brachte keine frische Luft in seine Lunge.

Eine Pendeltür in der linken Wand, die wahrscheinlich in die Küche führte, hing geschlossen in ihren Angeln.

»Hank?« rief er. »Hank Norton, oder wer sonst da drin ist, hier ist die Polizei.«

Es kam keine Antwort, und Jeffrey schaute nach unten, um zu sehen, was unter seinen Schuhen knirschte. Salzcracker.

»Hank?«

Langsam drückte Jeffrey die Schuhspitze gegen die Pendeltür. Dann stieß er sie auf und zielte mit der Waffe in die

Küche. Er sah sofort, dass sie der größte Raum im ganzen Haus war. Die Schränke waren alt und aus Metall, die Spüle verrostetes Gusseisen. Als er die Tür ganz aufmachte, hatte er den Eindruck, dass der Gestank in der Küche nicht mehr ganz so schlimm war, vielleicht hatte er sich aber auch nur daran gewöhnt.

»Jeff?« rief Sara. Wie es klang, stand sie in der Haustür.

»Komm nicht rein«, warnte er sie.

Sara fragte: »Alles in Ordnung mit dir?«

»Alles okay«, erwiderte er und versuchte, das Fenster über dem Spülbecken zu öffnen. Es klemmte, und er musste die Waffe in den Halfter stecken und beide Hände benutzen, um es aufzustemmen.

Dann stand Jeffrey am Fenster und atmete die frische Luft ein. Das Unkraut im hinteren Garten war noch höher als vorne, der Körper, der dort draußen auf der Erde lag, war dennoch gut zu erkennen. Es war Lena.

Er rannte zur Hintertür und riss sie auf. Auf der hinteren Veranda türmten sich Kartons, die den Weg versperrten. Jeffrey trat sie beiseite, Broschüren wirbelten durch die Luft. »Sara!«, schrie er. »Komm nach hinten!«

Kurz vor dem Körper blieb er stehen. Er hatte sich getäuscht. Es war nicht Lena. Es war Hank Norton. Der Körper des Mannes war ausgezehrt, das Gesicht eingefallen. Die Arme waren mit offenen Einstichwunden übersäht.

»Sara!«, schrie Jeffrey noch einmal und kniete sich neben den Mann. »Hier hinten!«

Er drückte das Ohr an Hanks Brust, um zu kontrollieren, ob der Mann noch atmete. Jeffrey hörte nichts.

»Sara!«, rief er noch einmal, aber sie stieß bereits das Tor zum Hinterhof auf. Er sah ihre Erleichterung, als sie merkte, dass er okay war, dann ihre Überraschung, als sie den Körper sah.

Sie ging auf die Knie und schob ihn beiseite. »Hast du ihn so gefunden?«

Jeffrey nickte und holte sein Handy heraus, um einen Krankenwagen zu rufen. »Lebt er noch?«

»Kaum.« Sie öffnete Hanks Lider und kontrollierte seine Pupillen. In den Skleren konnte Jeffrey dunkles Blut erkennen. Getrocknetes Blut klebte an Mund und Ohren. »Hank?«, fragte sie mit lauter Stimme. »Hier ist Sara Linton, Lenas Freundin. Hören Sie mich?« Sie schlug ihm kräftig ins Gesicht. »Hank? Sie müssen die Augen aufmachen.«

Jeffrey gab eben Hanks Adresse an die Notrufzentrale durch, als Sara die Hand hob, um ihn zum Schweigen zu bringen. Sie drückte das Ohr an Hanks Brust. »Er hat aufgehört zu atmen.«

Jeffrey beendete den Anruf, während Sara mit der Brustkorbkompression begann. »Der Krankenwagen sollte in zehn Minuten hier sein.«

Sara nickte, bückte sich über Hank und drückte ihren Mund auf seinen.

Schockiert zog Jeffrey sie weg und schrie: »Sara, nicht! Da ist doch Blut!«

»Ich kann doch nicht dasitzen und ihn …«

»Schau ihn dir an, Sara. Er ist ein Fixer.«

»Er ist alles, was Lena hat.« Sie beugte sich wieder über Hank und drückte die Hände auf seinen Brustkorb, um Blut durch sein Herz zu pumpen. Jeffrey wusste, dass sie im Augenblick gar nicht so sehr an Hank dachte. Sie dachte an Jimmy Powell und die anderen Patienten, denen sie nicht hatte helfen können. Sie durchlebte jetzt noch einmal, was es bedeutete, sie zu verlieren.

Jeffrey sagte zu ihr: »Hol deinen Erste-Hilfe-Koffer aus dem Auto.« Als sie zögerte, ergänzte er: »Ich übernehme hier.« Schließlich machte sie ihm Platz. Er legte die linke

Hand auf die rechte und drückte in regelmäßigen Abständen den Handballen gegen Hanks Brustkorb.

Sara lief zum Tor, doch nicht ohne ihm zuzurufen: »Nicht aufhören mit der Herzdruckmassage.«

Jeffrey spürte, wie ihm der Schweiß den Rücken hinunterlief, als er sich über Hank beugte. Der säuerliche Geruch des Mannes hüllte ihn ein. Er konnte nicht glauben, dass Sara sich ohne das geringste Zögern über Hank gebeugt und ihren Mund auf den seinen gedrückt hatte. So wie der Mann aussah, war es ihm scheißegal, was er in seinen Körper pumpte. Er hätte Sara mit allem Möglichen anstecken können, und wozu? Nur damit er erst morgen starb und nicht schon heute?

Jeffrey dachte schon, seine Bemühungen seien sinnlos, als Hank ein gurgelndes Geräusch von sich gab und ihm rötliche Bläschen zwischen den Lippen hervorquollen. Jeffrey hockte sich auf die Fersen, sah, wie die Lider des alten Mannes langsam aufgingen und er nach Atem rang. Dann sah er Jeffrey und schüttelte beinahe unmerklich den Kopf, als könne er nicht verstehen, warum man ihn zurückgeholt hatte, warum sich irgendjemand um ihn kümmerte.

Sara kam mit dem Erste-Hilfe-Koffer in der Hand durchs Tor gerannt.

»Das wird schon wieder«, sagte Jeffrey zu Hank und nahm die trockene, wächserne Hand des Mannes in die seine. »Sie kommen schon wieder auf die Beine.«

Lena

18 Lena war schon einmal im Coastal State Prison gewesen. Kurz nachdem Jeffrey Ethan wegen seines Verstoßes gegen die Bewährungsauflagen verhaftet hatte, war sie zum Gefängnis gefahren, weil sie ihm in die Augen schauen und ihm sagen wollte, dass sie ihn hereingelegt, dass sie ihn verraten und ihm den fettesten Stinkefinger gezeigt hatte, den sie überhaupt schaffte. Fast zwei Stunden lang hatte sie auf dem Besucherparkplatz im Auto gesessen und hatte sich noch einmal vor Augen geführt, was er ihr an Gewalt angetan hatte: die aufgeplatzten Lippen, die gebrochenen Finger, die verstauchten Handgelenke.

Unvermittelt tauchten Bilder von ihnen beiden im Bett vor ihr auf. Sie hatte den Sex mit Ethan nie als romantisch betrachtet, aber es hatte Nächte gegeben, mehr als nur einige wenige, in denen sie sich an ihn geklammert, ihn in ihren Armen gehalten hatte. Er hatte sie ebenso leidenschaftlich geliebt, wie er sie gehasst hatte, und sie hatte ihm seine Launen oft mit gleicher Münze zurückgezahlt. Damals im Auto vor dem Gefängnis hatte ihre Haut bei der Erinnerung an seine Hände, seinen Mund, seine Zunge zu kribbeln angefangen.

Sie war gerade noch rechtzeitig aus dem Celica gekommen, um sich nicht im Auto zu übergeben. Der Besuchstag im Gefängnis war sehr beliebt. Frauen und Kinder standen am Tor Schlange und warteten darauf, ihre Männer und Väter sehen zu dürfen. Sie hatten sich alle umgedreht und schauten mit blanker Neugier zu, wie sie auf dem Asphalt würgte. So viel kam aus ihr heraus, dass ihr Magen sich anfühlte, wie von einem Messer aufgeschlitzt. Als sie sich dann wieder in der Gewalt hatte, kroch sie in den Celica zurück und fuhr gedemütigt nach Hause ins Grant County.

Diesmal war es anders. Es musste anders sein. Wenn sie Ethan schon nicht wegen ihrer selbst in die Augen schauen konnte, dann konnte sie es wenigstens für Hank tun. Ethan hatte ihn aus einem bestimmten Grund angerufen, und Lena würde das Coastal nicht verlassen, bis sie herausgefunden hatte, was genau zwischen den beiden Männern vorgefallen war. Bevor sie an diesem Morgen das Motel verließ, hatte sie eine Stoffhose und eine gebügelte Leinenbluse angezogen. Sie hatte Make-up aufgelegt und sich die Haare gerichtet, sodass sie aussah wie eine Polizistin, die alles unter Kontrolle hatte, und nicht wie eine verängstigte Frau.

In das Gefängnis ging sie bewaffnet mit Lügen und nichts anderem. Ihre Glock lag unter der Matratze im Motelzimmer, und ihr Klappmesser steckte in seinem Versteck unter dem Fahrersitz ihres Autos. Sie hatte sogar ihr Handy auf dem Waschbecken im Bad liegen gelassen, um es wieder aufzuladen. Alles, was sie ins Gefängnis mitnahm, waren ihr Ausweis und ein Labello-Stift.

Lena hatte dem Direktor gesagt, sie untersuche Drohungen, die von einem von Ethans Gefolgsleuten draußen ausgestoßen würden. Der Direktor war ein Muster an Hilfsbereitschaft. Er hatte ihr Mitschriften von Ethans Telefondaten, seine Besucherliste und Kopien seiner ausgehenden Post zugesagt. Zusätzlich hatte er ihr die vollständige Unterstützung des Gefängnisses angeboten und versprochen, alles zu tun, damit eine Anklage gegen einen seiner gefährlichsten Insassen zustande kam.

Die Unterlagen würden Ethan nicht in Schwierigkeiten bringen. Die einzige Person, die er angerufen hatte, war

Hank. Besucher hatte er keine gehabt. Seit seiner Einlieferung hatte Ethan weder private Briefe geschrieben noch erhalten. Nicht dass das irgendetwas zu bedeuten hätte. Lena wusste, dass Ethan schlau und charismatisch genug war, um jemand anderen dazu zu bringen, die Drecksarbeit für ihn zu erledigen. Nach Angaben des Direktors war seine Gang weder die größte noch die stärkste, aber Ethan schaffte es, eine psychologische Macht auszuüben, die ihnen einen Platz weit oben in der Nahrungskette des Gefängnisses sicherte.

Lena glaubte das sofort. Sie hatte Ethan lange nicht gesehen, und doch fing ihr Herz an zu hämmern, kaum dass sie auf den Gefängnisparkplatz gefahren war.

Eine der Wachen führte Lena in das Besprechungszimmer, das für Treffen zwischen Anwälten und Insassen benutzt wurde. Soweit sie das sehen konnte, war es eher wie ein Verhörzimmer, kaum mehr als drei mal vier Meter groß, mit Wasserflecken an der Decke und schweren Gittern vor den kleinen Fenstern. Der Tisch war mit dem Boden verschraubt, quer darüber lief eine rote Linie, wie um die Guten von den Bösen zu trennen. Die Stühle bestanden aus sehr leichtem, unzerbrechlichem Plastik, sodass sie nicht viel Schaden anrichten konnten, wenn sie geworfen oder als Waffe benutzt wurden. Da es dem Wachpersonal nicht gestattet war, Gespräche zwischen Gefangenen und ihren Rechtsbeiständen mitzuhören, war an die Rückwand des Raumes ein Ring geschraubt, an den die gewalttätigeren Insassen gefesselt werden konnten.

»Er ist extrem gefährlich«, hatte der Direktor zu Lena gesagt. »Ich lasse Sie nur sehr ungern mit diesem Kerl in einem geschlossenen Raum alleine.«

Der Mann hatte nun alle Verbrechen aufgezählt, deren Ethan innerhalb der Gefängnismauern verdächtigt wurde: Übergriffe im Hof mit messerähnlichen Waffen, Drogenhandel, Erpressung von Mitgefangenen, ein Mann, dem in der Gefängniswäscherei das Gesicht verbrannt wurde. Nichts davon konnte direkt mit Ethan in Verbindung gebracht werden, aber der Direktor wusste, wer für das alles verantwortlich war.

Lena hatte darum gebeten, Ethan an den Ring an der Wand zu fesseln. Der Wachmann hatte ihr gesagt, dass das bei gewalttätigen Gefangenen sowieso Routine sei.

Sie saß am Tisch und wartete, die Ohren weit offen für jedes Geräusch. Schließlich hörte sie das Türschloss klicken. Lena blieb sitzen, wie sie war, tat so, als würde sie in ihren Unterlagen lesen, und hielt ihre Hände im Zaum, damit sie nicht zitterten; sie hörte Ketten klirren, Füße über den Boden schlurfen.

»Was will diese Latinotussi von mir?«

Ethans Stimme, ein heißes Messer in ihren Ohren.

»Schnauze halten und hinsetzen.« Dies kam von der Wache, einem fleischigen Mann, der aussah, als würde er seinen Job ein bisschen zu sehr genießen.

Lena lehnte sich zurück und verschränkte die Arme vor der Brust. Sie hielt die Augen stur auf Ethans Brustkorb gerichtet, obwohl ihr Blick im Orange seiner Gefängnisuniform verschwamm, während die Wache ihn auf den Stuhl drückte und seine Kette an den Ring hängte. Ethan testete seine Grenzen. Er konnte die Hände auf dem Tisch falten, aber die Fesselung verhinderte, dass er sie auch nur einen Zentimeter weiter vorschob.

Jetzt verstand Lena, wozu die Linie gut war. Ethans Kette verhinderte, dass er sie mit den Händen überquerte.

Die Wache sagte zu Lena: »Klopfen Sie an die Tür, wenn Sie fertig sind.« Er wartete, bis sie genickt hatte. Wenige Minuten zuvor hatte der Direkter ihr den Alarmknopf unter dem Tisch gezeigt. Jetzt legte sie die Hände in den Schoß, um ihn schnell und einfach erreichen zu können.

Die Wache ging, und die Schlösser klickten wieder. Es gab

kein Fenster in der Tür und auch keine Kamera, mit der die Wache hätte überprüfen können, ob sie auch okay war. Sie war ganz auf sich allein gestellt.

Ethan schmatzte mit den Lippen. »Was für eine angenehme Überraschung.«

Lena betrachtete seine Hände auf dem Tisch. Die Fingerknöchel waren gerötet, einer war aufgeplatzt. »Warum hast du Hank immer wieder angerufen?«, fragte sie.

Er sprach leise, mit fast intimem Tonfall. »Du kannst mir ja nicht einmal in die Augen sehen.«

Er hatte recht. Sie zwang sich, seinen Blick zu erwidern. »Warum hast du versucht, Hank anzurufen?«

Er presste die Lippen zusammen, lehnte sich zurück. Waren seine Augen schon immer so blau gewesen? Sie waren wie Eis, nur kälter.

Er sagte: »Ich habe den alten Knaben vermisst.«

»Du kennst ihn doch gar nicht.«

»Ich dachte, ich kenne dich.«

Lena schwieg – nicht, weil sie die Situation unter Kontrolle hatte, sondern weil sie nicht wusste, was sie sagen sollte.

Er fragte: »Weißt du, wie das hier drinnen ist?«

»Ich will es gar nicht wissen. Ich bin nur hier, um dir zu sagen, dass du Hank in Frieden lassen sollst.«

Aber war sie das wirklich? Sie wusste ja nicht einmal, wo ihr Onkel war. Hank könnte durchaus in diesem Augenblick mit dem Gesicht nach unten in irgendeiner Straßenrinne liegen. Er konnte ein Unbekannter auf irgendeinem Untersuchungstisch in irgendeiner Leichenhalle sein.

Ethans Ketten klirrten gegen den Tisch, als er die Hände faltete. Die Handschellen um seine Handgelenke waren aus verstärktem Stahl und die Kette, die ihn an die Wand fesselte, so dick, dass man einen Schweißbrenner brauchte, um sie zu durchtrennen. Trotzdem wirkte es auf Lena so, als hätte er die

Situation unter Kontrolle. Sie konnte ihm nicht einmal in die Augen sehen. Sie schaute seine Arme an, sah, dass er die Gefangenenlager-Tätowierungen noch verschönert hatte. Jetzt hingen Körper in dem Stacheldraht, ausgezehrte Gefangene mit vor Entsetzen aufgerissenen Mündern.

»Kannst du dich noch an Shawn Cable erinnern?«

Sie schüttelte den Kopf.

»Er war in meinem Jahrgang am Grant Tech. Kleiner Kerl, lockige Haare.«

Sie schüttelte noch einmal den Kopf, aber jetzt erinnerte sie sich an den Jungen. Die beiden waren Laborpartner gewesen. Shawn hatte von Ethans Arbeit profitiert.

»Er arbeitet jetzt bei BASF, in der Abteilung für industrielle Lacke.«

Lena starrte den Stacheldraht auf seinem Arm an.

»Das hätte mein Job sein können«, sagte Ethan. »Aber dein Chef hat mich eingelocht, und jetzt bin ich hier.«

Lena öffnete den Mund, um Jeffrey zu verteidigen, ließ es aber sein, als sie merkte, dass sie damit auch sich selbst belasten würde.

»Ich hatte das alles hinter mir«, sagte er und deutete auf die Tattoos. »Ich hatte dieses Leben hinter mir und fing mit dir eben ein neues an.«

»Ein neues, in dem du mich verprügelt hast.«

»Du hast mich auch geschlagen.«

Lena wurde die Kehle eng, das Atmen fiel ihr schwer. Sie hatte ihn wirklich geschlagen. Sie hatte sich nicht nur geduckt und alles über sich ergehen lassen. Manchmal hatte sogar sie mit den Handgreiflichkeiten angefangen.

»Ich habe dich geliebt«, sagte Ethan. »Ich habe dich geliebt, und das hast du mir angetan.«

Sie fand ihre Stimme wieder. »Hast du Evelyn Johnson auch geliebt?«

Diesmal war das Schweigen zwischen ihnen anders, und als sie sich traute, ihm ins Gesicht zu sehen, schaute er auf seine gefesselten Handgelenke hinunter.

Sie sagte: »Du hast mir nie gesagt, dass sie schwarz war.«

»Du hast nie gefragt.«

Sie redeten jetzt wie ganz normale Menschen, und das machte Lena nervös. Immer wieder versuchte sie sich in Erinnerung zu rufen, wer er wirklich war, aber dann sah sie den Menschen vor sich, der jetzt an diesem Tisch saß, mit niedergeschlagenen Augen und hängenden Schultern. Sie hatte ihn geliebt. Sie kam an der Tatsache nicht vorbei, dass sie ihn geliebt hatte.

Sie fragte: »Was ist mit ihr passiert?«

»Nimmst du das auf?«

»Was glaubst du?«

Er starrte sie jetzt wieder an, und Lena fühlte sich gefangen in seinem Blick, unfähig, den Augenkontakt zu durchbrechen.

»Knöpf deine Bluse auf.«

»Leck mich.«

Er hob die Augenbrauen. »Habe ich früher getan, Baby.« Das Lächeln auf seinem Gesicht war vertraut – der alte Ethan versuchte es wieder mit seinen Spielchen. »Knöpf deine Bluse auf. Ich will sehen, ob du ein Mikro trägst.«

»Ich habe dir doch gesagt, dass ich keins habe.«

»Und das soll ich dir einfach so glauben?« Seine Lippen verzogen sich zu einem Grinsen. »Keine Chance, Lee. Als ich dir das letzte Mal vertraute, kam ich hier rein. Zeig mir, dass du keins hast, oder ich rufe den Affen, damit er mich wieder in meine Zelle bringt.«

Sie fummelte am obersten Knopf herum, versuchte, ihre Finger unter Kontrolle zu bringen. Sie schaute zur Tür, als sie das tat, als befürchtete sie, die Wache würde jeden Augenblick hereinkommen. Sie schwitzte in dem kleinen Raum, und die

Luft strich ihr kühl über die Haut, als sie die Bluse bis zum Hosenbund öffnete.

»Kein Mikro«, sagte sie ihm. »Zufrieden?«

Er zuckte die Achseln, und sein Grinsen ließ ihr das Blut in den Adern erstarren.

Lena fing an, sich die Bluse wieder zuzuknöpfen, aber er wollte es dabei noch nicht bewenden lassen.

»Du siehst noch immer gut aus.«

Sie brachte die Knöpfe nicht wieder zu, weil ihre Finger zitterten.«

»Weißt du eigentlich, wie viele Nächte ich mich wund wichse bei dem Gedanken, dich zu ficken?«

Sie ließ die Knöpfe sein und fasste die Bluse mit der Hand zusammen. Ihre Stimme zitterte. »Warum rufst du Hank an?«

»Mach die Bluse wieder auf.«

»Nein.«

»Mach sie auf, und ich erzähle dir, was du wissen willst.«

»Nein.«

Er richtete sich langsam auf. »Dann ruf die Wache, weil ich nichts mehr zu sagen habe.«

»Ethan …«

»Hey!«, rief er, und seine Stimme hallte laut durch den engen Raum. »Wache!«

»Schnauze«, zischte sie, als hätte sie ihn je von irgendetwas abhalten können.

Er grinste noch einmal, dasselbe Grinsen, das er immer gezeigt hatte, bevor er ihr die Seele aus dem Leib prügelte. Er zeigte mit dem Finger auf sie und bedeutete ihr, die Bluse zu öffnen.

Sie brachte kaum einen Ton heraus. Tränen traten ihr in die Augen. »Sag mir, warum du Hank immer wieder anrufst.«

»Du kennst den Deal. Titten für Infos.«

Lena starrte ihn böse an, wütend auf ihn, wütend auf sich selbst. Er war derjenige in Ketten. Er war derjenige, den man an die Wand gefesselt hatte. Und doch war sie es, die sich gefangen fühlte.

»Aufmachen«, forderte er.

Mit zitternden Händen öffnete sie langsam die Bluse. Darunter trug sie einen alten BH, schwarze Spitze mit dem Verschluss vorne in der Mitte.

Er sagte: »Auch den BH.«

»Nein.«

Er kannte sie so gut – wusste genau, wann er den Druck erhöhen konnte und wann er ihn verringern musste. »Drück die Schultern durch.«

Sie schaute zur Tür, drückte aber die Schultern nach hinten, wie er gesagt hatte.

»O Gott, du siehst so gut aus.« Ethan beugte sich so weit vor, wie die Ketten es zuließen. Seine Hände waren unter dem Tisch, und sie hielt den Blick abgewandt, starrte zur Tür, versuchte nicht darauf zu hören, was er trieb.

Er stöhnte leise auf, als er kam. Sie hörte, wie er den Reißverschluss hochzog und sich auf dem Stuhl zurücklehnte. Sie zog die Bluse wieder zu, versuchte, sich den befriedigten Ausdruck auf seinem hässlichen Gesicht nicht vorzustellen.

»Erzähl doch mal«, sagte er. »Nur so aus Neugier. Als du an dem Vormittag, nachdem ich gegangen war, deinen Chef anriefst, hast du da gesessen oder gestanden?«

Lena schüttelte den Kopf.

»Na komm, Baby. Gesessen oder gestanden?«

Sie schüttelte noch einmal den Kopf, als die Erinnerung an diesen Tag zurückkam. Seine Hand, der den Schrei in ihrer Kehle erstickte, als er sie aufs Bett warf. Der Ekel, den sie bekämpfen musste, als sie ihm einen Abschiedskuss gab und ihm einen schönen Tag in der Arbeit wünschte.

Lena zwang sich zum Sprechen. »Warum ist das so wichtig?«

»Ich will's einfach wissen«, sagte er. »Als du mich für zehn Jahre meines Lebens in dieses Höllenloch geschickt hast, hast du da auf dem Bett gesessen, in dem ich dich eben noch gefickt hatte, oder hast du daneben gestanden?«

Sie unterdrückte ein Schaudern, als sie sich an das Gefühl erinnerte. »Du hast bekommen, was du wolltest«, sagte sie und knöpfte mit jetzt wieder ruhigen Händen ihre Bluse zu. »Jetzt sag mir, warum du versuchst, mit Hank Kontakt aufzunehmen.«

»Na gut«, sagte er und beugte sich vor. »Komm näher.«

Sie beugte sich vor und wartete.

Das Grinsen auf seinem Gesicht hätte eine erste Warnung sein müssen, aber sie war einfach nur überrascht, als sein Lachen den Raum füllte. »Du blöde Kuh«, sagte er und schüttelte den Kopf, als könnte er nicht glauben, wie lachhaft die Situation war. »Glaubst du wirklich, ich erzähle dir irgendwas?« Er hörte unvermittelt auf zu lachen. »Schau, dass du hier rauskommst. Du machst mich krank.«

Lena staunte nur über ihre eigene Dummheit. »Du hast gesagt …«

Er schlug mit beiden Händen auf den Tisch, und seine Ketten klirrten gegen den Stahl. »Ich sagte, schau, dass du hier rauskommst, du Schlampe.«

Im Aufstehen schnappte sie sich die Unterlagen vom Tisch und ging dann rückwärts, bis sie die Wand in ihrem Rücken spürte.

Er hängte die Arme über die Rückenlehne, und ein zufriedenes Grinsen umspielte seine Lippen.

Sie ging nicht. Sie blieb stehen, wollte ihn verletzen, ihn demütigen, so wie er sie gedemütigt hatte. »Weißt du was, Ethan?«

»Was denn, Baby?«

»Ich bin wirklich froh, dass ich heute hier war.«

»Echt?« Er griff sich zwischen die Beine. »Ich auch, Baby.«

»Nein.« Sie drückte sich die Papiere fester an die Brust, als wären sie eine Art Schutzpanzer. »Weißt du, etwas hat mich wirklich völlig durcheinandergebracht.« Sie hielt inne, sah das höhnische Grinsen auf seinem Gesicht und wollte jede Sekunde davon genießen. »Erinnerst du dich noch, als ich dir sagte, ich dachte, ich sei schwanger?«

Er richtete sich auf dem Stuhl auf. Jetzt hatte sie seine ungeteilte Aufmerksamkeit.

»Ich sagte dir, es wäre falscher Alarm gewesen, aber das war es nicht.«

Er öffnete die Lippen, sagte aber nichts.

»Und dann sagte ich dir, ich müsste zu einer beruflichen Weiterbildung nach Macon«, fuhr sie fort. »Nur, ich war nicht in Macon, Ethan. Ich war in Atlanta.« Jetzt war sie mit Grinsen an der Reihe. »Weißt du, was ich dort getan habe, Baby?«

Seine Kiefermuskeln traten vor. »Halt's Maul.«

»Weißt du, was ich getan habe, Ethan? Liebling?«

Er machte einen Satz auf sie zu, doch seine Ketten rissen ihn zur Wand zurück. »Ich bring dich um«, schrie er, und Speichel spritzte ihm aus dem Mund. »Du gottverdammte Hure!« Jeder Muskel in seinem Körper zitterte, so sehr riss er an den Ketten. Er war wie ein tollwütiger Pit Bull, der sich lieber selbst erdrosselte, als seinen Angriffstrieb zu unterdrücken.

Lena klopfte an die Tür. »Denk drüber nach, was ich getan habe«, sagte sie. »Denk dran, was ich mit deinem Kind getan habe, wenn du dich das nächste Mal wund wichst.«

Der Wachmann öffnete die Tür. Er schaute Ethan an und

dann Lena, denn offensichtlich spürte er die Spannung in dem Raum. »Sind Sie fertig?«

»Ja«, sagte Lena und schaute Ethan noch ein letztes Mal an. »Ich bin fertig.«

Lena brach erst zusammen, als sie den Parkplatz verlassen hatte und bereits auf der Interstate unterwegs war. Sie ekelte sich vor sich selbst, weil sie Ethan so nahe gewesen war, und kam sich vor wie ein Monster, weil sie so gefühllos über ihr Kind gesprochen hatte. Als sie nach dem Verlassen dieses Raums den Korridor entlang zum Ausgang gegangen war und gewusst hatte, dass Ethan ihr nicht folgen konnte, war sie sich mächtig und unbesiegbar vorgekommen. Dann waren ihr ihre Worte wieder zu Bewusstsein gekommen, und als sie daran dachte, auf was für eine dumme Art sie sich von ihm wieder hatte übertölpeln lassen, fühlte sie sich, als wäre ihr Inneres eine einzige offene Wunde.

Als sie dann ins Elawah County hineinfuhr, war sie völlig erschöpft. Immer und immer wieder musste sie daran denken, wie naiv sie Ethan genau in die Hände gespielt hatte. Er hatte schon immer ein perverses Vergnügen an psychologischen Spielchen gehabt. Sie konnte sich gut vorstellen, wie er Hank mit diesem Grinsen auf dem Gesicht anrief, wie sehr er den Gedanken genoss, den alten Mann quälen zu können. Ethan hatte immer andere Menschen benutzt, um Lena zu treffen, ob er nun Nan bedrohte oder versuchte, Jeffrey zu reizen. Lena war sich nicht einmal sicher, ob Hank die Anrufe auf seinem Anrufbeantworter überhaupt abgehört hatte. Und wenn er es getan hatte, was ging ihn eigentlich dieser Ethan Green an? Ein paar telefonische Nachrichten reichten nicht, um Hank wieder an die Nadel zu bringen. Es musste noch etwas anderes sein – etwas, das Lena noch immer nicht sah –, und ihr Bauchgefühl sagte ihr, dass das alles mit dem

Drogendealer mit dem roten Hakenkreuz zu tun hatte, den sie aus Hanks Haus hatte kommen sehen.

Hank hatte gesagt, dieser Mann habe ihre Mutter umgebracht. Wo hatte er es getan? Wann? Und wie?

Der Besuch im Gefängnis war reine Zeitverschwendung gewesen. Lena hatte einen ganzen Tag vergeudet, indem sie einer falschen Spur gefolgt war, anstatt nach Informationen über Angela Adams zu suchen. Sie musste irgendetwas finden – eine Geburtsurkunde, eine Heiratsurkunde, einen Totenschein. Und wenn schon sonst nichts, würde eine Sozialversicherungsnummer wenigstens zu Einkommenssteuerdaten führen. Und die Steuerdaten würde ihr Informationen über eine Adresse, einen Arbeitsplatz liefern – also etwas, das sie Hank gegenüber als Druckmittel benutzen konnte. Lena war mehr und mehr überzeugt davon, dass ihre Mutter der Schlüssel zum Ganzen war. Hank drehte nicht ohne guten Grund völlig durch. Wenn Lena wusste, was wirklich mit ihrer Mutter passiert war, warum Hank all diese Jahre gelogen hatte, dann konnte sie ihn damit konfrontieren und ihn dazu bringen, sich Hilfe zu suchen. Während Lena den State Highway hinunter nach Reese fuhr, fing sie an, Pläne zu schmieden.

Es war Zeit, mit der örtlichen Polizei zu reden. Was kümmerte sie Al Pfeiffer mit seinen lüsternen Händen? Lena war kein verängstigter Teenager mehr, der Angst vor einem Strafzettel wegen überhöhter Geschwindigkeit hatte. Sie war eine Detective der Grant County Police Force. Gleich morgen in der Früh würde sie zum Büro des Sheriffs fahren und Kopien der Ermittlungsakten zum Tod ihres Vaters verlangen. Wenn Pfeiffer sich weigerte, würde sie Jeffrey anrufen und ihn dazu bringen, ein wenig Druck auf ihn auszuüben. Und wenn Jeffrey wissen wollte, warum sie die Akten brauche, könnte sie ihm etwas über persönliche Verarbeitung und Bewältigung erzählen. Da Jeffrey Sara ein zweites Mal geheiratet hatte,

hatte er jetzt wieder genug Östrogen in seinem Leben, um ihr diesen Unsinn abzukaufen.

Lena konnte auch ins Krankenhaus gehen und versuchen, dort die Geburtsurkunde ihrer Mutter aufzuspüren. Wenn das nicht funktionierte, konnte sie in Hanks Haus zurückkehren und sich die Informationen selber suchen. Sie schauderte bei dem Gedanken, noch einmal auf diesen Dachboden zu steigen, dem Gedanken an Deacon Simms Gestank. Aber sie hatte keine andere Wahl. In einer Hinsicht war Hank sehr konsequent: Er warf nie irgendetwas weg, ob es eine Stromrechnung von 1973 war oder eine Zeitung mit dem Bericht über die Challenger-Katastrophe. Irgendwo in diesem Haus mussten unter all den Selbsthilfebroschüren und schmutzigen Klamotten und Kartons mit Unrat Informationen über ihre Mutter versteckt sein.

Lena folgte dem Auto vor ihr, das nun den Highway verließ und in Richtung Innenstadt fuhr. Sie kam am Motel vorbei, fuhr aber nicht auf den Parkplatz, weil der Gedanke an das dunkle, einsame Zimmer zu viel für sie war. Ohne es zu merken, hatte sie die Entscheidung, Hanks Sachen noch an diesem Abend zu durchsuchen, bereits getroffen. Sie würde sich ein paar große Mülltüten schnappen und den Müll gleich mit entsorgen.

Vielleicht fand sie auch einen Weg, Deacon Simms Leiche verschwinden zu lassen.

Als sie an der Highschool vorbeifuhr, trat der Fahrer des Autos vor ihr plötzlich hart auf die Bremse, und Lena riss das Lenkrad herum, um einen Zusammenstoß zu vermeiden. Ihr Kopf knallte aufs Lenkrad, als sie auf die Gegenfahrbahn schlitterte. Erst kurz vor dem Straßengraben kam der Celica zum Stehen. Das Herz schlug ihr bis zum Hals, während ihr Hirn verarbeitete, was eben passiert war. Sie spürte Blut an ihrer Schläfe und wischte es weg, während sie die Tür aufstieß.

Vor ihr stand ein weißer Escalade.

Lena griff unter den Sitz und zog ihr Klappmesser hervor. Sie klappte es auf und stieg aus.

Die Straßenlaternen blendeten sie stark, vielleicht hatte sie aber auch eine leichte Gehirnerschütterung vom Aufprall. Ihr war schwindelig und schlecht, ihr Kopf dröhnte wie eine Trommel. Lena kniff die Augen zusammen, versuchte, ins Innere des SUV zu sehen. Das hintere Fenster glitt mit einem mechanischen Surren nach unten. Charlotte Warren saß auf dem Rücksitz. Ihr Mund war mit Isolierband verklebt. Die Augen waren weit vor Entsetzen.

Hanks Dealer stieg auf der Fahrerseite aus und ließ die Tür offen. Lena umklammerte den Perlmuttgriff ihres Messers fester, bereit, es jederzeit zu benutzen, aber der Mann packte sie einfach an den Haaren und warf sie gegen den Cadillac wie einen Sack Mehl.

»Einsteigen«, sagte er. Das Messer war jetzt in seiner Hand. Anscheinend hatte sie es fallen gelassen. Vor ihren Augen klappte er es zusammen und steckte es in die hintere Tasche seiner Jeans.

Lena stieß sich von dem Auto ab, aber er schubste sie wieder in die Richtung der offenen Fahrertür. Charlotte stieß einen erstickten Schrei aus, und Lena sah, dass neben ihr ein zweiter Mann saß, der eine schwarze Skimaske trug. Gummihandschuhe bedeckten seine Hände. Er hielt Charlotte eine Waffe an den Kopf. Das Lächeln, das sie in seinen Augen sah, jagte ihr einen kalten Schauer über den Körper.

»Einsteigen«, sagte er.

Lena rührte sich nicht.

Er drückte die Mündung fester gegen Charlottes Schläfe. »Einsteigen, oder ich erschieße sie sofort.«

Lena stieg in das Auto.

Donnerstagabend

19 Jeffrey saß auf der Vordertreppe von Hank Nortons Haus und studierte die Straßenkarte der Innenstadt von Reese. Sara war mit Hank im Krankenwagen mitgefahren, damit sie unterwegs seine Versorgung kontrollieren konnte. Jeffrey wusste, ohne sie zu fragen, dass sie bei ihm bleiben wollte, bis sein Zustand sich stabilisiert hatte. Sara hatte sich ihre ersten Meriten als Notärztin verdient. Sie würde nicht von Hanks Seite weichen, bis sie ihn in fähigen Händen wusste.

Somit hatte Jeffrey mehr als genug Zeit, um das Haus des Mannes zu durchsuchen. Zuerst hatte er jedes Fenster geöffnet, das sich bewegen ließ, weil er hoffte, das Haus so auszulüften. Während er wartete, dass dieses Wunder eintrat, untersuchte er den Schuppen im Hinterhof. Außer Rattenscheiße und ungefähr hundert Kartons voll Papier, das so alt war, dass es schon zu Brei wurde, fand er nichts. Der alte Chevy Pickup war leer, der Kabinenboden so verrostet, dass die Sitzbank durchgebrochen war.

Die Kleidungsstücke, die Hank getragen hatte, waren alle innerhalb des Zauns. Aus der Art, wie Hose, Hemd und Unterwäsche auf dem Rasen verstreut lagen, folgerte Jeffrey, dass er sie eins nach dem anderen ausgezogen hatte, während er über den Hinterhof ging. Nachdem die Sanitäter Hank auf die Trage gehoben hatten, hatte Jeffrey das Gras unter dem Körper des Mannes kontrolliert. Jeffrey freute sich über das, was er vorfand. Als er Hank dort auf dem Rasen entdeckt hatte, hatte er befürchtet, dass Lenas Onkel schon seit Tagen unentdeckt dort lag. Der Boden unter seinem ausgezehrten Körper wäre trocken gewesen, wenn er über Nacht dort gelegen hätte.

Jeffrey ließ sich Zeit und ging im Hinterhof hin und her, als sein Fuß auf die weiche, feuchte Erde über dem Abwassertank trat. Offensichtlich drückte der Inhalt jetzt in das Haus zurück. Wer mit dem Vorschlaghammer die Kloschüssel zertrümmert hatte, hatte offensichtlich auch die natürliche Rückflusssperre zerstört, sodass das ungeklärte Abwasser jetzt ins Haus drängte. Ein Klempner würde den faulig stinkenden Tank aussaugen, und irgendein armes Schwein würde mit einer Schaufel hineinklettern und den Rest erledigen müssen. Jeffreys Meinung nach wäre es das Einfachste, sich einen Bulldozer zu mieten, und das ganze verdammte Haus einfach abzureißen.

Nachdem er eine halbe Stunde gewartet hatte, dass der Gestank sich verflüchtigte, konnte er wieder hineingehen, ohne würgen zu müssen. Doch trotz der geöffneten Fenster sorgten verfaulendes Essen und die verschiedenen Insekten, die es anzog, dafür, dass ihm immer wieder die Galle hochkam, bis seine Kehle sich ganz wund anfühlte. Er kam sich komisch vor, als er in Lenas Kinderzimmer stand. Wie die meisten Eltern hatte auch Hank kaum etwas verändert, als die Mädchen das Haus verließen, und wie die meisten Kinder hatten Lena und Sibyl den ganzen Plunder dagelassen, den sie nicht mitnehmen wollten. Als Jeffrey dann vor Lenas Wäscheschublade stand, beschloss er, sich stattdessen doch lieber Hanks Schlafzimmer vorzunehmen.

Während er die Sachen des Mannes durchsuchte, bekam er immer stärker das Gefühl, dass dieses Haus nicht zum ersten Mal auf den Kopf gestellt wurde. Er wusste nicht, ob Lena es getan hatte oder jemand anders. Er wusste aber, dass das gesplitterte Holz am Türstock ziemlich frisch ausgesehen hatte, als er das Klebeband abgezogen hatte.

Lena wusste, wie man eine Tür eintrat. Lena wusste auch, wie man ein Haus gründlich durchsuchte. Zu wissen, dass sie dies im Haus ihres Onkels getan haben konnte, war nicht gerade ein Trost. Jeffrey wusste, dass sie sich in der Schule versteckte und dort übernachtete, zumindest bis jetzt, aber was hatte sie tagsüber gemacht? Warum war sie noch immer in Reese?

Jeffrey fragte sich schon gar nicht mehr, was Lena wohl vorhatte, als seine Suche schließlich in der Küche endete. Er nahm an, dass man die Stapel von Broschüren der Anonymen Alkoholiker, die er auf dem Tisch, und die leere Spritze, die er unter dem Stuhl gefunden hatte, als Ironie bezeichnen konnte, aber er hatte keine Lust auf Wortspiele mit sich selbst. Er wischte den Stuhl gegenüber Hanks ab, setzte sich an den Tisch und überlegte, was einen Mann wohl dazu bringen konnte, sich selbst so etwas anzutun. Denn es war schlicht und einfach Selbstmord.

Nachdem er im Haus nichts gefunden hatte als eine überwältigende Traurigkeit, hatte Jeffrey das Küchenfenster wieder geschlossen und war noch einmal durchs Haus gegangen, um sich zu versichern, dass alles wieder so war, wie er es vorgefunden hatte. Er holte sich die Rolle Klebeband, die er in der Küche gesehen hatte und verklebte damit die Badtür. Das Fenster drinnen war offen, aber er war sich ziemlich sicher, dass nicht einmal der verzweifeltste Dieb es auf sich nehmen würde, durch dieses widerwärtige Bad ins Haus einzudringen.

Die nächste halbe Stunde lang kämpfte er mit der Haustür. Egal, was er auch versuchte, das aufgebogene und vom Türstock abstehende Schließblech verhinderte immer ein Zudrücken der Tür. Jeffrey versuchte, das Blech mit den Fingern an den Stock zu drücken, aber das brachte ihm nichts ein als einen Schnitt an den Fingerspitzen. Schließlich suchte er sich in der Küche einen Schraubenzieher und drückte mit dem flachen Griffende das Blech platt, sodass er die Tür schließen konnte.

Er hatte vorgehabt, das Haus durch die Küchentür zu verlassen, aber Jeffrey beschlich ein komisches Gefühl, als er die Tür zuziehen wollte. Das Gefühl, dass er etwas übersehen hatte. Noch einmal ging er durchs Haus, schaltete alle Lichter ein, ging noch einmal in jedes Zimmer um nachzusehen, ob ihn irgendetwas ansprang. Doch das Einzige, was ihn wieder überfiel, war der Gestank. Anscheinend war Hank, auf der Flucht vor der Fäulnis, von Zimmer zu Zimmer gewandert und schließlich in der Küche gelandet. Jeffrey ging noch einmal ins Wohnzimmer. Er atmete durch den Mund und unterdrückte den Würgereiz, als er das Gemälde über der Couch bemerkte.

Es musste Lenas Mutter sein. Sie hatte dieselbe olivfarbene Haut und denselben durchdringenden Blick. Sie trug die Haare ein wenig kürzer, aber sie sahen fast genauso aus wie Lenas jetzt. Sie hatte denselben Schwanenhals wie Lena, und schon dieser kurze Blick auf das Bild sagte Jeffrey, dass sie auch dieselbe innere Haltung hatte, von der sich einige Frauen bedroht fühlten, die die meisten Männer aber sexy fanden. Jeffrey stellte sich vor, dass sie für die Männer des Ortes eine ziemliche Attraktion gewesen sein musste. Man brauchte schon die Arroganz eines Polizisten, um über das hochmütig vorgereckte Kinn und die sarkastische Belustigung in ihren Augen hinwegzusehen.

Schließlich verließ Jeffrey das Haus und schloss die Küchentür nur mit dem Drücker auf dem Knauf. Er hatte alle Lampen angelassen, weil er hoffte, so Diebe abzuschrecken, vielleicht war es aber auch der Gedanke, noch einmal durch dieses deprimierende Haus gehen zu müssen, warum er sie nicht ausschaltete.

Er hatte jetzt mehr als genug gesehen. Eine Frau war bei lebendigem Leib verbrannt worden. Man hatte auf Jeffrey geschossen. Ein Mann war erstochen und durch ihr Fenster geworfen worden. Hank Norton lag im Krankenhaus auf dem Totenbett.

Es war allerhöchste Zeit, Lena zu finden.

Jeffrey studierte auf dem Vordertreppchen die Karte, bis er gefunden hatte, wonach er suchte. Sara hatte recht gehabt, die Stadt war ein großes Rechteck mit einem Waldstück in der Mitte. Da gab es sicher Pfade durch den Wald, Abkürzungen, die seit Jahren benutzt wurden. Vielleicht sogar eine Art Festung oder irgendeinen schnell zusammengezimmerten Unterschlupf, wo Jugendliche hingingen, um Gras zu rauchen und zu vögeln. Jeffrey hatte als Teenager selbst ein ähnliches Versteck gehabt; es war deshalb nicht abwegig zu vermuten, dass es auch in Reese so etwas gab.

Jeffrey hatte Sara sein Handy gegeben, weil der Akku des ihren leer war. Er ging zum BMW, nahm das Gerät aus der Ladestation, steckte es ein und verschloss das Auto, bevor er zum Ende der Straße ging. Ausgehend von Hanks augenblicklichem Zustand, konnte der alte Mann Lena unmöglich bei ihrer Flucht aus dem Polizeigewahrsam geholfen haben. Lena war also auf sich allein gestellt, und das bedeutete, dass sie das Krankenhaus zu Fuß verlassen hatte. Ein Blick auf die Karte zeigte ihm die Route, die sie vom Krankenhaus zu Hanks Haus genommen haben konnte. Er nahm an, dass sie zuerst hierhergekommen war, um nach Geld zu suchen. Von irgendjemandem war das Haus auf den Kopf gestellt worden. Und dieser Jemand konnte sehr gut Lena sein.

Jeffrey glaubte nicht, dass der Streifenwagen, den Jake Valentine in der Nacht von Lenas Flucht vor das Haus beordert hatte, sie ernsthaft hätte abschrecken können. Hanks Hinterhof grenzte an die seiner Nachbarn. Lena hätte problemlos durch die Hintertür eindringen können, ohne dass es auf der Straße jemand bemerkte. Wenn Deputy Don Cook in diesem Streifenwagen gesessen hatte, dann hätte er Kreuzworträtsel gelöst und Cracker gegessen, während sie das Haus durchsuchte.

Er vergeudete noch den letzten Rest Tageslicht, wenn er hier herumtrödelte und über das alles nachdachte. Jeffrey zog seine Jacke aus und schob sich die Ärmel hoch, während er die Straße hochging. Er kam an der Highschool vorbei und fragte sich, wo Lena jetzt schlafen würde, da dieses Klassenzimmer ja nicht mehr in Frage kam. Hanks Bar war abgebrannt, aber er erinnerte sich, dass Valentine ihm gesagt hatte, das polizeiliche Absperrband sei durchschnitten worden. Jeffrey schüttelte den Kopf und dachte, wenn Lena sich die ganze Zeit in der Bar versteckt hatte, während Jeffrey und Sara keine fünfzig Meter entfernt im Motel wohnten, dann würde er sie umbringen.

In diesem ganzen Chaos gab es nur eine Gewissheit, nämlich dass Lena sich irgendwo einen Unterschlupf suchen musste. Sie brauchte Essen, Kleidung, Wasser. Jeffrey schaute zur Sonne hoch und wünschte sich, er hätte Wasser mitgenommen. Aber bei dem Zustand des Hauses war es vermutlich nur vernünftig gewesen, dort nichts zu sich zu nehmen.

Oben auf dem Hügel zog er noch einmal die Karte heraus und schaute nach, ob er immer noch auf dem richtigen Weg war. Auf der Straße sah er Schleuderspuren, wo zwei Autos beinahe zusammengestoßen wären, und er stellte sich vor, dass hier zwei Jugendliche knapp einem Totalschaden entgangen waren.

Jeffrey hörte den Verkehr vom Highway, als er an der nächsten Straße links abbog. Rechts von ihm grenzte ein großes Feld an einen dichten Wald, und er fragte sich, ob das derselbe Wald war, der auch an das Motel stieß. Jeffrey schaute wieder auf die Karte und sah sich bestätigt. Lena hätte zu Fuß von Hanks Haus zur Bar gehen können. Das Krankenhaus war nur ein paar Straßen entfernt.

Wie erwartet, gab es jede Menge Pfade, die kreuz und quer über das Feld liefen. Im Wald war es kälter, und er war froh, dass er seine Jacke nicht ins Auto gelegt hatte. Es gab keine Hinweise auf geheime Verstecke, keinen Müll außer einigen Zigarettenkippen und mehr Bierdosen, als er zählen konnte. Jeffrey sah noch immer die Sonne durch die Äste lugen, und er achtete darauf, sie immer rechts von sich zu haben, während er in gerader Linie auf das Motel zuging. Im Gehen schaute er regelmäßig auf die Uhr, damit er sein Zeitgefühl nicht verlor, weil man immer den Eindruck hatte, sie würde langsamer vergehen, wenn man meinte, sich verirrt zu haben.

Jeffrey fing schon an, ein bisschen nervös zu werden, als er den Bach hörte, den er unlängst hinter Hanks Bar gesehen hatte. Kurz hatte er den unterhaltsamen Gedanken, dass er vielleicht fand, was Boyd Gibson dort verloren hatte, aber als er das Bachufer erreichte, hatte er die Hoffnung schon ziemlich aufgegeben, dass dieses Wunder passierte.

Jeffrey sah das Zimmer, in dem er und Sara gewohnt hatten. Jemand mit zwei linken Händen hatte eine Sperrholzplatte über das kaputte Fenster genagelt. Die Tür stand einen Spalt offen, und Jeffrey steckte den Kopf hindurch und schaute nach, ob sie auch wirklich alles mitgenommen hatten. Das Zimmer sah noch genauso aus, wie sie es verlassen hatten, aber aus irgendeinem Grund fand Jeffrey es nicht mehr so widerwärtig. Vielleicht deshalb, weil er ein paar Stunden in Hanks Haus verbracht hatte. Er wusste nicht, wie Lena es dort ausgehalten hatte.

»Scheiße«, flüsterte Jeffrey. Lena hatte es nicht ausgehalten. Sie hatte unmöglich in diesem Haus übernachten können. Sie war nicht gerade eine Sauberkeitsfanatikerin, aber kein zurechnungsfähiger Mensch würde in diesem Schweinestall schlafen.

Jeffrey joggte zur Rezeption. Der Nachportier war verschwunden, aber ein Teenager mit orangefarbenen Haaren saß hinter der Theke und spielte auf dem Computer Videospiele.

Der Junge schaute nicht vom Bildschirm hoch und drückte weiter auf die Knöpfe seiner Steuerkonsole. »Was gibt's?«

»Wohnte letzte Woche eine Frau hier, die ungefähr so groß war?«

Jeffrey hob die Hand, um Lenas Größe anzudeuten. »Braune Haare, braune Augen …«

»Sie meinen Lena?« Der Junge nahm den Blick nicht vom Monitor.

Jeffrey griff über die Theke und riss ihm die Steuerkonsole aus der Hand. »Gib mir den Schlüssel zu ihrem Zimmer.«

»Der Sheriff hat es bereits durchsucht …« Der Junge schien zu begreifen, dass das unwichtig war. Er gab Jeffrey schnell den Generalschlüssel und sagte: »Zimmer vierzehn. Erster Stock.«

Jeffrey rannte die Stufen hoch. Er rammte den Schlüssel ins Schloss und warf die Tür auf, als würde er erwarten, dass sie mit einer vollen Erklärung mitten im Zimmer stand.

Sie tat es nicht.

Er schloss die Tür hinter sich und warf den Schlüssel auf den Plastiktisch. Lenas Toilettensachen standen ordentlich aufgereiht am Waschbecken, ihre Kleidung war noch immer im Koffer. Jeffrey konnte natürlich nicht wissen, ob irgendetwas fehlte, weil er nicht wusste, was sie eingepackt hatte. Dennoch öffnete er alle Schubladen, kontrollierte das Nachtkästchen, schaute sogar unter dem Waschbecken nach.

Er fand nichts außer einem verrosteten Schraubenzieher, der unter die Klimaanlage am Fenster gerollt war.

Jeffrey setzte sich aufs Bett und versuchte nachzudenken. Er hatte noch nie gesehen, dass Lena eine Handtasche trug, aber das war für ihren Job auch nicht unbedingt notwendig. Er würde Sara danach fragen müssen. Oder vielleicht wäre Valentine derjenige, der diese Frage stellte, weil der Sheriff das Zimmer bereits durchsucht hatte. Allerdings musste man den Sheriff ja nicht unbedingt wissen lassen, dass er Jeffrey hier einen Schritt voraus war.

Jeffrey stand vom Bett auf, hob die Matratze an und fand darunter Crackerkrümel und sonst nichts. Er ließ die Matratze wieder fallen, und dabei wehte ein Luftzug zu ihm hoch. Seit seinem Besuch in Hank Nortons Haus war sein Geruchssystem natürlich beeinträchtigt, aber er hätte schwören können, dass er einen Hauch Waffenöl gerochen hatte. Er kippte die Matratze vom Bett und kniete sich hin, um die Unterlage zu untersuchen, die den Lattenrost bedeckte. Froh, dass ihn niemand dabei sehen konnte, beschnüffelte er die dünne Baumwolle, hörte jedoch sofort auf, als er hörte, wie ein Schlüssel ins Schloss gesteckt wurde.

Jeffrey stand auf, als die Tür aufging. Die Putzfrau stutzte und schaute ihn dann finster an.

»Was zum Teufel tun Sie denn hier?«, blaffte sie.

»Können Sie in zehn Minuten noch einmal kommen?«

»Können Sie die Matratze dorthin zurücklegen, wo sie hingehört?« Jeffrey gehorchte nicht sofort, und sie stemmte die Hände in die Taille. »Ich habe nicht den ganzen Tag Zeit, Mister.«

Er zog seine Marke aus der Tasche und zeigte sie ihr.

Sie schaute sich die winzige Schrift kurz an und wirkte nicht sonderlich beeindruckt. »Grant County. Klingt nach 'nem richtigen Drecksloch. Sind Sie beim Matratzendezernat und müssen nachsehen, ob die Leute die Etiketten abgerissen haben?«

Jeffrey legte die Matratze wieder aufs Bett, weil er hoffte, sie so am Reden zu halten. »Haben Sie die Frau mal gesehen, die hier wohnte?«

»Sie meinen die, die Jake entwischt ist?« Sie marschierte kichernd ins Zimmer. »Und den habe ich gewählt, das muss man sich mal vorstellen.«

»Lena ist eine gute Freundin von mir«, sagte er der Frau. »Ich versuche, ihr zu helfen.«

»Ah ja, der galante Ritter.« Sie zog einen Lumpen aus ihrer Schürzentasche, fing an, das Telefon auf dem Nachtkästchen abzuwischen und murmelte dabei: »Hat anscheinend sehr viel telefoniert. Jede Menge schmierige Fingerabdrücke.« Sie stand zwar gebeugt da, schaute jetzt aber zu Jeffrey hoch, als wunderte sie sich, dass er immer noch da war.

»Vielen Dank für Ihre Hilfe«, sagte er der Frau, obwohl sie sich genau durch das Gegenteil ausgezeichnet hatte.

Jeffrey war schon halb die Treppe hinunter, als er erkannte, dass die Putzfrau ihm mehr geholfen hatte, als sie beabsichtigt hatte. Im Hotelzimmer hatte er Lenas Handy nicht gesehen, also musste es in ihrem Auto gewesen sein. Frank Wallace, sein Stellvertreter, konnte die Verbindungsdaten überprüfen, um herauszufinden, mit wem sie geredet hatte, bevor der Escalade angesteckt wurde, oder vielleicht sogar danach. Außerdem würde er selbst Hanks Mercedes zur Fahndung ausschreiben lassen und vielleicht Frank fragen, ob er nicht bei der Highway Police einen Gefallen einfordern und sie bitten könnte, nach Lena Ausschau zu halten. Was nun das Handy in seiner Tasche anging, so hatte Sara im Motel kein Signal bekommen, und das hieß, er würde Frank auf dem Rückweg anrufen müssen.

Auf der untersten Stufe blieb Jeffrey stehen. O Mann, was war er für ein Idiot. Wenn er im Motel kein Signal bekam, dann hatte Lena ebenfalls keins bekommen.

Er lief wieder zur Rezeption. Diesmal stand der Junge dienstbeflissen an der Theke. »Was gefunden?«

Jeffrey antwortete mit einer Gegenfrage. »Hat Detective Adams während ihres Aufenthalts hier irgendwelche Anrufe getätigt?«

»Kurz bevor sie wegfuhr, ließ sie sich ein Ferngespräch vermitteln.«

Jeffrey wusste von seiner eigenen Rechnung, dass das Motel fünfzig Cent pro Minute für Ortsgespräche und zwei Dollar pro Minute für Ferngespräche berechnete. Die Anrufe brachten viel Geld, und das Motel würde deshalb exakt Buch darüber führen. »Ich will alle ihre Anrufe sehen.«

Der Teenager zog einen Stapel Papiere vom Drucker. »Da war nur einer«, sagte er. »Hat eine Neun-null-zwei-Vorwahl.«

Die Nummer sah bekannt aus. »Das ist Savannah.«

»Ja, glaub schon.«

Jeffrey schnappte sich das Telefon von der Theke und wählte die Nummer.

Lena

20 Charlottes Gesicht war halb verdeckt von dem Klebeband über ihrem Mund, deshalb sah Lena nur ein paar helle, schreckensstarre Augen. Sie zitterte vor Angst, ihr Schluchzen drang gedämpft hinter dem Klebeband hervor. Lena schaute in den Rückspiegel, während sie den SUV eine dunkle Straße hinunterfuhr und versuchte, Charlotte irgendwie zu verstehen zu geben, dass sie durchhalten müsse, dass Lena schon irgendwie einen Ausweg finden werde. Allerdings hatte Lena keine Ahnung, wie sie ihre Flucht bewerkstelligen sollte.

Der Tätowierte, der Lena geschlagen hatte, war hinter ihnen, er fuhr ihren Celica. Sie hatte keine Ahnung, wohin sie fuhren oder warum. Sie fuhr einfach weiter, weil sie, obwohl sie das maskierte Gesicht des Mannes auf dem Rücksitz nicht sehen konnte, doch genau wusste, dass mit ihm nicht zu spaßen war. Die Art, wie er die Waffe hielt, sagte ihr alles, was sie wissen musste. Sie war wie eine Verlängerung seiner Hand, und er würde sich nicht scheuen, sie zu benutzen.

Lena dachte an Evelyn Johnson, wie Ethan sie mit seinem Transporter in den Wald gefahren hatte, wo sie ermordet wurde. Hatte Ethan ebenfalls in den Rückspiegel geschaut und die Angst in Evelyns Augen gesehen? Hatte er gewusst, dass er nichts tun konnte? Hat er einfach nur selbst Todesangst gehabt? Oder hatte er sich auf seinem Sitz gewunden und gegen die Erregung angekämpft, die zwischen seinen Beine wuchs bei dem Gedanken daran, was gleich passieren würde?

»Hier abbiegen«, sagte der Mann mit der Maske, und

Lena gehorchte und bog in die Lasky Street ein, die hinter der Schule entlangführte. Es lag nichts Drängendes in seiner Stimme, und er schien auch keinen speziellen Plan zu haben. Soweit sie das beurteilen konnte, ließ er sie einfach in einem Kreis um die Schule herumfahren.

»Die Nächste rechts«, sagte er.

Lena schaute noch einmal Charlotte an. Sie fragte den Mann: »Warum tun Sie das?«

»Was glaubst du?«

»Hat Ethan Sie geschickt?«

»Wer ist Ethan?«

»Wenn Ethan Sie geschickt hat, dann geht das nur mich und ihn an. Charlotte hat damit absolut nichts zu tun. Ich habe sie ja seit der Highschool nicht mehr gesehen.«

»Süße, ich habe keine Ahnung, wovon du sprichst.«

Sie wusste nicht, ob er die Wahrheit sagte oder nur mit ihr spielte. Waren sie ihr zum Coastal State Prison gefolgt oder hatten sie einfach gewartet, bis sie wieder in der Stadt auftauchte? In ihrem Hotelzimmer gab es nichts, was ihnen hätte verraten können, wohin sie gefahren war. Ethans Akte lag wieder in ihrem Versteck hinter dem CD-Wechsler im Kofferraum ihres Celica. Das einzige Wertvolle war ihre Glock, und offensichtlich hatten sie für die keine Verwendung.

Lena warf einen flüchtigen Blick über die Schulter. Der Mann war klein, aber gut gebaut. Er saß entspannt da, die Beine gespreizt, den linken Arm auf der Rückenlehne, nur die Waffe in seiner Hand zielte auf Charlottes Hals.

Er sagte: »Wo schaust du denn hin?«

»Wer sind Sie?«, fragte Lena. Bedeutete die Maske, dass er vorhatte, sie beide laufen zu lassen? Das Gesicht seines Handlangers hatten sie gesehen, aber das war bedeutungslos, weil seine Deckung bereits vor zwei Tagen vor Hanks Haus aufgeflogen war.

Sie schaute sich um nach irgendetwas, das sie als Waffe benutzen konnte. Abgesehen von den Schlüsseln sah sie nichts außer einem Styroporbecher in einem der Getränkehalter. Sie ließ die Hand am Lenkrad entlang nach unten gleiten und drückte die Knöchel an die Außenseite des Bechers. Der Inhalt war kalt, wahrscheinlich Wasser.

»Weiterfahren«, sagte der Mann. »Da vorne noch mal rechts.«

Lena ignorierte ihn und fuhr geradeaus weiter. Er schnalzte mit der Zunge, als wäre sie ein ungehorsames Kind, sagte aber nichts.

Regel Nummer eins in einer Entführungssituation lautete, dass man sich vom Täter nicht zwingen lassen durfte, den Ort zu wechseln. Wenn er einen auf einem Parkplatz überfiel, dann kämpfte man mit Zähnen und Klauen darum, auf diesem Parkplatz zu bleiben. Man stieg nicht zu ihm in ein Auto, und man ließ sich von ihm nicht irgendwohin schleifen. Wenn er erst einmal die Kontrolle über die Situation hatte, konnte er machen, was er wollte. Dann gab es kein Zurück mehr.

Lena ging vom Gas, behielt dabei den Celica hinter ihnen im Auge und fragte sich, was sie sich selbst – und Charlotte – damit einbrockte.

Der Mann sagte: »Du spielst wohl gern mit dem Feuer, was?«

Lena hielt an. Sie drehte sich zu ihm um. »Was wollen Sie von uns? Warum ist Charlotte hier?«

Die hintere Tür neben Charlotte ging auf. Der Mann mit dem roten Hakenkreuz stand davor.

Der Mann mit der Waffe befahl: »Gib ihr mal 'nen kleinen Vorgeschmack, damit sie merkt, dass wir es ernst meinen.«

Der Mann griff sich an die hintere Hosentasche. Lena machte sich darauf gefasst, dass er eine Waffe zog und sie beide erschoss, stattdessen aber zog er eine zusammengerollte Plastiktüte heraus.

»Was tun Sie da?«, fragte Lena, doch sie wusste die Antwort ziemlich schnell, als der Mann die Plastiktüte aufrollte und eine gefüllte Injektionsspritze herausholte.

Charlotte wusste, was jetzt kam, bevor Lena es durchschaute. Sie geriet in Panik, versteckte die Arme hinter dem Rücken und tat alles, um sich zu schützen, während der Kerl seitlich auf die Spritze klopfte und ein wenig Flüssigkeit herausdrückte. Sie wehrte sich verzweifelt, als er ihren Arm packte, doch plötzlich kam es Lena so vor, als wäre in Charlotte irgendetwas zerbrochen. Sie gab einfach auf, streckte den Arm aus und ließ sich die Nadel hineinstechen.

»Nein …«, schrie Lena auf, aber es war zu spät. Der Kolben war bereits gedrückt. Charlotte schloss die Augen, ein leises Geräusch wie ein Seufzen kam aus ihrer Kehle.

Der Mann mit der Maske legte die Waffe an Charlottes Wange. »Das gefällt ihr, meinst du nicht auch?«

Lena spürte, wie ihr Tränen über die Wangen rollten. Wie viele Kinder hatte Charlotte? Eins davon hatte sie unlängst in der Bibliothek gesehen, ein junges Mädchen, wahrscheinlich noch nicht einmal dreizehn.«

»Bitte«, sagte Lena. »Lassen Sie sie einfach gehen.«

»Wie wär's, wenn du wieder ein Stückchen fährst«, schlug der Mann vor. Er nickte seinem Lakaien zu, und die Tür wurde zugeknallt.

Lena legte den Gang ein und stieg aufs Gas. Sie fuhr ziellos, wiederholte einfach den Kreis von zuvor, und der Celica folgte dicht hinter ihnen.

Charlotte seufzte einmal schwer. Dann verdrehte sie die Augen und sackte gegen die Tür.

»Was haben Sie ihr gegeben?«, fragte Lena.

»Was zur Entspannung.«

»Ich verstehe das nicht«, sagte Lena. Sie weinte jetzt ernsthaft. »Was soll das alles? Was hat Charlotte Ihnen denn getan?«

»Soll ich dir eine kleine Geschichte erzählen, Lee?«

Er nannte sie bei ihrem Kosenamen, den eigentlich nur die Familie und enge Freunde benutzen durften. Lena drehte den Rückspiegel von Charlotte weg und ihrem Entführer zu.

Durch das Loch in der Maske sah sie seine weißen Zähne. »Dämmert dir schon was, meine Kleine?«

Sie konzentrierte sich auf seine Stimme und versuchte verzweifelt, sie einzuordnen. Sie hatte kaum einen Akzent und war sehr tief, fast so tief wie Jeffreys. Lena dachte zurück an ihre Kindheit, versuchte, sich an die Männer zu erinnern, die sie gekannt hatte. Hank hatte keine Freunde. Wenn er an der Nadel hing, nutzte er die Leute nur aus oder vergrätzte sie. Wenn er clean war, fehlten ihm die sozialen Fähigkeiten, um neue Beziehungen aufzubauen. Es gab die Leute aus den AA-Treffen und Deacon Simms, und damit hatte es sich. Seine Abende verbrachte er zu Hause oder in der Bar.

Der Mann redete ruhig weiter: »Weißt du, als ich dich vor ein paar Tagen bei Hanks Haus sah, da dachte ich mir: ›Was für eine gut aussehende Frau.‹«

Hatte er in dem Escalade vor Hanks Haus gesessen? Die Fenster des SUV waren getönt. Lena hatte sich so sehr auf den Mann mit dem Hakenkreuz konzentriert, dass sie nach einem Beifahrer gar nicht geschaut hatte.

»Du siehst deiner Mama ziemlich ähnlich, als sie in deinem Alter war. Hast du das gewusst?«

»Ich wusste nicht einmal, dass sie so alt wurde wie ich jetzt.«

»O ja. Angie lebte viel länger, als sie hätte sollen.«

Hank hatte gesagt, der Mann vor der Tür sei derjenige gewesen, der Angela Adams umgebracht hatte. Hatte er diesen

Mann gemeint, der jetzt Charlotte Warren eine Waffe an den Kopf hielt?

Lena fragte: »Warum haben Sie meine Mutter umgebracht?« Sie drehte sich um. »Hank hat gesagt, Sie haben sie umgebracht.«

Er lachte. »Hank sagt viel, wenn der Tag lang ist. Wobei er es nicht mehr lange macht, wenn er sich weiterhin so zudröhnt. Sag mal, Süße, wettest du gern? Vielleicht willst du ein bisschen was drauf setzen, wie lange es dauert, bis er hinüber ist?« Sein Lachen war ein trockenes Geräusch ohne jeden Humor. »Ehrlich gesagt, würde es mich wundern, wenn er noch atmet, nach der Scheiße, die Clint ihm heute gegeben hat.«

Clint, dachte Lena. Jetzt kannte sie den Namen des Mistkerls.

»Lass dir was über deine Mutter erzählen«, sagte der Mann mit der Maske. »Willst du was über deine Mutter hören?«

»Ja.«

»Na ja ...« Er tat so, als würde er zurückdenken. »Wie gesagt, du bist wie sie. Dieselben hübschen Haare, die wunderschönen Augen. Ihr Mund war einfach wunderbar. Ich will nicht ins Detail gehen, weil du ja ihr kleines Mädchen bist, aber sagen wir einfach, sie konnte das Leder von einem Baseball saugen und es in einem Stück verschlucken.« Er kicherte. »Angie war natürlich nicht immer so. In der Highschool war sie noch verdammt zugeknöpft. Echt religiös, wie ihre Mutter. Um sie aufzumachen, hätte man schon ein Stemmeisen gebraucht. Da vorne.«

»Was?«

»Da vorne abbiegen«, sagte er und deutete auf den Rasen neben der Schule.

»Da ist keine Straße.«

»Ich vergesse immer wieder, dass du ja Polizistin bist. Na

komm schon, fahr einfach aufs Gras. Es wird dich keiner verhaften.«

Lena hielt das Lenkrad fest umklammert, als die Reifen über die Böschung holperten. Aus dem Becher neben ihr spritzte ein wenig Wasser auf ihr Bein, als sie das Auto wieder auf ebenes Gelände steuerte.

»Fahr weiter.« Er bedeutete ihr, dass sie durch das offene Tor auf den Sportplatz fahren sollte.

Lena fuhr so langsam, wie es ging, ohne dass der Motor stotterte. Im Fenster sah sie, dass der Celica auf einen der Stellplätze auf dem Schulparkplatz fuhr. Sah so der Plan aus? Lena und Charlotte vor der Schule zu töten? Sie verstand nicht, warum er immer noch redete, wenn er sie doch nur umbringen wollte.

»Noch ein kleines Stückchen weiter«, sagte der Mann. »Durch das Tor und auf das Spielfeld.« Er beugte sich vor und berührte Lena am Arm. »Gib mir doch bitte mal diesen Becher da. Das viele Reden macht mich durstig.«

Sie trat auf die Bremse und tat, was er von ihr wollte, wobei sie darauf achtete, dass ihre Hand nicht die seine berührte. Als sie den Becher weitergab, stieg ihr ein merkwürdiger Geruch in die Nase. In dem Becher war eindeutig kein Wasser, aber sie konnte den Geruch nicht identifizieren. Der Becher fühlte sich leichter an, als man erwarten würde.

»Danke.« Er lehnte sich wieder zurück und hielt den Becher auf Brusthöhe. »Du siehst aus, als wolltest du mich etwas fragen.«

Sie kam direkt auf den Punkt. »Woher kannten Sie meine Mutter?«

»Sie war genauso wie Charlotte hier«, antwortete er. »Gib ihnen ’ne kleine Kostprobe, und sie tun alles, was du willst.«

»Kostprobe von was?«, fragte Lena. Sie schaute zu Charlotte. Die Frau lehnte stumm und schlaff an der Tür, die Lippen leicht geöffnet, als würde sie einer ganz anderen Unterhaltung lauschen. Hatte sie gelogen, als sie sagte, sie sei nur Alkoholikerin? War sie auch drogensüchtig?

»Halt an der Fünfzig-Yard-Linie an«, befahl ihr der Mann.

Lena schaltete in den Parkmodus, ließ aber den Motor laufen. Vor sich sah sie Clint zum Spielfeld kommen. Er ging schief, weil er offensichtlich einen schweren Eimer schleppte. Doch er kam nicht zum Auto, sondern stellte den Eimer an der Seitenlinie ab, als würde er darauf warten, dass man ihn rief.

Im Rückspiegel sah sie, dass der Maskierte den Revolver in den Bund seiner Hose steckte. Er hielt den Becher in der rechten Hand und packte mit der linken Charlotte im Genick.

Lena könnte sich jetzt aus dem Staub machen. Sie konnte aus dem Auto springen. Clint war fett und außer Form. Sie könnte in den Wald neben dem Stadion rennen und in der Dunkelheit untertauchen. Sie könnte an irgendjemands Tür hämmern, bis man ihr öffnete, und die Leute bitten, ihr Telefon benutzen zu dürfen.

»Haust du jetzt ab?«, fragte der Mann, als könnte er ihre Gedanken lesen. »Oder willst du lieber hierbleiben und dir anhören, was ich zu sagen habe?«

Sie hatte die Hand bereits am Türgriff. Jetzt ließ sie ihn wieder los und drehte sich zu ihm um. »Reden Sie«, sagte sie barsch.

»Wenn ich dich hätte umbringen wollen«, sagte er, »wärst du schon tot. Das weißt du.«

»Ja.«

»Deine Freundin hier, die war ja die ganzen Jahre ein ziemlich braves Mädchen, aber wenn es Zeit ist, ist es Zeit.«

»Tun Sie ihr nichts«, flehte Lena. »Sie hat Kinder. Ihr Mann …«

»Ja, es ist traurig. Aber man muss seine Wahl treffen.«

»Sie nennen das eine Wahl?«, fauchte Lena. »Dass einem ein Nazi-Arschloch eine Nadel in den Arm rammt?«

Er lächelte wieder. »Du klingst ja so wie sie, Lee. Dieselbe scharfe Zunge, dasselbe aufbrausende Temperament. Sibyl dagegen, sie war eher wie … na ja, schätze du weißt, wem deine Schwester ähnlich war. Sehr still, immer in ihre Gedanken versunken. Möchte nur wissen, woher sie ihr Hirn hatte. Hätte mich ja fast umgehauen, als ich hörte, dass sie ein Vollstipendium an der Georgia Tech erhalten hatte.«

Er schien alles über das Leben ihrer Familie zu wissen, doch Lena kannte ihn einfach nicht.

Aber was wusste er wirklich? Jeder, der einmal mit Hank und Lena in einem Lebensmittelladen gestanden hatte, würde wissen, dass er sie Lee nannte. Das Lokalblatt hatte aus Sibyls Stipendium eine Titelgeschichte gemacht. Und was die Details aus Angela Adams Leben angingen … die konnten ja auch erfunden sein. Die Geschichte, die sie jetzt über ihre Mutter hörte, konnte genauso falsch sein wie die Geschichten, die Hank ihr erzählte hatte, als sie noch ein Kind war.

»Dämmert dir jetzt langsam was?«

»Sollte ich Sie kennen?«

»Süße, im Augenblick sollst du nichts anderes als zuschauen und lernen.« Er hob den Becher, als wollte er ihr zuprosten. »Ich werde dir jetzt zeigen, was mit Leuten passiert, die sich nicht nur um ihre eigenen Dinge kümmern.«

Er kippte den Becher über Charlotte aus, und jetzt erkannte Lena den Geruch.

Feuerzeugbenzin.

Er öffnete seine Tür. Ein Klicken war zu hören, dann stieg eine Flamme aus dem silberfarbenen Feuerzeug in seiner Hand auf. Beim Aussteigen warf er das Feuerzeug auf Charlotte, und Lena beugte sich nach hinten und schrie »Nein …«, während sie versuchte, es zu fangen.

Sie war nicht schnell genug. Das Feuerzeug fiel auf Charlottes Schoß, die Flamme entzündete die Flüssigkeit, und Lena fiel zurück auf den Vordersitz, als die Frau Feuer fing.

Charlotte gab ein tierisches Geräusch von sich und schlug mit den Armen um sich, während die Flammen sich über ihrem Körper ausbreiteten.

»Nein«, keuchte Lena, die ihr nicht helfen konnte, die nichts tun konnte außer zuzusehen, wie Charlotte verbrannte. »Nein!« Das Auto füllte sich mit Rauch und dem Geruch brennenden Fleisches. Lena tastete an der Tür herum, versuchte, sie zu öffnen. Schließlich fand sie den Griff und fiel aus dem Auto. Sie knallte schwer auf den Boden, und ein Schmerz fuhr ihr durch die Schulter, als sie sich hochrappelte.

Clint tauchte auf. Was sie für einen Eimer gehalten hatte, war ein Benzinkanister. Er schob Lena beiseite und schüttete das Benzin auf den Escalade.

Sie stürzte sich wild auf ihn, prügelte auf ihn ein, zerkratzte ihm das Gesicht und schrie wirres Zeug, während sie ihre Wut an ihm ausließ. Clint rammte ihr die Faust so heftig an den Schädel, dass sie zurücktaumelte. Ihr war schlecht vor Schmerz, heiße Galle stieg ihr in die Kehle. Sie ging in die Knie und erbrach sich aufs Gras.

Es gab eine kleine Explosion, als ein Teil des Fahrzeugs explodierte. Auf Händen und Knien versuchte Lena davonzukrabbeln, bevor das ganze Ding in die Luft ging. Rauch und Hitze waren einfach zu viel. Keuchend kippte sie zur Seite. Sie hörte ein Geräusch, das nicht menschlich sein konnte: ein schrilles, hohes Kreischen. Charlotte. Sie lebte noch, spürte noch immer, wie die Flammen sie verzehrten.

Lena drehte sich auf den Bauch, sie wusste, dass es zu spät war für Charlotte, wusste aber auch, dass sie so weit wie möglich von dem Auto wegkommen sollte. Sie versuchte, sich zu bewegen, aber ihr Körper gehorchte ihr nicht mehr. Plötzlich wurde sie am Hosenbund hochgezogen und zu den Tribünen geschleift. Im Auto explodierte wieder etwas, so laut, dass es der Benzintank sein musste. Sie wurde auf die Sitzreihen geschleudert, ihr Kopf krachte gegen Metall. Der Aufprall vibrierte in ihren Ohren, der Benzinkanister landete neben ihr.

Clint war über ihr, sein Gesicht nur Zentimeter von ihrem entfernt. »Lebst du noch?«

Lena hustete, es fühlte sich an, als wäre ihre Lunge versengt. Sie konnte kaum atmen, so schwer lastete Clint auf ihr. »Warum?«, keuchte sie. »Warum tut ihr das?«

Er richtete sich auf, wischte sich Schmutz von Armen und Beinen und schaute an sich herunter, als wäre er eben aus der Kirche gekommen und könnte nicht verstehen, wie er so dreckig geworden war.

»Warum?«, wiederholte sie, die Stimme schwer vor Kummer.

Im Schein des Feuers sah sie sein Gesicht, sah, wie er beinahe mitleidig auf sie herabschaute. »Ich kann dir rein gar nichts sagen, Lena. Da musst du schon Hank fragen.«

Donnerstagabend

21 Sara saß vor dem Elawah County Hospital, und die Kälte der Betonbank drang ihr durch die Jeans. Sie hatte die Nase voll von Krankenhäusern und von der Langsamkeit, mit der in ihnen alles passierte. Keine Wunder, dass die Leute stinksauer waren auf das Gesundheitssystem. Der Drogentest, die Blutuntersuchung, die Röntgenaufnahmen – alles hatte doppelt so lange gedauert, wie es hätte sollen, und dann musste erst ein Arzt aufgetrieben, ein Pharmakologe gerufen, eine Krankschwester gefunden werden. All diese langsamen Prozeduren hatten nur einen einzigen Zweck: Jeden Beteiligten hundertprozentig abzusichern für den Fall, dass ein Fehler gemacht, ein falscher Laborbericht geliefert, ein falsches Medikament verabreicht, eine falsche Diagnose gestellt wurde. Der Patient stand unterdessen völlig unterversorgt in irgendeinem Krankenhausflur herum. Es war unerträglich.

Das einzig Gute war, dass Hank von der ganzen Warterei nichts mitbekommen hatte; auf der kurzen Fahrt ins Krankenhaus war er bewusstlos geblieben, und als sie ihn in der Notaufnahme triagiert und dann auf die Intensivstation verlegt hatten, hatte sein Zustand sich kaum verändert. Große Hoffnungen machte Sara sich allerdings nicht. Infektionen wüteten in seinem Körper. Sein Herz war vom jahrelangen Drogenkonsum geschwächt, und seine Lunge wies ein mittelschweres Emphysem auf.

Was Sara am meisten Sorgen machte, waren die Abschürfungen an seinen Hand- und Fußgelenken. Auf den ersten Blick hatten sie ausgesehen wie alle anderen Schnitte und Blessuren an Hanks Körper. Bei genauerem Hinsehen zeigte sich jedoch, dass Seile die Haut abgeschürft hatten. Am Winkel des Schürfmusters sah Sara, dass man ihm die Hände vom Körper weg gefesselt hatte. Seine Fußknöchel waren zusammengebunden gewesen. Dazu kam noch, dass er erst vor kurzem geschlagen worden war. Zwei Rippen waren gebrochen, und am Unterbauch hatte er einen hässlichen blauen Fleck. Offensichtlich hatte ihn jemand mit Füßen und Fäusten malträtiert.

Überraschenderweise war das drängendste Problem, um das die Ärzte sich kümmern mussten, seine Entzugserscheinungen. Aus Gründen, die nur er kannte, hatte Hank das Meth kalt abgesetzt, und die Reaktion seines Körpers war totale Rebellion gewesen. Seine Organe versuchten, den Dienst einzustellen, es drohte die Kaskade des Organversagens, die letztendlich zu seinem Tod führen würde.

In ihrer Zeit als Assistenzärztin am Grady Hospital hatte Sara mehr als genug obdachlose Drogensüchtige gesehen, die durch die Türen der Notaufnahme kamen. Sie waren kaum mehr als wandelnde Leichen, in einem so schlechten Gesundheitszustand, dass es beinahe ein Schock war, sie überhaupt noch aufrecht stehen zu sehen. Lungenentzündung, Hepatitis, Skorbut, schwerste Austrocknung … Jahre waren vergangen, seit sie mit diesen verzweifelten Seelen gearbeitet hatte, und sie war so schockiert über Hanks Zustand gewesen, als sie ihn in seinem Hinterhof liegen sah, dass sie im ersten Augenblick gar nicht hatte reagieren können.

Das Einzige, was sie für ihn heute Abend hatte tun können, war ihre Mithilfe bei seiner Aufnahme in das Krankenhaussystem. Wenn er die Nacht über stabil blieb, würde man ihn gleich am nächsten Morgen in ein größeres Krankenhaus verlegen.

Ein silberfarbenes Auto bog auf den Krankenhausparkplatz

ein. Sara musste enttäuscht feststellen, dass es nicht ihr BMW war. Jeffrey sollte eigentlich jeden Augenblick hier sein, und sie musste ihn unbedingt sehen. Er hatte Sara im Krankenhaus angerufen und ihr von seiner Durchsuchung von Lenas Zimmer erzählt und von ihrem Anruf im Coastal State Prison. Nach dem Gefängnisprotokoll hatte Lena Ethan Green an dem Tag besucht, als der SUV in Flammen aufgegangen war. Es musste eine Verbindung zwischen diesen beiden Ereignissen geben, aber Jeffrey hatte darüber nicht am Telefon reden wollen. Er sagte, er würde im Hotel auf den Rückruf des Gefängnisdirektors warten und Sara dann im Krankenhaus anrufen.

Sie konnte bereits an seiner Stimme hören, dass er beschlossen hatte, Ethan Green selbst zu besuchen, egal was der Direktor ihm sagen würde. Er glaubte, mit Drohungen und Einschüchterungen bei dem Kriminellen etwas bewirken zu können, aber Sara wusste es besser. Männer wie Ethan Green kuschten nicht, wenn sie bedroht wurden. Sie rollten sich zusammen wie Klapperschlangen, um dann unvermittelt zuzuschlagen.

Sara hatte sich am vergangenen Abend geschworen, Jeffrey beizustehen, egal was er tun würde. Nach sechzehn Jahren wusste sie, dass ihr Mann nie einen Menschen in einem brennenden Gebäude gefangen sehen und tatenlos zuschauen würde, es niemals anderen überlassen würde, ihn zu retten. Sara musste auch diese Facette seiner Persönlichkeit akzeptieren und seine Entscheidungen unterstützen, denn es war genau diese Güte gewesen, die sie anfangs zu ihm hingezogen hatte. Tatenlosigkeit war gegen seine Natur.

Die Glastüren zur Notaufnahme glitten auf, Fred Bart kam heraus und klopfte sich auf seine Taschen. »Na hallo, Süße«, rief er, als er Sara auf der Bank sitzen sah. Er fand seine Zigaretten, grinste sie reumütig an und steckte sie wieder ein.

»In Gedanken versunken?«, fragte er und setzte sich, ohne

auf eine Einladung zu warten, neben sie. »Sieht nach Regen aus, was?«

Sara schaute in den Nachthimmel hoch und sah, dass er Recht hatte. »Ja.«

»Meine Schwester ist hier.« Er straffte die Schultern und zeigte seine winzigen, geraden Zähne. »Ich bin Onkel geworden!« Er klopfte ihr auf die Schulter, eine zu vertrauliche Geste, aber Sara protestierte nicht, weil er so glücklich wirkte.

»Ihr erstes Kind?«

»Das dritte!«, rief er ausgelassen. »Schätze, weil Sie Kinderärztin sind, sehen Sie jede Menge kleine Babys. Aber kommen Sie je drüber hinweg, wie winzig sie sind? Ich meine, so was von winzig.«

»Nein«, gab Sara zu. Sein Überschwang lenkte sie ab.

»Haben Sie selber was Kleines?«

»Nein.«

»Na ja, ich würde das sehr empfehlen«, sagte er voller Enthusiasmus. »Ich habe vier Exfrauen und keine eigenen Kinder. Damit sie mich nicht falsch verstehen, es macht mir großen Spaß, die kleinen Lieblinge meiner Schwester zu verwöhnen, aber es ist nicht dasselbe, als wenn man eigene hat.« Er starrte auf den Parkplatz hinaus und sagte dann mit veränderter Stimme: »Meine Eltern leben beide nicht mehr. Jetzt sind nur noch Sissy und ich da.«

Sara presste die Lippen zusammen und fragte sich, wann sie zu Fred Barts bester Freundin geworden war.

Dann vertraute er ihr an: »Aber Jake kommt aus einer großen Familie.«

»Ach so?«

»Vier ältere Schwestern. Sein kleiner Bruder, David, starb hier vor ungefähr sechs Jahren. Überdosis.«

»Das wusste ich nicht.«

»Jake war fix und fertig deswegen. Ich glaube, das war der

Hauptgrund, warum er zur Polizei gegangen ist. Er sah nämlich damals, was wirklich los war, und dass kein Mensch das Problem angehen wollte. Und so beschloss er, für das Amt des Sheriffs zu kandidieren, damit er was dagegen unternehmen konnte.«

Sara fragte sich, ob er von ihr erwartete, dass sie sich Notizen machte. Offensichtlich versuchte Fred Bart, Jeffrey eine Nachricht zu übermitteln. Jake ist ein guter Junge, dachte sie. Botschaft angekommen.

»Wie auch immer«, sagte Bart und klopfte sich im Aufstehen auf die Knie. »Soll ich Sie irgendwohin mitnehmen?«

»Ich warte auf meinen Mann«, antwortete sie und fragte sich wieder, wie lange Jeffrey noch brauchen würde.

Er zwinkerte ihr zu. »Glücklicher Mann.«

»Ich sage ihm, dass Sie das gesagt haben.«

»Tun Sie das.« Bart grinste und zeigte seine winzigen, weißen Zähne. Er ging zu einem grünen Pick-up, und Sara winkte ihm, bevor sie wieder hineinging.

Ohne die mürrische Frau hinter der Empfangstheke zu beachten, ging Sara zu der Nische, in der die Verkaufsautomaten standen. Sie war plötzlich so hungrig, dass sie ein Pferd verschlungen hätte. Das passte durchaus, denn Pferdefleisch war eine Schlüsselzutat in so ziemlich allen Snacks im Angebot.

Jeffreys Handy klingelte, Sara zog es aus der Tasche und sagte zur Begrüßung: »Wo bist du? Ich bin kurz vorm Verhungern.«

Die Leitung blieb stumm, und Sara wollte schon wieder abschalten, als Lenas Stimme plötzlich sagte: »Ich bin's.«

Im ersten Augenblick war Sara wie gelähmt. Leicht dümmlich schaute sie sich um, als erwartete sie, dass Jake Valentine unvermittelt aus dem Nichts auftauchen und ihr das Handy wegreißen würde.

Lena fragte: »Wo bist du?«

»Ich bin im Krankenhaus. Mit Hank.«

Lena antwortete nicht sofort. »Ist er okay?«

»Nein.« Sara schaute sich nach einer Ecke um, wo sie ungestörter wäre, beschloss dann aber, zu bleiben wo sie war, damit sie das Signal nicht verlor. »Wir haben ihn in seinem Hinterhof gefunden. Jemand hat ihn gefesselt und verprügelt. Er lag zum Sterben da draußen.«

»Vielleicht will er ja sterben.«

Sara konnte kaum glauben, wie kalt diese Worte klangen. »Einige Leute könnten dasselbe auch von dir sagen«, entgegnete sie. »Jeffrey weiß über Ethan Bescheid.«

»Ethan hat damit nichts zu tun.«

»Glaubst du wirklich, dass Jeffrey dir das abnehmen wird? Er hat vor, morgen ins Gefängnis zu fahren. Ich kann ihn nicht davon abhalten. Wenn irgendwas passiert, dann geht das alleine auf deine Kappe. Hast du mich verstanden. Ganz alleine auf deine Kappe.«

»Sag ihm …«, setzte Lena an. »Sag ihm, ich war bei Ethan, um ihm zu sagen, dass ich eine Abtreibung hatte.«

Sara klappte vor Überraschung der Mund auf.

»Es wäre inzwischen schon auf der Welt«, sagte Lena, und ihre Stimme war kaum mehr als ein heiseres Flüstern. »Vielleicht hättet ihr beide, du und Jeffrey, es aufziehen können.«

Sara lehnte sich an den Verkaufsautomaten. Sie kam sich vor, als hätte man ihr ein Messer in den Bauch gerammt.

Lena redete weiter. »Ich weiß, dass du keine Kinder bekommen kannst, Sara. Wirst du nicht stinksauer, wenn du hörst, was ich getan habe? Wirst du nicht wütend, dass ich schwanger wurde, obwohl ich es nicht einmal wollte?«

Tränen traten Sara in die Augen. Sie hätte dieses Spiel gar nicht anfangen dürfen, weil sie nicht den Mut hatte, es zu spielen.

»Hank brachte mich in die Klinik«, fuhr Lena fort. »Dort steckten sie dieses Metall in mich hinein und schnitten es raus.«

Sara flehte: »Bitte hör auf.«

»Ich frage mich, wie es aussah, als sie es rausholten«, sagte Lena. »Du musst doch wissen, wie es aussah, oder? Du bist doch Ärztin. Du hast doch die ganze Zeit mit Babys zu tun.«

Sara spürte die Tränen auf ihren Wangen. »Wie kannst du nur so grausam sein?«

»Erzähl Jeffrey alles, was ich gesagt habe«, trug Lena ihr auf. »Sag ihm, dass alles, was du je über mich gedacht oder gesagt hast, stimmt. Ich bin kein guter Mensch. Ich bin es nicht wert, dass man mich rettet. Fahr nach Hause. Nimm Jeffrey mit und fahr nach Hause.«

»Ich weiß, was du vorhast.« Sara wischte sich mit dem Handrücken die Augen, diese Manipulation ärgerte sie. Sie wollte nicht wieder Lenas unfreiwillige Komplizin sein. »Es wird nicht funktionieren. Du ziehst mich da nicht mit hinein.«

»Das will ich auch gar nicht«, erwiderte Lena. »Ich will nicht, dass du hier bist. Ich will nicht, dass Jeffrey hier ist. Ob Hank überlebt oder stirbt, ist mir egal. Ich will nur, dass ihr beide nach Hause fahrt und vergesst, dass ich je existiert habe.«

Sara schlug einen barschen Ton an. »Versuchst du noch immer, mit mir zu spielen, Lena? Ich bin nicht auf gleicher Höhe mit dir. Ich weiß nicht, wie diese Spielchen gehen.«

Lena blieb stumm. Sara horchte nach irgendwelchen Hintergrundgeräuschen, irgendetwas, das ihr einen Hinweis auf Lenas Aufenthaltsort geben könnte. Doch sie hörte nichts als ein Wimmern, fast wie von einem verletzten Tier. Es war Lena. Sie weinte.

Sara machte ihre Stimme fest, versuchte, die Situation in den Griff zu bekommen. »Wo bist du? Lass uns dich holen.«

Sie antwortete nicht, weinte nur.

»Lena, das geht jetzt lange genug. Du musst dich von uns holen lassen.«

»Habt ihr sie gesehen?«

»Wen gesehen …?«

Lena fing nun heftig an zu schluchzen. »Die … Frau … die im Auto.«

Sara hatte plötzlich denselben Gestank in der Nase wie bei der Autopsie.

»Hast du dich um sie gekümmert?«

»Ja«, sagte Sara. »Natürlich habe ich mich um sie gekümmert.«

»Sie musste leiden.«

»Ich weiß.«

»Sie musste leiden, und alles nur wegen mir.«

»Wer war sie?«

»Sie war Mutter«, schluchzte Lena. »Ehefrau. Freundin.« Die Stimme versagte ihr. »Sie war Geliebte.«

»Warum tust du das?«

»Weil ich nichts anderes verdiene! Du hattest recht. Alles, was ich anfasse, wird zu Scheiße. Verschwindet von hier, bevor es zu spät ist.«

»Zu spät wofür?«

»Willst du, dass mit Jeffrey dasselbe passiert?«

»Was willst du …«

»Verschwindet einfach«, schrie Lena und schaltete ab.

Sara drückte sich das Handy an die Brust, ihr Herz hämmerte, sie konnte sich nicht bewegen. Sie hatte plötzlich schreckliche Angst, dass Jeffrey etwas passieren, jemand ihm etwas antun würde. Für den Bruchteil einer Sekunde blitzten Bilder der Autopsie wieder auf, die sie an der Frau durchgeführt hatte, nur sah sie nun Jeffrey auf dem Tisch, Jeffrey als verbrannte Leiche. Wieder traten ihr Tränen in die Augen. Sie zitterte unkontrolliert.

»Dr. Linton?«, fragte Don Cook. Er trug seine Deputy-Uniform. Den Hut hatte er in der Hand.

»Ja«, antwortete sie und versuchte, sich zu fassen. Sie wusste nicht, wie lange sie schon so dastand.

»Alles in Ordnung mit Ihnen?«

»Ja«, sagte sie und bemühte sich um eine feste Stimme. Sie schloss kurz die Augen und versuchte, das grässliche Bild zu vertreiben.

»Ich bin Don Cook. Wir kennen uns von der Nacht im Krankenhaus.« Er wartete, bis sie genickt hatte. »Ihr Mann hat mich gebeten, Sie abzuholen und zum Gefängnis zu bringen.«

Sie starrte ihn skeptisch an. »Er hat mich nicht angerufen, um mir Bescheid zu sagen.«

Der Mann zuckte die Achseln. »Mir hat man nur gesagt, ich soll Sie zum Gefängnis bringen. Jake und Ihr Mann warten dort auf Sie.«

Sie deutete auf das Handy in ihrer Hand. »Ich will ihn aber erst anrufen.«

»Okay.« Er ging wieder in die Lobby, damit sie ungestört telefonieren konnte.

Sara schaute Jeffreys Handy an und überlegte sich, was sie tun sollte. Früher war sie stolz darauf gewesen, Maschinenstürmerin zu sein, jetzt aber kam sie sich vor wie ein zurückgebliebener Trottel. Sie wusste, dass Jeffreys Apparat Anrufernummern speicherte, aber sie war sich nicht sicher, ob die letzte Nummer gelöscht wurde, wenn sie jetzt neu wählte. Lena konnte ja auf einer überprüfbaren Leitung angerufen haben, und dann bestand die Gefahr, dass ein neuer Anruf diese Spur löschte.

Cook steckte den Kopf um die Ecke. »Alles okay?«

»Ich habe ihm eine Nachricht auf sein Handy gesprochen«, log sie.

»Gut. Fertig?«

Sara nicke. Er deutete mit seinem Deputy-Hut zum Ausgang, wollte, dass sie vorausging. Draußen sah sie den Krankenwagen in der Bereitschaftsbucht stehen. Die Sanitäter, die Hank ins Krankenhaus gebracht hatten, lehnten rauchend an der Wand. Als sie Sara sahen, winkten sie freundlich.

Cooks Streifenwagen stand auf einem Behindertenparkplatz, und er ging um das Fahrzeug herum, um ihr die Beifahrertür zu öffnen. Auf dem Beifahrersitz türmten sich zerdrückte Fast-Food-Tüten und Diet-Coke-Dosen.

»Entschuldigen Sie die Unordnung. Was dagegen, hinten einzusteigen?«

Sara spürte, wie sich ihr die Nackenhaare aufstellten. Sie verhielt sich entweder völlig paranoid oder sehr klug. »Hätten Sie was dagegen, wenn ich mich im Krankenwagen hinfahren lasse?« Sie sah seine überraschte Miene und versuchte es mit einem gewinnenden Lächeln. »Ich fahre einfach mit denen.«

Mit den Sanitätern musste sie nicht lange verhandeln. Sara hatte ihnen auf der kurzen Fahrt zum Krankenhaus die Arbeit sehr erleichtert, und die beiden waren gerne bereit, sich zu revanchieren. Außerdem lag das Gefängnis nur drei Minuten entfernt. Sara kam sich lächerlich vor, als sie zwischen den beiden bulligen Sanitätern saß, aber sie hatte schon vor langer Zeit gelernt, auf ihre Instinkte zu hören.

Don Cook bog auf den Parkplatz ein, als der Krankenwagen schon wieder davonfuhr. Er machte ein finsteres Gesicht, als Sara den Sanitätern nachwinkte.

Beim Aussteigen murmelte er: »So dreckig ist das Auto auch wieder nicht.«

Sara verkniff sich eine Entschuldigung. Stattdessen folgte sie ihm schweigend in das Gebäude.

»Das Büro des Sheriffs ist da oben«, sagte er und deutete

zu einer Treppe. »Außer Sie wollen sich von jemand anderem sagen lassen, wo es ist.«

»Nein, danke.« Als Sara die Treppe hochstieg, spürte sie die ganze Zeit seinen Blick auf ihrem Rücken. Unterwegs hörte sie Kinderstimmen. In der Lobby sah sie drei junge Gesichter, die von ihren Malbüchern zu ihr hochschauten. Sie saßen mit gespreizten Beinen auf dem Boden und arbeiteten konzentriert mit ihren Kreiden. Ein Teenagermädchen saß am anderen Ende der Lobby. Ihr mürrisches Gesicht zeigte, dass sie nicht besonders erfreut darüber war, auf die anderen aufpassen zu müssen.

Sara schaute sich nach der Mutter um, aber ein Erwachsener war nirgendwo zu sehen. Sie wollte die Kinder schon fragen, als Jeffrey die Tür öffnete.

»Hier drin«, sagte er. Als er Saras Besorgnis sah, fügte er hinzu: »Sie sind schon okay.«

Sara musste über eins der Kinder hinwegsteigen, um zu Jeffrey zu kommen. Sie flüsterte: »Ich muss mit dir reden.«

Er legte den Zeigefinger an die Lippen und bedeutete ihr, dass sie sich beeilen sollte. Er ließ ihr keine Chance, etwas zu sagen, als die Tür sich schloss. »Wir haben eine Vermisstenmeldung.«

»Eine Frau?«

»Ihr Mann kam vor ungefähr zwanzig Minuten hierher. Larry Gibson.«

»Verwandtschaft?«

»Boyd Gibsons Bruder. Valentine sagt, er ist sauber.«

Sara runzelte die Stirn und fragte sich, wann Jeffrey angefangen hatte, Jake Valentine zu glauben. Sie fragte: »Wie lange wird die Frau schon vermisst?«

»Seit letztem Samstag.«

»Ich habe an der Leiche keinen Ehering gefunden«, sagte Sara, obwohl sie wusste, dass das Metall in der starken Hitze geschmolzen sein konnte. »Wenn seine Frau seit sechs Tagen verschwunden ist, warum hat er dann so lange gewartet?«

»Sie war früher schon mal verschwunden«, sagte er ihr. »Sie hatte ein Alkoholproblem, hat auch mal mit Meth herumprobiert. Sie ist Lehrerin. Drei der Kinder im Vorraum sind ihre.«

»O Gott«, flüsterte Sara. Was hatte Lena gesagt? Eine Mutter. Eine Ehefrau. Eine Freundin. Eine Geliebte.

Jeffrey fasste Saras Arm und fragte besorgt: »Alles okay mit dir?«

»Du hast einen Anruf auf deinem Handy.« Sie drückte ihm das Gerät in die Hand. »Von einer alten Freundin.«

Er blätterte durch die verschiedenen Benutzeroberflächen. »Ich habe Frank eine Überprüfung machen lassen.« Er meinte Lenas Telefon. »Seit Montagabend gab es von dieser Nummer aus nur einen Anruf – an mich im Motel.«

»Sie sagte …«, setzte Sara an, doch der Mund wurde ihr trocken. »Sie sagte, was dieser Frau im Auto passiert ist, könnte auch dir passieren.«

»Sie würde so ziemlich alles sagen, um uns von hier wegzukriegen.« Jeffrey schaute das Gerät in seiner Hand stirnrunzelnd an. »Nummer unterdrückt. Wird wahrscheinlich auf meinen Verbindungsdaten aufgelistet, aber es dauert ein oder zwei Tage, bis sie auftaucht.«

»Jeffrey …«

»Wir sollten uns zuerst mit der vermissten Lehrerin beschäftigen«, entgegnete er. »Das wird schon. Okay?«

Sie nickte, obwohl es alles andere als okay war. Wieder blitzte dieses unwillkommene Bild von Jeffrey auf dem Autopsietisch vor ihr auf. Ihr Magen verkrampfte sich, als sie ihm den Gang entlang folgte, und Lenas Worte klangen ihr in den Ohren.

Willst du, dass mit Jeffrey dasselbe passiert?

In Valentines Büro saß der Sheriff auf seinem Sessel hinter dem Schreibtisch. Er schrieb etwas auf ein Blatt Papier, wahrscheinlich füllte er eine Vermisstenmeldung mit den Details aus, die der Mann vor dem Tisch ihm gab.

»Sie ist einfach durchschnittlich«, sagte der Mann und klang zugleich wütend und verängstigt. »Ich weiß auch nicht, Jake … beschreib doch mal deine Frau. Ich kenne ihre Größe nicht. Ich kenne ihr Gewicht nicht. Sie ist einfach durchschnittlich.«

»Ist schon okay, Larry«, sagte Valentine beruhigend. »Hör zu, ich habe sie unzählige Male in der Kirche gesehen. Ich könnte dir mit verbundenen Augen sagen, wie sie aussieht. Ich meine das nicht böse, Kumpel, aber sie ist eine gut aussehende Frau. Habe ich nicht recht?«

Der Mann lachte überrascht auf, als hätte er dieses Detail vergessen. Sara gab es einen Stich, als sie an die Autopsie dachte, die sie beim Bruder dieses Mannes durchgeführt hatte. Was, wenn die Frau in dem Escalade wirklich Larry Gibsons Ehefrau gewesen war?

»Ein Mann kann nicht anders, eine gut aussehende Frau fällt ihm einfach auf«, sagte Valentine. »Ich schätze, sie ist ungefähr einsfünfundsechzig groß. Gewicht würde ich sagen, knapp sechzig Kilo. Im Ausweis steht wahrscheinlich fünfundfünfzig, aber man weiß ja, wie die Frauen sind.« Er schaute von seinem Formular hoch, sah Sara und zwinkerte ihr zu. Es war kein anzügliches Zwinkern, eher so, als wollte er damit sagen, dass er nur seine Arbeit mache. Was er tat, es schien zu funktionieren. Larry Gibson wurde sichtlich ruhiger.

Valentine fragte ihn: »Bist du beim Gewicht meiner Meinung?«

Larry nickte. »Ja, sie ist ungefähr sechzig Kilo, würde ich sagen. Und jetzt fällt es mir wieder ein – als ich sie das letzte Mal sah, war es ungefähr zwei Uhr. Sie brachte die Kinder ins Kino, und als sie zurückkam, telefonierte sie mit ihrer Mutter. Ich hörte sie sagen, dass sie mal bei ihr vorbeischauen müsse.«

»Na ja«, sagte Valentine. »Klingt, als müssten wir mal bei ihrer Mutter vorbeischauen.«

»Sie ist nicht hingefahren«, erwiderte Larry. »Sie ließ sich ein Bad ein, und ich fragte sie, ob sie nicht zu ihrer Mutter fahren wollte, und sie sagte nein, und dass sie ihr gesagt hätte, sie würde am nächsten Tag kommen.«

Valentine machte ts-ts und schüttelte den Kopf. »Keine Entscheidungskraft.«

»Genau das habe ich auch gesagt«, entgegnete Larry. »Und dann sagte sie noch, dass sie vielleicht noch gerne einen Spaziergang machen würde, und ich sagte, eher später, weil um halb drei lief ein Spiel und ob sie mich davor noch brauchte, weil ich mir das Spiel anschauen wollte.«

»Georgia – Alabama?«, fragte Valentine, wahrscheinlich zur Bestätigung des Zeitrahmens. »Mann, das war ein gutes Spiel.«

»Ja.«

»Hast du sie weggehen hören?«

»Ja«, wiederholte er. »Kurz vor der Halbzeit hörte ich, wie die Haustür zugemacht wurde. Ich dachte mir, dass sie ihren Spaziergang machte.«

»Könnten das nicht auch die Kinder gewesen sein?«

»Sie waren im Kino, um dieses Halloween-Horror-Special zu sehen, das letzte Woche in der Zeitung angekündigt wurde.«

Valentine schrieb etwas auf sein Formular. »Dann also bei der Halbzeit. Das wäre so gegen vier, meinst du nicht auch?«

»Vier. Ja.«

Sara schaute Jeffrey an, aber er verfolgte sehr konzentriert die Befragung. Sie fragte sich, ob er beeindruckt war von Valentines Talent, dem besorgten Ehemann Details zu entlocken. Wie es aussah, stellte der Sheriff sein Licht gern unter den Scheffel.

»Was hast du da?«, fragte Valentine.

Larry stellte ein kleines Metallkästchen auf den Schreibtisch. Es war alt, der hellblaue Lack blätterte ab, darunter zeigte sich graue Grundierung. Ein verrostetes Schloss hielt den Deckel zu, aber Larry konnte es problemlos öffnen. »Das wollte ich dir zeigen«, sagte er und deutete auf den Inhalt. Sara beugte sich vor und sah einen schwarz angelaufenen Löffel mit umgebogenem Griff und einige unbenutzte Injektionsspritzen. Alufolie, ein paar Zigarettenfilter und ein Wegwerffeuerzeug vervollständigten das Drogenbesteck.

Larry drehte sich um, als hätte er eben erst bemerkt, dass Sara und Jeffrey hinter ihm standen. Er erläuterte: »Sie ist jetzt seit ungefähr sechs Monaten clean. Ich habe das nur mitgebracht, um zu zeigen« – er drehte sich wieder zu Valentine um – »um es dir zu zeigen, Jake. Falls sie wieder drücken sollte, falls das der Grund sein sollte, warum sie weg ist, dann hätte sie das da mitgenommen. Es ist ein Päckchen Stoff drin.« Er griff in das Kästchen und zog ein kleines Schmucktütchen mit einem schmutzig weißen Pulver heraus. »Sie wäre auf keinen Fall ohne das weg, wenn sie wieder drücken würde. Das weißt du ganz genau.«

Jeffrey fragte: »Mr. Gibson, ich will Sie nicht unterbrechen, aber warum haben Sie so lange gewartet, bis Sie Ihre Frau als vermisst meldeten?«

Larry wurde rot und schaute auf seine Schuhe hinunter. »Ich wollte sie nicht in Schwierigkeiten bringen. Zuerst dachte ich natürlich, sie ist wieder auf Drogen. Ich fing an, mich im Haus umzusehen, nachzuschauen, ob sie irgendwas mitgenommen hat. Ihre ganze Kleidung war noch da. Sogar ihre Handtasche hatte sie zu Hause gelassen.« Er schaute Sara an, als er fortfuhr: »Sie hat immer Sachen mitgenommen, wenn sie früher durchbrannte – normalerweise Sachen, die sie verkaufen konnte. Fernseher, DVD-Player, iPod … ihre Handtasche hat sie noch nie zu Hause gelassen. Frauen gehen nie ohne Handtasche aus dem Haus.«

Sara nickte, als könnte sie für die Frau dieses Mannes sprechen.

Larry wandte sich wieder Valentine zu. »Ich habe herumtelefoniert, mit ihrer Mutter gesprochen, mit ihrer Tante Lizzie. Schätze, ich wartete einfach darauf, dass sie wieder nach Hause kommt. Diese Drogen …« Er deutete auf die Tüte in seiner Hand. »Die machen einem das Hirn kaputt. Man kann nicht mehr richtig denken. Manchmal wusste sie nicht, was sie tat. Mehr war da nicht dahinter. Sie musste der Sache einfach ihren Lauf lassen, und dann kam sie zurück und alles war wieder normal.«

Valentine fragte: »Wo ist ihr Auto, Larry?«

»Siehst du, das ist die andere Geschichte. Ihr Auto steht noch in der Einfahrt. Wenn sie nur einen Spaziergang machen wollte …« Er rieb sich das Gesicht mit den Händen. »Ich habe in der Schule angerufen und gesagt, sie sollen sich einen Ersatz suchen und dass sie die Grippe hat. Ich glaube nicht, dass Sue es mir abgenommen hat.« Er schluckte, und Tränen traten ihm in die Augen. »In diesem Auto auf dem Sportplatz, das kann doch nicht sie sein, Jake, ich meine, sie ist doch schon öfters davongelaufen. Es darf einfach nicht sie sein. Ich weiß nicht, was ich tun soll, wenn …« Seine Stimme klang schrill und flehend. »Morgen begraben wir Boyd. Ich dachte mir, sie kommt sicher zurück, wenn sie das von ihm hört. Boyd hatte seine Probleme, aber er achtete auf sich. Er half Charlotte durch ihre schlimme Zeit …«

»Was dagegen, wenn ich mir das mal anschaue?«, fragte Valentine, griff aber bereits nach der Schachtel.

Vorsichtig leerte der Sheriff den Inhalt auf seine Schreibunterlage. Mit der Spitze seines Kugelschreibers schob er die Spritzen beiseite, dann die Tüte mit Meth und die anderen Utensilien. Sara sah nichts von Wert, außer man war Polizist oder Drogensüchtiger. Valentine war offensichtlich derselben Meinung. Er klopfte mit dem Finger die Innenseiten des Kästchens ab und griff dann zu seinem Brieföffner, um die Plastikauskleidung abzulösen. Das Kästchen war so alt, dass das Plastik zerbröselte.

»Oh«, sagte Valentine »Was ist denn das?«

Sara wusste nicht, was er gefunden hatte, bis er es herauszog – zwei hellblaue, in der Mitte gefaltete Blätter.

Valentine überflog die Dokumente und gab sie dann Jeffrey, und offensichtlich machten sich beide keine Sorgen wegen Fingerabdrücken. Sara schaute Jeffrey über die Schultern und erkannte in den Blättern alte Antragsformulare für Geburtsurkunden. Inzwischen kümmerten sich die Ärzte um diese Anträge, aber in den Siebzigern durften die Eltern die relevanten Informationen noch selbst eintragen. Sie hatten sechs Tage Zeit, um sich für einen Namen zu entscheiden, dann mussten sie den Antrag bei der Geburtsmeldestelle im Krankenhaus abgeben. Der Sachbearbeiter überprüfte die Daten und schickte die Anträge dann an den Staat weiter.

Offensichtlich hatten sie die Anträge vor sich, die Lenas Mutter für die Zwillinge ausgefüllt hatte; mit weiblich schwungvoller Handschrift hatte Angela Adams die beiden Formulare unterschrieben. Alles schien ganz normal, bis Sara zu der Zeile mit der Beschriftung »Name des Vaters« schaute.

Dort hatte die Frau Henry »Hank« Norton aufgeführt.

Lena

22 Versteckt im Gras, lag Lena flach auf dem Bauch und schoss Fotos von dem heruntergekommenen Lagerhaus am Fuß des Hügels. Seit achtundvierzig Stunden dokumentierte sie alles, was dort passierte: Autos, die vorfuhren, Geld, das hinausging, und Drogen, die hereinkamen. Abends wurde es dort richtig voll. Keiner schien Angst vor einer Entdeckung zu haben. Die Autoradios waren voll aufgedreht, Rap oder Country plärrte aus den Lautsprechern. Jugendliche kamen auf Motorrädern. Paare schlenderten vorbei. Einmal fuhr ein Streifenwagen des Sheriffs vorbei, und es gab ein paar hektische Bewegungen, eine minimale Aufregung, aber meistens war der Verkehr zum Lagerhaus und von ihm weg gelassen und entspannt.

Ebenso gut könnten sie dort drin Geld drucken.

Eine weiße Limousine fuhr vor, und ein Mann stieg aus. Seine Stiefel wirbelten Staub auf, als er über den Parkplatz ging. Lena fotografierte jeden Schritt, bis er in dem Gebäude verschwand und die Tür hinter sich zuknallte.

Sie legte die Kamera weg und schrieb in ihr Notizbuch:

22:15 CLINT trifft in weißer Limousine ein. Betritt das Gebäude.

Lena hatte auf dem Rücken gelegen und gewartet, dass Jeffrey kam, als sie am Ende des Korridors Männer streiten hörte. Auf dem Spielfeld in der Nacht zuvor hatte der Mann mit der schwarzen Skimaske den Mann mit dem roten Hakenkreuz Clint genannt. Jetzt, im Krankenhausbett erkannte sie Clints barsches Knurren, das den Gang entlanghallte, sofort. Auch Schwarze Maske war nicht schwer zu identifizieren. Seine Stimme klang weich, fast wie ein Singsang, als er sagte: »Clint, hör mir zu. Wir müssen sie loswerden.« Clint hatte widersprochen und gemeint, er brauche schon eine Erlaubnis, um eine Polizistin zu töten. Letztendlich war dann nichts entschieden worden, obwohl die beiden fast zehn Minuten diskutiert hatten, zumindest nach dem Radiowecker neben ihrem Bett. Lena hatte nur hilflos dagelegen und sich die Handgelenke an den Fesseln wund gescheuert, weil sie jeden Muskel in ihrem Körper anspannte, um sich zu befreien.

Schließlich waren die beiden Männer zum Aufzug gegangen, sie hatte ihre schweren Schuhe über den Fliesenboden poltern gehört.

Lena schwitzte inzwischen am ganzen Körper. In was war Hank da hineingeraten? Diese Leute hatten Charlotte bei lebendigem Leib verbrannt. Sie hatten Deacon Simms zu Tode geprügelt. Es war nur eine Frage der Zeit, bis sie meinten, dass es ein Fehler gewesen war, Lena am Leben zu lassen. Und wen würden sie dabei sonst noch alles umbringen? Wen würde Lena sonst noch in Gefahr bringen, nur weil sie nicht fähig war, Dinge einfach sein zu lassen?

Sara. Die arme Sara. Es war so absurd einfach gewesen, in das Bad neben ihrem Krankenzimmer zu flüchten. Kleidung fand Lena unten in der Wäscherei, etwas zu große Tennisschuhe im Spind einer Krankenschwester. Dort lag auch eine Brieftasche mit einem Stapel Kreditkarten, aber die ließ sie liegen und holte sich stattdessen einen Schraubenzieher aus einer Werkzeugkiste in der Ecke. Lena benutzte den Wald hinter dem Krankenhaus als Schleichweg und rannte so schnell, wie sie in den schlecht sitzenden Turnschuhen konnte. Sie wusste nicht, wie viel Zeit sie hatte, nur, dass es sehr wenig war.

Das Schloss zu ihrem Motelzimmer ließ sich mit dem Schraubenzieher sehr leicht aufbrechen, den sie danach auf den Tisch warf, als sie die Tür hinter sich zudrückte. Lena schwitzte von dem Sprint. Sie zog die Arbeitskluft aus und ihre eigenen Sachen und Schuhe an. Sie schnappte sich Handy und Ladegerät. Die Glock war noch genau dort unter dem Bett, wo sie sie am Tag zuvor versteckt hatte. Die Schlüssel zu Hanks Bar lagen auf der Anrichte. Sie zögerte erst, als sie das Zimmer bereits wieder verlassen wollte. Noch einmal stürzte sie zurück, holte sich die eine Sache, die sie noch brauchte, und zog dann die Tür hinter sich zu.

Klamotten und Schuhe warf sie auf dem Weg zu Hanks Bar in den Müllcontainer des Motels. Hanks zweitausend Dollar steckten noch immer hinter der billigen Scotchflasche. Diesmal hatte sie keine Skrupel, sie zu nehmen.

Noch ein Sprint durch den Wald und sie war wieder bei Hanks Haus. Der Reserveschlüssel für den Mercedes hing an dem Ring, den sie aus seinem Büro mitgenommen hatte. Der Motor sprang beim dritten Versuch an. Ein Streifenwagen des Elawah County bog rechts auf Hanks Straße ein, als Lena links von ihr abbog und in die entgegengesetzte Richtung davonfuhr. Als sie Reese im Rückspiegel sah, schaute sie auf die Uhr auf dem Armaturenbrett. Seit sie das Krankenhaus verlassen hatte, waren erst achtundzwanzig Minuten vergangen. Als die Sonne am nächsten Morgen aufging, lag sie bereits in einem Motelzimmer jenseits der Grenze in Florida.

Sie war nur noch ins Bett gefallen, aber zu erschöpft, um zu schlafen. Erst jetzt wurde ihr alles so richtig bewusst – was sie gesehen, was sie getan hatte.

Von da an fraßen die Dämonen sie bei lebendigem Leib.

Fast zwölf Stunden blieb Lena im Bett, stand nur auf, wenn

die Natur es verlangte. Sooft sie die Augen schloss, sah sie Charlotte auf dem Rücksitz des Escalade, wie sie nur warten konnte, dass die Flammen sie verschlangen. Die arme Frau hatte mit den Armen gewedelt und mit den Füßen gegen Lenas Rückenlehne getreten wie ein Tier in einem Käfig – allein der Gedanke daran war unerträglich.

Sie wollte überhaupt nichts mehr fühlen. Waren das nicht Charlottes Worte gewesen, als sie mit ihr in diesem Schulcontainer gesprochen hatte? Was hatte die Frau danach getan? Wahrscheinlich hatte sie ihre letzte Stunde gehalten und war dann nach Hause gefahren, um für die Kinder das Abendessen zu machen. Sie hatte ihrem Mann einen Kuss gegeben, als er von der Arbeit nach Hause kam. Vielleicht hatte sie sich an diesem Abend auf dem Sofa einen Film im Fernsehen angeschaut. Zu diesem Zeitpunkt hatte sie nur noch vierundzwanzig Stunden zu leben. Wie hatte sie sie verbracht? Was hatte Charlotte an diesem Nachmittag getan, als die bösen Jungs sie verschleppten?

In diesem Zimmer in Florida hatte Lena angefangen, Charlottes Briefe noch einmal zu lesen. Sie waren der Grund gewesen, weswegen sie noch einmal ins Motelzimmer zurückgegangen war, weil sie wusste, dass sie sie nicht zurücklassen durfte. Sie hielt sie jetzt sehr in Ehren, diese Briefe, die so viel über Sibyl aussagten wie über die Frau, die sie geschrieben hatte. Charlotte war ein freundlicher, guter Mensch gewesen. Welche Fehler sie in ihrem Leben auch gemacht hatte, einen so entsetzlichen Tod hatte sie nicht verdient.

Lena hätte im Fond dieses Autos sitzen sollen. Sie war diejenige, die die Fehler gemacht hatte. Sie war diejenige, die eine Strafe verdient hatte.

»Warum haben sie nicht stattdessen mich umgebracht?«

Das hatte sie Jeffrey gefragt, als sie ihn angerufen hatte. Lena war so dumm gewesen zu glauben, dass er die Stadt verlassen würde. Sogar Sara Linton hatte gewusst, dass Jeffrey sie auf keinen Fall im Stich lassen würde. Seine Stimme am Telefon zu hören war wie ein Messerstich in den Bauch gewesen. Sie hatte ihm alles sagen wollen – wo sie war, was mit Charlotte passiert war, wie Hank sie all die Jahre angelogen hatte –, aber kaum hatte sie seine Stimme gehört, war sie in Panik geraten. Die Männer, die Charlotte umgebracht hatten, könnten ja mithören. Vielleicht hatten sie über die Sendemasten Zugriff auf die Handy-Frequenzen. Sie könnten Jeffrey umbringen, weil er zu viel wusste.

Sie mussten Lena die ganze Zeit beobachtet, sie verfolgt haben von dem Augenblick an, da sie die Stadtgrenze überquerte. Was für ein Trottel sie gewesen war. Ein intelligenter Mensch hätte sich anders verhalten. Eine fürsorgliche Nichte hätte ihren Onkel nur einmal angeschaut und sofort einen Krankenwagen gerufen. Eine gute Freundin hätte Charlotte Warren in Frieden gelassen. Ein guter Mensch hätte sich zurück in das Feuer gestürzt und wäre mit Charlotte diesen grausamen Tod gestorben, anstatt an der Seitenlinie zu sitzen wie ein Zuschauer.

Vielleicht hätte Lena es getan, wenn der Sheriff nicht aufgetaucht wäre. Jake Valentine. Was für ein blöder Name. Er schien dies zu wissen, denn er hatte verlegen den Kopf gesenkt, als er sich ihr vorstellte, und Lena hatte etwas gesehen, das vermutlich nur wenige Leute je zu Gesicht bekamen: eine kahle Stelle oben auf seinem Kopf. Valentine hatte gesehen, dass Lena sie bemerkte, und er war richtig rot geworden, hatte sich mit der Hand über die Stelle gestrichen und schnell seinen Hut wieder aufgesetzt.

Als würde hinter ihnen nicht ein Escalade lichterloh brennen, mit einer toten Frau auf der Rückbank.

Sie hatte nicht mit ihm geredet, kein Wort war ihr über die Lippen gekommen. Zuerst, weil sie unter Schock stand. Lena hatte auf der Tribüne gesessen, und tausend Dinge waren ihr durch den Kopf gewirbelt, aber nichts, was man erwarten würde. Sie erinnerte sich an Footballspiele, an Cheerleader-Shows. In der Schule hatte Lena mit der bösen Gang herumgehangen, und die saß nie in der ersten Reihe. Man saß immer in der letzten Reihe, verdeckt von der Menge, sodass man die Cheerleader piesacken, oder noch besser, von der Bank springen und verduften konnte.

Aber in dieser Nacht saß sie in der ersten Reihe, einen Fuß auf dem Benzinkanister, und sah zu, wie der Escalade ausbrannte. Die Hitze war so intensiv, wie sie es noch nie erlebt hatte. Obwohl sie dreißig Meter entfernt saß, kribbelte ihre Haut wie bei einem Sonnenbrand. Die Kehle tat ihr weh, als hätte sie Säure geschluckt, und als Jake Valentine sich vor ihr aufbaute und versuchte, etwas aus ihr herauszubringen, versagte ihr ganz einfach die Stimme.

»Was hat er Ihnen angetan?«, fragte Valentine, und Lena wusste nicht, was er meinte, deshalb schwieg sie einfach.

Er setzte sich neben sie auf die Bank und schaute zu dem brennenden Auto hinüber. »Ich sehe, dass man Sie geschlagen hat. Solche Flecken holt man sich nicht bei einem Sturz.«

Lena hatte in die Flammen gestarrt, sie über das Dach tanzen sehen. Der Tank war schon vor einer Weile explodiert, und obwohl sie die Stimme des Mannes hörte, konnte sie seine Worte nicht recht verarbeiten.

Der Sheriff sagte: »Was er Ihnen auch angetan hat, Sie müssen es mir sagen. Falls es Notwehr war …«

Lena hatte überrascht den Kopf herumgerissen und ihn angeschaut. Sie öffnete den Mund, spürte die Luft in ihrer Kehle, die Hitze des brennenden SUV, die ihr den Speichel vertrocknen ließ.

Sie schloss den Mund und starrte ins Feuer.

Eins musste Lena Jake Valentine zugutehalten, er hatte

ihr nicht gleich in diesem Augenblick Handschellen angelegt. Wenigstens dafür war sie ihm dankbar. Ethan hatten ihre Handschellen gefallen und es hatte ihm gefallen, sich von hinten an sie heranzuschleichen, ihr die Hand auf den Mund zu drücken und ihr eine Heidenangst einzujagen. Noch mehr hatte es ihm gefallen, sie zu schlagen, und Lena dachte über diese Ironie nach, als Jake Valentine sie auf den Rücksitz eines der Streifenwagen am Tatort setzte – der Sheriff dachte, Lena sei durchgedreht, weil man sie missbraucht hatte, und kam nicht auf die Idee, dass sie ein Teufel war, der jedem in ihrer Umgebung den Tod brachte.

Jeffrey. Sie musste ihn aus dieser Stadt schaffen, bevor er alles ruinierte.

Unten am Lagerhaus fuhr eben eine Harley-Davidson vor, der Auspuff knallte und brüllte wie ein wütender Drachen. Lena drückte ihr Auge an den Kamerasucher. Sie hatte den Digitalmonitor abgeschaltet, zum einen wegen der Lichtabstrahlung, aber auch, weil sie den Akku schonen musste. Es war schwierig, einen Ort zu finden, wo man Geräte aufladen konnte, wenn man nicht wusste, wo man die Nächte verbrachte.

Sie zuckte zusammen, als ein Blitz den Himmel erhellte. Seit dem frühen Nachmittag hing Regen in der Luft. Lenas Sorge war weniger, dass sie nass wurde, sondern dass man sie entdeckte. Das waren keine Typen, die sich gerne ausspionieren ließen.

Die Harley röhrte noch ein paarmal, dann wurde der Motor abgestellt. Der Fahrer war einer der wenigen, die in die Halle gingen und nicht gleich wieder mit einer Tüte Drogen herauskamen. Trotz seiner Maschine war er nicht angezogen wie ein Hell's Angel. Natürlich gehörte das Ding nicht wirklich ihm – es war Deacon Simms Bike. Lena hatte die Harley sofort erkannt. Der Fahrer war ungefähr in Lenas Alter, glatt rasiert, die Haare militärisch kurz geschnitten. Er trug ausgewaschene Jeans, aber unter seiner Lederjacke bestimmt normalerweise ein korrektes Hemd mit Kragen. Der legte den Helm bestimmt immer auf der Sitzbank ab. Mehr als einmal hatte sie gesehen, wie er sich im Lenkerspiegel anschaute, bevor er in die Halle ging.

Aus offensichtlichen Gründen hatte sie ihm den Spitznamen Harley gegeben, aber sie wusste natürlich, dass er einen richtigen Namen hatte und dass dieser Name vielen Leuten Angst einflößte. Etwas an der Art, wie die anderen einen respektvollen Abstand zu ihm hielten, brachte sie auf den Gedanken, dass er eher ein Offizier als ein Fußsoldat war.

Harley war Lenas Verdächtiger Null, die Ratte, die sie zum Nest geführt hatte. Das Erste, was sie getan hatte, als sie nach Reese zurückkam, war nach Hank zu suchen. Die Fahrt von Florida hierher war ziemlich lang gewesen, und sie war spät gestartet. Erst mitten in der Nacht erreichte sie die Stadt. Lena hatte den Mercedes drei Straßen von Hanks Haus entfernt geparkt und war zu Fuß dorthin gelaufen. Sie betrat das Haus durch die Hintertür und hätte sich wegen des Gestanks beinahe übergeben. Erst dachte sie, dass Deacon Simms, der noch immer auf dem Dachboden lag, die Quelle des Gestanks war, aber ein schneller Blick ins Bad sagte ihr etwas anderes. Die Toilettenschüssel war zertrümmert. Das Haus war leer. Keine Spur von irgendetwas außer Elend und Ruin.

In diesem Augenblick hatte Lena der Mut verlassen. Hank war verschwunden. Charlotte war tot. Sie selbst war auf der Flucht. Vor nicht einmal zwei Tagen hatten zwei Männer in einem Krankenhauskorridor darüber diskutiert, ob sie sie umbringen sollten oder nicht, und Ethan … wer wusste schon, wie Ethan in diese Sache verwickelt war?

Lena ging nach draußen, um nachzudenken. Sie saß auf einer der Kisten auf der hinteren Veranda, als sie das Motorrad hörte. Der Auspufflärm musste jeden in der Straße aufgeweckt haben, aber niemand riss ein Fenster auf, um sich zu beschweren. Sie lauschte dem Dröhnen, als die Maschine die Einfahrt hochfuhr und vor Hanks Haus hielt. Es war Deacons Harley, sie erkannte sie am Geräusch, aber sie wusste auch, dass unmöglich Deacon der Fahrer sein konnte.

So leise, wie sie konnte, schlich Lena sich zu dem alten Chevy im Hinterhof. Sie kroch darunter, und der verrostete Boden der Fahrerkabine stach sie in den Rücken, als das Gartentor quietschend aufging.

Der Bewegungsmelder aktivierte die Lampe seitlich am Haus. Harley blinzelte, offensichtlich verärgert, zu dem Licht hoch. Hinter ihm kam Clint, der das Tor wieder schloss.

»Er kommt sicher nicht hierher zurück«, sagte Clint nervös. »Lass den Stoff nur machen. Der entfernt sich nicht weit von seiner Nadel.«

Harley sprach mit dem abgehackten, nasalen Akzent eines Neuengländers. »Das dürfte ihn ein bisschen zu schmerzlos umbringen, meinst du nicht auch?«

Clint war offensichtlich nervös. »Gehen wir doch einfach wieder, Mann. Im Haus ist nichts.«

»Ich würde sehr gerne mit ihm reden und herausbringen, was er eigentlich zu erreichen hoffte.«

»Ich denke nicht, dass das eine gute Idee ist.«

»Ich denke nicht, dass du in die Organisation aufgenommen wurdest, damit du denkst.« Clint war viel stärker als Harley, aber er zuckte zusammen, als der jüngere Mann ihn an der Schulter packte. »Du kennst Mr. Norton schon eine ganze Weile.«

Clint schüttelte den Kopf, offensichtlich begriff er, worauf das hinauslief. »Ich habe meinen Job erledigt. Ich habe genau das getan, was Sie mir gesagt haben.«

»Du hattest lange Jahre eine enge Beziehung zu der Familie.«

»Nein, Sir. Das hat nichts zu sagen. Ich bin nicht parteiisch.«

»Warum ist dann Hanks Nichte noch am Leben?«

»Sie haben uns gesagt, wir dürfen keine Bullen umbringen.« Clint überlegte sich gut, was er sagte. »Das war Ihr ausdrücklicher Befehl.«

»Und jetzt haben wir zwei Bullen, mit denen wir uns herumschlagen müssen: eine, die auf der Flucht ist, und ein anderer, der unbedingt wissen möchte, warum.«

»Tut mir leid. Mein Fehler.«

»Gut, dass du die Schuld auf dich nimmst, Clint, aber dein Mangel an Eigeninitiative ist auch der Grund, warum du in der Organisation nicht weiterkommst.« Harley drehte sich wieder Hanks Haus zu. »Mal sehen, ob du wenigstens das richtig gemacht hast.«

»Aber man kann mich doch nicht verantwortlich machen, wenn …«

Harley sagte nichts, aber offensichtlich sprach sein Gesichtsausdruck Bände.

»Tut mir leid, Sir«, wiederholte Clint voller Angst und Respekt. »Wir können durch die Hintertür rein.«

Beide verschwanden in Hanks Haus. Lena hörte, wie Möbel umgestoßen wurden, während sie durch die einzelnen Zimmer gingen. Ein altes Klischee besagte, dass es zwei Typen von Menschen gab: Anführer und Gefolgsleute. Harley war ein Anführer, aber Ethan ebenfalls. Es war ausgeschlossen, dass die beiden zusammenarbeiten konnten. Keiner der beiden würde Befehle annehmen. Keiner würde das Auftreten des anderen einfach so hinnehmen. Wenn man die beiden in ein Zimmer sperrte, konnte es gut sein, dass man den brutalsten Hahnenkampf seines Lebens sah.

Die Küchentür ging auf. Harley kam heraus und ging mit federnden Schritten die Treppe hinunter.

Clint dagegen wischte sich mit dem Handrücken über den Mund, als hätte er sich übergeben.

»Finde die Bullen«, warf Harley ihm über die Schulter zu. »Beide. Finde heraus, was sie wissen, und wenn sie dir die richtigen Antworten geben, dann sorge dafür, dass sie sich aus dem Staub machen.«

»Und wenn sie die falschen Antworten geben?«

»Eigeninitiative, Clint.« Harley klopfte ihm noch einmal auf die Schulter und senkte den Kopf wie bei einem Gebet. »›Du Gott der Rache, o Herr, Gott der Rache, erscheine!‹«

Clint wirkte verunsichert, aber er stand stumm da, bis Harley den Kopf hob. Trotzdem wartete er ein paar Sekunden, bis er Harley zurück zum Tor führte.

Sobald sie verschwunden waren, kroch Lena unter dem Transporter heraus. Sie rannte so schnell, dass sie das Gefühl hatte, ihr Herz würde gleich explodieren. Am Mercedes angelangt, sprang sie hinein, ließ alle vier Fenster herunter. Bereits im Fahren horchte sie auf das Geräusch des Motorrads, musste allerdings ein paarmal umkehren, bis sie die Harley an einer roten Ampel vor der Bibliothek entdeckte. Eine weiße Limousine stand vor der Maschine, und sie nahm an, dass Clint hinterm Steuer saß.

Die Ampel schaltete um, und die Limousine bog nach links ab. Harley fuhr geradeaus, und sie folgte dem Motorrad. Sie hatte das Licht nicht angeschaltet und fuhr langsam, blieb weit zurück, damit Harley sie nicht entdeckte. Im Idealfall verwendete man für eine Verfolgung zwei Fahrzeuge, für Lena war ein solcher Luxus im Augenblick aber unerreichbar. Sie hielt einfach nur so viel Abstand, wie es gerade noch ging, und hoffte, dass Harley kein Fahrer war, der dauernd in den Rückspiegel schaute. Sie allerdings kontrollierte ständig die Fahrbahn hinter sich. Clint hätte leicht eine Schleife fahren können, um zu überprüfen, ob Harley verfolgt wurde.

Er hatte es jedoch nicht getan, zumindest nicht, soweit Lena das sehen konnte. Die Straße hinter ihr blieb leer. Als sie sah, dass die Maschine in die Zufahrt zu einem offensichtlich aufgegebenen Lagerhaus einbog, fuhr sie weiter, steuerte das Auto den Hügel hinauf und suchte sich dort eine Stelle, von wo aus sie beobachten konnte, was unten vor sich ging, ohne selbst gesehen zu werden.

Zwei Nächte beobachtete sie das Lagerhaus nun schon. Nach der ersten Nacht hatte sie in der Schule ein Nickerchen eingelegt, bevor sie sich auf die lange Fahrt zu dem Hotel in Florida machte, um sich tagsüber neu zu organisieren. Für die zweite Nacht hatte sie sich eine Kamera besorgt. Durch die Linse konnte sie besser sehen, was in und vor dem Gebäude vor sich ging – die üblichen Verdächtigen und ein paar Überraschungen. Es waren die Überraschungen, die ihr zum ersten Mal seit ihrer Ankunft in Reese Hoffnung auf einen Ausweg aus diesem Schlamassel machten. Lena musste nur noch Jeffrey und Sara in Sicherheit bringen, dann würde sie in Aktion treten.

Das Motel, die Kamera und das Benzin für das Auto hatten Lena bis jetzt fünfhundert Dollar von Hanks Notgroschen gekostet. Sie musste sich jetzt nur einen Vierundzwanzig-Stunden-Fotoladen suchen, wo sie die Speicherkarte der Digitalkamera kopieren lassen konnte. Fotokopien waren billig, und ihre Notizen über das Kommen und Gehen bei dem aufgegebenen Lagerhaus waren mehr als präzise.

Hank hatte offensichtlich etwas über diese Kerle und ihre Operation herausgefunden. Harley hatte etwas in dieser Richtung gesagt, als sie ihn das erste Mal an Hanks Haus sah. Er hatte über Hanks Untergang gesprochen, als wollte er sich rächen, und man rächte sich nicht an jemandem, wenn derjenige einem nicht zuerst etwas getan hatte. Offensichtlich hatte Hank versucht, die Mutter aller Pokerspiele zu spielen und war bei einem Bluff ertappt worden – entweder das, oder sie hatten ihn an seiner Schwachstelle angegriffen, seiner Sucht. Offensichtlich hatte er sich anfangs gewehrt, doch sobald sie ihn wieder zum Fixen gebracht hatten, war der Kampf vorbei.

Lena teilte die Schwäche ihres Onkels nicht, zumindest was Drogen anging. Sie wollte aus dieser ganzen Sache nichts anderes herausholen als Freiheit – keine Gerechtigkeit, kein Geld und keine Rache, auch wenn Charlotte und Deacon bei Gott Vergeltung verdient hätten. Im Augenblick konnte Lena an die beiden nicht denken, denn es waren die Lebenden, die sie zu beschützen hatte. Charlotte hatte noch immer eine Familie. Da waren vor allem Hank, Sara und Jeffrey, an die sie denken musste. Lena konnte es sich nicht leisten zu bluffen. Ob Ethan hinter alldem steckte oder ein anderer, war egal. Gleich am nächsten Morgen würde sie alle ihre Karten auf den Tisch legen.

Und wenn es die richtigen Karten waren, schaffte sie es vielleicht, einigen Menschen das Leben zu retten. Wenn sie dabei ihr eigenes verlor, dann sollte es wohl so sein.

Freitag

23 Jeffrey hatte ganz vergessen, wie es war, aufzuwachen und sich wieder als Mensch zu fühlen. Auch wenn er sich nicht der Illusion hingab, das Holiday Inn von Beaulah, Georgia, sei ein Pantheon hygienischer Glückseligkeit, war er doch froh, dass es wenigstens sauber aussah. Die Laken waren frisch und weiß, die Kissen flauschig und einladend. Der Teppichboden zeigte Spuren energischen Staubsaugens und klebte nicht an den Sohlen, wenn man darüberging. Was man beim Zimmerservice bestellte, wurde heiß und frisch geliefert. Das Personal schien hier recht zufrieden zu sein – zumindest hatte keins der Zimmermädchen ihn verwünscht. Und vor allem das Bad war so nah am Paradies, wie er es schon eine ganze Weile nicht mehr gewesen war: der Wasserstrahl der Dusche war kräftig genug, einem Ochsen das Fell abziehen zu können, und die Toilette spülte ohne ominöses Gurgeln.

Sara musste ähnlich empfunden haben. Sie hatte so tief geschlafen, dass Jeffrey sie tatsächlich nachts geweckt hatte, um nachzusehen, ob auch alles in Ordnung war mit ihr. Danach hatte er sie, da sie nun schon wach war, überredet, noch ein bisschen länger wach zu bleiben. Und dann noch ein bisschen länger. Als die Sonne durch die Lücke zwischen den Vorhängen hindurchlugte, lag sie erschöpft da, ihr Bein über seinem, ihr Kopf auf seiner Brust. Jeffrey streichelte ihren Arm, doch sein Hirn blieb nicht lange abgelenkt, wenn sie ihm nicht dabei half. Er konnte es nicht recht in Worte fassen, aber irgendetwas hatte sich in letzter Zeit verändert. Ihr Sex war intensiver geworden, aber irgendwann während dieses Morgens hatte er das Gefühl gehabt, sie klammere sich an ihn eher aus Angst denn aus Leidenschaft.

Die Explosion in Hanks Bar hatte ihr einen Schrecken eingejagt. Verdammt, sie hatte auch ihm einen Schrecken eingejagt. Jeffrey musste immer daran denken, was Jake Valentine ihm gesagt hatte, dass seine Frau erst ein Kind bekommen wolle, wenn sie sicher sein könne, dass ihr Mann am Leben bleibe, um es mit ihr aufzuziehen. Als er in Valentines Alter war, hätte er jeden ausgelacht, der ihm sagte, dass er eines Tages ein Kind adoptieren würde. Er hatte immer angenommen, dass er mit Sara zusammen sein würde, aber nie, dass sie eine Familie haben würden. Irgendwie brachte ihn das aber ihr nur noch näher, als gäbe es in ihrer beider Leben jetzt etwas Wichtigeres als nur die ganze Woche zu arbeiten und das Wochenende im Bett zu verbringen. Hatte Hank sich auch so gefühlt, als er Lena und Sibyl aufgenommen hatte? Hatte das gemeinsame Blut ihn eine noch tiefere Verbindung empfinden lassen?

Jeffreys Handy lag auf dem Nachtkästchen. Er kontrollierte noch einmal, ob das Balkensymbol wirklich das stärkste Signal anzeigte und der Akku voll aufgeladen war. Es hatte die ganze Nacht geregnet, ein heftiger, schwerer Regen, der an ihr Fenster getrommelt hatte wie eine Hexe, die hereinwollte. Durch die schweren Vorhänge sah er, dass jetzt die Sonne schien. Er hoffte, dass der neue Tag einiges an Klarheit bringen würde. Er musste eine Entscheidung treffen: Ob er weiter versuchen sollte, Lena zu helfen, oder ob er mit seiner Frau nach Hause fahren sollte.

Sara hatte ihm gestern Abend auf der Fahrt zu diesem Hotel die Einzelheiten von Lenas Anruf erzählt. Sie hatte versucht, die Sache etwas herunterzuspielen, aber es schien ihm offensichtlich, dass Lena mit ihren Nerven am Ende war. Von

Lenas Abtreibung hatte Jeffrey nichts gewusst. Dass Lena es Sara auf diese Weise unter die Nase gerieben hatte, sollte eigentlich reichen, damit er ihr endgültig den Rücken kehrte. Komischerweise war es Sara, die ihm gesagt hatte, er müsse bei Lena zwischen den Zeilen lesen. Sie war es gewöhnt, mit Kindern umzugehen, und sie glaubte, dass Lenas verletzende Worte ein offensichtlicher Versuch waren, sie beide aus der Stadt zu treiben. Zum Abschluss dieses Themas hatte Sara noch gesagt, dass es zur Abwechslung vielleicht einmal vernünftig wäre, auf Lena zu hören.

Keiner von beiden kam so recht darüber hinweg, dass Hank Norton möglicherweise Lenas leiblicher Vater war. Da Jeffrey mitten in Alabama aufgewachsen war, kannte er einige Witze, in denen die Formulierung »Onkel-Papa« vorkam, aber im Augenblick gab es darüber nichts zu lachen. Was würde Lena tun, wenn sie es herausfand? Oder wusste sie es bereits? War sie deshalb stumm geblieben, als Jake Valentine sie auf dem Sportplatz fand? Hatte der Tod von Charlotte Warren irgendetwas mit Lenas ungewisser Abstammung zu tun?

Larry Gibson hatte ihnen einiges über die Beziehung seiner Frau zu Lena erzählt. Charlotte war mit Lenas Schwester Sibyl befreundet gewesen, als die drei auf die Highschool gingen. Wie es bei Schulfreundschaften meistens passierte, hatten sie sich im Lauf der Jahre aus den Augen verloren, aber offensichtlich hatten sie später wieder Kontakt aufgenommen, denn ansonsten gäbe es keinen Grund für Lenas Anwesenheit auf dem Sportplatz.

Jeffrey starrte hoch zu den Schatten an der Decke und lauschte Saras Atem. Sein Arm schlief ihm ein, deshalb zog er ihn behutsam unter ihr heraus und stand auf. Die Uhr zeigte sieben fünfzehn, aber Jeffrey fühlte sich, als hätte er zehn Stunden geschlafen. Sie hatten um ein Zimmer im obersten Stock des Hotels gebeten, weil sie beide, ohne es auszusprechen, dachten, es wäre schön zu wissen, dass ihnen im zehnten Stock niemand eine Leiche durchs Fenster werfen konnte. Verfügbar war allerdings nur eine kleine Suite – natürlich ein Luxus, aber einer, für den Jeffrey sich gerne in Unkosten stürzte.

Die Suite war keins dieser protzigen Dinger, wie man sie im Fernsehen sah. Im Grunde genommen waren es nur zwei Hotelzimmer mit einer Verbindungstür. Im zweiten Zimmer gab es anstelle des Betts eine Couch mit zwei Sesseln und einem Fernseher. Jeffrey schaltete ihn ein und drehte die Lautstärke auf null. ESPN zeigte zwei quasselnde Köpfe, die vielleicht zehn Minuten auf einem Footballfeld verbracht hatten, bevor sie in die Sportredaktion rannten und dort große Reden schwangen. Er wechselte den Kanal, las für etwa zwei Minuten das Nachrichtenlaufband auf CNN, bevor er zu MSNBC schaltete und dort das Laufband anstarrte. Da sie beide so ziemlich dasselbe brachten, zappte er weiter durch die Kanäle, bis er beim Discovery Channel hängen blieb, wo ein Mann seinen Arm bis zur Schulter im Hintern einer Kuh hatte.

Da Jeffrey sein Handy nicht blockieren wollte, griff er zum Hörer des Festnetzapparats neben der Couch und benutzte seine Telefonkarte, um ihre Nachrichten zu Hause abzurufen. Niemand hatte angerufen, deshalb legte er wieder auf und wählte stattdessen die Nummer seines Reviers. Er gab seinen Kenncode ein und bekam so Zugriff auf die Voice Mail an seinem Arbeitsplatz. Es gab sechs Anrufe, drei vom Bürgermeister, der wissen wollte, warum Jeffrey sich die jugendlichen Hooligans nicht vorgenommen hatte, die in seiner Straße Mülltonnen umwarfen. Die nächsten beiden kamen vom Bezirksstaatsanwalt, der Details über diverse Fälle wissen wollte, die demnächst zur Verhandlung anstanden. Der letzte Anruf kam von Frank Wallace, der Jeffrey nur mitteilte, dass er alle diese Nachrichten abgehört und entsprechende Maßnahmen ergriffen habe, darunter auch die Verhaftung einer Gruppe von Jungs, die in der Straße des Bürgermeisters Mülltonnen umwarfen. Dazu teilte Frank seinem Chef mit, dass der Anführer der Hooligans kein anderer gewesen sei als der halbwüchsige Sohn des Bürgermeisters. Jeffrey grinste, als er den Hörer wieder auf die Gabel legte.

»Hey.« Sara stand in der Tür. Sie hatte sein Hemd angezogen, aber nicht zugeknöpft, und im Spalt zwischen den beiden Hälften konnte Jeffrey alles sehen, was ihm an ihr so gefiel.

Er versuchte nur halbherzig, das genießerische Schnurren in seiner Kehle zu unterdrücken.

Sie lächelte und raffte das Hemd zusammen, als sie auf ihn zuging. »Du solltest eigentlich schlafen.«

»Du auch.«

Sie setzte sich neben ihn, steckte die Hemdschöße unter ihre Schenkel und schaute mit gerümpfter Nase in die Richtung des Fernsehers. »Was ist das, eine Art von tierischer Pornografie?«

Er schaltete den Apparat aus. »Willst du wieder ins Bett?«

»Ich will wieder nach Hause.«

»Ich will auch, dass du wieder nach Hause gehst.«

Langsam drehte sie sich zu ihm um. Sie lehnte sich gegen das Seitenteil der Couch. »Lass mich das machen«, sagte sie. »Mit mir redet er eher als mit dir.«

Ethan. Manchmal wusste sie so genau, was er dachte, dass es ihm Angst machte. »Ich lasse nicht zu, dass meine Frau in ein Gefängnis geht.«

»Deine Frau«, äffte sie ihn mit hochgezogenen Augenbrauen nach. »Bin ich dein Eigentum?«

Sie wollte gar nicht, dass er drauf antwortete. Ja, sie war sein Eigentum. Jeder Teil von ihr gehörte ihm.

Jeffrey legte ihre Füße in seinen Schoß und fing an, sie zu

massieren. »Du weißt nicht, wie Gefängnisse sind, Sara – der Dreck, das Ausmaß an Gewalt.«

»Meinst du, ich verursache einen Aufruhr?« Sie lachte bei dem Gedanken, aber Jeffrey war die Sache durchaus ernst.

Er sagte: »Man setzt sein Leben aufs Spiel, wenn man da reingeht. Die Wachen haben in einem Gefängnis nur das Sagen, weil die Gefangenen es zulassen. Das kann sich sehr schnell ändern, vor allem, wenn sie etwas wollen. Alles kann passieren, vor allem bei einem Verbrecher wie Ethan, der nichts zu verlieren hat.«

»Er hat sehr viel zu verlieren«, entgegnete sie. »Er hat nur noch ein paar Jahre abzusitzen. Und er kommt alle zwei Jahre vor den Bewährungsausschuss. Es gibt immer die Möglichkeit, dass er jemanden im Ausschuss über den Tisch zieht und früher rauskommt. Er wird sich seine Chancen auf Bewährung nicht ruinieren, indem er mir was tut.«

»Dir will er ja gar nichts tun.«

Sie wussten beide, dass er sich an dem Tag, als er Ethan ins Gefängnis brachte, gut auch eine Zielscheibe auf den Rücken hätte malen können. Sie presste die Lippen zusammen und sagte dann leise: »Bitte geh nicht hin.«

»Ich werde nicht hingehen, wenn du mir versprichst, dass du noch heute ins Grant County zurückfährst.«

Wieder zog sie die Augenbrauen hoch. »Und wenn ich dich heute Abend anrufe und du mir sagst, dass du mich angelogen hast und doch im Gefängnis warst – was dann?«

Er fuhr mit dem Finger an ihrem Rist entlang.

Sie bemühte sich um einen ruhigen, vernünftigen Ton. »Ich habe dir gesagt, dass ich dich unterstützen werde, aber das ist verrückt. Du weißt ja nicht einmal, ob Ethan etwas mit dem zu tun hat, was mit Lena passiert. Sie hat einen sehr plausiblen Grund für ihren Besuch genannt.«

»Es gibt da einfach zu viele Zufälle«, entgegnete er und

fragte sich, warum sie ihn nicht anschrie. Über Saras Ausbrüche konnte er hinwegsehen, aber wenn sie logisch argumentierte, konnte er das nicht ausblenden. »Ich muss das selbst rausfinden.«

»Ich verstehe«, sagte sie. »Aber glaubst du wirklich, Ethan wird still dasitzen und dir sein Herz ausschütten? Wenn er weiß, warum Lena in Schwierigkeiten ist, meinst du wirklich, dass er es dir sagen wird?« Jetzt klang sie, als würde sie ihn anflehen. »Er hasst dich wie die Pest, Jeffrey. Er würde dich bei der allerersten Gelegenheit töten, und du hast mir doch eben gesagt, wie gewalttätig es in Gefängnissen zugeht. Die Wachen können die Insassen nicht kontrollieren. Was passiert, falls einer beschließt, lieber ein Auge zuzudrücken, wenn du einen Korridor entlanggehst? Was passiert, falls Ethan eine Waffe hat und beschließt, es selbst zu erledigen?«

»Baby, ich sage das nicht gerne als Entschuldigung, aber wenn Ethan mich tot sehen wollte, wäre ich jetzt schon tot.« Tränen traten ihr in die Augen. Er fuhr fort: »Lena redet nicht. Aber von irgendwoher muss ich Antworten bekommen.«

»Und du glaubst, dass Ethan dir die Antworten auf einem Silbertablett präsentiert? Wer ist jetzt naiv?« Sara setzte sich auf und nahm seine Hand. »Bitte geh nicht.«

Jeffrey schaute auf ihre beiden Hände hinunter. Obwohl Sara seit Jahren in keinem Operationssaal gewesen war, hatte sie noch immer die Hände einer Chirurgin. Ihre Finger waren lang und zart, aber sie hatten auch etwas Kräftiges. Wenn irgendjemand in diesem Augenblick in ihr Hotelzimmer kommen und Jeffrey bitten würde, alle wichtigen Dinge an Sara zu beschreiben, würde er mit den Händen anfangen.

Er sagte: »Ich werde dich nicht ins Gefängnis mitnehmen.«

»Dann lässt du mich einfach hier?«

»Ich setze dich am Krankenhaus ab«, antwortete er. »Ich

weiß, dass du nach Hank sehen willst. Nachdem ich bei Ethan war, kann ich ja wieder vorbeikommen und dich abholen. Okay?«

Sara schaute ihn nicht an.

Sein Handy fing plötzlich an zu vibrieren, es ruckelte über den Beistelltisch. Jeffrey schrak hoch, griff sich das Gerät und schaute auf die Nummer.

Dann meldete er sich mit: »Tolliver.«

»Jake hier«, sagte Valentine. »Lena ist bei mir. Sie hat sich eben gestellt.«

24

Fast während der ganzen Fahrt zurück nach Reese hing Sara am Telefon und versuchte, Hank ausfindig zu machen. Wie versprochen, hatte das Elawah County Hospital gleich am frühen Morgen seine Verlegung in ein größeres Krankenhaus arrangiert. Das Problem war nur, kein Mensch wusste, in welches Krankenhaus. Sara hatte es bei jedem probiert, das sie in der Umgebung kannte. Schließlich hatte sie es geschafft, in einer Klinik einen wirklichen Menschen an den Apparat zu bekommen, im St. Ignatius, einem Regionalkrankenhaus, das etwa eine Stunde entfernt lag, allerdings ziemlich genau in Gegenrichtung zum Coastal State Prison. Eine Schwester der Intensivstation informierte Sara eben über Hanks Zustand, als Jeffrey auf den Gefängnisparkplatz einbog.

»Vielen Dank«, sagte Sara zu der Schwester. Sie schaltete ab und drückte sich das Handy an die Brust. »Sein Zustand stabilisiert sich.«

Jeffrey stellte das Auto ab. »Das ist gut, oder?«

Sara nickte, ganz sicher war sie sich allerdings nicht. Als Ärztin wusste sie, dass die Gesundung eines Patienten nicht nur von guter Medizin abhing. Familiäre Unterstützung konnte einem Patienten zusätzlich Kraft geben und oft auch einen Grund fürs Weiterleben. Hank Norton war im Augenblick an einem Wendepunkt. Wenn er glaubte, er sei allein, wenn Lena ihm nicht beistand, dann konnte es gut sein, dass er den Kampf aufgab.

Jeffrey stieg aus und ging um das Auto herum, um Sara die Tür zu öffnen. Beim Aussteigen lächelte sie nur dünn, ließ aber seine Hand nicht los, als sie zum Untergeschoss des Reviers gingen, in dem das Gefängnis untergebracht war.

Während der gesamten Fahrt hatte sie gemerkt, dass er mit ihr reden wollte, doch auch, dass seine Motivation eher das schlechte Gewissen war als der Wunsch, dass sie verstand. Sara wollte allerdings keine Ausflüchte hören. Jeffrey war fest entschlossen, ins Coastal State Prison zu fahren, und zwar von dem Augenblick an, da er die Nummer auf Lenas Hotelrechnung gesehen hatte. Alles, was er jetzt sagte, waren nur mehr oder weniger hilflose Versuche, seine Entscheidung in einem besseren Licht dastehen zu lassen. Sara wusste, dass sie ihn unterstützen musste, aber sie hatte nicht vor, so zu tun, als wäre sie glücklich darüber.

Sie sagte: »Das Krankenhaus ist für dich ein Umweg von einer Stunde.«

Jeffrey hielt ihr die Glastür auf. »Ich weiß.«

Don Cook saß am Empfangstisch, aber im Gegensatz zu ihrer ersten Begegnung spielte er nicht den entspannten, alten Mann. Der Deputy saß kerzengerade und mit verschränkten Armen auf seinem Stuhl und war offensichtlich ziemlich wütend.

Jeffrey lächelte ihn fröhlich an. »Wir sind hier, um Lena Adams zu sehen.«

»Ich weiß, warum Sie hier sind«, knurrte Cook.

Auf der Treppe waren Schritte zu hören. Jake Valentine erschien auf dem Absatz und blieb stehen, als er Jeffrey und Sara sah. Er trug wieder seine Uniform, der Halftergürtel spannte sich straff um die Taille, der Hut saß gerade auf seinem Kopf. Sara hatte erwartet, der Sheriff werde zufrieden aussehen, weil er seine Gefangene wieder in Gewahrsam hatte, aber er sah aus, als sei er stinksauer.

»Ma'am.« Er schaute Sara kurz an, tippte sich an den Hut und wandte sich dann Jeffrey zu. »Sie wird eben wieder entlassen.«

Sara und Jeffrey riefen beide: »Was?«

Valentine kniff die Augen zusammen, als würde er ihnen ihre Reaktion nicht so recht abnehmen. »Ihr feiner Anwalt hat den Richter dazu gebracht, sie auf freien Fuß zu setzen. Bis zu ihrem Verhandlungstermin wegen der Flucht aus dem Krankenhaus kann sie tun und lassen, was sie will.« Zu seinem Deputy sagte er: »Don, würdest du sie bitte holen?«

Cook ließ sich Zeit mit dem Aufstehen, damit auch jeder deutlich sah, dass er über die jüngsten Entwicklungen nicht sonderlich glücklich war, bevor er zu der Stahltür ging, die zu den Zellen führte.

Als der Mann verschwunden war, fragte Jeffrey: »Was ist passiert, Jake?«

»Sie war noch keine zehn Minuten eingesperrt, als der Richter mich anrief und den Haftbefehl mit mir durchgehen wollte. Noch einmal.« Valentine hielt kurz inne, um seine Wut zu beherrschen. »Er ließ alle ursprünglichen Anklagen fallen und hat mich dabei noch richtig runtergeputzt. Ich musste ihn anflehen, damit er wenigstens die Fluchtanklage aufrechterhielt. Wenn ich nicht schon so viel Geld für die Fahndung nach ihr ausgegeben hätte, hätte er die wahrscheinlich auch noch fallen gelassen.« Er stützte die Hand auf den Griff seiner Waffe. »Wollen Sie mir sagen, was da eigentlich los ist?«

Jeffrey antwortete: »Ich bin genauso ahnungslos wie Sie.«

Valentine ging zur Vordertür und schaute auf den Parkplatz hinaus. Inzwischen nieselte es leicht. Er drehte sich kurz zu Jeffrey und Sara um und richtete seine Aufmerksamkeit dann wieder auf den BMW. »Dieser Schlitten muss Sie eine ganze Stange Geld gekostet haben.«

Sara spürte, wie sich ihr die Nackenhaare aufstellten. Jeffrey entgegnete: »Ärzte verdienen sehr gut.«

»Stimmt«, erwiderte Valentine. Er drehte ihnen den Rücken zu, und Sara musste an den unvermittelten Schlag denken, den der Sheriff Jeffrey in dieser ersten Nacht vor dem Krankenhaus versetzt hatte. Offensichtlich dachte auch Jeffrey daran, denn er stellte sich vor Sara.

»Warum haben Sie zugelassen, dass der Richter sie auf freien Fuß setzt«, fragte er Valentine. »Sie hätten sich dagegen wehren können. Sie hätten über seinen Kopf hinweg das GBI einschalten können.«

»Glauben Sie mir, das alles ist mir auch gekommen.« Valentine drehte sich um. »Dann bekam ich eine Botschaft.«

»Was für eine Botschaft?«

Er griff in seine hintere Hosentasche und zog ein zusammengefaltetes Blatt Papier heraus.

Jeffrey nahm den Zettel und faltete ihn auf. Über seine Schulter sah Sara, dass darauf nur ein einziger Satz in Blockbuchstaben stand: LASS ES SEIN ODER DU BIST TOT.

Valentine nahm den Zettel wieder an sich, faltete ihn zusammen. »Keine Frage, was ich jetzt tun werde. Ich will nicht enden wie Al Pfeiffer, der sich in die Hose scheißt, sobald es an der Tür klopft.«

Jeffrey klang so schockiert wie Sara sich fühlte. »Sie wollen die Sache einfach fallen lassen? Sie lassen diese Kerle einfach davonkommen? Zwei Menschen sind tot, Jake. Charlotte Gibson war Lehrerin an Myras Schule.«

»Sie wollen mich belehren, während Ihre Starermittlerin von einem der größten Drogenanwälte dieses Dreistaatenecks vertreten wird?« Er schüttelte angewidert den Kopf. »Sieht so aus, als hätte ich schon bei unserer ersten Begegnung den richtigen Riecher gehabt, was?« Er machte einen Schritt nach vorne, verringerte den Abstand zwischen sich und Jeffrey.

»Falls Sie sich wundern, ich ziehe Ihre Integrität in Zweifel, Meister. Und, werden Sie mich jetzt gleich schlagen oder warten Sie, bis ich Ihnen den Rücken zugedreht habe?«

Jeffrey ignorierte das. »Es wird Zeit, dass Sie die Spielchen lassen, Jake. Sie müssen das GBI rufen.«

»Habe ich getan«, entgegnete Valentine. »Wir nennen es meine letzte Amtshandlung als Sheriff.«

»Moment mal«, sagte Jeffrey. »Sie sind zurückgetreten?«

Valentine nickte. »Die vorletzte Amtshandlung, um genau zu sein. Die letzte war, Ihre Detective freizulassen, und ich würde vorschlagen, Sie schaffen sie so schnell wie möglich von hier weg und vergessen, dass Sie je in diesem Kaff waren.« Er schaute Jeffrey über die Schulter. »Weil wir gerade vom Teufel reden …«

Lena stand in der offenen Tür und hinter ihr mit finsterer Miene Cook. Dunkle Flecken sprenkelten ihr Gesicht. Ihre Augen waren blutunterlaufen, aber ihr Zorn war offensichtlich, als sie Jeffrey und Sara sah. »Was machen die denn hier?«

Jeffrey ignorierte sie. Zu Valentine sagte er: »Lassen Sie uns kurz nach draußen gehen und dieses Gespräch abschließen.«

»Mit Vergnügen.« Mit großer Geste öffnete Valentine die Tür.

Sara beobachtete sie durch die Glastür. Aus dem Nieseln war ein Platzregen geworden, aber den beiden schien das nichts auszumachen. Jeffrey blieb am Bordstein stehen, während Valentine auf den Parkplatz ging, um sich Saras Auto noch einmal anzusehen. Scham mischte sich bei ihr mit Wut, weil Valentine ein so großes Interesse an dem verdammten Ding zeigte. Wenn der Sheriff glaubte, Jeffrey ließe sich bestechen, dann sollte er sich ruhig einmal ihre Steuererklärung anschauen.

Hinter ihr wurde die Stahltür zugeknallt. Don Cook hatte sich verzogen. Lena und Sara waren alleine. Sofort fühlte Sara sich, als würden die Wände auf sie einstürzen.

Lenas Stimme klang scharf und schneidend. »Du musst Jeffrey sofort von hier wegschaffen.«

»Das wird kein Problem sein«, erwiderte Sara und schaute zu ihrem sturen Mann hinaus, der draußen im Regen stand. »Jeffrey will Ethan einen Besuch abstatten.«

»Das darfst du nicht zulassen.«

Sara lachte ungläubig auf. »Ich weiß nicht, ob du dich noch an deine kleine Tirade vor ein paar Tagen im Krankenhaus erinnerst, Lena, aber Jeffrey bringt man am schnellsten dazu, etwas zu tun, wenn man ihm sagt, er soll es nicht tun. Es hilft, wenn man ihm droht.«

Lena murmelte etwas vor sich hin.

Sara hatte genug gehört, fragte aber trotzdem: »Wie war das?«

»Ach, nichts.«

»Wenn du willst, dass man dich nicht versteht, solltest du nicht so deutlich sprechen.«

Lena ging auf sie zu, blieb aber ein paar Schritte vor ihr stehen. »Ich habe gesagt, er steht so unter dem Pantoffel, dass er nicht mehr klar sehen kann«, wiederholte sie. »Du musst ihn verdammt noch mal von hier fortschaffen. Und zwar sofort.«

»Und wie soll ich das deiner Meinung nach tun?«

»Sag ihm einfach, er muss weg.«

Sara schüttelte den Kopf. »Mein Gott, du bist so blöd, was Menschenkenntnis betrifft.«

»Du meinst, mich zu beleidigen ändert irgendwas?«

»Was sollte das ändern?« fragte Sara. »Dass eine Frau bei lebendigem Leib verbrannt wurde? Dass ein Mann ein Messer in den Rücken bekam? Dass dein Onkel im Sterben liegt?«

Lena presste die Lippen zusammen und starrte Sara mit ihrem ganzen Hass an.

»Spar dir die Theatralik. Ich kriege dieselben Blicke in der Klinik, sooft ich einem Kleinkind eine Spritze verpasse.« Sara stemmte die Hände in die Hüften. »Sag mir, Lena, war Charlotte Gibson eine Freundin von dir?«

Lena starrte sie weiter böse an, aber Sara sah, dass ihre Entschlossenheit bröckelte.

»War sie es?«

»Ja«, antwortete sie schließlich.

»Wenn sie deine Freundin war, dann habe ich Angst um deine Feinde.«

Lena wandte nun den Blick ab und ihre Stimme wurde weicher. »Ich versuche doch nur, euch beide zu beschützen. Ich brauche einen Tag – nur noch einen Tag. Glaubt mir einfach, und verschwindet aus der Stadt.«

»Du hast uns hierhergezerrt und uns hineingezogen in diese … diese … Scheiße – anders kann ich es nicht sagen –, und du glaubst, ein einfaches ›Weil ich es sage‹ wird das alles beenden?« Sara schaute wieder auf den Parkplatz hinaus, sah, dass Valentine und Jeffrey auf die Tür zukamen. »Hat Ethan mit dieser ganzen Sache zu tun?«

Lena starrte Sara an, als wollte sie in ihrem Gesicht lesen, wie sie ihren Willen am besten durchsetzen konnte.

»Schnell«, fauchte Sara. Valentine war nur noch wenige Schritte von der Glastür entfernt und Jeffrey dicht hinter ihm. »Hat Ethan damit zu tun?«

»Ich weiß es nicht.« Lena schüttelte den Kopf und zuckte gleichzeitig die Achseln. »Wahrscheinlich nicht. Ich weiß es nicht.«

»Was wird passieren, wenn Jeffrey ihn besucht? Was wird sich ändern? Wird es irgendwas besser oder nur schlimmer machen?«

»Ich weiß es n…«

Valentine öffnete die Tür. Jeffrey trat dicht hinter ihm ein.

Lena verschwendete keine Zeit. »Bleib von Ethan weg«, sagte sie Jeffrey.

Er schaute zuerst Sara an, wie um herauszufinden, auf welcher Seite sie stand. Sara wiederholte Lenas Geste, sie schüttelte den Kopf und zuckte gleichzeitig die Achseln. Vielleicht war Lena doch nicht so blöd, was Menschenkenntnis anging. Natürlich hatte Sara ihr den Weg mehr oder weniger vorgezeichnet: Man brachte Jeffrey am besten dazu, etwas zu tun, indem man ihm sagte, er solle es nicht tun. Wenn Lena ihn wirklich so unbedingt aus der Stadt haben wollte: Der Besuch im Coastal State Prison würde ihn einen ganzen Tag kosten.

Lena sagte zu ihm: »Ethan hat mit dieser ganzen Sache hier nichts zu tun.«

Jeffrey bedachte sie mit diesem schiefen Grinsen, das Sara so verabscheute. »Tatsächlich?«

»Das ist allein meine Sache«, insistierte Lena. »Verschwinde einfach, Jeffrey. Es geht dich nichts an.«

Er lächelte noch immer, aber sein Tonfall bekam etwas Warnendes. »Bist du jetzt mein Chef, Lena? Läuft das so, wenn man einen großmächtigen Drogenanwalt hat, der für einen die Fäden zieht?«

Lena schaute auf den Boden. Sara versuchte, Jeffrey abzulenken, indem sie den Sheriff fragte: »Steht Lenas Auto noch immer auf dem Parkplatz für beschlagnahmte Fahrzeuge?«

Valentine nickte.

»Hätten Sie was dagegen, uns hinzufahren, damit wir es abholen können?«

Valentine war offensichtlich überrascht von der Bitte. »Ich wollte … äh …«

Lena unterbrach ihn. »Ich habe Hanks Auto heute Morgen vor seinem Haus stehen lassen. Wir können das nehmen. Es ist näher.«

Sara wartete nicht, bis Valentine irgendeine Ausrede vorbrachte. Sie sagte zu Jeffrey: »Lena und ich fahren mit Hanks Auto ins Krankenhaus. Du kannst mich ja dort abholen, wenn du fertig bist.«

Jeffreys Unterkiefer arbeitete. Er nickte zur Tür, und Sara folgte ihm nach draußen. Jetzt nieselte es wieder, der graue Tag verbreitete eine düstere Stimmung. Wortlos ging er zum Auto. Ihr Handy lag im Handschuhfach. Er schaltete es an und starrte auf das Display, während er ihr sagte: »Ich brauche ein paar Stunden, um hinzukommen und wahrscheinlich noch eine für den Papierkram.« Er gab ihr das Handy. »Ich rufe dich an, wenn ich auf dem Rückweg bin, okay?«

Jeffrey war kein Freund öffentlicher Zurschaustellungen, aber er küsste sie dennoch auf die Wange, dann auf den Mund. Sie packte ihn am Kragen und drückte ihr Gesicht an seinen Hals.

Er sagte: »Ich weiß nicht, was zwischen dir und Lena los ist, aber versprich mir, dass ihr direkt zum Krankenhaus fahrt.« Sie nickte, aber das reichte ihm nicht. Er hob ihr Gesicht. »Du wirst die Mutter meines Kindes sein, Sara. Versprich mir, dass du auf deine Sicherheit achtest.«

»Versprochen«, antwortete sie. »Wir fahren direkt zum Krankenhaus. Ich warte dort, bis du mich abholst.«

Er küsste sie noch einmal, bevor er sie losließ. »Es wird schon alles gut werden, mh?« Er ging um das Auto herum zur Fahrertür. »Bis in ein paar Stunden dann. Heute Abend sind wir zu Hause.«

Sara sah ihn einsteigen und dachte an den Vormittag, als er sie in der Einfahrt ihrer Eltern hatte stehen lassen. Minuten zuvor hatte Lena angerufen, und er fuhr los, um Ethan Green wegen eines Verstoßes gegen die Bewährungsauflagen zu verhaften. Jetzt vor dem Gefängnis spürte Sara dieselbe Angst in sich aufsteigen – dieses unkontrollierbare Grauen, das wie ein dunkler Schatten über ihrem Herzen hing, sooft sie daran dachte, wie elend ihr Leben ohne Jeffrey wäre.

Als er auf die Straße zurückfuhr, betete sie, dass es diesmal genauso enden würde. Dass sie sich heute Abend – wie an dem Abend damals – im Bett an ihn kuscheln und dem ruhigen Rhythmus seines Atems lauschen würde, während er langsam einschlief.

Sara und Lena saßen im Fond von Jake Valentines Streifenwagen. Er hatte ihnen den Vordersitz angeboten, aber Lena hatte abgelehnt, und Sara musste sich eingestehen, dass sie neben diesem Mann einfach nicht sitzen wollte. Hatte sie bereits zu Beginn nur geringen Respekt vor dem Mann gehabt, so war der jetzt mehr als ausgelöscht von seinem Rücktritt vom Amt nur wegen des Drohbriefs. Wobei Sara durchaus bewusst war, dass sie, wenn sie an Myra Valentines Stelle wäre, ihren Mann natürlich angefleht hätte zurückzutreten. Sie fragte sich, ob je der Tag kommen würde, da sie sich keine Sorgen mehr darüber machte, dass Jeffrey in seinem Job so gut war.

Wahrscheinlich erst am Abend seiner Abschiedsfeier.

Valentine stieg aus dem Streifenwagen. Er öffnete Lena die Tür und ging dann um das Auto herum zu Saras. Er schien erleichtert zu sein, dass er den Job aufgegeben hatte und jetzt ein normales Leben führen konnte. Sie fragte sich, was Jeffrey draußen auf dem Parkplatz zu ihm gesagt hatte.

Es hatte aufgehört zu regnen, aber der Himmel war noch immer bedeckt. Lena starrte das Haus ihres Onkels an und fragte: »Warum brennen alle Lichter?«

»Was ist?« fragte Valentine.

»Die Lichter brennen«, wiederholte Lena mit einem Anflug von Nervosität. »Heute Morgen habe ich sie nicht brennen sehen.«

Sara fragte sich, warum das von Bedeutung war. Sie fragte: »Bist du sicher?«

»Ja«, sagte sie und dann: »Nein. Ich weiß es nicht mehr.« Sie schaute wieder zum Haus. »Hank würde sicher nicht wollen, dass sie dauernd brennen.«

»Er ist kaum bei Bewusstsein«, bemerkte Sara. »Ich glaube, die Stromrechnung ist so ziemlich das Letzte, was ihm durch den Kopf geht.«

Lena setzte sich in Bewegung. »Ich werde mal nachsehen.«

»Einen Augenblick, Lady.« Valentine überholte sie, die Hand auf der Waffe, damit sie nicht gegen sein Bein schlug. »Lassen sie mich reingehen und schauen, ob die Luft rein ist.«

Lena blieb nicht bei Sara. Sie ging um Hanks Mercedes herum, schaute in die Fenster und unter das Fahrzeug, alles mit einer Nervosität, die fast paranoid wirkte.

Sara folgte ihr und fragte: »Was ist denn los?«

»Wir hatten einen Deal«, sagte Lena, mehr zu sich selbst.

»Was für einen Deal?«

Lena stand auf der anderen Seite des Autos und schaute zu Jake Valentine hinüber, der an dem Klebeband an der Haustür zupfte und versuchte, es abzuziehen.

»Was hast du denn unter dem Auto gesucht?«, fragte Sara, die deutlich spürte, dass irgendetwas nicht stimmte. »Mit wem hattest du einen Deal, Lena?«

»Hey«, rief Valentine. »Falls irgendwas passiert« – er kicherte leise –, »ihr kennt ja die Nummer neun-eins-eins, oder?« Er wartete nicht auf ihre Antwort, sondern drückte die Schulter gegen die Tür.

Lena atmete scharf ein, als würde sie sich auf irgendetwas gefasst machen.

Valentine winkte ihnen. »Alles okay«, sagte er, drückte sich aber die Hand an die Seite. »Ich bin okay.«

Blut sickerte ihm durch das Hemd. Das aufgebogene Schließblech am Türstock hatte ihm die Seite aufgeschlitzt. Valentine drückte weiter die Hand auf die Wunde und schaute dann das Blut auf seiner Hand an. An der Menge des Blutes erkannte Sara, dass der Schnitt tief war, aber er versicherte ihnen: »Ich bin okay. Sie beide bleiben einfach draußen, und ich schau mich drinnen mal um.«

Lena wartete, bis der Sheriff verschwunden war, dann öffnete sie die hintere Tür von Hanks Auto. Ohne den Blick vom Haus zu nehmen, griff sie mit einer Hand unter den Fahrersitz.

Sara fragte: »Was machst du da?«

Lena drückte die Tür leise zu und sperrte das Auto dann ab. Offensichtlich hatte sie unter dem Sitz etwas gesucht, aber zu Sara sagte sie: »Dieser Schnitt sieht ziemlich übel aus.«

Es fing wieder an zu regnen. Sara hob die Hand und beschirmte die Augen. »Willst du mir jetzt mal sagen, was hier eigentlich los ist?«

Lena grinste, als hätte Sara eben etwas sehr Dummes gesagt. »Ich glaube, mir ist heute Morgen einfach nicht aufgefallen, dass die Lichter an waren«, sagte sie. »In Jakes Streifenwagen sollte eigentlich ein Erste-Hilfe-Kasten sein.« Sie ging zu Valentines Auto und zog an dem Hebel für den Kofferraum. Der Deckel klappte auf, und Sara sah ein Gewehr, das an den Boden geschnallt war. Daneben stand das blaue Metallkästchen, das Charlotte Gibsons Ehemann aufs Revier gebracht hatte. Sara dachte an die unter der Auskleidung versteckten Geburtsurkunden, auf denen Angela Adams ihren Bruder als Vater ihrer Töchter angegeben hatte. Sie musste sich sehr zusammennehmen, um Lena nicht beiseitezustoßen, als sie in den Kofferraum griff und das Kästchen herausholte.

Sara versuchte es mit: »Das ist ein Beweisstück.«

Lena öffnete den Deckel, bevor Sara etwas dagegen tun konnte.

Sara unterdrückte ein erleichtertes Aufstöhnen. Das Kästchen war leer. Sogar die Auskleidung war verschwunden. Regen tropfte auf den Metallboden.

Lena fragte: »Wo hat er das her?«

»Es wurde von Charlotte Gibsons Mann aufs Revier gebracht.«

Lena schüttelte den Kopf. »Das ergibt doch keinen Sinn.«

»Alles in Ordnung«, rief Valentine vom Haus her. Er hielt sich noch immer die Seite, als er das Treppchen herunterkam, offensichtlich hatte er Schmerzen. Er sah das Metallkästchen und fragte Lena: »Haben Sie das schon mal gesehen?«

Lena schüttelte den Kopf und schloss behutsam den Deckel.

Valentine steckte seine Waffe in den Halfter und fragte: »Irgendein besonderer Grund, warum Sie in meinem Kofferraum herumschnüffeln?«

Der Erste-Hilfe-Kasten war an die Seitenwand geschnallt. Sara holte ihn heraus und sagte: »Wir dachten, den brauchen Sie vielleicht.«

Er nahm die Hand von seiner Seite und zeigte ihr, wo das Blech sein Hemd zerrissen und sein Fleisch aufgeschlitzt hatte. »Ich glaube, ich brauche mehr als ein Pflaster, Doc. Das Scheißding blutet wie verrückt.«

Widerwillig fragte Sara: »Wann hatten Sie Ihre letzte Tetanusspritze?«

»Als ich zwölf war, bin ich in einen Nagel getreten.«

Sara schaute zum Haus, ihr graute davor, dort hineinzugehen. Zum Gefängnis zurück wollte sie auch nicht mehr, aber sie konnte ihn auch kaum hier draußen im Regen stehen lassen.

Während sie zum Vordertreppchen ging, sagte sie zu Valentine: »Sie müssen sich eine Tetanusspritze geben lassen. Ich flicke Sie jetzt zusammen, so gut es geht, und dann können Sie selber ins Krankenhaus fahren.«

»Selber fahren?« Er klang bestürzt.

»Es sind doch nur zwei Minuten«, sagte sie und führte ihn zur Küche. Sara war die Tochter eines Klempners und vertraut mit Kanalisationsgerüchen, aber das hier überstieg trotz Jeffreys Lüftungsversuchen immer noch bei Weitem das Maß des Erträglichen. »Ich werde die Wunde reinigen und sie mir mal gut anschauen.«

»Wird es wehtun?«

»Wahrscheinlich«, gestand sie und stieß die Pendeltür zur Küche auf. Überall lag Abfall verstreut, aber das Spülbecken war leer und das Licht gut. Sara stellte den Erste-Hilfe-Kasten auf einen Stapel Broschüren auf der Anrichte und fragte Lena: »Kannst du ein paar saubere Tücher suchen?«

Lena runzelte die Stirn. »Wie sauber müssen sie sein?« Doch sie wartete die Antwort nicht ab. Sie stellte das Metallkästchen auf den Tisch, stieß die Pendeltür auf und trat in den Gang.

Mit gesenkter Stimme fragte Sara Valentine: »Muss ich mir Sorgen machen, weil ich keine Handschuhe habe?«

»Was?«, fragte er und errötete und lachte dann gleichzeitig. »O nein, Ma'am. Ich bin sauber.«

»Okay«, sagte sie und hoffte, ihm trauen zu können. Sara drehte den Wasserhahn auf und wusch sich die Hände mit der Seife aus dem Orange-Glo-Schälchen. »Ziehen Sie schon mal Ihr Hemd aus. Ich kann ja wenigstens die Blutung unter Kontrolle bringen.«

Er legte den Waffengürtel auf den Tisch und fing an, das

Hemd aufzuknöpfen. »Ist es so schlimm, wie ich vermute?«

»Mal sehen.« Sie öffnete den Erste-Hilfe-Kasten und war froh, als sie große Gazekompressen und medizinisches Klebeband anstelle der üblichen Heftpflaster sah.

»Ich hasse Nadeln«, fuhr Valentine fort. Lena kam mit einigen Tüchern in der Hand zurück. Er warnte sie beide: »Bitte nicht weitersagen, aber es ist so, dass ich ohnmächtig werde, sobald ich eine Nadel sehe.«

»Ich auch«, sagte Sara. Sie riss die Kompressenverpackung auf, und er zuckte zusammen wie ein kleiner Junge. Es wunderte sie immer, wie nervös Polizisten bei allem wurden, was ihre Unbesiegbarkeit in Frage stellen konnte. Der Mann war kaum in der Lage, sein Hemd aufzuknöpfen.

Sie fragte: »Brauchen Sie Hilfe mit dem Hemd?«

»Ach, was soll's.« Valentine ließ die Knöpfe sein und zog sich das Hemd über den Kopf. Er zuckte zusammen, als er sich dabei streckte und die Wunde aufklaffte.

»Vorsichtig«, warnte Sara eine Sekunde zu spät.

Er schaute das Blut an, das auf den Bund seiner Hose tropfte, und witzelte: »Ich brauche doch keine Transfusion, oder?«

»Ach, ich glaube nicht«, sagte Sara und drückte ihm eine Kompresse auf die Wunde. »Aber falls doch, finden wir im Gefängnis bestimmt einen Spender.«

»Ich weiß nicht so recht«, sagte Valentine. »Ich habe eine ziemlich seltene Blutgruppe.«

Das Blut sickerte bereits durch die Gaze. Sara streckte die Hand nach den Tüchern aus, aber Lena gab sie ihr nicht. Sie stand einfach nur wie erstarrt da.

»AB-negativ«, sagte Lena, und ihre Stimme war kaum mehr als ein Flüstern. »Seine Blutgruppe ist AB-negativ.«

25

Im Coastal State Prison gab Jeffrey seine Waffe dem Wachmann in dem Metallgitterkäfig. Seit er unbewaffnet mit Jake allein im Wald gewesen war, trug er die Waffe immer bei sich. Er hatte sie sich letzte Nacht zum Schlafen sogar auf das Nachtkästchen gelegt und nicht wie sonst unter die Matratze geschoben. Plötzlich wurde ihm bewusst, dass er sich, wenn die Adoption erst einmal durch war, einen Waffenschrank besorgen, einen sicheren Ort finden musste, wo er alle seine Waffen aufbewahren konnte. Er musste lächeln bei dem Gedanken.

»Sonst noch was?«, fragte der Mann, ließ das Magazin aus dem Pistolengriff gleiten und kontrollierte die Kammer.

»Das ist alles.«

Der Mann nickte, notierte sich die Seriennummer der Waffe und gab Jeffrey den Beleg. Eine weitere Wache öffnete die erste der beiden Türen und sagte: »Hier durch.«

Als sie beide innerhalb des Vorraums waren und die erste Tür wieder verschlossen war, öffnete die Wache die zweite Tür, und sie gingen hindurch.

Der Wachmann, auf dessen Namensschild »Applebaum« stand, sah aus wie der Prototyp eines Mannes, der an einem Ort wie dem Coastal State Prison arbeiten würde. Er war groß mit breiten Schultern und hatte einen Gang, der jedem sagte, dass er vor gar nichts Angst hatte.

Jeffrey sagte zu ihm: »Ich glaube, Sie haben eine Detective von mir kennengelernt, die vor ein paar Tagen hier war.«

»Nee«, erwiderte der Mann. »Bin eben erst aus dem Urlaub zurückgekommen.« Er blieb vor einer weiteren Tür stehen. Sie ließ sich nur von einer zentralen Kontrollstation aus öffnen. Applebaum murmelte etwas in sein Funkgerät, und die Flügel gingen auf.

Jeffrey sagte: »In Greens Akte stand nichts von Drogen.«

Applebaum schüttelte den Kopf. »Seine Jungs rühren das Zeug nicht an. Wenn du zu seiner Truppe gehörst und sie dich beim Einwerfen oder beim Verkaufen erwischen, dann bist du besser dran, wenn du mit nacktem Arsch über den Hof läufst, als wenn sie sich deiner annehmen.« Er schüttelte den Kopf. »Hatten da diesen Skinhead, war vielleicht siebzehn oder achtzehn, der sich Greens Truppe anschloss, als er reinkam. Konnte allerdings die Finger nicht von der Nadel lassen und wurde in flagranti erwischt. Er wusste, dass sie hinter ihm her waren, also bastelte er sich aus seinem Kamm einen Dolch und versteckte ihn in der Dusche im Arsch.«

»Was ist passiert?« fragte Jeffrey.

»Sie schnappten sich einen Besenstiel und schoben ihm den Kamm noch tiefer rein. Der Doc, der die Obduktion machte, sagte, er hätte Reste von Plastikzähnen praktisch an seinen Mandeln gefunden, als er ihn aufschnitt.«

»Und das war Green?«

»Er hat es befohlen«, beendete Applebaum seinen Bericht, als sie vor einer weiteren geschlossenen Tür stehen blieben. »Wer so weit oben ist, macht sich selbst die Finger nicht mehr schmutzig.«

»Jemand könnte reden.«

Der Wachmann lachte, als er einen Schlüssel herauszog und die Tür öffnete, hinter der, wie Jeffrey jetzt sah, das Verhörzimmer lag. »Und Jennifer Lopez könnte in ihrem Privatflugzeug nach Georgia kommen und mir einen blasen.« Dann wurde er wieder sehr sachlich und führte Jeffrey in das Verhörzimmer. »Keinen Körperkontakt mit dem Gefangenen. Halten Sie mindestens eineinhalb Meter Abstand. Sehen Sie diese Linie auf dem Tisch? So weit kommt er in Ketten mit den Händen, aber darauf würde ich mich nicht verlassen.«

»Ich will ihn nicht in Ketten.«

»Befehl des Direktors.«

»Ich habe keine Angst vor Ethan Green.«

Applebaum drehte sich um. »Hören Sie, Mann, ich habe verdammte Angst vor ihm, und Sie sollten die auch haben.«

Jeffrey nickte, der Mann hatte wohl recht. »Bringen Sie ihn rein.«

Applebaum ging, und Jeffrey setzte sich so an den Metalltisch, dass er den in die Wand eingelassenen Metallring im Blick hatte. Im Gang hörte er Stimmen und stand wieder auf, weil er Ethan nicht den Vorteil des Größenunterschieds geben wollte. Doch dann kam er sich vor, als würde er unterwürfig mit dem Hut in der Hand dastehen, und ging deshalb zur Wand gegenüber der Tür, lehnte sich mit dem Rücken daran und steckte die Hände in die Taschen.

Die Tür ging auf, und Ethan schlurfte mit Applebaum und drei anderen Männern herein. Er hielt den Blick auf Jeffrey gerichtet, als Applebaum und die anderen ihn zum Stuhl führten. Er setzte sich und starrte ein Loch in Jeffrey, während er an die Wand gefesselt wurde.

Applebaum sagte: »Wir stehen direkt draußen vor der Tür.«

Die vier Wachen gingen und nahmen allen Sauerstoff im Raum mit sich. Die Ketten an Ethans Handschellen schabten über die Tischkante, als er die Hände vor sich faltete.

Ethan fragte: »Haben Sie Angst, mir gegenüberzusitzen?«

»Wo da der Alarmknopf ist? Eigentlich nicht.«

Ethan grinste höhnisch, doch er nickte, als hätte Jeffrey

diese Runde gewonnen. Das war genau das, wovor Sara Angst hatte – irgend so ein beschissenes Kräftemessen, das sehr schnell tödlich ausgehen konnte.

Jeffrey stieß sich von der Wand ab und ging zu dem leeren Stuhl. Er zog ihn einen guten halben Meter vom Tisch weg und setzte sich, spreizte die Beine und stemmte die Hände auf die Knie.

Ethan schnaubte und lehnte sich zurück. »Wollen Sie mich den ganzen Tag nur anstarrten, Chief? Sind Sie verknallt in mich oder was?«

»Ich will wissen, was du mit Lena gemacht hast.«

Er machte Wichsbewegungen. »Schweinereien.«

»Ich weiß, dass du Hank mehrmals angerufen hast«, sagte Jeffrey. Er hatte die Notizen darüber in Ethans Akte gesehen. »Warum?«

»Um Lena hierherzubekommen.« Er schnalzte mit der Zunge. »Hat doch funktioniert, oder?«

»Das Problem ist, dieser Trick funktioniert nur einmal.«

»Ich habe andere Pläne.« Er streckte die Hände aus und deutete auf die Wände um sie herum. »Ich komme irgendwann hier raus, und wenn ich draußen bin, werde ich sie finden.«

»Sie jagt dir eine Kugel in den Kopf.«

»Sie stirbt, bevor sie die Chance dazu bekommt«, erwiderte Ethan. »Haben Sie sie je gefickt, Chief?«

Jeffrey antwortete nicht.

»Ich weiß, dass Sie es wollten. Ich habe doch gesehen, wie Sie sie manchmal angeschaut haben.«

Jeffrey reagierte noch immer nicht.

»Ich will Ihnen mal was sagen«, sagte Ethan und beugte sich vor. »Sie sieht von außen vielleicht hart aus, aber innen drin ist sie total weich und süß. Wissen Sie, was ich meine?« Er lächelte befriedigt. »Echt gut.«

Jeffrey blieb ungerührt. Ethan glaubte offensichtlich, er hätte da einen wunden Punkt getroffen, aber Jeffrey war von Lena noch nie sexuell angezogen gewesen. Er hatte nie eine Schwester gehabt, aber er stellte sich vor, dass die Gefühle, die er für Lena hatte, in etwa denen für eine Schwester entsprachen.

»Man muss sie nur ein bisschen schlagen«, fuhr Ethan fort. »Sie dann nach unten drücken und …« Er stieß den Unterleib gegen den Tisch und grunzte laut.

»Sie nach unten drücken, was?« Jeffrey schüttelte betrübt den Kopf. »Ich glaube, du hängst mit den falschen Leuten rum, Kumpel.«

Ethan nahm sein Gemächte in die Hand und schüttelte es. »Ich habe deinen kleinen Kumpel gleich hier, Schwanzlutscher.«

»Kämpfen oder gefickt werden«, sagte Jeffrey. »Darum geht's doch hier drinnen, oder? Man muss entweder kämpfen, oder man wird gefickt.« Er schaute Ethan an und dann dessen Hände. »Siehst für mich nicht so aus, als hättest du gekämpft.«

Ethan lachte. »Sieht du diese Tattoos, Schlampe?« Er meinte die Hakenkreuze und die Gewaltszenen, die er sich in die Haut hatte ritzen lassen. »Hier drinnen rührt mich niemand an, Mann.«

»Ja, richtig«, sagte Jeffrey. »Habe gehört, du und deine kleinen Freundinnen, ihr habt hier drin 'ne Cheerleader-Truppe aufgebaut. Was heißt das denn eigentlich genau? Ich meine, ich weiß, dass ihr dieselben Uniformen tragt, aber ich schätze, ihr sitzt nicht nur rum und flechtet einander Zöpfe. Macht ihr eure Nägel miteinander? Oder gebt ihr euch vielleicht Einläufe und redet darüber, wie der weiße Mann die Welt beherrschen wird?«

»Aufpassen, Junge!«

»Auf was denn aufpassen? Auf einen Haufen Punks, deren Daddys sie nie geliebt haben? O Mann, du bist ja die reinste Oprah-Episode. Mach mal halblang.«

»Scheiß auf diese schwarze Schlampe.«

»Scheiß auf dies, scheiß auf das«, äffte Jeffrey ihn nach und stand auf. »Lena hatte recht. Das ist nur Zeitverschwendung.«

»Was?« Ethan kniff die Augen zusammen. »Was hat Lena gesagt?«

»Sie hat mich hierhergeschickt«, sagte Jeffrey. »Sie wollte, dass ich es sehe. Was für ein lächerliches, kleines Mädchen du geworden bist.«

Ethan starrte ihn an, offensichtlich versuchte er, die Wahrheit zu erkennen. Dann lehnte er sich langsam zurück. »Nee, Mann. Sie hat dich nicht geschickt.«

»Ja«, sagte Jeffrey. Er stand an der Tür und lehnte die Schulter dagegen. »Sie sagte, du hättest dich dieser Bruderschaft angeschlossen.«

Ethan verzog angewidert die Lippen. »Was?«

»Der Bruderschaft der wahren, weißen Rasse«, erklärte Jeffrey. »Sie sagte, du hättest dich ihnen angeschlossen, um deinen Arsch zu retten.«

»Scheiße«, sagte er und spuckte das Wort praktisch aus. »Diese Schwuchteln. Die verkaufen Meth.«

Jeffrey zuckte die Achseln. »Und?«

»Meth ist der Teufel des weißen Mannes.« Ethan beugte sich energisch vor. »Seinen eigenen Leuten gibt man diese Scheiße nicht. Macht einem das Hirn kaputt, macht einen zum Sklaven. Es ist Teil der Niggerverschwörung zur Übernahme von Amerika.«

»Denkst du wirklich so?«, fragte Jeffrey und kehrte zum Tisch zurück. Er stützte die Handflächen auf die Metalloberfläche und beugte sich bis dicht vor die rote Linie. »Weißt du, ich kenne da ein paar von diesen Bruderschaftsarschlöchern, und die kommen mir gar nicht viel anders vor als du.«

Ethan lachte. »Was du da sagst, ist doch nichts als saublöde Luftverschwendung. Glaubst du wirklich, ich lasse mich mit diesen Arschlöchern ein? Wie gesagt, die verkaufen ihren eigenen Leuten Meth. Sie rauchen es wie die Nigger ihr Crack. Sollen sie sich doch alle selbst umbringen. Sollen sie doch verschwinden von diesem verdammten Planeten, damit die wahre Rasse übernehmen kann.«

Jeffrey stand noch immer über dem Tisch gebeugt da und hielt Augenkontakt mit ihm. Ethan hatte gesagt, er hätte Hank angerufen, damit Lena ihn besuchen käme. Wenn das wirklich sein Plan gewesen war, so hatte der funktioniert. Aber welche Verbindungen hatte er ins Elawah County? Wie passte Ethan zu dem Meth-Ring, den die Fitzpatrick-Brüder in Süd-Georgia und entlang der Küste betrieben? Jeffrey kannte Ethans Akte auswendig. Dem Mann war nie irgendetwas mit Drogen zur Last gelegt worden. Von seiner Zeit in der Jugendstrafanstalt bis zu seiner Bewährungszeit im Grant County waren seine Urintests immer sauber gewesen. Auch Applebaum, der Wachmann, hatte gesagt, Ethan habe nichts mit Drogen zu tun. Hatte Lena die Wahrheit gesagt? Hatte Ethan einfach nur zufällig die falsche Telefonnummer zur richtigen Zeit gewählt?

Jeffrey stieß sich vom Tisch ab. »Wir sind hier fertig.«

Ethan ließ ihm nicht das letzte Wort. »Du meinst, du bist ein großer Mann, weil du eine Waffe trägst, Tolliver, aber weißt du, was du bist? Du bist der Dreck auf meinem Schuh. Du weißt, dass Lena mir die Waffe in meine Tasche gesteckt hat. Du glaubst, du bist Mr. Recht und Ordnung, aber du hast das Gesetz gebrochen, Mann. Du bist genauso schlimm wie diese Wichser im Irak, diese Abu-Ghraib-Arschlöcher, die denken, sie könnten sich über die Genfer Konvention hinwegsetzen, weil sie scharf drauf sind, irgendein arabisches Arschloch mit seiner eigenen Scheiße zu beschmieren. Du bist genauso schlimm wie die, vielleicht sogar noch schlimmer, weil du nicht zehntausend Meilen von zu Hause weg bist, deine Mahlzeiten nicht aus einer Blechdose isst und deine Scheiße nicht in der Wüste vergräbst. Du hast mich in der Früh hochgehen lassen, und am selben Abend hast du dich in dein sauberes Bett gelegt, wahrscheinlich deine Frau zwischen die Titten gefickt und dann den Schlaf der Gerechten geschlafen, aber weißt du was, du Arschloch? Du bist genauso schlimm wie die anderen.«

Jeffrey antwortete nicht, weil Ethan zu einem großen Teil recht hatte. Jeffrey hatte sofort gewusst, dass Lena Ethan die Waffe zugesteckt hatte, kaum dass er sie aus dessen Rucksack gezogen hatte. Der Nazi kannte sich mit Waffen aus. Nicht einmal der unerfahrenste Trottel würde eine geladene Waffe in seinen Rucksack werfen und dann zur Arbeit laufen.

Doch obwohl Jeffrey das wusste, hatte er ihn verhaftet, und mit Sicherheit hatte er in dieser Nacht den Schlaf der Gerechten geschlafen, weil er nicht den leisesten Zweifel daran hatte, dass Ethan Green hinter Gitter gehörte. Ethan hatte systematisch geschlagen und gequält. Lena war nicht stark genug, um ihn zu stoppen, aber Jeffrey war es mit Sicherheit. Er war genau deshalb Polizist geworden, weil es auf dieser Welt Leute wie Ethan Green und Lena Adams gab. Es war seine Aufgabe, die Schwachen vor den Starken zu beschützen, und er war sich seiner Sache nie sicherer gewesen als in dem Augenblick, in dem er Ethan die Handschellen anlegte.

Jeffrey hob die Hand, um an die Tür zu klopfen. »Danke für die Ansprache, Ethan. Hat richtig Spaß gemacht, aber jetzt muss ich wieder nach Hause zu meiner Frau.«

»Ich kriege dich schon noch«, sagte Ethan mit drohendem Unterton. »Wart nur ab.«

»Wenn ich es am wenigsten erwarte, richtig?«

»Ich werde sie nie in Ruhe lassen.«

»Eine große Wahl hast du ja nicht.«

»Ich komme hier wieder raus. Darauf kannst du warten, großer Mann. Ich komme hier raus, und Lena wird mich mit offenen Armen willkommen heißen.«

»Ich glaube, dir steht ein ziemlicher Schock bevor, wenn du das erwartest.«

»Sie kann ohne mich nicht leben«, sagte Ethan und stand so weit auf, wie die Ketten es gestatteten. »Ein Teil von mir ist in ihr drin.«

Jeffrey lächelte und sagte dann eins der grausamsten Dinge, die ihm je über die Lippen gekommen waren. »Hat sie es dir nicht gesagt? Ich dachte, das wäre der Grund gewesen, warum sie hier war, Ethan. Um dir die Sache mit dem Teil von dir zu erzählen, den sie sich hat rausschneiden lassen.«

Jeffrey hatte Überraschung erwartet und noch mehr Hass, aber auf dem Gesicht des Nazi sah er nur Traurigkeit. Langsam setzte Ethan sich wieder auf den Stuhl. Als er dann sprach, musste Jeffrey sich anstrengen, um ihn zu verstehen. »Wir werden miteinander weggehen«, sagte er. »Lena und ich – wir werden irgendwo einen Strand finden. Den ganzen Tag nur in der Sonne liegen, die ganze Nacht ficken. Wir werden für den Rest unseres Lebens zusammen sein.«

»Ja«. Jeffrey klopfte noch einmal an die Tür. »Schick mir eine Postkarte, Kumpel.«

Ethan riss den Kopf hoch. »Schau in deinen Briefkasten.«

Jeffrey nahm sein Gemächte in die Hand, wie Ethan es zuvor getan hatte. »Schau dir das an, du blödes Arschloch.«

Der Gefangene ließ zum Abschied keinen bösen Spruch mehr vom Stapel. Er saß einfach nur mit gefalteten Händen am Tisch und träumte wahrscheinlich von seinem Fantasieleben mit Lena irgendwo an einem Strand.

26

Lena hatte die Tätowierung auf der Unterseite von Jake Valentines Arm gesehen, als er sich das Hemd über den Kopf zog. Direkt am Ansatz des Bizeps war ein AB, gefolgt von einem Querstrich, in die Haut gestochen. AB-negativ. Sie dachte an die Erklärung auf der Rückseite eines Fotos in Ethans Akte: »Symbolisiert in der White-Power-Bewegung den Rang eines Generals.« Ihr Mund bewegte sich, und Wörter kamen heraus, die sie nicht kontrollieren konnte.

»AB-negativ«, sagte sie. »Seine Blutgruppe ist AB-negativ.«

Sara fragte: »Was?«

Lenas Hirn war wie erstarrt, aber jetzt spürte sie das Adrenalin durch ihren Körper rauschen. Sie sprang auf Valentines Waffengürtel auf dem Tisch zu, aber er hatte eine längere Reichweite und kam ihr zuvor.

Sara hob die Hände und wich zur Tür zurück.

»Stehen bleiben«, befahl Valentine und richtete die Waffe auf sie. »Lena, komm hier rüber, damit ich euch beide sehen kann.«

Lena rührte sich nicht. Wie hatte das passieren können? Am Lagerhaus hatte Lena Jake Valentine nie gesehen. Er tauchte weder in ihren Notizen noch auf den Fotos auf.

»Ich sagte, hier rüber.« Er packte Lena am Arm und schob sie auf Sara zu. Er griff hinter sich zum Gürtel, ertastete die Handschellen und warf sie Lena zu.

»Die eine um dein Handgelenk, die andere um ihres«, befahl er. »Aber mach sie eng. Ich bin nicht so blöd, wie ich aussehe.

»Nein«, erwiderte sie, obwohl ihr das Herz bis zum Hals schlug. »Das ist nicht richtig. Rufen Sie Ihren Chef an.«

»Wer ist mein Chef?«

»Clint.«

Er lachte, als er den Namen hörte. »Dieser Haufen Scheiße? Clint könnte nicht mal eine Ein-Mann-Armee führen.«

»Ich habe heute Morgen mit ihm gesprochen. Er sagte, wir hätten einen Deal.«

»Nicht ganz korrekt«, erwiderte Valentine. »Ihr hattet einen Deal. Du hältst den Mund, und jeder kommt sauber aus der Sache raus. Aber das war, bevor du dein großes Maul aufgerissen und sie mit hereingebracht hast.« Er meinte Sara. »Jetzt leg die Handschellen an, wie ich gesagt habe, und ich werde mir überlegen, wie wir hier weitermachen.«

Lena tat, was er ihr befohlen hatte, und zog die Handschellen um ihr linkes und Saras rechtes Handgelenk zusammen. Sie ließ nur einen Finger breit Luft zwischen Haut und Metall, weil sie wusste, dass Valentine ihr zusah.

Er zog einen Stuhl heran und befahl Lena: »Hinsetzen.« Sie tat es, und er sagte zu Sara: »Machen Sie mit meiner Seite weiter, damit ich nicht verblute.«

»Nein«, erwiderte Sara. »Ich werde Ihnen nicht helfen.«

»Sie haben gesehen, was mit Charlotte passiert ist«, erinnerte sie Valentine. »Wollen Sie, dass dasselbe mit Ihrer Freundin hier passiert? Sie können ihr beim Brennen zusehen, während Sie drauf warten, dass Sie an die Reihe kommen.«

»Mach schon«, sagte Lena zu Sara. »Stopp die Blutung.«

Widerwillig kümmerte Sara sich wieder um die Wunde an seiner Seite. Der Schnitt war tief, blutete aber nicht mehr so heftig wie zuvor. Lena war keine Expertin, aber sogar sie sah, dass Sara ziemlich schlampig arbeitete. Wenn sie gewusst hätte, was sie gegen die Waffe an ihrer Schläfe tun könnte, dann hätte sie ihm die Finger in die Wund gerammt, bis sie seine Organe spürte.

»Au«, rief Valentine und verzog das Gesicht, als Sara ihren Finger in die Kompressen drückte. »Das machen Sie mit Absicht!«

Sara fragte: »Was werden Sie mit uns machen, Jake? Werden Sie uns was tun? Sie sollten sich genau überlegen, wen Sie verärgern.«

Das Aufblitzen in seinen Augen zeigte, dass Sara den richtigen Nerv getroffen hatte. Lena vermutete, dass der Sheriff in den letzten Tagen herausgefunden hatte, dass Jeffrey keiner war, mit dem man sich anlegen sollte. Wenn Valentine klug genug war, das zu kapieren, dann wusste er bestimmt auch, was Jeffrey mit jemandem tun würde, der Sara bedrohte.

»Jeffrey bringt Sie um«, sagte Sara. »Egal, was Sie tun und wo Sie sich auch verstecken. Er bringt Sie um.«

Valentine zog sein Handy aus der Tasche und wählte mit dem Daumen eine Nummer. »Ich tue keinem was«, erklärte er und hielt sich den Apparat ans Ohr. »Clint, ich bin's. Du weißt doch noch, was du für mich in dem einen Haus vorbereiten solltest?« Er hielt inne. »Ja, ich bin jetzt an der anderen Adresse. Wir machen es stattdessen hier.« Valentine nickte. »Nein, es hat sich was geändert. Wir überlegen uns was anderes, damit das passiert. Ich sag's dir, wenn du hier bist.« Beinahe mit Bedauern schaute er auf Sara hinunter. »Und sag unserem kleinen Freund, dass er auch herkommen und was zur Beruhigung mitbringen soll.« Er klappte das Handy am Oberschenkel zu und steckte es sich wieder in die Tasche.

»Was haben Sie mit uns vor?«, fragte Sara.

»Im Augenblick will ich nur, dass Sie sich setzen«, antwortete Valentine und zog einen zweiten Stuhl mit dem Fuß heran. »Los.«

Sara zögerte, aber sie wusste offensichtlich, dass es aus dieser Situation keinen einfachen Ausweg gab. Sie setzte sich auf den Stuhl und legte die rechte Hand auf den Tisch, sodass Lenas Linke neben ihr ruhte. Die andere Hand ballte sie im Schoß zur Faust, und Lena sah, dass sie die Frau unterschätzt hatte. Wenn Sara eine Chance sah, würde sie ihr Leben riskieren, um aus dieser Lage herauszukommen.

»Arbeitet Clint für Sie«, fragte Lena, um ihn abzulenken.

Valentine schwang sich auf die Anrichte und verzog das Gesicht, weil dabei seine Wunde spannte. »Viele Leute arbeiten für mich.«

Harley, dachte Lena. Keiner arbeitete für Harley. Als sie Clint an diesem Morgen vor dem Lagerhaus mit den Fotos konfrontiert hatte, waren die Bilder von Harley die einzigen gewesen, die ihm Angst eingejagt hatten. Die Farbe war ihm aus dem Gesicht gewichen und seine Hand hatte gezittert, als er zum Hörer griff und die Nummer wählte. Seine Stimme war sehr leise, als er demjenigen am anderen Ende erklärte, dass Lena bereit war, die Bilder und ihre Notizen gegen ihr und Jeffreys und Saras Leben einzutauschen. Mehr wollte sie nicht – kein Geld, keine Drogen, nur die drei Leben. Sie würde die Originale als Sicherheit behalten, aber die Hakenkreuzjungs könnten weiterhin tun und lassen, was sie wollten.

Clint hatte am Telefon nicht viel gesagt. Meistens hatte er nur genickt, den Blick auf Lena geheftet, seine Angst war in dem leeren Lagerhaus fast greifbar gewesen. Er hatte aufgelegt und Lena gesagt, sie solle sich stellen, der Richter stehe auf ihrer Gehaltsliste und werde sie mit einem Klaps auf die Hand davonkommen lassen. Lena hatte angenommen, dass Clint Harley angerufen hatte. Aber hatte er stattdessen Jake Valentine angerufen? Hatte der Sheriff die ganze Zeit die Fäden in der Hand gehabt?

»Verdammt, ich brauche ein paar Aspirin.« Valentine rutschte von der Anrichte und fing an, die Schränke um sich herum zu öffnen.

Lena wusste, dass in dem Erste-Hilfe-Kasten jede Menge Schmerzmittel waren, aber sie hatte nicht vor, ihm den Tipp zu geben. Er kehrte ihnen beiden den Rücken zu, und aus dem Augenwinkel heraus sah Lena, dass Sara die Hand auf das Metallkästchen legte und es an sich heranzog.

Lena fragte: »Was haben Sie da am Telefon gemeint – was zur Beruhigung?«

Er schaute in den letzten Schrank. »Das findest du noch früh genug raus, Schätzchen.«

Sara schien das Kästchen jetzt dort zu haben, wo sie es haben wollte. Zu Valentine sagte sie: »Ihr Verband löst sich.«

Er schaute sich ihre Arbeit an und seufzte. »Dann machen Sie ihn wieder fest«, verlangte er und ging zu ihr. Sie hob ihre Hände, aber er stoppte sie und drückte ihr die Waffe an die Schläfe. »Ich halte die genau hier, damit Sie nicht in Versuchung kommen, mir das Metallkästchen über den Schädel zu ziehen.«

Sara klebte den Verband wieder fest. »Jeffrey wird Sie umbringen«, sagte sie beiläufig, als wäre das bereits beschlossene Sache und keine Drohung.

Valentine wartete, bis Sara fertig war, dann nahm er das Kästchen, schob die Pendeltür mit dem Fuß auf und warf es in den Gang.

Er lehnte sich an die Anrichte und fragte Lena: »Wie bist du draufgekommen? Woher wusstest du über die Tätowierung Bescheid?« An dieser einen Frage erkannte sie endlich, dass Ethan mit allem, was passiert war, nichts zu tun hatte – Hank war aus seinen ganz eigenen, düsteren Gründen wieder auf Dope. Charlotte und Deacon waren Opfer eines ganz anderen Krieges. Was jetzt in diesem Haus passierte, hatte nur mit Jake Valentine zu tun und mit Methamphetamin im Wert von Millionen Dollar, die durch dieses County rollten.

Sara zuliebe erklärte sie: »Hitlers Waffen-SS hatte die jeweilige Blutgruppe an genau der Stelle tätowiert. Es bedeutet, dass Jake ein ziemlich hohes Tier ist.«

»So hoch, wie man nur kommen kann«, prahlte er.

»Es kommt ziemlich selten vor, dass man nur ein Tattoo sieht«, bemerkte Lena. »Normalerweise schmücken sie sich mit Hakenkreuzen und allem, was ihnen sonst noch einfällt.« Sie wandte sich Sara zu, gab ihr zu verstehen, dass sie mitspielen sollte. »Hast du je einen Skinhead gesehen – ich meine, wirklich gesehen, dir die Tattoos genau angeschaut?«

Sara schaute ihr fest in die Augen. Sie wussten beide, dass sie Ethan einmal untersucht hatte. »Nein.«

Lena fragte den Sheriff: »Warum haben Sie nur ein Tattoo?«

Er kicherte. »Soll das ein Witz sein? Myra würde mich umbringen, wenn ich so angemalt nach Hause kommen würde wie ein Freak von einem Jahrmarkt.« Er klopfte sich auf die Brust. »Was wichtig ist, ist hier drin.«

»Ihre Frau weiß Bescheid?«, fragte Sara überrascht.

Valentine warf ihr nur einen Blick zu und erwiderte nichts. Stattdessen wandte er sich an Lena: »Du warst wirklich kurz davor, ungeschoren davonzukommen. Wusstest du das nicht? Und dann musstest du los und alles vermasseln. Du hast die falschen Leute wütend gemacht, meine Kleine. Du hättest dich besser um deinen eigenen Dreck kümmern sollen.«

Lena hätte ihm am liebsten ins Gesicht gespuckt. »Warum musste Charlotte sterben?«

»Um dir zu zeigen, was mit Leuten passiert, die reden.«

»Sie hat doch gar nichts gesagt.«

»Meiner Erfahrung nach sind Süchtige eher unzuverlässig.«

»Sie war keine Süchtige.«

»Was wollte sie dann letztes Wochenende mit deinem Onkel in einer Meth-Bude?«

Lena senkte den Kopf, damit Valentine ihren Gesichtsausdruck nicht sah. »Charlotte ... arme Charlotte.«

Sara fragte: »Was hat eigentlich Hank mit dieser ganzen Sache zu tun?«

»Er hat nur zu einer Zeit aus dem Fenster geschaut, als er es nicht hätte tun sollen«, gab Valentine zu. »Einige Geschäftspartner und ich hatten eine Transaktion im Motel. Er und sein blöder Barmann fingen an, Fragen zu stellen, dachten, sie könnten auf ihren Schimmeln dahergeritten kommen und diese Stadt säubern.« Er zuckte die Achseln. »Schätze, das liegt in der Familie, dass man nicht fähig ist, eine Warnung ernst zu nehmen.«

»Al Pfeiffer«, fuhr Sara fort. »Ist das der Grund, warum er die Stadt verlassen hat? Haben Sie ihm den Brandsatz durchs Fenster geworfen?«

Valentine zuckte nur die Achseln. »Solche Sachen passieren eben.«

Lena fragte: »Gehört Cook ebenfalls dazu?«

»Don?« Er schnaubte. »Don hat keinen blassen Schimmer. Er hält sich einfach bis zu seiner Pensionierung am Schreibtisch fest.«

Sara fragte: »Und dann stellte er sich als Sheriff zur Wahl?«

Valentine grinste. »Hätte schlecht ausgesehen, wenn ich ohne Gegner angetreten wäre, oder nicht?« Sein Grinsen blieb. »Dem armen, alten Cookie ist das wahrscheinlich zu Kopf gestiegen – dachte doch tatsächlich, dass er gewinnen könnte.« Es klopfte an der Hintertür. Valentine rief: »Wer da?«

»Ich«, antwortete eine Stimme.

Valentine stieß sich von der Theke ab und öffnete die Tür, hielt dabei jedoch die Waffe die ganze Zeit auf Sara und Lena gerichtet. Clint stand mit einem großen Karton in den Händen in der Tür.

Er sah Lena und schüttelte den Kopf. »Du bist ja noch schlimmer als dein verdammter Onkel, weißt du das? Kannst dich aus nichts raushalten.«

»Wir hatten einen Deal.«

»Ja«, sagte Clint und griff in den Karton. Obenauf lag ein FedEx-Paket. Er warf es Lena zu. Sie sah ihre eigene Handschrift, den Namen Frank Wallace und die Adresse der Polizeizentrale des Grant County. Sie hatte das Paket am Abend zuvor in dem Foto- und Copy-Shop abgeschickt, weil sie dachte, wenn alles schieflief, hätte Frank so wenigstens genug Beweise, um die Organisation zur Strecke zu bringen. Die Originale der Fotos und Notizen steckten unter dem Vordersitz von Hanks Mercedes. Ihre Lebensversicherung hatte sich in Luft aufgelöst.

Clint fuhr fort: »Wir beschatten dich, seit du in die Stadt gekommen bist. Glaubst du, es war Zufall, dass wir Charlotte bei uns hatten an dem Abend, als wir dein Auto von der Straße holten?«

Lena spürte, wie ihr der Mund aufklappte, aber es kam nichts heraus.

»Du hättest in ein paar Wochen ganz friedlich dahingehen können. Nadel in deinem Arm, ein Abschiedsbrief, in dem du sagst, wie traurig du über den Tod deines Onkels bist.« Er schaute Sara an und schüttelte traurig den Kopf. »Sie hätten es auch fast geschafft.«

Valentine blaffte ihn an: »Hör auf, Zeit zu verschwenden, und fang endlich an.«

Clint stellte den Karton auf die Anrichte und ging zum Herd. Er schob Hanks Broschüren von den einzelnen Gasbrennern und probierte die Knöpfe. Keiner der Brenner sprang an, wahrscheinlich weil Hank den Herd seit zwanzig Jahren nicht mehr benutzt hatte. Aber Clint gab nicht auf. Er drehte einen Knopf auf und bückte sich über den Brenner, um nach Gas zu schnuppern. Befriedigt zog er dann eine Schachtel mit Streichhölzern heraus und zündete eins an. Die Flamme zischte, als das Gas sich entzündete. Er drehte den Brenner wieder ab und probierte die anderen. Zwei sprangen so problemlos an wie der erste, aber beim vierten musste er das Gitter abnehmen und die Düse mit dem Daumennagel reinigen, bis genug Gas aus dem Ventil kam.

Sara wandte sich an Valentine: »Was habt ihr vor?«

Er antwortete nicht, sondern holte verschiedene Gegenstände aus dem Karton, den Clint gebracht hatte, und stellte sie auf die Anrichte. Azeton, Desinfektionsalkohol, Ammoniak, Lauge.

»Scheiße«, zischte Lena. »Meth. Sie wollen Meth kochen.«

»Keine Angst«, sagte Valentine, während er Schränke öffnete und schloss, bis er Hanks Kaffeebecher gefunden hatte. Sie waren alt, mexikanische Handarbeit – und so fragil, dass Hank sie nur zu sehr speziellen Anlässen benutzte. Er hielt einen der Becher in die Höhe. »Das kocht nicht sehr lang.«

Nein, das würde es nicht. Wenn die Zutaten zu heiß wurden, würde die Keramik zerbrechen. Die Flüssigkeit würde explodieren, sobald sie mit der offenen Flamme in Berührung kam, und die brennenden Chemikalien klebten dann wie heißes Wachs auf allem, worauf sie landeten – Wände, Teppiche, Haut. Meth-Kochen war so gefährlich, dass nur von dem Zeug völlig vernebelte Süchtige es versuchten, und die daraus resultierende Explosion konnte nicht nur Menschen massiv verletzen, sondern auch Sachbeschädigungen in großem Ausmaß hervorrufen. In den meisten Staaten wurden

Meth-Labors als Massenvernichtungsmittel betrachtet, und man bezog sich auf den Homeland Security Act, das Gesetz zum Schutz der Inneren Sicherheit, um Finanzmittel für ihre Zerstörung zu beantragen.

»War das die Transaktion, die ihr in dem Motel gemacht habt?«

»Ich habe dir doch gesagt, wir haben uns mit Geschäftspartnern getroffen«, antwortete Valentine und holte kleine Kanister mit Coleman-Camping-Sprit aus dem Karton. »Ein paar sehr wichtigen Geschäftspartnern.«

»Was für Geschäftspartner?« fragte sie weiter. »Mexikaner? Skinheads?«

Valentine hörte verärgert auf, den Karton auszuräumen. »Du willst die ganze Geschichte hören? Du willst wirklich wissen, was passiert ist?«

Jetzt da sie die Antwort zum Greifen nah hatte, war Lena sich gar nicht mehr sicher, ob sie sie wirklich hören wollte oder nicht.

Valentine wollte sich wieder umdrehen, doch sie stoppte ihn. »Ja. Ich will wissen, was passiert ist.«

Er lehnte sich an die Anrichte, und stützte den Arm mit der Waffe am Ellbogen ab. »Hank wollte mich hintergehen, hat mit ein paar Jungs vom Staat Kontakt aufgenommen.«

»Dem GBI?«, fragte Lena. Warum hatte Hank sich ans GBI gewandt, anstatt sie um Hilfe zu bitten? Natürlich, er hatte sie nicht mit hineinziehen wollen. Sein ganzes Leben lang hatte er versucht, Lena aus Schwierigkeiten herauszuhalten, so wie sie alles daransetzte, immer mittendrin zu bleiben.

Valentine sagte: »Zum Glück hat er sich an jemanden gewandt, der ein Freund von uns ist – jemand, der bereit war, in den Norden zu ziehen und einen langen Urlaub zu nehmen.« Er grinste, weil das alles so einfach gewesen war. »Hank wieder an die Nadel zu bringen, war nicht sehr schwer. Du weißt, dass die Chance, von Meth wieder loszukommen, bei nur zwanzig Prozent liegt? Die meisten von denen hören nie auf, es zu wollen. Der Geist und das Fleisch, wie ich vermute. Clint hat sich ein paarmal mit ihm unterhalten, ihm ein paar Schüsse spendiert. Aber ziemlich bald zahlte er wieder selbst dafür.«

»Habt ihr gewusst, dass ich Polizistin bin?«, fragte Lena. »Habt ihr gewusst, dass ich kommen würde, um nach Hank zu sehen?«

»Natürlich wussten wir über dich Bescheid«, antwortete er. »Was meinst du, wie wir ihn am Anfang kontrollierten? Er hatte eine Heidenangst, dass du herkommen könntest und dir etwas passieren würde. Ehrlich gesagt,« – er zuckte die Achseln –, »ich kann gar nicht glauben, dass der alte Trottel noch am Leben ist. Der Stoff, den Clint ihm gab, war stark genug, um ein Pferd umzubringen – allererste Qualität. Er sollte schon seit Wochen tot sein. Wir dachten, wenn du hierher kommst, dann für sein Begräbnis.«

»Wie können Sie …«, setzte Sara an, aber im selben Moment ging die Hintertür auf. Fred Bart wirkte ebenso überrascht, Sara und Lena vorzufinden, wie sie, ihn hier zu sehen. Es hatte eine Weile gedauert, aber letztendlich hatte Lena herausgefunden, wer Charlottes Mörder war. Bart praktizierte in Reese schon seit Lenas Kindheit. Es war schwer, einen Zahnarzt zu vergessen, der so lächerlich kleine Zähne hatte.

»Auf gar keinen Fall«, sagte Bart und wich zurück. »Das haben wir nicht abgemacht.«

»Schwing deinen Arsch hier rein«, befahl Valentine und winkte ihn mit der Waffe in die Küche.

Bart sagte: »Ich habe nur genug für eine dabei. Clint hat mir nicht gesagt …«

Clint drehte sich aggressiv zu ihm um. »Was habe ich nicht gesagt, du blöder Schwanzlutscher?«

Valentine ignorierte beide und fragte Lena: »Hast du sonst noch Fragen?«

Sie öffnete den Mund, und er schlug ihr mit der Waffe an die Schläfe. Lena sah Sternchen, als sie umkippte. Dass sie nicht auf den Boden fiel, lag nur an den Handschellen, die sie an Sara fesselten.

»Lena!« Sara bemühte sich, sie wieder auf den Stuhl zu ziehen.

Lena klangen die Ohren. Sie hörte Valentine sagen: »Gib's der Ärztin. Ich bin es ihrem Mann schuldig.«

»Nein!«, kreischte Sara, schnellte hoch und riss Lena mit sich. Clint trat hinter sie und umfasste sie mit den Armen. Lena wurde über den Boden gezerrt, als Sara sich, um ihr Leben kämpfend, gegen den Mann wehrte. Valentine packte Saras Hand, und Fred Bart jagte ihr eine Nadel in den Arm.

Zwei oder drei Sekunden später hörte Sara auf, sich zu wehren. Mit glasigen Augen sank sie neben Lena auf den Boden. Lena drückte ihr die Finger an den Hals, tastete nach dem Puls.

Bart sagte: »Ist nur ein leichtes Sedativum, Schätzchen – etwas zur Beruhigung. Sie ist in Ordnung.«

Valentine fischte die Schlüssel zu den Handschellen aus seiner Tasche. »Ja, sie ist völlig in Ordnung, bis sie stirbt.« Er gab Bart die Waffe und sagte: »Schieß ihr in den Kopf, wenn sie sich rührt.«

Bart nahm die Waffe und zeigte dabei dieselbe entspannte Vertrautheit wie in der Nacht, als er im Fond des Escalade neben Charlotte gesessen hatte. »Was hast du vor, Jake? Das hier war nicht abgemacht. Ich tue unschuldigen Leuten nichts.«

»Doch, tust du, wenn du musst.« Valentine steckte den Schlüssel in Saras Handschelle, drehte ihn, und ihre Hand fiel zu Boden. Zu Clint sagte er: »Bring sie in den Gang, damit ich sie nicht mehr sehen muss.«

Clints Lippen verzogen sich zu einem Grinsen.

»Komm aber gleich wieder zurück«, befahl Valentine. »Mach nicht an ihr rum, sonst schneide ich dir deinen verdammten Schwanz ab.«

Bart hatte den Blick von Lena genommen. Sie rutschte zur Tür, aber er drückte ihr sofort die Waffe an den Kopf. »Versuch's erst gar nicht, Süße. Wir wissen beide, wozu ich fähig bin.«

Lena setzte sich wieder auf den Stuhl. Der freie Ring der Handschelle baumelte lose herab, und sie zog die Kette mit dem Finger hoch, weil sie dachte, dass sie das Ding vielleicht als Waffe benutzen konnte. Dann nahm sie das gebogene, kalte Metall der zweiten Schelle so in die Hand, dass sie sie als Schlagring benutzen konnte. Falls Bart oder Valentine ihr nahe genug kamen, würde sie so fest zuschlagen, wie sie konnte, egal, wer ihr gerade die Waffe aufs Gesicht richtete. Lieber an einer Kugel sterben als bei lebendigem Leib verbrannt werden wie Charlotte.

Clint kam zurück, hinter ihm schwang die Pendeltür. Lena erhaschte einen flüchtigen Blick auf Sara, die im Gang lag, bevor die Tür sich wieder schloss.

Bart fragte: »Jake, was machen wir hier?«

Valentine griff in den Karton und schüttelte eine Handvoll leerer Sichtverpackungen aus einer Schachtel, die Erkältungstabletten enthalten hatte. »Wir machen Meth.« Dann warf er noch mehr von diesen leeren Packungen auf die Anrichte und verstreute Streichholzbriefchen auf dem Tisch. In dem Karton war alles, was er brauchte: Infusionsschläuche, Bechergläser, Filter. Dann warf er auch den Karton auf den Tisch.

Bart fragte: »Warum sind diese Frauen hier, Jake? Ich habe dir doch nach Charlotte gesagt, dass ich mit dieser Scheiße fertig bin.«

»Du bist erst fertig, wenn ich es dir sage.«

Bart hielt die Waffe auf Lena gerichtet, sagte aber: »Ich will da nicht mitmachen.«

Valentine kicherte, als er den Schrank unter dem Spülbecken öffnete. Flaschen mit jahrealten Reinigungsmitteln klebten am Boden, aber er stieß sie mit der Hand beiseite und sagte: »Scheiße, das hätten wir gut gebrauchen können.«

Bart sagte: »Das ist falsch, Jake. Das ist ganz einfach falsch. Al hat so was nie gemacht. Unschuldigen Leuten passierte nie was.«

»Al brachte doch auch nur Kleingeld rein. Wir haben uns eine richtige Organisation aufgebaut, Fred. Wir können unsere Leute nicht hängen lassen.« Valentine griff unter das Spülbecken, packte das Abflussrohr und stemmte sein Gewicht in die Hacken, als er daran zog. »Das rührt sich nicht.«

Clint stand einfach nur da. »Was soll ich jetzt tun?«

Valentine deutete auf die Kanister mit Lösungsmitteln auf der Anrichte. »Misch sie zusammen. Bereite alles vor.«

Clint fing an, Behälter zu öffnen und den Inhalt in Hanks Keramikbecher zu gießen.

Bart versuchte es noch einmal. »Jake …«

»Hör auf zu quengeln, Fred.« Valentine stöhnte, als er aufstand, drückte sich die Hand auf die Seite, fluchte: »Scheiße, tut das weh«, und: »Du machst dir nicht mal Sorgen um mich, Fred.« Valentine stützte sich auf die Anrichte, seine Hand hinterließ einen blutigen Abdruck. »Schau dir meine verdammte Seite an. Ich hab sie mir an dieser blöden Tür aufgerissen.«

Bart warf einen kurzen Blick auf den blutigen Verband. »Du wirst es überleben.«

»Danke für die Anteilnahme.« Valentine wischte sich mit dem Handrücken über den Mund. Er schwitzte. Er nahm die Flasche mit Bleiche, die unter der Spüle gestanden hatte, und knallte sie auf den Küchentisch.

Bart sagte: »Das ist verrückt, Mann. Was hast du vor?«

»Ich sage dir, was wir vorhaben. Wir werden sie mit den Handschellen ans Waschbecken fesseln, und dann die Bude hier in die Luft jagen.«

Bart schüttelte den Kopf. »Sie werden die Handschellen finden, wenn sie …«

»Ja, und ich werde das deutlich herausstellen, wenn ich meinen Tatortbericht verfasse«, warf Valentine dazwischen. »Ein Paar Polizeihandschellen.«

»Was ist mit dem Lagerhaus?« Er schaute nervös zu Lena hinüber. »Hast du das geräumt?«

»Alles sauber«, antwortete Valentine. »Die haben sofort Klarschiff gemacht, nachdem sie mit diesen Fotos aufgetaucht ist.«

Clint sagte: »Hier ist alles so weit«, und deutete auf die Keramikbecher auf der Anrichte. Die Chemikalien vermischten sich, und dünne Rauchfahnen stiegen aus den Bechern auf.

Valentine fragte: »Wie lang wird es dauern?«

Clint zuckte die Achseln. »Die Keramik ist ziemlich dünn. Ich würde sagen, zehn, maximal zwanzig Minuten, bis die Becher in der Hitze platzen. Wenn die Flüssigkeit dann mit der Flamme in Berührung kommt, geht das ganze Zeug hoch wie eine verdammte Atombombe. Ich würde allerdings schleunigst von hier verduften, sobald die Dinger auf den Flammen stehen. Bei solchen Sachen weiß man nie. Die Chemikalien sind nicht gerade stabil.«

Valentine klopfte ihm anerkennend auf den Rücken. »Schon verstanden, Junge.«

Bart sagte: »Ich habe die Schnauze voll von der Scheiße hier. Glaubst du wirklich, ihr Mann lässt das einfach so auf sich beruhen?« Er deutete mit der Waffe in den Gang. »Erschieß sie wenigstens, damit sie nicht leiden muss.« Nun schaute er Lena an, allerdings mit weniger Mitgefühl. »Erschieß sie beide. Was schadet denn ein wenig Freundlichkeit?«

Valentine verspritzte Azeton in der Küche. »Es schadet, weil dann Kugeln in den Leichen stecken, Fred. Handschellen kann ich einstecken, aber eine Kugel auf einer Röntgenaufnahme kann ich nicht verschwinden lassen. Auch wenn du sie rauspuhlst, sieht man noch, wenn eine Kugel einen Knochen trifft. Auch Messer hinterlassen Spuren, also denk nicht mal dran.« Er schüttelte den Kopf und fügte noch hinzu: »Ich dachte, du hättest schon genug Autopsien gemacht, um zu wissen, wie diese Scheiße läuft. Wir fesseln sie mit den Handschellen an das Abflussrohr und sehen zu, dass wir von hier verschwinden.«

Nun meldete sich auch Lena wieder. »Was werden Sie Jeffrey sagen?«

Er lächelte sie an. »Dass Deacon Simms in Hanks Küche Meth gekocht hat, und dass du mit Sara zur falschen Zeit vorbeigekommen bist.«

Sie versuchte erst gar nicht, überrascht zu wirken, dass man Deacons Leiche auch in der Ruine finden würde. Es passte alles perfekt zusammen. »Jeffrey weiß, dass du hier warst.«

»Er wird nur wissen, dass ich euch hier abgesetzt habe«, entgegnete Valentine und spritzte Ammoniak auf die Lauge. »Er wird erfahren, dass ich dann nach Hause gefahren bin und mit meiner Frau zu Mittag gegessen habe, bevor sie wieder in die Schule musste.«

»Er wird sich so seine Gedanken darüber machen, dass seine Frau am selben Tag starb, an dem Sie Ihre Marke zurückgegeben haben.«

Bart hatte den Wortwechsel sehr aufmerksam verfolgt. Lena spürte, wie sein Körper sich anspannte. »Du bist zurückgetreten?«

»Ja«, sagte Lena und packte die lose Schelle in ihrer Hand fester. Wenn er nur ein wenig näher kommen würde. »Von Don Cook weiß ich, dass er heute Morgen seinen Rücktritt eingereicht hat. Jake erhielt einen Drohbrief und sagte, er wolle die Stadt verlassen, bevor er so endet wie Al Pfeiffer.«

»Sie lügt«, sagte Valentine. »Ich bin zurückgetreten, ja, aber …«

»Er sagte, er wolle die Stadt verlassen«, wiederholte Lena. »Schauen Sie sich das ganze Zeug an, Fred.« Sie deutete auf die Bechergläser, die Chemikalien. »Die hatten das alles schon vorbereitet. Was meinen Sie, warum?«

»Hör nicht auf sie«, sagte Valentine mit warnendem Unterton zu Bart.

Doch Lena redete weiter, jetzt fügten sich für sie die Bruchstücke zu einem Bild zusammen. Valentine musste ziemlich zufrieden gewesen sein. Lena hatte ihm die Überwachungsfotos in die Hand gegeben. Wenn er nur die richtigen Fotos den richtigen Leuten zeigte, konnte er Fred Bart als Kopf der ganzen Operation hinstellen. »Sie wollten Sie reinlegen, Fred. Sie hatten das schon die ganze Zeit geplant und haben nur noch auf den richtigen Zeitpunkt gewartet, um Sie fertigzumachen.« Er schüttelte den Kopf, doch sie redete beharrlich weiter. »Denken Sie drüber nach, Fred. Schauen Sie, was hier los ist. Jeffrey würde eine Erklärung brauchen, einen Schuldigen für den Tod seiner Frau. Sehen Sie denn nicht, dass Jake Sie zum Sündenbock machen will? Sie sollen diese Erklärung sein.«

»Lass dir nichts einreden«, sagte Valentine, aber sogar Lena konnte sehen, dass sie ins Schwarze getroffen hatte. Der Mann war sichtlich nervös. Er konnte den Blick nicht von der Waffe nehmen. »Hör zu, Fred. Die ganze Sache wurde einfach ein bisschen heiß und ich …«

Sowohl Lena wie Valentine duckten sich, als Bart abdrückte. Instinktiv legte Lena sich die Hände über den Kopf, und die freie Handschelle schlug ihr ins Gesicht. Sie hob den Kopf und erwartete Jake Valentine tot zu sehen, aber es war Clint, der die Kugel abbekommen hatte. Bart war ein ausgezeichneter Schütze. Die Kugel war genau zwischen den Augen des Mannes eingedrungen.

Clint selber schien der Letzte zu sein, der begriff, dass auf ihn geschossen worden war. Er stand mit leerem Blick einfach nur da, und sein Körper schwankte mindestens zwei Sekunden lang, bis er rücklings gegen die Tür krachte. Sie schwang auf, als er dagegenfiel, und die Kette, die seine Brieftasche mit seinem Gürtel verband, klapperte gegen das Holz.

»Wozu sollte denn das verdammt noch mal gut sein?«, fragte Valentine wütend. »Um Himmels willen, Fred. Er war Jerrys Mann.« Er stampfte auf den Boden. »Das wirst du erklären müssen, du blödes Arschloch.«

Bart richtete die Waffe jetzt genau auf Valentines Brust. »Glaubst du, ich weiß nicht, was du vorhast?«

»Was?«

»Sie hat recht« sagte Bart. »Du hast noch nie in deinem Leben Meth gekocht, und Clint war schon viel zu weit oben, um sich mit so einer Scheiße abzugeben.«

»Das ist nicht …«

»Was wolltest du denn mit dem ganzen Zeug?«, fragte er und deutete auf die Chemikalien und die Bechergläser. »Du hattest vor, mich die ganze Scheiße ausbaden zu lassen, während du mit deinem fetten Weib aus der Stadt verduftest.«

Valentine ballte die Fäuste. »Wage es ja nicht, Myra mit ins Spiel zu bringen.«

Bart sagte: »Al und ich haben diese Stadt in Ordnung gehalten, haben die guten Leute von den schlechten getrennt, und das dreißig Jahre lang. Aber dir war Richtig und Falsch scheißegal. Du hast das Zeug angeboten wie Süßigkeiten.«

»Geld ist Geld, Mann.«

»Zu welchem Preis?«

»Der Stapel Scheine, den ich dir jede Woche in die Hand gedrückt habe, schien dir nie Kopfschmerzen zu bereiten.«

»Als wenn ich eine Wahl gehabt hätte«, blaffte Bart zurück. »Du warst doch nichts als ein kleiner Scheißer, bevor du in diese Familie eingeheiratet hast. Und plötzlich bist du der große Macker der Stadt und führst dich auf, als wärst du was ganz Besonderes. Dabei warst du nie etwas anderes als ein Versager.«

»Als wenn es meine Idee gewesen wäre, Boyd durch das verdammte Motelfenster zu schmeißen«, schrie jetzt Valentine. »Was ist damit, Fred? Noch eine deiner großen Gesten, wie diese Lehrerin, die du auf dem Spielfeld angezündet hast? Mit ihr fing diese ganze Scheiße doch erst an.« Valentine schien seine Argumentation sehr zu gefallen. »Du und deine komische Art; du glaubst, du jagst den Leuten Angst ein, so wie früher, dabei gießt du nur Öl ins Feuer. Und dann komme ich und versuche, deinen Dreck wegzuputzen. Wer ist jetzt der Versager?«

»Weißt du, warum sie mich immer behalten haben?«, antwortete Bart mit einer Gegenfrage. »Hast du dich nie gewundert, warum sie mich nicht ohne Rückfahrkarte in den Sumpf geschickt haben? Nur deshalb, weil sie dir mit deinem dürren, kleinen Arsch nicht über den Weg getraut haben.«

Valentine kicherte. »Wenn du sie so gut kennst, dann solltest du wissen, wie sie über Familie denken.«

»Ich glaube, sie werden froh sein, dich los zu sein, das glaube ich.«

»Ich glaube, ich bin im Augenblick der Einzige, der zwischen dir und dem Grab steht.«

»Rüber zum Spülbecken«, befahl Bart. »Beide.«

Valentine setzte an: »Jetzt aber mal …«

Bart schoss ihm ins Bein.

»Scheiße!«, schrie Valentine. »O Gott, was soll denn das?«

Bart bückte sich und hob die leere Patronenhülse auf. »Ich sagte, ihr beide rüber zum Spülbecken.« Als Lena sich nicht rührte, trat er gegen ihren Stuhl. »Es gibt noch schlimmere Arten, dich zu verletzen als mit einer Kugel, Schätzchen.«

Sie stand auf und ging zum Spülbecken.

Valentine hielt sich das blutende Bein und blaffte wütend: »Du glaubst, du kommst damit durch?«

»Ich glaube, ich muss im Leichenschauhaus noch eine ganze Menge mehr Kugeln aus deiner Leiche herauspuhlen, wenn ihr beide euch jetzt nicht gleich vor dieses Spülbecken kniet und euch ans Abflussrohr fesselt.«

»Glaubst du, du kannst es wieder so machen wie in der guten, alten Zeit? Jetzt geht es um viel zu viel Geld, Fred. Die bringen dich unter die Erde.«

»Schnauze«, sagte Bart und trat Valentine an der Schusswunde gegen das Bein.

»Verdammt!«, kreischte Valentine und ging zu Boden.

»Du auch«, sagte Bart und winkte Lena mit der Waffe. »Runter auf den Boden.«

Sie kniete sich langsam hin. »Ich habe nie jemandem gesagt, dass Sie das in dem Auto waren«, sagte sie. »Ich habe es die ganze Zeit für mich behalten.«

»Ich weiß, Süße«, sagte Bart. »Das war sehr nett von dir.«

»Lassen Sie mich gehen«, flehte Lena. »Lassen Sie mich und Sara gehen, und keine von uns wird irgendetwas sagen.«

Bart ließ seine fiesen, kleinen Zähne blitzen. »Das Komische ist, Lena, wenn es nur um dich ginge, würde ich dir sogar glauben. Würde ich wirklich. Aber die feine Ärztin da draußen wird nicht lügen. Sie würde es vielleicht sogar versuchen, aber sie kann einfach kein Geheimnis bewahren.«

»Sie wird es tun.«

Er schüttelte den Kopf. »Jake, greif da durch und zieh die Handschelle durch das Rohrknie.«

»Du Hurensohn«, murmelte Valentine, packte aber Lenas Arm und zog die Schellenkette durch das Knie.

»Mach es richtig eng«, befahl Bart. »Noch enger.«

Valentine drückte die Schelle so fest zu, dass sein Handgelenk rot wurde. »Sie werden dich finden«, drohte er Bart. »Sie werden dich finden und dir deine Eingeweide durchs Arschloch rausreißen.«

Bart stand am Herd. Er drehte alle Flammen bis zum Maximum auf und schlug dann mit dem Griff der Waffe die Drehregler ab, als er sicher war, dass sie nicht mehr erloschen. Dann holte er die Keramikbecher und stellte sie auf die offenen Flammen.

»Dafür wirst du sterben«, sagte Valentine. »Glaubst du, du kannst mich töten und damit durchkommen? Ich bin verdammt noch mal ein General in der Bruderschaft der wahren weißen Rasse. Rache wird auf dich herabregnen wie der Zorn des einen weißen Gottes.«

»Ja, ja«, sagte Bart. »Und du wirst vom größten schwarzen Schwanzlutscher in der Hölle in den Arsch gefickt werden.« Er hob den Fuß und jagte ihn Valentine ins Gesicht. Bart traf ihn zwar nicht voll, aber die Unterseite des Beckens war direkt hinter Valentine. Sein Kopf krachte gegen Gusseisen, und ein unheilvolles Knirschen drang aus seinem Schädel. Er rutschte am Becken nach unten, Blut tropfte ihm vom Hinterkopf.

Bart kniete sich hin, durchsuchte Valentines Taschen und hielt dabei die Waffe auf Lenas Brust gerichtet.

»Tu es nicht«, flehte sie. »Bitte, tu es nicht.«

Er fand Valentines Handy und zertrat es mit dem Absatz seines billigen Schuhs. Dann sagte er zu Lena: »Tut mir leid, Schätzchen.«

»Ja«, sagte Lena und dachte, wenn sie ihre Hände frei hätte, würde sie ihn erwürgen. »Kein Problem, weißt du. Ich kann es verstehen.«

Bart schüttelte den Kopf, und ein abwesender Blick kam in seine Augen. »Du bist genauso, wie deine Mama war. Weißt du das?«

War. Lena spürte, wie ihr die Kehle eng wurde, wie sie plötzlich all ihre Kraft zum Widerstand verließ. »Was ist mit ihr passiert?«, fragte sie. »Bitte. Ich muss es wissen.«

»Sie war eine der Guten, die über den Jordan gingen.« Bart stand auf und kontrollierte die Becher auf dem Herd. »Sie ist jetzt an einem besseren Ort.« Er deutete durch den Raum und meinte die gesamte Situation. »Ich hoffe, es bringt dir etwas Frieden, dass du das jetzt weißt.«

»Frieden!«, wiederholte sie. »Willst du mich verarschen? Glaubst du, du tust mir einen Gefallen, indem du mich tötest?«

Bart warf die Waffe auf den Küchentisch. »Tut mir leid, Baby.« Er öffnete die Tür und schloss sie leise hinter sich.

»Scheiße!«, schrie Lena und trat Valentine gegen das Bein. Er stöhnte und drehte sich zur Seite. Sie sah die Delle oben auf seinem Kopf, wo der Schädel zertrümmert war. Auch die kahle Stelle war jetzt deutlich zu sehen. Der untere Teil von etwas, das nur ein rotes Hakenkreuz sein konnte, war ihm auf die Kopfhaut tätowiert.

»Sara!«, schrie Lena, obwohl sie wusste, dass sie keine Antwort bekommen würde. »Sara!« Sie streckte sich, so weit sie konnte, schaute an Clints Leiche vorbei. Sara lag noch an die Wand gelehnt da, ihre leblosen Augen starrten Lena an.

Ächzend vor Anstrengung zerrte Lena Valentines Arm durch das Rohrknie. Er war totes Gewicht; ebenso gut hätte sie an einen Felsbrocken gekettet sein können. Mit Schieben und Ziehen schaffte sie es, ihn so weit in den Unterschrank zu bekommen, dass sein Ellbogen im Knie hing. Er murmelte etwas, bat sie, aufzuhören, aber Lena ignorierte sein Flehen, stemmte die Füße gegen das Schränken, packte mit beiden

Händen die seine und zog, so fest sie konnte, ohne sich die Schulter auszurenken. Als sie Valentine so weit im Schrank hatte, wie es möglich war, lehnte sie sich zurück und trat mit aller Kraft gegen das Rohr.

»Hilfe!«, schrie sie, während sie immer und immer wieder gegen das Rohr trat. Oft rutschte ihr Fuß ab und knallte gegen Valentines Schulter.

»Lena …«, flüsterte er und streckte die Hand nach ihr aus. »Bitte …«

Lena fing an zu husten, denn jetzt füllte ein feiner Dunst die Küche. Sie hatte das Rohr verbogen, aber es hielt noch – das war das einzige verdammte Ding in dieser beschissenen Bruchbude, das Hank je ersetzt hatte. Sie schrie vor Wut und trat gegen das Rohr, bis ihr der Fuß so wehtat, dass sie ihn kaum mehr heben konnte.

»Hilfe«, schrie sie noch einmal, wusste aber, dass niemand kommen würde. Bart hatte zweimal geschossen, aber niemand hatte sich die Mühe gemacht, ihnen zu Hilfe zu eilen. Die Gegend war ein Arbeiterviertel. An einem Freitagvormittag war niemand zu Hause; zumindest niemand, der sich um so etwas kümmern würde.

Die Pistole. Lena sah sie auf dem Tisch an der Wand liegen. Sie streckte sich darauf zu, bis es ihr den Arm fast aus der Schulter riss. Aber sie kam nicht an den Tisch. Lena drehte sich auf den Rücken, machte die Beine lang und versuchte, die Füße um ein Tischbein zu haken, damit sie ihn zu sich ziehen konnte. Sie berührte das Metall mit der Schuhspitze, hörte aber sofort auf, als sie eine Flasche brechen hörte. Weißer Rauch stieg vom Tisch auf. Die Flüssigkeit tropfte auf den Boden und fraß sich leise brutzelnd durch das Linoleum. Was hatte sie sich nur dabei gedacht? Sie hatte noch mehr Chemikalien freigesetzt. Und was hätte sie getan, wenn sie an die Pistole gekommen wäre? Hier drinnen konnte sie keine

Waffe mehr abfeuern. Schon jetzt erfüllten Dämpfe die Luft. Ein Funke auf der Waffe konnte das ganze Haus in die Luft jagen.

»Nein-nein-nein«, keuchte sie, setzte sich auf und versuchte, klar zu denken. »O Gott, bitte.« Sie riss noch einmal an der Handschelle und schrie auf vor Schmerz. Ihr Handgelenk war gequetscht und blutete. Es tat so weh, dass sie befürchtete, es sei gebrochen. »Nein«, flüsterte sie hustend. Ihre Lunge bebte. Sie fühlte sich, als hätte sie Watte eingeatmet. Lena hustete, um die Lunge wieder frei zu bekommen, aber es funktionierte nicht. Sie streckte die Hand nach oben und drehte den Hahn auf, ließ sich Wasser auf die Handfläche laufen, trank einen Schluck und wischte sich die Augen.

So viele Jahre hatte sie in diesem Haus gesessen und gebetet, dass sie nicht hier sterben möge, dass sie irgendwie aus dieser grässlichen Stadt herauskommen und etwas aus sich machen könnte, aber jetzt war sie wieder in Hanks Haus gefangen und durchlebte ihren schlimmsten Alptraum.

Lena unterdrückte ein Schluchzen. Jeffrey würde das alles hier aufklären. Er würde seine Frau nicht von einem verdammten Zahnarzt obduzieren lassen. Er würde jemanden vom Staat rufen, der sich die Leichen anschaute. Sie würden Valentines gebrochenen Schädel sehen. Vielleicht blieb auch noch genug von Lena übrig, sodass sie die Prellungen an ihrer Fußsohle, die blutige Masse ihres Handgelenks sehen würden.

Ihr Handgelenk.

Und plötzlich sah Lena den Ausweg.

Sie streckte sich wieder, griff nach Clints Hosenbein, seinem Schuh, nach allem, woran sie ihn packen konnte. Ihre Finger kamen nicht einmal in die Nähe. Sie legte sich flach auf den Bauch, streckte den gefesselten Arm so weit über den Kopf, wie es ging, und versuchte, Clints Leiche mit den Füßen heranzuziehen. Er war ein schwerer Mann, aber sie schaffte es, einen seiner Füße zwischen die ihren zu klemmen. Sie zog ihn so weit heran, bis sie ihren Schuh in die Kette hängen konnte, die seine Brieftasche mit dem Gürtel verband. Sie spannte die Bauchmuskeln an und schrie vor Anstrengung, doch so konnte sie die Leiche Zentimeter für Zentimeter zu sich ziehen. Lena setzte sich auf, griff nach ihm und bekam endlich sein Hosenbein zu fassen, sodass sie ihn dicht genug an sich heranziehen konnte, um an das Messer an seinem Gürtel zu kommen.

Lena schaute Valentine an. Er starrte zurück, in seinen Augen loderte die Angst.

Sie ließ sich keine Zeit zum Überlegen, sondern packte das Messer und hackte es ihm ins Handgelenk. Er öffnete den Mund, schrie aber nicht. Es kam nur ein hohes, schrilles Winseln heraus, das ewig zu dauern schien. Lena verschloss die Ohren dagegen, hackte wieder in das Fleisch und versuchte, die weiche Stelle zwischen den Knochen zu erreichen. Blut spritzte ihr ins Gesicht, und vor Ekel drehte sich ihr der Magen um. Die Handschelle saß so fest, dass sie mit dem Messer nicht weit ausholen konnte, ohne Gefahr zu laufen, die Klinge am Metall stumpf zu machen. Sie hielt inne, versuchte, wieder zu Atem zu kommen und sich nicht zu übergeben. Vom Ofen her kam ein gluckerndes Geräusch, die Flüssigkeiten fingen an zu kochen.

»Bitte«, flüsterte Valentine. »O Gott, nein, bitte …«

Sie schob die Überreste von Valentines kaputtem Handy beiseite, drückte Valentines Handgelenk so flach auf den Boden, wie es ging, und legte das Messer auf das Handgelenk.

»Nein«, flehte Valentine mit schriller Stimme, als er sah, was sie vorhatte. »O Gott! O Gott! Nein!«

Lena stand, so weit es die Handschellen zuließen, auf und drückte ihre Schuhsohle auf das Messer. Die zweite Schneide der doppelseitigen Klinge schnitt ihr in den Sohlengummi.

Um das Gleichgewicht zu halten, stützte sie die Stirn auf die Anrichte und drückte dann mit ihrem ganzen Gewicht die Klinge in das Handgelenk.

»Nein!«, kreischte Valentine und strampelte mit den Beinen. Schmerzlaute wie von einem Tier gellten durch die Küche.

Sie drückte die Schuhspitze auf die Klinge und wippte, ihr ganzes Gewicht einsetzend, auf und ab, bis das Messer das Handgelenk durchtrennte und auf dem Boden auftraf.

Die Handschelle schnellte nach oben, Valentines Hand löste sich vom Gelenk wie ein lockerer Zahn aus seiner Höhle. Die Schelle war so eng, dass die Hand in ihr stecken blieb. Lena richtete sich auf, und seine Hand klatschte gegen ihr Bein. Sie würgte, denn weiter oben war der Rauch noch dicker. Die Augen brannten, und sie hatte Schwierigkeiten, sich zu orientieren.

Die Becher auf dem Herd glühten vor Hitze, die Flüssigkeit sprudelte. Sie versuchte, das Gas abzudrehen, aber von den Bedienungsknebeln waren nur noch die inneren Stifte vorhanden, und die ließen sich nicht bewegen. Rauch waberte in schwarzen Wolken durch die Küche. In einiger Entfernung sah sie, dass Sara es geschafft hatte, sich aufzusetzen. Sara bewegte den Mund, machte aber keine Anstalten, aufzustehen, versuchte erst gar nicht, das brennende Haus zu verlassen.

Lena taumelte auf sie zu und stieß dabei gegen den Tisch, sodass die Streichholzbriefchen auf den Boden fielen. Sie schaute nach unten, sah, dass die Reibeflächen alle abgerissen, die Streichhölzer aber unbenutzt waren. Ihr Arm fing an zu pochen, und sie merkte, dass sie mit der Hand in Glasscherben gegriffen hatte. Ein merkwürdiger Geruch stieg ihr in die Nase, sie spürte einen heftigen Schmerz, bei dem ihr schwarz vor Augen wurde. Säure. Sie hatte in die kaputte Säureflasche gegriffen. Sie öffnete den Mund, aber für einen Schrei hatte sie nicht mehr genug Luft in der Lunge, als sie die Hand vom Tisch wegriss.

»Lena …« rief Valentine hinter ihr. »Bitte …«

Lena stolperte weiter, weg von seiner Stimme. Sie fühlte sich, als würde ihr die Haut von den Knochen ihrer Hand tropfen, aber sie trieb sich weiter, zwang ihre Beine, sich auf Sara zuzubewegen, obwohl alle Sinne, die sie noch in ihrem Körper hatte, danach schrien, in die andere Richtung zu laufen.

Sie hustete, der Rauch würgte sie, die Hitze brannte auf ihrer Haut. Er hatte alles perfekt vorbereitet. Die Küche war der Traum eines verrückten Wissenschaftlers und der Alptraum jedes Polizisten.

Lithium-Batterien. Jod. Farbverdünner. Lauge.

Einige der Bestandteile, die man brauchte, um Meth-Kristalle herzustellen, waren auch bei der Bombe verwendet worden, die das Murrah Building in Oklahoma City zum Einsturz gebracht hatte.

Sie musste Sara erreichen, bevor das Haus explodierte, musste sie beide hier raus und an die frische Luft bringen.

»Sara!«, schrie Lena und torkelte den Gang hinunter. Sie kauerte sich vor Sara, fasste sie unter den Armen und versuchte, sie in eine aufrechte Position zu zerren. »Hilfe!«, kreischte sie, und ihre Beinmuskeln verkrampften sich, als sie Sara an der Wand aufrichtete. Der Rauch war jetzt so dick, dass sie nichts mehr sehen konnte. Die stechenden Chemikalien trieben ihr Tränen in die Augen. In der Küche platzte etwas, es klang wie ein Champagnerkorken oder eine Spielzeugpistole. Lena legte sich Saras Arm um die Schultern und schleifte sie zur Vordertür. Durch den Spalt der nicht mehr richtig schließenden Tür konnte sie einen schmalen Streifen Sonnenlicht sehen.

»Bitte, Sara«, flehte Lena. »Bitte hilf mir. Ich kann dich nicht tragen.«

Saras Beine bewegten sich torkelnd. Lena zog sie weiter,

riss die Tür auf. Das Sonnenlicht blendete sie. Sie spürte, wie die Handschelle und das, was in ihr war, gegen die Tür schlug, als sie Sara ins Freie schubste.

Beide stürzten sie am Fuß der Treppe auf die Erde, aber Lena zwang sich, gleich wieder aufzustehen. Sie packte Sara unter den Armen und zerrte sie rückwärts durch den Garten und auf die Straße. Sie hatten den Bürgersteig vor dem Nachbargrundstück gerade erreicht, als die Luft sich plötzlich veränderte. Etwas fast wie ein Vakuum saugte allen Sauerstoff zum Haus, dann kam eine gigantische Druckwelle in die Gegenrichtung, und heiße Luft schoss an ihnen vorbei. Die Explosion hörte Lena erst, als sie Sara zu Boden und sich selbst schützend darüberwarf. Dann kam die Hitze, eine intensive, entsetzliche Hitze, die ihr die Haut verbrannte.

Lena lag auf Sara. In ihrem Körper war kein Adrenalin mehr oder was immer sie dazu gebracht hatte, sie beide aus dem Haus zu schaffen. Irgendwie zwang sie sich, zur Seite abzurollen, dann fiel sie auf den Rücken.

In der Entfernung verkündete Sirenengeheul, dass endlich Hilfe unterwegs war. Lena schloss die Augen und gestattete sich das Gefühl der Erleichterung und dann der Freude, dass sie es geschafft hatte. Sie setzte sich mühsam auf und hustete einen Blutnebel. Ihre Hand schmerzte so sehr, dass sie kaum Luft bekam. Sie versuchte, sie nicht anzusehen, nicht die geschmolzene Haut, wo die Säure sich ins Fleisch gefressen hatte. Erst jetzt bemerkte sie, dass die freie Schelle, die an ihrem Handgelenk baumelte, leer war. Sie schaute zurück, woher sie gekommen waren. Nichts.

Sara versuchte, sich aufzurichten, kippte aber wieder um. Ein Stückchen weiter oben sah Lena einen Streifenwagen des Elawah County auf zwei Rädern in die Straße einbiegen.

»Was ist passiert?«, murmelte Sara und drückte sich die Finger auf die Augen. »Lena, was ist passiert?«

»Es ist alles in Ordnung«, antwortete Lena. »Jetzt ist alles vorbei.«

»Bist du okay?«, fragte Sara, noch immer ganz Ärztin, obwohl sie flach auf dem Rücken lag.

Der Streifenwagen blieb mit quietschenden Reifen vor ihnen stehen. Lena versuchte, sich aufzurichten, als Don Cook aus dem Auto sprang. Ihre Beine gehorchten ihr nicht, und ihre Hand fühlte sich an, als würde sie in Flammen stehen.

»Was zum Teufel ist denn hier los?«, wollte der Deputy wissen.

Lena schmeckte Blut. Ihr Magen verkrampfte sich, und sie konnte kaum sprechen. »Fred Bart«, sagte sie zu Cook. »Sie müssen Fred Bart finden.«

Sara hatte es geschafft, sich aufzusetzen. Sie legte Lena die Hand auf den Rücken, sagte ihr, sie solle tief Luft holen. Lena versuchte es, aber in ihrer Kehle verfing sich Blut. Sie hustete, ihr ganzer Körper spannte sich unter der Anstrengung an.

Das Letzte, was sie hörte, war Saras Schrei: »Einen Krankenwagen! Schnell!«

Dann verlor sie das Bewusstsein.

Montag

27

Nick Shelton war nicht ganz ehrlich gewesen, als er Jeffrey gesagt hatte, das Georgia Bureau of Investigation könne nur eingreifen, wenn die örtliche Polizeibehörde es darum bitte. Es gab für diese Vorschrift eine Ausnahme: Wenn die örtliche Polizei so korrupt war, dass die Staatsbehörde keine andere Wahl hatte, als die Sache in die Hand zu nehmen und den Saustall auszumisten. Und was konnte einen Korruptionsverdacht besser nähren als der Versuch, eine Polizistin und die Frau eines Polizeichefs in einem Meth-Labor in die Luft zu jagen? So hatte sich das GBI aufs Elawah County gestürzt wie ein Schwarm wütender Hornissen.

Jeffrey war auf halbem Weg zwischen dem Coastal State Prison und Reese gewesen, als sein Handy klingelte. Die Nummer war ihm fremd, aber er erkannte die Stimme, kaum dass er eingeschaltet hatte.

»Ich bin okay«, sagte Sara anstelle einer Begrüßung. Jeffrey blieb das Herz stehen, denn das sagte man nur, wenn man zuvor eindeutig nicht okay gewesen war.

Sara rief ihn aus dem Krankenwagen an, die Sirene im Hintergrund wetteiferte mit ihrer Stimme. Sie berichtete ihm alles, woran sie sich erinnern konnte, von dem Augenblick an, als Valentine die Waffe zog, bis zu dem, als Bart ihr etwas injizierte, das ihr das Bewusstsein nahm. Als sie fertig war, brachte Jeffrey kaum einen Ton heraus, so sehr hatte sich sein Unterkiefer verkrampft, während er ihr zuhörte. Er hatte Spielchen mit Ethan Green gespielt, und Sara hatte zur selben Zeit in

Lebensgefahr geschwebt. Er würde sich nie verzeihen, dass er sie mit Valentine allein gelassen hatte. Wenn der Mann nicht bereits tot wäre, Jeffrey hätte ihn gejagt, bis er ihn eigenhändig umgebracht hätte.

Als er dann zwei Stunden später endlich das Krankenhaus erreichte, machte Sara sich mehr Sorgen um Lena als um sich selbst. Sie zerbrach sich den Kopf darüber, ob der plastische Chirurg auch gut genug war, um ihre verätzte Hand wiederherzustellen, und hatte Angst, dass sich eine Infektion in ihrer Lunge festsetzen könnte, weil sie überzeugt war, dass der Pulmonologe nicht wusste, was er tat. Sie war fast manisch gewesen, war im Reden hektisch auf und ab gelaufen, bis Jeffrey sich ihr in den Weg gestellt und sie gestoppt hatte.

»Ich bin okay«, sagte sie immer wieder, auch als er schon längst gemerkt hatte, dass sie eher um ihrer selbst willen als um seinetwillen redete. Auch als er ins Grant County zurückfuhr, wiederholte sie ein ums andere mal, dass es ihr gutgehe. Erst am Sonntagabend war sie dann schließlich zusammengebrochen. Er hatte ihr gesagt, dass er nach Reese zurückfahre, um Nick Shelton bei Fred Barts Vernehmung zu unterstützen. Sie hatte ihn angefleht, er dürfe nicht fahren, und heute Morgen war er sich vorgekommen wie ein Verbrecher, als er sich aus dem Haus schlich, bevor sie aufwachte.

Als Jeffrey vor dem Gefängnis des Elawah County hielt, schwor er sich, das wäre nun wirklich das letzte Mal, dass er diesen Kasten sah. Ein Gefahrenguttransporter stand auf dem Platz, ein paar Regierungsbeamte liefen mit Kaffeebechern in der Hand herum. Nach der Explosion in Hanks Haus hatten sie das Viertel im Umkreis von einem knappen Kilometer abgesperrt, um den toxischen Abfall entsorgen zu können. Das Einzige, was von dem Sheriff noch übrig war, war ein bisschen DNS, die sie im Garten fanden, und der Kopf des Mannes.

Jake Valentine. Jeffrey wurde übel, wenn er an den Mann

dachte. Jetzt, da Valentine tot war, fand man alle möglichen interessanten Sachen über ihn heraus. Sein bescheidenes Haus in der Stadt war offensichtlich das, was er sich unter ärmlichen Lebensverhältnissen vorstellte. Er hatte ein großes Holzhaus am See, mit zwei Motorbooten am Steg hinter dem Haus. Seine Polizeiakte war sauber, bei seinem Bruder war das allerdings eine ganz andere Geschichte. David Valentine war in einem Messerkampf mit einer rivalisierenden Skinhead-Bande erstochen worden, aber nach seinem Vorstrafenregister zu urteilen, war er in der Bruderschaft ziemlich weit oben gewesen. Brandstiftung, Vergewaltigung, Angriff mit einer tödlichen Waffe, versuchter Mord.

Offensichtlich hatte Valentine aus den Fehlern seines Bruders gelernt, denn er hatte sich sehr bedeckt gehalten. Bis auf eine Verhaftung wegen Trunkenheit in der Öffentlichkeit während seiner Collegezeit stand nichts in Valentines Akte, das einem verriet, dass er ein Skinhead-Drogenbaron war, der Meth im Wert von Millionen Dollar vertrieb. Das fehlende Stück im Puzzle war Myra, seine Frau. Myra Valentine, geborene Fitzpatrick, war die kleine Schwester von Jerry und Carl Fitzpatrick, den Anführern der Bruderschaft der wahren weißen Rasse. Ihre Eltern waren ins Elawah County gezogen, nachdem ihre Heimatstadt in New Hampshire ihnen klargemacht hatte, dass man eine Familie, aus deren Mitte ein Polizistenmörder kam, in der Stadt nicht haben wollte. Myra hatte es in Reese so gefallen, dass sie blieb. Jake Valentine hatte in eine mächtige Familie eingeheiratet, und wie die meisten mächtigen Familien hatte auch diese einen Weg gefunden, ihrem nichtsnutzigen Schwiegersohn eine Beschäftigung zu geben.

Nick hatte am Sitz der Bruderschaft in New Hampshire angefragt, ob man Myra befragen dürfe, von dort aber keine Antwort erhalten.

Jeffrey hatte Valentine nie ganz getraut, doch war er so versessen darauf gewesen, Ethan als den Drahtzieher des Ganzen festzunageln, dass er Sara und Lena mit dem Mann allein gelassen hatte. Jeffrey wusste nicht, ob er sich über seine Blindheit ärgern oder ob er sich schämen sollte. Er erinnerte sich an Grover Gibsons Worte an dem Tag, als Jeffrey und Valentine zu dem Mann gefahren waren, um ihm die Nachricht vom Tod seines Sohnes zu überbringen.

»Das hast du ihm angetan«, hatte Grover geschrien und war mit fliegenden Fäusten auf den Sheriff losgegangen. »Du hast ihn umgebracht!«

Valentine hatte alles gut vorbereitet, hatte Jeffrey bereits im Voraus gewarnt, dass Grover ihn für die Drogenabhängigkeit seines Sohns verantwortlich machen würde. Jeffrey hatte dem Sheriff sogar noch geholfen!

Doch damit konnte er sich jetzt nicht abgeben, weil es ihn nur wütend machte. Er musste sich auf Fred Bart konzentrieren. Der schmierige Zahnarzt war jetzt der Einzige, den man noch bestrafen konnte, und er schien entschlossen, bis zum Letzten zu kämpfen. Er war in seiner Praxis gewesen und hatte einen Zahn gefüllt, als Don Cook endlich dazu kam, ihn zu suchen. Bart behauptete hartnäckig, es sei reiner Zufall, dass der Patient auf seinem Stuhl sein Anwalt war. Nick war überzeugt, dass Jeffrey ihm helfen konnte, den Mann zu brechen. Den Optimismus des Staatsagenten teilte Jeffrey jedoch nicht. Das Elawah County fußte auf Geheimnissen, die Jahrzehnte zurückreichten. Der Stadt ging es gut, weil sie immer beide Augen zudrückte. Jeffrey bezweifelte ernsthaft, ob irgendjemand daran etwas ändern würde, vor allem Fred Bart würde dazu nicht beitragen.

Der Vorraum des Gefängnisses wirkte noch klaustrophobischer, als Jeffrey ihn in Erinnerung hatte. Don Cook war wahrscheinlich oben im Büro des Sheriffs und nahm Maß für neues Mobiliar. Nick saß am Schreibtisch des Mannes und blätterte in einem Jagdmagazin des Deputys. Er hob den Kopf, als er Jeffrey sah. »Du siehst beschissen aus, Mann.«

»Sara ist nicht sehr glücklich darüber, dass ich hier bin.«

»Sie wird's schon verwinden«, sagte Nick, aber Jeffrey war sich da nicht so sicher. »Ich bin total fertig wegen Bob Burg, Mann. Sie haben ihn gestern Abend abgeholt.«

Jeffrey ging es genauso. Er hatte angenommen, dass Burg zu den Guten gehörte, aber offensichtlich nahm er seit Jahren Geld. »Sagt er irgendwas?«

»Keinen Ton«, antwortete Nick. »Bob ist nicht blöd. Er weiß, dass er eine ganze Weile kein Tageslicht mehr sehen wird, aber er wird den Teufel tun und einen Skinhead verpfeifen.«

»Du hast nichts darüber gefunden, dass Hank ihn angerufen hat?«

»Bob hat sich rein gar nichts aufgeschrieben, Mann. Und auch wenn er es getan hätte, bräuchten wir seine Aussage zur Bestätigung, und er wird auf keinen Fall reden. Diese Nazi-Arschlöcher sind überall. Bob wird für den Rest seines Lebens mindestens ein Auge offen halten müssen beim Schlafen.«

Jeffrey betrachtete das als eine Form der Vergeltung.

»Wie geht's Lena?«

»Gut«, antwortete Nick, froh um den Themenwechsel. »Sie muss noch behandelt werden wegen ihrer Lunge, aber sie dürfte Mitte nächster Woche wieder nach Haus können.« Dann fügte er hinzu: »Sie haben sie gestern Abend in das Krankenhaus verlegt, in dem auch Hank ist.«

»Wie geht's ihm?«

»Besser. Aber er ist noch nicht übern Berg.«

»Was ist mit Bart – redet der schon?«

»Scheiße«, murmelte Nick und stand vom Schreibtisch auf. »Er tut nichts als reden. Dieser Trottel glaubt, er kann sich aus allem herauswinden. Behauptet, Lena müsse wohl high gewesen sein von den Chemikalien, und dass sie in ihrer Erinnerung alles durcheinanderbringe. Sein Anwalt sagt, Bart werde uns alles sagen, was er über Valentine weiß, wenn die Anklage auf leichtfertige Gefährdung reduziert wird.«

Jeffrey lachte nun zum ersten Mal seit Tagen. »Glaubt er wirklich, dass er da rauskommt?«

»Sein Anwalt deutete an, dass es ja nach einer gewissen abgesessenen Zeit die Möglichkeit der Bewährung gebe.«

Jeffrey lachte noch einmal. Plötzlich freute er sich auf die Begegnung mit Fred Bart.

Nick wurde ernst. »Ich will wissen, was du von dem Anwalt hältst. Da läuft irgendwas.«

»Okay«, sagte Jeffrey. »Hast du die Unterlagen?«

Nick gab ihm einen Ordner, griff dann unter den Tisch und drückte auf den Knopf des elektrischen Türöffners. Als Jeffrey ihm nach hinten folgte, beschlich ihn das Gefühl, dass dieses Gebäude schon jetzt irgendwie vernachlässigt wirkte, auch wenn Jakes Abgang erst wenige Tage zurücklag. Don Cook war nicht unbedingt eine Führungspersönlichkeit, und hier war jemand mit einer starken Persönlichkeit und sehr viel Erfahrung nötig, um der Stadt bei der Verarbeitung von Valentines Verrat zu helfen. Jeffrey gab dem Mann zwei Monate, dann würde er seinen Hut nehmen und in Pension gehen, um für den Rest seines Lebens nur noch zu angeln.

Ein Stativ mit einer Digitalkamera stand vor dem kleinen Besprechungszimmer. Nick klopfte an die Tür, bevor er sie öffnete.

»Na endlich«, sagte Bart, als freute er sich, sie zu sehen.

Jeffrey warf die Akte, die Nick ihm gegeben hatte, auf den Tisch, streckte dann die Hand aus und stellte sich Barts Anwalt vor. Der Mann nannte seinen Namen nicht, doch wegen des teuren Anzugs und dem modischen Haarschnitt vermutete Jeffrey, dass er eher in Atlanta zu Hause war als im Elawah County.

Nick deutete auf die Kamera. »Ich will die nur schnell aufstellen.« Er pfiff leise, während er das Stativ ans Kopfende des Tisches stellte und es umständlich hin und her schob, als hätte er alle Zeit der Welt. Jeffrey wusste, er versuchte nur, den Zahnarzt nervös zu machen, aber der Trick wirkte auch auf ihn. Als Nick endlich fertig war, wand sich Jeffrey schon beinahe auf seinem Stuhl.

Nick setzte sich neben Jeffrey. Fred Bart und sein Anwalt saßen ihnen gegenüber. Für die Kamera sagte er: »Ich bin Nick Shelton vom Georgia Bureau of Investigation. Neben mir sitzt Grant County Chief of Police Jeffrey Tolliver, der diese Befragung durchführen wird. Ist das okay für euch, Jungs?«

Der Anwalt nickte. Er war stämmig gebaut, die Haare trug er in einem Bürstenschnitt. Jeffrey fragte sich, ob er wohl etwas auf seinen Schädel tätowiert hatte.

Bart fragte: »Können wir die Sache jetzt hinter uns bringen?«

Jeffrey schlug die Akte auf dem Tisch auf. Er breitete die Fotos aus, die sie in einer Mappe in Jake Valentines Schreibtisch gefunden hatten. Nach den verkohlten Resten in seinem Abfalleimer zu urteilen, hatte es noch mehr Fotos gegeben, aber Valentine hatte dafür gesorgt, dass auf den belastenden Überwachungsfotos nur Fred Bart und Boyd Gibson zu sehen waren. Der Sheriff hatte nicht gelogen, als er Jeffrey gesagt hatte, dass er das GBI angerufen habe. Auf dem Anrufbeantworter in Nicks Büro war etwa eine Stunde bevor Jeffrey und Sara zum Gefängnis gekommen waren ein Anruf eingegangen. Valentine hatte richtig beschwingt geklungen, als er die Geschichte des Drogen verhökernden Zahnarztes erzählte.

Fred Bart schaute die Fotos kaum an. Die Bilder waren

grobkörnig, schafften es aber dennoch, eine Geschichte zu erzählen. Jeffrey klopfte mit dem Finger auf das oberste, das Fred Bart und Boyd Gibson rauchend vor einer verlassen aussehenden Lagerhalle zeigten. Hinter den beiden fand eben eine Drogentransaktion statt. Ein anderes Foto zeigte Bart in seinem Jaguar, wie er Boyd Gibson eben einen Stapel Geldscheine gab. Alle Fotos stellten Fred Bart als den Bandenchef in der Stadt hin und Gibson als seinen Mann fürs Grobe.

Zu den Fotos bemerkte Bart nur: »Die wurden doch ganz offensichtlich manipuliert.«

»Ich bin sicher, Sie finden einen Experten, der das einer Jury bestätigt«, gab Jeffrey zurück. Jake Valentine hatte bei der Falle, die er für den Zahnarzt konstruiert hatte, hervorragende Arbeit geleistet. Wenn Lena nicht das Tattoo auf dem Arm des Sheriffs gesehen hätte, dann hätte kein Mensch Valentines Beweise in Zweifel gezogen – oder auch Barts Tod in seinem eigenen Meth-Labor, das Clint Jones für ihn eingerichtet hatte.

Jeffrey schob die Fotos wieder zusammen. »Ihr Bankkonto zeigte am Freitagmorgen ein Guthaben von über zweihunderttausend Dollar.«

»Ich war mit Patienten in meiner Praxis. Ich habe keine Ahnung, wovon Sie sprechen.«

»Sie meinen Ihre Praxis, in der man genug Methamphetamin-Pulver fand, um einen Skihang damit zu beschneien?« Er hielt einige Sekunden inne. »Jake war kurz davor, dem GBI den Fall seines Lebens zu übergeben.«

Bart schüttelte langsam den Kopf. »Ich habe immer noch keine Ahnung, wovon Sie sprechen.«

Jeffrey führte es dem Mann vor Augen. »Ihnen droht die Todesstrafe.«

Nun warf der Anwalt dazwischen: »Mein Mandant kooperiert auf jede ihm mögliche Art.«

»Er hat vor den Augen einer Polizeibeamtin kaltblütig einen Mann erschossen.«

»Sie war high«, entgegnete Bart, so wie Nick es vorausgesagt hatte. »Bei der Menge an Chemikalien in dieser Küche überrascht es mich, dass sie überhaupt noch weiß, dass sie dort war. Sie wissen ja, was Sie Jake angetan hat. Sie hat ihm die Hand abgeschnitten! Das ist doch nicht die Handlungsweise einer klar denkenden Person!«

Jeffrey dachte im Stillen, dass dies die Handlungsweise eines verzweifelten Menschen war, der nicht sterben wollte. »Sie haben meiner Frau ein Beruhigungsmittel gespritzt.«

»Jake hätte ihr etwas angetan, wenn ich sie nicht außer Gefecht gesetzt hätte. Glauben Sie mir. Er war sehr gewalttätig.«

Der Anwalt versteifte sich leicht. Jeffrey hätte es gar nicht bemerkt, wenn er ihn nicht genau beobachtet hätte.

Jeffrey fragte weiter: »Wie haben Sie Charlotte Gibson auf dem Rücksitz des Escalade beschützt?«

»Ich habe Ihrem Freund hier doch bereits gesagt, dass ich das nicht war«, erwiderte Bart. »An dem bewussten Abend war ich zu Hause und habe ferngesehen.«

»Lena ist aber bereit, Sie eindeutig zu identifizieren.«

Bart zeigte ein breites Lächeln. »Soweit ich weiß, war der Täter bei diesem Verbrechen maskiert.«

»Ja«, pflichtete Jeffrey ihm bei. »Aber es ist schwierig, sich hinter einer Maske zu verstecken, wenn man so kleine Frettchenzähne hat.«

Barts Hand schnellte an seinen Mund, bevor er es unterdrücken konnte.

Jeffrey sagte: »Erzählen Sie mir von Boyd Gibson.«

Bei der Erwähnung von Gibsons Namen schien der Anwalt aufzuhorchen. War Fred Bart der Einzige in diesem Raum, der nicht merkte, dass der Typ für die andere Seite arbeitete?

Jeffrey hätte dem Mann sehr gerne die Ärmel aufgerollt und nach Tätowierungen gesucht.

Jeffrey wiederholte: »Boyd Gibson.«

Bart redete langsam und bewegte dabei die Lippen so wenig wie möglich, als könnte er dadurch seine Zähne verstecken. »Jake hat mir erzählt, was passiert ist«, sagte er. »Clint und Boyd kamen nie so recht miteinander aus, aber Jake hielt sie bei der Stange. Er wollte, dass sie Hanks Bar niederbrennen. Lena war ein paarmal da drin gewesen, und Jake wollte nicht, dass sie herumschnüffelte. Er wollte sie verscheuchen.«

»Und?«, fragte Jeffrey weiter.

»Na ja, Jake sagte, sie hätten außen um die Bar herum Benzin verschüttet. Clint hätte ein brennendes Streichholz darauf geworfen, aber dann hätte Boyd zu schreien angefangen, dass Hank da drinnen immer Geld versteckt hätte, unter einer Bodendiele oder so.«

»Er rannte also in das Gebäude, um das Geld zu holen?«, fragte Jeffrey und dachte dabei, wenn Bart die Wahrheit sagte, dann hatte er einem der größten Dummköpfe auf Erden das Leben gerettet.

Bart nickte. »In diesem Augenblick kamen Sie dazu. Boyd machte sich aus dem Staub und traf sich mit Clint im Wald. Sie hatten irgendeinen Streit. Wie bereits gesagt, diese Männer waren Hitzköpfe.« Bart machte eine theatralische Pause. »Wie auch immer, am Ende erstach Clint Boyd.«

»Und dann?«

»Und dann musste er es Jake sagen.«

»Was war mit dem Messer?«

»Clint wollte sein Messer nicht verlieren – es war teuer –, also benutzte er eins, das er … gefunden hatte.« Der Mann zuckte die Achseln und hob die Hände. »Aber vergessen Sie nicht, ich kenne diese Geschichte nur von Jake, ihren Wahrheitsgehalt kann ich deshalb nicht bestätigen.«

»Ja«, sagte Jeffrey. »Ich verstehe.« Er verschränkte die Arme. »Hat Jake auch gesagt, wessen Idee es war, Boyds Leiche in mein Motelzimmer zu werfen?«

»Seine. Jake dachte, wenn wir Ihrer Frau nur genug Angst einjagen, würden Sie die Stadt verlassen.«

Jeffrey fragte: »Was ist mit Charlotte Gibson?«

»Jake bekam es mit der Angst, weil sie mit Lena redete.«

»Also zündete Jake sie an?«

»Ja. Er schickte gern Botschaften.«

»Stimmt das alles?«

»Ja.«

Jeffrey dachte an das, was Lena über Barts letzte Worte zu Valentine gesagt hatte und über die Wut, die zwischen den beiden Männern hochgekocht war. Der Zahnarzt stockte sein Einkommen mit Meth schon seit einer Zeit auf, als Valentine noch in den Windeln gelegen hatte. Er war der große Mann in der Stadt gewesen, bis Myra ihren Collegefreund heiratete.

»Lassen Sie mich das noch einmal rekapitulieren«, sagte Jeffrey und zählte die Leichen an den Fingern ab. »Clint Jones tötete Boyd Gibson, Jake tötete Charlotte, und Sie waren so freundlich, Clint in – was? – in Notwehr zu erschießen? Ich nehme an, dass Sie Lena und Sara in diesem Haus ließen, wo sie mit großer Wahrscheinlichkeit sterben würden, das war nur ein Versehen Ihrerseits?«

»Ich weiß, ich hätte diese Frauen dort nicht zurücklassen dürfen, aber ich hatte schreckliche Angst. Jake hatte mächtige Freunde. Ich rannte davon, weil ich eben Angst hatte. Dafür übernehme ich die volle Verantwortung.«

»Freut mich, dass Sie wenigstens für irgendetwas die Verantwortung übernehmen.«

Bart versuchte sich nun zu verteidigen und sagte: »Ich habe im Büro des Sheriffs angerufen und einen anonymen Tipp abgegeben.«

Nick hatte das offensichtlich schon einmal gehört. »Wir haben die Neun-eins-eins-Bänder vom Freitag abgehört. Wir haben nichts gefunden.«

»Dann müssen Sie eben weitersuchen«, entgegnete Fred. »Ich habe von einem Münzfernsprecher im Stop'n'Save angerufen. Dort sollten meine Fingerabdrücke zu finden sein.«

Jeffrey bezweifelte nicht, dass auf dem Telefon Barts Fingerabdrücke waren. Er hatte genug Zeit gehabt, sich ein Alibi zu konstruieren, während Sara und Lena um ihr Leben kämpften.

»Was ist mit der anderen Leiche?«, fragte Jeffrey.

Er schien ebenso überrascht, wie Sara und Lena es gewesen waren. Beide Frauen hatten geschworen, es sei sonst niemand in Hanks Haus gewesen, aber in der Nähe des hinteren Schlafzimmers hatte man die Überreste einer Männerleiche gefunden.

Jeffrey sagte es ihm: »In Hank Nortons Haus wurde noch ein weiteres Skelett gefunden. Der staatliche Leichenbeschauer sagt, es handelt sich um einen älteren Mann, vermutlich Mitte sechzig.«

Bart schaute seine Hände an. »Darüber weiß ich nichts.«

»Sie wissen über sehr viele Dinge nichts«, sagte Jeffrey mit einer gewissen Schärfe. »Ich glaube, Sie sitzen einfach nur da, und Ihr kleines Hirn läuft auf Hochtouren, weil Sie schnelle Antworten auf jede Frage parat haben wollen. Aber Sie haben ganz einfach keine Ahnung, wie tief das Loch ist, in dem Sie stehen.«

»Ich weiß nicht, was Sie meinen.«

Jeffrey schaute Nick an. Sie beide wussten, dass Bart entweder zu arrogant oder zu dumm war, um zu erkennen, dass sein Leben so gut wie vorüber war, und zwar von dem Augenblick an, da er Clint erschossen und Jake Valentine befohlen hatte, sich vor das Spülbecken zu knien.

»Okay«, seufzte Nick, stemmte die Hände auf die Tischplatte und stand auf.

»Was tun Sie da?«, jaulte Bart.

»Einpacken«, sagte Nick und klappte das Stativ zusammen. »Sie wissen rein gar nichts, Tonto, und ich habe das Gefühl, dass dieser Lone Ranger da jeden Augenblick in seinen Korral zurückreiten wird, um sich wieder um seine Hunde zu kümmern.«

Der Anwalt kicherte. »Schön gesagt.«

Nick sagte zu ihm: »War nicht bös gemeint, Kumpel, aber wir hoffen, dass diese ganze Sache hier nicht länger dauert als unbedingt nötig.«

»Ich glaube, wir haben für die nächste Zeit genug Kollateralschäden.« Der Anwalt schob Valentines Fotos von Fred Bart über den Tisch. »Ich habe den Eindruck, Sie haben hier eine überwältigende Menge an Beweisen. Auf jeden Fall genug, um den Beschuldigten anzuklagen.« Er stand auf und sagte zu Jeffrey: »Es tut mir sehr leid, dass Ihre Frau in Gefahr war.« Nach kurzem Zögern führte er hinzu: »Und natürlich auch Ihre Detective.«

Jeffrey wusste, was der Anwalt meinte, aber er wollte Gewissheit haben. »Solange sie nur jetzt sicher sind.«

»Das sind sie.«

Der Anwalt wandte sich zum Gehen, aber Bart packte ihn am Arm und schrie: »Sie haben gesagt, sie würden sich auf einen Deal einlassen. Sie haben gesagt, sie würden –«

»Nehmen Sie Ihre Hände da weg«, bellte er und riss den Arm weg.

Bart schien nun endlich zu verstehen, dass der Anwalt nicht auf seiner Seite stand, dass der Mann nur aus einem einzigen Grund hier war, nämlich um dafür zu sorgen, dass Bart keine Bedrohung für die Leute darstellte, die sein Honorar tatsächlich bezahlten.

Der Anwalt für seinen Teil schien froh zu sein, dass dieses Theater endlich vorüber war. Er nickte erst Nick, dann Jeffrey zu. »Meine Herren, wenn Sie mich jetzt entschuldigen.«

»Was soll denn das?«, empörte sich Bart. »Sie sind mein Anwalt. Wo gehen Sie hin?«

Der Mann verließ den Raum, ohne sich noch einmal umzudrehen.

Bart stand am Tisch und rang die Hände wie eine Frau.

Nick sagte zu ihm: »Setzen Sie sich, Fred.«

Bart ließ sich auf seinen Stuhl plumpsen. »Ich will einen Deal machen«, murmelte er. »Ich will einen Deal machen.«

»Willkommen im Staat der plötzlichen Erkenntnis.« Nick klatschte ironisch in die Hände. »Was meinen Sie denn, was für einen Deal Sie machen könnten, Freddy?«

»Irgendeinen«, flehte Bart. »Sagen Sie einfach, was sie von mir hören wollen.«

Nick schüttelte den Kopf. »Wir wollen Namen von Ihnen hören, Fred. Das Problem ist nur, Sie kennen sie nicht.«

»Ich kenne sie!«, kreischte Bart. »Ich kenne sie alle!«

»Zum Beispiel?«

»Zum Beispiel ...« Sein Mund bewegte sich, doch er wusste nicht so recht, was er sagen solle. »Sagen Sie es mir einfach. Sagen Sie mir, wen Sie wollen, und ich sage den Namen.«

»Reimt sich auf Spitzpatrick.«

Bart wurde blass. »Nein«, sagte er. »Das kann ich nicht.«

Nick zuckte die Achseln. »Schauen Sie, wir geben Ihnen hier genug Seil, um eine Schlange aufzuhängen. Da kann ich doch nichts dafür, wenn Sie den Knoten nicht binden können.«

»Sie bringen mich um«, sagte Bart. »Sie tun ... noch Schlimmeres. Sie bringen Leute nicht nur einfach um ... sie ...« Er brach ab und schnappte nach Luft. »Bitte ...«, bettelte er.

Jeffrey stand auf, und Nick öffnete die Tür.

»Nein!«, flehte Bart. »Sie können mich doch nicht einfach hier sitzen lassen.«

Nick konnte es sich nicht verkneifen. »Keine Sorge, wenn wir die Stadt verlassen, halten wir beim Stop'n'Save und rufen Neun-eins-eins an.«

Jeffrey hatte einen schlechten Geschmack im Mund, als er an der Elawah County Highschool vorbeifuhr. Eigentlich sollte er sich gut dabei fühlen, dass er Fred Bart den Wölfen zum Fraß vorgeworfen hatte, stattdessen aber fühlte er sich schmutzig. Fred Bart hatte Sara dem Feuer überlassen, und Jeffrey glaubte sehr an Auge um Auge. Außerdem war er Polizist, und er wusste, dass der Staat ein Verfahren hatte, um sich um seine verdienstvollsten Kriminellen zu kümmern. Was war der Unterschied zwischen zehn Jahre Warten, bis die Berufung abgelehnt wurde, und der Rache der Bruderschaft?

Der Unterschied war, dass die Bruderschaft mit jedem Mord, den sie beging, stärker wurde. Sie würden Bart nicht in einen sterilen Raum karren und ihm eine Nadel in den Arm stechen. Sie würden ihn um sein Leben betteln lassen. Sie würden ihn schlagen, ihn foltern – so mit ihm umspringen, dass der Tod das Einzige war, worauf er sich noch freuen konnte. Fred Bart würde zur Lektion werden für jeden anderen Ganoven und Trottel da draußen: Wer sich mit der Bruderschaft anlegt, zahlt den allerhöchsten Preis dafür.

Dennoch kam ihm immer wieder in den Sinn, was Ethan Green gesagt hatte, und er konnte nicht anders, als sich zu fragen, ob der junge Mann den wahren Jeffrey gesehen hatte, denjenigen, der sich hinter seiner Marke versteckte und gleichzeitig ein Auge zudrückte. Jeffrey hatte den Eid abgelegt, jeden zu beschützen und zu verteidigen, nicht nur die Leute, die es verdienten. Er sollte innerhalb des Systems arbeiten, nicht die Regeln so umgestalten, wie es ihm gerade passte.

Er sollte sich um die Schwachen kümmern und sie vor den Starken schützen. Und stark hatte Fred Bart mit Sicherheit nicht ausgesehen, als Jeffrey und Nick ihn weinend im Verhörzimmer hatten sitzen lassen. Er war auf die Knie gefallen und hatte um Hilfe gefleht.

Jeffrey merkte, dass er am Motel vorbeigefahren war, und wendete. Er hielt eben vor dem Büro, als die Putzfrau aus einem der Zimmer kam. Sie stand da und beobachtete, wie er ausstieg.

Jeffrey rief ihr zu: »Ich muss die Sachen aus Nummer vierzehn holen.«

»Ist alles schon zusammengepackt«, sagte die Frau und ging davon.

Jeffrey nahm an, dass er ihr folgen sollte. Er fing die Tür zum Büro ab, bevor die Frau sie ihm ins Gesicht knallen ließ.

»Danke«, sagte er.

Sie ging hinter die Rezeption und kratzte sich dabei die Arme durch das langärmlige T-Shirt. Sie sagte: »Für das Zimmer ist noch eine Rechnung offen.«

Jeffrey schaute zu dem Schlüsselbrett hinter ihr und schätzte, dass vielleicht drei Zimmer vermietet waren. »Viel los in letzter Zeit?«

»Hör mal, Arschloch. Ich mache die Regeln nicht.«

Er lachte und zog seine Brieftasche heraus. »Wie viel?«

Sie kratzte sich den Hals, versuchte offensichtlich abzuschätzen, wie viel sie ihm abluchsen konnten. »Hundert Dollar.«

»Wie wär's mit zwanzig?«

»Wie wär's mit fünfzig?«

Jeffrey gab ihr das Geld, obwohl er starke Zweifel daran hatte, dass die Scheine je den Weg in die Kasse finden würden. Nach dem Aussehen der Frau zu urteilen, gehörte sie offensichtlich zu einer sehr raren Spezies: Eine Meth-Süchtige, die es über die Dreißig geschafft hatte.

Die Frau fragte: »Wie geht's dem Mädchen?«

»Lena?«

»Ja, ihr.«

»Sie ist okay.«

»Gut«, sagte die Frau. Sie zog eine Tasche unter der Theke hervor und schob sie Jeffrey zu. »Das ist ihr Kram. Und jetzt sehen Sie zu, dass Sie von hier verschwinden.«

Er musterte sie einen Augenblick, ihr arrogant hochgerecktes Kinn. Dann sagte er langsam: »Sie ist die nächsten Tage noch im St. Ignatius.«

»Klasse. Meine Steuerdollars bei der Arbeit.«

»Sie zahlen Steuern?« Sie warf ihm diesen Leck-mich-Blick zu, an den er inzwischen eigentlich gewöhnt sein müsste. »Wissen Sie, Ihre Tochter schaut mich manchmal genauso an.«

»Ich habe keine Tochter.«

»Lena sieht genauso aus wie Sie.«

Angela Adams brummte und gab die Verstellung auf. Sie hatte fünfzig Dollar in der Tasche und Gier in ihren Adern. »Läuft genauso blind durch die Welt wie ich. Erkannte ihre eigene Mutter nicht, obwohl ich direkt vor ihr stand.«

Auch Jeffrey hatte kaum eine Verbindung herstellen können zwischen dem Ölbild, das er über Hank Nortons Wohnzimmersofa hatte hängen sehen, und der Frau, die jetzt vor ihm stand. Dieses Hochrecken des Kinns hatte sie verraten – auch nach all den Jahren funkelte in ihren Augen noch diese arrogante Herausforderung. Angela war einmal sehr schön gewesen, aber Meth hatte diese Schönheit zerstört, so wie es sie ihren jungen Töchtern weggenommen hatte.

Dennoch versuchte Jeffrey, freundlich zu sein. »Manchmal sieht man nicht, wonach man nicht sucht.«

»Denken Sie, ich weiß nicht, wie ich aussehe?« Sie zupfte an der Kante der Tresenbeschichtung. »Geht's Hank gut?«

Jeffrey spürte, wie sich nun noch ein Puzzelstück ins Bild fügte. »Hank war die ganze Zeit bei Ihnen, als er verschwunden war. Oder etwa nicht?«

»Der blöde Scheißer hätte es besser wissen sollen. Hat kaum drei Tage gedauert, bis wir uns gegenseitig an die Gurgel gegangen sind.« Sie kratzte sich einen Schorf am Hals. »Eines Morgens ging der Mistkerl einfach davon. Schätze, er ist zurück zu seinem Haus.«

»Er ist auf dem Weg der Besserung«, sagte Jeffrey der Frau. »Das Meth ist aus seinem System draußen.«

»Er hat sich immer gut um die beiden gekümmert.« Sie korrigierte sich. »Um Lena.«

»Wir haben die Geburtsurkunden gefunden, in die Sie Hank als Vater eingetragen haben.«

»Hat sie es gesehen?«

»Nein«, sagte Jeffrey. »Ging in dem ganzen Durcheinander irgendwie unter.«

Sie lachte reumütig auf. »Blöde Kuh, die ich war – ich dachte mir, für ihn wäre es einfacher, die Kinder zu nehmen, sie zu beschützen. Ich hätte ihn fast in den Knast gebracht.« Sie zupfte wieder an dem Schorf. Blut quoll heraus. »Ich war diejenige, die Hank an die Nadel gebracht hat. Hat er Ihnen das erzählt?«

»Wir haben nie wirklich darüber gesprochen.«

»Als Cal umkam – das war ihr Vater –, konnte ich es einfach nicht ertragen. Schwanger, fett, elend, allein. Und dazu hatte ich auch noch Zahnschmerzen. Ich ging zu diesem blöden, kahlen Arsch Fred Bart. Er sagte mir, er hätte was zur Beruhigung.« Sie starrte Jeffrey böse an, als hätte er sie herausgefordert. »Ich habe meine Wahl damals getroffen.«

»Lena würde Sie bestimmt sehen wollen.«

»Ich war in den letzten zwanzig Jahren immer mal wieder im Gefängnis. Glauben Sie wirklich, eine Polizistin will eine Kriminelle als Mutter?«

Seinen eigenen Vater hatte Jeffrey mit Sicherheit nicht gewollt, aber seine Eltern konnte man sich eben nicht aussuchen. »Ich kenne Lena schon sehr lange. Sie würde Sie sehen wollen.«

»Glauben Sie, sie will so was sehen?«, fragte Angela und krempelte den Ärmel hoch.

Jeffrey zuckte zusammen, als er die Schäden sah, die die Nadel im Lauf der Jahre angerichtet hatte.

»Ich arbeite hier«, sagte Angela. »Ich verdiene gerade genug für mein eigenes Leben. Und ich brauche nichts in diesem Leben, was es kompliziert macht.«

»Ich weiß nicht, ob Lena Ihnen da zustimmen würde.«

»Ach ja …« Sie schob sich den Ärmel wieder hinunter. »Ist mir doch scheißegal, was du denkst, Arschloch. Geh mir verdammt noch mal aus den Augen.«

Sie ging um die Theke herum und zur Tür. Jeffrey erwartete, dass sie jetzt einfach verschwand, aber sie blieb stehen.

Er versuchte es noch einmal. »Sie sind ihre Mutter. Daran wird sich nie etwas ändern.«

Sie drehte ihm weiterhin den Rücken zu, ihre Hand lag auf der Glastür. »Wollen Sie wissen, was für eine Mutter ich bin?« Sie schüttelte angewidert den Kopf. »Ich hatte versprochen, sie in Frieden zu lassen, aber ich war pleite und brauchte so dringend Stoff, dass es wehtat. Also fuhr ich zu seinem Haus und bat Hank um etwas Geld. Er gab es mir, und ich …« Sie atmete tief durch. »Ich setzte mit dem Auto zurück, ohne zu schauen, wohin ich fuhr, und ich überfuhr sie vor den Augen ihrer Schwester und dieses dicken Mädchens von nebenan. Haben Sie das gewusst. Wussten Sie, dass ich schuld an der Blindheit meiner Tochter war?«

Jeffrey konnte nicht ermessen, wie groß ihre Selbstvorwürfe sein mussten.

»Die Bullen verhafteten mich am nächsten Tag wegen Drogenbesitzes. Da waren noch ein paar andere Sachen in meiner Akte – ein paar geplatzte Schecks, einige Vorstrafen. Der Richter war nicht gerade milde mit mir. Ich und Hank, wir dachten, für die Mädchen wäre es besser, wenn sie glaubten, ich sei tot, anstatt zu wissen, wie ich wirklich bin.«

»Trotzdem …«

»Mister, diese Babys aufzugeben, war das einzig Gute, was ich in meinem Leben getan habe. Nehmen Sie mir das nicht weg.«

Sie stieß die Tür auf, ging hinaus und ließ Jeffrey mit Lenas Sachen stehen.

28

Lena saß in einem Rollstuhl an Hanks Bett und hielt seine Hand mit ihrer gesunden. Seine Haut war trocken, seine Finger wie Stecken, die sich nicht biegen ließen. Er schaute sie nicht an, erwiderte ihren Händedruck nicht. Erst dachte sie, er wäre wütend, aber nun merkte sie langsam, dass er sich schämte. Wenn er mit ihr reden würde, hätte er etwas in der Richtung gesagt, dass sein eigener Stolz ihn ruiniert hatte.

Sein Stolz über das Loskommen von der Sucht hatte fast etwas Arrogantes gehabt, aber dann war nur ein Schuss nötig gewesen, um ihn wieder süchtig zu machen. Sein Körper war verwüstet von den Drogen, die er genommen hatte. Die Medikamente, mit denen die Ärzte ihn jetzt behandelten, halfen ihm über die Entzugsrescheinungen hinweg, aber gegen seine Depression konnten sie nichts ausrichten.

Meistens waren die beiden einfach nur wortlos zusammen, Lena hielt seine Hand, und er starrte zum Fenster hinaus, bis eine Schwester kam und meinte, sie müssten sich jetzt beide etwas ausruhen. Lena redete nicht viel, weil es eigentlich nichts zu sagen gab.

»Alles okay?«, fragte die Schwester, während sie die Maschinen und Schläuche kontrollierte, an denen Hank angeschlossen war. Sie war eine nette Frau, aber ihre Fröhlichkeit nervte, und mit ihrer lauten Stimme hätte sie Tote aufwecken können.

»Alles okay«, erwiderte Lena und hustete.

Die Schwester schaute sie besorgt an. »Haben Sie heute Morgen Ihre Atemübungen gemacht?«

»Ja, Ma'am«, antwortete Lena.

Sie lächelte und tätschelte Hanks Hand. »Sehen Sie, wie brav Ihre Nichte ist, Mr. Norton?« Sie redete noch lauter, wenn sie mit Hank sprach, wahrscheinlich weil er nie etwas erwiderte.

Dann wandte sie sich an Lena: »Wie geht's Ihrer Hand?«

Lena hob die bandagierte Hand. »Ganz gut. Die Ärzte meinen, ich sollte die volle Beweglichkeit zurückbekommen.«

»Aber sicher doch«, sagte die Schwester mit unnachgiebigem Optimismus. »Nur noch ein paar Minuten mit Ihrem Onkel, ja? Sie müssen sich beide etwas ausruhen.« Sie wackelte drohend mit dem Finger. »Ich komme nachschauen.«

Die Tür fiel leise ins Schloss, und Hank murmelte: »Mann, ist die laut.«

Lena war so erleichtert, ihn reden zu hören, dass sie nicht antworten konnte.

Seine Stimme klang heiser, als er sie fragte: »Machst du diese Übungen wirklich, Mädchen?«

»Ja.«

»Ich konnte nie feststellen, ob du lügst oder nicht.«

»Ich auch nicht.«

Hank atmete tief ein und stieß die Luft wieder aus.

Sie sagte: »Erzähle mir von meiner Mutter.«

Er lächelte. »Welche Geschichte willst du hören?« Er glaubte, sie würde das alte Spiel spielen, das Sibyl und Lena sich ausgedacht hatten, als sie noch klein waren.

»Die wahre Geschichte, Hank. Die, in der sie überlebt hat.«

Seine Augen waren die ganze Zeit feucht, daher konnte sie nicht sagen, ob er weinte. »Sie hat euch Mädchen immer geliebt. Das hat nie aufgehört.«

»Sie war schuld an Sibyls Blindheit.«

Falls er überrascht war, konnte sie das nicht erkennen. Er hatte das Gesicht noch immer von ihr abgewandt. »Sie kam zum Haus, weil sie Geld wollte. Sie war außer sich vor Kummer, als es dann passierte. Ich schaffte sie weg, nahm die Schuld auf mich, als die Bullen kamen, sagte, ich sei es gewesen. Ich konnte doch nicht zulassen, dass ihr eure Mutter hasst. Ich wollte, dass ihr sie liebt, ihr ein gutes Andenken bewahrt.«

»Was ist mit ihr passiert?«, fragte Lena. »Wie ist sie gestorben?«

Er riss den Kopf herum. Er war offensichtlich schockiert von der Frage. Er hatte fast Panik in den Augen, als könnte er sich nicht entscheiden, was er ihr sagen sollte.

»Ist schon gut«, besänftigte sie ihn. »Ich werfe dir nichts vor. Ich bin nicht wütend. Ich muss nur die Wahrheit wissen. Sag mir einfach die Wahrheit.«

Man sah, wie Hank die Kehle eng wurde. Er presste die Lippen zusammen, als wollte er die Worte zurückhalten, die in ihm hochstiegen. Er war noch nie ein Mann gewesen, der in Erinnerungen schwelgte, vielleicht weil von den seinen keine einzige gut war.

»Hank, sag's mir«, bat ihn Lena. »Sag es mir nur dieses eine Mal, und ich werde dich nie wieder fragen. Ich glaube, nach all der Zeit habe ich es verdient zu wissen, wie meine Mutter starb.«

Er starrte zur Decke, als müsste er sich sammeln. Als er schließlich antwortete, sprach er so leise, dass sie ihn kaum verstehen konnte. »Autounfall.«

»Fred Bart hat mir gesagt, dass sie jetzt an einem besseren Ort ist.«

Hank schwieg wieder, er dachte nach. »Deinen Daddy zu verlieren und dann deine Schwester so zu verletzen …« Er schluckte, kämpfte offensichtlich mit seinen Gefühlen. »Ich bin ein egoistischer Mann, Lee. Du bist alles, was ich noch habe, und ich kann nicht …« Seine Stimme stockte. »Ich kann dich nicht verlieren.«

Lena umfasste seine Hand fester, sie wollte, dass er verstand, dass sie ihn nie wieder verlassen würde. »Als ich dich im Haus traf, hast du mir gesagt, dieser Mann, Clint Jones, hätte meine Mutter getötet.«

»Er hat ihr Drogen verkauft«, sagte Hank. »Er hat uns beiden Drogen verkauft.«

Lena lehnte sich zurück und versuchte, das Bild von Angela dem Engel, das sie die ganzen Jahre vor Augen gehabt hatte, mit diesem neuen Bild von Angela der Drogensüchtigen in Einklang zu bringen. War ihre Mutter so schlimm gewesen wie Hank? Waren ihre Arme ebenso vernarbt, ihr Gesicht so verwüstet gewesen? Lena erschauerte bei dem Gedanken und wünschte sich fast, sie hätte es nie erfahren.

»Meth ist einfach …« Er schüttelte den Kopf. »Du stirbst in dem Augenblick, in dem du es nimmst. Der Mensch, der du bist, der Mensch, der du werden wolltest – das ist alles hinfällig in dem Augenblick, in dem der Stoff in deinen Venen ankommt. Von diesem Augenblick an bist du tot.«

»Wie ist es passiert? Wie ist sie gestorben?«

Er schloss die Augen, seine Brust hob und senkte sich mit jedem Atemzug. Er sah sie nicht an, als er sagte: »Sie fuhr zu schnell über die Taylor Bridge und krachte gegen einen Telefonmast. Genickbruch. Der Arzt meinte, sie sei sofort tot gewesen.«

Lena war bereits zu einigen Autounfällen mit nur einem beteiligten Fahrzeug gerufen worden. Hinter so etwas steckte unweigerlich eine düstere Geschichte.

Seine Finger schlossen sich um ihre Hand. »Sie hätte euch nie verlassen, wenn sie gewusst hätte, was für ein erbärmlicher

Kerl aus mir werden würde. Sie dachte, ich würde mich um euch kümmern.«

»Das hast du auch«, entgegnete Lena. »Du hast getan, was du konntest.«

»Vergib mir nicht«, sagte er. Seine Hand war schwach, aber er drückte die ihre, so fest er konnte. »Vergib mir niemals.«

Lena konnte nicht anders. Nicht nach allem, was passiert war, nach allem, was er für sie und Sibyl getan hatte.

Er schaute sie kurz an und blickte dann schnell wieder weg. »Du gehst jetzt besser, bevor diese Krankenschwester zurückkommt. Bei der wünsche ich mir immer, ich würde noch im Koma liegen.«

»Okay«, sagte sie und ließ seine Hand aus der ihren gleiten. Sie hatten beide noch nie gut über ihre Gefühle reden können. »Ruf mich an, wenn du mich brauchst, okay?«

Lena rollte langsam aus dem Zimmer; sie fühlte sich müder denn je. Die Ärzte hatten ihr gesagt, es liege daran, dass sie nicht genügend Sauerstoff bekomme. Lena vermutete allerdings, es liege daran, dass sie den ganzen Tag nichts anderes tat, als herumzuliegen und sich in Selbstmitleid zu suhlen.

Ihr Zimmer lag direkt neben Hanks, und sie konnte schon im Gang das Telefon hören. Lena beeilte sich und riss den Hörer von der Gabel.

»Das ist ein R-Gespräch von einem Insassen des Coastal State Prison«, verkündete eine Automatenstimme. Lena fiel beinahe aufs Bett. Sie wartete auf die aufgenommene Stimme, und ihr Herz hämmerte gegen die Rippen, als sie hörte: »Ethan Green.«

Lena klemmte sich den Hörer zwischen Schulter und Ohr, und drückte den Knopf auf dem Apparat, um den Anruf entgegenzunehmen.

Erst kam nur Stille und ein leises Piepsen alle drei Sekunden, um sie daran zu erinnern, dass die Zeit verstrich.

Dann sagte er: »Wie geht's?«

Lena schaute sich im Zimmer um, sie kam sich vor, als würde sie beobachtet. »Warum rufst du mich an?«, fragte sie. »Ich will nicht mit dir reden.«

»Warum hast du dann den Anruf angenommen?«

»Ich lege sofort wieder auf.«

»Ich habe gehört, was passiert ist.«

Ihre Hand hing über dem Telefon, bereit, die Verbindung zu unterbrechen, aber als sie das hörte, ließ sie es sein. Natürlich hatte Ethan gehört, was passiert war. Sein Netzwerk hatte es sicher erfahren, bevor die Medien es verbreiteten.

»Die Zahnschmerzen, die ich hatte, als du bei mir warst?« Sie wusste, dass er keine Antwort erwartete. »Mach dir keine Sorgen deswegen«, sagte er. »Ich habe Medizin. Jetzt tut es nicht mehr weh.«

Sie dachte an Fred Bart, wie der Zahnarzt mit seinen hässlichen, kleinen Zähnen gegrinst hatte, bevor er Charlotte anzündete. Das Wort kam ihr aus dem Mund, bevor sie etwas dagegen unternehmen konnte. »Gut.«

»Niemand tut meinem Mädchen etwas. Hast du mich verstanden?«

»Niemand außer dir«, erinnerte sie ihn.

Er kicherte leise. »Das stimmt, Lee. Niemand außer mir.«

Ihr Atem wurde abgehackter. Ihre Hand war noch immer nur Zentimeter von der Gabel entfernt, aber sie schaffte es nicht, sie musste zuhören.

»Ich werde dir schreiben«, sagte er mit weicher, einschmeichelnder Stimme. »Ich werde dir schreiben, und du musst mir antworten, okay?«

»Nein«, sagte sie, und in ihrer Stimme lag beinahe etwas Flehendes. Sie versuchte, entschlossener zu klingen. »Ich will dich nicht mehr in meinem Leben haben.«

»Glaubst du, das ist so einfach? Glaubst du, du kommst

je von mir los?« Er lachte wieder, als wollte er sie bei Laune halten. »Ich bin draußen, bevor du dich versiehst, Lee. Dann fangen wir noch einmal von vorne an. Nur du und ich. Einverstanden?«

Sie schüttelte den Kopf, weil sie kein Wort hervorbrachte.

»Schlaf gut, Baby. Ich werde an dich denken.«

Lena legte auf, doch sie hatte noch immer seine Stimme im Ohr, spürte seine Anwesenheit in diesem Zimmer. Wer würde sie sich als Erster vornehmen – Ethan oder Harley? Beide Männer beglichen immer ihre offenen Rechnungen. Keiner der beiden ließ zu, dass irgendjemand über ihn die Oberhand gewann. Würde man sie zu Tode prügeln, oder würde sie in ein paar Wochen aufwachen und sehen, dass ein Fremder ihr eine Nadel in den Arm stach und ihr sagte, sie solle sich nicht wehren, alles sei einfacher, wenn sie es über sich ergehen ließe? Lena hoffte auf die Nadel, hoffte inständig, dass sie Ethan Green nie mehr im Leben würde sehen müssen.

Sie starrte zur Decke, wo auf den weißen Fliesen Schatten tanzten. Ethan war noch immer da – er füllte jeden Winkel des Zimmers, jeden Teil ihrer Seele aus. Sie legte sich aufs Bett, und seine dunkle Anwesenheit schwebte über ihr, bis schließlich die Erschöpfung sie übermannte und sie in einen tiefen, traumlosen Schlaf fiel.

29

Sara saß auf der Treppe vor ihrem Haus und telefonierte mit ihrer Mutter. Jeffrey hatte vor einer halben Stunde angerufen und ihr gesagt, er überquere eben die Grenze zum Grant County, aber sicher würde sie sich erst fühlen, wenn er zu Hause war. Er hatte gesagt, er müsse etwas mit ihr besprechen, und Sara vermutete, dass es um das Thema ging, das ihr schon seit einigen Tagen im Kopf herumspukte. Sie konnte so nicht weitermachen. Etwas musste sich ändern.

Ihre Mutter klang entrüstet. »Hörst du mir überhaupt zu?«

»Ja, Mama«, log sie.

»Er hat mir gesagt, dass er den automatischen Rasensprenger repariert hat. Und jetzt ist die Hälfte der Pflanzen kaputt.«

»Ich bin sicher, dass er es nicht mit Absicht getan hat.«

»Wir sind eine knappe Woche zu Hause, und er hat mir immer noch keine plausible Erklärung geliefert.«

»Ich glaube bestimmt, dass er vorhatte, den Sprenger zu reparieren.«

»Sara«, setzte Cathy an, und Sara machte sich auf eine Lektion gefasst. Überraschenderweise sagte ihre Mutter aber nur: »Willst du, dass ich zu dir komme? Ich kann in fünf Minuten da sein.«

Sara liebte ihre Mutter, aber Cathy war in der letzten Woche praktisch vierundzwanzig Stunden pro Tag bei ihr gewesen. Sie brauchte Zeit für sich selbst, um nachzudenken. »Jeffrey wird bald heimkommen.«

»Du klingst so abwesend. Ist es der Prozess?«

»Nein«, antwortete Sara, aber bei dem Wort spürte sie einen schlechten Geschmack im Mund. Buddy Conford hatte vor zwei Tagen angerufen, um Sara zu sagen, dass Global Indemnity sich mit den Powells einigen wolle. Die Eltern würden zwei Millionen Dollar für den Tod ihres Sohnes bekommen, kaum genug, um Jimmys Krankenhaus- und Laborrechnungen zu bezahlen. Buddy hatte versucht, einen Witz darüber zu reißen, wie selten es vorkomme, dass eine Versicherungsgesellschaft Arztrechnungen übernehme, aber Sara war nicht in Stimmung gewesen für diese Art von Humor.

»Wenn es nicht der Prozess ist, was ist es dann?«

»Mama ...«

Jetzt reichte es ihrer Mutter offensichtlich. »Sara Ann Linton, ich bin deine Mutter, und ich weiß, wann dich etwas quält.«

Sara atmete durch die Zähne aus.

Cathy kam gleich zur Sache. »Hast du was von der Adoptionsagentur gehört?«

»Ja«, sagte sie. Die Sozialarbeiterin hatte ihr heute Morgen eine Nachricht auf dem Anrufbeantworter hinterlassen, während Sara bei ihren Eltern war. Als sie nach Hause kam, hatte sie das rote Lämpchen blinken sehen, aber sie hatte drei Stunden gebraucht, bis sie auf PLAY drückte. Es war derselbe Grund, der sie davon abhielt, ihre E-Mails zu kontrollieren oder die Mailbox ihres Handys abzuhören. Sara hatte so lange auf die Nachricht gewartet, dass es da irgendwo ein Kind für sie gab, aber jetzt, da dieser Augenblick tatsächlich bevorstand, hatte sie Angst vor dieser Nachricht.

»Und?«, fragte Cathy nach. »Was hat sie gesagt?«

»Sie meinte, sie haben einen neun Monate alten Jungen für

uns«, antwortete Sara. »Ein Mischling, halb asiatisch und halb afroamerikanisch.«

»Ach, Liebling, das ist ja wunderbar!«

»Wirklich?«, fragte Sara und hatte das Gefühl, als werde ihr gleich das Herz zerspringen. Allein dieser Satz hatte bei ihr das Bild sahnefarbener Haut und krauser Locken heraufbeschworen, die Vorstellung, wie sich die kleinen Füßchen in ihre Handflächen schmiegen würden. »Was liegt denn vor mir, Mama? Dass ich die ganze Nacht mit dem Baby aufbleibe und warte, dass das Telefon klingelt und irgendein Fremder mir sagt, mein Mann sei tot?«

»Mach dich doch nicht lächerlich«, blaffte Cathy. »Polizisten haben Familien, Sara. Sogar Klempner haben Familien. Man geht ein Risiko ein, sobald man sich hinters Steuer eines Autos setzt oder ein Postamt betritt. Man kann das Leben doch nicht auf Stillstand schalten, nur weil man Angst hat, dass etwas passieren könnte.«

»Jeffrey ist so stur«, hielt sie ihrer Mutter entgegen. »Er hört nie auf mich.«

»Willkommen in der Ehe, Kleines. Tut mir leid, dass wir keine Parade für dich organisieren können.«

Sara legte die Hand in den Nacken und versuchte sich die Worte abzuringen, die jetzt folgen mussten. »Was ist, wenn …«, stammelte sie. »Was ist, wenn …« Sie stützte den Kopf in die Hand und sprach nun aus, was sie am meisten quälte. »Was ist, wenn ich mich nicht um ihn kümmern kann, Mama? Was, wenn er krank wird oder verletzt ist, und ich nicht …«

Ihre Mutter war behutsam, aber streng. »Es war nicht deine Schuld, dass Jimmy Powell an Leukämie starb.«

»Was, wenn mein Baby krank wird?«

»Ich weiß, du tust so, als würdest du an solche Sachen nicht glauben, aber sobald du ihn zum ersten Mal im Arm hältst, wirst du merken, dass dein Kind ein Geschenk ist, das Gott dir aber nur geliehen hat. Solange dieses Geschenk dein ist, liebst du es, du drückst es an dein Herz, und du tust alles, um es nie mehr loslassen zu müssen.«

»Ich kann einfach nicht …« Sara dachte an Jimmy Powell, das letzte Mal, dass sie ihn lebend sah. Seine Augen hatten aufgeleuchtet, als Sara sein Krankenzimmer betreten hatte. Er war immer so in sie vernarrt gewesen. Sie war seine allererste – und seine letzte Freundin gewesen. Er würde nie einem Mädchen nach der Schule einen Kuss stehlen oder sich auf dem Rücksitz des Autos seines Vaters vergnügen. Er würde nie eine Frau oder ein Kind haben. Seine Mutter würde nie Enkel im Arm halten. Für den Rest ihres Lebens würde Beckey Powell nichts anderes haben als verlorene Meilensteine, die sie an ihren toten Sohn erinnerten. Andere Kinder würden in die Schule gehen. Andere Familien würden gemeinsam in Urlaub fahren. Beckey würde nur einen leeren Kalender haben, Tage ohne Jimmy, die sich vor ihr erstreckten wie eine endlose Wüste.

Cathys Ton wurde sanfter. »Was hast du der Sozialarbeiterin gesagt?«

»Dass ich mit Jeffrey darüber reden muss.«

»Du rufst sie jetzt sofort noch einmal an und sagst ihr, dass du dieses Baby willst.«

»Ich weiß nicht, Mama.«

»Ich schon«, warf sie dazwischen. »Ich lege jetzt auf, damit du sie anrufen kannst.« Sie machte eine kurze Pause. »Ruf mich dann sofort zurück, hörst du? Ich will alles über meinen ersten Enkel hören.«

Die Leitung war tot, aber Sara rief dennoch nicht bei der Sozialarbeiterin an. Jetzt, da sie Zeit für sich hatte, merkte sie, dass sie im Augenblick unfähig war, einen logischen Gedanken zu fassen. Immer wieder sprangen ihre Gedanken von Jimmy Powell zu Jeffrey und zu dem Kind, das auf sie wartete. Sie saß bewegungslos da und starrte auf die Straße hinaus, bis ihr BMW auf die Einfahrt fuhr.

Jeffrey winkte ihr durch die Windschutzscheibe zu und lächelte knapp. Er hatte gesagt, er müsse ihr etwas erzählen, etwas Wichtiges. Es war einfach nicht ihre alleinige Entscheidung. Vielleicht hatte auch er Bedenken.

Sara legte das Telefon auf die Stufen und ging zum Auto.

Als er die Tür öffnete, sagte er: »Mann, habe ich die Schnauze voll vom Autofahren.« Er sah ihr Gesicht und fragte: »Was ist denn los?«

»Die Adoptionsagentur hat angerufen.«

Er eilte auf sie zu und nahm sie in die Arme. »Ein Baby!« rief er. »O Gott, Sara.« Er wirbelte sie herum. »Ich kann's noch gar nicht glauben …« Er lachte so sehr, dass er fast keine Luft mehr bekam. »Ein Mädchen oder ein Junge?«

»Ein Junge.«

»Ha!«, sagte er und wirbelte sie noch einmal herum.

Nun lachte auch Sara, ließ sich von seiner Begeisterung anstecken. »Du machst mich ja ganz schwindelig.«

Er stellte sie wieder ab, nahm ihr Gesicht in die Hände. »Ich habe einen Jungen!« Er küsste sie. »Das ist es, Sara. Das ist der Anfang unseres Lebens.« Er küsste sie noch einmal, fester diesmal. »O Gott, ich liebe dich.«

Sie sah die Tränen in seinen Augen, die unbändige Freude, die er über diese Nachricht empfand. Plötzlich fielen alle Zweifel von ihr ab, waren bedeutungslos geworden. Sie wollte ein Kind mit diesem Mann, wollte nichts mehr in ihrem Leben, als mit ihm zusammen ein Kind großzuziehen.

Er fragte: »Können wir es gleich heute Abend abholen? Sofort?«

»Morgen«, sagte sie und lachte über seinen Übereifer. »Wir müssen uns in der Agentur treffen und erst einige Formalitäten erledigen.«

»Papierkram«, stöhnte er, grinste aber weiter. »O Gott, Sara. Ich liebe dich so sehr.«

Sie legte ihm die Hand an die Wange. »Ich weiß.«

Er lachte noch einmal, es war fast schon ein Johlen. »Was machen wir jetzt?«

»Sie haben gesagt, sie hätten die Formulare bereits losgeschickt«, erwiderte sie. »Schau in den Briefkasten. Ich hole inzwischen das Telefon.«

Sie war schon halb wieder bei der Tür, als er ihr nachrief: »Hey, sexy Mama!«

Sara drehte sich um, und die Röte stieg ihr ins Gesicht. »Psch!«, warnte sie ihn. »Die Nachbarn …«

»Ruf sie alle an!«, rief er. »Wir werden Eltern!«

Er öffnete den Briefkasten. Es gab einen Lichtblitz. Jeffrey wurde in die Luft und dann nach hinten geschleudert, sein Körper zuckte, während die Explosion die Luft zerriss.

Sara rannte auf ihn zu, noch bevor ihr Hirn verarbeiten konnte, was ihre Augen gesehen hatten.

Eine Bombe. Jemand hatte ihnen eine Bombe in den Briefkasten gesteckt.

»Jeffrey!«, keuchte sie und fiel neben ihm auf die Knie. Überall lagen Metallteile verstreut, Post segelte auf sie herab. Sie sah seine offene Brust – Knochen, Muskeln, das schlagende Herz.

»Hilfe!«, schrie sie. »So helft mir doch!«

Er öffnete den Mund, und Blut quoll heraus. Sein rechter Arm lag einen Meter entfernt auf dem Asphalt, er war an der Schulter abgerissen. Sie presste ihre Hände auf die offene Wunde, versuchte verzweifelt, die Blutung zu stoppen. Doch das Blut quoll ihr zwischen den Fingern hindurch und lief ihr unablässig über die Hände.

»Nein«, flüsterte sie. »Nein.«

»Du …«, murmelte er.

Sie drückte ihre Lippen auf die seinen, küsste ihn auf den Mund, das Gesicht. »Oh, mein Liebster … mein Liebster …«

»Du …«

»Nein«, flehte sie und versuchte ihn mit schierer Willenskraft zum Durchhalten zu zwingen. »Bitte! Ich liebe dich. Ich liebe dich.« Warum hatte sie ihn immer geneckt, warum hatte sie ihm diese Worte nie gesagt? »Jeffrey, ich liebe dich.«

»Nur …«

Sie küsste ihn noch einmal, schmeckte das Blut in ihrem Mund. Es durfte nicht geschehen. Er durfte sie nicht verlassen.

»Nur …«, versuchte er wieder zu sprechen, doch das Blut füllte immer weiter seinen Mund. »Immer … nur …«

»Immer nur was, Baby? Nur was?«

»Du …«, keuchte er erstickt. »Immer … nur … du …«

Sein Körper entspannte sich. Das Blut spritzte jetzt immer schwächer aus seiner Schulter. Sara bemerkte, dass die Nachbarn angekommen waren. Sie standen im Kreis um sie herum und wussten nicht, was sie tun sollten. Sie schrie, befahl ihnen zu verschwinden. Sie wollte nicht, dass sie ihn so sahen, dass irgendjemand ihn berührte. Der Krankenwagen kam, dann die Polizei, seine Männer, seine Freunde. Sie schrie sie alle an, sie sollten doch endlich verschwinden. Sie hob Jeffrey an, wiegte ihn in ihren Armen, ließ keinen an ihn heran. So hielt sie ihn fest und wimmerte wie ein Kind. Bis ihre Mutter kam und Sara wegführte, und die Männer ihn abtransportieren konnten.

Danksagung

Als ich vor zehn Jahren zum ersten Mal eine Literaturagentin für mich suchte, schaute ich immer wieder auf den letzten Seiten von Büchern nach, wem die Autoren dankten. Ich ging einfach davon aus, dass ein Autor seinem Agenten nur danken würde, wenn er ihn wirklich schätzte. Und mit diesem Gedanken im Hinterkopf zögere ich fast, meiner Agentin Victoria Sanders zu danken – weil ich sie ganz für mich allein haben will! Also, Finger weg, okay?

Es gibt noch viele andere, denen ich danken möchte, weil sie mich auf meinem Weg unterstützt haben: Kate Miciak, Susan Sandon und Kate Elton waren – wie immer – unbezahlbar. Außerdem möchte ich den für die Pressearbeit verantwortlichen Frauen bei Bantam danken: Sharon Propson, Susan Corcoran und Barb Burg. Ich habe ihnen dieses Buch gewidmet, weil sie wirklich das beste Team in der Verlagsbranche sind, und noch wichtiger, weil sie mir zuliebe unzählige Tim Tams gegessen haben. Vielen Dank Betsy Hulsebosch, Cynthia Lasky und Carolyn Schwartz. Das Marketing-Team von Bantam verdient jedes Lob der Welt! Paolo Pepe … Sie haben es wieder geschafft. Kelly Chian, danke, dass Sie nicht nach Atlanta geflogen sind und mich erwürgt haben. Sie sind ein Schatz! Es gibt unzählige Kollegen im Vertrieb – einige durfte ich kennenlernen, andere haben hinter den Kulissen Unglaubliches für mich geleistet, und ich will Ihnen allen für Ihr unermüdliches Engagement danken. Ich glaube, Lisa George muss ich hier gesondert erwähnen, weil sie Cool-Aid getrunken hat. Zu guter Letzt gilt meine große Anerkennung Nita Taublib und Irwyn Applebaum.

RMB, danke für die treue Brieffreundschaft. Bill Burgess, du bist und bleibst ein Mann aus Georgia in alle Ewigkeit. Erin O'Reilly, danke für die 10. DT, Sie sind einer der letzten großen Renaissance-Männer. Ihre Freundschaft ist für mich eine besondere Auszeichnung. Dank an DM, AE, DL und PB für die brillante Unterstützung. Beth und Jeff von Cincinnati Media kümmern sich großartig um meine Website. Was medizinische Aspekte angeht, war David Harber, M. D., wieder eine enorme Hilfe. Es gibt nicht viele Leute, die bereit sind zuzuhören, wenn man ein Gespräch mit den Worten beginnt: »Also, ich will jemanden bei lebendigem Leib verbrennen …« Was die Familie angeht, so will ich meinem Daddy dafür danken, dass er mir früh die wichtigen Dinge beigebracht hat, und DA – du bist wie immer mein Herz.

Sue Kurylowicz war die Gewinnerin des »Get Slaughtered!«-Wettbewerbs, was ihr die zweifelhafte Ehre einbrachte, dass ihr Name in diesem Buch erscheint. Sue, Süße, du wolltest ja unbedingt böse sein …

Ich habe für meine Leser eine Anmerkung zu diesem Buch geschrieben, die auf www.karin-slaughter.de zu finden ist. Aber bitte unbedingt daran denken, dass dieser Brief einiges Entscheidende über den Roman verrät! Also lesen Sie ihn bitte erst, wenn Sie den Roman beendet haben, sonst bringen Sie sich um den Spaß, okay?